DU MÊME AUTEUR

Série guyanaise

LES HAMACS DE CARTON, Le Rouergue, 2012 (prix Ancres noires 2014) ; Babel noir n° 89.

CE QUI RESTE EN FORÊT, Le Rouergue, 2013 (prix Sang pour Sang Polar 2014, prix des lecteurs de l'Armitière 2014) ; Babel noir n° 136.

OBIA, Le Rouergue, 2015 (prix des lecteurs Quais du Polar / *20 Minutes* 2016, prix Polar Michel Lebrun 2016, prix du Récit de l'Ailleurs Saint-Pierre-et-Miquelon 2016, prix des lecteurs Villeneuve-lez-Avignon 2016, prix 1001 feuilles noires de Lamballe 2016, prix des lecteurs des médiathèques d'Antony 2016, prix Ancres noires 2017).

SEULES LES BÊTES, Le Rouergue, 2017 (prix Landerneau Polar 2017, prix Polar en Séries 2017).

ISBN 978-2-330-08165-2

COLIN NIEL

OBIA

UNE ENQUÊTE DU CAPITAINE ANATO
EN AMAZONIE FRANÇAISE

roman

BABEL NOIR

À la mémoire de Claire Amblard.
On continue, tu vois.
Les mois passent, on apprend à vivre sans toi.

CARTE DE SITUATION

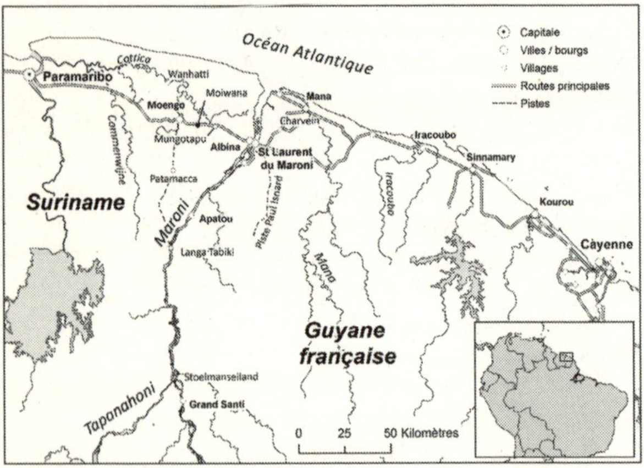

PROLOGUE

Depuis des semaines la rumeur enfle. Elle circule par bribes éparses, décousues, contradictoires. Le long des rivières, dans les villages, sur les routes de l'est surinamien, certains rapportent des histoires. Des choses horribles, à peine croyables. Ils racontent que des gens meurent sous les balles. Que l'armée ne se contente plus de tout contrôler, de dresser des barrages, de demander des papiers, de rechercher les rebelles. Non : ils disent qu'elle tue. Il paraît que rester devient dangereux, qu'il faut partir, que beaucoup ont déjà plié bagage, qu'ils ont fui vers la capitale. Ou vers la Guyane, là-bas les Français les accueillent.

Melita n'écoute pas les cancans. Elle sait que les gens adorent parler, soupçonner, comploter, amplifier. C'est de ça qu'ils vivent. Bien sûr que l'armée tire sur les rebelles qui la provoquent, bien sûr qu'il y a des morts. Mais elle protège le peuple. Ici, au village, la jeune Ndjuka se sait en sécurité. Au calme. Elle ne veut pas s'impliquer dans tout ça. Elle évite de penser aux hommes qui sont au combat. À son frère, parti grossir les rangs de la guérilla. Comme s'il n'avait pas mieux à faire ! Les fesses sur un banc, penchée sur le crâne de sa sœur assise entre ses jambes, Melita tresse les cheveux noirs, trois mèches coincées entre ses doigts habiles. Elle arbore un sourire discret, concentrée sur son ouvrage, gainée dans son pagne rouge et jaune. La forêt enserre les quelques maisons telle une main ouverte, bienveillante. Les villageois s'acquittent de leurs tâches quotidiennes. Derrière le gros arbre, la rivière Cottica coule en silence, noire et lisse. Sous le carbet-cuisine, une marmite mijote au milieu des braises. Et entre les murs gris des baraques, le cul à l'air, un ruban de tissu autour de la taille pour éloigner le mauvais sort, Bradley joue avec une roue en fil de fer. Il la pousse de la main, court derrière en hurlant de joie, s'étale à terre, revient vers sa mère des larmes aux joues, la bouche à l'envers. Les deux sœurs s'esclaffent, se moquent de lui, de ses trois ans, de sa maladresse enfantine. Melita raconte en riant les derniers malheurs de Bradley, ce qu'elle doit endurer avec lui tous les jours, le chantier qu'il laisse derrière lui à l'étage de la maison.

— Tu verras quand toi aussi tu auras ton premier !

La sœur hoche le menton, amusée, un peu gênée. Elle sait que ça arrivera, bientôt. Elle a hâte. Elle lève un doigt vers le ciel.

— Yu e yee? *Tu entends ça ?*

Melita relève la tête, scrute les nuages gris, tend l'oreille. Un bruit lointain, sourd. Mais qui gagne en volume. Les jeunes femmes se regardent, songeuses, le sourire figé. Ce n'est pas la première fois. Elles écoutent le son se rapprocher, grossir, les envelopper. Un moteur. Bientôt l'hélicoptère surgit au-dessus d'elles et survole le village au ras des cimes. Déchirant le silence, assourdissant. Il fonce, tout droit. Melita froisse le regard, les oreilles agressées. Bradley court vers elle, se jette contre son pagne, elle lui caresse la tête. Puis la machine continue sa route, droit vers le nord.

Fausse alerte.

Les filles soupirent, soulagées. Melita tire sur une mèche de cheveux, sa sœur couine.

— Allez avoue : tu as eu peur, hein ?

— N'importe quoi !

Très vite pourtant, Melita réalise que le bruit de moteur est toujours là. Ou plutôt qu'il y en a un autre. Sur la rivière, un bateau en approche. Ça peut être n'importe qui, pas de quoi s'inquiéter. Elle continue son tressage sur quelques centimètres, avec méthode.

Mais quand la pirogue accoste à l'entrée du village, elle tressaille.

Une rafale de balles au fusil-mitrailleur, qui balaye le ciel.

En un instant c'est la panique, tout le monde a compris. Ils sont là, cette fois ils sont là. Les cris fusent. Melita glisse de son tabouret, toute raide, Bradley collé contre elle. Réagir, vite, faire quelque chose. Sa sœur a déjà choisi : elle court vers sa maison, ses tresses en bataille pointées dans tous les sens. Non, pas par là, pense Melita. La forêt, tout près, à quelques mètres. Elle agrippe son fils comme si c'était un sac de riz, se jette vers les arbres, les pieds nus dans le sol boueux. Repère un amas de tiges, un trou dans lequel elle saute, plaquée à terre. Cachée, invisible, personne n'a pu la voir. Mais de là, elle, elle voit.

— Maman... Qu'est-ce qui se...

— Tapu yu mofu ! *Tais-toi ! Ne bouge pas.*

La voix étouffée, la main écrasée sur le visage de Bradley, tout tremblant. La mère et son fils, terrés entre les branches tels deux animaux traqués. Vue sur le drame qui se prépare. La respiration lourde, Melita observe, les yeux rivés sur l'impensable. Le moteur de la pirogue tourne encore. Des hommes en treillis débarquent, montent le talus. Ils glissent sur la terre molle, se reprennent, glissent encore. Combien sont-ils ? Huit ? Dix ? Ils avancent dans les allées, fusil en main, les pectoraux gonflés. Leurs pas sont mal assurés, chancelants : ils ont bu, devine Melita. Fumé, peut-être. L'alcool les rend invincibles. Ou fous.

— Maman... Pourquoi ?...

Oui, pourquoi ? Il n'y a que des femmes et des vieillards ici. Et des enfants. Les rebelles sont déjà loin. C'est eux qu'ils cherchent. Que répondre à son fils ? Sinon :

— Chut…

Face aux soldats, les villageois sont immobiles, les yeux pleins de peur. Attentifs au moindre signal. Les plus chanceux ont fui, gagné la forêt toute proche. Une tante de Melita s'avance, lève une main.

— Il n'y a personne i…

Nouveau tir de mitraillette, une salve violente. En l'air, juste pour effrayer. La femme s'écrase au sol, la tête dans les coudes. Bradley tressaille entre les mains maternelles, se perd dans un sanglot, trempe son slip d'effroi. À vingt mètres d'eux, tout le monde est à terre. Des cris de douleur s'élèvent : les blessés, touchés au hasard par des balles sans but. Melita cherche les siens dans les corps couchés, guette les signes de vie parmi les torses nus. Qui est encore présent ? Qui a réussi à s'échapper ?

— Maman… Mi e feele. *J'ai peur.*

L'enfant gémit, fourre son visage dans le pagne de sa mère, les pieds glissant dans la boue. Melita lui couvre les yeux.

— Ne regarde pas. Surtout, ne regarde pas.

Ne pas le laisser voir ce qu'il ne peut imaginer. Trois ans, mon Dieu, il n'a que trois ans !

Celui qui semble être le chef des militaires se retourne, tout habillé de vert et de marron. Grand, carré. Il donne des ordres à ses hommes, en néerlandais. Les treillis se dispersent entre les baraques. Ils ne marchent même pas droit, ils laissent traîner le canon de leur arme sur la terre mouillée. Ils approchent des maisons, s'y introduisent, l'une après l'autre. À coups de pied, au besoin. Et ils les vident. Tout ce qui a de la valeur est sorti. Téléviseurs, postes de radio, bijoux, fusils de chasse, bouteilles de rhum. Un coffre est tiré dehors puis fracassé au sol. Les plus beaux vêtements sont gardés. Et pour chaque butin, un aller-retour vers la pirogue où tout est entassé. Ils prennent même les cassaves, les bananes qu'ils dévorent aussitôt.

Comme affamés.

— Maman…

Melita colle Bradley contre elle. En larmes. Elle pense : l'armée nationale, des pillards…

Les maisons sont vides, mais ils sont toujours là. L'un d'entre eux porte un bidon. Melita plisse les paupières, le cœur battant. Un bidon d'essence. Ils répandent le liquide sur les murs, sur les toits. Des coulées foncées imbibent le bois. Et d'un jet d'allumette, ils mettent le feu. Les flammes s'envolent en un bruit de brasier, brouillent le ciel, dépassent les plus grands arbres. Le bois crépite, se plaint. Les soldats regardent à peine. Réduire le village en cendres, pour que personne ne puisse revenir. Melita voit sa maison se consumer, agoniser sous les braises. Son passé qui brûle. Elle retient un sanglot.

Un militaire s'approche d'une autre baraque, toute petite, des peintures autour de la porte. Coup de pied : un cadenas résiste. La seconde d'après, il vole en éclats sous une rafale de balles. Le soldat baisse la tête pour entrer dans la pièce. D'où il hurle à ses collègues :

— Il y en a un !

Melita comprend aussitôt : Glen, le mari de sa sœur. Il a la fièvre, se lamente dans son hamac depuis une semaine. Le militaire le traîne hors de la bâtisse, le jette à terre. Une plaie à la jambe, il tient à peine debout. Pantalon troué, torse glabre creusé par la fatigue. Et un visage de revenant affolé.

— T'en es un, toi ! Hein, t'en es un ?!

La main pour seul bouclier, le villageois bafouille.

— Si… Si j'étais… vous le sauriez déjà !

— Oui, t'en es un…, confirme le soldat comme s'il n'avait rien entendu.

— Non…

Un non qui s'évapore dans le bruit des flammes.

Deux treillis se rapprochent, détaillent le malade effrayé au sol, l'air déçu de leur prise de guerre. Ses jambes osseuses balayent le sable dans leur agitation, il bégaye des paroles inutiles, les yeux perdus. Un militaire secoue la tête, pour chasser une ivresse qui l'empêche d'y voir clair.

— Viens par là.

Ils attrapent Glen, le poussent vers la rivière Cottica à coups de crosse.

— Maman... Qu'est-ce qu'ils font ?

— Tais-toi. Ne regarde pas.

Mais Melita, elle, voit mieux que personne. Aux premières loges de l'horreur.

Glen, à genoux en haut du talus. Quelques paroles, beuglées plus que prononcées. Un dialogue de sourds, les militaires n'écoutent rien. Ils frottent leurs yeux rouges. Le soldat le plus grand, à un mètre de Glen. Il jette son fusil, tend la main à un collègue qui lui apporte une autre arme. Melita n'en croit pas ses yeux.

Un sabre d'abattis, la lame rouillée.

Non, ils ne peuvent pas faire ça, ce n'est pas en train d'arriver, ça va s'arrêter. La Ndjuka ne respire plus, le souffle bloqué, la bouche aride. Et quand elle voit le métal voler, ouvrir le ventre noir de haut en bas, elle serre Bradley à l'en étrangler. Le cauchemar est bien réel. Glen s'effondre, se tortille à terre, en panique, ne croit pas lui-même ce qu'il voit. À ces bouts de lui qui lui glissent entre les mains. Il roule des yeux fous, cherche une issue à l'impossible. Implore du regard une aide qui ne viendra pas. Jusqu'au deuxième coup de sabre, qui lui fend la moitié du visage. Et l'achève net. Un amas sans vie étalé au sol, défiguré. Plus de spasme, plus rien. Le souvenir d'un homme malade.

Un silence morbide parcourt les lieux. Rien d'autre que le bruit du feu sur le bois et de l'hélicoptère qui survole encore la Cottica au loin. Les villageois, à terre, pétrifiés, attendant la suite. Les militaires, presque confus, incrédules devant leur crime. Tapie à la lisière de la forêt, Melita baisse la tête, regarde le petit corps collé à elle, recroquevillé dans la boue, les paumes pressées sur les oreilles. Complètement perdu, incapable de saisir la portée de ce qu'il vient de vivre.

Bradley et ses larmes d'enfant.

Bradley et ses trois ans d'insouciance.

Bradley et sa famille amputée par une guerre insensée.

PREMIÈRE PARTIE

CLIFTON

1

Clifton referma la porte blanche, tout doucement, remit en place la poignée qui grinçait. Les mains tremblantes. Le pouls à deux cents dans les artères, ces battements qui lui secouaient les membres, qui lui enflammaient le corps. Reprends-toi. Calme, calme. Il ferma les yeux un instant, les paupières écrasées comme pour chasser les images qui l'assaillaient. À travers les vitres, dans le salon étriqué, il devinait la silhouette déformée de la vieille femme dans son fauteuil. Sa robe de chambre usée, ses cheveux raides, son verre d'eau sur la table. Immobile. Elle avait l'air morte. Elle ne sait rien, il se persuada, ne t'inquiète pas. Il se retourna, hésita. Puis traversa la petite cour, le pas pressé sur les graviers. Il tira le portail, juste assez pour se faufiler. Jeta un œil à la tête de lion en plâtre qui trônait en haut du muret. Les yeux étaient peints en rouge, il les trouva soudain effrayants. Accusateurs. Comme si eux avaient tout vu, pouvaient tout raconter. La vérité, piégée dans une statue.

Une seule idée : quitter cet endroit, vite.

Mais pour aller où ?

La rue. Déserte, du moins en apparence. Les voitures garées le long des fossés remplis d'herbes géantes. Il baissa la tête, se mit en marche sur le bitume, sous le soleil brûlant. Il était quoi, neuf heures et demie ? Son caleçon lui collait aux cuisses, il sentait la sueur glisser entre les poils de ses mollets. Il longea les petites maisons, les murs carrelés.

Des amas de déchets s'entassaient devant les portails, des feuilles de palmier desséchées, des seaux en plastique.

Sur sa gauche, un bruit.

Il sursauta.

Un moteur de débroussailleuse rugissait sur une parcelle en friche. Il garda la tête basse. Ne pas se faire remarquer, ne pas montrer son visage. Il déglutit, une boule râpeuse dans la gorge, continua de marcher. Un pied devant l'autre, rester naturel. Ne rien laisser paraître de la panique qui l'envahissait. Il s'éloigna, tourna à gauche. Traversa un parking, passa à côté d'un épicier chinois. Trois hommes traînaient devant les marchandises, une canette à la main, à la bière dès le matin. Ils le suivirent des yeux, une attraction dans leur quotidien. Ces regards sur lui, des flèches assassines. Comme dans ces films de science-fiction, où les caméras vous identifient dès qu'elles croisent votre visage. Clifton Vakansie est passé près de l'épicerie à neuf heures trente-six, il marchait en direction du centre-ville de Saint-Laurent-du-Maroni. Non, ne pense pas à ça, avance, c'est tout. Personne ne sait, tout est encore possible.

Le centre-ville, justement. Il s'arrêta devant le rond-point qui en marquait l'entrée. Des ouvriers en gilet fluo creusaient la chaussée. Un gamin pédalait sur un vélo trop grand, assis sur le cadre, un sac plastique à la poignée. Des gens partout, des voitures dans tous les sens. Clifton jeta des yeux nerveux à droite, à gauche. Il avait l'impression que le monde entier l'observait, lui et sa peur, qu'à tout moment quelqu'un pouvait hurler, le dénoncer, se jeter sur lui. Mais peut-être se faisait-il des idées. Peut-être était-il noyé dans la masse.

Invisible.

La pirogue filait à la surface du fleuve, parcourait les derniers mètres de sa longue descente. Le pilote donna un ultime coup de moteur, l'embarcation se ficha entre les bâtons plantés dans l'eau brune, grimpa sur le sable. À l'avant, des flammes dessinées au rasoir sur son crâne, un jeune Aluku jeta l'ancre : un bout de corde rafistolée et une pièce de moteur. Les passagers se levèrent de leurs petits bancs, les muscles engourdis, marchèrent vers la terre ferme, enjambant les sacs entassés sous une bâche noire. Une femme replia le parapluie bleu-blanc-rouge qui l'avait protégée du soleil.

Assis à l'arrière, près du pilote qui vérifiait l'état de son hélice, le capitaine André Anato sortit le dernier. Il empoigna sa touque, bidon étanche qui faisait office de valise lors des trajets en pirogue, tendit deux billets au crâne rasé. Et posa le pied sur la petite plage. Les pieds dans le sable, une bande de gamins attendait l'arrivée des bateaux, calés sur leurs brouettes pour prêter main-forte aux passagers. Trois euros, on pouvait lire sur le métal, peint à la bombe. Anato se tourna vers la femme au parapluie, elle lui décocha un clin d'œil pour conclure la séance de séduction qui avait duré tout le voyage, de sourires en regards aguicheurs. Faux cils disproportionnés, boucles d'oreilles trop lourdes, combinaison moulante, rouge vif. Il lui sourit, par politesse, puis dévia le regard.

Sur la berge, les pirogues se bousculaient, bariolées de peintures géométriques. La plupart se contentaient de faire l'aller-retour entre les deux rives du Maroni. Entre Saint-Laurent et Albina, la ville d'en face, porte d'entrée du Suriname. Fruits, légumes, essence, cigarettes, stupéfiants, les marchandises s'échangeaient à longueur de journée. Seules celles qui voulaient bien passer par la douane étaient déclarées. Une frontière quasi incontrôlable. Anato remonta la pente, se faufila entre les voitures, s'arrêta en bord de route, face aux stands des vendeuses de couac sous leurs parasols multicolores. Et sortit son portable.

— Mon général. Je suis de retour, j'arrive juste à Saint-Laurent… Je vais passer la nuit ici et serai au bureau demain matin.

Il gagna le centre-ville, à pied, la touque calée sur l'épaule, en plein soleil. Petit été de mars : un mois pendant lequel la saison des pluies observait une pause, offrait un répit aux hommes. Avec seulement quelques averses, surtout en fin de nuit. Anato avait bien un cousin à Saint-Laurent, plusieurs membres de sa famille qui auraient pu le récupérer en voiture, mais il préférait rester seul. Dormir à l'hôtel. Pour éviter les questions embarrassantes. Que deviens-tu ? Pourquoi tu ne donnes jamais de nouvelles ? Tu as une femme ? La solitude et le silence comme solutions de facilité.

Surtout, il ne voulait pas parler de ce nouveau voyage. De ces dix jours de fleuve inutiles, de cette impasse de plus. De sa quête vaine. Depuis un an, il y consacrait tous ses congés. Maroni, Tapanahoni, il avait remonté chaque affluent, franchi chaque saut, visité la quasi-totalité des villages. Ceux des Ndjukas, des Alukus, des Paramakas, des Amérindiens même. Il était resté des jours entiers à écouter les histoires des anciens. Les hommes, les femmes, sur le fleuve, ils lui avaient parlé du passé, des Premiers Temps, du marronnage, de cette époque où les peuples Noirs-Marrons s'étaient libérés de l'esclavage par la force. Il avait assisté à des cérémonies, appris à décrypter les rituels. Tout ça était en lui à présent, des racines bien ancrées, solides. André Anato, le Ndjuka. Réconcilié avec les siens. Cette langue, il la parlait enfin. Plus besoin d'intermédiaire entre lui et ses origines.

Mais ce n'était pas ce qu'il cherchait. Non ce qu'il voulait, c'était en savoir plus sur sa propre famille. Sur son père, le vrai, celui à qui il devait la vie. Antonis, c'était son nom, et à peu près tout ce qu'Anato savait. Parce qu'il n'avait laissé aucune trace. Juste des souvenirs lointains, diffus, qui se perdaient dans la mémoire des plus vieux.

On se souvenait de l'homme, un chasseur hors pair, on évoquait sa mère, respectée. Mais rien de plus, dès qu'il essayait de creuser, les récits se tarissaient, les yeux se plissaient, les bouches se fermaient. Pas de cousin, de frère, d'oncle, personne à rencontrer. Une branche toute sèche, avortée. Et un trou énorme dans le cœur d'Anato, un vide impossible à combler. Arrête de chercher, il pensa. Repose-toi. La prochaine fois, prends de vraies vacances. Comme les collègues. Les Antilles, Curaçao, le soleil. Mets un terme à cette obsession qui ne mène nulle part.

Il passa devant le château d'eau, une tour blanche salie par l'humidité, sillonna les rues de Saint-Laurent, longea les anciennes maisons créoles, les lotissements HLM décatis. La transpiration mouillant son crâne lisse, son polo, son jean.

Puis il posa son bagage à l'entrée de l'hôtel Star.

Les pieds de la chaise crissaient sur le carrelage. Mal installé, Pierre Vacaresse posa une main sur l'épaule de son fils. Un geste qu'il voulait chaleureux.

— Ça va, tu tiens le coup ?

— Arrête… grogna Jérémy en se dégageant.

— Quoi ?

— Arrête de me demander si ça va. Ça ne va pas, tu le sais. Raconte-moi des trucs.

Des trucs ? Quels trucs ? Qu'y avait-il à raconter ? Autour d'eux, dans les trois autres compartiments du parloir famille, derrière les parois à mi-hauteur, les discussions semblaient évidentes, fluides. Des nouvelles des neveux, des grands-parents, des rires parfois, des pleurs plus souvent. La vie, quoi. Vacaresse, lui, assis sur sa chaise en plastique face à son détenu de fils, ne trouvait pas les mots. Ça viendrait peut-être avec l'habitude. Jérémy, épaules voûtées, tête baissée, tripotait entre ses doigts la ficelle de son survêtement sans forme. Toujours le même, il tournait avec trois tenues différentes. Plus de shorts baggy, de tee-shirts Ünkut ou de chaussures de marque, ici le maître mot était neutralité. Ne pas se faire remarquer. Il agitait la cuisse nerveusement. Parce qu'il savait que le répit serait de courte durée, que dans vingt minutes, il retournerait à l'intérieur. Dans ce lieu qui le terrorisait.

— Ta mère m'a promis de venir la semaine prochaine.

Jérémy hocha la tête, sans y croire. Et il avait raison. Mathilde disait ça chaque jour, elle le pensait sans doute. Mais Vacaresse savait que jamais sa dépressive de femme ne pourrait mettre le pied dans un tel endroit. Son enfant, son petit prince adoré, idéalisé, incarcéré. Elle n'avait toujours pas réalisé. Elle vivait dans un autre univers.

— Tu fais du sport ?

Encore une question. Non, parle-lui du dehors, du temps qu'il fait, de n'importe quoi.

— J'essaye. Il y a une salle de muscu, mais je n'y vais pas trop.

Sa voix vacillait, ses lèvres tremblaient. La porte de derrière s'ouvrit soudain. Un surveillant et un chien nerveux, qui alla fourrer son museau dans chaque recoin de la pièce. Trop de détenus se ravitaillaient en stupéfiants au parloir.

— Tu sais quoi ? Quand tu seras sorti, on pourrait aller un peu en métropole.

Silence. Le regard rivé au carrelage.

— Hein, qu'est-ce que tu en penses ? Voir du pays, ça te dirait ?

Le fils releva la tête, fixa son père.

— Ouais, il bafouilla, la voix étranglée.

Les yeux gorgés de larmes, prêtes à jaillir sur ses joues tombantes. Il était en train de craquer. Le cœur de Vacaresse se noua.

— Hé, fils. Je suis avec toi. Trois mois, tu m'entends. Avec la réduction de peine, il te reste trois mois maximum à tenir.

— Ouais. (Il s'essuya les joues de la main, se retourna pour vérifier que personne ne l'avait repéré.) Oh putain…

Merde, il n'a que vingt ans, pensa Vacaresse. C'est encore un gosse. Pour l'administration pénitentiaire, Jérémy était un *primaire* : jamais auparavant il n'avait mis les pieds en prison. À son arrivée, le surveillant avait tout de suite identifié le profil du détenu à risque : signes de nervosité, gorge nouée, coups d'œil inquiets aux barbelés. Ces jeunes-là, il fallait les surveiller de près. Surtout les premiers jours, les plus critiques, ceux durant lesquels on enregistrait le plus de tentatives de suicide. Jérémy avait aussitôt été *doublé* : mis en cellule avec un autre détenu, quelqu'un pour garder un œil sur lui. Il avait pleuré en silence dans son lit du dessus, ravalé ses sanglots plus d'une fois. Mais, heureusement, n'avait rien tenté de grave. Jusqu'à présent. Un mois avait déjà passé. Et aucune habitude ne s'était installée. Chaque matin il se réveillait avec les mêmes craintes, chaque soir il se couchait avec la même angoisse. Peur de se faire agresser le jour ; peur de faire une crise, d'avoir un problème la nuit, enfermé comme un animal. Et chaque visite de son père était aussi douloureuse.

Il prit une grande inspiration, se redressa, passa les mains sur son visage.

— Putain, putain… il chuchota. Faut que je sorte d'ici.

— Ça va passer vite, tu vas voir.

— Ouais.

Ça va passer vite, c'est tout ce qu'il avait trouvé à dire. Vacaresse aurait voulu apporter à son fils le soutien dont il avait besoin, être le père solide, la bouée de secours. Mais chaque mot semblait rater sa cible. Le procès les avait pourtant rapprochés tous les deux. Ces mois de procédure, ils les avaient vécus ensemble. Vacaresse avait appris à mieux connaître Jérémy, à approcher son monde. Mais pas suffisamment pour rattraper des années d'incompréhension. Le fossé était encore profond. Vacaresse pensait souvent au futur, à la sortie de prison, aux moyens de réinsérer son fils dans la vie. Peut-être réussirait-il à avoir son bac grâce aux cours par correspondance qu'il venait de commencer. Puis il ferait quelques années d'études. Informatique, multimédia, un de ces trucs à la mode où le boulot ne manque pas. Mais il était trop tôt pour en parler. Il connaissait déjà la réponse de Jérémy. Arrête, tu m'emmerdes avec mes études…

Alors ils ne parlaient de rien.

Vacaresse regarda sa montre : plus que quelques minutes. Les uniformes se rapprochaient de la porte. Dans le compartiment d'à côté, derrière la paroi en contreplaqué, les embrassades commençaient. Et des je t'aime, et des je pense à toi, et des bisous d'enfant. Quelques mots doux en portugais. De l'amour à ne plus savoir qu'en faire.

Trouver un dernier sujet.

— J'ai un nouveau contrat.

— Ah ouais. C'est quoi, ton deuxième ?

— Troisième. C'est dans l'Ouest, à Saint-Laurent.

— J'aime bien là-bas. C'est sympa.

— Bon, ce n'est pas grand-chose, mais c'est bien de se remettre au travail.

— Cool. Ouais, c'est cool.

— Oui.

Un silence passa. Le père observant son fils, le fils observant ses pieds.

— Bon, ça va être l'heure je crois.

— Putain, je vais passer à la fouille, chuchota Jérémy, angoissé.

Se retrouver nu avec un surveillant, un rideau usé pour seul rempart face aux autres détenus, la fouille obligatoire après le parloir n'avait rien d'une partie de plaisir. Jérémy redoutait ces instants d'impudeur. Dévoiler à ces inconnus son ventre mou, ses cuisses trop grosses, son sexe caché sous ces bourrelets dont il avait honte depuis si longtemps. Un porc en batterie, c'est à ça qu'il pensait à chaque fois. Il se demandait comment faisaient les autres, pourquoi pour lui c'était si dur. Pourquoi il devait endurer tout ça.

La porte s'ouvrit à nouveau. Jérémy fixa son père. Un regard de détresse.

Je ne veux pas retourner là-dedans. Fais quelque chose.

Vacaresse longea les bâtiments de la prison, les murs bleus, les tours blanches. Les barbelés entortillés aux toits. Au loin, des cris s'échappaient de la maison d'arrêt pour femmes : les détenues cherchaient à établir un contact avec le quartier homme. Il se racontait que, par le passé, une idylle était née ainsi, d'une de ces discussions hurlées de cellule à cellule, avec un mariage à la clé une fois purgées les peines des deux amants.

Le centre pénitentiaire de Rémire-Montjoly, à quelques kilomètres de Cayenne. Six cents places, sept cents prisonniers, jusqu'à huit cents quelques années plus tôt. Une population carcérale majoritairement étrangère, et des violences fréquentes avec fabrication d'armes artisanales. En 2008, plusieurs détenus avaient attaqué l'établissement pour ses conditions de détention inhumaines, et remporté le procès : trois mille euros d'indemnités pour les plus chanceux. Et deux vagues de travaux pour augmenter la capacité d'accueil.

Mon fils est là-dedans, se répéta Vacaresse. Il avait envoyé plus d'un criminel derrière ces murs. Homicide, violences sur mineur, proxénétisme, il avait encore en tête le profil de chacun d'eux. Il les avait approchés, en interrogatoire, en garde à vue, au procès. Avait fouillé dans leur vie, dans leur famille, appris à connaître les détails de leur existence. Et aujourd'hui, ces condamnés vivaient aux côtés de Jérémy. Il les croisait dans les couloirs, les salles de sport, les douches. Il n'y avait que dans les cellules et à l'intérieur des unités qu'on pouvait faire le tri, que les détenus étaient regroupés par type de peine.

Vacaresse monta en voiture, poussa la climatisation au maximum. Direction Cayenne, en évitant la caserne de gendarmerie. Route de la Matourienne, Rémire et ses villas chics, route de Montjoly. Un fromager géant abritait une station essence prise d'assaut suite à un préavis de grève des pompistes. Des conducteurs en panique : le dernier mouvement en date avait paralysé le département. La ville cuisait sous un plafond nuageux qu'on aurait cru pouvoir toucher, opaque et blanc.

Avenue Voltaire. Deux pièces en centre-ville, non climatisées, mal ventilées : un concentré de chaleur de quarante-cinq mètres carrés. C'est ce que Vacaresse avait dégoté pour installer son couple dans l'urgence. Avant d'y voir plus clair niveau finances, de trouver mieux quand Jérémy sortirait de prison. Il ouvrit la porte de la chambre. Mathilde était là, couchée sur les draps moites, minuscule au milieu du lit, les mains posées sur le ventre. Une gisante. Sur ses yeux, un masque de sommeil noir. Son front luisait de sueur.

— Je ne dors pas, elle informa, la voix cassée.

Autrement dit : j'essaye de dormir, ne me dérange pas. Elle pouvait rester des heures ainsi allongée, sans bouger. Guettant un sommeil devenu rare, espérant un miracle qui la sortirait de ce qu'elle appelait son *cauchemar*. Un fils en prison. Les antidépresseurs lui maintenaient juste la tête hors de l'eau. Vacaresse ferma doucement la porte. Il fit de l'ordre sur son bureau, rassembla son matériel, vérifia le dossier de sa cliente. Il rédigea un message pour Mathilde, le colla sur le frigo. Quelque chose de gentil, qu'il ne pensait qu'à moitié. Puis il quitta l'appartement. Il reprit le volant de son véhicule, mit le contact. Et s'éloigna bientôt de Cayenne pour rejoindre l'Ouest guyanais.

Saint-Laurent-du-Maroni. Son troisième contrat.

2

Le major Franck Marcy longea le câble électrique clandestin qui courait sur la terre grise, se planta en haut du talus. Cigarillo aux lèvres, Ray-Ban remontées sur le front, les bras croisés sur son torse imposant. À ses pieds, un paysage de bois, de tôle et de parpaings. Une centaine de baraques illégales, bricolées, bancales, fichées dans le sable derrière un lycée. Pas d'agencement particulier, on devinait des allées labyrinthiques serpentant entre les murs sombres. Plus bas, sous une masse végétale informe, on imaginait un petit marécage insalubre. Cité Carton, c'est comme ça que les habitants appelaient leur quartier. Interdit de parler de bidonville. Le terme officiel, moins dégradant, c'était : *habitat spontané*. Le major sillonnait les artères de Saint-Laurent-du-Maroni depuis la maternelle, il en connaissait chaque recoin, chaque histoire. Pourtant chaque fois qu'il venait ici il découvrait de nouvelles bicoques, effaré par l'ampleur du phénomène. Il observa longuement l'endroit, témoin impuissant des mutations de sa ville natale. Tout allait si vite. Il songeait à sa forêt, aux lieux où il aimait encore aller chasser, peu à peu grignotés par cette urbanisation anarchique.

Parce que si la population de la Guyane augmentait, celle de Saint-Laurent explosait littéralement. Les chiffres faisaient peur : quarante mille habitants recensés, trois fois plus prévus d'ici quinze ans. Une croissance comme on n'en constatait plus que dans certains pays d'Afrique. La ville du fleuve serait bientôt la première commune de Guyane, loin devant Cayenne. En cause, une natalité galopante, mais aussi une immigration permanente. Du Suriname notamment, le pays voisin, que quelques minutes de pirogue suffisaient à relier. Des bateaux chargés de candidats à une vie côté guyanais, pour rejoindre la famille, pour trouver du travail, pour accoucher en territoire français. Certains obtenaient des papiers, d'autres faisaient sans. La plus grande maternité de France affichait deux mille cinq cents naissances par an. Français ou étrangers, tout le monde cherchait un logement. En marge des circuits classiques, un réseau parallèle de locations et sous-locations avait émergé. Les marchands de sommeil s'enrichissaient sur le dos des familles nombreuses entassées dans leurs taudis. Et les quartiers illégaux se développaient en périphérie : on s'installait sur les terrains de l'État, on défrichait si nécessaire, on s'organisait autour de noyaux familiaux. Très rarement délogés par les autorités dépassées. Au mieux une quinzaine de permis de construire étaient délivrés chaque année sur la commune, tout le reste sortait de terre sans autorisation. La mairie tentait bien de maîtriser cette démographie débridée à coup de lotissements sociaux et d'opérations de relogement pour ceux qui y avaient droit, les quartiers libérés étaient aussitôt réoccupés par d'autres squatteurs. Les boîtes aux lettres s'empilaient à l'entrée de ces cités clandestines. Citernes, branchements sauvages sur le réseau électrique, même insalubres elles visaient l'autonomie. On finissait par installer des pompes à bras pour que les habitants aient au moins un accès à l'eau. Et les noms de quartiers apparaissaient, parfois officiels, parfois inventés par les résidents. Vietnam, Jakarta (ou Djakata, selon la prononciation), Trou Cochon, Baka Lycée (derrière le lycée), Baaka Wata (l'eau noire), Cupuaçu. Chaque secteur avait son histoire, son origine, sa population.

Les gendarmes, eux, essayaient de suivre cette dynamique sans fin, de s'adapter aux évolutions d'une ville que beaucoup d'entre eux découvraient encore. Et quand ils étaient perdus, ils questionnaient Franck Marcy. L'originaire, comme on appelait les agents issus du territoire. L'ancien, celui qui savait tout au sein de la compagnie de Saint-Laurent, qui connaissait le plus de monde. Qui comprenait, au moins un peu, ce qui se tramait par ici. Dans chaque quartier, Marcy avait son informateur, homme, femme, adolescent, identifié lors de précédentes affaires, rencontré deux ans, trois ans plus tôt. Une relation soigneusement entretenue, souvent inconnue de la hiérarchie qui fermait les yeux autant que possible, consciente de la valeur d'un tel réseau. Mieux valait ne pas savoir ce qu'il promettait en échange de ces informations.

Le major termina son cigarillo, écrasa le mégot dans le sable, rangea le filtre dans sa poche. Il resta un court instant, le regard braqué sur les toits étalés en contrebas. Murmura :

— Clifton Vakansie. C'est donc là que tu te caches. On va s'occuper de toi. *Chans zwa a pa chans kanna.*

La chance de l'oie n'est pas celle du canard. Un *dolo*, un de ces proverbes qu'il affectionnait. Quelques mots pour lui-même, pour se raccrocher à sa culture créole, pour se donner du courage avant de lancer l'opération sur la cité Carton. Il allait falloir se faire discret, les gendarmes n'étaient pas chez eux ici, même en civil on les repérait de loin. Surtout les Blancs, il pensa en jetant un œil aux collègues du peloton de surveillance et d'intervention. Au téléphone, son informateur avait été catégorique : Vakansie se terrait dans une bicoque au cœur des baraquements. Chez sa copine. Faites attention, avait prévenu l'homme : elle a un nourrisson. Une bonne occasion de tester la fiabilité de ce nouvel indic.

Marcy se retourna, descendit de son belvédère, rejoignit l'équipe postée derrière les constructions. Le sentier d'accès au quartier longeait le lycée II. Le long des grilles, trois brouettes métalliques et trois femmes qui vendaient sandwichs et casse-croûte aux élèves, à travers les barreaux. Les gendarmes firent un dernier point sur l'opération. Une interpellation sans accroc, c'était l'objectif. Répartition des rôles, destination finale, signalement du suspect, rappel des règles de sécurité.

Et en avant.

Marcy en tête, pistolet automatique serré à deux mains. Les autres derrière. Gilets pare-balles sur les polos. Collés aux murs de bois, se faufilant entre les baraques sur le sable fin. À gauche un poulailler bricolé, un numéro peint à la bombe sur la tôle. À droite une salle de bains à ciel ouvert, trois parois couvertes de toile cirée. Enchaîné à un poteau, un macaque juché sur une antenne parabolique suivait des yeux leur avancée. Une opération hasardeuse : difficile de rester à couvert. Et des issues multiples si le suspect prenait la fuite.

Marcy serra les dents. Ne bouge pas Vakansie, reste dans ta baraque.

On va faire ça en douceur, hein.

Une demi-heure avait passé dans la chaleur de la petite pièce. Une demi-heure sans un mot, sans discussion, sans émotion. Rien d'autre que les paroles de la télévision pour remplir l'espace. Une série américaine. Clarice avait laissé entrer Clifton, l'avait vu s'affaler sur le canapé usé dans son jean tout propre qui lui tombait des fesses, son polo à rayures, avec son sac de sport en bandoulière. La coiffure soignée : des petites mèches hérissées partout sur le crâne. Dès qu'il avait mis le pied sur le lino, elle avait compris que quelque chose n'allait pas : il était muet, transpirant, pâle. Mais elle n'avait posé aucune question, enfermée dans sa routine de jeune maman. Parce qu'au fond, ce qui lui arrivait, elle s'en fichait. Elle aussi avait ses problèmes et il n'avait rien fait pour l'aider. Le père de sa fille, ce bon à rien. Pas fichu de trouver de quoi acheter un paquet de couches, de rapporter un peu d'argent pour élever l'enfant. Parler, promettre, il ne savait faire que ça. C'est ma fille, tu verras, elle aura tout ce qu'elle veut, il disait ça pendant la grossesse, et elle l'avait presque cru. Du blabla, des paroles de mec : depuis la naissance, il n'y avait plus personne. Il fuyait. Clarice assumait tout, toute seule, tout le temps. Pour l'argent, elle se débrouillait avec la famille, et les allocations. Parfois elle se disait qu'elle n'avait plus besoin de lui, qu'il pouvait bien partir. D'autres fois elle espérait, se persuadait qu'il n'était pas pire qu'un autre, rêvait qu'il finisse par mûrir un peu. Mais le voir comme ça, faible et apeuré comme un enfant, ça la laissait indifférente.

Clifton essuya du poignet la sueur qui lui inondait le front. Il observait Clarice s'affairer. Elle ne le regardait même plus, tout occupée à laver la petite. Tasse à la main, elle puisait l'eau dans un seau en métal où infusaient tiges et feuilles mortes, lui conférant cette couleur brune propre aux bains traditionnels. Elle portait un pagne autour de la taille, par-dessus ses vêtements. Ne pas prendre froid : la coutume noire-marron, obligatoire pendant trois mois après l'accouchement. Clifton avala sa salive, aride. Il cherchait ses mots. Lui dire pourquoi il était là ? Tout lui raconter, lui demander de l'aide ? Non. Tu es un homme, pas un mendiant. Tu vas te débrouiller tout seul. Pour ta fille. Les bouffées de chaleur continuaient, l'assaillaient sans cesse depuis… depuis que tout avait dérapé. Mon Dieu, il pensa. Ça ne devait pas se passer comme ça. Il réalisait à peine. Dès que les images des dernières heures lui revenaient, il fermait les yeux. Un vrai cauchemar. Pense à autre chose, il se répétait. Il tripota l'élastique entortillé d'une de ses petites nattes. Oui, tu vas te débrouiller tout seul. Attends juste un peu que ça se tasse. Ici ils ne te dénicheront pas, tu es tranquille pour un moment. Et après, tu verras comment faire. Peut-être que rien n'est perdu, que tu peux encore y arriver. D'autres ont réussi avant toi.

C'est lui qui avait trouvé le prénom de la petite. La seule chose sur laquelle il avait eu son mot à dire, d'ailleurs. Il avait choisi : Djayzie, rapport au rappeur new-yorkais. Sept cents millions de dollars, c'était la fortune de l'Américain. Un nom comme ça, ça ne pouvait que lui porter chance. Djayzie, seulement deux mois et déjà une merveille. Ses petits cheveux plaqués sur le crâne, ses petits yeux translucides, son petit nez enrhumé, ses petites cuisses grassouillettes qu'elle agitait dans l'eau brune. Tout un monde à elle seule. Un monde sans problème. Un monde sans Clarice, sans sa mère, sans tous ces parasites qui l'empêchaient de devenir quelqu'un. Juste elle et lui, Djayzie et Clifton. La fille et le père, unis pour la vie. Eux deux contre les autres. Depuis sa bassine, elle lui souriait. Sa mère aurait dit le contraire, mais lui, il en était certain. Il aurait voulu s'approcher d'elle, la prendre dans ses bras, la bercer. Mais Clarice était là. Depuis quand tu t'occupes d'elle ? Tu vas la faire tomber. Il voyait ça d'ici. Elle le bridait dans son rôle de père.

Elle sortit Djayzie de la bassine, la sécha, lui remit sa minuscule couche et son body rose. Dans la paume de sa main, elle mélangea un peu de pommade Vicks avec de l'huile de coco et du camphre, avant d'étaler le produit sur la fontanelle encore molle de la petite. Puis elle l'installa entre deux coussins. Elle se leva, réajusta son pagne sur son ventre flasque, fixa Clifton un instant. La mine condescendante sous ses cheveux ébouriffés. Elle avait le visage un peu bouffi.

— Tu veux manger ? J'ai de la soupe chinoise.

Une casserole fumante sur le réchaud à gaz, dans la cour derrière la maison.

— Non, il fit, malgré la faim qui lui déchirait l'estomac.

Elle tchipa. Ce gars-là, elle ne le comprendrait jamais. Tant pis pour lui, elle n'était pas sa nounou après tout. Elle s'approcha de la porte ouverte, souleva de la main le rideau bleu, passa la tête dehors. La lumière du jour se jeta dans la maison, fit contre-jour sur l'écran du téléviseur.

— Ma mère arrive, tu devrais partir.

Sa mère, une harpie, Clifton la détestait. Combien de fois elle l'avait insulté, l'avait chassé de la baraque ? Avec ses cris de folle qui résonnaient dans tout le quartier, incompréhensibles. L'humiliation totale. Tout ça devant Clarice. Et devant Djayzie. Pourquoi devait-il supporter cela ? Parce qu'elle était chez elle, tout simplement. Et qu'en le traitant de vaurien, elle n'avait pas complètement tort. Jusqu'à présent en tout cas. Car ça allait changer.

Il se mit debout, gonfla le torse pour se donner de l'importance. Il fit quelques pas sur le linoléum, contourna la montagne de linge sale entassée dans un carton, puis sortit dans la cour. Le ventre dur, un sac de ciment. Il gratta le sol de la pointe de sa basket. La vieille avançait, un sac Super U surchargé calé sur la tête, la main droite sur un côté pour l'empêcher de tomber. Il reconnut sa face ridée, ses yeux méchants. Elle remontait le talus, un effort à chaque pas. À mi-pente, elle fit une pause, posa son barda, fronça le regard sur sa droite. Quelque chose avait attiré son attention. Quelque chose qui s'approchait, entre les murs des maisons.

Clifton se décala, scruta l'endroit à son tour. Et il comprit.

Les babylones !

Marcy était encore à cinquante mètres de la baraque, embusqué au pied d'une citerne, les doigts serrés sur son Sig Sauer, toute l'équipe derrière lui, lorsqu'il aperçut Clifton Vakansie. Un Noir-Marron, un mètre soixante-quinze tout au plus, sac de sport à terre, tenue large, le crâne plein d'élastiques. Pas de doute possible, c'était bien lui : avec tous les témoignages récoltés dans la journée, le major s'était fait une bonne idée du personnage. Mais que faisait-il dehors, à balayer la poussière avec ses baskets, les mains dans les poches ? S'il ne rentrait pas dans la maison, l'interpellation allait s'avérer difficile.

Le quartier était quasi désert. Des poules qui gloussaient, quelques chants d'oiseaux dans les arbres. En contrebas, des palmiers s'égaillaient dans une eau stagnante. Un reggae commercial provenait d'une buvette trois cents mètres plus loin, le tube de Morgan Heritage :

— *You don't ha fi dread to be Rasta... Don't ha fi dread... This is not a dreadlocks thing... Divine conception of the heart, well...*

Le major s'essuya le front. Allez Vakansie, retourne à l'intérieur, fais-moi plaisir.

Mais le suspect ne bougeait pas, il faisait du surplace, les gestes nerveux. Les sourcils froncés, tendu. Il glissa une main sous son polo, se gratta le ventre. Plus bas, Marcy repéra une femme qui remontait en direction de la maison. Une marche laborieuse de fin de journée, provisions sur la tête. Avance, ma vieille, passe ton chemin. Mais la vieille en question l'entendait autrement. Elle s'arrêta, posa son sac. Puis se tourna dans la direction des gendarmes, la main sur le crâne, le regard fouineur. Le major s'écrasa au sol. Elle va tout faire foirer ! Tapi sous la citerne, il jeta un œil à Vakansie. Le jeune était sur ses gardes, elle avait attiré son attention. Non, tu n'as rien vu, retourne-toi, nom de Dieu.

Mais si. Clifton Vakansie avait vu.

Et il détala d'un coup.

— Merde !

Le major bondit, intima à ses collègues de gagner la baraque. Et s'élança derrière le fuyard.

— Arrête-toi ! il hurla.

Sans effet. Vakansie fonçait, une fuite effrénée. Son corps de jeune adulte à plein régime, la main sur l'abdomen, l'autre serrée sur son sac. Façades de bois noir, tôle ondulée rouillée, paraboles, fils à linge, gouttières dans tous les sens. La cité Carton à grandes foulées, dérapant sur le sable sec. Marcy ne le quittait pas des yeux, attaquait chaque virage avec l'espoir de lui tomber dessus. Vakansie jetait des regards en arrière, en panique, la bouche déformée. Avec une bonne avance, pas loin de cent mètres, une cadence de sprinteur. Tu n'iras nulle part ! pestait Marcy. Il donnait tout ce qu'il avait. Mais déjà il fatiguait, les poumons ne suivaient pas, douloureux. Le souffle, ce foutu souffle, le tabac. Et l'âge. Devant les baraques, de plus en plus de curieux, attirés par la poursuite. Des filles en paréo, les cheveux en bataille, interrompues dans leur séance de coiffure. Des hommes en débardeur, des gamins en surnombre, le slip détendu. Des cris de soutien. Tout le monde avec Clifton ! Dehors les babylones ! Ne pas se laisser impressionner, garder le rythme. Malgré la douleur : chaque inspiration était une souffrance, lui arrachait la poitrine.

Au détour d'une paroi grillagée, le jeune glissa, s'étala dans un nuage blanc, heurta un bidon métallique. Il gémit, se releva aussitôt. Le coude en sang, du sable dans la bouche. Coup d'œil effrayé au gendarme, il s'essuya le visage, cracha. Et reprit sa course. Les jambes en feu dans les allées poussiéreuses. Un mur en bois : Vakansie s'accrocha, se hissa à la force des bras, les baskets gigotant dans le vide. Et il bascula de l'autre côté. À plat ventre au milieu d'une petite cour. Un vieillard interdit, un coq outré. Et une épine dans le mollet. Le major peina à le suivre, escalada à son tour, le bas du pantalon pris dans un clou tordu. Il s'étala sans grâce, l'épaule râpée par le sable.

— Putain !

Il releva la tête. Devant lui, l'obstacle. Un talus raide, qui montait jusqu'à la route en une trouée boueuse entre troncs d'arbres et buissons. Le fuyard courut, s'engagea, grimpa dans la terre humide, accroché aux feuillages, aux racines, à une carcasse de voiture jetée là. Comme s'il avait fait ça toute sa vie, un vrai petit singe. Quand Marcy débuta l'ascension, le jeune homme était déjà en haut, reprenant son souffle. Il regarda le gendarme glisser dans la boue, se débattre avec les végétaux, enrager, cracher ses poumons. Saloperie ! Distancé, pour de bon cette fois. Le major réussit à atteindre le sommet en grognant, lourd et pataud. Et une fois sur l'asphalte, il ne put que constater son échec : Vakansie s'éloignait, passager d'un scooter qui l'avait pris au vol. Des gaz d'échappement noirs, un moteur qui pétarade, c'est tout ce qui restait de lui. Pas de plaque d'immatriculation, impossible d'identifier la marque ou le modèle de l'engin. Pas de carénage non plus d'ailleurs, juste un squelette de métal. Le phare arrière droit explosé.

Plié en deux au milieu de la chaussée, les poumons brûlés, Marcy hurla. Un juron rempli de rage sous les regards des badauds amusés. Il fixa une dernière fois la silhouette qui disparaissait au loin. Clifton Vakansie, il se répéta. Rappelle-toi de moi.

Pli ta, pli tris.

Plus ça tarde, plus ça sera dur pour toi.

Retour dans la baraque. Le polo déchiré, le pantalon noir de terre, Marcy passa la porte en écartant le rideau. Lèvres serrées, regard mauvais. L'orgueil meurtri, il digérait mal son échec. Ses yeux fuyaient ceux des collègues qui s'abstinrent de tout commentaire. Ils l'avaient déjà vu dans cet état, savaient comment réagir. Par le silence. Lui laisser du temps pour se calmer.

L'intérieur était sommaire : matelas au sol, fauteuils de récupération, téléviseur posé sur trois planches assemblées.

Un paquet de linge sale débordant d'un bac en carton. Aux murs, fixés de travers sur le contreplaqué, des posters aux couleurs délavées, groupes jamaïcains et bodybuilders. La précarité de l'habitat spontané. Seul détonnait un énorme buffet en bois de menuiserie importé du Suriname, sur lequel trônaient une série de photos de famille et un chien en peluche. Le major se cala le dos contre une paroi. La lumière du jour passait entre les planches disjointes. Dehors, les habitants s'approchaient, on entendait leurs murmures, leurs critiques, leur grogne.

Clarice, la copine de Clifton Vakansie, vautrée dans le canapé, tentait de rassurer son nourrisson gémissant dans un body rose bonbon. La jeune maman était plutôt ronde, mal remise de sa grossesse, on devinait la forme de son ventre sous son tee-shirt. Elle râlait, tchipait, autant en réponse aux questions des gendarmes qu'en réaction aux commentaires de sa mère, debout derrière elle. La vieille se répandait en paroles méchantes sur son gendre. Un beau parleur, fainéant comme tout, incapable de gagner sa vie, de s'occuper d'une femme et d'un enfant. Il n'y avait rien à en tirer, qu'il aille au diable ! Clarice, elle, en dressait un portrait moins radical, essayait de le défendre, au moins un peu. Ce n'était pas un voyou, il n'avait jamais rien fait de grave, juste des petits trafics par-ci par-là. Pas pire qu'un autre, elle était seulement en rogne contre lui. Il fallait qu'il se trouve un travail, elle le tannait avec ça depuis des semaines. Elle avait l'air tiraillée, un peu amoureuse un peu désabusée. Et perturbée par cette intrusion des forces de l'ordre dans la minuscule bâtisse clandestine.

— Savez-vous ce qu'il faisait ces derniers jours ? questionna Marcy. Hier, avant-hier, ce matin, vous étiez en contact avec lui ?

Clarice tapota le dos de sa fille, secoua la tête.

— Aucune idée. Il a débarqué tout à l'heure, il s'est installé sans dire un mot. Je ne l'avais pas vu depuis une semaine.

— Il ne vous a rien dit de particulier ?

— Non. Il était bizarre. D'habitude il raconte sa vie, il invente des trucs pour se rendre intéressant.

Elle changea le bébé de position, cala sa petite tête sur son épaule. Elle se remémora les bons moments passés avec Clifton, à l'époque où elle gobait encore ses mensonges. Il la traitait comme une princesse, à ses côtés elle se sentait presque belle, mise en valeur par ses discours de séducteur. Avec son visage tout lisse, un peu enfantin, elle avait cru qu'il serait différent des autres, qu'il ferait ce qu'il faut pour sortir du trou. Elle aurait été prête à le suivre n'importe où, en Guyane, en métropole, au Suriname. Mais de tout ça il ne restait presque plus rien. Des désillusions, peu à peu elle avait fini par redescendre sur terre. Elle avait compris : les hommes se valaient tous, ce n'était pas sur eux qu'il fallait compter. Pourtant, à cet instant, face aux gendarmes, elle était inquiète pour lui. Cette fois c'était du sérieux, pas besoin d'avoir le baccalauréat pour s'en rendre compte. Elle hésita avant de poser la question.

— Pourquoi… Pourquoi vous le cherchez ? Il a fait quelque chose ?

C'est le gars plein de terre qui lui répondit. Il faisait peur, elle avait l'impression qu'il mesurait plus de deux mètres. Et ce qu'il dit lui glaça le sang.

— Plutôt oui. Il a tué quelqu'un.

3

Le gendarme en uniforme s'approcha des deux époux, serrés l'un contre l'autre sur le petit banc, la main dans la main, le regard dans le vague.

— Monsieur Nicolas, il annonça doucement. On... On va l'emmener maintenant.

Le père esquissa un froncement de sourcils. Puis, sans tourner la tête, il hocha le menton. On va se contenter de ça, estima le sous-officier. Il donna le signal aux employés des pompes funèbres qui venaient d'arriver sur les lieux. Dans la petite chambre, sur le sol carrelé, ils firent glisser la fermeture Éclair de la housse mortuaire sur le corps du garçon. Puis ils soulevèrent la dépouille, traversèrent le salon, la portèrent hors de la maison, à pas lents sur les graviers, la chargèrent dans le fourgon garé le long du fossé. Les parents observèrent leur fils quitter le domicile, emballé comme un morceau de viande. Le moment de la séparation, toujours difficile. Ils se tenaient droits, tentaient de préserver un peu de leur dignité devant les uniformes qui arpentaient leur foyer depuis le matin. La mère, en larmes, se retenait de hurler, ça se voyait. Tout était à l'intérieur. On leur avait expliqué que le corps leur serait rendu après l'autopsie. Pour la veillée mortuaire, c'était la tradition catholique créole : le défunt devait être exposé aux proches pendant une nuit entière, dans son cercueil ouvert. Le prêtre était déjà passé, avant tout le monde, le matin. Il connaissait bien la famille, très pieuse, assidue aux messes de sa paroisse. Toujours dans les premiers rangs à l'église. Il allait préparer une prière toute particulière, en l'honneur du jeune Willy.

Assassiné.

Le père de la victime portait une moustache broussailleuse et avait un ventre énorme serré dans un tee-shirt taché. La mère, Carole Nicolas, était à la limite de l'obésité, une blouse jaune et un chapeau de paille, les mollets couverts de varices. Une Bible sur les genoux. Elle paraissait exténuée, elle avait tellement pleuré, tellement crié depuis ce matin. Tellement manifesté sa douleur. Ils étaient assis sur leur minuscule terrasse, coincés entre le mur et la barrière rouillée. Peut-être l'un d'entre eux allait-il craquer à nouveau, exploser d'un instant à l'autre, les gendarmes s'attendaient à tout. Une famille créole, installée dans une petite villa du quartier des Cultures, partie nord de Saint-Laurent. De leurs quatre fils, Willy était le dernier, le seul à habiter encore chez ses parents. Les autres étaient grands. L'un d'eux au moins avait réussi, agent comptable en Martinique. L'aîné vivait à Cayenne d'on ne sait quoi, ne donnait jamais de nouvelles. Dans la cour, entre les graviers rouges, se dressaient un papayer et une antenne parabolique plus noire que blanche, reliée au toit par un fil électrique détendu. Trois carcasses de voitures à moitié démontées occupaient le fond du terrain, le père y puisait tout ce qui était en état de marche. À l'intérieur, au milieu du salon, la grand-mère installée dans un fauteuil. Pas un mot, pas un mouvement pour confirmer qu'elle était vivante. Juste une respiration, laborieuse et encombrée. Au moment du drame, elle était à la même place, elle avait sûrement tout vu de ses yeux vitreux. Mais ni le major Marcy ni personne n'avait réussi à en tirer quoi que ce soit.

Dans la ruelle un attroupement s'était formé. Il y avait les voisins, la famille, arrivés pour témoigner de leur soutien aux parents effondrés, proposer leur aide matérielle, assurer qu'ils allaient prier pour eux. Et il y avait les badauds, les curieux venus voir quel drame agitait le quartier. De quoi on parlerait le soir aux infos.

C'est la mère qui avait découvert le corps de son fils. Autour de dix heures du matin, alors qu'elle revenait du marché le panier rempli de légumes pays, ignames et dachines. Elle avait trouvé le portail mal refermé, s'en était étonnée, était entrée en devinant que quelque chose venait d'arriver. Avait jeté un œil dans le salon, dans la cuisine. Et l'avait vu, enfin, dans sa chambre. Le cadavre de Willy. Vautré sur son lit au milieu du drap froissé, une expression d'horreur sur le visage, les yeux éteints. La table de nuit renversée, peut-être pendant une bagarre. Pas de légiste dans l'Ouest guyanais, c'est l'unique technicien de la brigade de recherches de Saint-Laurent qui s'était chargé des observations sur site. Il faisait l'hypothèse d'une mort par strangulation, à mains nues en première analyse. Plus des coups portés au visage. Tout ça dans l'attente de l'autopsie.

Sitôt la gendarmerie sur les lieux, l'enquête avait commencé. Pour en prendre la direction, le commandant de compagnie avait choisi le major Franck Marcy. Qui n'avait pas perdu un instant, comme à son habitude.

À onze heures moins le quart, les époux Nicolas dressaient le portrait de la victime. C'était surtout le père qui avait parlé, la mère était trop affectée, à moitié couchée sur le corps inerte de son enfant. Willy Nicolas, un jeune de vingt-trois ans, pas plus difficile qu'un autre. Sans diplôme, il avait raté le bac et renoncé à retenter sa chance, il jobait à droite à gauche. Un peu dans le bâtiment, un peu dans la manutention. Pas de quoi faire la fierté d'une mère, mais rien pour la déshonorer non plus. Casier judiciaire vierge. Les parents disaient n'avoir pas vu leur fils depuis trois jours, mais cela lui arrivait souvent. Non, ils n'avaient aucune idée de qui pouvait lui vouloir du mal, c'était un garçon sans histoire. Complètement désemparés.

À onze heures trente, un voisin cancanier en tenue de débroussailleur racontait avoir aperçu un jeune homme sortir de la maison Nicolas et marcher rapidement dans la rue, l'air perturbé, fuyant les regards. Un Noir-Marron, il précisa, comme une preuve qu'il s'agissait bien du meurtrier. On sait de quoi ces gens-là sont capables… Le genre de discours que les gendarmes entendaient parfois, qu'ils faisaient mine de ne pas relever. Ce témoignage fut bientôt confirmé par plusieurs résidents du quartier. Et par les habitués de l'épicier chinois, qui buvaient et discutaient sur le trottoir quand le jeune était passé. D'autres voisins disaient avoir perçu des cris en provenance de la petite villa, des plaintes étouffées sans doute émises pendant la lutte dans la chambre. Mais qui n'avaient pas duré assez longtemps pour les alarmer.

À quatorze heures, le croisement des informations que Marcy était parvenu à collecter permettait d'identifier le suspect. Clifton Vakansie, un jeune Ndjuka de vingt-six ans, lui aussi sans casier. Il avait été aperçu, marchant dans les rues de la ville avec Willy Nicolas, moins d'un quart d'heure avant le meurtre. Totalement inconnu des parents, il répondait pourtant en tout point à la description faite par les voisins.

À quinze heures quarante-cinq, grâce à la mère de Vakansie et à un des indics du major, le Ndjuka était localisé. Cité Carton. Sûrement caché dans la baraque de son amie, avec sa fille. Marcy montait aussitôt une opération pour mettre la main dessus. En cas de succès, on aurait peut-être des aveux le soir même. Une enquête sur homicide bouclée en une journée, un record, l'équipe aurait pu fêter ça dignement.

Sauf que l'interpellation avait été un fiasco.

La brigade de recherches de la compagnie de Saint-Laurent-du-Maroni, une équipe réduite : un commandant, un technicien, six enquêteurs. Et des affaires incomparables à celles traitées par une telle unité dans l'Hexagone. Enquêter ici impliquait de faire avec les moyens du bord, de s'adapter en permanence. S'adapter au territoire, au contexte humain, aux ressources limitées. Cayenne était loin, trois heures de route, Paris encore plus. Les gendarmes de l'Ouest guyanais faisaient tout eux-mêmes, apprenaient à se débrouiller seuls. Du travail de terrain, à l'ancienne. En métropole, les collègues étaient devenus des bureaucrates, ils disaient. Là-bas, jamais un adjudant ne se retrouvait directeur d'enquête sur un homicide. Ici ça arrivait toutes les semaines.

Franck Marcy avait intégré la gendarmerie à trente ans et, passée sa première affectation obligatoire dans l'Hexagone, il avait déroulé toute sa carrière dans la compagnie, depuis le bas de l'échelle. Sa légitimité auprès des collègues, il l'avait acquise avec le temps. En faisant tout pour se rendre indispensable, incontournable. Il avait cultivé l'image de l'ancien au savoir total. À présent toutes les affaires passaient par lui à un moment ou un autre, qu'il les dirige ou ne soit que consulté. Au fil des années, il était monté en grade, plein d'ambition. Avant la retraite, il espérait pouvoir prendre la tête de la brigade de recherches, rêvait même de devenir officier et de commander toute la compagnie. Mais le temps défilait, la cinquantaine l'an prochain. Et en attendant, il stagnait au poste d'adjoint au chef de brigade. Multipliant les excès de zèle avec un brin d'arrogance. Quelque part, il pensait souvent, sa couleur de peau avait quelque chose à voir avec cet avancement au ralenti. Les Blancs débarqués de métropole semblaient toujours lui voler les promotions, avant de repartir outre-Atlantique, bardés de responsabilités. Parce que pour évoluer, il fallait bouger.

Mais la hiérarchie voyait les choses autrement. Pour ses supérieurs, il en faisait trop. Trop vite, trop gros, trop brouillon. Oui, Marcy connaissait la région comme personne, était devenu une ressource pour tous ses collègues. Oui, il ne comptait pas ses heures. Oui, ses enquêtes aboutissaient plus rapidement que d'autres. Mais il manquait de rigueur, de discipline. Ses rapports restaient souvent lapidaires. Il avait tendance à travailler seul, un électron libre. À tout moment il risquait de se planter, oubliant procédures et règles de déontologie. Ça pouvait mal se terminer, pour lui comme pour l'institution dont la réputation était fragile. La radiation du lieutenant Vacaresse, quelques mois plus tôt, avait échaudé tout le monde, pas question d'un deuxième scandale. Résultat : le commandant de gendarmerie, à Cayenne, le tenait à l'œil. Aujourd'hui Marcy avait commis une erreur. Son opération d'interpellation, il l'avait montée rapidement, trop pressé d'en finir. Pour narguer les collègues, encore une fois. Mais il avait négligé plusieurs paramètres, avec plus de préparation Vakansie n'aurait peut-être pas réussi à s'enfuir. Aussi la décision du grand patron ne se fit pas attendre. Le major fut convoqué dans le bureau du commandant de compagnie.

Marcy entra, prit place dans le fauteuil trop étroit pour sa carrure. Prêt à tout entendre. Aux murs, des dizaines de graphiques reflétaient l'évolution de la délinquance dans l'Ouest guyanais. Des chiffres inquiétants dont la presse locale était friande. Et à côté, une petite affiche avec un texte illustré supposé drôle : *En Guyane, il n'y a que la rumeur qui court, la forêt qui est vierge, le bois qui travaille et les miroirs qui réfléchissent*. Chaque fois qu'il voyait ça, Marcy pestait intérieurement. Il détestait ce genre d'humour. Était-ce là l'image du département que les officiers rapportaient quand ils reprenaient un poste en métropole ?

— Ça ne va pas vous faire plaisir, commença son supérieur en remontant ses lunettes de vue.

— Laissez-moi deviner. On me retire l'enquête ?

Le commandant observa le major enfoncé entre les accoudoirs. Physiquement, il en imposait. Coiffure à ras, peau claire, nez arrondi, il avait un visage massif, presque effrayant. Un délit de sale gueule, comme il disait lui-même. Il racontait qu'à Paris on le prenait pour un Arabe, qu'il se faisait arrêter par les flics. Ici ça lui conférait une stature. Les dernières années il avait pris du ventre, du poids. Mais rien qui lui donnait l'air de s'empâter. Juste plus de volume, de quoi étoffer sa carrure. Une force de la nature. Il ne manifestait aucun regret suite à son opération ratée, faisait le fier comme toujours. En apparence, en tout cas : le commandant avait toujours eu l'impression qu'il jouait un rôle, qu'il était moins sûr de lui qu'il ne voulait bien le montrer. Surtout depuis le décès de sa femme.

— Non, vous gardez la main, Marcy. Avec une priorité : retrouver Clifton Vakansie. Vous étiez bien parti, maintenant il faut rattraper le coup. Mais le général envoie du renfort de Cayenne. Un renfort, en fait.

— Pardon ?

Le commandant hésita, ne sachant comment formuler la nouvelle.

— Vous allez faire équipe avec un officier de la Section de recherches. En la personne du capitaine…

— Anato ?

— Tout juste.

Marcy resta sans voix un court instant. Puis il poussa un long soupir, comme si on lui avait annoncé la fin du monde. André Anato, il pensa. Le commandant de la prestigieuse Section de recherches, à Cayenne. Le jeune loup de la gendarmerie, à peine quarante ans, avec sa belle gueule, ses yeux jaunes sortis d'on ne sait où, ses silences et son air supérieur. Impossible de deviner ce qui se passait dans sa tête, même ses plus proches collaborateurs avaient du mal à le suivre. Le seul originaire à avoir atteint le grade de capitaine. Un modèle pour la jeunesse guyanaise. Un repoussoir pour Marcy.

Un parvenu.

— Anato est ndjuka, argumenta le commandant. Comme notre suspect. C'est un enquêteur brillant. Vos expériences sont complémentaires. C'est une occasion, vous devriez faire une bonne équipe.

Le major opina, la mine désespérée. Un enquêteur brillant… Et moi, je suis brigadier ? Sur le moment, il ne sut comment réagir.

— Il est déjà sur Saint-Laurent, il arrivera tout à l'heure. Il faudra faire le point avec lui.

— …

— Marcy, vous m'avez compris ?

— Oui, il fit enfin. O.K. Mais il est tard. Et ce soir je suis pris.

Le commandant ajusta ses petites lunettes.

— Faites-moi plaisir : mettez-y de la bonne volonté.

— Je vais essayer. Je ne vous promets que ça.

Sur quoi Marcy sortit de la pièce, puis du bâtiment. Debout sur l'allée en briques rouges, il se jeta sur ses cigarillos, aspira une longue bouffée, la dégusta. Pour se calmer. Faire équipe avec le capitaine Anato, il n'en revenait pas. Il ne manquait plus que ça. Comme disait sa mère autrefois, en créole : *pli ou déchiré pli chyen déchiré ou*.

Plus tu es déchiré, plus les chiens te déchirent.

Il marchait en direction des bureaux de la brigade lorsque son portable vibra. Appel d'un collègue qui travaillait avec lui sur l'affaire Nicolas.

— Marcy, vous avez une minute ?

— Je vous écoute.

— Là, je suis au dégrad, à l'endroit où accostent les pirogues. Et j'ai un nouveau témoin. Un piroguier. Il dit qu'il a vu Vakansie et la victime ce matin, ensemble. Ils débarquaient d'un autre bateau, le gars pense qu'ils arrivaient d'en face. Du Suriname. Il a même vu le jeune Nicolas trébucher et s'étaler dans la pirogue avant de descendre.

Cellulaire à l'oreille, le major hocha la tête, inconsciemment.

— C'est intéressant, ça…

— Attendez, ce n'est pas tout. Il dit qu'ils n'étaient pas seuls. Avec eux, il y avait un troisième type, à peine plus âgé.

— Un troisième ? Vous avez une description ?

— Très floue, je ne suis pas sûr d'en tirer plus.

Lorsqu'il coupa la communication, Marcy digéra l'information. Trois jeunes. Cette affaire va commencer à se compliquer, il devina.

Dans sa chambre d'hôtel, vue sur le stade de foot où une vingtaine de joueurs se croyaient en Coupe du monde, Anato sortit ses affaires de sa touque. Beaucoup de linge sale, comme toujours après un séjour sur le fleuve. Il prit une douche, fraîche, y resta longtemps. Se rasa de près, menton et crâne. Se fixa dans le miroir, les yeux jaunes dans les yeux jaunes. Puis quitta l'hôtel pour rejoindre la caserne Joffre, le siège de la compagnie de gendarmerie de Saint-Laurent. Le retour vers Cayenne était reporté, ordre de la hiérarchie. Une enquête dans l'Ouest, on a besoin de vous. Il n'en savait pas plus. Sinon qu'il allait travailler avec le major Marcy. Un originaire, comme vous, avait souligné le général qui avait beaucoup d'estime pour le capitaine. Un jugement rapide, typiquement métropolitain. En réalité tout distinguait les deux gendarmes.

Ils n'avaient pas le même âge, plus de dix années les séparaient, pas le même grade, Marcy n'était que sous-officier tandis qu'Anato arborait ses galons de capitaine. Mais surtout, pensait Anato, le général sous-estimait l'ampleur de leurs différences culturelles. Franck Marcy était un Créole guyanais. Communauté la plus importante du département, majoritaire dans les instances politiques, les Créoles étaient les descendants des esclaves de l'ancienne colonie française, libres depuis l'abolition et pour beaucoup métissés. André Anato, lui, était ndjuka, un des peuples noirs-marrons qui avaient émergé en Guyane néerlandaise en fuyant les plantations et en se réfugiant le long des fleuves où ils avaient vécu isolés durant plusieurs siècles. Deux histoires qui, au fil du temps, avaient façonné les hommes.

La collaboration n'allait pas être de tout repos, Anato le prédisait sans peine. Il n'avait jamais eu l'occasion de travailler en direct avec le major. Des échanges d'informations, des passations de dossiers, rien de plus, dans l'Ouest la brigade de recherches tournait souvent en autonomie. Mais il le connaissait de réputation.

Une tête brûlée, c'est le portrait que beaucoup faisaient de lui.

Aussi, lorsque le capitaine monta les marches qui menaient aux locaux de la brigade, qu'il se présenta à l'entrée du bureau mansardé du major, la poignée de main entre les deux hommes fut chargée de sous-entendus. Marcy, sourire crispé sous ses Ray-Ban relevées. Anato, les yeux remplis de méfiance. Assis de part et d'autre de la table de travail, ils échangèrent quelques paroles convenues, sous la contrainte, chacun conscient de l'effort que tout ça représentait pour l'autre. Marcy brossa les grandes lignes de l'affaire Willy Nicolas. Les témoins, les conclusions du technicien. La cité Carton : Vakansie nous a échappé, inutile de s'étendre sur les conditions de l'opération. L'air à son aise, planté dans son fauteuil à roulettes comme dans celui d'un ministre. La pièce sentait le tabac. Marcy dressa un portrait du jeune Clifton Vakansie, sans doute proche de la réalité. À Saint-Laurent, il en avait vu tant d'autres comme lui. Il réaffirma la priorité énoncée par son supérieur : le retrouver, avant tout. Les moyens de la compagnie et de la brigade territoriale étaient d'ores et déjà mobilisés.

L'exposé terminé, Anato resta muet près de trente secondes, le regard errant entre le plafonnier et la fenêtre. Un silence indéchiffrable, qui mit aussitôt la patience de Marcy à l'épreuve.

— C'est le seul suspect ? demanda enfin le capitaine.

— Tout concorde, pas de raison de chercher plus loin pour le moment. *Oun chyen pa ka kouri dèyé dé zo.* Un chien ne court pas après deux os.

— Je vois… Et le mobile ?

Ça commence, jugea Marcy. Les questions du spécialiste. Aucun respect pour le travail de la brigade.

— Le mobile, on le connaîtra quand on le tiendra.

Anato hocha la tête. Une enquête expresse, menée avec un seul objectif : coincer le coupable avant la nuit. Le suspect, pour être exact. La stratégie se défendait, mais il manquait beaucoup de pièces au puzzle.

— On a une idée de l'endroit où il a pu s'enfuir ?

— Aucune. Sa copine ne sait rien. Ou ne veut rien dire.

— Vous avez interrogé la mère de Vakansie ?

— On l'a vue ce matin, c'est elle qui nous a orientés vers la cité Carton.

Anato passa une main sur son crâne lisse comme pour éclaircir ses pensées.

— Vous voulez retourner la voir, c'est ça ?

Nouveau silence, que Marcy prit pour un oui.

— Je vous le dis tout de suite, ce soir ce sera sans moi, j'ai à faire. Je suis dessus depuis ce matin, je reprendrai demain aux aurores. De toute façon on ne le trouvera pas cette nuit. Allez-y si vous voulez, mais vous devez savoir une chose. (Il se redressa, posa les coudes sur le bureau.) La mère Vakansie n'est pas une inconnue. Il y a deux ans, un homme a été arrêté en scooter sur la route de Mana, sans casque, en état d'ivresse. Avec madame Vakansie derrière lui, elle aussi alcoolisée.

Anato resta de marbre.

— Rien de très grave, vous me direz, continua le major. C'est vrai : l'homme a juste pris du sursis. Ce qui est plus grave, c'est qu'au même moment, un des fils Vakansie était admis aux urgences, l'avant-bras brûlé au troisième degré. Le gamin s'était renversé une casserole d'eau bouillante alors qu'il préparait le repas pour ses cinq frères et sœurs. Il était tout seul pour gérer la maison pendant que sa mère picolait avec son amant. À neuf ans. (Il s'adossa au fauteuil, émit un bruit de bouche.) Ce n'est pas vraiment ce que j'appelle une mère responsable.

— Et on ne lui a pas retiré la garde ?

— On n'a rien pu prouver, elle a baratiné les services sociaux. Comme quoi elle avait demandé à sa sœur de surveiller les enfants, que la sœur était juste sortie de la pièce quelques minutes. Le gamin a confirmé. Et ça s'est arrêté là… Vous saisissez le profil ?

— Je saisis.

— N'oubliez pas ce qu'on dit : *chyen pa ka fé chat*. Les chiens ne font pas des chats.

Ils restèrent un instant les yeux dans les yeux. La tête haute, Marcy voulait démontrer combien il maîtrisait son dossier, que son expérience du secteur était cruciale pour la conduite de l'enquête. Dehors il faisait presque nuit, les chants des grenouilles commençaient à envahir la ville.

On frappa contre le mur en placo.

Marcy leva les yeux, le visage soudain radieux. Anato se retourna.

Appuyée contre le chambranle, une jeune femme, moins de trente ans. Toute fine, voire maigre, la poitrine inexistante. Les cheveux emballés dans un foulard bleu, dressés au-dessus du crâne sur trente centimètres. Le visage anguleux, les pommettes pointues, une expression difficile à saisir. Belle ? Pas au premier abord en tout cas. Ce qui frappait surtout, c'était sa présence, ce qui se dégageait d'elle, même immobile. Une aura spontanée, troublante. Et étonnamment calme : elle ne dit pas un mot, comme enveloppée par un silence élégant. Elle demeura un instant à observer les deux gendarmes, fit un signe du menton, pour indiquer qu'elle les laissait finir leur conversation.

Le major lui sourit.

— On avait terminé.

Il se leva, se dirigea vers la porte, déposa un baiser sur son front.

— Je vous laisse, capitaine. Ce soir je dîne avec ma fille, il ajouta non sans fierté.

Elle glissa furtivement ses yeux dans ceux d'Anato, puis fit un geste de la main pour le saluer, la mine ambiguë. Toujours sans ouvrir la bouche. Et enfin elle disparut dans le couloir avec son major de père.

4

Agent de recherches privées. Vacaresse avait encore du mal à se faire à son nouveau métier. Longtemps il avait regardé de haut ces détectives qui se donnaient des grands airs, qui se repaissaient des miettes laissées par gendarmes et policiers. Il avait raillé les collègues qui, la retraite arrivée, reprenaient du service dans un cabinet. Mais que pouvait-il faire d'autre ? Que savait-il faire à part enquêter ? Sa raison d'être, depuis toujours. Dans la gendarmerie, il était quelqu'un. Lieutenant Vacaresse, un officier reconnu dans le département. Il existait, au moins professionnellement. À présent tout était à reconstruire, brique par brique. Il avait entendu dire que les anciens gendarmes faisaient de meilleurs détectives que les policiers, qu'ils rédigeaient mieux, plus habitués aux procédures. Autant y croire. Matériel photo, téléobjectif, caméra miniature, scooter pour les filatures, vitres teintées sur sa voiture, il avait dû investir pour se constituer un équipement de départ. L'enquête de moralité avait été clémente, il avait obtenu son agrément sans difficulté.

Troisième contrat. Encore une affaire conjugale. On l'avait prévenu, c'était l'essentiel du travail. Mal payé : un forfait à 1 500 euros. Et rarement passionnant. Son premier dossier, il l'avait attendu plus d'un mois, le temps de se faire connaître. Sans référence, avec deux concurrents installés à Cayenne, il avait eu du mal à s'imposer. Mais à grand renfort d'arguments sur son passé d'enquêteur, il avait fini par convaincre le client de passer par lui. Son épouse demandait le divorce, réclamait une grosse pension, l'homme la soupçonnait de coucher avec un inspecteur des impôts. Vacaresse avait été engagé pour le démontrer, si possible avec photos. Des heures de filature pour prouver qu'elle dormait bien chez lui. Seule la conclusion avait amusé le détective : pour sa défense, au lieu de prétendre qu'elle avait bien vu l'inspecteur, mais qu'il ne s'était rien passé, la femme avait déclaré : ce n'était pas moi, c'était ma sœur. Ça devait voler très haut entre eux.

Cette fois, c'était encore plus simple. Pas d'histoire d'argent, pas de divorce en cours. Rien d'autre qu'une jeune femme inquiète pour son couple. Vacaresse la voyait encore dans son appartement-bureau, gênée, tortillant son corps joliment dessiné sur la chaise visiteur. Une petite bombe, qui avait réussi à le mettre mal à l'aise, comme toutes ces créatures sorties d'un monde auquel le détective n'avait jamais eu accès. Elle vivait avec son compagnon depuis quelques mois seulement, ni mariée ni pacsée. Elle se disait heureuse, amoureuse, dressait de lui un portrait élogieux d'amant idéal, elle avait raconté leur idylle le sourire aux lèvres. Mais elle avait une obsession : savoir. Être certaine que *c'était le bon*, comme elle disait. Qu'elle ne se trompait pas en s'engageant avec lui. Parce que les hommes, elle connaissait, elle avait du mal à leur faire confiance.

Vacaresse avait commencé par refuser. Ce n'était pas l'affaire qu'il attendait, celle qui allait asseoir la légitimité de son cabinet d'enquêtes. Et surtout, le travail d'agent de recherches privées était très encadré, impossible d'accepter un dossier sans lien avec une procédure judiciaire. La légitimité de la demande, c'est ce qu'il fallait démontrer avant tout contrat. Mais la femme avait insisté, presque supplié, ses grands yeux rivés dans ceux du détective. Le montant du forfait, en espèces, posé sur la table. À l'évidence, il y avait plus qu'une inquiétude jalouse dans sa démarche. On aurait dit qu'elle jouait sa vie. Alors il avait hésité.

Puis fini par dire oui. Voilà qu'il roulait vers l'Ouest guyanais. Les mains sur le volant poisseux, les vitres teintées, la climatisation. Et le bruit du moteur pour seul passager. L'asphalte fumait, le chant des grenouilles encourageait la nuit tombante. Pourquoi avait-il accepté ? Pour le sourire de la cliente, ses beaux yeux noirs ? Parce qu'il avait été ému par son histoire, sa quête de vérité ? Peut-être y avait-il un peu de tout ça. Mais surtout parce qu'il n'avait rien d'autre à faire. Depuis deux semaines, il pourrissait entre son appartement et le parloir de la prison, mourait d'envie de se remettre au travail. Parce qu'au fond sa vie se résumait à ça : enquêter pour exister. Quel que soit l'objet. Faire quelque chose, tout simplement. Oublier la tornade qui s'était abattue sur sa famille, emportant Jérémy vers sa cellule, Mathilde vers la dépression. Et Vacaresse lui-même vers une autre vie, encore mal assumée.

Saint-Laurent-du-Maroni. Il rétrograda. Passa devant la forêt des Malgaches, des conifères au garde-à-vous. Suivit la route principale, longea panneaux publicitaires, maisons en bois cachées derrière des murs de tôle ondulée, boîtes aux lettres entassées, massifs de bambous. La végétation exubérante s'accrochait partout, rampait sur les fils électriques, dévorait les barrières. Et aux poteaux des lampadaires, les unes sur les autres, fleurissaient les affiches électorales.

La campagne des municipales commençait, et s'annonçait tendue. Avec une question : un des candidats réussirait-il à détrôner Léon Bertrand, l'actuel maire de Saint-Laurent ? Ancien ministre sous Jacques Chirac, ancien député, ancien président de la communauté de communes de l'Ouest guyanais : un poids lourd politique. Bertrand gérait Saint-Laurent depuis 1983, pour beaucoup il était le maire *naturel* de la ville, faisait partie de l'histoire. Tous lui reconnaissaient une vraie carrure, une capacité à mobiliser. Mais face à cette longévité quasi monarchique, d'autres rêvaient d'une alternative. D'un souffle nouveau. Car Léon Bertrand, à entendre ses détracteurs, c'était aussi le maire des malversations, des conflits d'intérêts, du favoritisme. Du surendettement chronique, quatorze millions de déficit d'après la chambre régionale des comptes. Des arrangements entre amis, du *manger cochon*, comme on disait. De fait, l'édile avait été mis en examen pour délit de favoritisme et corruption passive, soupçonné d'irrégularités dans l'attribution de marchés publics. Détention provisoire, garde à vue, contrôle judiciaire. Et condamnation : trois ans de prison, 150 000 euros d'amende et privation de droits civiques pour cinq ans. Le jugement en appel restait à venir. Pourtant malgré ses démêlés avec la justice, Bertrand demeurait populaire. L'opposition peinait à se structurer, la gauche était éclatée, les partis incapables de constituer une liste commune, parti socialiste et parti socialiste guyanais partaient chacun de son côté.

Vacaresse, lui, s'intéressait peu à la politique. Et encore moins à celle de Saint-Laurent. Il n'aimait pas cette ville échouée au bord du fleuve, ne s'y rendait que lorsqu'il y était contraint. Il ne la comprenait pas. Trop de monde, trop d'agitation, trop d'insécurité. Il lui trouvait un côté bout du monde frénétique, où tout semblait bricolé en dépit du bon sens. Du sien en tout cas. Peut-être les codes de cette cité étaient-ils trop éloignés de ses références. Ici personne ne respectait rien, les gens faisaient avec les moyens du bord, ils rusaient, contournaient les lois, faisaient tout pour profiter de ce qu'apportaient la France et l'Europe sans jamais en subir les contraintes. Oui à l'argent, non aux règlements, c'est l'impression que ça lui donnait. Et ça, ça dérangeait l'ancien gendarme. Comme la Guyane dans son ensemble d'ailleurs, à laquelle il n'avait jamais réussi à s'adapter. Pas plus à ces cultures mélangées qu'à ce climat humide ou cette forêt omniprésente. Un métropolitain loin de ses repères, c'est ce qu'il avait toujours été, le temps n'y avait rien changé. Pourtant jamais plus il ne songeait à rentrer dans l'Hexagone. Lui-même ne se l'expliquait pas. Sa vie, même ratée, était dans cette France amazonienne à présent. Un objectif unique : continuer, aller de l'avant. Ne serait-ce que pour son fils.

Une seule chose le liait à Saint-Laurent : l'affaire Fanchard. Chloé Fanchard, une gamine de dix ans, quatre ans plus tôt. Une métropolitaine, tabassée par son père. Aucun témoin, une mère prostrée qui refusait d'accuser son mari. Un enfant battu, il n'y avait rien de pire pour le lieutenant de gendarmerie qu'il était à l'époque. À cause de sa relation complexe avec son propre fils, à cause de Mathilde qui avait perdu accidentellement sa fille de deux ans juste avant leur rencontre, Vacaresse avait gardé une sensibilité à vif : tout ce qui touchait à l'enfance, à la jeunesse, à la paternité, l'atteignait au plus profond de son être. Comme s'il était responsable de tous les gamins de la terre, que chaque blessure infligée à l'un d'eux alourdissait son fardeau. À tel point qu'à la fin, la hiérarchie avait pris le parti de l'écarter des affaires touchant des mineurs. Ignorant jusqu'où Vacaresse était capable d'aller.

Mais tout ça, c'était le passé. Avant la radiation.

Au rond-point, devant la place du marché, le détective prit à gauche. On lui avait conseillé un hébergement : l'hôtel Star, dans le centre. Quelques chambres face au stade, rien de luxueux, mais un endroit sain. Il se présenta à l'entrée. Des tableaux de mauvais goût paraient les murs : des paysages asiatiques, un groupe de bagnards devant le camp de la Transportation. Souvenir du Saint-Laurent d'autrefois. Il saisit sa clé, monta les marches ternes des escaliers. Dans la chambre, sur le couvre-lit doré, il déposa son matériel, le dossier constitué avec sa cliente.

Et, sans enthousiasme, avec la résignation d'un ouvrier d'usine, simplement décidé à faire du mieux qu'il pouvait pour honorer son contrat, il se mit au travail.

5

Des gamins jouaient au foot au milieu de la rue. Lorsque la voiture d'Anato coupa leur terrain en roulant au pas, ils lui crièrent dessus, le ballon rebondit contre une roue. Le capitaine se gara sur le sable blanc, le long d'un muret en parpaing moucheté de taches de ciment durci. Vampires, c'était le nom du quartier où habitait la famille Vakansie. Il s'avança devant une villa modeste, mais imposante, avec une grande terrasse derrière des grilles de protection. Une jeune fille se balançait dans un hamac, pianotant sur son téléphone.

— S'il vous plaît ?

Elle se retourna, emballée dans le tissu en une pose acrobatique, en équilibre au-dessus du carrelage, écarquilla deux yeux interrogateurs. Puis, avant que le capitaine n'ouvre la bouche, tendit l'index.

— C'est par là. Derrière.

Anato remercia et fit le tour de la maison en suivant les façades blanches. À l'arrière il y avait une extension, une sorte de cube de béton qui sortait du mur. Deux pièces précaires, invisibles depuis la rue, construites par les propriétaires pour arrondir leurs salaires. Louées trois cents euros le mois à la mère Vakansie. Sans bail, cela allait de soi. Au bord du toit, la gouttière menaçait de s'effondrer. Le capitaine frappa à la porte en contreplaqué, qui sonnait creux et s'ouvrit d'elle-même sur une petite salle, sol en chutes de carrelage, murs couverts de ciment. Tout gris, pas la moindre décoration. Un seau dans un coin récupérait les fuites quand il pleuvait. Sur un canapé élimé et allongés à terre, la mère et six de ses enfants. La famille au complet, ou presque, en plein repas, les doigts plongés dans les assiettes en plastique. Un œil sur leur riz, l'autre sur la télévision, un reportage sur l'Alaska.

— Madame Vakansie ?

Elle tourna le regard, fixa le capitaine. Et s'empressa de l'accueillir, avec des manières exagérées, lui proposa un tabouret. D'un geste autoritaire, elle chassa les enfants qui fuirent avec leur dîner dans la pièce voisine. Un haut à lanières un peu vulgaire moulait ses formes charnues. Dans son décolleté deux seins débordaient d'un soutien-gorge trop étroit. Au cou, sur ses bras, des tatouages, des lettres en arabesques. Elle posa les mains sur son pantacourt, l'air attentif. Quel âge avait-elle ? Moins de quarante ans, à l'évidence. Elle avait eu Clifton à quoi, treize ans ? Quatorze ? Trop jeune en tout cas, mais elle n'était pas la seule dans ce cas. Enfoncée dans ses coussins, elle arbora un sourire presque aguicheur. Comme si elle ne réalisait pas la gravité de la situation, qu'il s'empressa de lui rappeler.

Sa bouche se figea.

— Vous vous trompez.

— Pardon ?

— Je l'ai déjà dit à votre collègue : Clifton n'a pas fait ça. Il n'a tué personne, il n'est pas comme ça, croyez-moi.

Le même discours que lors de la première visite de Marcy. Une mère dans le déni, sans doute un peu naïve. Le visage sérieux, les lèvres plissées. Une expression qui lui allait mal, qui ne collait pas à une femme qu'on devinait légère, plutôt insouciante.

— Comment est-il, alors ?

Sourire de maman, presque angélique. Elle avala sa salive, s'essuya la bouche.

— Je vais vous montrer quelque chose.

Elle tourna le dos au capitaine, dénuda ses épaules en tirant sur son haut. Un instant il se demanda ce qu'elle faisait, si elle n'était pas en train de lui faire un numéro de charme.

— Regardez !

Sur ses épaules, les lettres tatouées sur la peau brune formaient deux mots. À gauche : Clifton. À droite : Jessica. Avec des boucles, des petits cœurs et des fleurs. Un ensemble trop chargé, de mauvais goût. Elle revint à Anato.

— C'est mes deux trésors. Mes premiers. Clifton est né avant Jessica, quelques minutes avant, quoi. Les médecins disent que c'est des faux jumeaux, mais pour moi c'est juste des jumeaux, il n'y a rien de faux. Je les ai élevés toute seule vous savez. Leur père… Leur père il n'a jamais rien donné. Celui-là, si je le revois un jour… Ah oui ça, il m'entendra le gars. (Elle tchipa.) Franchement si vous l'aviez vu Clifton quand il était petit, vous sauriez que ce que je vous dis c'est la vérité. Il était tellement beau. Plein de vie, plein d'énergie. C'est vrai, il a fait des bêtises, il a toujours eu de mauvaises fréquentations depuis qu'il a arrêté l'école. À treize ans déjà, il fumait, il buvait. Il m'en a fait voir, vous n'imaginez pas. Heureusement que j'avais Jessica, c'était la seule qu'il écoutait. Mais c'est mon fils. Et tout ça, c'était avant. Aujourd'hui, il a compris. Il n'est plus comme ça. Jamais il n'a fait de mal, jamais il ne s'est battu. C'est juste que… c'était difficile pour lui, quoi. Il n'y a pas de travail ici, il faut se débrouiller. Pour les jeunes, c'est comme ça.

Une mère aimante. Sans doute un peu aveugle, ignorante de la vie que son fils menait hors de sa maison. Incapable de l'imaginer en meurtrier. Un portrait qui recoupait les autres témoignages recueillis par la brigade de recherches. Anato essayait de cerner la personnalité du jeune Ndjuka, de se le représenter dans son quotidien, dans les rues de Saint-Laurent. Des petits larcins, des vols, des arnaques, des trafics, tout ça il l'imaginait sans mal. Mais assassiner un garçon de son âge, à mains nues, non ça ne collait pas avec le profil. Pas encore, du moins. Il voulait comprendre. Il balaya le salon du regard. Sur une table bancale, contre le mur, un réchaud électrique à une plaque. Peut-être celui qui avait causé la brûlure au bras du gamin, comme lui avait raconté Marcy. L'ampoule au plafond grésillait. Dehors on entendait crier les enfants footballeurs.

— Clifton, il veut s'occuper de sa fille, elle recommença. Faire quelque chose pour elle, vous comprenez ? Djayzie. Elle s'appelle Djayzie, c'est mignon, non ? Je vais la voir bientôt, je crois.

Un sourire ingénu traînait sur ses lèvres.

— Où habite votre fils ? Il vit encore chez vous ?

Grimace gênée.

— Ça dépend. Parfois il est ici, parfois non. Il fait sa vie, vous savez. Mais il vient plus souvent qu'avant, il s'occupe de ses petits frères. Il est gentil, quoi.

— Je peux voir où il vit ? Enfin, où il dort ?

La question parut la désarçonner. Comme si ce où il dort ? ne désignait pas un lieu bien défini. Elle opina pourtant, mena Anato dans la pièce voisine. Un peu plus grande. Des lits superposés, un matelas en mousse posé au sol. Une grosse armoire en aggloméré dont la porte ouverte vomissait un amas de vêtements. Les gamins un peu partout, assis en tailleur devant leur assiette, du gras autour de la bouche.

— Là. C'est son coin. C'est là-haut qu'il dort d'habitude.

Une des couchettes du dessus, collée au mur cimenté où était fixé un petit poster de 2Pac, foulard blanc autour de la tête. Le capitaine se hissa, un pied sur le lit du bas, observa le matelas, le drap froissé, en boule. À côté de l'oreiller reposait un sac en tissu. Il le tira à lui, en inspecta le contenu. Une ancienne revue spécialisée moto, un sachet d'élastiques noirs, des tee-shirts bien pliés. Un DVD piraté : *Wolverine, le combat de l'immortel.* Un bien maigre butin. À part ces quelques affaires, le coin de Clifton Vakansie était étonnamment impersonnel. Un lit dans un dortoir d'enfants, sans doute occupé par ses frères et sœurs en son absence. Dans l'armoire, la mère indiqua où il rangeait ses habits. Des polos, des shorts, des paires de chaussettes blanches.

Elle avait l'air mal à l'aise face au capitaine. Peut-être gênée d'exposer ainsi la précarité dans laquelle elle élevait ses enfants. Ou attirée par le regard d'Anato. Un peu dragueuse, comme si les problèmes de son fils ne devaient pas l'empêcher de prendre du bon temps.

— Madame Vakansie. Vous avez eu un contact avec Clifton depuis hier ?

— Non. Aucun. Il est un peu comme ça. Il vit sa vie.

— Savez-vous s'il connaissait Willy Nicolas depuis longtemps ? S'il avait une raison de lui en vouloir ?

— Jamais entendu ce nom avant ce matin. À mon avis, il y a une erreur. Clifton ne traînait jamais aux Cultures, il n'avait pas d'amis créoles. Que des Noirs-Marrons.

— Il a pourtant pris la fuite. Quoi qu'il ait fait, il sait quelque chose, et il ferait mieux de nous le dire. Et vite. Si vous avez une idée de l'endroit où il se trouve…

Elle balança la tête, coupant court à l'interrogatoire. Il n'y a rien à en tirer, pensa Anato. Elle est à côté de ses pompes. Elle ne connaît pas son fils, et ce qu'elle sait, elle ne le dira pas. Il jeta un dernier regard à la chambre, aux enfants. Ceux-là ne démarraient pas leur vie avec les mêmes chances que d'autres. Puis il remercia, se dirigea vers la sortie, suivi par la femme. À la porte, avant qu'il ne disparaisse dans la nuit, elle se lança.

— Vous êtes ndjuka ?

Les seins en avant, une pose supposée sensuelle.

— Oui, il fit doucement, inquiet de ce qu'elle allait dire.

— Quand vous aurez retrouvé Clifton, je pourrais peut-être venir chez vous, un soir ? M'occuper un peu de vous…

Un scooter sans carrosserie, à moitié désossé. Phares éteints dans la nuit, pour ne pas se faire repérer. Casque noir, visière baissée. Clifton roulait à l'aveugle, un croissant de lune entre les nuages pour seul éclairage. De chaque côté de la route nationale se dressait la forêt, un mur opaque et dense qu'il devinait seulement. Oppressant. Au-delà, dans le sous-bois, il pouvait tout imaginer. Ses pires cauchemars, ses peurs, ses fantasmes. Clifton avait grandi en ville : la forêt, le fleuve, il connaissait, mais il s'y sentait étranger. Indésirable. Droit devant lui la route mourait dans la pénombre.

Au moins, en deux-roues, il avançait vite. Jamais il n'aurait pensé que l'autre accepterait de lui prêter l'engin. Il avait dû deviner sa détresse, solidaire face aux gendarmes. Une détresse qui ne l'avait pas quitté, qui le faisait encore frissonner, par vagues successives. De la peur, de l'angoisse. Clifton gardait en tête le visage de l'homme qui l'avait poursuivi entre les baraques de la cité Carton. C'était un Guyanais, il en était sûr. L'air hargneux, le nez en patate. Il s'était effondré dans la boue, avait hurlé dans son dos. Des cris de rage qui résonnaient en lui. Comme l'annonce d'une vengeance à venir. Un avertissement. L'homme devait être furieux à présent, il le cherchait sans doute dans tous les recoins de la ville. Il passa le panneau marquant la sortie de Saint-Laurent-du-Maroni, le début de la route vers l'est. La faim au ventre. Il n'avait rien avalé depuis le matin. C'était la règle, il la respectait. Même si à présent plus rien n'était sûr, même si le plan initial avait échoué. Il restait une chance, c'est ce qu'ils lui avaient dit. Ils savaient comment faire, comment sauver ce qui pouvait l'être.

Derrière lui, une voiture approchait, pleins phares, un halo sur son dos, sur la route. Elle ralentit, se cala sur sa vitesse. Sans le doubler. Elle resta là plusieurs minutes, collée au scooter. Clifton poursuivit sa route sur un kilomètre avec ces deux soleils à ses trousses. Hésita longtemps avant de se retourner. Mais lorsqu'il se décida, il n'y avait rien à voir. De la lumière, blanche, éblouissante à travers la visière. Il se crut soudain suivi, son cœur s'emballa. Les babylones l'avaient retrouvé, et il n'y avait aucune issue. Rien que le bitume devant lui et la forêt autour. La garde à vue, la cellule, les questions, le scénario se déroula dans sa tête à grande vitesse. Avec un dénouement tragique.

Coup de klaxon : il sursauta, vacilla, manqua de tomber.

Un deuxième coup, long cette fois. Il déglutit, le goût de la fin dans la bouche.

Puis il réalisa qu'il roulait au milieu de la route, pile entre les deux lignes blanches. Il se déporta à droite, jusqu'à frôler le bas-côté. Se retourna à nouveau. La voiture le doubla en klaxonnant dix fois. Vitres ouvertes, le son des basses à fond, les feux arrière customisés. Clifton devina l'allure du chauffeur, lunettes fumées, bonnet *bad boy*. Des jeunes, il réalisa. Des jeunes qui étrennaient leur voiture tunée, le point rouge du joint dépassant de la portière.

Il s'arrêta, rangea l'engin sur le bas-côté. Et regarda la lune en soufflant. Ils l'avaient effrayé comme jamais. Et pourtant, il en avait vu. Il s'assit à terre, sortit son portable, le fit rouler entre ses mains. Des bruits de faune sortaient des bois, lui hurlaient mille messages insensés. Sur la béquille, le scooter penchait, un squelette bancal. Il repensa à sa mère, à l'histoire du scooter justement. Quel âge avait-il alors ? Quinze, seize ans ? Jamais chez lui, toujours dans la rue. Un vagabond, elle répétait ça sans cesse. Alcool, kali, vols. C'est à cette époque qu'il s'était fait tatouer pour la première fois. Un petit motif sur l'épaule, une tête de dragon. Un peu d'encre, une aiguille. Et un compagnon de galère pour artisan. Sa mère l'avait insulté, frappé. Tu me fais honte, regarde ta sœur, prends exemple sur elle ! Rien n'y faisait. À court d'imagination, elle s'était essayée au chantage. Si tu ne travailles pas, tu n'auras jamais tes papiers. Une carte d'identité française, ça devenait indispensable, ne serait-ce que pour se déplacer en Guyane. Alors il avait trouvé un job, à sa manière : vol de deux-roues, ça, il savait faire. Un booster presque neuf, cadenas forcé à la pince. Quatre cents euros à la revente, moitié pour lui, moitié pour sa mère. Elle avait tout avalé. Scooter contre papiers, il avait réussi son coup. Mais il n'en était pas fier, il repensait souvent à cette histoire.

Sonnerie de portable. Ils lui avaient bien dit qu'ils rappelleraient.

Au bout du fil, la voix était sèche, contrariée. Clifton posa mille questions, réclama de l'aide. Et lorsque l'homme détailla les directives, il écouta sans discuter.

— Tu as bien compris ?

— Je crois, oui.

— Alors on te retrouve là-bas. Et n'oublie pas : tu es protégé.

Sur quoi l'homme raccrocha.

Protégé. Ils lui avaient ressassé ça cent fois. Pouvait-il encore y croire ? Il se répéta les instructions. Avait-il une chance de réussir ? Peut-être, une toute petite. Et de toute façon, avait-il vraiment le choix ? Il se releva, enfila une veste sortie de son sac, la zippa, renfila son casque. Il regarda un instant son téléphone portable, hésita. Puis il le jeta dans la forêt.

De nouveau sur son deux-roues, au carrefour Margot, il bifurqua sur le CD9. Direction Charvein.

Francis Adogoe. Le nom du prince charmant de la cliente. Vacaresse en savait ce qu'elle avait bien voulu lui dire à la signature du contrat. Un Ndjuka, comme elle. Bien sous tous rapports, en apparence. Une scolarité réussie à Saint-Laurent, exemplaire même. Des études de journalisme en métropole, financées par une bourse du conseil régional offerte aux plus méritants des jeunes Guyanais. Il vivait avec elle, à Cayenne, mais revenait régulièrement dans l'Ouest pour faire des recherches, pour boucler sa dernière année d'études. Il logeait chez sa mère, c'est en tout cas ce qu'il lui disait. Je veux savoir ce qu'il fait quand il est là-bas, elle avait déclaré. Qui il voit, s'il se comporte bien. Et s'il n'y a pas d'autre femme avec lui. La commande était claire : filature. Suivre les moindres faits et gestes du Ndjuka, pour délivrer à la cliente un certificat de bonne conduite. Mille cinq cents euros le bonheur. Outre les documents habituels, elle avait fourni au détective des photos des dernières pages de son agenda, prises à son insu une semaine plus tôt. Vacaresse avait parcouru les images en détail, mais n'avait pas su quoi en tirer : trois-quatre noms de famille notés certains jours. Homme ou femme, impossible de deviner. Beaucoup de journées vides, sans la moindre information. Un peu naïve, peut-être, la cliente : si Francis avait une maîtresse, il se gardait sans doute de mentionner leurs rencontres dans son agenda.

L'affaire n'emballait pas Vacaresse, s'annonçait monotone et sans intérêt. Mais il ferait ce qu'il fallait pour la mener à bien. Fidèle à ses principes. Par ces premiers contrats, il savait qu'il jouait la réputation de son cabinet d'enquêtes, qu'ensuite le bouche à oreille pouvait asseoir sa légitimité. Il circula dans les rues du centre-ville, sous les halos jaunes des lampadaires, évitant les vélos qui roulaient sans lumières, les scooters surchargés. Une atmosphère moite et poussiéreuse flottait entre les bâtiments.

La mère habitait une maison individuelle, quartier du lac Bleu. Quelque chose de simple, dans un lotissement social récent, encore en bon état. Vacaresse dénicha une place en retrait, vitres fermées, appareil photo à portée de main. Il faisait nuit noire à présent. Beaucoup de monde dans la ruelle, des gamins, des vélos, des deux-roues zigzagants. Des Noirs-Marrons, pour l'essentiel. Il observa l'entrée de la petite maison. Les plantes vertes de chaque côté de la porte. Le carrelage tout neuf, sur le seuil. Le rideau à pois. La camionnette garée.

Attendre, être patient. Une demi-heure, une heure. Pas de mouvement, rien. Vacaresse se cala dans son siège. Inconfortable.

Jusqu'à vingt heures quinze. La porte s'ouvrit, en sortit une femme âgée. La mère, à coup sûr, jupe grise et haut austère. Elle traversa la rue, le pas vif, des sandales usées aux pieds. Sous ses grosses tresses, elle avait un visage dur, fermé. Un masque d'autorité assumé. Fière, peut-être, d'avoir un fils qui a réussi ses études. Elle se déchaussa à l'entrée de la maison d'en face, poussa la porte comme si elle rentrait chez elle. Resta dix bonnes minutes, puis refit le trajet en sens inverse, cette fois avec une grosse louche à la main. Rien d'anormal, pourtant Vacaresse sortit son matériel, lui tira le portrait au zoom, sous tous les angles. Un vrai paparazzi.

Nouvelle attente derrière le volant. Longue. Le métier de détective, il allait falloir s'y habituer. Apprendre la patience, la solitude, la routine. Oublier le reste, éviter de songer au passé.

Mais jamais il ne pourrait oublier pourquoi il était ici aujourd'hui. Pourquoi tout avait basculé. Tant de fois il avait revécu la scène en pensée. La mort de cet homme, à ses côtés. À cause de lui, gendarme en service. Il avait réévalué ses erreurs, ses négligences. Avec un jugement sans appel : le lieutenant Vacaresse avait merdé. Il avait commis une faute, grave. Mise en danger de la vie d'autrui, article L.223-1 du Code pénal. Pourquoi ? Parce qu'il n'avait rien vu venir, qu'il se croyait au-dessus du risque. Parce qu'il avait quelque chose à prouver, en permanence, à ses collègues, à sa femme, à son fils. Prouver qu'il valait quelque chose. Mais cette fois, il avait surtout démontré qu'il manquait de discernement. Avant même l'arrivée des inspecteurs, il savait au fond de lui qu'il n'avait plus sa place dans la gendarmerie. Arrêtez de vous apitoyer, Vacaresse, martelait le capitaine Anato, gardez la tête haute ! Facile à dire. La culpabilité le dévorait. Saisi par la justice, l'IGGN avait débarqué en force : Bureau des enquêtes judiciaires, trois gradés sans état d'âme. Il en allait de l'image de l'institution, déjà écornée faute de moyens à la hauteur des enjeux du département. Pendant leurs trois semaines en Guyane, ils ne lui avaient pas fait de cadeau. Interrogatoires en règle, Vacaresse à la place du criminel, l'humiliation. Son orgueil piétiné. Rien, il ne valait plus rien. Pendant toute la procédure, le lieutenant avait été suspendu de ses fonctions, avec retenue de la moitié de son salaire. Le début de la fin. Les collègues tentèrent bien de lui trouver des circonstances atténuantes. Une vie de famille compliquée, un fils en décrochage, une adaptation difficile au contexte guyanais, une charge de travail inhumaine. Rien n'y fit. À Paris, la décision du conseil d'enquête tomba bientôt : radiation définitive, et perte de tous ses droits à pension. Il pouvait s'estimer heureux qu'aucune peine n'ait été retenue au pénal.

Son travail, c'était sa vie. On lui avait retiré sa vie.

La chute.

Paradoxalement, une chose l'avait gardé sur pied : Jérémy, qui dans le même temps passait en jugement. Délit de fuite, non-assistance à personne en danger, il avait laissé mourir un adolescent à Cayenne, en pleine rue. Il l'avait abandonné, baignant dans son sang, n'avait prévenu aucun secours. Une affaire qui avait rempli les rubriques faits divers de *France-Guyane* pendant des semaines, médiatisée, amplifiée, témoignages des proches à l'appui. Le père et le fils, traînés dans la boue dans le même temps, chacun de son côté. Mais solidaires. On plonge ensemble, on relève la tête ensemble. Vacaresse avait été là pour Jérémy, d'un bout à l'autre de la procédure. Il n'avait raté aucune audience, discret en fond de salle, assis sur le banc en bois, suivant les arguments des avocats, les demandes du procureur, les questions du juge. Tous ces hommes en robe noire qui se disputaient le sort de son fils.

Quand les trois mots furent prononcés, le père crut que son cœur allait exploser.

Cinq mois fermes.

Non, pas fermes, donnez-lui du sursis ! il avait hurlé en lui-même, les doigts agrippés autour du bois. Il n'a tué personne, il s'est laissé embarquer ! Des objections silencieuses face aux hommes de loi, déjà sur le point de passer à l'affaire suivante. Vacaresse se souvenait du regard perdu de Jérémy, la tête tournée vers le fond, cherchant le visage paternel, implorant une aide impossible. Comme autrefois, quand il était enfant, quand son père pouvait régler tous ses problèmes. Des affaires du même type, le lieutenant en avait vu d'autres. Et il savait que cinq mois fermes, c'était cher payé. Jamais il n'aurait pensé que ça irait si loin. Et dire que c'était lui qui avait poussé Jérémy à se dénoncer à la police. Sous la pression d'une médiatisation exagérée, le juge avait voulu faire de ce dossier un exemple. Montrer que la justice française était là pour protéger les citoyens, que la mort d'un homme menait bien à la prison. Même en Guyane.

Les larmes, les premières depuis si longtemps. Le père radié, le fils incarcéré. Et la mère, terrassée. Au fond de son lit, absente, incapable de réagir. Pas le moindre soutien à attendre de ce côté. Se relever, à présent, faire face. Reconstruire sur les ruines. Vacaresse passa la paume de sa main sur ses yeux, comme pour vérifier que les larmes n'étaient plus là. Et revint à sa filature monotone.

Rien.

Rien.

Toujours rien.

Vingt-deux heures : une voiture se gara devant la maison de la mère Adogoe. Une Renault Captur grise, rutilante, comme neuve. Côté passager, en sortit un jeune homme que le détective identifia sans mal.

— Te voilà ! il dit à voix basse, les coudes sur le volant.

Beaucoup d'allure. Jean ajusté, chemise turquoise impeccable, il s'avança sur le parvis de la petite maison et observa la rue l'espace d'un instant. Comme s'il la découvrait pour la première fois, avec un regard appuyé, sérieux. Il était tel que l'avait décrit la cliente, de l'amour dans la voix. Grand, carré. Un style étudiant brillant, presque distingué, fier de s'être hissé au-dessus de la masse. Le conducteur, ou la conductrice, resta au volant. Debout sur le béton, Francis lui fit un signe de main familier, décocha un sourire. Une forme de complicité, estima Vacaresse. Puis Francis se retourna, ouvrit la porte et disparut. La voiture fit une manœuvre en marche arrière, le détective plissa les yeux pour préciser la silhouette aux commandes. En vain : dans la nuit, impossible de reconnaître qui que ce soit à travers les vitres. Ce pouvait être la maîtresse que redoutait sa cliente, mais il pouvait aussi bien s'agir d'un ami, d'un frère, d'un cousin, d'un collègue. Bref, de toute personne ayant le permis de conduire. Ou pas, d'ailleurs. La Captur s'éloigna, quitta le quartier baigné dans l'obscurité, longeant les fossés asséchés, les feux arrière comme deux yeux rouges.

Silence dans le lotissement, juste une musique deux blocs plus loin. Du rap français, coups de basse et voix rauque. Comme celui qu'écoutait Jérémy dans sa chambre, il y a quelques mois. Vacaresse trouva soudain le son presque agréable, empreint d'une forme de nostalgie brute.

Il attendit encore un moment, son corps empâté enfoncé dans le siège, gêné par le volant sur lequel il butait.

Rien.

Rien.

Vingt-deux heures trente : dispute dans la rue. Une voiture qui avait manqué de renverser un scooter. Des cris, des insultes. Plus de peur que de mal.

Rien.

Rien.

Vingt-trois heures : les lumières de la maison s'éteignirent.

Fin du spectacle.

6

Melita Koosman se retourna sur la mousse de son matelas mité, ouvrit doucement les yeux, mal réveillée. À mi-chemin entre songe et réalité. Avec l'envie de s'attarder de l'autre côté, au moins quelques instants. Le même rêve, encore et encore. Ce passé qui s'accrochait à elle, les restes les plus coriaces de sa mémoire fatiguée. Elle s'en rendait compte parfois, les souvenirs étaient toujours là, mais de plus en plus flous. Le temps qui défilait, son pire ennemi, qui peu à peu reprenait ce qu'il avait donné. Le matin appelait la vieille femme. Les rayons du jour se faufilaient entre les planches de la maison et sous les tôles du toit, illuminaient les rideaux troués, traçaient des lignes sur le sol. Dehors, les cris des oiseaux, tout excités. Et le clapot des gouttes qui tombaient encore des arbres dans la terre détrempée. Il avait plu en fin de nuit, une averse courte, mais violente. Ouvrir les yeux, pour de bon, s'extraire de cet entre-monde. Elle se redressa sur son matelas, souleva la moustiquaire rapiécée, sortit la tête, posa les pieds sur le sol. Le droit sur un morceau de linoléum, le gauche sur la dalle de béton à nu. Face à elle, le mur éventré, une paroi d'aggloméré que l'humidité avait rongée, un trou grand comme un enfant. Les trois pièces n'étaient plus séparées que symboliquement. Plus d'homme pour réparer, pour entretenir cette baraque qui un jour lui tomberait dessus.

Elle fixa un instant le hamac roulé en boule, accroché à la poutre. Elle se souvint de la veille, de la visite de son fils. Le voir lui faisait tellement de bien. Même s'il changeait, même s'il n'était plus tout à fait ce petit garçon qu'elle avait gardé contre elle autrefois. Il était devenu un homme. Un autre Bradley. Il avait réussi, malgré tout, malgré ce qu'il avait enduré dans sa jeunesse. Parce qu'elle l'avait tiré d'affaire. Sauvé. Comme doit le faire une mère.

Les matins se ressemblaient. Le même rituel. Allez, debout ! Elle rassembla ses esprits, puis ses vêtements étalés autour d'elle sur sa couchette. Elle dégagea le matelas, le hissa en haut du mur pour le faire sécher. Entassa dans une bassine la vaisselle du soir, marmite argentée, assiettes en plastique, gobelet. Éponge, serviette, savon. Dehors, sur le fil de fer tendu entre deux piquets, le linge était trempé. Melita grimaça, il séchera plus tard. La baraque était isolée, personne autour, ni pour déranger ni pour tenir compagnie. Parfois elle le regrettait, mais à l'époque, quand son mari l'avait construite de ses mains, c'est bien ce qu'ils cherchaient : être à l'écart, invisibles, se faire oublier. De ce côté, ils avaient réussi, plus personne aujourd'hui ne viendrait la déloger. La maison était précaire, Melita vivait au jour le jour. Mais c'était chez elle. Sa seule possession, tant qu'elle tenait encore debout.

Elle chaussa ses savates, chargea sa bassine sous le bras et s'engagea sur le sentier. Quinze minutes de marche, entre les jeunes arbres qui recolonisaient les lieux. Une forêt en devenir, des repousses sur un abattis abandonné. Un milieu qu'elle connaissait dans les moindres détails, qu'elle avait vu évoluer au fil des années. Le passé, encore le passé. Il restait quelques pieds de manioc. Elle gardait en mémoire tout ce qu'elle et son mari avaient accompli sur ce terrain, à force de persévérance. Ici ils avaient coupé du bois. Là ils avaient planté patates douces, ignames, bananes. Là-bas, ils se reposaient sous un toit. Discrets, comme toujours. Comme il se doit. Combien de fois avait-elle emprunté ce chemin ? Chaque matin, de la maison à la rivière. La toilette, la vaisselle, rester propre pour rester quelqu'un. L'eau courante serait-elle vraiment installée un jour ? Le maire promettait, surtout avant les élections, mais les habitants attendaient. Et y croyaient de moins en moins.

Elle savait qu'elle était la première, que les femmes des maisons alentour se levaient plus tard qu'elle, qu'elle les croiserait peut-être à son retour. Elle ouvrait la marche, foulait les feuilles de ses semelles râpées, son pagne traînant dans la terre humide. Melita la solitaire, l'insociable. Le regard fermé sur son monde. Sur ses démons, ses fantasmes.

Mais ce qu'elle aperçut au bord du sentier était bien réel.

Dans un virage, derrière un tronc, une forme allongée, peut-être un bout de tissu trempé sur une souche morte. Elle ne se souvenait pas d'avoir vu ça la veille. Elle ralentit, s'avança à pas lents, le visage inquiet. Entre les tiges, les contours se précisaient. Les couleurs aussi. Et à mesure qu'elle comprenait vers quoi elle marchait, tout en elle se nouait, devenait dur, contracté. Dans son ventre, au cœur, dans la gorge, une boule compacte. Sèche. Un pressentiment. Elle devina bientôt ce qui ressemblait à une jambe, étalée en travers du sentier. Puis une autre. Un pantalon gris, les plis luisants, encore gorgés d'eau. Des pieds chaussés de vieilles baskets. Et en passant derrière un tronc plus épais, elle vit enfin l'ensemble du spectacle. Un buste. Un visage.

À moitié explosé.

Melita, main sur la bouche, le cœur en panique. La mort, encore elle. Qui ravivait des souvenirs violents, crus. Qui faisait tout remonter à la surface. D'un coup elle eut l'impression de ne plus être là, déconnectée de la réalité. Réfugiée dans un ailleurs réconfortant. Immobile, les yeux figés vers un au-delà imaginaire. Le cours de sa pensée soudain interrompu. Comme si tout ça ne lui arrivait pas, ne la concernait pas. Qu'elle allait se réveiller.

Une autre voix, pourtant, plus concrète, lui disait de regarder ce corps vautré entre les arbres. Ce visage noir surtout, même défiguré.

Familier.

Beaucoup trop familier.

— Nouvel homicide, route de Mana. On décolle !

Dans son bureau débordant de matériel d'analyse, penché sur un rapport, le technicien de la brigade de recherches sursauta. Dans l'encadrement de la porte, en habits de terrain, Marcy ne tenait pas en place. À l'évidence il voulait se remettre en selle après l'interpellation ratée de la veille. Pas question de se laisser impressionner par les avertissements d'une hiérarchie pour laquelle il n'avait qu'un respect limité. Être sur site avant tout le monde, s'imposer à nouveau comme l'enquêteur incontournable de l'Ouest. Quitte à en faire trop. Le technicien hocha le menton. Il ferma son dossier, saisit sa valise d'identification criminelle et emboîta le pas au major. Jusqu'au parking où il se mit au volant d'une voiture de service.

— C'est où ?

— Sur le CD9, un peu avant Charvein. Allez, grouille.

— Tu ne préviens pas le capitaine Anato ?

— Dé mal krab pa ka rété landan oun menm trou.

Il ne faut pas laisser deux crabes mâles dans le même trou.

Le technicien évita de contredire son collègue, il mit le contact et s'engagea dans les rues de Saint-Laurent. Assis à sa droite, le major avait l'air fatigué. Il était respecté dans l'équipe de la brigade, tous les agents savaient combien son expérience était précieuse. Plus d'une enquête avait abouti grâce à lui. Son humeur variable, sa grande gueule, ils avaient appris à composer avec, personne n'est parfait. Mais il donnait trop, il fallait qu'il ralentisse la cadence sinon c'était sa santé qui allait en pâtir. Difficile de croire que dans quelques années il serait à la retraite. Une grosse perte à venir. Beaucoup doutaient d'ailleurs qu'il prenne le temps de transmettre son savoir avant son départ.

Ils tournèrent à gauche au carrefour Margot, plein nord, en direction de Mana. Le sud du CD9, quatorze kilomètres d'habitat dispersé de part et d'autre de la route jusqu'à l'embranchement de Charvein. Quelques parcelles agricoles, des ateliers d'artisans, des abris le long du bitume. Des bois-canons un peu partout, les feuilles comme des mains ouvertes au-dessus des herbes. Un gendarme les attendait en bord de route, à quelques kilomètres du carrefour. Ils se rangèrent, le suivirent à pied. Un sentier dans un sous-bois clairsemé, des petits arbres aux troncs chétifs. Les passereaux se jetaient de branche en branche, épiaient leur progression au milieu des feuilles séchées. Quelques rochers affleuraient au sol, îlots clairs et rugueux dans la terre sombre. Les rayons du soleil découpaient la forêt en tranches de lumière. Dix minutes de marche pour apercevoir les drisses jaunes déroulées entre les arbres, dans tous les sens.

La scène de crime.

Une zone isolée : peu de curieux, rien à voir avec les homicides dans les quartiers de Saint-Laurent où les enquêteurs devaient jouer des coudes pour accéder à la victime. Juste deux femmes sur le chemin de la rivière, un gamin excité. Et un photographe amateur, un jeune collé aux rubans qui étrennait son nouvel appareil et testait des angles de vue ambitieux. Peut-être imaginait-il vendre ses clichés à *France-Guyane*, pas encore sur les lieux. Marcy leur fit signe de s'éloigner d'un geste dédaigneux.

À pas prudents, le technicien s'activa autour du corps étalé en travers du chemin forestier. Il déploya ses petits plots jaunes sur le sol. Un meurtre en plein air, il n'aimait pas ça. Difficile de circonscrire la zone, les indices pouvaient disparaître avant qu'on ne les ait repérés, soumis aux caprices de la météo, de la faune, des passants. Silence et moiteur. Des bourdonnements : les insectes s'agitaient déjà autour du cadavre, prêts à pondre dans le moindre orifice. Et au-dessus, les cris d'alerte des oiseaux-sentinelles. La victime était un jeune homme de moins de trente ans. Noir, habillé simplement, tee-shirt gris et pantalon en toile. Rien dans les poches, pas de papiers d'identité. Couché sur le ventre, bras gauche étalé, bras droit replié sous lui. La tête tournée vers la droite. La figure en sang, en partie arrachée, une plaie creuse à la place de la joue. Et un autre impact, à l'arrière du crâne au milieu des cheveux ras. Frappé à mort. C'était moche à voir. À côté, l'arme supposée du crime, abandonnée sur place. Une grosse pierre aux bords acérés, couverte de sang, de cheveux collés, de morceaux de chair. Ils se sont acharnés sur lui, ce n'est pas possible ! pensa le technicien alors qu'il emballait le caillou rougi dans un sachet. Il inspecta les alentours, rechercha objet, trace au sol. Mais la pluie avait tout lavé.

Assise sur un tronc à trois mètres du corps, l'air hagard, la femme qui avait découvert le meurtre tôt le matin. Leur unique témoin à ce stade. Visiblement sous le choc. C'était une Ndjuka. Une vieille, du moins en apparence, peut-être n'avait-elle pas soixante ans. Les cheveux raides et gris, tout cassés, le regard éteint, les traits affaissés, un amas de poils blancs sur la gauche du menton. Une dentition abominable, deux rangées de chicots. Elle portait un haut marron aux manches mitées. Dessous, on devinait une poitrine qui lui tombait jusqu'en bas du ventre. Dans le passé elle avait pu être belle, mais ce qu'il en restait faisait peine à voir. Ses yeux traînaient au hasard, se posaient sur des éléments inoffensifs, évitant avec méthode la vue de la dépouille. Par moments elle bredouillait des paroles indéchiffrables.

Fouillant sous les feuilles mortes à quelques mètres de là, le technicien leva doucement la tête, observa le major s'avancer vers elle, s'accroupir, passer une main sur son crâne ras. Il savait que parfois Marcy manquait de finesse, que son franc-parler pouvait perturber certains témoins. *Lang a oun bon baton*, comme il disait lui-même : les paroles peuvent frapper autant qu'un bâton.

— Madame, vous m'entendez ?

La tête basse, pas de réaction. Elle semblait perdue, absente. Marcy jeta un regard au technicien, leva les yeux au ciel, revint à elle.

— Madame, je suis le major Franck Marcy, de la gendarmerie. Je peux vous poser quelques questions ?

Léger froncement de sourcils, une réaction mécanique à peine perceptible. Elle encaissait les mots du major comme autant de petites agressions dans son univers étanche. Elle glissa une main dans sa tignasse décrépite, un geste lent. Reposa le bras sur sa cuisse.

— Pouvez-vous me raconter comment ça s'est passé ?

Elle décolla ses lèvres, aligna trois mots à peine audibles. Marcy se rapprocha.

— Je ne comprends pas ce que vous dites. Vous pouvez répéter ?

— …

Marcy soupira. Elle mettait sa patience à l'épreuve, ça se voyait. Pour ce genre d'exercice, il n'était pas bon. L'empathie, la compassion, ce n'était pas son fort.

— Madame, vous me comprenez ? Vous parlez français ?

Hochement de tête. Ou peut-être n'était-ce qu'un mouvement nerveux.

— Oui, vous avez dit oui ?

— …

Le major se redressa, se tourna vers son collègue, ouvrit les deux mains comme pour lui dire : on ne va quand même pas être obligés de l'emmener à la brigade !

Le technicien haussa les épaules en guise de réponse. Marcy marcha un peu sur les feuilles mortes. Mais avant qu'il ne revienne à elle, la vieille femme fit ce qu'elle semblait s'être interdit depuis leur arrivée. Elle commença par déplacer la bassine posée à côté d'elle, repositionna une assiette en plastique, comme prise d'un soudain accès de maniaquerie. Et son regard se dirigea enfin vers le cadavre étendu en face d'elle. Ses yeux détaillèrent les pieds chaussés, le pantalon usé, le tee-shirt, les doigts terreux. Un regard qui n'était pas celui d'un simple témoin. Insistant, lourd. Chargé d'une forme visible de désespoir.

Elle se mit à nouveau à bafouiller, la voix rauque. Un discours chuchoté, qui cette fois paraissait construit. Plus long que tout ce qu'elle avait dit jusqu'à présent. Des phrases en ndjuka, accompagnées de mimiques nerveuses. À l'évidence elle ne s'adressait pas aux gendarmes. Comme si…

Comme si c'était au défunt qu'elle parlait.

Marcy la regarda faire. Tous les agents sur place se turent, tournèrent la tête pour l'observer à leur tour. Pour écouter cette litanie incompréhensible, mais tellement émouvante, cette femme en discussion avec la mort. La scène dura près d'une minute. Le silence revenu, Marcy tenta une nouvelle approche. Tout en douceur.

— Madame… Vous… Vous le connaissiez ?

Elle leva un visage livide, dans lequel il lut une désolation totale. Elle avala sa salive.

— *Na mi boï*... C'est mon fils. Bradley.

Le capitaine Anato se gara derrière le véhicule de la compagnie, s'engagea dans le sous-bois d'un pas sec. Il foula les feuilles, l'air furieux. Dans un détour, il aperçut les rubans jaunes, accéléra. Puis balaya l'endroit du regard. Les deux gendarmes qui faisaient le service d'ordre. Le technicien qui finissait ses relevés autour du cadavre, les plots posés çà et là. Et le major, accroupi auprès d'une femme à l'allure fatiguée, recueillant un témoignage. La scène de crime de Franck Marcy, qui n'avait pas pris la peine de l'informer avant de quitter la caserne. Le capitaine arrivait après la bataille.

Lorsqu'il passa sous les rubans, se planta au milieu du chemin, le major le repéra, se leva, s'approcha. Le polo froissé et transpirant.

— C'est comme ça que vous voyez le travail en binôme ?

Marcy toisa Anato, gonfla le torse. La mine faussement innocente. L'excuse toute préparée.

— Je ne savais pas qui était la victime. Avant d'arriver, rien ne nous disait qu'il y avait un lien avec…

— Vous vous foutez de moi ?

Le major ne bougea pas d'un pouce.

— Écoutez-moi bien, Marcy. Vous êtes directeur d'enquête, et je ne suis pas votre supérieur. Mais le commandant m'a demandé de faire équipe avec vous, alors j'exécute. Et si vous recommencez, je vous garantis un rapport qui vous fera regretter vos négligences.

Combat de regards. Les yeux jaunes du capitaine, froids et durs. Au moins, là on voyait ce qu'il pensait. Le major ravala ses objections, ajusta ses lunettes de soleil pour ne pas parler. Derrière eux, le technicien inspectait un morceau de roche.

— Bon, où en êtes-vous ? relança Anato. Je peux avoir un résumé ?

Nouvel instant glacial. Chacun jaugeant l'autre, cherchant les limites de sa colère, de sa patience, de sa détermination. Marcy soupira. Cette fois il fallait y mettre du sien.

— Venez.

Il emmena le capitaine à l'écart, entre les troncs.

— Bon, ce n'est pas beau à voir. Voilà ce qu'on sait : il s'appelle Bradley Koosman. C'est sa mère qui l'a trouvé là ce matin. Elle prenait ce chemin tous les jours pour se rendre à la rivière.

Anato tourna les yeux, observa de loin la silhouette assise de la vieille femme à nouveau muette. Elle mettait de l'ordre dans sa vaisselle, pour faire quelque chose, pour s'occuper.

— Elle sait qui a pu faire ça ?

— Non, elle n'a rien vu ni rien entendu. Elle est sous le choc, vraiment perturbée. Ce que j'ai compris c'est qu'il n'habitait pas avec elle. Il vivait au Suriname, lui rendait juste visite de temps en temps. Elle dit qu'elle l'a vu hier, ça a dû arriver peu de temps après, quand il est parti de chez elle. Elle vit toute seule, dans sa cabane, là-bas derrière. Je n'y suis pas encore allé, mais d'après les collègues c'est vraiment misérable.

— Sur lui, qu'est-ce qu'on sait ?

— Pas grand-chose. Mon enfant, on m'a pris mon enfant, il était si fragile ! Vous voyez le genre.

Anato caressa son crâne lisse, se remémora l'entretien de la veille avec la mère de Vakansie. Tellement candide.

— Vous pensez qu'il y a un lien avec l'autre homicide ?

Un instant, Marcy parut ne pas comprendre.

— C'est… C'est évident, non ?

Anato resta muet, pris dans ses propres réflexions.

— Pour moi c'est clair, ajouta le major. C'est le troisième gars. Celui qui a débarqué en pirogue du Suriname avec Nicolas et Vakansie. Même tranche d'âge. Deux homicides à vingt-quatre heures d'écart, à chaque fois avec les moyens du bord, les mains, une pierre. Ça fait beaucoup de coïncidences, non ?

— Vous avez peut-être raison, opina le capitaine, le regard lointain, mystérieux. D'une manière ou d'une autre, ça veut dire qu'il faut absolument qu'on retrouve Vakansie.

— Tout le monde est dessus, capitaine. Les gars de la compagnie continuent les recherches.

Anato hocha le menton. Ils observèrent un instant de silence, baignés dans les sons de la petite forêt, dans les bavardages sourds des autres agents dispersés sur le site. Le capitaine hésita.

— Je vais essayer de lui parler, O.K. ? La mère, je veux dire. On verra si j'en tire plus.

Une ambiance pesante flotta soudain entre les deux gendarmes. Marcy fronça le regard, serra les lèvres. Pensa : c'est quoi cette requête, à quoi il joue ? On verra si j'en tire plus. Parce qu'il est ndjuka ? Ou juste plus gradé que moi, qu'il se croit plus apte à mener un interrogatoire ? Une envie de lui clouer le bec monta, lui chatouilla la langue. Mais il se contenta d'un :

— Si vous le dites.

La voix chargée de défiance.

Anato se retourna. La femme était à vingt mètres. Toujours dans la même position, prostrée à côté du corps sans vie de son enfant. Les yeux bas, isolée du monde extérieur, murée dans ses paroles obscures. Il s'avança, les pieds sur le sol mou. Préparant mentalement son approche, les premiers mots qu'il comptait prononcer. Ne pas la brusquer, rester calme et posé. Installer un climat de confiance. Mais alors que trois mètres seulement les séparaient, la vieille femme leva la tête vers lui. Et d'un coup, son regard terne se crispa.

Tous les traits figés, réveillés, en alerte.

Elle porta une main à son front, se mit debout. Sans quitter le capitaine de ses yeux trempés. Comme si elle ne croyait pas ce qu'elle voyait. Tétanisée.

Anato fit un pas de plus vers elle.

— Madame, je suis le capi…

Elle le coupa d'un petit cri effrayé. Posa un pied en arrière. Trébucha sur une racine, manqua de tomber.

— Madame, vous allez bien ?

Melita ne bougeait plus. Elle sentit un courant la parcourir, glacial ou brûlant elle n'aurait su dire. Clouée sur place. Les lèvres tremblantes, les yeux détaillant ce grand gendarme noir qui s'approchait d'elle. Sa carrure imposante, son crâne rasé, ses traits parfaits. Mais surtout son regard. Ce regard jaune, mon Dieu !

— Vous…

Elle est sous le choc, pensa Anato. Il adopta une voix basse, apaisante.

— Oui ?

— Vos… Vos yeux…

Vos yeux. À ces mots, Anato comprit que quelque chose se passait, quelque chose qui allait au-delà du traumatisme, de la perte d'un enfant. Que ça le concernait, lui, directement. Un revenant, on aurait dit qu'elle avait vu un revenant. Il tendit une main qu'il voulait rassurante, elle l'évita en se décalant sur le côté.

— Qui… Qui êtes-vous ? elle bégaya.

— Je vous l'ai dit. Je suis le capitaine Anato, de la gendarmerie.

— Non… Vous êtes…

Anato fronça les sourcils. L'idée s'imposa aussitôt. Antonis… il pensa. Et ainsi que ça lui arrivait parfois, il crut ressentir la présence de son père disparu, une chaleur à ses côtés. Comme s'il venait de s'approcher de lui. Qu'il était là, tout près, fantôme bienveillant. Son histoire, ses origines. Vous êtes… C'étaient les mots qu'elle avait prononcés. Oui, dis-moi qui je suis. D'où je viens. Donne-moi les réponses. Le cœur battant, le trac.

Melita, la bouche déshydratée, plissa les paupières devant cette vision irréelle. Ce Ndjuka aux yeux jaunes. Bien vivant, à quelques centimètres d'elle. Comme autrefois. Une image qui la renvoyait dans le passé. Là-bas, au Suriname, c'est là qu'elle l'avait vu pour la dernière fois. Dans son village. Avant son départ pour la Guyane. Elle voulut dire quelque chose, faire surgir cette impression qui lui gainait tous les muscles. Indescriptible. Triste et violente à la fois. Mais les mots ne venaient pas, sortaient décousus, désassemblés. Elle se rappela la rivière Cottica, cette région si proche, mais si lointaine pour elle. Des souvenirs, par bribes. Elle décolla à nouveau les lèvres. Prononça distinctement :

— *Pi-na-lan-ti…*

— Pardon ?

Elle s'étrangla en répétant le mot. Un mot ndjuka, apparemment, qu'Anato ne connaissait pas. *Pinalanti*, voilà ce qu'il avait compris. À supposer qu'il y ait quelque chose à comprendre. Pourtant il s'imagina que derrière ces quelques syllabes, il y avait ce qu'il cherchait depuis des mois. Ce qu'aucun ancien du Maroni n'avait été en mesure de lui apprendre. Un besoin urgent de savoir le saisit.

— Vous pouvez répéter ce que vous venez de dire ?

Silence. Le regard vide de Melita Koosman. Celui d'Anato, impatient. Il savait qu'il dépassait le cadre de l'enquête, que ce qu'il devait évoquer avec elle, c'était son fils assassiné. Comment, quand, qui, pourquoi ? Les questions obligatoires, avec tact et méthode. Mais il insista.

— Madame.

Marcy s'approcha par-derrière. Il avait suivi la scène, sans rien y comprendre. Mais quelque chose d'anormal était en train d'arriver, ça, il le voyait bien. Le capitaine réagissait de manière étrange. Il essaya de l'interrompre.

— Hé ! Elle est en état de choc, ne l'oubliez pas.

Anato fit signe au major de se taire. Pas même un regard. Il n'était plus lui-même. Le visage dur, contracté. La femme avait reculé d'un pas, le dos contre un arbre, recroquevillée.

— Madame, il la relança, la voix pressante. Qu'est-ce que vous avez dit ?

— Capitaine… continua le major, une main sur son avant-bras pour le retenir.

— Mais répétez, nom de Dieu !

Cette fois, Marcy cria pour de bon :

— Capitaine !!!

Silence soudain. Le temps interrompu. Melita Koosman, deux mètres plus loin, refermée sur elle-même, les paupières closes. Inaccessible. Les mots qu'elle prononçait n'étaient plus que pour elle. Chuchotés. Réfugiée dans ses souvenirs. Ceux d'hier, le dernier après-midi avec Bradley. Et ceux d'autrefois, qui venaient de refaire surface comme autant de pointes pour la torturer. Elle baissa la tête. Anato, interdit, fixa le major, puis la vieille, puis à nouveau Marcy. Fronça les sourcils. Réalisant seulement qu'il avait perdu pied. Évidemment, ce n'était pas le moment, ce qu'il venait de faire n'avait aucun sens. L'enquête, la mort de Bradley Koosman, se concentrer là-dessus. Mais c'était trop tard, maintenant la mère ne dirait plus rien. Et d'ailleurs, elle avait sans doute déjà révélé tout ce qu'elle savait au major. Un silence gêné se glissa entre les arbres.

Bientôt coupé par la sonnerie du portable de Marcy. Il décrocha, s'éloigna machinalement, quelques pas dans les feuilles.

— Major ?

Un gendarme de la brigade territoriale. Un de ceux déployés depuis la veille pour rechercher Clifton Vakansie, sur ordre de la hiérarchie pressée d'en finir.

— On a quelque chose.

— Dites-moi.

— Dans un fossé, le long de la route. On a découvert un scooter abandonné. D'après votre description, ça correspond.

Marcy jeta un regard au capitaine, lui fit signe de s'approcher.

— Où êtes-vous ? il demanda dans le micro.

— À Charvein.

Autrement dit, tout près d'ici. Lorsqu'il raccrocha, le major s'adressa au capitaine avec de la fierté dans la voix.

— Je crois qu'on vient de trouver le lien qui nous manquait entre les deux homicides.

7

À deux kilomètres de la scène de crime : Charvein. Comme la rivière du même nom, qui coulait juste là. Un hameau diffus, étalé au croisement de deux départementales, l'une filant vers le bourg de Mana, l'autre vers Javouhey, le village hmong. Un millier d'habitants, principalement des Ndjukas venus du Suriname, réfugiés à l'époque de la guerre civile dans les années 1980 ou arrivés depuis pour y défricher une parcelle, y bâtir une maison, y ouvrir un abattis pour cultiver la terre. Pas de titre foncier, pas de droit d'occupation, pas de permis de construire, presque tous étaient installés sur les terrains de l'État. Une autre version de l'habitat spontané, plus rural qu'à Saint-Laurent. Mais toujours aussi précaire. Quelques villas en dur, mais surtout des cases en bois aux allures de village surinamien de bord de route. Ni eau courante ni électricité, ici les habitants faisaient avec les moyens du bord, récoltaient l'eau de pluie, construisaient des latrines et des douches à l'écart des maisons. Pour nourrir la famille ils cultivaient manioc, patate douce, banane ou igname sur les terres voisines. Et l'essence, le riz ou la viande, ils l'achetaient dans l'unique échoppe, des denrées toutes importées du Suriname donc moins chères. Installés là pour ne plus jamais en partir, tous guettaient l'opération de résorption de l'habitat insalubre promise par la mairie de Mana depuis plusieurs années. Sachant que seuls ceux en situation régulière sur le territoire y auraient droit. Moins de deux habitants sur trois. Le carrefour de Charvein était bien connu des touristes qui s'arrêtaient pour acheter sculptures et bancs saramakas dans un alignement de bicoques tordues aux toits de tôle en patchwork. Le carrefour des voleurs, comme l'appelaient les gendarmes : la plupart des objets étaient façonnés au Suriname, les revendeurs se contentant de faire les finitions. L'artisanat restait une des rares activités accessibles pour la jeunesse. Beaucoup n'avaient aucune ressource, vivaient des minima sociaux ou jobaient à droite à gauche quand ils en avaient l'occasion.

Le deux-roues avait été retrouvé à deux cents mètres du croisement. Il gisait dans un fossé, caché au milieu des tiges. Le réservoir d'essence à sec. Une chance que le gendarme l'ait repéré, un reflet métallique l'avait soudain ébloui au bord de la route. De l'aspect originel du scooter, il ne restait plus grand-chose. Une carcasse à moitié désossée, le moteur à vif entre les armatures. Deux pneus lisses. Un siège lacéré, la mousse jaune débordant des plaies. Et pas de plaque d'immatriculation.

— Ça pourrait être ça, confirma Marcy, debout en haut du talus. Vakansie s'est enfui sur un truc de ce genre. Je reconnais le phare arrière droit cassé.

En sueur le long de l'asphalte, le capitaine et le major revinrent au carrefour. À l'entrée des cabanes d'artisanat. De l'autre côté de la route, une famille de métropolitains se baignait dans la rivière, profitant d'une petite plage aménagée pour attirer les visiteurs.

Marcy se tourna vers Anato, caché derrière ses verres noirs.

— On va se répartir le travail, O.K. ? Je vous laisse y aller. Vous vous chargez de retrouver Vakansie, c'est la priorité. Et moi je continue sur Bradley Koosman, je fais l'enquête de voisinage, la routine. Ça vous va ?

Anato le jaugea un instant, cherchant le piège, échaudé par le comportement du major deux heures plus tôt. Il avait été envoyé pour lui prêter main-forte, mais Marcy restait directeur d'enquête. Pas de hiérarchie entre les officiers de police judiciaire, c'était la règle. Provisoirement Anato pouvait oublier son grade. Il hésita. Puis acquiesça : dans le fond, il y avait une logique dans la proposition du major.

Alors que Marcy faisait demi-tour, remontait au volant de son véhicule, Anato marcha vers les cahutes précaires des artisans. Pénétra dans la première. Ici tout semblait bancal, la porte, les tables, les présentoirs. On trouvait là tout ce qu'on peut sculpter en bois, des animaux, des plats, des cendriers, des petites pirogues. Des pénis en érection. Sur le mur du fond étaient collées des affiches décolorées : Snoop Dogg, Jah Cure, Steel Pulse. Le vendeur, dreadlocks emballées dans un bonnet dressé sur son crâne, petite moustache effilochée, ponçait et soufflait sur une canne en amourette, un bois précieux. Il leva la tête, un grand sourire aux lèvres découvrant une dent en or, pensant accueillir un client. Mais se ravisa en découvrant le visage sérieux du capitaine. Qui se présenta : gendarmerie nationale. Le rasta posa sa canne, se redressa, essuya sa main qu'il tendit.

— Je suis à la recherche d'un jeune homme. Clifton Vakansie. Vingt-six ans, à peu près votre taille, ndjuka.

Le vendeur sortit la lèvre inférieure. Connais pas. Une réaction un peu forcée.

— Et soupçonné de meurtre. À deux kilomètres sur la route.

Moue inquiète. Un peu mal à l'aise aussi. Les nouvelles circulaient vite, il était sûrement déjà au courant.

— De meurtre ? Et pourquoi vous me…

— À tout hasard. Et aussi parce que la dernière fois qu'on l'a vu, il roulait sur un scooter qu'on vient de retrouver tout près d'ici. En panne d'essence.

Haussement de sourcils. L'air innocent. Ou exagérément désinvolte.

— Ça ne vous dit rien ?
— Quoi ?
— Le scooter. Clifton Vakansie.
— Eh bien… Non.
Tu mens mal, toi, pensa Anato.
— Vos collègues d'à côté, ils ne vous ont rien dit là-dessus ? Personne n'a rien vu, rien entendu ?
Haussement d'épaules.
— Non, vraiment.
Anato observa un silence, hocha la tête, laissa courir son regard sur les étals poussiéreux. Puis, sans regarder le rasta :
— Vous pouvez me montrer les papiers de votre boutique ?
— Quoi ?
— Rassurez-moi : tout est en règle ici, hein ? Vous êtes bien inscrit au registre du commerce ?
— …
— Si je mets mon nez dans vos affaires, je ne vais rien trouver d'illégal, j'espère…
Le vendeur resta un moment coi. Cherchant une porte de sortie. Mais il n'y en avait pas. Il gratta son crâne à travers son bonnet, émit un petit sifflement, remit en place deux tortues.
— Venez avec moi.
Il emmena le capitaine vers un autre artisan, qui vendait les mêmes objets dans la même bicoque bancale, au même prix, mais dix mètres plus loin. Les deux jeunes échangèrent en ndjuka, ignorant sans doute que le capitaine les comprenait. Il faut que tu lui racontes l'histoire, je te dis, sinon on va avoir des ennuis, après tout tu le connais à peine le gars… Plus âgé, l'homme écrasa son mégot dans un canari-macaque, recracha une fumée épaisse. Il regarda Anato en levant la tête, pas plus impressionné que ça, assis sur son banc. Le genre jeune caïd. Il semblait hésiter, peser le pour et le contre, évaluer

les risques. Pour lui, bien sûr. Il soupira, un petit sourire aux lèvres. L'air de dire c'est bon vous avez gagné.

— O.K., il lâcha enfin. Cet engin, je ne sais pas à qui il est, mais je sais que quelqu'un devait venir le récupérer. (Anato s'approcha.) Voilà, quoi. Hier soir, il y avait un concert à Charvein, là-bas derrière. Il y avait beaucoup de monde, c'était réussi. Et il y a ce gars qui s'est pointé, qui est venu me voir. Clifton. Je l'ai rencontré à Saint-Laurent, mais on ne se connaît pas bien. Je lui avais juste dit que s'il passait par ici un jour, il pouvait venir me voir. Mais hier, j'ai failli ne pas le reconnaître. Il allait mal. Il était énervé, il avait l'air fatigué, il tremblait. On aurait dit qu'il venait de lui arriver un truc. Il m'a demandé de l'aide. Il avait besoin d'un peu d'argent, il allait me rembourser. Cinquante euros. Et il voulait un endroit pour dormir. Il m'a presque supplié.

— Et ? Tu lui as donné quelque chose ?

Il secoua ses tresses.

— Je n'avais rien. Et il n'avait pas l'air net. Je lui ai dit que j'étais d'accord pour le couchage, mais que pour l'argent il fallait qu'il trouve un autre pigeon. Alors il est parti, et il est revenu plus tard.

— Il a dormi où ?

— Ici, par terre. Je n'allais pas le laisser dans la rue. Il a plu cette nuit.

— Quelle heure était-il quand il est revenu ?

— Aucune idée. Je n'étais pas encore rentré, il s'est installé tout seul.

Anato regarda le sol. Vakansie était donc là cette nuit, il avait dormi sur cette terre compacte, dure, sans matelas ni drap. Après la mort de Bradley Koosman ? Possible, oui. Mais risqué : si c'était lui l'assassin, pourquoi être resté dans les parages ? La fatigue, peut-être, incapable de continuer. Son comportement laissait le capitaine perplexe, ses agissements paraissaient désordonnés, insensés. Pourquoi faisait-il tout ça ? Où courait-il ainsi ?

— Tu sais où il se trouve à présent ?

— Non. Il est parti très tôt ce matin, à pied. Mais je ne sais pas où il allait.

— Dans quelle direction ?

— Aucune idée. Peut-être par là (main à droite), peut-être par là (main à gauche).

Les premiers voisins de Melita Koosman vivaient à plusieurs centaines de mètres de chez elle. L'entrée marquée par un morceau d'antenne parabolique désossé, sur lequel étaient tracés les noms des neuf membres de la famille. Une maison entièrement peinte en rose pastel, sur un terrain inondable : pour y accéder, le major dut emprunter des ponts en planches au-dessus de deux fossés de drainage. Le père, la cinquantaine, le ventre en avant, un caleçon effiloché pour seul vêtement, était assis sous un petit carbet, à côté d'une bassine remplie d'épluchures de mangues. Autour de lui, trois adolescents dont des jumeaux, presque des clones, un sabre à portée de main. Ils revenaient de l'abattis.

Que dire sur Bradley Koosman ? Ils ne le connaissaient pas, ne le voyaient jamais. Ils l'avaient juste aperçu quelques fois ces derniers temps, un jeune homme qui rendait visite à sa mère. Sur elle non plus d'ailleurs, ils ne savaient rien. Ils la croisaient sur les sentiers, le long de la route, à la rivière, mais elle ne parlait à personne. Étrangement solitaire. Elle est folle, dit un adolescent, aussitôt fusillé du regard par son père. Eux-mêmes n'étaient installés ici que depuis cinq ans, ils avaient émigré depuis un village du Suriname, non loin d'Albina. Sur la nuit dernière, même discours : rien vu, rien entendu. Il y avait un concert à Charvein, la musique s'entendait jusqu'ici, et les jeunes y étaient. Non, ils n'avaient rien remarqué de particulier sur le chemin du retour, à pied dans l'obscurité. Au final, malgré la bonne volonté de la famille, l'entretien se révéla stérile. Le major remercia, revint sur la route et enchaîna sur le foyer suivant.

Deux heures plus tard, après cinq entretiens, il retrouvait Anato en bord de route, à l'entrée du sentier qui menait à la scène de crime. Avec plus de monde, cette fois. Le technicien rangeait son matériel alors que le corps était emballé par les hommes des pompes funèbres, prêt à prendre la route vers l'institut médico-légal. Une voiture de Guyane 1re s'était garée à moitié en travers du chemin ; deux journalistes s'activaient, l'un caméra à l'épaule, l'autre harcelant les gendarmes.

Dans chaque institution, les médias avaient leur interlocuteur fétiche. Quelqu'un qui passe à l'écran, qu'on pouvait contacter facilement, bien renseigné. Et côté gendarmerie, ils avaient décidé à la place du général : ce serait André Anato. La voix posée, séduisant jusque sur les plateaux télévisés, et surtout Guyanais, un des seuls au rang des officiers. Un atout de taille. Quelques mois plus tôt, il avait même eu droit à un portrait personnalisé dans les pages people de *France-Guyane*. Un rôle qui ne l'enchantait pas, mais qu'il avait appris à assumer. Le général lui-même avait capitulé : Anato avait carte blanche. Sauf que dans le cas présent, il n'y avait rien à dire ou presque, l'enquête commençait à peine. Deux cadavres, deux jeunes tués en vingt-quatre heures. Inconnus des services de police, sans casier, sans problème. Et un suspect, en fuite. Anato limita son intervention au strict minimum, sous le regard jaloux de Marcy derrière ses Ray-Ban.

Le journaliste rassasié, les deux hommes échangèrent les dernières informations. Ce qu'ils savaient à présent : le meurtre avait eu lieu dans la nuit, avant la pluie en tout cas, sans doute même la veille au soir. Le profil de la victime actualisé : vingt-neuf ans, né au Suriname, mère installée en Guyane depuis plus de vingt ans, père décédé. Le jeune Ndjuka vivait quelque part au Suriname, à Paramaribo ou Moengo, ce n'était pas clair. Et ne venait que très rarement côté français. Pas d'ennemi connu, expliqua Marcy, ni de problème récent rapporté. Les autorités surinamiennes en sauraient peut-être plus sur son compte, il allait falloir les interroger. À supposer que la police d'Albina y mette du sien : l'accord de coopération policière entre les deux pays, bien que signé en 2004, n'avait jamais été ratifié par le gouvernement du Suriname.

— Les gens du coin ne sont pas très bavards, termina Marcy. Fuyants même, je dirais.

— Vous pensez qu'ils cachent quelque chose ?

— Peut-être qu'ils en savent plus sur la victime. Mais sur le crime en lui-même, je pense qu'ils disent vrai : l'endroit est isolé, de chez eux ils ne voient même pas le début du sentier. Et ne l'empruntent que le matin.

Le capitaine approuva.

— Vakansie est donc la seule piste. Il faut mettre le maximum d'hommes là-dessus, mobiliser tout le monde pour le retrouver. Il est parti à pied, il ne peut pas être loin.

— Il y a le barrage permanent à Iracoubo, on peut supposer qu'il n'ira pas vers l'est. Après avoir tué Koosman, peut-être qu'il a juste passé la nuit caché dans la cabane et qu'il est reparti vers Saint-Laurent.

— Peut-être…

Mais il y avait tant d'autres possibilités. Le suspect pouvait être n'importe où : le territoire était vaste, les effectifs de la gendarmerie limités. Anato repensa aux paroles de l'artisan qui l'avait croisé la veille. Clifton Vakansie allait mal. Il était énervé, fatigué, il tremblait. Aux abois. La peur des gendarmes lancés à ses trousses ? L'angoisse après son meurtre ? Non, il y avait autre chose, forcément.

Les deux enquêteurs étaient plantés au bord du bitume entre leurs deux voitures.

— Je vais rentrer à la brigade, fit Marcy. Mettre les collègues au jus.

Anato opina. Lui allait suivre la dépouille de Bradley Koosman à Cayenne. Assister à l'autopsie. Mais avant d'ouvrir sa portière, la main sur le capot, le major eut un moment d'hésitation.

— Capitaine ?

Il planta deux yeux indiscrets dans ceux d'Anato.

— Tout à l'heure, avec la mère de la victime, que s'est-il passé ?

Muet, le capitaine soutint son regard, chercha la parade. Il savait que la scène avait marqué l'esprit du major, qu'il reviendrait sûrement dessus. Il allait s'imaginer des choses, il fallait mettre un terme à tout ça. Et vite.

— Rien du tout. Elle est ndjuka, comme moi. L'un comme l'autre, on a cru reconnaître quelqu'un.

Silence du major, pas convaincu. Ils restèrent quelques secondes face à face, chacun jaugeant l'autre, évaluant ses failles, ses limites, ses faiblesses.

— C'était un malentendu, ajouta Anato pour conclure. Un malentendu, c'est tout.

Clifton avait à peine fermé l'œil de la nuit, allongé sur la terre dure dans la boutique de l'artisan, sans même un bout de tissu. Grelottant de froid quand la pluie s'était mise à tomber, chassée par le vent jusqu'à l'intérieur, entre les planches disjointes. Et sans cesse assailli par des images de mort. Des visages hurlants, suppliants, des yeux monstrueux. Entre cauchemar et réalité, il ne faisait plus la différence. Il était finalement parti au lever du jour, hagard, les baskets sur le bitume. Assommé par le manque de sommeil. Au loin il avait entendu les sirènes. Avait pris peur. Ça y est, ils sont là pour moi ! C'est terminé, la cavale aura été courte. La prison, à vie, plus jamais avec Djayzie. Mais non, pas cette fois. Fausse alerte. Il titubait, se sentait faible. Manger quelque chose, juste pour tenir debout, le temps de trouver une solution.

Il allait devoir s'y résoudre à un moment ou un autre. Malgré les consignes.

Il marcha le long de la route, en bas du talus, dans les herbes hautes et les buissons, longeant les fragments de forêt, les terrains agricoles, les parcelles habitées. Son sac en bandoulière. Une chaleur de saison sèche, écrasant tout dès le matin. À chaque voiture il se baissait. Restait caché plusieurs minutes parmi les tiges. Comme un animal traqué. Ne pas se faire repérer. Rester attentif, la seule option. Parce qu'ils pouvaient être partout, qu'ils avaient du monde, des moyens, des voitures. Il avançait, à pas de loup, tous les sens en alerte. Un cri d'oiseau, le vent dans les arbres, tout l'effrayait. Depuis combien de temps marchait-il ainsi ? Deux heures ? Trois ? À ce rythme, jamais il ne serait au rendez-vous. Il leva la tête, observa le bitume brûlant. Pas de véhicule en vue, ni à droite ni à gauche. Il sortit de son trou. Debout en bord de route, la peur au ventre. Regarda derrière lui : des arbres, rien que des arbres. Inoffensifs.

Un bruit de moteur.

Il tourna le regard. Au loin, une voiture arrivait, rapide. Son cœur s'emballa. Gendarmes ? Il plissa les yeux, devina une carrosserie rouge. Voiture banalisée ? Elle approchait, grossissait, se précisait. La silhouette d'un conducteur émergea, qui pouvait être n'importe qui. Il hésita, déglutit. Prendre une décision, vite. Se jeter dans le fossé ? Ou y croire ? Non, ce n'était pas eux. Il ferma les yeux une seconde, pria son Dieu, se redressa.

Et leva le pouce. Le pouls enflammé.

Le véhicule lui passa devant sans ralentir, l'ignora totalement. Il eut juste le temps d'apercevoir un regard indifférent, à peine attentif. Une femme, l'âge de sa mère. Il aurait dû être déçu, mais plus que tout, il était soulagé. Il souffla. Tout va bien, rien à craindre. Les babylones ne pouvaient pas savoir où il se trouvait.

Ils ne savaient rien, d'ailleurs, ils le prenaient pour un assassin. Alors que…

Jamais ils ne le croiraient.

Penser à autre chose.

Encore une voiture. Bruyante. Non, un camion… bleu. Merde, ce sont eux cette fois ! Poussée d'adrénaline, il fit un pas vers le fossé, baissa la tête. Ils ne t'ont pas vu, retourne dans ta cachette ! Mais il regarda à nouveau. Pas de sirène, pas d'inscription. Pas de panique, c'est juste… une fourgonnette. Oui, la fourgonnette d'un agriculteur. Retour au calme. Il présenta à nouveau son pouce. La camionnette lui passa devant à grande vitesse. Puis freina d'un coup sec, vingt mètres plus loin. Traces de gomme sur le goudron fissuré. Clifton hésita un instant, réajusta le sac sur son épaule. Non, ne t'inquiète pas, c'est juste un paysan, la plate-forme déborde de marchandises. Il courut vers la portière, montra son visage en nage.

— Tu vas où ?

Un jeune Hmong, tout seul, la vingtaine, le visage rassurant. Casquette, chaîne en or et tee-shirt YMCMB. L'autoradio grésillait, mais on devinait le rap de Kery James :

— Doucement balance le charley, que je fasse vibrer les favelas... Maintenant fais péter la caisse claire, même si c'est pas du dirty... C'est du sale rap révolutionnaire, yeah !

Clifton, la bouche rectiligne, fit un signe de tête en direction de la route.

— Allez, monte.

Il s'installa sur le siège passager. Et en route.

Les Hmongs occupaient le village de Javouhey. Sur des centaines d'hectares, ils y produisaient une grosse part des fruits et légumes qu'on retrouvait sur les étals des marchés de l'Ouest guyanais. Les principaux cultivateurs du département. Fuyant le Laos, d'abord réfugiés en Thaïlande puis à Paris, ils avaient finalement été installés en Guyane par l'État français à la fin des années 1970. Avec un objectif affiché : peupler le territoire et développer l'agriculture. Un pari réussi, au moins sur le plan agricole.

— Je vais à Cayenne, faire le marché. Tu as de la chance que je sois tout seul. Mon père ne t'aurait jamais laissé monter. Tu es Ndjuka ?

Clifton fit oui de la tête. Pas de climatisation, on étouffait dans l'habitacle. Devant eux la route défilait, les bandes blanches se jetaient entre les roues. Ils allaient vite, tellement vite. C'est ce que Clifton voulait. Foncer, s'éloigner, fuir Saint-Laurent. Là-bas c'était devenu trop risqué. Ne pas trop parler.

Mais l'agriculteur était bavard.

— Tu connais les vieux, hein ? Plein d'histoires dans la tête. Ils n'aiment pas qu'on fréquente les Ndjukas. Ils se méfient trop. C'est le passé tout ça, faut aller de l'avant.

Vingt-cinq ans plus tôt, cinq Ndjukas avaient tendu une embuscade à un camion de cultivateurs hmongs sur la route de Charvein, et abattu au fusil un homme et une jeune fille de quinze ans. Un crime que personne n'avait oublié, qui avait durablement marqué les habitants de Javouhey. Aujourd'hui les deux communautés vivaient à quelques kilomètres l'une de l'autre, mais se mélangeaient le moins possible. À part les jeunes, dont beaucoup avaient été à l'école ensemble.

— Tu veux un morceau ? fit le Hmong en tendant un bout de pain.

— Non, ça va.

Il n'insista pas. Pourtant Clifton fixa le quignon un long moment, le ventre en détresse.

— Qu'est-ce que j'ai pu la prendre cette route… Il faudrait qu'ils fassent une quatre-voies, c'est vraiment trop long. Le mois dernier, je me suis endormi au volant, j'ai fini dans le ravin. Rien de grave, heureusement.

À cette allure, il risquait pourtant gros. Clifton agrippa la poignée, les yeux braqués sur la route. Ce Hmong trop accueillant le mettait mal à l'aise. Il ne voulait pas parler. Surtout ne rien révéler, ne pas se mettre en danger. Il ne fallait pas que l'autre se doute de quelque chose. Lui faire croire que tout était normal, un Ndjuka sans véhicule qui va rendre visite à sa famille, rien de plus. Juste avancer, droit devant. Se rapprocher de son objectif. En finir.

8

Tipic Kréol's, un restaurant du centre-ville de Saint-Laurent. Melissa Marcy buvait un jus de mangue. Son père avait promis de passer, mais peut-être n'aurait-il pas le temps. Toujours occupé, ou s'en donnant l'air. Il avait besoin de ça pour vivre, elle le savait. Alors elle attendait sous les oscillations des brasseurs d'air. Cinq tables plus loin, deux vieux métros parlaient affaires. Un projet de casino, quelque chose d'ambitieux pour drainer du monde dans la ville, pour créer de l'activité, de l'emploi, tout ça. Ils ne manquaient pas d'imagination, sûrs de leur coup, se croyaient sur la Côte d'Azur. Presque inconsciemment, amusée autant qu'affligée, elle suivait la discussion. De loin.

En lisant sur les lèvres molles des deux Blancs, à défaut de pouvoir les entendre.

Baignée dans ce silence si familier.

Melissa vivait coupée des bruits du monde. Totalement sourde de l'oreille droite, à peine mieux à gauche. Privée d'un de ses sens. Depuis vingt-cinq ans, la famille Marcy composait avec ce handicap sans lequel les parents auraient sans doute eu un autre enfant. Père et mère avaient tout donné, tout fait pour elle. Pour l'aider à se dessiner un futur, à se construire malgré tout. Des sacrifices, tous les jours, un combat qui avait soudé la cellule familiale comme aucun autre. À l'époque il n'existait pas de structure adaptée pour accueillir les enfants sourds à Saint-Laurent. Pour beaucoup, la surdité n'était même pas diagnostiquée, on ne la découvrait qu'à l'entrée en CP, quand se développaient les problèmes de sociabilisation. Alors, comparée à d'autres, Melissa était plutôt chanceuse. Dès l'école primaire, elle avait été envoyée en métropole, hébergée chez sa tante à Paris, pour suivre sa scolarité dans une classe spécialisée. Langage des signes, lecture labiale, rééducation auditive, oralisation, des heures et des heures de travail avec l'orthophoniste. Un bagage qui lui avait permis d'aller jusqu'au BTS, presque un exploit. Ce n'est qu'après ses études qu'elle avait retrouvé sa Guyane. Saint-Laurent, sa ville. La plupart des sourds élevés dans l'Hexagone renonçaient à revenir travailler sur leur terre natale : emploi, niveau de vie, confort, ils choisissaient de rester là-bas, laissant des parents déçus à l'autre bout de l'Atlantique. Mais pour Melissa, rentrer chez elle avait toujours été une évidence. Être utile à son pays. Et près des siens.

Que serait Franck Marcy sans elle aujourd'hui ? Trois ans plus tôt, sa femme l'abandonnait. Chantal, sa reine, emportée en moins de six mois par un cancer, une de ces maladies injustes qui détruisent les familles. Personne n'avait rien vu venir. Un désastre pour le major qui était resté fidèle toute sa vie. Autrefois il n'y avait qu'elle, à présent il vivait de son souvenir. Idéalisé, choyé. La fierté de l'avoir eue pour épouse. Un homme qui a autant aimé sa femme, qui aime autant sa fille, ne peut pas être vraiment mauvais, il se répétait souvent. Un moyen de se donner confiance quand les collègues le disaient grande gueule, arrogant, rentre-dedans, intolérant, prétentieux. Ses deux femmes, ses deux amours majestueuses, des bouées pour l'empêcher de couler. Melissa avait tant fait pour lui. Après le drame la jeune femme avait réemmenagé chez son père pendant plusieurs mois. Pour être ensemble. Tous les deux, unis contre la mort. Du haut de ses vingt-cinq ans, elle avait tout géré, le quotidien, la logistique de la maison. Tous ces riens qui pour Marcy étaient des montagnes.

Elle l'avait sauvé, tout simplement. Parce qu'à ce moment-là le handicapé, c'était lui.

Melissa avait tellement de force en elle. Pour elle, la vie était un combat. Une victoire à remporter chaque jour que Dieu faisait. Avare de sourires, elle réservait ses éclats de joie pour les grandes occasions. Une sorte de rage, profonde, l'animait au quotidien. Jamais satisfaite, pleine de valeurs, révoltée contre les injustices du monde. Un peu trop à gauche à son goût, Marcy s'était plus d'une fois brouillé avec elle. L'immigration, la solidarité, la sécurité, elle avait des idées bien arrêtées, à se demander qui lui avait mis tout ça dans la tête. En métropole, elle s'était nourrie de lectures qui avaient forgé ses opinions. Des intellectuels noirs surtout, du Aimé Césaire, du Frantz Fanon, du Léon-Gontran Damas, du Senghor, des bouquins savants que son père n'avait jamais lus. Mais la vérité, c'était que Marcy vouait à sa fille une admiration totale. Cette énergie, cette foi en l'humanité, ces convictions, il en était jaloux. À ses yeux, Melissa, avec toutes ces imperfections de jeunesse, était parfaite.

Comme sa mère.

À présent elle était tout pour lui.

Marcy arriva en retard, le polo mouillé, en sueur. Au bureau, il avait réuni l'équipe de la brigade, exposé les éléments du deuxième meurtre. Le bilan de son enquête de voisinage, le scooter retrouvé, le témoignage de l'artisan. Double homicide, on avait sans doute affaire à quelqu'un de dangereux. Il avait contacté chaque unité de l'Ouest guyanais. Coincer Vakansie, où qu'il soit. Et le prévenir, lui en priorité, dès qu'ils avaient quelque chose. Lorsqu'il entra dans la salle, il trouva sa fille attablée, le débardeur tombant de ses épaules pointues, deux créoles en or aux oreilles, ses dreadlocks emballées dans un foulard jaune qui lui donnait un air noble.

Bonjour ! elle signa de la main droite, un mouvement allant de sa bouche à la table.

Il lui embrassa le front.

— Désolé, c'est la course aujourd'hui. J'ai à peine le temps de manger.

— Qu'est-ce que tu as ? elle embraya de sa voix monocorde, sans nuance de ton. Tu as une tête affreuse.

— Merci ma chérie pour ton soutien…

De rien, elle signa. Le major tenta de lisser ses cernes du pouce et de l'index, repositionna ses lunettes et sortit un cigarillo.

— Moi aussi je suis épuisée. Je sors d'une matinée infernale.

Melissa était une des rares sourdes de la ville à avoir un emploi stable. Auxiliaire de vie scolaire en collège : elle travaillait dans la toute première classe d'intégration mise en place pour les déficients auditifs. Apporter aux enfants de Saint-Laurent ce qu'elle avait été obligée d'aller chercher outre-Atlantique. Un travail dans lequel elle se sentait utile, intégrée à la société. Ils commandèrent : du gibier pour lui, une salade pour elle. Marcy demanda au serveur de faire vite : il était pressé.

— Tu travailles encore avec le Ndjuka ? fit Melissa.

— Pardon ?

— Le capitaine Anato, celui qui était dans ton bureau hier soir. Tu fais équipe avec lui ?

— Qui t'a dit ça ?

Elle fit un signe du menton vers le fond de la salle, il se retourna. Sur la télévision, qui diffusait déjà le reportage du matin. Le capitaine, à son aise, la diction parfaite. Digne représentant des forces de l'ordre, la forêt en arrière-plan. Des images de la route de Mana, des rubans jaunes autour de la scène de crime.

Marcy soupira, l'orgueil amoché.

— Il est beau, elle dit.

Il la fusilla du regard. Elle avait dit ça sans ironie aucune, l'air sérieux. Fidèle à elle-même : tout ce qui lui passait par la tête, elle l'exprimait. La retenue, elle y avait mis fin lorsqu'elle avait réussi à accepter son handicap. À accepter ce qu'elle était, en fait. Le major lui avait connu très peu d'hommes, en général ils avaient peur de cette fille hors normes, ils ne la comprenaient pas. Mais il savait qu'un jour elle en trouverait un, et celui-là, il aurait beaucoup de chance.

— Oh… Tu ne serais pas jaloux, toi ?

— Arrête, Melissa.

— Papa…

— Hum… grogna le père pour mettre fin à l'échange.

— Pourquoi tu es jaloux ? elle relança. Parce qu'il est plus gradé que toi ? Ou parce qu'il est ndjuka ?

— Melissa, arrête, je te dis !

Même sans le son, elle perçut son agacement. Il avait élevé la voix, plus que nécessaire. Elle se tut. Désolée. Comme souvent, avec ses provocations, elle venait de blesser son père. Et elle n'aimait pas ça. Elle lui offrit un petit sourire, comme un cadeau pour l'apaiser.

— Excuse-moi, il ajouta. Je suis un peu tendu.

Ils changèrent de sujet, des trucs légers, sans conséquence. Le temps, le menu, la santé. Mais Melissa connaissait son père : elle avait touché un point sensible.

Quatre ans après, la villa était restée la même. Imposante, massive derrière les grillages, les haies fleuries et les bougainvillées géantes. C'est ici, se souvint Vacaresse, devant ce portail, sur ce chemin terreux, que la petite Chloé Fanchard avait été retrouvée, son beau visage cabossé, hurlant dans la nuit. Ici qu'un voisin l'avait recueillie. Un des dossiers qui avait le plus marqué le lieutenant. Il revoyait la gamine, tremblante dans sa robe bleue, les cheveux collés par le sang, recroquevillée sur sa chaise dans les bureaux de la Section de recherches. Délivrant son témoignage par bribes mal assemblées, sans cesse retouchées, contredites. Avec en filigrane, à peine exprimée mais bien présente, la peur de son bourreau de père. Elle était terrifiée, pour Vacaresse c'était évident. Il avait pris en main l'enquête comme il savait le faire. Ratisser, creuser, harceler si besoin. Sans nuance, jusqu'au bout, sourd aux réserves des collègues qui ne croyaient pas à un cas de maltraitance. Le père, même porté sur la bouteille, était respecté à Saint-Laurent où il vivait depuis plus de trente ans, métropolitain influent, entrepreneur actif, gérant d'une société immobilière. Des amis un peu partout, y compris chez les politiques. Vacaresse l'avait traqué nuit et jour pour démontrer sa culpabilité, il avait failli le frapper même, à la fin de sa garde à vue. Mais au final, le lieutenant avait eu gain de cause. Violence volontaire par ascendant sur mineur de moins de quinze ans : trois ans de prison ferme, sans aménagement de peine. Un soulagement, pour tout le monde ou presque.

Debout devant le portail, Vacaresse hésita un long moment à sonner. À présent la petite devait vivre seule avec sa mère qui avait été mise hors de cause par le juge, dans leur villa tout confort. Peut-être avec un beau-père attentif. Une nouvelle vie, sans coups, sans violence. C'est tout ce qu'il pouvait lui souhaiter. Il aurait aimé la revoir, s'assurer que tout allait bien pour elle. Découvrir son visage sans blessure. Mais quelle légitimité avait-il ? Il n'était même plus gendarme. Tout ça appartenait au passé. Une de ces affaires dont il n'arrivait pas à se détacher, pareil à un vieillard rabâchant ses souvenirs, incapable de faire le deuil d'une époque révolue. Il se ravisa, remonta en voiture. Direction le Lac Bleu.

Il alluma l'autoradio.

— *... À ce stade de l'enquête, rien ne permet encore d'affirmer que les deux homicides sont liés...*

La voix sonna familière. Le capitaine Anato, il le reconnut immédiatement. Encore une fois en première ligne sur une histoire de meurtre, avec son débit grave et posé. Vacaresse écouta le reportage jusqu'au bout. Un double homicide, deux jeunes, dans l'Ouest. Et lui qui était à Saint-Laurent, tout près et à la fois si loin de l'actualité criminelle. Recruté pour une simple histoire conjugale. Les pensées attirées vers mille autres affaires dont il aurait préféré avoir la charge. Il continua de rouler dans les rues, jusqu'au logement saint-laurentais de Francis Adogoe. Il se rangea de l'autre côté de l'allée cette fois, pour ne pas éveiller les soupçons. Le lotissement était animé. Ça courait, ça criait, ça slalomait en deux-roues. Des jeunes, le caleçon à moitié à l'air, des gamins en slip et tee-shirt, des bébés qui expérimentaient la marche puis retombaient à terre, la couche comme amortisseur sur le béton. Une vie de quartier.

Il attendit à nouveau.

Longtemps.

Il regarda sa montre-bracelet. Que faisait Jérémy en ce moment ? Arpentait-il les quelques mètres carrés de la cour de promenade, entre quatre murs de béton, un goudron noir et un soleil intenable ? Essayait-il de prendre du muscle en salle de sport, au milieu d'armoires à glace qui l'humiliaient ? Ou était-il reclus dans sa cellule, effrayé à l'idée même de mettre le nez dans les espaces communs ? Au réveil, Vacaresse avait téléphoné à Mathilde, comme chaque matin. Elle vivait de ces petits rituels bien réglés qui ponctuaient son ennui. Aller faire les courses au Leader Price, tous les deux jours à dix-sept heures. Ranger ses bibelots, essuyer la poussière, une fois par semaine. Refaire le lit, au carré, après le petit déjeuner. Avant, son existence tournait autour de Jérémy. À présent, elle se résumait à ces manies. Mathilde n'avait jamais été grand-chose, désormais elle n'était plus rien. Inutile, encombrante. Même pas capable de soutenir son fils incarcéré. Plusieurs fois ces derniers temps, Vacaresse avait songé à la quitter, mais il savait qu'elle plongerait pour de bon, que pour elle ce serait la fin de tout. Il continuait d'espérer qu'elle relève la tête, qu'elle fasse la route jusqu'au centre pénitentiaire, qu'elle se présente au parloir. Qu'elle déclare, la tête haute, avec mépris pour les gardiens, avec la fierté d'une mère à jamais aux côtés de son fils : Je viens voir Jérémy Vacaresse. Mais Mathilde n'était pas cela. Si personne ne la portait, elle s'effondrait. Il se souvenait avec amertume du jour où il était rentré à la maison pour annoncer sa radiation. C'est fini, il avait dit, je ne suis plus gendarme. Un silence avait suivi. Il aurait tellement voulu voir dans les yeux de son épouse le soutien qu'il recherchait. Un regard fort, orgueilleux, gonflé par un amour immortel. Un regard qui aurait valu mille sanctions de l'IGGN. Mais Mathilde ne regardait que ses pieds. Elle s'était retournée, avait marché vers la chambre.

Et s'y était enfermée.

Vacaresse se redressa derrière son volant. Sa cible, enfin, venait de sortir de la maison. Francis Adogoe, debout sur le béton, une sacoche en cuir à l'épaule. Toujours cette même allure apprêtée, presque exagérée, l'air flambeur. Chemise grise cette fois, et noire aux manchettes. Gonflée par les pectoraux. Une gourmette en or au poignet. Il détonnait parmi les habitants du quartier, un vrai coq. Il salua la voisine avachie sur une chaise en plastique, sourit à un enfant surexcité qui détala dans la rue. Fit tourner un trousseau de clés entre ses doigts puis monta dans son véhicule : une C3 brillante, garée de travers sur le trottoir. Celle décrite par la cliente.

Vacaresse mit le contact.

La voiture quitta le lotissement, contourna l'épicier chinois, s'engagea sur la route principale. Ne pas le suivre de trop près, garder ses distances. Passage devant la Rhumerie Saint-Maurice, virage à droite, villas individuelles, virage à gauche, dos-d'âne, maisons mitoyennes, dos-d'âne, dépassement de vélos, stop. Route départementale. Francis Adogoe bifurqua à gauche. Vers la ville. C'était jour de marché autour de la place Flore Lithaw.

Parasols multicolores, denrées entassées sur les étals des vendeuses hmongs et noires-marrons. Sous un petit toit, un homme préparait des sinobols, glace pilée arrosée de sirop. Francis continua de rouler, contourna les artères condamnées, longea les barrières métalliques. Il se rangea enfin le long d'un trottoir défoncé. À l'entrée d'un établissement, une façade peinte en rouge, impossible à rater dans la rue. Une salle de sport. De musculation en fait, à en croire l'enseigne : des dessins d'athlètes aux pectoraux tout carrés, schématisés. Un Noir et un Blanc. Dans la vitrine, des boîtes de compléments alimentaires protéinés, des slogans promettant cinq kilos de muscle en un mois. Vacaresse vit le Ndjuka passer la porte puis disparaître à l'intérieur. Sans sac de sport, sans rien. Difficile de croire qu'il venait s'entraîner. Il resta une demi-heure dans le magasin. Puis ressortit, toujours impeccable. Comme s'il était juste passé saluer quelqu'un. Rien de notable. Pas de figure féminine à l'horizon en particulier, car c'était bien là l'objet de la filature. Le reste au final n'était qu'accessoire.

Francis reprit le volant de sa C3, circula à nouveau à travers les rues de Saint-Laurent, à faible allure. Pas de coup d'accélérateur, pas de klaxon, pas de musique. Un jeune homme bien calme. Il se gara au pied d'un petit immeuble moderne, une cage d'escalier propre, des façades blanches et des paraboles à tous les balcons. Un court instant passa, puis il ouvrit la portière, lunettes noires baissées. Regard à droite, à gauche. Et il s'engouffra dans le hall, presque en courant. Vacaresse resta un moment derrière son volant. Interloqué, le sourcil levé. Tout était allé très vite, Francis avait eu l'air pressé. Comme si… Comme s'il ne voulait pas être vu ici. Non, tu te fais des idées, ça ne peut pas être aussi simple, pensa le détective.

Dix minutes avaient passé quand il se décida, dix minutes d'hésitation. Qu'y a-t-il dans ce bâtiment tout neuf? Il s'extirpa de voiture, remonta son pantalon qui lui collait aux cuisses. En sueur, malgré la climatisation. Il marcha jusqu'à l'entrée. Rien. Pas d'indication, pas de pancarte. Seule une boîte aux lettres comportait une petite plaque : Esther Deluchat, cours de yoga à domicile. Impossible de tirer la moindre conclusion. Ni de savoir s'il était allé chez elle.

Lorsqu'il réapparut au bout de deux longues heures, Francis n'était pas seul. Trois hommes à ses côtés, bien habillés, chemisettes et pantalons à pinces. L'un d'eux parut familier au détective, mais pas moyen de préciser l'impression. Où ai-je vu cette tête? Ça ne pouvait pas être un gendarme. Pas tout jeune, la soixantaine peut-être, trapu, petite moustache. Plutôt Créole que Noir-Marron. Il y avait aussi une femme, une Amérindienne en jupe droite, l'air sérieux. Ils semblaient tous sortir d'une réunion de travail, discutaient comme des professionnels, avec des manières et des sourires forcés. Vacaresse dégaina son réflex, mitrailla en cachette. Les visages surtout, n'en rater aucun. Des portraits volés de l'entourage de Francis Adogoe.

D'après la cliente, il était dans l'Ouest pour faire des recherches dans le cadre de ses études. Ces personnalités participaient-elles à son projet?

L'équipe finit par se séparer. Serrages de main solennels, dernières politesses. Et chacun partit de son côté.

9

Quelle quantité de cocaïne entre en Guyane chaque année ? Les autorités n'en savent rien, réduites à imaginer, à estimer, à extrapoler en se basant sur les saisies, les seuls chiffres à leur disposition. Autant consulter les astres, ce serait sans doute aussi précis. Une chose est sûre en revanche : parmi ce qui arrive, la consommation locale ne représente rien. Un marché négligeable, symbolique. La poudre blanche ne fait que passer dans le département. La Guyane est ce que les spécialistes appellent une zone-rebond. Un territoire de transit dans un trafic aux dimensions mondiales et en constante augmentation. Avec un bassin de production : Colombie, Bolivie, Pérou, plus de mille tonnes par an à en croire les images satellites des surfaces cultivées analysées par l'ONU. Et deux destinations privilégiées : États-Unis et Europe, un marché à 70 milliards de dollars. Pour relier l'Europe, mille voies possibles. La drogue circule par le Venezuela, par les Antilles, par le Brésil. Par l'Afrique subsaharienne aussi, nouveau point de passage pour des cargos parfois chargés de quatre tonnes de produit. Maritimes, terrestres, les routes se font et se défont au rythme des démantèlements, s'adaptent aux lois, aux progrès techniques, aux hommes. Toutes les solutions sont expérimentées pour entretenir une des économies les plus lucratives du globe : en traversant l'Atlantique, le prix du gramme est multiplié par dix.

Dans ce jeu de piste en constante évolution, la Guyane n'est pas épargnée. Elle occupe même une place particulière.

À l'ouest, le Suriname, considéré par la police française comme un narco-État. Territoire amazonien truffé de pistes d'atterrissage clandestines, largement utilisées par les trafiquants et à peine contrôlées. Un point névralgique du commerce de stupéfiants, dans les années 1990 on estimait que soixante pour cent de la cocaïne en circulation en Europe avait transité par ce pays. Un réseau dans lequel trempaient même les dirigeants : à la tête de l'État, Desiré Delano Bouterse, dit Desi Bouterse, président autrefois proche des cartels colombiens, condamné en 2000 par contumace pour trafic de cocaïne par un tribunal des Pays-Bas. Et visé par un mandat d'arrêt international.

Mais la Guyane est aussi le seul morceau d'Europe en Amérique du Sud. Passé le fleuve Maroni, la cocaïne est déjà en France, n'a plus qu'à changer de département pour atteindre les consommateurs du Vieux Continent. Une porte d'entrée inespérée, une aubaine pour les trafiquants. Une partie de la drogue part par colis, jusqu'à dix kilos par paquet, expédition rapide via Chronopost.

Une autre est acheminée par les mules.

Des habitants de Guyane, citoyens français, dotés de papiers en règle, casier judiciaire vierge. Et en recherche d'argent, souvent sans emploi dans des communes où le chômage flirte avec les cinquante pour cent. Les proies idéales pour transporter la marchandise. Beaucoup viennent de Saint-Laurent où les trafiquants les recrutent dans les quartiers, leur promettent quelques milliers d'euros vite gagnés, un billet vers la France, quelques jours aux Pays-Bas. Et pratiquement aucun risque : la méthode est rodée, ils font ça tous les jours. Il faut juste avoir le cran de se lancer. Hommes, femmes, jeunes, vieux, tout le monde peut tenter l'aventure. Et tous les moyens sont bons. Tout ce qui peut contenir quelques grammes de poudre a été essayé. Valises à double fond, graines de palmiers évidées, cacahuètes remises en sachets, paquets de bonbons farcis, sacs de couac, mandarines, poissons séchés, boutons de manteau, boîtes de conserve refermées, drogue emballée dans les dreadlocks, dans les sous-vêtements rembourrés, semelles de chaussures, cadres photos, fauteuils roulants truqués, jouets en bois, livres, racines de gingembre, boîtes de café, disque dur d'ordinateurs, cubi de rhum, bouteilles de parfum…

Ou corps humain, la poudre ingérée par voie orale ou insérée dans l'anus ou le vagin.

Ces mules-là, les gendarmes les appellent les *boulletteux*.

Comme les deux victimes des dernières vingt-quatre heures : de l'estomac de Willy Nicolas, le médecin légiste retira soixante-douze ovules, petits ballots noirs renfermant chacun dix grammes de cocaïne ; dans le rectum de Bradley Koosman, il trouva huit paquets de trente grammes.

— Introduits par l'anus. Soit neuf cent vingt grammes en tout.

Anato observait les ovules de drogue disposés sur la table en deux tas. Des mules, il se répéta. Depuis le témoignage du piroguier qui disait avoir vu les trois jeunes arriver d'Albina, il sentait que l'autopsie allait révéler quelque chose de ce genre. Le légiste était nouveau en Guyane, fraîchement débarqué pour remplacer son antipathique prédécesseur que personne ne regrettait. La salle d'autopsie de l'institut médico-légal se trouvait au sous-sol du centre hospitalier de Cayenne. Trois pièces aveugles, une table en Inox, des murs carrelés, et des outils partout. Dix sortes de paires de ciseaux, du matériel de pesée, des tubes en plastique. De quoi faire parler les morts. Au mur, un tableau blanc prérempli pour ne rien oublier : poids des organes, prélèvements, entomologie…

— Et la cause du décès ?

— Il faudra attendre les analyses toxicologiques, mais les ovules ne semblent pas avoir éclaté. De fait, le risque de rupture est réduit, vous le savez, ces boulettes sont solides. Au Suriname, elles sont fabriquées de façon quasi industrielle.

— Donc ?

— Donc, en première analyse, ils ont bien été tués par votre assassin.

Il s'approcha du premier corps, silhouette replète étalée sur l'Inox.

— Willy Nicolas est mort par asphyxie. Congestion des organes, œdème pulmonaire, c'est classique. Et il porte toutes les traces d'une strangulation manuelle. À l'extérieur, ecchymoses digitiformes cervicales, de part et d'autre du larynx. Il y a aussi quelques excoriations, là où les ongles se sont enfoncés. Et en interne, infiltration hémorragique dans les muscles prélaryngés et cervicaux, et fracture des cartilages du larynx. Le type l'a étranglé, tout simplement. Il y a aussi des marques de coups au visage et au torse, mais c'est accessoire. (Il se retourna vers l'autre cadavre.) Bradley Koosman. Tué par un objet contondant lourd, une pierre a priori. On distingue quatre plaies, le meurtrier l'a frappé plusieurs fois, sans doute même lorsque la victime était à terre. Le crâne est fracturé en deux points, il a fait une hémorragie et est mort d'hypertension intracrânienne. Mais il a sans doute perdu connaissance dès le premier impact. Dans les deux cas, ce qui ressort, c'est la violence des coups. Comme si…

— Comme si le meurtrier se défoulait.

— Exactement.

Anato fronça les sourcils, silencieux, essaya de visualiser les deux scènes. Nicolas se débattant sur son lit, les mains de son agresseur comme un étau autour de son cou, les siennes cherchant une prise pour se dégager, les jambes moulinant dans le vide, repoussant les draps.

Les yeux dans les yeux, effarés. Koosman étalé dans la terre, déjà mort mais encaissant encore les impacts de la roche sur son crâne ouvert, à moitié défiguré. La violence des coups. Pourtant Clifton Vakansie n'avait que vingt-six ans. Et aucun de ses proches ne l'avait décrit comme quelqu'un de brutal.

Le légiste se retourna, prit en main un minuscule objet.

— Je voulais aussi vous montrer ceci.

Anato s'approcha, baissa le regard sur la paume ouverte.

— Qu'est-ce que c'est ?

— D'après mon collègue, plus expérimenté, ça s'appelle un *bugru*. Je l'ai trouvé dans le pénis de Koosman.

Le capitaine serra les dents.

— Vous connaissez ?

— Oui… Mais je n'en avais jamais vu. Je peux ?

— Allez-y.

Anato prit l'objet en main. Une petite sphère blanche en plastique, peut-être cinq millimètres de diamètre. C'était la première fois qu'il voyait un *bugru*, mais tous les gendarmes en avaient entendu parler. Une pratique venue du Suriname, qu'on retrouvait aussi dans l'Ouest guyanais. Une ou plusieurs boules, taillées dans un morceau de plastique, un domino ou un manche de brosse à dents. Puis implantées sous la peau du sexe de l'homme. À en croire la rumeur, avoir ce type de prothèse garantissait l'orgasme de sa partenaire. Au Suriname, il se disait que Ronnie Brunswijk, politicien et ex-commandant des Jungle Commando, n'avait pas moins de dix-sept *bugrus* le long de sa verge. Une preuve éclatante de sa virilité. Un médecin de Paramaribo s'était spécialisé dans la pose de ces objets, mais bien souvent, l'opération était artisanale, jusque dans les cellules des prisons. Avec les risques d'infection qui allaient avec.

— C'est presque une curiosité, dit le légiste, bien entendu ce bout de plastique n'a rien à voir avec la mort.

— Sans doute pas, mais c'est intéressant.

Ça donnait une idée du profil de Koosman. Un jeune homme qui cherche à se mettre en valeur, à plaire aux femmes, à étoffer sa virilité.

Retour à l'air libre, sur le parking du centre hospitalier. Déjà dix-huit heures. Le ciel rougeoyait, les contours des nuages comme des fruits trop mûrs. Une voiture fonçait vers les urgences, une femme sur le point d'accoucher. Dans quelques heures, une vie en plus. Une bouche à nourrir, un enfant à élever. Et plus tard, ça donnera quoi ? s'interrogea Anato encore marqué par l'image des deux cadavres allongés sur l'Inox. Un étudiant brillant, ou un jeune trafiquant de cocaïne ? Il sortit son cellulaire, composa le numéro de Marcy, lui rapporta les conclusions du légiste.

— Des mules ! fit le major. Ça change tout.

— C'est un début. La petite amie de Vakansie vous avait bien dit qu'il cherchait de l'argent pour sa fille ?

— Exact. Ça voudrait dire que lui aussi…

— C'est ça : dans son sac, ou en lui, il a sûrement une bonne dose de cocaïne. Et il ne sait sans doute plus quoi en faire. Mais cela n'explique pas pourquoi il aurait tué les deux autres. Il n'a même pas essayé de récupérer leur marchandise.

Petit silence.

— Je ne vois qu'une possibilité, reprit le major, le ton assuré, comme pour montrer qu'il avait l'enquête en main. Ils se sont dégonflés, voulaient tout arrêter, annuler leur voyage. Ils mettaient en péril l'opération. Vakansie a essayé de les convaincre de ne pas renoncer, et ça a mal tourné.

— Possible… Mais qu'est-ce qui l'empêchait de continuer tout seul ?

— La peur, la panique… Il n'a que vingt-six ans, n'oubliez pas. Il n'a sans doute jamais fait la mule, il est paumé. Il a craqué, voilà tout.

— Vous avez peut-être raison.

Mais Anato restait sceptique. Tout ça était trop simple. Il commença à marcher vers son véhicule, portable calé sur l'épaule.

— Où en sont les recherches ?

— Pour le moment : rien.

Depuis le début de l'après-midi, toutes les équipes de gendarmerie de l'Ouest étaient mobilisées pour retrouver Clifton Vakansie. Son signalement circulait d'une brigade à l'autre. On avait réinterrogé ses proches, sans résultat : personne ne savait où il se trouvait à cette heure, alors que la nuit approchait. Les agents arrêtaient les voitures, contrôlaient sièges et coffres, parfois de manière aléatoire, ailleurs systématiquement. Côté Suriname, les contacts pris par la compagnie de Saint-Laurent n'avaient rien donné. La police locale d'Albina avait bien reçu l'avis de recherche, mais sans prendre le moindre engagement : si Vakansie décidait de traverser le Maroni pour fuir dans le pays voisin, il devenait en pratique impossible de l'interpeller. Il n'existait aucun accord d'extradition entre les deux nations. Les gendarmes sillonnaient donc la rive française du fleuve, contrôlaient autant de pirogues qu'ils pouvaient, c'est-à-dire presque rien face au nombre d'embarcations.

Le fugitif pouvait être n'importe où.

Francis Adogoe ne ressortit du domicile de sa mère qu'à dix-neuf heures. Toujours tiré à quatre épingles, nouvelle chemise. Il reprit la route du centre-ville, suivi par le détective Vacaresse. La routine. Sauf que cette fois, il fila vers la Charbonnière, principal quartier noir-marron de Saint-Laurent. Des maisons de bois sombre aux toits pointus, façon village traditionnel. La première grosse opération de relogement qu'avait lancée la commune dans les années 1980, pour endiguer l'urbanisation jugée insalubre le long du Maroni. L'endroit le plus animé de la ville en soirée : autrefois cantonné aux Noirs-Marrons, une bonne partie de la jeunesse s'y retrouvait à présent. Dancehall ou bigi poku à tous les coins de rue, moteurs de Mobylette, petits trafics dans les allées. Un lieu symbolique de l'histoire récente de Saint-Laurent, de son évolution démographique et de la course au logement menée par une municipalité dépassée. Vacaresse n'aimait pas ces quartiers noirs-marrons, des ghettos selon lui. Il se sentait toujours regardé de travers, provoqué par ces visages hostiles. Tellement différents de ce qu'il était, de sa culture, de ses valeurs. Et de sa couleur de peau, tout simplement. Il observait les quelques Blancs qui sillonnaient les rues, saluaient les habitants comme s'ils étaient chez eux, habillés en hippies, des dreadlocks en guise de coiffure. Et il ne savait quoi penser. Honteux, coupable, contrarié. Parce que tout ici lui rappelait ce qu'il était. Un métropolitain qui jamais n'avait trouvé sa place dans ce département français d'Amérique, qui n'avait pas réussi à s'adapter, qui ne parlait que le français. Jamais il ne serait venu à la Charbonnière pour le plaisir, pour participer à une fête, pour manger dans une de ces échoppes aux tables déployées sans autorisation en bord de route.

Sur la place, un chapiteau blanc était dressé, derrière lequel le jeune homme se gara. Une longue table, des nappes, des petites bouteilles d'eau. Des chaises en plastique pour le public, attendu nombreux. Et des affiches partout pour saturer le champ de vision. Avec à chaque fois le même visage. Et un slogan.

Fortuné Jean-François : Notre ville, tous ensemble.

La campagne municipale.

Voilà où Vacaresse avait déjà vu l'homme à moustaches qui parlait avec Francis plus tôt dans la journée. À la télévision, dans les journaux : c'était Fortuné Jean-François, un des candidats à la mairie de Saint-Laurent. Entouré de ses lieutenants, le politicien salua Francis Adogoe.

Tout sourire, l'air optimiste. Le public approchait peu à peu, une dizaine de personnes. Des jeunes, nonchalants, la cible prioritaire. Il restait quelques semaines avant le premier tour, les listes étaient constituées : pour les candidats, c'était la dernière ligne droite. Et tous les médias s'accordaient à dire que jusqu'à présent, Fortuné Jean-François menait une campagne exemplaire.

Vacaresse s'assit sur un des sièges, au milieu des spectateurs. Un œil sur Francis qui se tenait debout, à gauche du chapiteau. Il y avait plusieurs femmes autour de lui, souriantes, avenantes.

Fortuné Jean-François prit la parole, micro en main, volume à fond.

— *Habitants de Saint-Laurent, habitants de la Charbonnière...*

La voix posée, grave et chaleureuse.

Fortuné Jean-François et sa liste sans étiquette, très ouverte. À l'écart de l'éclatement des partis de gauche incapables de se mettre d'accord sur une liste d'union. Le politicien, ancien conseiller municipal de la majorité de Léon Bertrand passé dans l'opposition, avait créé la surprise depuis le début de la campagne. Réunions de quartier, débats, conférences, la presse avait été prise de court. Étonnée par la qualité de ses interventions, par sa pertinence.

— *... Je ne viens pas vous promettre de l'argent ni un emploi à la mairie. Je ne viens pas avec du rhum ni des cadeaux. Je viens vous proposer un projet, un avenir...*

La fréquentation de ses meetings ne cessait d'augmenter. Fortuné Jean-François semblait promis à une brillante carrière politique, on parlait déjà de lui pour une future députation. Tout ça restait très hypothétique, Léon Bertrand conservait une belle avance dans les sondages. Mais certains commençaient à y croire. Seules les urnes parleraient au final. Peut-être Jean-François serait-il le nouveau maire de Saint-Laurent-du-Maroni. L'alternance. Après trente ans.

— … *Saint-Laurent a changé, Saint-Laurent c'est vous, c'est moi. Ensemble, mobilisés, nous pouvons tout. Nous pouvons faire revivre cette ville…*

Tout le monde le savait : l'enjeu, c'était les abstentionnistes, trente-huit pour cent en 2008. Pousser à voter ceux qui ne votent jamais. Ceux pour qui la politique est l'affaire des autres. Et en premier lieu, la jeunesse. Un vrai défi. Les rangées s'étaient remplies. Trente, quarante personnes ? Un score honorable. Le candidat gardait le rythme, plein de convictions. Autour de lui, les premières têtes de sa liste, savamment choisies pour séduire le plus largement. Francis Adogoe saluait des visages connus dans le public.

— … *Il n'y a pas ici les Noirs-Marrons, ici les Créoles, ici les Amérindiens, ici les métropolitains, ici les Brésiliens. Il n'y a qu'une population, celle de l'Ouest guyanais, celle de cette ville, riche de son histoire, que nous assumons ensemble. C'est la seule voie possible, celle de la raison…*

Lutter contre le communautarisme, réunir : un élément récurrent dans ses discours. D'où l'enjeu stratégique du meeting à la Charbonnière. Mobiliser la population noire-marron, qui boudait trop souvent les urnes. Et à terme, lui donner une place importante dans la future équipe municipale.

— … *Je vois des logements, je vois des lotissements qui poussent. Je vois des écoles, des collèges, des lycées pour nos enfants. Mais je me demande : cette jeunesse, que va-t-elle faire demain ? Que va-t-on proposer à ceux qui seront un jour à ma place ? Cette jeunesse, c'est ma priorité…*

Les têtes approuvaient. Il s'en tirait bien, encore une fois.

— … *Je rêve qu'on puisse sortir à Saint-Laurent. Le jour, la nuit, que nos jeunes se retrouvent, qu'on facilite l'organisation de sound-systems en toute sécurité.*

Je veux des équipements sportifs. Pourquoi nos stades sont-ils obsolètes, pourquoi les finales ne peuvent se tenir ici faute de gradins, pourquoi y aura-t-il bientôt une piscine régionale à huit couloirs à Mana ? Pourquoi ce qui est possible ailleurs ne le serait pas ici ?...

Vacaresse décrocha un instant. Se concentrer sur l'essentiel : Francis Adogoe. Ainsi donc le Ndjuka s'intéressait à la politique. Il n'avait pas bougé, buvait les paroles de l'orateur. Espérait-il une place au conseil municipal ou n'apportait-il qu'un soutien bienveillant dans ce quartier noir-marron ? La cliente n'avait pas parlé au détective de cette facette de sa personnalité.

Au moins, tant qu'il était ici, il ne la trompait pas. Vacaresse ne le quitta plus des yeux.

Clifton était resté trois jours à Paramaribo avant de prendre la route vers la Guyane. Trois jours de préparation pour s'assurer la réussite. Un appartement, un matelas à terre, une table. Mais surtout une salle de bains, celle où il avait passé tellement de temps. La baignoire, blanche, des taches grises dans le fond. Le lavabo, l'eau qui coulait en filet. La cuvette des toilettes, en cas de problème. Le carrelage rose aux murs, des formes de fleurs. Rassurantes. Et les gens qui allaient et venaient, sûrs d'eux, prodiguaient leurs consignes, lui faisaient répéter, apportaient leur matériel, prenaient des photos de lui pour envoyer à leurs contacts à Paris. Comme ça, ils pourront te reconnaître à Orly. Tu seras pris en charge, ne t'inquiète pas. Vous serez trois dans l'avion. Les deux autres mules, le Créole et le Noir-Marron, se trouvaient dans les pièces voisines, il les croisait le midi. Échanges de regards, il devinait la même tension en eux. Un peu moins chez le Créole, peut-être.

Trois fois par jour, on lui apportait le bain de protection. L'*obia*. Dans un récipient en terre amérindien, les feuilles mortes baignaient au fond de l'eau brune. Des végétaux rapportés de la forêt par l'*obiaman*, un homme au ventre énorme qui parlait des langues inconnues. Parce qu'il a un esprit en lui, on disait. Il était censé rassurer, il faisait peur au contraire avec son foulard noué au-dessus du front, ses plantes autour du cou et ses prières étranges. Pourtant Clifton avait suivi ses instructions à la lettre. Nu, debout dans la baignoire, il plongeait la calebasse dans l'eau et se versait le liquide chaud sur le corps, laissant les débris noirs s'accrocher à sa peau. Il se frottait les membres avec des brins d'herbe noués, imprégnés de cette potion foncée. Les yeux fermés, pour mieux recevoir l'*obia* en lui. Les bains empêcheront la police de te trouver, ils répétaient, tu passeras comme un jaguar, en silence, invisible. La drogue a beaucoup d'esprit en elle, plus tu en transportes plus il faut te protéger. Certains allaient jusqu'à faire leurs ablutions directement dans la forêt, pendant plus d'un mois, pour garantir le passage de plusieurs kilos de cocaïne. Mais pour ne pas casser l'*obia*, il fallait respecter les consignes. Clifton avait tout retenu. Ne pas coucher avec une femme, surtout si elle est sale, si elle a ses règles. Ne pas boire, ne pas manger.

Ne pas manger.

Même après deux jours ? Il aurait dû prendre l'avion la veille au soir. Quand il s'était engagé il n'imaginait pas ce qui allait se passer. Il n'était qu'une mule parmi des dizaines d'autres, un grain de sable dans l'organisation. À présent tout était différent. Et la faim était là, immense, elle lui tordait le ventre, même rempli d'ovules. Il avait l'impression de voir flou, sa tête tournait. Il le savait : manger risquait de pousser les boulettes qu'il avait eu tant de mal à avaler. Mais il ne tenait plus.

Il sortit la tête de sa cachette, une cabine téléphonique désossée.

Il était à Iracoubo, premier village sur la route qui l'éloignait de Saint-Laurent. Des maisons créoles, une église, la nationale qui coupait le bourg en deux, des épiciers chinois. Et à cent mètres, le barrage de gendarmerie, à l'entrée du pont sur le fleuve Iracoubo. Un poste permanent, mis en place quelques années plus tôt pour lutter contre l'immigration clandestine et les trafics. Passage obligé entre l'ouest et l'est. Les agents contrôlaient chaque voiture, chaque bus, chaque camion. Nuit et jour. Clifton voyait d'ici la baraque préfabriquée, les plots orange, les képis des gendarmes qui relevaient passeports et permis de conduire. Les véhicules qui s'arrêtaient, repartaient. Une formalité pour eux. Mais pour lui, ce barrage, ce fleuve, c'était l'obstacle à franchir. Trouver une solution, il gambergeait depuis plus d'une heure, depuis que le Hmong l'avait déposé là. Il avait bien son idée, qui germait doucement, mais était-ce faisable ? En tout cas pas maintenant. Les babylones étaient trop attentifs. Non. Il fallait attendre. Et se préparer.

Prendre des forces.

L'épicerie était en face, à quelques mètres. La porte grande ouverte sur la rue, des marchandises étalées partout. La rejoindre ? Il faisait presque nuit. Clifton hésita. Pas d'uniforme en vue. Le pas pressé, il traversa la route pour s'engouffrer chez le Chinois. Il lui semblait que les clients ne regardaient que lui. Qu'ils commentaient son allure, sa coiffure, qu'ils devinaient sa détresse. Oui, il était mal en point. Sale, affamé, épuisé, angoissé. Le polo gorgé de sueur. Sur le qui-vive. Dans le fond du magasin, il y avait du monde devant les frigos. Comment savoir à qui se fier ?

— Hé, toi !

Son cœur faillit exploser.

Il se retourna, blême, sur un jeune de son âge, short élimé, torse nu, assis de travers sur un banc bricolé. Qui lui fit un signe : index et majeur devant la bouche, mimant un joint entre les lèvres. Il secoua la tête, les sourcils effondrés. Non, pour rien au monde il ne voulait fumer de l'herbe à cet instant.

Il s'approcha de la caisse, fouilla dans son sac. Garder son argent, pas plus de deux euros. Il observa l'étalage. Un petit hamburger, tout ratatiné, mais avec deux grosses tranches de pain. Il désigna le sandwich de la main, sans ouvrir la bouche, les yeux dans ses baskets. La Chinoise encaissa les pièces, lui remit son dîner.

Retour à l'extérieur. Clifton jeta un regard en direction du barrage. Attendre, encore un peu. Que la nuit soit vraiment là. Dans le noir, peut-être qu'il y arriverait. Il contourna les bâtiments, prit à droite, s'enfonça dans la première rue. Sombre, aucun lampadaire, parfait. Des vieilles cases créoles, les murs de bois dans la pénombre. Un petit terrain abandonné clôturé par trois parois de tôle ondulée : il plia le métal et se glissa derrière. Avant de s'effondrer parmi les parpaings sur la terre sèche. De déballer son hamburger. Pour enfin le dévorer. Un bien fou. Le ketchup coulait sur ses doigts, sur son menton, un vrai bonheur. Quatre bouchées suffirent.

La tête en arrière, calé contre le mur, il observa le carré de ciel entre les façades de rouille. Les étoiles s'allumaient une à une, un soir comme les autres. Une d'entre elle veillait peut-être sur lui. Et sur sa fille, qui sait ? Elle dormait sans doute à cette heure. Entre deux tétées. Clarice avait raison, il n'avait jamais rien fait pour elle. La jeune femme était tombée enceinte tellement vite. Pendant la grossesse il avait tout promis, l'argent, le bonheur, l'amour, le conte de fées. La famille de Clarice allait s'occuper de l'enfant, lui gagnerait de quoi la faire vivre, il prouverait à sa belle-mère qu'il valait quelque chose. Elle finirait par l'accepter. Ils achèteraient un terrain, à Saint-Laurent ou au Suriname, construiraient une petite maison. Il serait fidèle, il avait même dit. Se sentait amoureux de la future maman. Mais depuis la naissance, il avait déchanté. Rien ne s'était déroulé comme il l'avait prévu. Clarice était devenue une autre. Une mère. On aurait dit qu'elle avait pris quinze ans, dix kilos et des rides. Elle ne prenait plus soin d'elle, son corps ne ressemblait plus à rien. Son bébé toujours dans les pattes. À faire ses bains traditionnels, à nettoyer l'enfant. Elle voulait l'assumer, elle disait. Et elle toisait Clifton de ses yeux méprisants, la coiffure négligée. Et toi ? elle lançait. Tu prétends que tu es son père, mais tu fais quoi ? À part traîner et inventer des mensonges ? Et lui, il restait là, planté devant Clarice, devant sa mère, devant sa fille. Bredouillant ses excuses inutiles. Songeant à la triste vérité que la jeune femme lui envoyait comme une gifle. Rien, il ne faisait rien de ses journées. Ne servait à rien. Il avait essayé, un peu pourtant. Il avait jobé une fois, nettoyé des voitures. Cent euros à partager en trois, la misère.

Mais ça, c'était avant. Ça allait changer. Il était fort cette fois, plus fort que n'importe quel autre. Comme Wolverine, le superhéros dans ce film. Gonflé par la puissance de l'*obia*. Et tout ça, c'était pour sa fille. Parce que maintenant, il voulait tout faire pour elle. Ce n'étaient pas des paroles en l'air, Clarice avait tout faux. Elle ne comprenait rien, elle ne savait rien sur lui, elle n'imaginait pas de quoi il était capable. Aller jusqu'au bout. Son père. Je suis son père. Il allait s'en sortir, rapporter les cinq mille euros qu'on lui avait promis, et repartir à zéro.

Le goût du steak s'attardant sur sa langue, les yeux dans les étoiles, il sourit à la nuit.

— Djayzie… Djayzie… Tu vas voir, on ira loin tous les deux.

10

André Anato était ce qu'on appelle un *négropolitain*. Il avait grandi loin de sa terre natale, en métropole. Meudon-La-Forêt, entre un bois dégarni en hiver et des barres d'immeubles, le béton pour horizon. Avec ceux qu'il croyait alors être ses parents, Moïoeman et Paulus Anato. Du reste de sa famille, il ne savait à l'époque que ce qu'ils avaient voulu lui dire. C'est-à-dire presque rien. Son enfance avait été celle d'un banlieusard, à des milliers de kilomètres de la vie guyanaise, qu'il ne pouvait alors que rêver. La forêt, les pirogues, le fleuve, quelques clichés qu'il entretenait pour se fabriquer une histoire idéalisée. Ce n'est qu'à la mort de ses parents qu'il s'était décidé à traverser l'Atlantique. À prendre un poste d'officier à Cayenne, à abandonner sa vie parisienne pour découvrir ce département français d'Amazonie. Et à tisser des liens avec les siens. Il avait rencontré cousins, oncles, tantes, grand-mère. Saint-Laurent, Kourou, Cayenne, réunions de famille, baptêmes, mariages, autant d'événements auxquels il n'avait pas été habitué. Des efforts, réapprendre une langue. Bâtir, patiemment, mettre de côté ses références, ses préjugés. Il y arrivait, peu ou prou.

Jusqu'à ce que la vérité éclate.

Presque par hasard. Il avait appris, de la bouche d'un de ses oncles, qu'il n'était pas celui qu'il croyait être. Que la moitié de sa famille n'était qu'une imposture, un mensonge entretenu pendant plus de trente ans. Ce jour-là, ses certitudes les plus ancrées avaient été balayées par une histoire qui lui était totalement inconnue.

Une histoire qui commençait dans l'ouest de la Guyane, au début des années 1970.

À l'époque, sur le Maroni, c'est l'incompréhension. Personne ne peut expliquer pourquoi Moïoeman, une des plus belles femmes du fleuve, courtisée par tous les hommes, s'est amourachée de Paulus Anato. Elle ne parle que de lui, comme ensorcelée, refuse tout autre choix. Il vient sans cesse la voir dans son village. Mais cette relation n'a pas de sens, ça ne doit pas se faire. Parce que Paulus est un Ndjuka à part, il a grandi auprès d'une famille de Blancs à Saint-Laurent-du-Maroni, il ne respecte aucune des traditions. Sur le fleuve il inspire crainte et mépris. Leur amour fait peur. Aux parents de Moïoeman surtout. Il se dit qu'un *kunu* vieux de trois générations sépare les deux lignages. Un esprit malfaisant, engendré par une affaire ancienne, une plaie jamais refermée. La malédiction sur toute la famille, c'est ce qui risque d'arriver si les deux amants inconscients venaient à se marier. Alors la mère de Moïoeman s'oppose à l'union. Formellement, aucune discussion possible. Tu n'auras pas cet homme, il n'est pas pour toi. La jeune femme a beau se lamenter, la famille fait bloc, les grands frères s'y mettent. Et son oncle prend les choses en main : il lui trouve un autre prétendant. Quelqu'un qui la mérite. Un chasseur aux épaules larges, fort et fier. Un homme respecté, fidèle aux traditions ndjukas.

Antonis, c'est son nom.

Le mari idéal.

Moïoeman ne peut se faire entendre. Elle essaye, argumente, mais rien n'y fait. Elle doit se plier à la décision de son lignage. Épouser Antonis, contre son gré. Les noces sont célébrées comme le veut la tradition, elles enchantent la famille de la jeune femme. Elle est revenue dans le droit chemin, le pire a été évité, c'est ce qui se dit dans les allées du village. Et plus encore lorsque le ventre de la jeune épouse commence à grossir, annonçant un enfant d'ici quelques mois. Une nouvelle que tous attendaient. Un fils, c'est ce que la future grand-mère espère. Le fils de Moïoeman et Antonis. La descendance.

Mais rien ne se passe comme prévu. La veille de l'accouchement, le drame. Alors qu'Antonis descend le fleuve, arrive au village pour accueillir son premier fils, sa pirogue se renverse. Au passage d'un saut réputé difficile, c'est l'accident : le Ndjuka jeté à l'eau, avec tous les autres passagers. Un désastre, les marchandises disséminées dans le cours du Maroni. Des blessés. Et un mort : le futur père. Sa dépouille est retrouvée loin en aval, des marques de coups et de griffures partout sur le corps. Tué par les rapides.

Un simple accident ? Ce n'est pas ce que révèle l'interrogation du défunt, dirigée par les anciens dans le respect des traditions funéraires. Non. Cette mort a une origine profonde : c'est l'œuvre de Paulus Anato. Un sortilège rapporté du monde des Blancs par ce Ndjuka indigne qui n'a pas renoncé à épouser la femme qu'il désire. Mais il y a plus grave encore. L'enfant. André, c'est le nom que Moïoeman lui a donné. Il ne ressemble à aucun autre Ndjuka. Il est venu au monde avec des yeux étranges. Des iris d'une clarté unique, quelque part entre le jaune et l'orange. Terrifiants. Chacun y va de son analyse, de son interprétation. Mais pour le lignage de la mère, aucun doute : c'est l'expression d'un *nenseki*, l'esprit d'un ancêtre incarné dans le corps de l'enfant. Des yeux qui, à jamais, rappelleront aux vivants dans quelles terribles conditions le petit est né. Impossible dès lors de croire qu'Antonis puisse être le père d'un tel monstre. Pour tous, le nouveau-né est le produit d'une union illégitime entre Moïoeman et Paulus. Ces iris jaunes en sont la preuve. L'amant déçu est venu féconder la jeune mariée jusque dans son village, sous les yeux des frères incrédules.

Paulus reconnaît l'enfant, en devient officiellement le père.

Et le couple reformé est maudit par le lignage. Rejeté, mis à l'écart. Harcelé par une famille trahie. Moïoeman est accusée de ne pas observer le deuil de son mari. Une faute grave. Sans un deuil complet, l'esprit d'Antonis ne peut partir en paix. Se libérer de son épouse pour rejoindre le cercle des ancêtres. Une malédiction va s'abattre sur les amants, c'est ce que tous prédisent. La vengeance d'Antonis, de son *Yooka* furieux.

Une seule solution s'offre alors à Paulus et Moïoeman.

Fuir.

S'exiler avec le petit André Anato. Lui cacher les tristes événements qui ont entouré sa naissance, les raisons de leur installation dans l'Hexagone.

Et l'identité de son père.

Depuis qu'il savait, il ne se passait pas un jour sans qu'Anato songe à ce père disparu.

Antonis.

Antonis.

Un nom maudit par ceux qui l'avaient élevé. Jamais prononcé devant lui. Mais qui à présent occupait durablement son esprit. Comme si le noyé était là, quelque part à ses côtés, qu'il lui murmurait à l'oreille. Une présence immatérielle. Une attention diffuse. Peut-être n'était-ce que le produit de son imagination. C'est ce qu'il aurait sûrement conclu quelques années plus tôt : à l'époque, il ne s'intéressait aux croyances ndjukas que pour leur valeur culturelle. Par curiosité envers ses origines. Mais le temps passant, il se rendait compte qu'il commençait à y adhérer. Peu à peu, avec la prudence qui était la sienne, en doutant encore souvent, il avait ouvert ses sens à ce monde invisible. Avait appris à mettre des mots sur ces impressions qui depuis toujours l'habitaient. Antonis le

Yooka. Un défunt qui se rappelait au souvenir des vivants. Creusant à chaque fois un peu plus l'âme orpheline du capitaine. Avec une inquiétude, une question à jamais sans réponse. Antonis lui voulait-il du bien ? Le suivait-il avec la bienveillance d'un père aimant, ou Anato faisait-il partie de sa vengeance, de ce qu'il s'employait à détruire ? Comme il l'avait peut-être fait pour Paulus et Moïoeman, trente ans après sa propre mort.

Anato cherchait la trace de ce père inconnu. Sa quête personnelle. Son obsession. Sorti du travail, il ne faisait plus que ça depuis quelques mois. Il traquait cette famille paternelle sur laquelle il savait si peu. Qui sait, peut-être découvrirait-il l'origine biologique de ses yeux jaunes. Des yeux qu'il ne partageait avec personne, qui faisaient de lui une curiosité. Ce regard de feu qui plaisait tant aux femmes, mais que lui voyait comme une malédiction. Stigmates d'un passé tragique, visibles de tous. Indécents, monstrueux. Le capitaine avait remonté le fleuve, ses affluents, parcouru les villages. Il s'était présenté devant les anciens, avait expliqué les raisons de sa venue. Certains étaient restés muets, d'autres avaient parlé. Lui avaient raconté ce qu'ils savaient. Comme cette vieille femme, courbée sur elle-même dans son pagne élimé, qui lui avait dressé le portrait d'Antonis, qui se souvenait de l'accident de pirogue. Elle avait causé longuement, de sa voix toute cassée. Mais comme les autres, son récit s'était bientôt tari. De quel village venait-il ? Que restait-il aujourd'hui de son lignage ? Un regard dans le vide, un silence, c'est tout ce qu'Anato avait récolté. Une impasse de plus. Des heures d'entretien, des semaines de pirogue, à passer les sauts, à s'abriter sous une bâche en saison des pluies. Tout ça pour ça. Personne, nulle part, n'avait pu lui indiquer le chemin, le guider vers cette famille oubliée. Pas de cousin, pas de grand-mère, pas d'oncle. Rien. Il était sur le point d'abandonner. Envahi par une solitude immense, le cœur vide.

Voilà pourquoi il avait perdu ses moyens devant Melita Koosman. Depuis le matin, il ne pouvait se défaire des mots qu'elle avait prononcés. Parce que dans ses yeux, dans son visage, la vieille femme avait semblé reconnaître quelqu'un. Un espoir, pour la première fois depuis des mois.

Nuit noire, et toujours aucune trace de Clifton Vakansie. Les chances de le trouver ce soir étaient minces. Les recherches allaient reprendre au matin. S'il ne filait pas au Suriname, il serait intercepté à un moment ou un autre, c'était certain. Anato décida de passer la nuit à Cayenne, trop tard pour regagner l'Ouest. Au besoin, il ferait la route aux aurores. Voire en pleine nuit si le suspect refaisait surface. Il rentra donc chez lui. Une villa d'officier dans la caserne de la Madeleine, une maison de célibataire. Un aménagement minimaliste, une terrasse envahie par les végétaux jamais coupés. Parfois la compagnie d'une maîtresse, plutôt rare ces derniers mois. Il en avait de moins en moins envie. Se suffisait dans sa solitude.

Mais pour une fois la maison n'était pas vide.

— Salut tonton !

Monique l'accueillit sur le pas de la porte. Un sourire géant lui barrait le visage. Nouvelle coiffure, nattes et mèches de couleur, jean et haut bouffant. Toujours aussi jolie du haut de sa vingtaine d'années. Monique était la nièce du capitaine, et sa seule amie. Présente, compréhensive, même le jour où Anato s'était brouillé avec son grand-oncle, que tous les cousins avaient recommencé à le traiter comme un étranger. Elle habitait ici depuis dix jours, profitant de l'absence du capitaine pour gagner en place, troquant provisoirement son appartement sans climatisation contre une villa confortable pour elle et sa fille. À côté de la porte, entassé dans une valise fermée par une ficelle et un sac de supermarché, tout son barda.

Anato l'embrassa, déposa ses affaires, sa touque. Pas mécontent de retrouver son chez-lui, même pour une nuit.

— Je t'attendais avant de filer, fit la jeune femme. Je te rends ton palace.

— Attends, on a deux minutes. Tu m'offres un verre ?

— Ce que tu veux. Enfin, ce qu'il y a.

Ils s'installèrent sur la terrasse, le chant des grenouilles en stéréo. Ti-punch pour lui, jus de pomme pour elle. Anato aimait passer du temps avec Monique. Elle était la seule avec laquelle il se sentait lui-même, elle savait sur lui davantage que n'importe quelle autre femme. Ce qui se cachait derrière le masque froid qu'il arborait comme une armure pour se protéger. Une forteresse imprenable. Ne jamais rien laisser paraître de ses émotions.

Saint-Laurent, Charvein, Cayenne pour l'autopsie, la journée avait été chargée. À peine le temps de manger. Il souffla, dégusta une gorgée de rhum.

— Tu t'es bien occupée de ma maison ?

— *Éyé*. Elle n'a jamais été aussi propre. Tu devrais te trouver une femme, au moins pour le ménage…

Anato esquissa un sourire, changea de sujet.

— Et toi ? La crèche, comment ça se passe ?

Le premier emploi de Monique, depuis moins d'un mois : auxiliaire de crèche. Le capitaine n'y était pas pour rien, c'est lui qui l'avait poussée à reprendre les études. Pour qu'elle puisse enfin gagner sa vie, arrêter de vivre aux crochets des hommes.

— Je commence doucement, elle fit. Ça va, ça va… Par contre il y a un petit, c'est une terreur, il mord les autres. Tu sais comment il s'appelle ? Bob-Marley. C'est son prénom : Bob-Marley, avec un tiret ! (Elle tchipa.) Tu verrais les parents… La semaine dernière, l'enfant se plaignait. Il avait une plaie énorme au mollet. Un truc horrible, ça suintait, même l'infirmière était choquée. Tu sais comment sa mère l'avait soigné ?

— Dis-moi.

— Avec du gros sel. Tu te rends compte, du gros sel sur une plaie, et un pansement par-dessus toute la nuit ! Il y en a, vraiment, il faudrait leur interdire d'avoir des enfants.

— Monique…

— Je te jure, des fois c'est ce que je pense. On laisse faire n'importe quoi. Comment ils vont grandir, ces gamins, qu'est-ce qu'ils vont devenir, hein ? Des délinquants, oui, des trafiquants de drogue. Et maintenant, il paraît que les ministres veulent interdire la fessée. Je peux te dire, ce n'est pas à Monique Hanke qu'ils diront comment élever sa fille. Ils feraient mieux de s'occuper des vrais bandits. On peut se faire braquer chez soi, mais pas taper son enfant…

Nouveau tchip, long, énervé. Anato s'interdit de réagir : il savait que dans ce genre de situation sa nièce pouvait s'emporter d'un coup.

— Avec ton copain, ça va ?

— Oui, normal…

— Quoi, normal ?

— Normal, quoi. Rien à signaler.

— Tu me le présentes quand ?

— Quand tu seras sage.

Elle sourit en détournant le regard. Un peu gênée. Le capitaine n'insista pas, il avait déjà essayé plusieurs fois. Alors qu'il avait rencontré la plupart des anciens compagnons de sa nièce, du moins ceux avec lesquels elle était restée plus d'une semaine, elle semblait vouloir lui cacher celui-là. Prendre son temps avant de faire les présentations. Parce que pour une fois, c'était sérieux, c'est ce qu'elle disait. Anato espérait que c'était bien là la vraie raison. Qu'il n'y en avait pas une autre, moins avouable. Qu'elle ne s'était pas embarquée dans une histoire tordue qui allait la faire souffrir. Il la savait fragile, plus qu'elle ne voulait l'admettre.

Monique but son jus de pomme, tourna la tête vers le ciel noir, sans étoile. Comme préoccupée.

— Je vais y aller, elle dit doucement.

Anato hocha le menton, la regarda se lever, réajuster son petit haut, lisser ses tresses. Vérifier qu'elle était présentable avant de sortir dans la rue. Elle faisait toujours ça. Elle souleva sa valise bricolée, s'apprêta à ouvrir la porte. Lorsque :

— Monique ?

— Oui ?

— *Pinalanti*. Ça te dit quelque chose ?

— C'est quoi ça ? elle grimaça.

Il hésita.

— C'est… C'est une Ndjuka qui a dit ce mot, ce matin. (Il plissa les paupières.) C'était étrange. On aurait dit qu'elle me reconnaissait. Elle fixait mes yeux, comme s'ils lui rappelaient quelqu'un.

Elle fouilla sa mémoire, les lèvres pincées.

— C'était qui ?

— La mère d'une victime. Personne, en fait.

— *Pi-na-lan-ti*, tu dis ?

Il opina.

— Hin-hin, jamais entendu ce nom-là. Pourquoi tu ne lui demandes pas directement ce que ça veut dire ? elle suggéra, sac de supermarché à l'épaule.

Fidèle à elle-même. Pour Monique tout semblait toujours simple. Anato se massa la nuque.

— Je suis en pleine enquête. Pour le moment, ce serait mal venu.

Mais plus tard, oui, c'est ce qu'il ferait. Il irait revoir la vieille femme. Après tout ça, une fois Vakansie intercepté et les deux meurtres élucidés. Quand elle serait remise de la mort de son fils, il irait à sa rencontre. Il s'assiérait à côté d'elle, sur un tabouret devant sa bicoque en ruine, calmement. Il trouverait les mots pour la rassurer. Et à ce moment, Melita Koosman lui raconterait. Toute l'histoire. Ce qu'elle avait vu en lui, pourquoi elle avait réagi de la sorte. Et peut-être alors trouverait-il ce qu'il cherchait. L'origine de son regard. Un autre Ndjuka, comme lui. Quelque part. Enfin.

11

— Thélia s'est bien endormie ?

— Sans problème, vers huit heures. J'ai eu droit à toutes les versions d'Hello Kitty avant le repas, mais après elle a été mignonne. Biberon, un peu de télé et au lit.

— Merci, tu es parfaite. Prête pour être maman !

Monique fit un clin d'œil à sa cousine qui lui sourit, l'air complice.

— Si seulement…

— Ma pauvre, tu devrais profiter de tes dernières années de liberté.

Monique savait qu'Émeline espérait tomber enceinte bientôt, toute amoureuse qu'elle était depuis trois semaines. À peine dix-sept ans, un grand classique. Elle avait gardé la petite Thélia pour la soirée, dans l'appartement de Monique. Télévision allumée, branchée sur Trace Urban. Sur l'écran, Keros-n envoyait son nouveau morceau :

— *Madame… Di mwen ka mwen di timoun a-w… Madame… Ka ou té vlé an di timoun a-w…*

Émeline rassembla ses affaires, embrassa Monique et quitta les lieux pour rejoindre son homme qui l'attendait en bas, à califourchon sur son scooter. Monique la regarda filer par la fenêtre. Un lampadaire jetait une lumière jaune dans la nuit noire sur le parking. Des lanternes bleues clignotaient sur les côtés du deux-roues, façon tuning. Le jeune pilote n'avait pas de casque, portait dreadlocks courtes, débardeur à mailles et savates. Monique eut une pensée bienveillante pour sa cousine. Fais attention à toi, ma chérie. Tu ne connais pas encore les hommes.

Dans la chambre, emballée sous une moustiquaire sans forme, Thélia dormait profondément, un ronflement sourd animait son petit corps métissé. Monique resta un instant à observer sa fille, retira la tétine qui lui tombait des lèvres, caressa ses cheveux tressés. Sous les paupières on devinait le va-et-vient des pupilles. De quoi pouvait-elle bien rêver ? Deux ans, et déjà un passé bien à elle. Elle n'avait jamais vu son père, Monique l'élevait toute seule. Parfois sûre d'elle, déterminée à lui bâtir un futur en béton, poussée par une force inépuisable. Mais souvent inquiète aussi, en dépit des apparences. Elle déposa un baiser sur la joue de Thélia qui fit une petite grimace et se retourna dans le drap. Bonne nuit mon trésor.

La jeune maman rangea sa cuisine, prépara son sac pour le lendemain. Enfoncée dans le canapé aux coussins trop mous, les pieds sur un banc sculpté, elle consulta son Smartphone. L'écran était fêlé, mais ce n'était pas en ce moment qu'elle allait pouvoir le remplacer. Facebook, WhatsApp, les nouvelles du jour. Elle resta une longue minute à fixer la liste des textos. La même qu'hier : pas de message de son homme. Elle hésita un instant. Puis composa un SMS. Quelque chose d'anodin, juste pour s'assurer qu'il était toujours à elle : Ça va mon amour ? <3<3

Pendant des années Monique n'était sortie qu'avec des Blancs. Elle les pensait plus fiables, plus fidèles, plus stables. Plus riches aussi. Elle repoussait les avances des Créoles et des Noirs-Marrons, ne leur accordait aucun crédit. Des coureurs, prêts à se jeter sur une autre dès que leur copine avait le dos tourné, c'est l'image qu'elle s'en était faite. Son oncle l'avait questionnée plusieurs fois, se demandait pourquoi elle refusait de vivre avec un Ndjuka. Il y avait eu Olivier, le père de Thélia avec qui elle était restée trois ans, et par la suite elle avait enchaîné les métropolitains, pour la plupart récemment arrivés en Guyane. Des fonctionnaires, des professeurs, un infirmier une fois. C'était devenu presque une évidence. Tous amoureux fous, c'est ce qu'ils prétendaient, trop fiers de profiter d'une intégration accélérée sur le territoire. De *consommer local*, comme ils disaient entre eux. Mais ces relations métissées, elle en était revenue. Le mélange culturel avait ses limites : le temps finissait toujours par mettre à nu les différences les plus intimes. Et au final, elle avait réalisé que les métros ne valaient pas plus que les autres. Ils cachaient mieux leur jeu, voilà tout, savaient emballer leur hypocrisie dans de beaux discours. Surtout le dernier, l'ingénieur. Celui qui se prenait pour son sauveur, comme s'il l'avait ramassée sur le trottoir. Il lui avait tout promis, une vie de princesse, la métropole, des voyages, des enfants. Avant de la laisser sur le carreau, du jour au lendemain. De quoi la refroidir pour quelque temps. Plusieurs mois de célibat.

Jusqu'à ce qu'elle croise la route de Francis.

Une révélation. Ils s'étaient rencontrés presque par hasard. Sur Internet d'abord, via Facebook : Francis finissait ses études en métropole. Puis en vrai, à son retour en Guyane. Le coup de foudre, immédiat, évident, irréel. Et tellement rassurant. En quelques semaines Francis l'avait changée. Pour la première fois, elle avait cru possible de vivre avec un Ndjuka, de construire une famille. D'avoir d'autres enfants, de les élever à deux, de leur apprendre à parler sa langue maternelle autant que le français. Une existence entre deux mondes, à la fois moderne et reliée à ses origines noires-marrons. Ce qu'aucun Blanc n'aurait pu lui offrir. La famille approuverait. Elle l'adorerait ce Ndjuka talentueux qui faisait honneur à son peuple, qui s'était battu pour réussir par lui-même, pour contredire les vérités que les médias assénaient sur cette jeunesse guyanaise sans repère, condamnée à subir, à vivre des allocations et du RSA. Sur le dos de la société. Non, Francis c'était vraiment un autre niveau. Ne serait-ce que physiquement, il imposait le respect. Il était posé, sérieux, attentif. Quand il parlait, les gens l'écoutaient. Il s'intéressait à Thélia, jouait même avec elle de temps en temps. Il ferait un bon père, se disait Monique. En somme, Francis c'était l'espoir d'un futur à deux. Un espoir qu'elle pensait perdu. Tellement important pour elle qu'elle avait préféré attendre avant de le présenter à son oncle. Le garder secret, encore quelque temps. Pour être certaine de ne pas se tromper. Francis avait du mal à comprendre son choix, il se disait prêt à rencontrer sa belle-famille sans délai.

De même que s'il l'apprenait, il ne comprendrait jamais pourquoi elle avait décidé de le faire suivre. Elle aurait beau lui expliquer, se justifier, il prendrait ça pour une trahison. À juste titre, sans doute. Pourtant, si Monique avait recruté le détective, déboursé un mois de salaire pour connaître les agissements de son compagnon, ce n'était pas pour l'atteindre. Elle ne lui voulait aucun mal. Rien à voir avec toutes ces épouses blessées, décidées à se venger d'un mari qu'elles savent infidèle depuis toujours. Au contraire : elle faisait ça par amour. Pour lever les doutes qui la torturaient, malgré elle, malgré tous les efforts que Francis déployait sans cesse. Pour se débarrasser de cette méfiance que les hommes lui avaient inspirée. Refaire confiance, enfin. Et s'engager pour de bon. Elle n'espérait qu'une chose : que le détective ne trouve rien. Lui confirme ce qu'elle ressentait au plus profond d'elle-même. Que Francis était l'homme de sa vie.

Il parlait peu de lui. Il avait un côté secret, réservé, un peu comme André. Par pudeur, il disait. Parce que parler des autres l'intéressait plus. Quand il partait à Saint-Laurent, Monique savait à peine ce qu'il y faisait.

Et parfois elle se mettait à s'inquiéter, à inventer des choses. Une vie parallèle, inavouable. Des maîtresses, peut-être, c'est le motif qu'elle avait donné au détective. Mais pas seulement. Non, elle craignait quelque chose de plus grave. À cause de ce qui s'était passé quelques semaines plus tôt. De cette fille que Francis avait hébergée une nuit à Cayenne. Cette Aluku avec son bébé, c'est elle qui avait fait germer le soupçon. Monique espérait se tromper, sans doute avait-elle trop d'imagination, trop regardé de séries à la télévision. Mais rien à faire : l'idée était là, nichée dans son esprit, enracinée au milieu de tout cet amour.

Dans tous les cas, elle serait bientôt fixée. Ce que Francis cachait, le détective qui le talonnait allait le découvrir. Le meilleur comme le pire. Et alors, l'avenir de Monique serait tracé : mettre fin à ce rêve trop beau pour être vrai. Ou demander à Francis de lui faire un enfant.

La réponse à son SMS arriva alors qu'elle sortait de la douche.

Oui, ça va. Je t'aime.

La Charbonnière, deuxième partie de soirée. À trois cents mètres des chapiteaux désertés du candidat à l'élection municipale. Sur la berge du fleuve Maroni, face aux lueurs tremblantes d'une Albina jamais endormie, un boui-boui transformé en dancing minuit passé. Un comptoir encombré de bouteilles au-dessus d'une petite fresque peinte à la bombe : Jah Crew, les lettres vert, jaune et rouge. Des tables et des chaises de jardin aux dossiers défoncés, disséminées au milieu des graviers. Des deux-roues garés dans tous les sens sous les lampadaires tordus, des voitures tunées, un énorme 4 × 4 noir en travers du trottoir. Clientèle mélangée : une bande de Blancs mal fagotés venus s'encanailler, et des Noirs-Marrons en nombre, sur leur trente-et-un. Chemises impeccables, tee-shirts Ünkut, chaînes en or, jeans customisés, bijoux clinquants. Et musique à fond : au-dessus du cube de béton qui servait de toilettes avait été installée une palette de bois. Un perchoir branlant, à deux mètres du sol, depuis lequel un DJ habité envoyait ses morceaux mixés. Dancehall, reggae, RnB, hip-hop, quelques tubes européens pour flatter les métropolitains. Sur le béton de la piste de danse, les corps en sueur se mouvaient au son des basses qui faisaient vibrer les tôles. Ça bougeait, ça se dévisageait, ça draguait sévèrement autour des poteaux moites.

Tapi dans une ombre, Heineken à la main, Vacaresse épiait. Du bout de la piste, le regard faufilé entre les bustes ondulants, il découvrait une autre facette de sa cible. Francis Adogoe avait quitté le meeting du politicien dans les derniers, il était resté un moment à ses côtés, à le présenter aux personnalités du quartier. À pianoter sur son portable aussi, connecté avec l'extérieur. Et à présent il était assis là, à vingt mètres du détective, attablé avec deux autres Noirs-Marrons aussi bien habillés que lui, comme s'ils causaient affaires parmi la foule enflammée. Mais ce dont il s'entretenait, Vacaresse s'en fichait. Ce qui l'intéressait, c'était la fille pendue à son cou. L'air d'une Surinamienne, trop maquillée, trop moulée dans sa robe au ras de l'entrejambe. Très sexy pourtant, du moins pour ceux qui aimaient ce genre de bimbo. Elle était là depuis cinq minutes, débarquée de nulle part, les cuisses croisées sur son trône en plastique. Et visiblement intime, le visage lové sur l'épaule de Francis qui n'avait pas l'air de s'en plaindre, un peu indifférent seulement. Il continuait sa discussion, les coudes sur la table, l'allure fière, sa gourmette dorée scintillant sous les spots. Comme s'il était une des étoiles de la soirée. Vers une heure, un jeune vint s'adresser à lui, même pas vingt ans, ils échangèrent quelques minutes de part et d'autre de la table, le jeune eut l'air de donner son numéro de portable.

Et peu de temps après, la fille entraîna Francis sur la piste. Séquence zouk love, tout en douceur, même le DJ bougeait les fesses du haut de son estrade. Un tube de Marvin et Phyllisia Ross :

— *J'en ai connu des hivers, j'ai connu le froid... J'ai traversé des déserts... Mais la vie sans toi, c'est comme un jour sans lumière.*

Le couple s'enlaça, collé-serré, bas-ventre contre bas-ventre, main dans le dos. Et entama sa danse dans les règles de l'art. Sur place, sans déplacement, les pieds plantés dans le béton. Tout dans le bassin, tout dans les oscillations que les deux corps partageaient à l'unisson, comme animés par un seul et même esprit. Quelques mouvements de pivot, parfois, pour varier les plaisirs. Les deux fronts collés l'un à l'autre, le regard vers le bas, les lèvres toutes proches. Aux yeux de tous, sans la moindre discrétion. Une étreinte emplie d'une sensualité évidente, à la limite de l'indécence.

— *Est-ce que je vivrais ?...* continuait le morceau. *Si tu t'en vas dis-moi je deviens quoi moi ?... Ça va dans ma vie ?... Je ne suis pas sûr, j'ai perdu un peu de foi.*

Bingo ! pensa Vacaresse qui se redressa pour mieux les observer. Pour ne pas rater le moment crucial, celui où Francis allait franchir le seuil de tolérance de sa cliente. Pour le détective, l'affaire était entendue. Debout dans son coin de piste, il réalisa à quel point il n'aimait pas ce travail. Du voyeurisme, c'est à ça que ça se résumait au fond. Inutile et malsain. Et dire que dans le même temps, la Section de recherches poursuivait ses enquêtes. Le Ndjuka venait de dégringoler de son piédestal, quand Vacaresse lui raconterait la scène, Monique Hanke allait tirer ses propres conclusions. La déception allait être grande. Elle allait perdre à la fois mille cinq cents euros et son amour. Était-ce bien nécessaire ? s'interrogea le détective. Ne valait-il pas mieux ne pas savoir, demeurer dans l'illusion de la fidélité ? Elle se disait heureuse avec lui, pourquoi ne pas le rester ? Ignorer les mensonges. Il trouva soudain sa cliente bien naïve. Il était pourtant mal placé pour juger, son couple à lui n'avait rien d'exemplaire. Il tenait à peu de chose. À la pitié, surtout. Oui, Vacaresse avait pitié de Mathilde. De cette petite femme sans envergure, sans ambition. Voir grandir son fils, tenir propre et bien rangé son logis, ses bibelots désuets. Se faire oublier du monde réel, de ce monde où tout l'effrayait. Passer entre les mailles, se faufiler à travers la vie. Et ne laisser aucune trace. Vivre sans exister. Voilà comment il voyait son épouse. Alors non, il n'était pas apte à juger, ni Francis ni Monique.

— *Mais la vie sans toi, c'est comme un jour sans lumière... Un monde où je n'existe pas.*

Impossible de prendre la scène en photo, il n'avait que ses yeux pour l'enregistrer. Un couple de Blancs en phase d'apprentissage se déhanchait entre lui et sa cible, il se décala d'un pas sur la droite.

Et sa face apparut dans la lumière, au mauvais moment : Francis était tourné vers lui, les bras autour de sa Surinamienne.

L'espace d'un instant, les regards des deux hommes se croisèrent. Le Ndjuka fronça les sourcils, une interrogation sur le visage. Sans interrompre ses mouvements de bassin, il jeta un œil à ses collègues encore attablés au bord de la piste. Signe du menton en direction du détective. Vacaresse revint à sa place initiale, caché par les danseurs, fit mine de s'intéresser à sa bière. Priant pour ne pas s'être fait repérer pour de bon. S'être fait cramer, comme on disait dans le métier. Mais il avait jeté un trouble parmi les trois Noirs-Marrons qui parurent soudain gênés. Francis mit fin à sa danse, sa main glissée dans celle de la fille. L'air de rien, il recula, sortit du halo des spots, s'éclipsa doucement vers l'extérieur du dancing. Son visage passa dans l'ombre, on ne distinguait plus que sa silhouette élégante, presque fantomatique.

Et enfin le couple disparut dans la nuit, s'enfonça dans les ruelles étroites de la Charbonnière.

Le détective resta planté là : s'il tentait de les suivre, sa filature était grillée pour de bon.

12

Le bourg d'Iracoubo, comme endormi.

Les lumières des habitations s'étaient éteintes, les épiciers avaient fermé boutique. Restaient les rues noires, les lampadaires et leur lueur blafarde, les grenouilles et leur chant monotone. Et, plus loin, la forêt silencieuse. Au milieu de sa petite parcelle, Clifton se redressa, rassembla ses affaires. Il tordit la tôle, passa la tête. Personne, une allée déserte. C'était le moment. Il marcha dans l'ombre, en direction du fleuve. À l'entrée du pont, le barrage des gendarmes restait actif toute la nuit, il le savait. À cent mètres de là, debout devant leur petite baraque préfabriquée, il distinguait les uniformes, les silhouettes qui tuaient le temps, pliées par la fatigue. Guettant l'arrivée des rares voitures pour ponctuer leur nuit.

La rive du fleuve était en travaux, il dut se faufiler sous un grillage de chantier pour atteindre l'eau. Il se cacha derrière un bulldozer, allongé sur la terre retournée par les machines. Il observa les remous, écouta le clapot sur la berge. L'Iracoubo, un fleuve large d'une centaine de mètres, rien à voir avec l'immensité du Maroni. C'était risqué, mais il n'avait pas le choix, s'il voulait continuer à progresser vers l'est, il fallait franchir cette barrière aquatique. Le pont était surveillé de près par les babylones, il n'y avait qu'une option : la nage. Il retira polo, jean, baskets, ne garda que son caleçon, fourra toutes ses affaires dans une poche plastique tirée de son sac de sport. Il fit plusieurs nœuds, un baluchon serré, à peu près étanche. Son estomac gargouillait, à moitié rassasié par le hamburger. Il appuya une paume sur son abdomen raide, comme pour remettre en place les ovules de cocaïne entassés là depuis hier matin. Tu vas y arriver, il pensa. Tu es un bon nageur, ça au moins tu sais faire. Même avec le courant, tu en es capable. Enfant, il allait souvent sur le Maroni, voir son oncle à Apatou. Et tous les matins, il nageait, aussi loin qu'il le pouvait. Sa mère lui répétait sans cesse qu'il ne devait pas s'éloigner de la rive. Elle ressassait les légendes noires-marrons, lui rappelait que les sirènes l'attendaient, qu'elles étaient là, tapies au fond de l'eau. Que s'il s'approchait d'elles, elles lui agripperaient la cheville et le tireraient à elle. Pour l'emmener dans leur monde sous-marin, loin des vivants. Et que plus jamais il ne reverrait la surface. Mais Clifton n'écoutait pas. Tout ça, c'était juste des mensonges que les adultes inventaient pour faire peur aux gamins imprudents. À chaque fois, il nageait un peu plus loin, repoussant ses limites comme s'il jouait sa vie. Laissant les autres enfants à la traîne. S'il avait voulu, il aurait pu aller jusqu'au Suriname. Ou devenir professionnel, qui sait ?

Il attendit le bon moment, le dos collé à la roue du bulldozer, les jambes étalées dans la terre. Un quart d'heure. Une demi-heure. L'air était frais, un frisson lui parcourut les membres. Et enfin, au loin sur la route, un bruit de moteur. Une voiture. Les phares vinrent trouer l'obscurité sur la rue principale. Les uniformes sortirent de leur cabane, les yeux éblouis, la tête baissée, le képi en place. Un des rares contrôles de la nuit, qui allait les occuper. Juste quelques minutes.

L'instant que Clifton guettait : avant que le véhicule ne s'arrête, il courut jusqu'à la berge, son baluchon sous le bras, et se faufila entre les végétaux. L'eau était tiède, il sentit la boue glisser entre ses orteils et se baissa aussitôt, ne gardant que tête et sac plastique hors de l'eau. Là-haut, les babylones étaient regroupés autour de la voiture, il fallait en profiter.

D'une brasse entre les herbes, il se propulsa vers le centre du fleuve.

Et réalisa aussitôt : le courant était plus fort que prévu, le tirait vers l'aval, vers le pont. Il but la tasse, retrouva ses esprits, poussa des bras, des jambes, en diagonale. L'autre berge, en face, à la fois proche et si lointaine. Il allait y arriver. Trouver un rythme, ne pas se laisser déborder. Le sac en plastique le ralentissait, poussé par l'eau. Son caleçon lui descendait sur les cuisses, il sentait ses doigts faseiller dans les remous. La voiture avait repris la route. Les gendarmes à nouveau aux aguets à l'entrée du pont. Ils ne peuvent pas te voir, la nuit est noire. Allez, nage, nage. Ne pense qu'à ça, nage. Tu es plus fort qu'eux, plus fort que le courant. Les paupières serrées, il avançait, tant bien que mal.

Mais un cri le força à tourner la tête.

Un aboiement.

Un chien, ils avaient un chien ! Qui gueulait à présent sur le pont, agitant sa queue à droite, à gauche entre les barreaux. Tout excité. Il l'avait repéré. Deux gendarmes se postèrent à côté de l'animal, l'un d'eux braqua un projecteur. Une lumière blanche, puissante, à la surface de l'eau.

Coule, descends, cache-toi !

Clifton inspira tout l'air qu'il put, et plongea, le paquet serré contre son ventre, le plus profond possible, emporté par le courant. Vers le fond, il buta contre une souche d'arbre qui lui déchira la peau du pied. Son corps se retourna, chamboulé, il ne contrôlait plus rien. Ne pas remonter, rester hors de vue, il ne pensait qu'à ça. Plusieurs secondes.

Retenir son souffle. Encore, résister.

Il ne tenait plus. Il fallait ressortir.

Lorsqu'il refit surface, il crut que ses poumons allaient exploser. De l'air, enfin ! Il respira, but la tasse, l'eau s'engouffra dans sa bouche ouverte. Il toussa, cracha. Puis reprit son souffle dans le courant. La lumière était plus loin, balayait le fleuve. Il tourna la tête pour se repérer : juste au-dessus, le pont. Il avait dérivé jusqu'au pont. En face il devinait la silhouette blanche des bateaux de pêche collés au ponton, un drapeau noir qui flottait dans la nuit.

Il entendit les voix sèches des gendarmes qui scrutaient les berges :

— Il n'y a rien, je te dis ! C'était un cabiai ou une autre bestiole.

— Le chien a vu un truc. Regarde encore un peu.

Clifton poussa le sac devant lui. Et se remit à nager dans l'ombre du pont. Son pied lui faisait mal, il perdait du sang. Il serra les dents. Tu y es, tu y es presque. Il toussa à nouveau.

— Sous le pont ! cria la voix. Il y un truc sous le pont.

Lumière blanche.

Il replongea, les poumons à vide cette fois. Et poussa sur ses membres, pour avancer vers la berge. Dans un ultime élan. Le plastique collé au ventre. Il ressortit la tête trois mètres plus loin, inspira, regagna le fond avant même de savoir où était le projecteur. Avance, avance ! Il continuait à dériver vers l'aval, s'éloignait du pont, mais progressait. Il ne restait qu'une dizaine de mètres.

Il poussa, poussa, poussa.

Presque sans force, épuisé par l'effort.

Jusqu'à ce que son épaule heurte une branche.

Il sortit la tête entre des tiges de moukou-moukous, les grosses feuilles au-dessus de son front. La lumière était plus loin, les gendarmes semblaient avoir renoncé. Il s'allongea sur la rive, le corps à moitié dans le fleuve. Recracha l'eau avalée, serra son baluchon trempé.

Et ferma les yeux.

13

Melita Koosman se redressa sur son matelas, le dos raide, les cheveux dans tous les sens. La moustiquaire à moitié effondrée sur le lit. Elle plissa les yeux, une fatigue infinie partout dans les membres. Avait-elle dormi ? Non, elle se serait souvenue des cauchemars. Elle connaissait tout ça trop bien : ces rêves qui jamais ne lui laissaient de répit, elle ne les oubliait pas. Elle renifla, s'essuya le nez. Dehors les bruits du jour commençaient à peine, la nuit s'attardait autour de la baraque en bois. Pas de pluie, pour une fois. Elle se leva, passa sous la toile de la moustiquaire, les gestes mécaniques. Elle essaya de reprendre sa routine, de rassembler ses affaires comme chaque matin. Le linge, la vaisselle, les marmites. Mais elle renonça aussitôt, et s'affaissa sur le banc. Le vide était trop grand. Immense.

Bradley, sa chair. Pourquoi ?

De la scène de la veille Melita gardait les images les plus traumatisantes, à jamais gravées en elle. Le visage écrasé, la peau arrachée, cette plaie sur toute la joue. Les membres étalés dans la terre, pointant quatre directions imaginaires. Le corps sans vie de son enfant, devenu adulte pour finir ici. Sur ce sentier, en Guyane, loin de chez lui. Tué en pleine nuit, alors qu'elle dormait sous son toit de tôle, sourde aux cris qu'il avait dû pousser. Cette blessure à la tête, ça lui rappelait quelque chose : petit déjà, Bradley s'était fait mal au crâne. Tombé sur une souche. Ou frappé par quelqu'un. Elle avait oublié, se souvenait juste combien il était resté fragile après ça. Oui, Bradley était fragile, il fallait prendre soin de lui. La dépouille avait été emmenée vers Cayenne, c'est à peu près tout ce qu'elle avait compris dans les explications des hommes en uniforme. Parce que le français, elle le parlait à peine, même après tant d'années.

Les souvenirs des temps passés la submergeaient, incontrôlables. Sa grossesse, difficile, à plusieurs reprises elle avait failli perdre le bébé mal accroché, déjà vulnérable. Elle avait accouché à l'ancienne, dans la maison familiale au bord de la rivière Cottica, au Suriname. À Pinalanti : son village natal. Les cris du nourrisson résonnaient encore en elle, comme le début d'un amour nouveau, viscéral. Elle le revoyait un peu plus tard, marchant maladroitement entre les cases, les fesses à l'air, raillé par ses tantes amusées. Son petit sourire mal maîtrisé qui lui déformait le visage. Il avait une bouille craquante, tout le monde le disait.

Et dire que deux jours plus tôt il était là, devant elle, il lui parlait de sa voix d'homme, lui posait des questions. Ensemble, assis sur leurs tabourets à l'entrée de la maison. Melita racontait la vie en Guyane, comment elle et son mari avaient tout reconstruit ici. Repartis à zéro. Les relations avec les habitants de Mana, les problèmes rencontrés, les médecins blancs, l'apprentissage d'un nouveau quotidien. Cette existence d'exilés que Bradley n'avait pas connue, qu'elle n'avait pas voulu lui infliger. Confié à une grande tante pour qu'il poursuive son enfance au Suriname.

Pourquoi avait-il fallu que tout s'arrête ici ? Cette fois Melita n'avait pas été là pour son fils. Pour le sauver, comme autrefois. Oui, cent fois elle l'avait sauvé, elle se le répétait si souvent. Quand ils avaient quitté Pinalanti. Bradley aurait pu mourir ce jour-là, mais sa mère avait veillé sur lui. Elle était là, elle le tenait contre elle, le protégeait. Elle l'avait serré si longtemps ce petit corps tremblant de peur. Au Suriname, c'était la guerre à l'époque, et elle l'en avait préservé. Mis à l'écart de toutes ces horreurs qu'un enfant ne devrait jamais entrevoir. Bradley, son tout-petit. Dans la forêt, ils avaient marché, tous les deux. Pour trouver les autres, ceux qui fuyaient comme eux. Survivre à tout prix. Tout ça pour quoi ? Pour que Bradley meure sous les coups, en une nuit. Des années après. Non loin de sa mère impuissante. À la douleur se mêlait la culpabilité. J'aurais dû être là, elle se martelait. Ça ne serait pas arrivé. C'était mon rôle, ça l'a toujours été.

Mais depuis hier, une autre image s'accrochait à elle. Les yeux de ce gendarme. Ce regard enflammé qui la projetait vingt-cinq ans en arrière. Était-ce possible ? Melita n'avait connu qu'un seul Ndjuka aux iris jaunes. Elle se souvenait de lui, de sa carrure, de son visage parfaitement dessiné, de sa voix chaude et glaçante à la fois. Le gendarme lui ressemblait tellement, c'en était effrayant. Il était parti depuis, mais elle sentait qu'il n'était pas si loin, qu'il allait revenir. Et elle le redoutait autant qu'elle l'espérait. Oui, sans comprendre pourquoi, elle espérait le revoir un jour. Pour revivre ces temps révolus, qu'il lui raconte ce qu'elle ne savait pas encore. Qu'il puisse lui expliquer peut-être. Lui dire comment tout ça avait pu arriver. Parce qu'au fond d'elle, cette guerre, elle ne l'avait toujours pas comprise. Il lui parlerait à nouveau de Pinalanti, de ce village dans lequel jamais plus elle n'avait voulu mettre le pied. Oui, ce Ndjuka elle l'écouterait enfin. Avec lui elle affronterait ses vieux démons.

Elle leva les yeux vers le rai de lumière qui pointait sous la tôle, dans lequel volait une poussière diffuse. Et elle pensa à Rody, son frère, à Saint-Laurent. Depuis combien de mois ne l'avait-elle pas vu ? La dernière fois il semblait ailleurs, plus attiré par sa bouteille de rhum que par la visite de sa sœur. Impossible de partager quoi que ce soit avec lui. Il fallait le comprendre, à lui aussi la vie n'avait pas fait de cadeau. Elle décida d'aller à lui. Oui, bientôt elle se rendrait à Saint-Laurent.

Saint-Laurent, quartier des Cultures. Deuxième nuit depuis la mort de Willy. Carole Nicolas se leva plus tard que d'habitude. L'épuisement avait eu raison d'elle, elle avait dormi presque dix heures d'affilée. Elle passa de la chambre au salon, alla asseoir ses quatre-vingt-cinq kilos à la table ronde, les mains sur la toile cirée poisseuse, face au portrait du Christ posé sur la commode. Le visage hébété. Depuis deux jours elle se laissait porter par les événements. Elle ne s'occupait plus de rien dans la maison, la famille avait pris le relais. Dès qu'elle avait su, sa sœur était venue de Cayenne, elle dormait dans le canapé, cuisinait pour tout le monde, de grosses marmites de ragoût. La belle-sœur était là, elle aussi, attentionnée comme toujours, presque trop. La veille, les voisins, les amis, les proches avaient défilé dans la maison. Des condoléances à n'en plus finir. Je viens d'apprendre la nouvelle. Nous sommes avec vous, n'hésitez pas si vous avez besoin de quoi que ce soit. Le curé avait fait ce qu'il avait à faire. C'était la tradition, et c'était très bien ainsi : à défaut de soulager la douleur, ça évitait d'y penser, ça occupait l'esprit.

Ne penser à rien. Chasser les images qui assaillaient la mère meurtrie. Willy, un trafiquant de drogue, c'est ce qu'avait révélé l'autopsie. Carole ne parvenait pas à y croire. Comment son fils avait-il pu en arriver là ? Elle savait qu'il avait de mauvaises fréquentations, qu'il lui cachait des choses. Qu'il avait participé à des petites combines quand il avait besoin d'argent. Mais avaler de la cocaïne ! Risquer sa peau pour quelques milliers d'euros ! Peut-être était-elle trop naïve. Elle se remémorait les étapes de sa vie d'enfant, d'adolescent, de jeune adulte. Sa naissance, à l'époque où le couple habitait encore au camp de la Transportation de Saint-Laurent, dans les bâtiments abandonnés de l'administration pénitentiaire. Une drôle d'existence, ils vivaient de peu de chose, aux côtés d'autres familles de Saint-Luciens, de Martiniquais. Eux faisaient partie des rares Créoles guyanais installés là, ils y avaient côtoyé d'anciens bagnards que les gamins traitaient de vieux Blancs. Willy ne marchait même pas quand la mairie avait récupéré l'endroit et les avait relogés dans cette petite bâtisse aux Cultures. Celle qui avait vu grandir l'enfant. C'est dans ces rues que tout avait commencé pour lui, qu'il avait eu ses premiers copains. Qu'il avait appris à faire du vélo. Qu'il avait brûlé le bitume, des années plus tard, à cheval sur son deux-roues customisé acheté avec elle-ne-savait quel argent. Et c'est ici, à l'intérieur de cette maison, qu'il était mort. Tué par le Ndjuka. Clifton Vakansie. Parce que les gendarmes avaient beau continuer leur enquête, pour Carole l'affaire était entendue : c'était lui le coupable. Il était dans cette pièce, avec Willy, pendant ses derniers instants, le voisin d'en face l'avait vu devant le portail, juste après. En train de fuir. Alors les précautions des enquêteurs, la présomption d'innocence, tout ça, elle ne voulait pas en entendre parler. Ce type avait assassiné Willy. Et rien ne le ferait revenir. À présent son âme était entre les mains du Seigneur.

La sœur de Carole préparait les funérailles, qui commenceraient une fois le corps restitué. Elle était en contact étroit avec le curé pour la messe. Elle avait aussi sollicité un groupe de prière qui avait accepté de participer à la veillée mortuaire : pendant que la dépouille serait exposée au milieu du salon, que les visiteurs défileraient devant le cercueil, ils allaient chanter avec les fidèles. Ça allait être une belle cérémonie, assurait la sœur. Tout le monde serait aux côtés de la famille, dans la maison puis à l'église. Willy allait partir en paix, lavé de ses péchés.

En silence, les paupières closes, la mère en deuil se signa. Puis elle essuya ses yeux rougis. Dans l'entrée, de nouveaux visiteurs arrivaient, un cousin qui avait fait la route depuis Kourou. Il fallait l'accueillir, faire bonne figure.

La gendarmerie possédait ses propres traditions en Guyane, forgées au fil des années par les agents mutés sur le territoire. Pas toujours de très bon goût d'ailleurs. À Saint-Laurent, la compagnie était hébergée dans la caserne Joffre. Des locaux en centre-ville, dans l'ancien quartier du bagne, entourés des briques rouges de l'administration pénitentiaire. Et juste derrière la grille, trônant sur un bout de pelouse, il y avait *Charlotte*. Une longue pirogue en bois, aux couleurs de la République. La coutume voulait que l'embarcation prenne le nom de la fille du commandant de la compagnie. Une appellation qui changeait au rythme des mutations. Anato passa le portail, alla ranger son véhicule sur le parking, puis monta l'escalier qui menait à la brigade de recherches. Dans son bureau, les pieds sur la table, combiné calé contre l'épaule, Marcy était aux affaires.

— *Koosman, yes, Bradley Koosman... Twenty-nine old. Yes, I know, I wait.*

Il fit signe à Anato de s'asseoir. Sur la table, le paquet de cigarillos et un cendrier débordant de mégots : malgré les plaintes des collègues, Marcy continuait de fumer au travail. Une odeur de tabac froid imprégnait les murs, à jamais incrustée dans la pièce. Dans son bureau, c'était lui qui établissait les règles, son supérieur avait capitulé.

— *Okay, I understand... Okay, thank you... Yes, yes, thank you, thank you.*

Fin de la conversation. Marcy fit basculer le dossier de son fauteuil, les mains croisées sur la nuque.

— C'était la police d'Albina, au Suriname. Pour Koosman, vous savez. Inconnu au bataillon : pas de casier, jamais interpellé. C'est ce qu'ils disent, en tout cas. Ce n'est pas un cadeau de bosser avec eux.

Il se cura les dents du pouce, sortit un cigarillo, le fit rouler entre ses doigts.

— On a aussi réquisitionné la liste des passagers sur le vol Air France le jour du premier meurtre. Dans le mille : Willy Nicolas et Clifton Vakansie avaient bien une place à bord. Pour Koosman c'est plus compliqué : comme il était Surinamien, il devait sûrement voyager sous un faux nom, avec le passeport d'un autre. Un Français.

En général, les trafiquants évitaient ce genre de profil pour leurs mules, ils préféraient d'authentiques Français afin de ne pas éveiller les soupçons. Mais récemment les gendarmes avaient eu la preuve que ça pouvait arriver. Une histoire presque cocasse. Un homme vole le passeport de son oncle, puis s'achète un billet aller-retour vers la métropole. Il se présente à l'aéroport Félix-Éboué avec onze ovules de cocaïne insérés dans l'anus, passe les contrôles sans se faire prendre, vole jusqu'à Paris, mais à Orly, un fonctionnaire plus zélé que ses collègues guyanais repère l'usurpation d'identité. Il est placé en rétention administrative dans un hôtel parisien dans l'attente de sa reconduite. Durant la nuit il relâche les ovules et au lieu de s'en débarrasser, il les lave et les cache dans son sac de voyage. Résultat : il refait le trajet vers Cayenne avec la drogue. Que les policiers de la PAF ne découvrent qu'à son arrivée. Trois mois de prison pour l'usurpation d'identité, deux ans pour la cocaïne. L'affaire avait alimenté bien des discussions dans les rangs des forces de l'ordre. Alors oui, après une histoire pareille, il était probable que Bradley Koosman ait prévu de voler avec le passeport d'un autre.

— Au téléphone, tout à l'heure, vous disiez que vous aviez du nouveau ? lança Anato.

Le major hocha la tête, la lèvre du bas en avant. Un oui, mais contrarié, moins fier que de coutume.

— C'est-à-dire ?

— En fait, c'est vous qui allez avoir du nouveau.

Le capitaine fronça le regard. Marcy s'approcha, les coudes sur le bureau.

— Je vous explique. On doit rappeler quelqu'un. Une fille qui a téléphoné de métropole il y a une heure. Elle prétend qu'elle peut nous aider à trouver Vakansie, qu'elle sait où il va. Mais elle a posé une condition. (Il renifla.) Elle ne parle qu'à vous.

— Qu'à moi ?

— Elle a dit : je veux que le Ndjuka soit là. Celui de la télé. Sinon, je n'ai pas confiance.

Pause glaciale. Cette dernière phrase coûtait au major, ça se voyait. La fille était sûrement ndjuka elle aussi, et pensait plus facile de se confier à Anato qu'à un Créole comme Marcy. Un réflexe communautaire. Ils restèrent là un instant, les yeux dans les yeux, tentant de déchiffrer ce qui se tramait dans la tête de l'autre. Jusqu'à ce que Marcy se décide. Il plaça le téléphone au centre du bureau et composa le numéro inscrit sur un mémo. Un fixe, zéro-trois. Deux sonneries, puis une voix de jeune femme dans le haut-parleur. Inquiète. Hésitante.

— *Baa Anato, u de ya ?*

— *Iya*. Je suis là, je vous écoute.

Court silence, respiration bruyante.

— *A bun.* Mon nom est Jessica Vakansie. Clifton… (Elle inspira.) Clifton est mon frère. Mon frère jumeau.

— Bonjour, Jessica. Votre mère m'a parlé de vous.

Le capitaine se remémora son échange avec la mère de Vakansie, dans son taudis rempli d'enfants. Il revit les deux prénoms tatoués sur les épaules noires : Clifton et Jessica.

— Elle vous a dit quoi ?

— Presque rien, que vous viviez en métropole.

— Ah…

Un mot qui sonna comme une déception. Peut-être attendait-elle quelque chose de sa mère, une parole, un geste pour réparer une erreur. Un conflit comme il en existait dans toutes les familles. Elle échangea quelques mots avec quelqu'un. Une voix d'homme, lointaine. Sans doute son mari, un métropolitain.

— Jessica, vous êtes encore là ?

— Oui.

— Vous savez où se trouve Clifton ?

— …

— Jessica ?

— Clifton n'est pas un meurtrier. Je vous l'assure. C'est mon frère, je le connais depuis toujours. Même depuis que je suis partie, on s'est appelés souvent. Il n'a pas pu faire ça.

— Vous avez sans doute raison, fit Anato. Êtes-vous d'accord pour que je vous explique la situation ?

Pas de réponse.

— Écoutez-moi bien. Je ne sais pas ce qu'a fait Clifton. Mais ce que je sais, c'est qu'il est dans une situation très délicate. Nous pensons qu'il est en possession de doses de cocaïne qu'il devait transporter vers Paris. (Il fit une pause.) Vous comprenez ce que cela veut dire ?

— …

Le capitaine prit un ton empreint de gravité.

— Jessica. Il est très probable que la drogue soit en lui. Si un des ovules cède, Clifton peut mourir en quelques minutes. Il faut absolument qu'on le trouve avant.

Un silence douloureux régna à l'autre bout du téléphone. Marcy n'avait pas ouvert la bouche, fixait Anato. Lorsque Jessica se décida, sa voix était ténue, sans timbre.

— *Baa Anato, mi sa abi biibi na wi ?*

Est-ce que je peux vous faire confiance ? Il ne sut quoi lui répondre. Elle cherchait un allié, voulait s'assurer qu'il était de son côté.

— Que pouvez-vous me promettre ? elle relança.

— Pardon ?

— Vous m'avez entendue. Je ne sais pas où il est actuellement, mais je sais où il va. Si je vous le dis, je veux votre parole. Je veux que vous me promettiez de l'aider. De veiller sur lui. Et de l'empêcher de faire quelque chose de grave.

De grave ? pensa Anato. Peut-il faire plus grave que tuer deux jeunes ? Il était déjà allé tellement loin.

— Jessica, ce n'est pas…

— Vous me le promettez ?

Anato hésita. La seule chose qu'il pouvait promettre, c'était de faire son travail, de respecter des règles. Mais le plus probable, c'était que Clifton finisse en prison pour de longues années. Avec personne pour veiller sur lui. Et sûrement pas un gendarme. Il cherchait encore ses mots lorsque :

— Vous avez ma parole.

Une réponse assurée. Marcy avait tranché pour lui, les lèvres au-dessus du micro du téléphone. Une parole qui ne valait pas grand-chose. Anato baissa la tête. Il n'aimait pas ce genre de pratique. Mais la jeune femme ne leur avait pas vraiment laissé le choix.

— Écoutez, elle dit simplement.

Dans le haut-parleur, des sons de touches de téléphone, la voix de l'opératrice SFR. Message reçu aujourd'hui à deux heures trente-six. Puis un bruit de fond, le chant des grenouilles, caractéristique, quelque part en Guyane. Et les mots de Clifton, chuchotés.

— *Jessica… C'est moi. Je sais, il est très tard chez toi, j'espère que je n'ai pas réveillé ton petit. Je suis dans une cabine. Je voulais juste… Je voulais juste te parler. Il s'est passé quelque chose. Tu fais tout bien, toi, tu as réussi… C'est bien, oui c'est bien. On a toujours été différents. Il faudrait que tu voies ma fille, tu verrais comme elle est belle. Elle aussi elle va réussir, comme toi. (Il renifla un grand coup.) Et... je voulais te dire que j'arrive. Après-demain, ou peut-être juste après, je viens en France. Je vais prendre l'avion, moi aussi ! Peut-être... Peut-être qu'on pourrait se voir là-bas ? Enfin, je ne sais pas... Bon, je te rappellerai quand je serai arrivé... Bonne nuit.*

Puis plus rien.

14

Clifton se releva, remonta son caleçon, son jean trop large, saisit une branche de bois à terre. Puis fouilla ses excréments, séparant les ovules du reste, les isolant entre les herbes du fossé. Il compta. Onze, douze, treize au maximum. Pas plus, il se persuada. La plus grosse partie était encore en lui, Dieu merci. Tout restait possible. La durée du transit était variable, on lui avait dit, certains ovules pouvaient mettre quatre jours à sortir. Surtout sans manger. À Paramaribo, on lui avait fait boire une potion à base de plantes, censée ralentir la digestion. Mais était-elle encore efficace ? C'était à cause du hamburger d'hier soir. Il n'avait pas su se retenir, et voilà que maintenant la cocaïne ressortait. Ces paquets noirs qu'il avait eu tant de mal à avaler. Trempés dans l'huile, un à un, la tête en arrière, l'œsophage secoué de haut-le-cœur. Des heures entières dans la petite salle de bains, les larmes aux yeux, il avait failli renoncer. Cinq mille euros, il se répétait. Cinq mille euros. Il pensait à Djayzie. Cette fois, c'est pour elle, cet argent il est pour elle. Il savait qu'il en était capable : avant de l'engager, ils lui avaient appris à faire, avec de gros grains de raisin. Pour évaluer la capacité de son estomac, pour le tester. Parce que certains n'y arrivaient jamais.

Dans l'appartement de Paramaribo, il avait rencontré les deux autres mules qui devaient s'envoler avec lui vers Paris. Un Créole, Willy, un gars trop gros mais plutôt sympa. Et un Noir-Marron qui ne parlait pas beaucoup. Willy avait déjà fait le voyage, il lui avait tout raconté. Il avait réussi, en partie du moins. Passé les contrôles sans problème, pris place dans l'avion, côté couloir, à droite d'un Blanc en costume. Mais au milieu de la nuit, il s'était senti mal. Des bouffées de chaleur, des nausées. La fin, il avait cru que c'était la fin, que la drogue se répandait en lui. Il s'était jeté aux toilettes, le cul sur la cuvette, et avait expulsé autant d'ovules qu'il pouvait. Sans compter, poussant pour chasser la mort, plié en deux dans la cabine, la main sur la poignée froide, la sueur dans le dos. La mort ? Non, fausse alerte : il allait bien, il avait juste paniqué. Mais il venait de perdre le plus gros de sa marchandise, emportée par la chasse d'eau de l'avion. À Orly, on l'avait récupéré et emmené aux Pays-Bas, en camion. Mais au lieu des sept mille escomptés, les quinze ovules restants lui avaient rapporté neuf cents euros. À peine de quoi se payer le billet de retour. Ne pas avoir peur. Si tu n'as pas peur, tu passeras, c'était la leçon qu'il avait retirée. Dans le taxi qui les menait de Paramaribo à Albina, avant de traverser le Maroni, Willy était le plus calme des trois. Et personne, alors, n'imaginait comment les choses allaient tourner une fois à Saint-Laurent.

À présent, il ne reste que toi, pensa Clifton. Toi et tes soixante-cinq ovules de poudre blanche. Et tu vas aller jusqu'au bout. Tu passeras les obstacles. Invincible, protégé par l'*obia*, rien ne pourra t'arrêter. Comme hier soir, dans le fleuve. Ils ne t'ont pas vu. Invisible. Un jaguar.

La nuit, il l'avait passée recroquevillé sur la dalle de béton d'une station essence désaffectée, entre bouteilles de bière vides et morceaux de parpaings. Il avait réussi à dormir un peu, étalé ses affaires trempées. Il avait même rêvé, lui semblait-il, quelque chose de calme, d'apaisant, son futur peut-être. Puis il avait repris la route au petit matin. À pied, toujours dans le fossé pour ne pas se faire repérer, longeant le mur forestier, les arbres géants, les buissons avachis. Les orteils baignant dans ses baskets spongieuses, le jean encore humide, la coiffure à moitié défaite. Soleil et nuages se disputaient le ciel, impossible de dire quel temps il faisait au final. Il lui fallait trouver une voiture, à ce rythme il ne serait jamais à Cayenne à l'heure.

Faire du stop, s'exposer à nouveau ?

Marcy était au volant, Anato sur le siège passager, plein est. Pied au plancher, la voiture avalait l'asphalte le long des talus de latérite verticaux, des saignées rouges dans la forêt. Les troncs gris des bois-canons se dressaient de chaque côté, dessinant des ombres floues sur la chaussée. Les baraques en bois dispersées en bord de route venaient rompre la monotonie du trajet. Par endroits, des panneaux pour attirer les touristes sous un carbet bricolé : *ARTISANA SCULTURE SARAMAKA*. Ils roulaient depuis une demi-heure, sans un mot, l'air moite s'engouffrant par bourrasques dans l'habitacle. Anato regardait filer les houppiers.

— Une chèvre, lança finalement le major. Vous avez compris ? Vakansie n'est plus une mule, c'est une chèvre. C'est évident, non ?

Anato tourna à peine la tête.

— Il n'a aucune chance, poursuivit Marcy, au pire on l'interpellera à la douane. Et pourtant il continue à y croire. À croire qu'il va arriver à l'aéroport, réussir à prendre l'avion, voler jusqu'à Paris, gagner l'argent qu'on lui a promis. Il n'y a qu'une seule explication : il se fait balader. Il est jeune, il ne sait pas comment les choses se passent. À la différence des trafiquants qui l'ont recruté. Eux savent ce qu'il a fait, qu'il est recherché, qu'il est fichu. Alors ils ont décidé de l'envoyer tout de même vers l'aéroport, ils lui ont promis que tout se déroulera comme prévu. Ils espèrent qu'en se faisant prendre, il permettra à d'autres mules de passer.

Difficile à croire, mais pas impossible. Que se trame-t-il dans la tête d'un jeune Ndjuka qui n'a jamais quitté Saint-Laurent ? Qui ne connaît qu'une frontière : le fleuve Maroni, une vraie passoire. Obsédé par son objectif, paniqué, grisé par les traces de drogue qui filtrent à travers les ovules. La triste réalité, c'est qu'à Saint-Laurent, faire la mule était devenu presque banal. Chacun connaissait au moins un ami, un cousin, une sœur qui avait tenté l'expérience avec succès, rapporté cinq mille, sept mille euros, fait construire une petite maison, acheté une voiture ou juste sorti la tête de l'eau avec son gain. Mères de famille, femmes enceintes, personnes âgées, jeunes, c'était devenu un moyen comme un autre de gagner sa vie. De l'argent facile. À l'aéroport, les douaniers interpellaient en moyenne une mule tous les trois jours, mais personne ne savait combien réussissaient à passer. Dix fois plus, selon certains policiers. Une seule certitude : on n'en interceptait pas assez pour rendre l'activité déficitaire. On pouvait supposer que, chaque jour, l'unique vol vers Paris transportait une ou plusieurs mules à son bord. L'estomac, le vagin, le rectum ou le sac à main chargé de la précieuse poudre. Et pour faciliter le passage de leurs plus gros volumes, les trafiquants avaient une technique cruelle, mais efficace : ils dénonçaient un de leurs passeurs, focalisant l'attention des douaniers à l'aéroport. Quelques grammes perdus pour plusieurs kilos passés inaperçus. Une perte calculée. Et tant pis pour celui qui trinquait.

Les mules devenaient chèvres.

Sacrifiées.

— Hein, c'est ça l'explication, vous ne croyez pas ?

— Possible.

Marcy jeta un regard au capitaine. Possible, c'était quasiment le seul mot qu'il avait prononcé depuis leur départ. Il ne bougeait pas, insondable, absorbé par ses pensées.

Anato n'avait aucune envie de parler, il voulait juste rester seul avec lui-même. Et avec la famille Vakansie à laquelle il songeait en continu depuis cette promesse impossible qu'ils avaient faite à Jessica. Que Marcy avait faite, plus exactement. Sans la moindre hésitation. Tous les moyens étaient bons pour parvenir à ses fins. La morale, il s'arrangeait avec. Comme le faisaient les criminels qu'il poursuivait chaque jour. Le poids de l'expérience, sans doute. Mais le capitaine aurait préféré s'y prendre autrement. Il se sentait piégé, embarqué dans une posture qui n'était pas la sienne. Il imaginait la jeune Ndjuka, dans son appartement à huit mille kilomètres d'ici, avec son métropolitain de mari, angoissée à l'idée de ce qui risquait d'arriver à son frère. Son jumeau, son double, avec qui elle partageait les épaules tatouées de leur mère démissionnaire.

Marcy avait peut-être raison, son scénario était terrifiant, mais probable. Anato tenta de se figurer dans quel état d'esprit pouvait se trouver Clifton Vakansie à l'heure qu'il était. Acculé, aux abois, manipulé par ceux qui l'avaient recruté, qui lui avaient sans doute garanti une opération gagnée d'avance. Plus ils avançaient dans cette affaire, plus le capitaine butait sur ce paradoxe : d'un côté des éléments matériels qui tous accusaient le jeune, faisaient de lui l'auteur évident de ce double homicide ; de l'autre ses proches, sa mère, sa sœur, son amie, qui en dressaient un portrait incompatible avec une telle violence. Les apparences pouvaient être trompeuses, Anato le savait. Mais c'était plus fort que lui, cette enquête le mettait mal à l'aise, son empathie pour le suspect grandissait d'heure en heure. Sa pitié aussi. Et face à la détermination qu'affichait son collègue, il commençait à redouter l'issue de cette traque.

Alors, non, il n'avait pas très envie de parler pour le moment.

Marcy alluma la radio. Une journaliste passait en revue les communes de Guyane, listait les candidats déclarés pour les municipales.

— ... *une élection qui, pour beaucoup, constituera un galop d'essai avant le scrutin pour la future collectivité unique, dans laquelle chacun voudra faire son nid...*

Le major secoua la tête, l'air dégoûté.

— *A mizè ki fè makak mangé piman*, il siffla.

— Pardon ?

— C'est la misère qui a fait du macaque un mangeur de piment. On doit se contenter de tous ces politicards qui ne pensent qu'à leur carrière. Pas un pour rattraper l'autre. Et pendant ce temps la Guyane agonise… Vous vous intéressez à la politique ?

— Un peu, acquiesça Anato, toujours songeur. Mais j'évite d'y mettre le doigt.

— C'est votre pays, la Guyane, non ? Vous ne vous demandez pas ce que tout ça va devenir dans dix, quinze ans ?

— …

— L'immigration, le chômage, l'économie, la population qui explose… Vous n'avez pas l'impression qu'on va dans le mur ?

— J'essaye juste de faire ma part du travail.

Marcy émit un petit grognement, comme si la réponse ne le satisfaisait pas. Résigné à se passer de la compagnie du capitaine, décidément ailleurs.

— Au moins sur Saint-Laurent ce sera vite réglé cette élection, il continua. Les habitants vont hésiter, les candidats vont se faire la guerre. Mais au final, comme toujours, c'est Léon Bertrand qui sera réélu, même avec tous ses procès aux fesses. C'est comme ça et puis c'est tout. Vous savez pourquoi ? Parce que tout le monde croit qu'il est protégé par des esprits, et que dire du mal de lui, ou voter contre lui, c'est s'attirer le mauvais sort… Voilà à quoi elle ressemble, la politique : des trucs de sorciers. Mais cette fois, ce sera sans moi.

Il soupira, visiblement affecté, serra les doigts sur son volant. À la radio les nouvelles n'en finissaient plus, côté faits divers à présent. Un chapelet d'histoires sinistres, règlements de comptes ou crimes passionnels. Le major coupa le son. Ne restait que celui du moteur, assommant. Le cri aigu d'un kikiwi en lisière de forêt. Et devant eux la route, grise, interminable.

Jusqu'à ce que Marcy crache par la fenêtre, rétrograde et remonte ses verres marron sur le front.

— On y est.

Si Clifton Vakansie cherchait à rejoindre l'aéroport, c'est qu'il avançait vers l'est, qu'il était sans doute déjà loin de Saint-Laurent, qu'il n'avait pas essayé de se réfugier au Suriname. Et s'il suivait l'unique route menant vers son objectif, il devait forcément buter sur un obstacle : le barrage d'Iracoubo. Une équipe de gendarmes postée nuit et jour à l'entrée du pont sur le fleuve du même nom. Après le témoignage de la sœur, Anato et Marcy n'avaient pas perdu de temps. Ils avaient pris la route pour se rendre sur place. Et transmis un message aux agents qui les attendaient : le suspect va essayer de passer, à un moment ou un autre, c'est certain. Caché dans un coffre, sous le châssis d'un bus, n'importe comment, il va essayer. Vigilance maximale !

Au bord de l'Iracoubo, dans la cabane préfabriquée qui servait de local aux gendarmes mobiles chargés des contrôles, l'air stagnait, le ventilateur peinait, les pales et la grille noires de poussière. Un vrai four. Sur le mur, une photo de moto grosse cylindrée, une carte de l'Ouest guyanais et une série d'avis de recherche. Vakansie en tête de liste, avec son visage d'enfant sage de quinze ans, le seul cliché que sa mère avait accepté de fournir. Un minibus surchargé approchait des plots orange.

Une tête de moins qu'Anato, tout frais débarqué de l'Hexagone, le jeune agent s'empourpra sous son képi.

— C'est que… On était que deux, alors…

— Mais il est passé ou il n'est pas passé ?

Hésitation, regard paniqué à son collègue.

— Non… C'est juste que cette nuit, il devait être au moins une heure, le chien s'est énervé, il avait vu un truc dans l'eau. Mais à la torche on n'a rien trouvé et il a fini par se calmer. À tous les coups c'était un animal qui traversait, un tapir, un machin comme ça.

Il gratta ses poils de barbe naissante pour se donner de la contenance.

— En fait, on n'en sait rien, corrigea le collègue, à peine plus vieux. Il faisait noir, ç'aurait pu être n'importe quoi.

— C'était un animal, tu étais d'accord avec moi !

— Rien du tout, je t'ai même dit d'aller vérifier.

Aucun soutien. Des rides nerveuses vinrent plisser le front du gendarme mobile.

— Mon capitaine, ça ne pouvait pas être lui. Et avec le courant qu'il y avait, franchement, il se serait noyé avant d'att…

— Vous avez déjà vu un tapir ? le coupa Anato, le visage dur, impatient de conclure.

— Pardon ?

— Un tapir. Vous en avez déjà vu un ? Vous savez à quoi ça ressemble ?

— Oui… Enfin non, je…

— C'est gros comment ? Comme une vache, comme un chien ?

— …

Le jeune homme bafouilla, les yeux sur le bitume, de moins en moins fier. Il remit son képi en place, toussa.

— Alors en effet, ça pouvait être n'importe quoi ! Y compris Clifton Vakansie.

Les deux métropolitains ravalèrent leur salive, soudain muets. Le capitaine se massa la nuque, jeta un regard à Marcy qui hocha doucement le menton. Anato se retourna, s'approcha du pont, suivi par le major. Ils marchèrent jusqu'au centre du fleuve. Puis s'arrêtèrent, les avant-bras sur le métal jaune de la rambarde. Sous leurs pieds, l'Iracoubo coulait à plein régime, une eau marron où s'agitaient remous et tourbillons d'écume, emportant branches mortes et tiges vertes dans son flot. Sur les rives, les moukou-moukous dressaient leurs feuilles pointues, des gros cœurs à l'envers.

— Putain… chuchota le major, comme pour lui-même.

— Vous pensez qu'il a pu passer en nageant ?

Marcy resta muet, les yeux absorbés par les rapides.

— Major ? insista Anato. Qu'est-ce que vous en pensez ?

Nouveau silence puis, la mine grave, sans tourner la tête :

— Je dirais que non. Mais je suis mal placé. (Il plissa les yeux derrière ses lunettes.) Je déteste l'eau. En fait… je ne sais pas nager.

Le capitaine fronça les sourcils. Il y avait de l'émotion dans la voix de Marcy qui s'alluma un cigarillo, inspira une longue bouffée.

— Mes parents n'ont rien fait pour. Ma mère était Guadeloupéenne. L'océan, elle lui tournait le dos. Elle disait que la mer c'est de là que vient le malheur. Parce que c'est par là qu'on est tous arrivés, sur les bateaux des négriers. Pour nos ancêtres esclaves, cette mer, c'était un mur, un mur de prison qui les séparait de leurs terres d'Afrique. Alors quand j'étais gosse, l'eau, on n'y allait pas, tout simplement.

Anato fixa un instant le profil du major dont le regard se perdait dans la rivière, enveloppé par la fumée. Pourquoi lui racontait-il cela ? Marcy n'avait pas la pudeur du capitaine, il s'exprimait sans retenue, l'âme ouverte. Comme si tout méritait d'être dit. Un passé sans secret, à nu. L'esclavage, le capitaine en parlait rarement, ça faisait partie de son intimité profonde. Comme tous les

Noirs d'Amérique, il portait le poids de ces siècles d'humiliation. Ses ancêtres à lui s'étaient libérés du joug des maîtres par la force, ils s'étaient révoltés et enfuis des plantations néerlandaises pour devenir les Ndjukas, premiers Noirs-Marrons reconnus libres en 1760 après une violente chasse aux évadés. Les aïeux de Marcy, eux, en Guyane ou aux Antilles, n'avaient connu la liberté qu'après l'abolition en 1848. Pourtant Créoles et Noirs-Marrons, malgré leurs différences, partageaient une histoire commune : l'origine. Tous venaient du continent africain, arrachés à leurs terres. Tous étaient arrivés ici pour les mêmes raisons, dans les mêmes conditions. Sur les navires des Blancs, qu'ils soient français, néerlandais ou anglais.

Le major poussa du pied un caillou qui mourut dans le courant.

— *I fo to manké néyé pou to anprann najé*. Elle disait ça ma mère : il faut manquer de se noyer pour apprendre à nager. Moi, je crois qu'il s'est noyé, le petit Vakansie. (Il se redressa, fit face à Anato) Et vous, vous en pensez quoi ? Cent douze mètres. À votre avis, il a pu traverser ?

— Possible. Mais s'il l'a fait, s'il s'est mis dans cette eau en pleine nuit, avec ce courant ça veut dire une chose. Il n'est pas juste bon nageur, il est surtout déterminé. Vraiment déterminé.

Marcy approuva.

— Il n'y a plus qu'à prévenir toutes les brigades. Et aussi les collègues à l'aéroport. Maintenant, il faut le chercher partout, plus seulement dans l'Ouest.

Au bout du pont, le bitume gris de la nationale 1 reprenait, les bandes blanches filaient entre forêt, savanes et marais. Vakansie était peut-être quelque part le long de cette route, à pied, en voiture. Avait-il atteint Sinnamary ? Kourou ? Déjà parcouru les cent cinquante kilomètres qui restaient jusqu'à Cayenne ? Personne ne le savait.

15

À l'école, avant que Clifton ne décroche pour de bon, il y avait une femme qui aidait l'institutrice avec les élèves. Une Créole, toujours en blouse bleu clair, avec de grosses tresses sur la tête et une vilaine cicatrice au front. Elle était gentille, c'est ce dont se souvenait Clifton. Elle racontait des tas d'histoires, elle savait tellement de choses. À la maison, à l'époque, sa mère n'était jamais là, il naviguait entre la baraque de sa grand-mère et celle de sa tante. Mais le plus souvent il vivait dehors, le slip rouge de terre, coursant ses semblables, un bout de bois en guise de fusil, fauchant ce qu'il pouvait dans les bâtiments qu'il croisait. Alors la Créole lui faisait du bien, il l'appréciait, il l'appelait sa marraine. Il se souvenait de ses mots, de ses questions. Qu'est-ce que tu veux faire plus tard ? Celle-là, elle revenait toujours sur le tapis, on aurait dit qu'elle ne pensait qu'à ça toute la journée. Comme si l'avenir de tous ces gamins qu'elle voyait défiler d'année en année était sa seule préoccupation. Pompier ! répondait Clifton, fidèle à la pensée commune de la moitié de la classe, suivant la mode du moment. L'uniforme, les camions, l'action. Sa marraine le regardait alors avec deux yeux tristes, un sourire bienveillant sur les lèvres. Elle n'avait pas l'air d'y croire, mais elle faisait quand même semblant. D'accord, pompier… elle répétait d'une voix rêveuse. La Créole était morte aujourd'hui. Victime de violence conjugale, elle avait succombé dix ans plus tard aux coups de marteau d'un mari que la jalousie avait rendu fou. Pour Clifton, ce fut un choc. Avec ses bonnes manières et son métier respectable, il la croyait à l'abri de tout, immortelle. Leurs deux mondes n'étaient donc pas si étanches. On pouvait tout réussir et mal finir quand même. Que penserait-elle de lui aujourd'hui, sa marraine ? Qu'imaginait-elle à l'époque ? Ces yeux tristes qu'il se remémorait parfois, était-ce cela qu'ils voyaient ? Un petit trafiquant traqué par les babylones, traînant des pieds le long de la nationale, le ventre lourd. Peut-être tout cela était-il prévisible, peut-être qu'elle savait qu'il terminerait ainsi.

Cette fois, le soleil l'assommait pour de bon, avait relégué les nuages dans les bords du ciel. Clifton marchait depuis trop longtemps, les baskets détrempées, les mollets griffés. Quand il croisait une rivière, il se baissait, buvait l'eau, y plongeait sa tignasse emmêlée dans laquelle s'accrochaient encore quelques-uns des élastiques qui le coiffaient hier. Un peu de fraîcheur, un sursaut d'énergie pour poursuivre. La route n'en finissait pas, rectiligne à perte de vue. Il enjambait les arbres abattus sur le bas-côté, peinant un peu plus à chaque obstacle. Plus haut, sur l'asphalte fumant, les voitures passaient à grande vitesse, à intervalles irréguliers, parfois en groupe. Les conducteurs tournaient à peine la tête, personne ne le repérait. Invisible, comme il l'avait souhaité. Invisible, mais trop lent, presque immobile. Il fallait trouver quelque chose pour aller plus vite. Avant qu'il ne soit trop tard. Il n'avait pas fait tout ça pour rien. Il marcha encore une grosse heure, son sac de sport en bandoulière. Il observa le vol des toucans, des caciques qui reliaient les deux morceaux de forêt. Il s'arrêta pour regarder traverser un mouton-paresseux, à son rythme, étirant ses bras trop longs, ses griffes inutiles sur le bitume. Il semblait comme handicapé, pas à sa place. Clifton vit disparaître sa masse grise entre les arbres. Un petit moment de grâce dans son éprouvante journée. Avant de poursuivre son chemin. Interminable.

La solution se présenta à l'entrée d'un pont.

Longtemps avant, alors qu'il avançait pas à pas entre les herbes, il distingua les formes allongées, colorées. Il plissa les yeux, tenta de préciser ce qu'il devinait seulement. Rouges, jaunes, il y en avait plusieurs, alignés les uns au-dessus des autres. Deux voitures, aussi. Il continua d'avancer. Pas de silhouette humaine, il pouvait se montrer, grimper sur la route. Aux aguets, épiant la venue de chaque véhicule comme la fin de son périple, il s'approcha de la rambarde métallique. En contrebas du pont, une pente terreuse donnait sur une rivière s'enfonçant entre des tiges verticales de moukou-moukous. Et, garés là, les roues dans la boue, deux beaux 4 × 4 à l'arrière desquels étaient attelées deux remorques à étages. Avec en tout, quatre canoës-kayaks, retournés et solidement harnachés au métal. Des sangles à crémaillère les entouraient, serrées sur les coques. Les autres emplacements étaient vides. Partis explorer la rivière, devina Clifton. Il passa la main sur les embarcations, zébrées de rayures profondes. Il fit le tour du plus gros des véhicules, jeta un œil dans l'habitacle. Sur la plage arrière, un classeur débordant de papiers, des copies de cartes routières, des bouts de formulaire. Mais surtout, mal collé sur la couverture, un prospectus. Une photo de rivière dans une brume épaisse, et un titre : ASPAG, club de canoë-kayak-pirogue de l'île de Cayenne.

Cayenne.

Le mot sonna comme un flash dans la tête de la mule. L'aéroport. Son objectif. Il sourit, d'instinct. La chance, enfin, sa porte de sortie.

— Hé, je crois qu'on y est ! Je reconnais l'entrée.

La voix surgit des feuillages, fit se retourner Clifton.

Décharge d'adrénaline. Ne pas se faire voir, sinon tous ses espoirs s'envolaient.

Il se baissa, passa derrière les remorques. Il n'eut pas le temps de choisir son kayak, se glissa sous le plus bas des quatre, le plus facile d'accès, presque au ras du sol. À genoux dans la boue, il passa la tête dans le trou, jeta son sac à l'intérieur de la coque. Puis s'y faufila entièrement. Allongé dans l'étroite cavité, où régnait une lumière jaune, opaque. Les pieds recroquevillés, le col de l'ouverture lui barrant le dos. La position était inconfortable, la chaleur étouffante, mais il tenait, tant bien que mal.

Invisible de l'extérieur.

Les voix continuaient, de loin, indistinctes. Puis se rapprochèrent. Combien ? Cinq personnes, peut-être. Des voix graves, âgées. Par-dessous, il voyait les pieds s'affairer autour des remorques. Des Blancs, il s'en serait douté. De grosses veines bleues sur le dessus, des paires de tongs, des sandales.

— Bon, on charge ? fit l'un des hommes.

— Tu le prends par-derrière ?

— O.K.

— Allez… un… deux… trois.

L'ensemble de la carriole bougea sous le poids du bateau supplémentaire. Clifton sentit une barre lui labourer le dos, étouffa un gémissement. Ils chargèrent un deuxième canoë. Puis deux sur l'autre remorque. Ils riaient, parlaient de leur balade sur la rivière, des iguanes qui se jetaient dans l'eau à leur approche, de la baignade dans le marais. Des trucs de Blancs ! se dit Clifton. De ces Blancs fortunés qui vont en forêt ni pour y chasser ni pour y pêcher. Pour rien. Juste pour le plaisir. Il en avait déjà rencontré des comme eux, il avait lavé leur voiture pour une misère.

Pourtant, dans les paroles oiseuses des kayakistes, il perçut quelque chose de troublant. Certaines phrases sonnaient faux, comme si la discussion était forcée. Comme s'ils récitaient un texte.

Arrête, tu te fais des idées. Pense à Cayenne.

Contact. Le moteur rugit, le gaz d'échappement vint remplir la coque, Clifton toussa. Puis l'attelage se mit en mouvement, remonta la pente en marche arrière. Douleurs dans le dos, aux genoux qui butaient contre la carène. Puis marche avant. Sous le kayak, l'asphalte se mit à défiler à grande vitesse, des bouts de bande blanche jaillirent en flashs. En route vers l'est. Si tout se déroulait comme il l'espérait, il serait là-bas dans deux heures au maximum.

Non, sa défunte marraine n'avait sans doute pas imaginé cela. Lui non plus d'ailleurs. Deux jours plus tôt, alors qu'il quittait seulement Paramaribo l'estomac garni, il était loin de se douter de ce qui l'attendait. L'épuisement, la faim, la soif. Si sa fille le voyait, le reconnaîtrait-elle encore ? Voilà qu'il se terrait comme un animal, blotti dans sa coque jaune. Son dernier espoir.

Il allait y arriver, il n'avait plus d'autre choix.

Début de marée montante, le courant commençait à s'inverser à l'aval du fleuve Iracoubo. Les tourbillons s'effaçaient, les remous autour des troncs s'estompaient, la surface devenait lisse. Apaisée. Le calme, soudain. La coque en aluminium de la gendarmerie attaqua un nouveau méandre, le moteur au ralenti oscillant dans l'eau sale.

— Approche un peu. Oui, par là.

Le pilote s'exécuta, colla l'esquif aux berges. Des buissons impénétrables se vautraient dans le fleuve, branches et feuilles terreuses témoignaient des niveaux d'eau passés. Tout ce que charriait le courant finissait par s'échouer là, empêtré entre les tiges végétales dans un des lacets de l'Iracoubo. Déchets plastiques, engins de pêche à la dérive, étoffes diverses.

Mais aussi dépouille animale ou humaine.

Si Clifton Vakansie s'était noyé, on retrouverait certainement son corps par ici, les trois gendarmes s'attendaient à voir surgir le cadavre après chaque virage. À l'avant du bateau, l'un d'eux fouillait les feuillages d'un long bâton, le visage inquiet, redoutant la découverte. Il souleva un paquet de branches, se baissa, scruta l'eau brune.

— RAS. Je ne vois rien. Avance encore.

Coup de moteur, la pirogue s'enfonça dans le fourré en déchirant les herbes.

— Merde. Non, recule, attends.

Deux heures qu'ils ratissaient ainsi le cours d'eau. Et pas la moindre trace de Vakansie.

— Je te dis, on ne trouvera rien, il a réussi à passer de l'autre côté, ce con. Il n'y avait pas tant de courant que ça cette nuit. Il est déjà loin d'ici.

— On n'en sait rien. Si ça se trouve, il n'est même pas venu par là. Les gars disent que c'était un animal.

— Les gars comme tu dis, c'est des bleus. Ils n'en savent rien du tout. Tu as entendu le capitaine Anato, ils ne feraient pas la différence entre un pian et un tapir.

— Et toi, tu ne fais pas la différence entre ton capitaine et Dieu le père. Tu bois ses paroles comme tu bois ta bière.

— Tu as quelque chose contre lui, c'est quoi ? Ta femme te dit qu'elle pense à lui quand tu lui fais l'amour ?

Le pilote s'esclaffa, la tête dans la main. L'autre se renfrogna.

— C'est ça… Je ne le sens pas, c'est tout. Il prend tout le monde de haut. Laisse tomber et continue à chercher.

Nouveau méandre, qui réduisit les trois agents au silence pendant plusieurs secondes. Le bateau s'immobilisa, au point mort. Face à eux, la fin de leur expédition. L'embouchure du fleuve et ses bancs de vase gris qui s'étiraient à fleur d'eau. Mais surtout un mur végétal moucheté de boules rouge vif : une forêt de palétuviers aux racines plongées dans l'eau salée ; et une nuée d'ibis rouges massés sur leurs perchoirs. Virevoltant d'un arbre à l’autre, déployant leurs ailes éclatantes sur lesquelles miroitaient les rayons du soleil.

— Putain, c’est beau quand même…

16

La nuit dernière, après avoir perdu la trace de Francis et de sa Surinamienne, Vacaresse avait mal dormi. Une nuit remplie de pensées sombres, sur le matelas humide de sa chambre d'hôtel. Des heures d'éveil, les yeux grands ouverts dans le noir, il avait songé à Jérémy. Il l'imaginait allongé sur le lit superposé, dans sa cellule, regardant le plafond, comptant les minutes. Écoutant les ronflements de son codétenu sur sa couchette, fixant la porte en métal qui ne s'ouvrirait qu'au matin. Se levant pour uriner sur la cuvette entartrée, sans lunette, isolée par un simple rideau. Toujours les mêmes idées nocturnes qui abîmaient le détective, le déchiraient de l'intérieur. Tout ça n'avait pas de sens, son fils n'avait rien à faire là-dedans. Il se disait que c'était de sa faute, qu'il n'avait pas fait ce qu'il fallait, qu'il était un mauvais père. Mais il savait bien que se maudire n'arrangeait rien. Qu'il devait surtout l'aider à tenir. Plus que trois mois, Jérémy sort dans trois mois, c'était la seule chose à laquelle il s'accrochait.

Les yeux mi-clos, il faillit s'endormir sur son volant. Deux heures qu'il attendait derrière ses vitres teintées. Deux heures que sa cible avait passé la porte de la salle de musculation. La même que la veille, avec ses petits bonshommes baraqués peints sur la devanture. Francis s'entraînait sans doute. Les sportifs entraient et sortaient, des hommes pour la plupart. Certains restaient longtemps, d'autres moins, Vacaresse suivait ces allées et venues sans intérêt. Il continuait sa filature, peut-être la Surinamienne allait-elle se présenter ici d'un instant à l'autre, confirmer ce que le détective avait conclu : que le Ndjuka trompait sa cliente sans vergogne. Qu'elle l'avait sacrément idéalisé. D'ailleurs ce soir Monique saurait : il allait rentrer à Cayenne, lui faire un premier rapport. Et voir avec elle s'il y avait vraiment lieu de poursuivre. Mais si l'infidélité de Francis Adogoe ne l'étonnait pas plus que ça, depuis cette soirée à la Charbonnière, Vacaresse s'interrogeait. Le jeune homme qu'il découvrait lui paraissait bien éloigné du portrait qu'en avait dressé Monique. Elle n'avait pas parlé d'engagement politique, ni de bodybuilding. On aurait dit qu'il avait deux vies étanches, une à ses côtés, une ici. Il est assez secret, c'est ce qu'elle disait de lui, et c'était peut-être là l'explication. Il n'y avait pourtant rien de honteux dans ces occupations journalières. Autre chose aussi : les deux hommes avec qui il parlait la veille au soir, au bord de la piste de danse. Leur réaction à tous les trois quand ils avaient regardé dans sa direction. Il avait senti comme un malaise. Ils semblaient avoir pris peur. Comme s'ils s'étaient crus démasqués dans un trafic illicite, pris en flagrant délit. Comme si Vacaresse était un flic en planque. Un trafic comme il en existait un peu partout à Saint-Laurent, et plus encore à la Charbonnière, après tout ça n'avait rien d'étonnant. Mais sans doute était-ce une déformation professionnelle, son instinct de gendarme qui refaisait surface. De toute façon tu n'es pas là pour ça, il se dit. Boucle ton contrat, ce sera déjà très bien.

Il regarda sa montre. S'il voulait arriver à Cayenne avant la nuit, il fallait y aller. Il mit le contact, se dégagea du trottoir. La suite au prochain épisode. Il sillonna les rues de Saint-Laurent, longea les flamboyants alignés sur les terre-pleins, se dirigea vers la sortie de la ville. S'arrêta à un stop.

Et c'est là qu'il la vit.

Une vision furtive, une silhouette assise à l'arrière d'un 4 × 4 qui venait de lui passer devant. Pas de doute, c'était elle. Chloé Fanchard. La gamine battue par son père il y a quatre ans, cette affaire qui l'avait tant marqué. Tellement de fois il avait voulu savoir ce qu'elle était devenue après ces années. Si elle s'était remise de son enfance traumatisée. Et voilà qu'elle était là, à quelques mètres.

D'instinct il avança, grilla la priorité, se cala derrière le tout-terrain. Qui le mena quelques minutes plus tard, au pas, dans cette rue où elle avait été recueillie le jour du drame. Qui, sans surprise, se gara devant l'imposante villa, le long des bougainvillées affaissées sur la chaussée. Vacaresse se rangea juste derrière, le cœur battant. Les phares s'éteignirent. Et enfin elle descendit de voiture, par la droite. Les tongs sur la terre sèche. Une petite robe jaune et verte. Quatre années de plus, un visage parfait, de loin au moins on ne décelait aucune séquelle. Un nez droit, des taches de rousseur, une coiffure sage. La voir ainsi sans les hématomes, sans les marques de coups, ça faisait du bien. Une petite fille comme une autre, une vie reconstruite. Pourtant son expression n'avait rien d'enjoué, elle arborait un air triste, un peu résigné. On avait dû lui refuser quelque chose, un caprice non assouvi. De la porte passager sortit sa mère, grande brune montée sur talons, pantalon moulant. La même qu'autrefois, le genre expatriée-embourgeoisée-hautaine, mais aimante malgré tout. Elle passa son bras autour des épaules de la gamine.

Mais lorsque la portière conducteur s'ouvrit, le sang du détective se glaça.

Le père. Luc Fanchard. Celui que Vacaresse avait envoyé derrière les barreaux.

Non, impossible. La rumeur disait qu'il avait quitté la Guyane une fois sa peine purgée, que jamais il n'avait revu sa fille. C'était pourtant bien lui, avec elle. Il avait changé, lui, en revanche : du ventre, des épaules tombantes, les traits tirés, le crâne glabre. Pas loin de soixante ans. Mais toujours cette carrure trapue, cette grosse tête, cet air teigneux. Vacaresse sentit monter en lui une impression d'injustice infinie, une chaleur furieuse. La femme avait laissé le monstre revenir à la maison. L'homme d'affaires vivait à nouveau avec cette enfant qu'il avait envoyée à l'hôpital. Des mois d'enquêtes, de recoupement de témoignages, de procédures pour la protéger de lui, pour lui offrir autre chose. Tout ça pour rien, imagina Vacaresse, la voilà replongée dans le même enfer. C'est pour ça qu'elle ne sourit pas, elle a encore peur de lui.

Le détective fulminait sur place. Tu n'y peux rien, il a payé sa dette, il a peut-être changé, la justice a sûrement veillé à tout ça. La raison aurait voulu qu'il reste assis derrière ses vitres teintées, simple témoin face aux choix de la famille. Mais il n'y parvint pas, c'était trop fort pour lui. Il ouvrit la portière, posa un pied dans l'allée.

— Hé ! il cria.

À cinq mètres, le couple et la petite se retournèrent. Luc Fanchard se tenait debout devant son portail sécurisé, trousseau de clés en main droite. Chloé collée à sa mère. Vacaresse avança, longea le fossé bien entretenu. Un malaise s'installa immédiatement sur les trois visages.

— Vous savez qui je suis ?

L'entrepreneur le dévisagea, les sourcils en une barre épaisse et touffue.

— Ouais, il fit dès qu'il le reconnut. Vous êtes le flic.

Vacaresse opina. La petite le regardait, un peu cachée par le jean de la bourgeoise. Elle aussi, elle l'avait reconnu. Mais dans ses yeux, ni gratitude ni complicité. De la peur, il n'y avait que ça. Les heures de déposition dans les bureaux de la Section de recherches, les questions des hommes en uniforme, ça l'avait traumatisée. Des souvenirs aussi durs que les coups de son père.

— Qu'est-ce que vous faites ici ? lança l'homme. Vous nous avez suivis ?

— Pas vraiment non. C'est juste le hasard. Et vous ?

— Quoi, moi ?

— Et vous, qu'est-ce que vous faites ici ?

Luc Fanchard ouvrit les mains, montra la maison.

— Je rentre chez moi, ça ne se voit pas ? Avec ma femme et ma fille.

Silence. Vacaresse, le sourcil crispé, la rage contenue. Le père, dans un état proche. Les deux ventres pointés l'un vers l'autre.

— Alors vous êtes sorti de prison, et vous êtes revenu, c'est ça ?

— …

— Ça vous paraît normal ? Comme si rien ne s'était passé. Vous ne croyez pas que vous lui avez fait assez de mal à votre fille ?

— Et vous ? Vous pensez que ça lui a fait du bien d'être privée de son père pendant trois ans ?

Vacaresse le fusilla du regard.

— Vous lui tapez encore dessus ?

Fanchard plissa les yeux. Glacial, ses grosses lèvres frémissaient.

— Barrez-vous ! il siffla, menaçant. Tout de suite.

— Pourquoi ? De quoi avez-vous peur ?

— Allez-vous-en, je vous dis. Vous ne savez rien.

— Quand on est violent, on ne change pas, je le sais. Un jour vous recommencerez, hein ?

— Maman… gémit la petite en s'éloignant.

Un véhicule passa dans la ruelle, observa la scène un instant. Et d'un coup Vacaresse réalisa qu'il était du mauvais de côté de la barrière. Qu'aux yeux de toute cette cellule familiale, des témoins extérieurs, l'ennemi, c'était lui.

— Chloé, tu te souviens de moi ? il fit, pour la rassurer.

— …

— Chloé…

Elle était devenue invisible.

— Partez ! insista Fanchard.

Le détective essaya d'avancer, de se rapprocher de la petite. Mais le père se mit en travers de son chemin.

— Vous n'avez pas le droit.

Vacaresse le poussa un peu. Un regard de Chloé, c'est tout ce qu'il voulait. Un sourire, pour le rassurer, un signe de bonheur. Parce qu'il était persuadé que ça continuait, que cette expression qu'il avait décelée quand elle était descendue de voiture, c'était la preuve que son supplice avait repris avec le retour de son bourreau de père.

— Chloé ?

— Arrêtez ça !

Le geste fut soudain, un réflexe. Des deux mains, Fanchard poussa violemment Vacaresse vers l'arrière. Le détective trébucha, le pied dans le fossé, manqua de tomber. Puis il lui darda deux yeux haineux. Tu ne peux pas t'en empêcher, il pensa, c'est plus fort que toi il faut que tu frappes, hein ! L'envie était là, en lui. L'envie de rendre coup pour coup, d'humilier ce gros métropolitain devant sa femme et sa fille, de leur montrer qu'il ne valait rien. Pas de cadre, pas de procédure, pas de déposition, juste deux hommes que tout oppose. Il savait qu'il ne fallait pas, que l'intrus c'était lui. Mais il ne put se retenir. Il serra les poings. Et le coup partit. Dans le ventre. Fanchard se plia en deux alors que la mère et la petite se glissaient derrière le portail. L'homme se redressa aussitôt, croisa le regard du détective.

Et il se jeta sur lui.

17

— Mon capitaine, la pirogue est de retour. Ils ont parcouru tout l'aval du fleuve.

— Et ils n'ont rien trouvé.

— Exact. Pas la moindre trace.

— C'est noté. Merci sergent.

Anato raccrocha, rangea son cellulaire, passa une main sur son menton lisse.

— C'était Iracoubo ? questionna Marcy.

Le capitaine hocha la tête.

— Donc Vakansie ne s'est pas noyé.

— On dirait que non.

Brigade territoriale autonome de Sinnamary, dans le bureau de l'adjudant Bruneval. Un jeune métropolitain en Guyane depuis seulement deux mois, l'acné à peine cicatrisée, encore plein de l'enthousiasme du débutant. Bourré d'énergie, toujours mobilisé. Mais aussi maladroit, ignorant des spécificités du territoire. Il mélangeait tout. Il pensait, par exemple, qu'Anato était Saramaka, c'est d'ailleurs ainsi qu'il nommait tous les Noirs-Marrons, englobés en un seul et même peuple. Au moins, il ne disait pas *tribu*. Il commençait tout juste à saisir la différence avec les Créoles. Le capitaine s'était abstenu de le reprendre. Il n'était pas le premier, et il y en aurait d'autres après lui. Les murs de son bureau étaient parés de photos de forêt, mêlées à quelques paysages alpins, souvenirs de ses montagnes natales.

Il se tourna vers Anato.

— Ma brigade est à votre disposition. Je vais mobiliser le maximum d'hommes pour intensifier les recherches.

— Merci, adjudant. On ne néglige rien, O.K. ?

Une dizaine d'agents sillonnait déjà cette portion de la route nationale, scrutant les bas-côtés. Ils s'arrêtaient devant chaque construction, questionnaient les habitants. Mais souvent il n'y avait rien, des savanes vierges, immenses, des marécages veinés par les rivières, des bouts de forêt dégradée. Parfois quelques bâtisses en ruine, abandonnées, où les gendarmes cherchaient des traces de présence humaine. Ils parcouraient les pistes adjacentes, s'engageaient sur les sentiers forestiers qui longeaient la nationale, empruntés par les trafiquants. Les infos circulaient d'une équipe à l'autre, les portables tournaient à plein régime. Un nouveau barrage avait été mis en place à l'entrée de Cayenne, entre le pont du Larivot et le dernier rond-point. Sans succès pour le moment. Clifton Vakansie demeurait introuvable.

— On va finir par le dénicher, c'est certain, martela Bruneval comme pour se persuader lui-même.

— Je l'espère, fit Anato.

Il se tourna vers Marcy.

— On continue vers Kourou ?

— Je vous suis.

Le major et le capitaine quittèrent la salle, retrouvèrent leur véhicule sur le parking. Marcy insista pour garder le volant. Non, je ne suis pas fatigué. Il y était attaché. Ça signifiait pour lui qu'il tenait les rênes, que c'était lui qui dirigeait. Au moins symboliquement. Parce qu'en pratique, même s'il était officiellement en charge de l'enquête, il sentait bien que son binôme avec Anato était déséquilibré. Que les agents qu'ils croisaient, à Iracoubo, à Sinnamary, s'adressaient avant tout au capitaine, que c'est lui qu'ils avaient appelé au retour de la pirogue. C'est le grade qui fait ça, il se répétait. Cette hiérarchie ridicule. Parce que je n'ai jamais voulu quitter ma ville, parce que j'ai préféré servir mon pays plutôt que d'aller m'enterrer dans n'importe quelle campagne hexagonale. Voilà pourquoi je ne suis jamais devenu officier. Parce qu'un Bruneval, avec sa famille de déracinés, lui passerait toujours au-dessus.

Le grade, rien que le grade. Le major refusait de croire que la légitimité d'Anato ait pu venir d'ailleurs que de ses galons de capitaine. La présence, le charisme ? Des conneries. Définitivement, s'il lui reconnaissait des qualités d'enquêteur, le Ndjuka lui tapait sur le système. Tu es jaloux, aurait dit sa fille. C'est mal. Oui, c'est ça : il était jaloux. Et se foutait bien de savoir que c'était mal. Il baissa ses lunettes, écrasa la pédale d'accélérateur et fit rugir le moteur avant de reprendre le voyage vers l'est. À droite, à gauche, des arbres, rien d'autre que la forêt et la latérite affleurant en blocs rouges. Entre Sinnamary et Kourou, la route contournait les terres du Centre spatial guyanais, soixante kilomètres de long, gigantesque domaine d'où fusées françaises et lanceurs russes s'arrachaient à la gravité terrestre.

— Et si les gars du barrage avaient raison ? fit Marcy. C'était peut-être un animal qui traversait.

— Possible. Mais tout ça est cohérent avec ce que Clifton Vakansie a dit à sa sœur. Avec son projet de rejoindre Cayenne, par tous les moyens.

Bien sûr qu'ils pouvaient se tromper. Vakansie n'avait peut-être jamais franchi l'Iracoubo. Peut-être même s'y était-il noyé, son corps camouflé entre les herbes, invisible des gendarmes. Mais Anato avait envie de croire qu'il avait réussi. Et tenait à le retrouver. Vivant, c'est tout ce qu'il souhaitait. Avant que sa course irraisonnée ne le mène à la tombe. Un accident. Ou pire, la rupture d'un des ovules, à supposer qu'il en ait encore en lui. Ce serait la mort assurée, en quelques minutes.

Le cellulaire se mit à sonner à l'approche de Kourou, dès qu'il retrouva du réseau.

— Capitaine Anato ? Thierry Bard, procureur de la République.

Appel inattendu. Anato avait rarement de contact direct avec le procureur, beaucoup plus avec ses substituts.

— Monsieur le procureur. En quoi puis-je vous aider ?

— En rien. C'est à moi de vous aider, capitaine.

La voix directe et grave. Anato jeta un regard à Marcy, comme s'il espérait une réponse de ce côté.

— Je vous écoute.

— Vous êtes toujours à la recherche de Clifton Vakansie ?

— Toujours.

— Et vous n'avez aucune piste, aucune idée d'où il peut se cacher ?

— Non, monsieur le procureur. Mais on a bon espoir de le retrouver avant la nuit.

— Alors vous pourrez bientôt me dire merci. Je vous le propose dans moins de trente minutes.

— Pardon ? J'ai peur de ne pas comprendre.

Le magistrat faisait durer, ménageait son effet.

— Figurez-vous qu'il est avec moi, votre fugitif. (Il eut un petit rire, amusé par la situation.) Je suis sur la route, je reviens d'une sortie en canoë avec quelques amis, j'ai le secrétaire général de la préfecture juste à ma gauche. Et alors qu'on sortait de l'eau, ma femme l'a vu se faufiler sous un des kayaks. On a fait comme si on ne l'avait pas vu, pour ne pas l'effrayer.

— Comment ça, je…

— C'est très simple, capitaine : Vakansie est derrière nous, caché dans un kayak sur notre remorque. À la vitesse où on roule, il est piégé, il ne peut pas sortir. Vous n'avez plus qu'à venir le récupérer.

Au moins trente minutes que Clifton serrait les dents, plié en deux dans la petite cavité jaune, la barre métallique dans le bas du dos. Le vent rentrait par l'ouverture, soulevait son polo, lui soufflait en pleine face, sans cesse. Le bruit combiné de la carriole et du moteur lui vrillait les tympans. Chaque relief sur le bitume faisait sauter la remorque et lui tirait un râle de douleur. Il n'avait pas imaginé que ce serait aussi dur. Où étaient-ils à présent ? Ils devaient avoir dépassé Kourou. La route était droite, plus de virage. Mais impossible d'en savoir plus. Ils roulaient vite, ça, c'était certain. À ce rythme, il avait une chance d'arriver à Cayenne à temps, avant l'avion du soir. Il fallait juste qu'il tienne jusque-là. Il lui faudrait alors rejoindre l'aéroport, mais pour ça il trouverait un moyen, il avait son idée. Comme il l'avait fait jusqu'ici. Si tu n'as pas peur, tu y arriveras. L'homme, au téléphone, lui avait promis que tout se passerait bien une fois à l'aéroport, qu'il se chargeait de le faire rentrer dans l'avion. Tu es protégé, il avait insisté. Oui, peut-être était-il vraiment protégé par l'*obia*. Car il était encore vivant, même après tout ça. Et libre. Les babylones ne réussiraient jamais à le retrouver. Il se faufilait entre les gouttes, insaisissable. Clifton le jaguar. Malgré la douleur, il se sentit soudain fort, grandi. Prêt à tout endurer.

Demain, il serait à Paris. Et à son retour, cinq mille euros en poche, il serait plus fort encore. Les gens le regarderaient comme un surhomme, ils raconteraient son périple, le romanceraient, impressionnés. Il faudrait peut-être qu'il trouve une autre femme, parce qu'avec Clarice, ça ne marchait pas bien. Il continuerait à venir la voir, il pourrait même vivre avec elle s'il le faut pour rester auprès de Djayzie. Mais pour l'amour, pour le sexe, toutes ces choses dont les hommes ont besoin, il lui en faudrait une mieux. Plus jeune, peut-être, et sans enfant. Une belle fille, qui sait bien s'occuper d'elle, qui se maquille, qui danse sexy. Une vraie femme, quoi, une de celles qu'on voit dans les clips, que tout le monde remarque. Il se montrerait avec elle dans les rues de

Saint-Laurent. Oui, c'est de ça qu'il avait besoin pour être un homme. Il pourrait lui faire à manger, parce qu'il savait cuisinier. Bami, nassi, soupe, il avait tout appris. Pour la nourriture, il ne faisait pas confiance aux femmes, il les trouvait sales. D'ici un an, une fois tout ça passé, il serait quelqu'un d'autre. Quelqu'un qu'on respecte. Il n'aurait plus de comptes à rendre ni à sa mère ni à Clarice. Le début d'une nouvelle vie.

Mais pour cela, il fallait qu'il supporte la douleur, encore un moment. Ça faisait mal, un peu partout. Faire comme un soldat : serrer les dents et se taire. Comme Wolverine, même immortel, même avec un squelette en métal il souffre lui aussi. Et il tient bon. De toute façon, Clifton ne pouvait pas quitter sa cachette, à cette vitesse c'était trop dangereux. Il passerait aussitôt sous la carlingue de la remorque et prendrait la barre d'aluminium dans la tête. Tué sur le coup. Mais si la voiture ralentissait, ne serait-ce qu'un peu, dans un virage, dans un rond-point, il pouvait tenter de descendre. Et dire que les Blancs qui conduisaient n'avaient aucune idée de ce qu'ils transportaient dans leur canoë.

18

— Accélérez, Marcy ! il faut qu'on les dépasse avant Cayenne. Après, on va le perdre.

— Je suis à fond.

Les deux gendarmes brûlaient l'asphalte, doublaient traînards et camions depuis l'appel du procureur. Coups de klaxon, insultes des conducteurs. Mais pas de gyrophare : ils s'étaient mis d'accord là-dessus, Vakansie ne devait rien soupçonner. Il risquait de paniquer au fond de sa cachette, et alors, tout pouvait arriver. Le paysage défilait en plans saccadés, les arbres laissant place aux lotissements en construction. Sur des surfaces toujours plus grandes : en matière de logement, quels que soient les efforts, on serait en dessous des besoins. Ils dépassèrent ainsi Soula, quatre cents hectares d'un bloc, dix mille habitants à terme. Deux collèges, cinq écoles. À partir de rien, d'une zone au départ quasi vierge. À gauche, sous un alignement de carbets, des Amérindiens vendaient leur artisanat, des paniers en vannerie qui devenaient bacs à linge dans les maisons cayennaises.

— Les voilà !

Devant eux, la carriole affaissée sous le poids des canoës. Marcy dépassa l'attelage. Les kayakistes avaient ralenti suffisamment pour se laisser rattraper, les passagers arrière surveillant les bateaux en continu. Rien à signaler de ce côté, Vakansie n'avait pas sauté. Au volant, le secrétaire général de la préfecture, un petit personnage d'habitude serré dans un costume strict, cherchant son leadership dans sa capacité à hausser la voix plus haut que les autres. Mais là, il nageait dans un tee-shirt trop grand, méconnaissable. Il sourit au capitaine : pas d'inquiétude à avoir, il avait la situation en main. Ils échangèrent quelques signes de portière à portière, Anato lui montra la route, signifiant qu'ils allaient les attendre un peu plus loin. Le haut fonctionnaire haussa la tête, la bouche pincée, presque excité par la mission qui lui était confiée. Ce soir, il aurait des choses à raconter à ses enfants.

Marcy rétrograda, écrasa la pédale pour les distancer d'un kilomètre.

— On va les attendre là.

Sur tout le chemin les deux enquêteurs avaient discuté de la manière de procéder pour ne pas laisser filer leur suspect. Marcy à l'avant, au niveau où se rangerait la voiture. Et Anato quelques mètres derrière, là où se trouverait l'arrière de la remorque. Vu la circulation, Vakansie pourrait difficilement courir vers l'autre côté de la route. Ainsi, ils devaient l'intercepter sans accroc.

Le capitaine vit la voiture approcher, de loin, le fonctionnaire concentré sur sa conduite, tous les passagers retenant leur souffle. Allez, allez, en douceur. C'est la fin Vakansie, on te tient cette fois, il pensa. Pas d'embrouille, on veut juste t'interroger. Dis-moi. Dis-moi ce qui s'est vraiment passé. Ce que tu faisais chez Willy Nicolas, ce que tu faisais avec Bradley Koosman. Comment ils sont morts, pourquoi ? Qu'est-ce qui t'a pris ? Dis-moi que ce n'est pas toi, qu'il y a quelqu'un d'autre, une piste qu'on a négligée. Je t'attends.

Clifton décolla son dos, émit un sifflement de douleur. C'était long, beaucoup trop long, ses genoux, ses côtes, ses cuisses râpées contre la toile du jean, tout son corps lui faisait mal. Et la chaleur, le bruit, le vent. Quelle idée il avait eue ? Il guettait le pont du Larivot, celui qui passait au-dessus de la rivière de Cayenne. Ça, il pensait pouvoir le repérer, le revêtement au sol serait différent. Du moins c'est ce qu'il se disait. Et à ce moment-là, il faudrait qu'il trouve un moyen pour sortir.

Il rêva un instant que les kayaks étaient sur l'eau, entassés dans une pirogue et non sur une carriole branlante. Qu'autour d'eux c'était le Maroni, qu'il lui suffirait de mettre la tête dehors pour apercevoir les gros rochers noirs émergeant du fleuve comme autant de regards curieux, les plages de sable, les embarcations chargées de marchandises. Son univers. Il n'aurait alors plus qu'à s'y jeter et à nager, comme il savait si bien le faire. Faisant fi des sirènes inventées par les anciens pour faire peur aux enfants. Nager vers la rive, rien d'autre, un but unique, sans obstacle, sans babylone à ses trousses. Lui et les éléments, tout simplement. C'est à ça que la vie devrait ressembler. Un fleuve à traverser, et puis c'est tout. Pendant quelques minutes il fut ailleurs, il oublia presque les supplices que lui imposait sa minuscule cellule. Il se persuada que tout allait bien, que tout serait bientôt derrière lui. Un avenir vierge, à écrire.

Mais soudain il lui sembla que… oui, c'est ça : la voiture ralentissait. Freinait même fortement, il sentit la force qui le tirait vers l'avant. Il gaina tous ses muscles, lutta contre en agrippant une barre de métal. Ça faisait un mal de chien.

La voiture décéléra, puis s'arrêta juste devant Marcy. Le secrétaire général avait bien dosé son freinage, rien à dire.

— Monsieur le procureur, monsieur le secrétaire général.

Deux hauts fonctionnaires en tenue légère, sortis de leur environnement quotidien. La situation avait quelque chose de singulier. Ils descendirent tous deux du véhicule, suivis par les deux épouses assises à l'arrière. Deux métropolitaines, polos mouillés sur maillot de bain, l'une d'elles tenant sous le bras une boule de vêtements sales. Aux pieds, elles portaient des méduses.

Aucun mouvement du côté des kayaks. À l'arrière, Anato ne les quittait pas du regard.

— C'est le jaune, celui du bas, indiqua une des deux femmes, brushing affaissé, lunettes embuées et poches sous les yeux veinés de rouge.

Alcoolique, devina le capitaine.

Vakansie les entendait sûrement depuis sa cachette. Sur le bitume noir, les voitures poursuivaient leur route, passaient devant le groupe en trombe, frôlaient la remorque qui tremblait à chaque bourrasque. Échange de regards entre Marcy et Anato. L'un inspecte l'intérieur, l'autre couvre ses arrières, c'est ce qu'ils avaient convenu. Ne pas oublier que le fugitif était suspecté de double meurtre, il pouvait être dangereux malgré tout ce qu'avait pu dire sa mère, sa sœur ou sa copine. Rester prudent. Anato sortit son automatique, le serra à deux mains, commença à se baisser à côté de l'embarcation retournée sur les tiges de métal. Il s'accroupit, à hauteur du fond de la coque. Il ne voyait toujours pas la mule.

Puis il pointa son arme vers l'intérieur de l'ouverture.

— Sortez d'ici !

Pas de réponse. Le capitaine interrogea du regard le procureur, sa femme, Marcy, tous massés autour de lui. La peur, il pensa. Il est effrayé, il se terre au fond de sa cachette, il espère un miracle.

— Allez, descendez, c'est terminé cette fois.

Pas un bruit, pas un mouvement dans la carcasse jaune vif. Anato finit par se baisser complètement, jusqu'en dessous du kayak. Passa la tête dans le trou, son arme devant lui.

Vide.

Une coque sans contenu, juste un peu d'eau et des débris organiques baignant dans le fond.

Il se releva. Inspecta les autres bateaux. Le rouge, les deux jaunes. Rien. Des gilets de sauvetage, des pagaies démontées. Mais aucune trace d'une mule en fuite.

— Qu'est-ce que ça veut dire ?

— Mais je… balbutia l'épouse, décomposée. Il était là, je l'ai vu…

— Jacqueline ! embraya le procureur, visiblement agacé. C'est quoi cette histoire ?

— Je… Quand on sortait de l'eau…

Elle leva vers son mari deux yeux dépités, totalement perdus, implorant un pardon. On devinait une relation difficile, faite d'efforts quotidiens pour conjurer lc naufrage. Visiblement la femme était soumise. Un couple à l'ancienne. Elle l'avait suivi jusqu'en Guyane, une promotion pour lui comme pour beaucoup de hauts fonctionnaires, et elle gérait le foyer, seule à la maison toute la journée, attendant le retour des enfants. Avec le rhum pour compagnon, toujours là, toujours fidèle. Pour oublier la vie qu'elle avait quittée, les amis laissés en métropole, les grands-parents qui se plaignaient de ne pas voir grandir leur descendance.

— Jacqueline, c'est sérieux, là. (Il jeta un œil aux deux gendarmes, semblant jouer ici sa réputation de magistrat.) Il est où ?

— Je vous ai dit ce que j'ai vu, c'est tout.

Anato hésita à intervenir, quand même c'était le procureur. Marcy avait reculé d'un pas.

— Il n'est pas sorti d'ici, alors je te repose la question : où est-il ?

— Mais je n'en sais rien ! elle s'énerva, des larmes naissantes dans les yeux. Je n'en sais rien. Voilà, tu es content ?

— Tu n'en sais rien…

— Oui. Je n'en sais rien !

Le capitaine avança une main, en arbitre, intervint avec prudence. La voix apaisante, comme il savait le faire.

— Madame. Je ne crois pas que vous ayez pu inventer. Pouvez-vous me dire précisément ce que vous avez vu ?

Elle lui jeta un regard inquiet. Fixa son mari, puis à nouveau Anato. Fronça les sourcils derrière ses verres embués, rassemblant ses souvenirs. Elle se concentra, une main dans sa tignasse.

— On… On sortait des feuillages avec le kayak, on était devant les autres. Et… là, à quelques mètres, je l'ai vu qui passait sous la remorque. (Elle plissa les paupières.) C'était un Noir, pas très grand, il avait l'air jeune. Et il a disparu dans le trou. C'est tout.

— Vous êtes certaine que c'était ce bateau-là ?

— Oui, c'était celui du bas, il s'est presque allongé pour passer. Je vois encore son mouvement. Enfin, je crois. Je ne voyais pas très bien, il y avait…

Elle s'arrêta. Mit une main sur la bouche, tourna la tête vers le magistrat. Les yeux écarquillés.

— Il y avait… ? l'encouragea Anato.

Hésitation.

— L'autre… L'autre remorque…

— Quoi ?

— Il y avait l'autre remorque, juste dans l'alignement. C'est avec eux qu'il est monté.

Regard désolé autant que stupéfait.

— Quelle autre remorque ?

— Celle de nos amis, précisa le procureur, réalisant lui aussi. On était un groupe de six.

— Et ils sont où maintenant ?

— Je ne sais pas. On a ralenti pour vous attendre. Ils doivent être un peu plus loin.

— Vous pouvez les appeler ?

— Oui. Oui, bien sûr, on peut. Jacqueline, apporte-moi mon portable, vite.

Elle se précipita dans le 4 × 4 et rapporta un Smartphone. Il chercha dans son répertoire, la mine sérieuse, conscient de l'enjeu. Appela puis parla avec son ami d'une voix directe, exposant la situation sans détour.

— Et vous êtes à quel niveau ?... O.K., attends, je vois avec le capitaine. (Il leva le menton.) Ils arrivent au pont du Larivot. C'est à quoi, quatre-cinq kilomètres à peine ?

Anato fit un signe à Marcy. Il était encore temps : ils se ruèrent vers leur véhicule.

— Dites-leur de ralentir ! À la sortie du pont, il y a un barrage. Qu'ils expliquent tout aux gendarmes. On y va !

Le kayak sursauta, Clifton se cramponna. Le bruit avait changé soudain, la lumière aussi. Autour d'eux, il devinait un espace ouvert, l'air libre. Le pont ! Ils étaient sur le pont, au-dessus de la rivière de Cayenne, géante à cet endroit, près de l'embouchure. Plus d'un kilomètre de large. C'est pour ça qu'ils avaient ralenti. Tout près du but, il arriverait bientôt. Il sourit au fond de sa cachette, malgré les douleurs. Déplier ses jambes, enfin, ses articulations grippées. Sous lui, l'asphalte noir flouté par la vitesse, les bandes blanches en pointillé. Il pensa aux kilomètres parcourus depuis hier matin. À Djayzie, encore et encore, son trésor. Je vais y arriver, ma fille, j'y suis presque. Ton père est courageux, tu seras fière de lui plus tard. Tu le prendras en exemple quand tu chercheras un homme.

Restait à trouver le moment pour descendre. Car sa destination, c'était l'aéroport Félix-Éboué, pas Cayenne. Encore une dizaine de kilomètres à parcourir.

Nouveau sursaut, beaucoup plus loin : fin du pont. Et freinage, la voiture ralentit à nouveau. La route sous le canoë redevint visible, distincte.

Jusqu'à s'immobiliser totalement.

Le calme, soudain. Plus de secousse, plus de bruit sinon celui qui se poursuivait dans la tête de Clifton, un bourdonnement sourd. Sortir, c'était le moment, inespéré. Mais pourquoi un tel arrêt ? Il tendit l'oreille. Le son de moteurs au point mort. Un bouchon, c'est un embouteillage, il imagina. Presque un miracle. L'occasion à saisir.

Il décoinça ses genoux, passa les pieds dans l'ouverture, et faufila son corps engourdi, froissé. Les jambes raides comme des poteaux. Il empoigna son sac, glissa la tête. Dehors, enfin sorti de cet enfer. Collé au pare-chocs, il regarda sur le côté gauche du 4 × 4. Devant eux, une autre voiture attendait, à l'arrêt.

Et plus loin…

Un barrage de gendarmerie ! Mais surtout un uniforme bleu qui marchait dans sa direction. Un métropolitain géant, le pas déterminé le long des véhicules en file indienne. Le babylone ne l'avait pas repéré, du moins pas encore. Prendre une décision, vite. Retourner dans le kayak, ou s'éloigner. La sécurité ou le risque, tout allait se jouer maintenant.

Le gendarme ne lui permit pas de choisir. Il courait à présent vers lui, et la seconde d'après :

— Hé, toi !

Débusqué.

Poussée d'adrénaline, le pouls à grands coups dans les artères. La peur, encore elle, son moteur depuis deux jours. Fuir, la seule option. Coup d'œil circulaire. À gauche, les arbres géants aux pieds plongés dans l'eau, aucune issue. À droite, pareil.

Marche arrière.

Il se leva d'un coup, et détala vers le pont.

— Arrête-toi !

L'uniforme à ses trousses, qui accéléra brusquement. Courir, courir sur le trottoir étroit, entre la rambarde métallique et les voitures qui arrivaient d'en face, en trombe. Regards en arrière : le gendarme était tout près, lui collait aux basques. Cri effrayé d'un conducteur. Clifton lançait ses jambes rouillées, ses genoux ankylosés.

Un vrai handicapé. Plus loin, des cannes à pêche dressées en surplomb du fleuve, il dut ralentir pour les enjamber. Les pêcheurs râlèrent, écartèrent leurs seaux. Clifton se retourna : le babylone, sûr de lui, fit un bond au-dessus des tiges. Mais s'étala à terre à l'atterrissage.

Assez pour prendre de l'avance. Une fois le pont passé, il avait une chance de se cacher quelque part, de disparaître à nouveau. Il était à la moitié. Pousse sur tes jambes, tu vas y arriver. Donne tout ce que tu as, tu joues ta vie, là !

— Voilà le pont !

Cette fois le gyropharc hurlait sur le toit, Marcy ne lâchait plus la pédale, Anato se cramponnait. Ils s'engagèrent sur le pont à grande vitesse.

— Là ! Il est là !

La silhouette courait vers eux. Clifton Vakansie, dans son jean trop grand et son polo, la coiffure explosée. Un gendarme à ses trousses. C'était maintenant ou jamais. Marcy freina d'un coup, manqua de les envoyer dans le pare-brise. Il ouvrit la portière sans un regard pour les voitures qui venaient en face d'eux et se jeta sur le bitume.

— Il est à moi ! il beugla.

Derrière, une Twingo pila dans un long coup de klaxon.

Anato sortit à son tour, emboîta le pas du major. Marcy avait pris de l'avance, il fonçait en direction du Ndjuka. L'épisode de la cité Carton lui avait laissé un souvenir amer : il avait une revanche à prendre, pas question qu'il lui échappe une seconde fois. Il coupa la route devant les voitures qui pilèrent, manquant de le renverser. Une main sur le capot brûlant, échange de regards accusateurs. Vakansie n'avait plus d'issue : Marcy devant, le gendarme derrière, il allait devoir se rendre. Il s'arrêta net en reconnaissant le major, à quelques mètres. La mine défaite, voyant la fin s'approcher. Ils se jaugèrent une seconde, de la détermination dans les yeux de Marcy. Je te tiens, c'est ce qu'on pouvait lire. Mais Vakansie tenta une dernière esquive, il piqua à gauche entre les véhicules pour gagner l'autre trottoir et reprendre sa course. Marcy réagit aussitôt, le rejoignit en trois enjambées. Et lui sauta dessus. Plaqué contre la rambarde d'un coup d'épaule.

Anato suivit la scène de loin, et il se demanda longtemps après s'il aurait pu éviter ce qui se passa. Le major agrippa le fugitif, lui colla une main sur le cou pour l'immobiliser contre le métal. Le capitaine eut l'impression, un instant, qu'il serrait trop fort. Mais sans doute était-ce la rage de Vakansie qui le poussa à aller plus loin. Le jeune, même sous la masse de Marcy, refusa de se rendre, il se débattit, les bras, les jambes en moulinet dans tous les sens. Les yeux roulant, déchaîné. Hurlant des phrases incompréhensibles. Marcy appuya plus fort encore, lui poussa la tête en arrière, le corps tordu au-dessus de la rambarde. Vakansie jeta son bras, tenta de se cramponner à ce qu'il pouvait, n'importe quoi, ce qui dépassait, l'oreille, les cheveux trop ras. Il donna des coups de poing vains dans le dos du major qui ne lâchait pas prise. Mais lorsqu'il lança sa jambe, la masse des deux hommes en lutte fut déséquilibrée. Les pieds de Marcy décollèrent du béton, son coude glissa sur le métal, emporté par son propre poids et celui de Vakansie. Ils crièrent tous les deux, d'une même voix d'effroi, soudain accordés dans la peur.

Et basculèrent par-dessus la barrière.

Anato se précipita, suivi par le gendarme. Dans la chute, les deux silhouettes se séparèrent, un instant suspendues dans l'espace, les membres écartés dans le vide, semblant chercher un appui, une branche à laquelle se raccrocher. Ils virent la tête de Vakansie heurter un pilier. Celle du major ouvrir deux yeux terrifiés. Puis ils percèrent la surface du fleuve en deux explosions successives. Avant de couler d'un coup.

Sur le pont, les deux gendarmes guettèrent les remous. Remontez, nom de Dieu, remontez.

Une seconde, deux.

La tête de Marcy émergea enfin, son crâne rasé, son nez épais, recrachant l'eau par tous les orifices. Il agita ses bras alors que son corps massif commençait à dériver vers l'aval. L'air totalement paniqué, les yeux fouillant la surface, à la recherche d'une aide. Il n'essayait même pas de lutter, sa face glissait sous l'eau sans soutien. Il leva la tête, croisa de loin le regard d'Anato, dix mètres plus haut, au sec. Le visage implorant, tel un enfant abandonné au milieu du fleuve géant. À le voir ainsi couler dans les vagues brunes, incapable de se stabiliser, le capitaine comprit qu'il allait se noyer. Et il se souvint de leurs mots, quelques heures plus tôt à Iracoubo.

Je déteste l'eau, en fait je ne sais pas nager.

Alors Anato ne perdit pas une minute. Il retira polo, pantalon et chaussures, enjamba la barrière.

— Prévenez les secours ! il ordonna au gendarme. Faites venir un hélico, vite !

Et il se laissa choir dans le courant, droit sur le major.

19

Les nuages obèses s'assombrissaient au-dessus du fleuve, de part et d'autre les palétuviers viraient doucement du vert au noir. Les oiseaux de mer virevoltaient, piaillaient, se posaient sur les câbles rouillés des crevettiers à quai. À quelques mètres du rivage, un de ces bateaux de pêche antiques avait sombré sous la surface de l'eau, seul dépassait le toit de la carcasse en décomposition.

— Vous vous sentez comment ?

— Mieux. Oui, ça va mieux.

— Prenez votre temps, respirez tranquillement.

Assis à l'arrière de l'ambulance à l'arrêt sur la berge, torse nu, serviette sur les épaules, le major retrouvait ses esprits. Respirer, lentement, reprendre un rythme. Il grelottait, non de froid, mais d'émotion. Il passa la main sur son crâne ras, sur sa nuque, sur son menton charnu, pour vérifier que tout était à sa place. Pas de cigarillo, on lui avait conseillé d'attendre un peu avant d'allumer ce qui, à ses yeux, marquerait pour de bon son retour dans le monde des vivants. Face à lui s'étalait le fleuve où il avait failli finir noyé. Plus d'un kilomètre d'eau marron qui s'écoulait avec une force impassible. Qui charriait des troncs énormes de la forêt jusqu'à l'océan, grand déversoir des déchets terrestres. Dans ce fleuve, Marcy s'était vu mourir, sombrer sans même pouvoir se battre contre son ennemi de toujours. Le liquide tiède dans sa gorge, qui s'engouffre en lui par tous les orifices, qui remplit sa bouche, son nez, qui se mêle à ses propres fluides. Le goût de vase s'attardait encore sur sa langue. Le sel aussi, jusque dans le gosier. Pour lui rappeler à quoi il avait échappé. Lui rappeler que l'eau, cette sauvage, l'avait eu sous contrôle pendant de longues minutes. Et que s'il s'en était tiré, c'était parce qu'elle l'avait bien voulu. C'est en manquant de se noyer qu'on apprend à nager. Tu parles ! Il n'avait rien appris du tout, ne sortait pas grandi d'avoir ainsi tutoyé la mort. Il était juste choqué, épuisé, transi. Il avait envie de voir Melissa, de serrer sa fille contre lui, de sentir son odeur, d'entendre sa voix maladroite, de regarder ses mains signer, tracer dans l'air des mots imagés qui lui feraient du bien. Qu'elle lui transmette un peu de son énergie inépuisablc, qu'il réalise encore combien il tenait à sa vie tant que Melissa était là pour lui. Son trésor. Mais il ne pouvait pas l'appeler. Juste lui envoyer un SMS. Et pour dire quoi ? J'ai failli mourir, je t'aime. Non, mieux valait attendre de la revoir. Elle allait paniquer, la perte de sa mère l'avait rendue trop sensible à tout ça.

Un peu au-dessus, sur le pont, se tenait le capitaine Anato, debout, au téléphone. Il portait un tee-shirt sec de la gendarmerie, jaune sur noir, tendu sur ses biceps. Il s'était remis rapidement, il avait l'air presque en forme. Et dire que vingt minutes plus tôt, la vie de Marcy était entre ses mains, entre ses bras en fait. Le capitaine s'était montré sous un jour nouveau, presque humain. Pas de complicité, pas de blague pour dédramatiser, toujours cette façade. Mais une proximité réelle dans l'épreuve qu'ils venaient de traverser ensemble. Il l'avait tracté sur cinq cents mètres, en position dorsale, un bras glissé sous son aisselle. De longues minutes à combattre le courant à grands coups de jambes, sans la moindre erreur, avec un major paniqué serré contre lui. Et cette nage en diagonale, il l'avait ponctuée de mots prononcés de sa voix posée. Des paroles minuscules, limitées par l'effort. Mais qui à chaque fois, avaient réussi à calmer Marcy.

À lui faire oublier sa phobie, l'horreur de cette rivière qui aurait pu être son tombeau. Oui, les mots d'Anato, son timbre grave dans les remous, il les avait bus comme des potions d'espoir. Et soudain il s'était senti proche de ce gendarme insaisissable qui était en train de lui sauver la vie, il s'était abandonné à lui, totalement. Arrivé sur la berge, le capitaine avait tiré le corps haletant du major, il l'avait mis à sec, vérifié que tout allait bien, qu'il n'avait pas perdu connaissance. Les bons gestes, réconfortants. Puis il s'était relevé, s'était assis sur un rocher, avait repris son souffle, le torse ruisselant, dans l'attente des secours. Pas une question, pas la moindre critique.

Une conduite exemplaire, il serait bientôt félicité par le général.

À présent il y avait une dizaine de personnes sur le site, entre les gendarmes qui tenaient le barrage, ceux arrivés en renfort et l'équipe médicale. Les voitures étaient garées sur le bas-côté, penchées au bord du fossé. Sur le rivage vaseux pourrissait une barque en bois entourée de vieux pneus à moitié sédimentés. La circulation sur le pont avait repris, fluide et dégagée. Seuls les plus curieux continuaient de dévisager les agents, cherchant la trace du scoop qui ferait les gros titres le lendemain.

Marcy resta un moment immobile, sous la surveillance du médecin. Encaissant le traumatisme, psychologique plus que physique, son corps en avait vu d'autres. Il observa les uniformes s'affairer un peu partout alors que pour lui le temps reprenait seulement son cours. Et enfin il se leva, la serviette passée sur les épaules, quelques gouttes d'eau glissant encore sur son ventre proéminent. Il remonta la pente, grimpa sur le trottoir du pont et rejoignit le capitaine, au-dessus du fleuve. Il le laissa terminer son échange téléphonique, couper la communication.

— Alors ? On l'a retrouvé ?

Anato lui fit face. Le visage plus expressif que de coutume. Réellement inquiet.

— L'hélicoptère décolle seulement maintenant, alors qu'il va bientôt faire nuit. Pour le moment, on ne sait rien sur ce qui lui est arrivé. Personne ne l'a revu depuis qu'il a coulé.

20

Vacaresse respectait les limites de vitesse, même sur les portions les plus désertes de la nationale. Réflexe de gendarme, qu'il n'avait pas l'intention d'abandonner. Et il se foutait de ceux que ça faisait sourire. Il allait être en retard au rendez-vous avec sa cliente. Il dépassa l'église de Macouria. Sur le bas-côté il aperçut un cadavre de mouton-paresseux, du moins c'est à ça que la masse de poils gris ressemblait le plus. Il consulta sa montre. Dix-huit heures. L'heure du dîner pour Jérémy. Ils leur servaient quoi dans leurs cellules ? Une purée, un morceau de viande ? Un yaourt ? Assez pour le rassasier, il espérait. Ça devait être un moment de répit, Jérémy l'attendait sûrement avec impatience. Au calme avec son codétenu, la table, les assiettes et de quoi se remplir l'estomac. Les besoins vitaux et rien pour le perturber. Jérémy avait toujours été un gros mangeur, depuis tout petit. Mathilde avait consulté généralistes et spécialistes, persuadée qu'il deviendrait obèse, angoissée par ce détail comme par mille autres. Vacaresse, lui, avait compris qu'il finirait simplement comme son père : avec un ventre pour compagnon de vie. De la graisse en trop, des complexes plus qu'il n'en faut et les remarques quotidiennes de celle qu'il épouserait son tour venu. Assez pour en souffrir, mais rien de mortel. Il ferait avec et puis c'est tout.

Faire avec, c'est ça la clé.

C'est à ça que se résumait la vie, pensa le détective. Faire avec Mathilde. Faire avec la prison de Jérémy. Faire avec sa radiation des rangs de la gendarmerie. Faire avec ce nouveau job. Faire avec tous ces fardeaux qui s'accumulaient le temps passant. À sens unique. Faire avec l'idée que Luc Fanchard vivait à nouveau avec sa fille, que ça plaise ou non à l'ancien enquêteur qu'il était. Dans la ruelle, les deux hommes s'étaient battus comme des adolescents, à coups de poing et de pied. L'entrepreneur avait fini par terre, étalé sur le seuil de sa villa, sonné plus que blessé. Vacaresse avec un hématome à la joue. Match nul. À un détail près : pendant toute la rixe, derrière le portail, Chloé Fanchard avait crié. Papa ! Papa ! C'est ce qu'elle disait. Parce qu'elle avait peur pour son père, voilà tout. Qu'elle l'aimait, malgré tout ce qu'il lui avait fait subir autrefois. Et c'est sans doute ce qui avait fait le plus de mal au détective. Repartir de cet endroit avec l'impression d'être l'ennemi. Le méchant.

Il s'engagea sur le pont du Larivot. Le fleuve lui parut particulièrement sombre et agité. À la sortie du pont, il remarqua un petit attroupement de voitures de gendarmes, essaya de distinguer des visages connus. Mais il roulait trop vite. Arrivé au rond-point, il rétrograda, s'engagea sur les voies rapides, longea les centres commerciaux aux enseignes tapageuses, les panneaux publicitaires toujours plus nombreux.

Cayenne.

Monique jeta un œil à l'horloge sur sa box Orange : dix-neuf heures trente, déjà en retard ! Elle tchipa, pour elle-même. Mais comment font-ils tous pour être à l'heure ? Elle termina à la hâte les tresses de Thélia, se hâta dans la salle de bains : trait sur les paupières, boucles d'oreilles créoles, chignon pour ses nattes. Un dernier coup d'œil dans le miroir, pour ajuster le tout : c'est bon, tu es la plus belle. Pas question de sortir comme une traîne-savates ! Même pour aller voir son détective, on ne sait jamais sur qui on peut tomber.

— Thélia, on y va !

— Je peux emmener Hello Kitty ?

La peluche faisait la taille de la petite, trop pratique… Mais pas le temps de négocier.

— Oui, tu peux embarquer cette horreur. Allez, file dans la voiture.

— Merci maman chérie… que j'aime à la folie.

— C'est ça, fais ta maligne.

La gamine grimpa sur son siège, la mère au volant. En route pour le centre-ville, pied au plancher. Savoir, elle allait bientôt savoir. Le détective n'avait rien voulu dire au téléphone. Cité Grant, elle bifurqua, klaxonna un Brésilien qui cherchait son chemin, se gara sur deux places. Elle agrippa peluche et fillette, et gravit les marches de l'immeuble deux par deux. Porte 116, chez sa cousine.

— Tu me gardes Thélia, je reviens dans une heure.

— Mais…

— Merci cousine !

Une bise sur la joue et demi-tour.

Elle retrouva facilement : rue Voltaire, parking du Leader Price. Familles mixtes, enfants métis et caddies remplis de produits surgelés. Plus ça vient de loin, moins c'est cher. Elle grimpa au premier étage de l'immeuble usé, se dit qu'elle n'aimerait pas habiter ici, que c'était sale. À côté de la porte, il y avait cette petite plaque qui faisait sérieux : Vacaresse Investigations – Enquêtes Privées. Elle hésita. Se rendit compte qu'elle avait une boule au ventre. Le trac. Elle pensa à Francis, culpabilisa. Ce n'est pas contre lui, elle se persuada, c'est pour nous. Je veux juste être rassurée.

Elle sonna.

Le détective ouvrit la porte aussitôt, tendit la main, un sourire gêné aux lèvres. Quand il l'avait appelée, l'avait informée de son retour à Cayenne, c'est elle qui avait insisté pour le voir le soir même. À n'importe quelle heure, elle avait dit. Ils s'installèrent de part et d'autre du bureau. À côté, Mathilde dormait, un miracle, il ne l'avait pas réveillée. Elle était dans la même position qu'à son départ deux jours plus tôt, masque de sommeil sur les yeux. Immobile au milieu du lit. Ceux qui ne la connaissaient pas auraient pu la croire morte, mais lui savait qu'elle pouvait rester ainsi des heures durant, à suivre l'écoulement du temps.

Face à Monique, il chercha ses mots. Comment lui dire ? Il n'y avait pas mort d'homme, bien sûr, mais il sentait que pour la jeune femme, l'enjeu était grand. Elle le dévisageait de ses yeux de charbon, élargis par l'eye-liner, son petit sac en faux cuir serré sur les genoux. En fait, elle devina d'elle-même qu'il y avait un problème, rien qu'à l'attitude de Vacaresse.

— Quoi ? elle lança dès qu'elle comprit.

Il observa son petit visage impatient, hésita.

— Vous aviez raison de vous faire du souci, il fit finalement, sans détour.

La Ndjuka fronça les sourcils.

— Francis, continua le détective. Il vous cache beaucoup de choses sur sa vie à Saint-Laurent.

Une inquiétude immense se dessina sur les traits de la jeune femme. De la détresse, même.

— Que... Qu'est-ce que vous avez trouvé ?

Vacaresse soupira, désolé de jouer ainsi le porteur de mauvaises nouvelles.

— Je n'ai pas de preuve qu'il... enfin qu'il couche avec elle. Mais... j'ai vu une fille avec lui. Hier soir, à la Charbonnière. Et ils avaient l'air très... très proches je dirais.

— Une fille ? (Les traits de Monique se figèrent.) Une fille comment ? Quelle fille ?

— Je ne sais pas. Je peux continuer à creuser, essayer d'en apprendre plus sur elle, mais ça prendra plus de temps.

Elle inspira, souffla.
— Mais elle ressemble à quoi ?
— À une Surinamienne. Enfin c'est l'impression qu'elle m'a donnée.
— Vous avez une photo d'elle ?
— Non. C'était dans une soirée, je ne pouvais rien faire.
Elle hocha doucement le menton, encaissant l'information. Imaginant, peut-être, l'effondrement à venir de son couple, la manière dont elle allait gérer sa désillusion quand Francis reviendrait à ses côtés. Lui faire une scène, le jeter dehors. Ou ne rien dire, garder tout ça pour elle. Continuer, même en sachant. Elle resta muette un instant, le regard triste.
— Et… c'est tout ?
— Comment ça ?
— Je veux dire… à part cette fille, vous n'avez rien vu d'autre ?
Vacaresse recula sur sa chaise, étonné par la question.
— Si : je peux vous raconter tout ce qu'il a fait pendant quarante-huit heures. Mais votre demande portait sur sa fidélité, non ?
— Oui, elle s'empressa de répondre.
— Vous espériez autre chose ?
— Non, non, pas du tout.
Elle esquissa un petit sourire. L'air embarrassé, elle bougeait sur sa chaise, mal à l'aise. Le détective la fixa, scruta les mimiques étranges de son visage rond. Il la trouva soudain ambiguë, comme si elle cachait quelque chose. Comme si en réalité, la fidélité de Francis n'était qu'un prétexte, qu'elle avait une autre attente, secrète. Inavouable. Il patienta, les yeux plantés dans les siens.
— Vous avez quand même des photos de lui, non ? elle lança d'un coup, coupant court à ses interrogations.
— Oui, il répondit, le ton plus sec.
Dérangé par l'attitude sa cliente.

Il tourna l'écran de son ordinateur vers elle, ouvrit les fichiers qu'il venait de charger depuis son appareil. Les clichés pris depuis la voiture, à la résidence du Lac Bleu, dans les rues de la ville, autour de la salle de musculation. Elle les scruta patiemment, reconnut la C3 de son compagnon, observa ses attitudes. Elle demanda plusieurs fois de revenir en arrière, sur les premières photos, les détailla en penchant la tête sur le côté. Mais plus elle regardait, plus ses expressions se faisaient équivoques. Des plis autour des yeux, les lèvres pincées, le maquillage froissé. Jusqu'à ce qu'elle porte une main à sa bouche, réalisant soudain, interloquée. La voix minuscule.

— Ce n'est pas lui…

— Pardon ?

— Francis… Ce n'est pas lui sur ces photos. C'est… C'est son grand frère.

Vacaresse fut pris d'un doute énorme, considéra son écran, puis sa cliente.

— Quoi ? Mais non, c'est impossible. C'est bien sa voiture, non ?

— Oui…

— C'est chez sa mère, ici.

— Oui, oui. Mais je vous assure… C'est son frère. Steven Adogoe.

Un malaise s'instaura. Le détective ne pouvait s'imaginer s'être trompé de cible, il avait pris toutes les précautions pour éviter ça. Mais la Ndjuka continuait de scruter les images. Sûre de ce qu'elle affirmait, et peut-être rassurée. Elle se tourna finalement vers lui, hésitante.

— Je ne savais pas que Steven était chez sa mère en ce moment. Il est souvent sur le fleuve, à Papaïchton. C'est pour ça. C'est vrai qu'ils se ressemblent beaucoup. La salle de musculation, c'est… c'est à lui. Il a monté son affaire tout seul, c'est un peu un entrepreneur, vous voyez ?

— Je vois, oui, opina Vacaresse, contrarié. Mais je n'ai vu que lui, là-bas. Votre compagnon, il est où dans ce cas ?

Elle secoua la tête.

— Eh bien… Je ne sais pas. Je vais lui demander.

Quarante-huit heures pour rien, songea le détective. Des heures de planque à suivre le mauvais type ! À cause d'une erreur, au tout début. Il n'en revenait pas, ça n'avait aucun sens. Et ce n'était pas bon pour sa réputation, si ça se savait son activité risquait d'en prendre un coup.

— Vous voulez que je le trouve ? il proposa. Qu'on reprenne la filature après ?

— Non, elle fit.

Tout à coup agitée, de plus en plus mal à l'aise face aux questions de Vacaresse.

— Mais si, on va trouver un arrangement. On va reprendre au début, d'accord ?

— Non. Je… Je préfère qu'on en reste là.

Son attitude était devenue franchement étrange. Impossible de savoir ce qui lui passait par la tête, ce qu'elle ne disait pas. Mais il en était certain à présent, tout ça n'était pas net. Il y avait une histoire derrière l'histoire, ça allait plus loin qu'un soupçon d'infidélité. Il eut l'impression désagréable de s'être fait manipuler. Il repensa à tout ce qu'il avait vu là-bas, aux activités du jeune homme, au meeting politique, aux deux types avec lui à la Charbonnière, et il se demanda s'il était passé à côté d'un détail.

C'était son frère, il se répéta, j'ai suivi son frère pendant deux jours.

21

Clifton ouvrit un œil. L'autre baignait dans quelque chose, ça piquait. La joue collée contre un objet dur. Était-il mort ? Non, il avait mal, ça voulait dire qu'il vivait. Au moins un peu. Mais peut-être qu'on peut avoir mal en enfer, il se dit, les pensées incertaines. Son esprit était engourdi, son corps aussi d'ailleurs. Ses deux bras s'agrippaient, comme fixés à un morceau de bois, bloqués, sans effort conscient. Et le reste de son tronc ondulait doucement, semblait flotter dans un vide visqueux. Plus de gravité. Libre. Le ciel, la maison de Dieu, le cercle des ancêtres, tous ces trucs. Le monde d'après. Aux pieds, il sentait la toile d'une de ses baskets qui se balançait, à droite, à gauche. L'autre avait disparu, ses orteils étaient nus. C'était mieux en fait, plus doux. Une sensation de froid sur la peau. Non, de mouillé. Il releva la tête. Aïe. Ça faisait vraiment mal, en haut du crâne. Il ne réalisa qu'à ce moment-là. Autour de lui, partout, il y avait de l'eau. Pas du vide, de l'eau, c'est dans l'eau qu'il flottait, rien de mystique à cela, pas d'au-delà. Pas encore. Il tourna la tête, cligna des paupières. Accroché à un tronc, radeau de fortune. Emporté par les courants. Comment était-il arrivé là ? Avait-il nagé pour rejoindre le morceau de bois ? Aucun souvenir. Si : la chute du pont. Juste avant : le gros gendarme collé contre lui sur le métal. Mais après : rien. Un trou noir. Ou marron. Le vide.

Quand il était tombé, il avait pensé aux ovules, un bref instant. Persuadé que la cocaïne allait l'envahir, se répandre en lui. Un choc, un coup dans le ventre, ça pouvait craquer à tout moment. Les membranes ne supporteraient pas une telle chute, éclateraient dès qu'il toucherait l'eau. Et alors ce serait la fin. Presque instantanée. Son cœur se serait emballé, jusqu'à l'explosion. C'est sans doute ce qu'il méritait, après tout, il y avait là comme une logique.

Mais non. Il était toujours là.

Il bougea une main. Oui, il pouvait, c'était dur, mais ça tenait avec un seul bras. Il tâta là où la douleur le lançait. Une bosse énorme autour d'une plaie gorgée d'eau salée. Aïe, ça devait être moche. Ses cheveux étaient collés ensemble en un amas de nœuds. Du sang, tout sec, tout dur. Un goût de métal au coin de la lèvre. Il avait dû prendre un sacré coup. À ça aussi, il avait survécu. L'*obia*, il pensa. Malgré tout ce qu'il venait de vivre, il était encore là. Ça voulait dire quelque chose, forcément. Les bains de protection, à Paramaribo. Les feuilles infusées dans l'eau qu'il avait fait couler sur lui. Sans ça, tout serait déjà fini. Il songea aux super-héros des films américains, à Wolverine dont le corps se régénérait à chaque blessure. La force qui revenait en lui une fois la douleur passée.

Mais de la force, Clifton n'en avait plus.

Une fatigue extrême lui remplissait les membres.

La nuit commençait à tomber. Le ciel virait du bleu à l'indigo, les nuages du gris au noir, ces formes boursouflées au-dessus des mornes. Il dérivait entre fleuve et océan, dans l'estuaire de la rivière de Cayenne. Le courant le poussait vers le large, la marée descendante l'emportait avec elle parmi les troncs flottés. Pourquoi on disait rivière d'ailleurs ? C'était gigantesque, les rives étaient à des kilomètres. La mangrove formait deux lignes écrasées sur l'horizon, deux minuscules rubans d'un vert sombre. Impossible de nager jusque là-bas. Même pour lui. Surtout maintenant. Il arrivait à peine à bouger, aussi raide que cet arbre mort devenu comme une excroissance. Plus d'écorce, du bois lisse, noir. Il ne restait qu'une branche, les autres étaient cassées, des cicatrices pointues pour seuls témoins. Sur le tronc, Clifton se découvrit un compagnon d'infortune. Un insecte orphelin, qui courait d'un bout à l'autre, à la recherche de la sortie, du passage qui relierait le radeau à la terre ferme. Arrête-toi, pensa le Ndjuka, économise tes forces. Il n'y a pas d'issue de secours, l'eau est partout. La petite bête avait une forme bizarre, tenait plus du pou que de la fourmi. Oui, c'est ça, un pou. Comme ceux qui nous ravageaient la tignasse quand on était gamins. Sa mère avait une technique radicale contre ces bestioles. Elle lui pulvérisait la moitié d'une bombe insecticide sur la tête, puis emballait aussitôt ses cheveux dans une serviette-éponge, bien serrée. Il devait alors garder un moment ce bandage sur son crâne, interdiction de se gratter. Il paraît que c'était mauvais pour la peau, mais une chose est sûre, ça marchait. Il voulut sourire à l'évocation de ce souvenir, mais n'y parvint pas. Même pour bouger les lèvres, il manquait d'énergie.

Il s'éloignait de la côte. Il faisait presque noir maintenant. À gauche de l'estuaire, au loin, il voyait Cayenne et ses collines. Les lumières de la ville s'allumaient par morceaux, des quartiers qui entamaient leur vie nocturne. Il imagina terrains de basket et scooters, jeunes qui tiennent les murs des cités, frime au coin de la rue. Il s'inventa d'autres Clifton, vivant les mêmes galères, préparant leur prochain trafic. Leur voyage vers Paris, l'estomac garni d'ovules. Il leur souhaita de réussir. Et de recommencer, encore et encore, de se remplir les poches autant qu'ils le pouvaient sous les yeux des babylones. Il pensa aux punchlines de Booba dans un de ses raps : la richesse est dans nos cœurs, mon cul moi j'veux de l'oseille ! C'était comme ça que ça marchait. Le gâteau était immense, et tout le monde avait le droit à sa part.

Sa part à lui était toujours là, presque intacte. Pas loin de cinq mille euros, il fallait juste retirer les quelques grammes partis en excréments. Cinq mille euros qui dérivaient vers le large. Les cinq mille euros de Djayzie. Ceux qui devaient faire de lui un père respecté. Lui permettre de regarder sa fille dans les yeux sans avoir honte, sans avoir à supporter les sermons de Clarice, sans se dire qu'elle avait raison. Qu'il ne valait rien. Cinq mille euros, voilà ce qu'il valait aujourd'hui. Parce que tout s'achète, même l'amour d'un enfant. Elle l'aurait aimé, son père, c'est certain. Il l'aurait gâtée plus que de raison, aurait fait d'elle sa princesse, l'aurait couverte de petits bijoux, de robes roses et brillantes qu'elle aurait fait tournoyer devant ses copines jalouses. Il aurait fait construire un château rien que pour elle. Des étoiles, de la lumière, de l'or. Comme dans les dessins animés ou dans les rêves. Parce que le monde réel, il était trop moche.

Restait-il un espoir ? Au-dessus de l'eau, au loin, un hélicoptère volait, il devinait des projecteurs qui balayaient la mer. Ils le cherchaient peut-être. Eux : les hommes en uniforme. Ceux qui l'avaient pourchassé. Le gendarme qui l'avait fait tomber. Parce que oui, c'était de sa faute, il avait tout fait pour provoquer leur chute. Il devait savoir que pour lui, ce serait plus facile de s'en sortir, que ses collègues s'occuperaient de lui en priorité. Le gars était sûrement au sec à présent, avec sa famille, content de lui, à raconter ses exploits.

Il ressentait la fatigue partout en lui, respirait lentement, le rythme calé sur celui des vagues. En haut, en bas, des trous, des crêtes. Sa survie tenait à peu de chose, à ce qu'il lui restait d'énergie, à ce tronc glissant. Aux caprices de l'eau. Il remettait son sort aux éléments, n'était plus maître de rien. Attendre, laisser faire. Le destin. Dans un trou de nuage apparut bientôt un amas d'étoiles discrètes.

Des dizaines d'yeux braqués sur lui depuis le bout de l'univers, qui regardaient sans doute avec amusement les malheurs des humains. Qu'il vive ou qu'il meure, elles seraient encore là, demain, après-demain, après-après-demain. Elles continueraient chaque nuit de balancer leur lumière froide, impassibles. Pour d'autres que lui, avant qu'à leur tour ils ne cèdent la place aux suivants. C'était comme ça, ça avait toujours été comme ça. Sauf pour ceux qui se réincarnaient, qui devenaient des esprits ou rejoignaient le cercle des ancêtres.

À cette heure, de l'autre côté de l'Atlantique, Jessica dormait sûrement, au chaud, dans les bras de son métropolitain de mari. Jessica, sa sœur jumelle, sa moitié. Toujours là, même quand il déconnait vraiment. Il n'y avait qu'elle qu'il écoutait. Sans elle, il ne serait peut-être même pas arrivé jusque-là. Demain, quand elle apprendrait ce qui s'était passé, elle serait triste. Elle pleurerait. Plus que sa mère, plus que Clarice, plus que Djayzie trop jeune pour réaliser. Elle, elle avait su comment s'y prendre avec la vie, par quel bout l'attaquer. Elle survivrait à tout, longtemps. Lorsqu'il partirait, elle serait son reflet. Son double vivant, témoin de ce qu'il avait été. En mieux, en réussi. Elle était la preuve que les choses pouvaient se passer autrement. Jessica, pardonne-moi.

Il suivit du regard quelques points rouges qui s'arrachaient aux lueurs de la ville. Elles décrivaient une diagonale en direction du ciel noir, avec un bruit sourd de moteur. Ça y est, il réalisa. Air France, l'avion décollait. Sans lui, encore une fois. Il volait vers Paris, quittait sa Guyane, le seul endroit sur Terre qu'il aura donc connu. Son petit monde, minuscule. À bord de l'avion, il devait y avoir d'autres mules. Des plus chanceux que lui, passés entre les mailles. On le lui avait raconté tellement de fois. Bientôt on allait leur apporter les plateaux-repas, mais ils ne mangeraient rien pour garder leur marchandise. Ils allaient essayer de dormir, mais ce serait difficile parce qu'ils auront mal au ventre. Et demain, un homme sera là, à l'aéroport. Il les reconnaîtra grâce aux photos envoyées depuis Paramaribo. Et il les emmènera vers les Pays-Bas pour récupérer la cocaïne. Leur remettre leur salaire bien mérité. C'est comme ça que ça aurait dû se passer pour lui. Pour tous les trois. Si seulement le Créole n'avait pas merdé. Willy, il se répéta son nom. C'est de lui que tout était parti. L'autre, le Noir-Marron, il était bizarre, mais au final il n'avait pas posé de problème. Mais peu importait, les choses étaient ce qu'elles étaient à présent.

Qu'y avait-il sous l'eau, sous lui, dans ces profondeurs noires ? Des poissons géants, on lui avait dit qu'il y avait de vrais monstres. De quoi manger pendant des semaines. Des requins, peut-être. Des sirènes ? La mer, il ne connaissait pas, il n'y allait jamais. Son eau à lui, c'était celle du Maroni, ses plages celles de Saint-Laurent. Sa ville. Il repensa à la maison de sa mère, ce taudis de parpaings derrière une belle villa où il s'entassait avec ses petits frères et sœurs, les uns sur les autres dans les lits superposés. À la cité Carton aussi, aux cases en bois sur le sable blanc, aux bricolages pour apporter l'électricité. Tous ces quartiers où il avait vécu, grandi, traîné, volé, trafiqué. Vingt-six ans.

Les vagues prenaient de la hauteur, le balançaient de haut en bas. Il serra son radeau plus fort, puisant dans ce qui lui restait de volonté. Il découvrit deux îles, énormes, qui se détachaient dans la nuit. Des formes noires posées à la surface de l'eau. Il les fixa un moment de ses yeux à moitié ouverts, entre ses paupières piquantes. Pas de lumière, pas de signe de vie sur ces morceaux de terre. Il rêva un instant de les rejoindre, de nager jusqu'à elles. Il s'échouerait sur une plage déserte, s'y réveillerait demain, mangerait des noix de coco, y finirait ses jours. Vivrait de rien. Mais la moindre brasse lui demandait trop d'effort. Ses membres refusaient d'obéir, figés autour du bois. Alors il se contenta de contempler ces paradis inaccessibles, les dépassa, continua sa dérive. Il les observa s'éloigner, s'effacer sur l'horizon mouvant.

Regarder passer les choses, il était réduit à cela.

Ses forces l'avaient abandonné. Ça bougeait beaucoup, de plus en plus. Son estomac appelait au secours, c'était trop pour lui. Alors Clifton vomit en un haut-le-cœur amer. Le liquide brûlant lui remonta dans la gorge, puis se déversa par sa bouche, juste devant lui, sur le bois, dans l'écume. Il sentit à peine l'odeur, le nez rempli de sel. Sous l'eau, le spasme lui tordit le corps. Il poussa un cri rauque qui alla mourir dans les rouleaux. Ça n'allait plus, il se dit, il n'allait pas tenir. Il respirait de plus en plus mal, un peu d'air, beaucoup d'eau. Crachait le trop-plein en une bave salée.

Quand les vagues grossirent encore, le tronc se mit à s'agiter, à rouler, comme s'il se débattait. Clifton ne voyait plus la côte, plus les îles, plus rien. L'obscurité totale. La nuit en haut, l'eau en bas, ballotté par la houle. Sous lui, sur sa cheville nue, il eut l'impression que quelqu'un le touchait, qu'une main essayait de l'effleurer. Sa bouée de bois lui glissait entre les mains, il se cramponnait comme il pouvait, les doigts ankylosés. Il ne tenait plus à grand-chose, pour finir il ne s'accrochait plus qu'à la dernière branche. Une brindille, minuscule.

Jusqu'à ce qu'elle casse.

L'arbre fut happé dans les remous, il le vit à peine.

Il s'était dit plus tôt que s'il mourait ici sa dernière pensée serait pour Djayzie. Que ce serait une pensée douce, apaisée, qu'il quitterait le monde sans regret. Une fin silencieuse aux côtés de sa fille, des couleurs vives, de l'amour pour réchauffer son âme avant de rencontrer l'Éternel. Mais il ne put choisir les images qui vinrent hanter ses derniers instants. Alors que l'océan s'emparait de lui, que l'eau s'immisçait jusque dans ses poumons, que les sirènes agrippaient sa cheville et le tiraient doucement vers le fond, ce qu'il vit, c'est un visage affolé. Incrusté dans sa mémoire jusqu'au seuil de sa propre mort.

Une figure déformée, sous ses coups, entre ses doigts.

Deux yeux noirs, plantés dans les siens.

Qui le suppliaient.

DEUXIÈME PARTIE

FRANCIS

22

14 juin 1975. Cayenne, préfecture, salle Félix-Éboué. Réunion des représentants de forces de l'ordre du territoire : armée, gendarmerie, police, renseignements généraux. Directeur de cabinet, sous-préfet de Saint-Laurent-du-Maroni, services sanitaires et sociaux sont aussi convoqués. Le compte rendu sera tamponné confidentiel. On parle sécurité, organisation, surveillance, répartition des rôles. On dresse l'inventaire des moyens disponibles, on recense les bâtiments inoccupés, les terrains utilisables. Le préfet préside la réunion, donne ses directives. Et lève la séance à onze heures trente. L'objet : la situation au Suriname et ses répercussions possibles en Guyane.

Et notamment la perspective d'un exode de Surinamiens sur le territoire français.

Plus que quelques mois avant que la colonie néerlandaise ne devienne indépendante. Le climat sur place est explosif. Les différents partis politiques se disputent le pouvoir. Ou plutôt les différentes ethnies, ce qui revient au même là-bas : le NPS des Créoles vient de remporter les dernières élections locales, détrônant le VHP, parti des Hindoustanis pourtant majoritaires dans la population. Un nouvel équilibre rendu possible grâce à un jeu d'alliances, notamment avec le KTPI des Javanais. Pour la première fois depuis de longues années, l'opposition s'installe à la tête de la colonie, et du futur pays.

Le processus d'indépendance est lancé dans la précipitation par le nouveau gouvernement, encouragé par des Pays-Bas socialistes qui cherchent à se débarrasser au plus vite de leur image coloniale. Les Hindoustanis, pris de court, s'y opposent, énoncent des conditions : double nationalité, nouvelles élections avant l'indépendance. Et Paramaribo s'embrase. Manifestations, grèves, violences, incendies de bâtiments officiels, tentative d'attentat contre le chef du gouvernement. Certains prédisent une guerre civile entre ethnies. L'immigration vers les Pays-Bas explose.

La France suit de près les événements. Rapports et notes de synthèse circulent entre les mains des agents de l'État, de Saint-Laurent à Cayenne, de Cayenne à Paris. On observe le pays qui s'apprête à naître à l'ouest, on attend. Et on se prépare. Seul le Maroni sépare les deux territoires, une frontière ténue, tout le monde le sait. Immigrer vers les Pays-Bas devient de plus en plus difficile, le Venezuela refuse les Surinamiens, le Brésil ou le Guyana sont trop pauvres. La Guyane pourrait être la destination privilégiée des exilés, le voisin accueillant, la terre d'asile. Il se dit que beaucoup vont venir pour fuir la répression. Ne serait-ce qu'en touriste : se trouver hors du pays au moment de l'indépendance est un moyen de conserver la nationalité néerlandaise. C'est sérieux, plusieurs milliers de ressortissants pourraient franchir le Maroni, prévient le préfet. Lors de la réunion à Cayenne, on pose les premières briques du Plan Maroni, une sorte de plan ORSEC pour gérer la crise : conditions d'accueil des futurs réfugiés, lieux pour installer les centres d'accueil, problèmes sanitaires. Mais aussi règles de maintien de l'ordre, d'emploi de la force et de l'usage des armes. Ça peut mal tourner, mieux vaut s'y préparer. Les Hindoustanis opposés à l'indépendance seront les plus nombreux, prévoit-on, ils afflueront surtout dans la région de Saint-Laurent-du-Maroni. Il y aura aussi quelques *primitifs*, mais ils poseront moins de problèmes, ils se disperseront dans la nature et s'adapteront à des conditions de vie précaires. Tout est envisagé, conjectures et hypothèses sont détaillées dans les documents administratifs.

Sauf que ce 14 juin 1975, les Français se trompent. Ils ne peuvent imaginer comment va tourner l'histoire du futur Suriname. Ne se doutent pas que le Plan Maroni restera dans les tiroirs pendant dix ans. Car les réfugiés vont bien affluer vers la Guyane, et ils seront nombreux, très nombreux. Mais pas au moment de l'indépendance. Bien plus tard. Et ils ne seront pas Hindoustanis comme on l'imagine alors. Ce seront, en très grande majorité, ceux qu'on désigne comme les *primitifs*. Amérindiens. Et surtout : Noirs-Marrons. Des Noirs-Marrons encore absents de la scène politique surinamienne, mal représentés par des partis balbutiants, mal informés, pour beaucoup reculés dans l'intérieur du pays. L'indépendance ? Voilà ce qu'en dit alors le *Granman* Aboikoni, chef spirituel des Ndjukas : les écailles ne nous sont pas encore tombées des yeux, nos yeux ne sont pas entièrement ouverts.

De fait, lorsque l'indépendance est proclamée le 25 novembre 1975, ce qu'on a craint n'arrive pas. Le fleuve reste calme. Pas de débarquement massif de réfugiés, les migrants sont rares. Après des mois de conflits, de violences, de négociations tendues, la constitution du nouveau Suriname est approuvée. L'indépendance est fêtée dans les rues de la capitale par Créoles, Hindoustanis et même Noirs-Marrons. Pas de guerre civile, pas d'explosion, les observateurs s'en étonnent. Le nouveau pays connaît quelques années de relative stabilité. Un équilibre fragile entre ethnies et partis, grisés par l'optimisme, le sentiment nationaliste qu'inspire l'indépendance.

Un répit de courte durée. En 1980, la situation est dégradée, la criminalité en hausse, l'économie se détériore, trop tributaire des entreprises étrangères. Le gouvernement perd en légitimité dans l'opinion publique, il est remis en cause, critiqué. Par une partie de l'armée notamment : le syndicat des sous-officiers plaide pour des militaires plus impliqués dans le développement du pays. Et le 25 février, c'est le coup d'État. La prison est prise d'assaut, le gouvernement arrêté. Quatre-vingts morts dans la capitale surinamienne. Le sergent Desiré Delano Bouterse, dit Desi Bouterse, prend le pouvoir par la force. Il instaure une dictature militaire sous couvert d'idéaux socialistes. Au début certains y croient, le mouvement est soutenu par une partie de la population, par la jeunesse, par les Églises. Le nouveau régime soigne les apparences : maintien du Parlement et de son président, nomination d'un Premier ministre centriste modéré, organisation multiraciale. Il crée un comité du peuple, instaure un bureau des plaintes pour recueillir les doléances des citoyens envers les administrations, lance un appel aux étudiants exilés aux Pays-Bas pour qu'ils reviennent participer au développement de leur pays.

Mais le ton se durcit alors que s'élèvent les voix de l'opposition. La junte est mal préparée à gouverner, décrédibilisée. Alors elle installe un régime de plus en plus sévère. Elle proclame l'état d'urgence, abolit la constitution, force le Premier ministre à démissionner. Les partis d'opposition sont interdits, la presse muselée, un couvre-feu instauré, la répression et les arrestations arbitraires deviennent la norme. Desi Bouterse, à la tête du Conseil militaire national, impose la loi martiale. Et sur la base d'un pseudo-complot, l'armée exécute quinze opposants au régime. Journalistes, avocats, militaires.

Le massacre de décembre, en 1982. Au Fort Zeelandia.

Un traumatisme national, dont les conditions ne seront jamais totalement élucidées, et qui marque le vrai basculement vers un régime autoritaire. Réactions à l'international, suppression de l'aide financière néerlandaise.

Les représentants des partis politiques traditionnels se réfugient aux Pays-Bas, créent le Front uni de libération du Suriname, opposition exilée regardant son jeune pays s'enfoncer dans un marasme économique depuis les terres européennes.

C'est dans ce contexte qu'émerge la rébellion, dans une frange de la population jusqu'ici sous-estimée. Les Noirs-Marrons, dont certains ont profité de l'exode vers les Pays-Bas de Créoles et Hindoustanis pour racheter leurs biens en centre-ville et ainsi acquérir une position sociale plus enviable que par le passé. L'un d'eux se distingue surtout, qui va devenir à la fois symbole et leader de la lutte contre le régime militaire. Ronnie Brunswijk, le garde du corps de Bouterse. Un Ndjuka, sergent dans l'armée nationale, qui se plaint de voir sa carrière stagner et crie à la discrimination. La revendication est mal perçue, l'égalité ethnique est un des leitmotiv de la junte. Brunswijk est aussitôt licencié, sous l'accusation de vol.

Et il passe dans la clandestinité.

Il se fait remarquer par une série de cambriolages et par une évasion spectaculaire du Fort Zeelandia. Comme il redistribue ses butins dans les villages noirs-marrons, il se forge une réputation de Robin des bois local. Et intéresse les opposants politiques exilés, qui voient là une opportunité et convoquent bientôt le petit héros aux Pays-Bas. Pour l'ériger en bras armé de l'opposition au régime de Bouterse. L'armée de libération du Suriname. Brunswijk, de retour au pays, réunit une équipe de jeunes Noirs-Marrons : *les Douze*, selon la légende.

La guerre civile commence le 21 juillet 1986.

Le poste militaire de Stolkertsijver, sur la route d'Albina, est attaqué par un groupe d'hommes dirigé par Brunswijk. Des soldats sont pris en otage. Les rebelles se font connaître : Jungle Commando, c'est leur nom. Ils sont rejoints par de nombreux Noirs-Marrons, des jeunes surtout, excédés par la répression militaire qui s'accentue.

Et les forfaits se multiplient avec des méthodes de guérilla, des moyens rudimentaires. Un groupe d'élite de l'armée est défait, un hélicoptère est abattu, des cibles économiques sont visées, des plantations de palmiers, le barrage qui alimente la capitale en électricité. Et toujours le même nom qui revient. Jungle Commando. Un nom pour faire peur à l'armée nationale : en ville, vous savez faire, mais la forêt nous appartient. Vous n'y serez jamais en sécurité. À Paramaribo, les rumeurs enflent. Les avis de recherche sont sur tous les murs, jusqu'à l'ambassade des Pays-Bas. Partout, des photos de Brunswijk et de deux de ses lieutenants. L'ennemi du pouvoir. Bouterse promet une issue rapide, l'arrestation de cette *bande de malfaiteurs*. La presse internationale s'étonne qu'un régime militaire ait autant de mal à venir à bout d'une rébellion qu'il prétend réduite à soixante hommes. Mais la guerre ne fait que commencer, elle va durer plusieurs années.

Et la Guyane ne sera pas épargnée.

Fin septembre 1986, des pirogues traversent le fleuve Maroni, quittent la rive surinamienne pour accoster à Saint-Laurent. À leur bord, des Amérindiens. Qui refusent de faire demi-tour. Ils fuient les combats. Mais surtout, ils fuient les Jungle Commando, les accusent de tous les maux : vols, coups. Et même viols. Ce sont les premiers réfugiés de la guerre civile. Encore peu nombreux, ils s'intégreront aux villages amérindiens de l'Ouest guyanais. Fin novembre, l'armée du Suriname se lance dans une répression violente, traque les Jungle Commando et s'attaque aux villages noirs-marrons de l'est du pays. Les civils survivants sont jetés sur les routes, abandonnent leurs maisons, leurs biens. Les habitants de Saint-Laurent-du-Maroni voient les pirogues investir le fleuve. Surchargées, jusqu'à soixante-dix personnes par embarcation, des femmes, des enfants, des blessés. Un afflux sans précédent. En un mois ils dépassent le millier.

Le 2 décembre 1986, onze ans après l'indépendance, la France cesse d'observer son voisin, devient acteur de la crise surinamienne. À 21 heures, le préfet prend la décision préparée par ses prédécesseurs : il déclenche le Plan Maroni.

Melita Koosman fait partie de ces Noirs-Marrons expulsés par les combats. Après l'assaut sur son village, elle demeure longtemps sur place, accroupie dans le sous-bois. Scrutant sans voix les restes de sa vie partie en fumée. Serrant contre elle son fils de trois ans tétanisé. Elle passe la première nuit recroquevillée dans la forêt, incapable de bouger. Et au matin, elle se décide. Fuir, il n'y a que ça à faire. Sans affaires, sans objets de valeur, juste un sac et de quoi manger pour une journée au mieux. Un peu de couac, c'est tout ce qu'elle retrouve dans les décombres des baraques incendiées. Elle chemine seule sur les sentiers qui s'éloignent du village, portant Bradley dans ses bras. Son enfant, tremblant. Il ne veut pas marcher, ici il est bien. Au chaud, contre sa mère. Au-dessus d'elle, les houppiers des arbres cachent le ciel. Elle ne peut qu'entendre. Les hélicoptères, les avions qui survolent la zone. Et les tirs. Sur qui tirent-ils comme ça ? D'autres villages, des innocents, des enfants ?

Deux jours avant de rencontrer d'autres exilés.

Dans un coin de forêt, pas loin de la route, ils sont massés, nombreux, plus d'une centaine. Hommes, femmes, certaines enceintes, enfants, vieillards. Des blessés, des hurlants, des paniqués. Certains arrivent même de la capitale. Ils ont tous des histoires à raconter, plus horribles les unes que les autres. Ce qu'ils ont vu, comment ils sont venus jusqu'ici, seuls ou en groupe. Qui ils ont perdu. Comment les militaires tuent les civils. Que sur la route, il faut faire attention lorsque l'hélicoptère se fait entendre. Une famille explique comment Javanais et Créoles les ont empêchés de monter dans un taxi collectif, de crainte d'être pris pour cible par l'armée. Une autre comment les militaires les ont fouillés au bord d'une piste, les ont forcés à se déshabiller, ont inspecté jusqu'à leurs amulettes puis volé leurs montres et leurs bijoux. Les nègres des bois ne doivent pas posséder d'objet de valeur ! C'est ce qu'ils ont dit.

Melita retrouve des gens qu'elle connaît, des bouts de famille plus ou moins éloignée, des tantes, des oncles. Mais elle reste à l'écart avec Bradley. Raconter ? Non, se taire. Elle balaye les images qui lui reviennent par flashs. Elle parle très peu. Il n'y a presque rien à manger. Deux hommes ont leur fusil, ils partent chasser, rapportent un singe hurleur. Un beau pelage roux, il est gros, peut-être sept kilos. Mais pour cent personnes, c'est bien maigre. Les femmes le cuisinent sur le feu, à l'écart du groupe. Pas question que la fumée ne serve de guide aux hélicoptères. Deux hommes se mettent à se crier dessus : ce n'est pas le bon endroit, il fallait installer le camp plus loin, ici on peut se faire tuer ! Ils parlent d'un Hindoustani qui était avec eux la veille et qu'ils ont laissé partir. Il va prévenir l'armée, à coup sûr, hurle un des deux hommes.

Les gens ont peur, ça se voit sur leur visage.

Avant d'arriver en ce lieu, Melita ne faisait que fuir. Sans objectif précis. Aller vers l'est, vers l'ouest, le Maroni, Paramaribo ? Elle n'en avait aucune idée, cherchait juste un endroit sûr, à l'écart des combats. Mais ceux qui sont ici savent où se rendre. La Guyane, c'est la seule destination. On raconte que les Noirs-Marrons y sont bien accueillis. Certains rapportent des rumeurs contradictoires, disent que les Français n'acceptent plus personne, qu'il y a déjà trop de monde chez eux. C'est faux ! les coupent d'autres. Il y a des médecins là-bas, des carbets spéciaux construits pour loger les réfugiés. Les hommes savent par où passer pour rejoindre le territoire français, il n'y en a que pour quelques jours. Un nom revient dans toutes les bouches. Brunswijk. Ou Roméo Bravo, comme beaucoup l'appellent. C'est lui, avec ses troupes, qui va organiser le transfert vers la Guyane. Et quand il aura assez d'armes, il vengera les Noirs-Marrons, et alors chacun pourra rentrer chez soi. Tout le monde connaît le chef des Jungle Commando, certains ici viennent de Moengo Tapu, son village natal, ils l'ont connu enfant, ils ont joué au football avec lui. Un homme raconte quelques-uns de ses exploits. Son évasion de Devil, la prison de Fort Zeelandia : il se serait envolé à travers le toit, puis aurait franchi le fleuve Suriname par les airs. Comme un esprit.

Melita et Bradley restent deux jours dans ce campement, à attendre. Avec à peine de quoi se nourrir, la faim au ventre. Et c'est ici que la mère se décide. Il faut protéger l'enfant, le voyage est trop risqué pour lui. Il y a là une grand-tante de Melita, une femme respectable, en qui elle a confiance. Et qui n'ira pas en Guyane, elle a des proches pour l'accueillir à Paramaribo. La Ndjuka se présente à elle. Et, les yeux embués de larmes, elle lui remet son fils. Pour le sauver, c'est la seule solution, elle pense. Avec elle, il sera bien. La mère s'éloigne, sans se retourner. Les Jungle Commando sont arrivés, il faut partir. Elle suit le mouvement. Sur la piste, un véhicule attend, des roues énormes pleines de boue. Massey-Ferguson. Un tracteur agricole, tout rouillé, c'est avec ça qu'ils vont voyager. Melita dévisage le pilote : à peine majeur, un gamin qui ne doit même pas avoir son permis. Il ne porte qu'un short, une paire de rangers et un casque sans attache lui tombant sur les yeux. Il fume un joint. Une quarantaine de réfugiés s'entassent dans la remorque. Une femme se lamente, ne cesse de gémir durant tout le voyage. Des jeunes tiennent leur cage à oiseau d'une seule main. Et Melita pense à Bradley, sans cesse.

Direction Langatabiki. Une île sur le fleuve Maroni, en amont d'Apatou. Ça fait loin, un grand détour, mais l'armée est à Albina, il n'y a pas d'autre choix. D'autres passent par la crique Boni, plus au nord, mais c'est risqué. En cours de route ils doivent tous descendre de la carriole pour traverser une rivière en marchant sur un tronc couché. Les rebelles expliquent comment ils ont dynamité le pont pour bloquer les blindés de l'armée. Plus loin il faut s'arrêter, une femme est sur le point d'accoucher. Fausse couche, elle perd son bébé. Par moments, ils tombent sur un homme ou une famille qui attendent en bord de piste. D'autres exilés qui viennent grossir l'équipe serrée à l'arrière du tracteur.

Langatabiki est une des bases des Jungle Commando sur le fleuve. Ici on voit qu'ils sont chez eux. Ils regroupent les arrivants avant de les emmener en pirogue. Jusqu'à Saint-Laurent-du-Maroni, là où les Français les attendent. Des Blancs, surtout. Ceux qui vont gérer la suite de son périple.

Jusqu'aux camps.

Assise sous le petit toit en tôle au bord de la route, l'épaule collée au poteau rongé par les insectes, Melita resta longtemps immobile, les yeux rivés sur le gris du bitume. Dans son esprit défilaient les images de son exil vers la Guyane vingt-cinq ans plus tôt, ces quelques jours durant lesquels son existence avait basculé vers un nouveau destin. Ces semaines qui avaient fait d'elle une réfugiée. Un sac de supermarché était posé à côté d'elle, rempli de babioles, de feuilles séchées cueillies sur les parcelles voisines. Nombreuses furent les voitures qui passèrent devant elle à grande vitesse, ébouriffant sa coiffure sommaire. Des gamins en savates marchaient sur le bas-côté, en groupe, envoyés par leurs grands frères acheter du riz au bourg de Charvein. La vieille femme attendit là patiemment, le dos affaissé. Jusqu'à ce qu'un métropolitain freine à dix mètres, lui fasse signe de monter.

Elle se glissa sur le siège passager. Saint-Laurent, elle annonça mollement. Le Blanc sourit entre les poils de sa barbe, opina, puis redémarra avec son auto-stoppeuse. En chemin il lui posa des questions qu'elle ne comprit pas, toujours en français, elle répondit poliment par des hum-hum. Son gros sac coincé sur les genoux, elle fixait le défilé des bandes blanches. Elle n'aimait pas quitter son petit secteur sur la route de Mana, sa maison, son sentier, sa rivière, ses quelques plantations. Aller à la ville, c'était déjà partir en voyage. Se rapprocher du Maroni, le fleuve qui la séparait du Suriname. Ce pays où plus jamais elle ne remettrait les pieds. Le métropolitain la déposa à l'entrée de la ville, sur un vaste parking terreux au relief accidenté. Elle remercia, continua à pied. Elle parcourut les avenues qu'elle trouva bruyantes, trop peuplées, agressives. Elle observa tous ces jeunes en deux-roues, à vélo, dans une agitation qui lui était étrangère. Ils semblaient tous tellement insouciants. À la Charbonnière, elle faillit se perdre, désorientée comme un poussin sans sa mère. Elle suivit les murets de parpaings dans les allées, évita les flaques d'eau en soulevant son barda. Et retrouva la maison, derrière son portail rouillé à moitié ensablé. Elle pénétra sur la petite parcelle, se déchaussa, puis poussa doucement la porte mal graissée.

Rody était bien là, planté sur son canapé élimé, immobile. Son frère, de cinq ans plus jeune. Elle avait ressenti le besoin de le voir, d'aller chez lui, de quitter un moment cette baraque qui sentait la mort. De chercher quelque chose de rassurant, une forme de réconfort. Il leva un regard terne, reconnut le visage de sa grande sœur. Et elle réalisa aussitôt que les retrouvailles n'allaient pas être aussi chaleureuses qu'elle l'espérait. L'ambiance était glaciale. Il faisait sombre, on distinguait à peine les couleurs sur les pagaies accrochées aux poutres. Sur la table basse en faux bois, une bouteille de rhum était posée sur un papier taché. Rody buvait de plus en plus.

Pas d'accolade, pas d'étreinte fraternelle. Elle s'assit sur un tabouret sculpté au milieu de la pièce, face à lui. Ils se saluèrent. Et restèrent immobiles, longtemps. Chacun dans ses pensées.

— Bradley…

Melita avait prononcé le nom de son fils d'une voix tremblante.

— *Bradley dede*. Il est mort, Rody. Je n'ai pas réussi à le sauver cette fois.

Bradley, Bradley, Bradley. Elle ne songeait qu'à lui depuis le drame. Elle repensait sans arrêt au passé, à son histoire. Elle le revoyait, enfant, au village, les pieds dans la boue, des grains de couac collés autour des lèvres, le ventre bien rempli. Et elle se souvenait du Rody d'autrefois, de son frère fougueux, de cette malice dans son regard quand pour la première fois il avait découvert son neveu. On y lisait une confiance dans l'avenir, dans cet ordre naturel des choses. Et une envie de devenir quelqu'un, maladroite, mais réelle. Oui, à l'époque, Rody avait de l'ambition. Il manquait d'idées, mais le désir était là. S'il ne s'était pas fait happer par la guerre civile, qui sait ce qu'il aurait pu faire de sa vie. Parce qu'aujourd'hui, il ne restait plus grand-chose. Les muscles qui autrefois lui gainaient les membres semblaient ramollis, en fin de course. Son visage vieillissait. Depuis leur dernière rencontre, son état s'était encore dégradé. L'alcool. Le rhum, son partenaire. Voilà ce qui restait de lui, un homme aux traits ravagés, qui ne sortait presque plus de chez lui. Usé par la vie, déçu par les promesses non tenues. Et incapable d'adresser un mot de réconfort à sa grande sœur effondrée. Oui, Bradley était mort. Et il n'y pouvait rien. Melita cherchait du soutien, elle n'en trouva aucun.

— *Mi sabi.*

Je sais. C'est tout ce qu'il réussit à lui dire. Il réalisait pourtant l'effort que représentait cette venue. Il savait que si Melita était là, c'est qu'elle avait besoin de quelque chose. De lui. Qu'il avait un rôle à jouer dans tout ça, dans le deuil de sa sœur, dans le respect des traditions ndjukas. Depuis qu'il avait appris ce qui s'était passé, il essayait de s'y préparer. Mais il ne savait comment s'y prendre, l'énergie, la volonté lui manquaient. Il la regardait, posée à deux mètres, la main sur la bouche, les doigts sur les poils qui lui poussaient au menton. Elle avait les yeux rouges, la rétine zébrée de vaisseaux sanguins. Et derrière cette façade abîmée, il tentait avec peine de retrouver la Melita espiègle de Pinalanti. Ça semblait difficile à croire aujourd'hui, mais c'était une belle jeune femme, dans les villages de la Cottica les hommes parlaient d'elle comme d'un cœur à prendre. Ils l'imaginaient en épouse modèle, rôdaient dans le secteur avec leurs pirogues. Melita savait se faire respecter, éconduire ces prétendants trop insistants. Elle avait jeté son dévolu sur Johny, un Ndjuka de Moengo. Un homme qui la méritait, qui avait fait ce qu'il devait faire quand le sort s'était acharné sur eux. C'est lui qui lui avait finalement donné un enfant. Bradley. Tout ça paraissait tellement loin. Johny était mort aujourd'hui, la maladie avait eu raison de lui. Rody se souvenait à peine de son visage. Des traits durs et solides, c'est tout ce qui lui restait en mémoire.

Melita bougea sur son siège en bois. Elle redressa le regard. Et elle commença à décrire, avec ses mots mal choisis, ce qui la minait. Elle parla encore de Bradley, de son visage, de cette plaie à la tête quand elle l'avait découvert sur le sentier. Elle raconta, la voix nouée, sa rencontre avec le gendarme aux yeux jaunes. Il avait ses yeux, elle répéta. Tu sais ce que ça veut dire ? Toujours muet, Rody hocha le menton. Il sentait la culpabilité monter en lui, encore une fois il n'était pas à la hauteur. L'attitude de Melita trahissait une détresse immense. Elle balbutiait. Au bord du gouffre. Rody eut l'impression, un instant, qu'elle cherchait un ultime espoir, quelque chose à quoi se raccrocher. Comme si elle était arrivée au bout de sa vie, que la suite, sans Johny, sans Bradley, ne valait pas la peine.

Et lorsqu'elle quitta la pièce, les pieds traînants, que sa silhouette voûtée disparut à nouveau dans les ruelles de la Charbonnière, Rody se dit qu'il aurait dû essayer de la rattraper, de la forcer à rester ici quelques jours. Parce qu'il sentait, au fond de lui, que les instants qu'ils venaient de passer ensemble étaient les derniers.

23

— *É to pa té pè ?*

— Bien sûr que si j'ai eu peur, répondit Franklin, les mains plongées dans le lavabo pour laver son assiette. *Nou toujou pè, tout moun pè*. Tout le monde a peur.

Franklin était le nouveau codétenu de Jérémy, incarcéré deux jours plus tôt. Un Saramaka de Kourou. Entre eux, ils discutaient en créole, ça simplifiait les choses. C'était un grand gars dégingandé, avec une dent en or sur le devant. Il parlait facilement, il racontait comment il s'était fait attraper à l'aéroport avec deux kilos de cocaïne tapissée au fond de son sac. Tant pis pour moi, il disait, avec le sourire. Ça sera pour la prochaine fois. Pour lui, la prison c'était juste un mauvais moment à passer, il s'y était un peu préparé. Ça faisait partie des risques, dans quelques mois il serait dehors. Assis sur la chaise bancale, Jérémy n'avait pas perdu une miette de son récit. Ce type avait quelque chose d'apaisant, il prenait tout à la légère. Ça faisait du bien. Peut-être allaient-ils se lier d'amitié, qui sait ? Jérémy se sentait tellement seul ici. Avec le codétenu d'avant, il n'échangeait rien, juste de quoi assurer la cohabitation, le partage de l'espace. Alors oui, l'arrivée de Franklin ressemblait à une bouffée d'air frais dans l'atmosphère angoissante du centre pénitentiaire.

À l'extérieur de la cellule, les cliquetis des serrures commençaient, ces bruits métalliques qui dix fois par jour retentissaient dans l'enceinte de la maison d'arrêt. Au réveil, quand le surveillant faisait sa première tournée pour vérifier que ses détenus étaient vivants ; au moment du petit déjeuner ; à l'heure de la promenade ; au retour en cellule. À chaque fois, ces mêmes sons de portes qu'on ouvre et qu'on ferme.

— Tu viens à la salle de muscu ? lança Franklin.

— Non. Aujourd'hui c'est parloir.

Le Saramaka lui sourit, sa dent en or en première ligne.

Chaque fois qu'il rendait visite à son fils, Vacaresse commençait la discussion par la même question. Et chaque fois, il le regrettait. Longtemps sur le trajet, il pensait à ce qu'il allait dire, aux mots qu'il allait prononcer, parfois même il répétait, articulait quelques phrases à voix haute, assis au volant. Le surprendre, trouver de quoi égayer son quotidien. Devine qui j'ai vu aujourd'hui ? Il faut que je te raconte quelque chose. Mais une fois planté sur la petite chaise entre les parois du compartiment, ce qui sortait, immanquablement, c'était :

— Ça va ?

Merde ! il pensa. Cette fois encore. Jérémy renifla bruyamment, se moucha. Il avait attrapé un truc, un genre de grippe qui errait dans les couloirs du centre pénitentiaire, sautant de cellule à cellule. Le virus n'épargnait personne, pas plus l'assassin récidiviste que le jeune trafiquant. Le détenu leva deux yeux fatigués vers son père.

— Ouais. Ouais, ça va.

Et il sourit. Un sourire timide, discret, dévoilant ses dents mal alignées. Mais un sourire tout de même.

— Enfin, je tiens le coup, quoi.

Vacaresse sentit une chaleur douce lui parcourir les membres. Comme si, d'un coup, tout en lui se dénouait, comme si le monde entier devenait moins dur. Moins lourd à porter. Il ne rêvait pas : Jérémy souriait. Même timidement, c'était déjà un miracle.

— Je commence à me faire des amis. Enfin, des amis… Des gars, quoi. Il y en a qui sont sympa, en fait.

Vacaresse hocha la tête. Un an plus tôt, savoir que son fils fréquentait ce genre de types l'aurait rempli d'inquiétude. Mais là, c'était différent. Pourtant, il ne put se retenir de poser la question.

— Tu sais pourquoi ils sont ici ?

— Ouais. (Jérémy renifla.) Trafic de drogue, de cocaïne surtout. Ils ont voulu passer de la drogue en métropole et ils se sont fait choper. Pratiquement tous les jeunes de mon âge, c'est pour ça qu'ils sont ici.

Des mules, évidemment. Son fils fraternisait avec des trafiquants.

— O.K. dit le père. C'est bien.

Oui, c'était bien, il se persuadait. Jérémy avait des amis. C'était vraiment bien. Malgré le rhume, il semblait remis sur pied, plus solide, plus droit. Il allait mieux, ça se voyait, la dernière fois il était au bord des larmes à chaque mot. Il portait un sweat à capuche gris dans lequel il transpirait.

— Tu as des occupations ? Vous faites quoi dans la journée ?

— Pff… Pas grand-chose, il n'y a rien à faire, tu sais. On discute, des fois on joue aux dominos.

— Tu travailles un peu ? Tes cours ?

— Un peu. (Il baissa la tête.) Ce n'est pas évident, tu sais.

Vacaresse le savait. L'imaginait en tout cas. Ne pas lui parler études, on verra ça quand il sera sorti. L'essentiel c'est qu'il tienne. Dans le compartiment voisin, ça discutait adultère. Un homme insultait sa femme à voix basse, un peu en français, un peu en portugais. Elle se défendait, agressive et chuchotante. Le parloir famille, une grande pièce découpée en petits box par des cloisons basses, n'offrait qu'une intimité limitée. On entendait tout. Soit on se taisait, soit on acceptait que sa vie soit étalée devant les autres détenus.

— Et toi ?

— Quoi, moi ?

— Ton contrat, ça a marché ?

Vacaresse renifla à son tour. Imitation nerveuse.

— Non. Ça s'est mal passé. Avec la cliente, on ne s'est pas compris. Je me suis retrouvé à suivre la mauvaise personne.

— Ah. Tu as touché de l'argent, quand même ?

— Rien. Je lui ai rendu son avance. L'affaire est close.

C'était quoi, cette expression dans le regard de Jérémy ? De la pitié ? Oui, ça ressemblait à ça. Il était en prison, sa vie interrompue par la justice, et pourtant, maintenant qu'il reprenait confiance en lui, il avait de la pitié pour son père. Comme avant. Avant que la mort de ce jeune ne les rapproche, quand Jérémy méprisait tout ce que représentait son paternel. Qu'il se moquait de sa méconnaissance de la Guyane, lui parlait en créole pour le mettre en difficulté. Non, se persuada Vacaresse, tu te fais des idées.

— Ce n'est pas grave, je suis déjà sur un autre dossier, il mentit.

Jérémy opina, pas convaincu.

Bruit de serrure. Il se retourna. Le surveillant entra dans la salle. Fin de l'entretien. Pour la première fois, Jérémy se leva calmement. Sans cette détresse qui déchirait le cœur de son père à chaque visite. Il disparut derrière la lourde porte, non pas en pleine forme, mais au moins avec une note d'optimisme. Laissant entrevoir un futur possible. Vacaresse suivit à son tour les surveillants, longea à nouveau la façade bleue. Passa devant la grille d'accès au chemin de ronde avec son panneau : gilet pare-balles obligatoire. Au-dessus, perchés sur les barbelés entortillés, des centaines d'oiseaux observaient voler leurs congénères de part et d'autre des murs d'enceinte. Il franchit le portique de sécurité, récupéra ses affaires. Et se retrouva dehors, sur l'allée de béton. Des parents de détenus attendaient là, assis sur le bois des bancs alignés, face au distributeur de boissons, aux casiers dans lesquels ils déposaient leurs sacs avant d'entrer dans la prison. Une jeune fille pianotait sur son téléphone, un chewing-gum en bouche, le crâne couvert de tresses artistiques. De grosses cartes de Guyane en or lui pendaient aux oreilles. Elle avait quoi ? Moins de dix-huit ans, certainement.

Il s'assit à son tour, rangea ses clés, son portefeuille. Ralluma son portable. Un appel manqué. Et un message qu'il écouta.

— *Vacaresse, bonjour. Capitaine Anato. Pouvez-vous me rappeler ? Je pense que vous avez encore mon numéro.*

Franck Marcy habitait une petite villa créole à étage, dans un quartier calme de Saint-Laurent. Il y vivait seul, Melissa venait souvent lui tenir compagnie. Il avait un beau jardin parsemé de plantes d'ornement qu'il entretenait le week-end, quand il ne partait pas à la chasse. Des activités d'extérieur, le contact avec la nature, il n'y avait que ça pour l'apaiser. Dans la nuit, la bâtisse brillait d'un halo jaune et chaleureux. On s'y sentait bien, sur la terrasse autant que dans le salon largement ouvert. Grillons et grenouilles chantaient à l'unisson.

— Alors capitaine, vous connaissez un peu Saint-Laurent ?

Assise côté cuisine, Melissa entretenait la conversation comme elle le pouvait. Elle avait deviné qu'entre son père et leur invité, le courant passait difficilement, qu'il fallait qu'elle les aide à briser la glace sans quoi la soirée allait être sinistre. Anato s'intéressait, il faisait des efforts, ça se voyait.

— J'y ai de la famille. Mais je ne peux pas dire que je connaisse vraiment.

— J'adore cette ville. Ceux qui pensent que c'est un genre de bout du monde n'ont rien compris. Au contraire, Saint-Laurent c'est un carrefour. Entre le fleuve Maroni qui remonte jusqu'aux villages amérindiens. Et la route du littoral qui commence au Brésil, qui traverse la Guyane et qui continue au Suriname, au Guyana et encore après. C'est ici, à Saint-Laurent, qu'il se fait le mélange culturel. C'est ici qu'elle est l'histoire de la Guyane, pas à Cayenne. Pour rien au monde je ne voudrais vivre là-bas. Hein, papa ?

— Enfin, ça a un peu changé quand même… grommela le major.

— C'est ça. (Elle se moqua, les dents toutes blanches sur son visage anguleux.) Tout était mieux avant… Quand c'était juste un patelin de mille habitants. Bien sûr que ça a changé : c'est devenu une ville.

Marcy se tut. À l'évidence Melissa savait tenir tête à son père, il se gardait bien de la contredire. Avec ses dreadlocks réunies en une grosse tresse dans le cou, elle avait un air fier.

— Vous voulez encore un peu de gratin ?

— Ça ira, fit Anato. Merci.

Elle reposa la cuillère dans le plat. Le capitaine observait chacun de ses mouvements avec une fascination réelle. Il ignorait qu'elle était sourde, avant d'engager la conversation avec elle c'était presque impossible à deviner, les appareils auditifs qu'elle portait aux oreilles se voyaient à peine. Sur le moment, il avait été déstabilisé, mais très vite elle avait su le mettre à l'aise. Elle lisait sur les lèvres, tant qu'il s'adressait à elle en la regardant, elle comprenait tout. Comme lorsqu'il l'avait aperçue dans les bureaux de la brigade de recherches, il était frappé par ce qu'elle dégageait, par cette présence immatérielle, plus forte encore dès que se faisait le silence. Elle parlait d'une voix étrange : elle prononçait les mots de manière distincte, articulait clairement, mais le ton, la musicalité semblaient altérés. À entendre, c'était assez déroutant. On aurait dit que pour elle, chaque syllabe était essentielle, avait la même valeur. C'est ça, sa façon de parler avait quelque chose d'essentiel. Accentuée par des mimiques appuyées. Elle usait beaucoup de ses mains aussi, de gestes d'illustrations. Des mains qu'elle avait longues et fines. À la fois féminines et puissantes.

— Ça vous étonne, hein ! fit le major qui avait lu dans ses pensées. Ma fille est sourde, mais elle parle mieux qu'un entendant.

Melissa lui jeta un regard glacial, et ferma ses doigts devant sa bouche en un geste sec.

— Et voilà. Elle se met à signer dès qu'elle est énervée. *Joué bien ké makak mé pa pilé so latcho.*

On peut jouer avec un singe, mais pas lui marcher sur la queue, traduisit Anato pour lui-même. Encore un de ces proverbes créoles dont le major était friand. Melissa signa à nouveau : de ses doigts vifs, elle traça des mots dans l'air, des paroles mimées qu'elle semblait lancer à la face de son père. Soudain énervée, des grimaces partout sur le visage. Puis elle se calma, d'un coup. Jeta un regard apaisé à Anato. Comme pour lui dire de ne pas s'inquiéter, qu'ils ne faisaient que se chamailler.

C'est elle qui avait préparé le repas. Fricassée de pakira, gibier rapporté par le major lors de sa dernière sortie en forêt, et gratin de papaye. Elle aussi d'ailleurs qui était à l'origine de ce dîner avec Anato. Quarante-huit heures plus tôt, la jeune Créole avait failli perdre son père. Elle avait appris la nouvelle après coup, tard dans la soirée, et réalisé qu'au moment où elle quittait l'école, caressait la tête des élèves de sa classe pour malentendants, insouciante, lui se débattait dans les rapides de la rivière de Cayenne. Affrontait sa phobie. Elle en avait rêvé toute la nuit. Son père mort, non c'était impensable, il était immortel. Elle avait alors pris conscience de ce qu'il représentait pour elle. Même avec leurs querelles régulières, même avec ses idées réactionnaires, même râleur. Depuis le décès de sa mère, c'était la personne à laquelle elle tenait le plus au monde. Son père, tout simplement. Et l'homme qui mangeait son gratin, de l'autre côté de la table, cet homme qu'elle trouvait juste séduisant hier à la télévision, c'est à lui qu'elle devait la vie de son père. C'est lui qui l'avait sorti du fleuve, seul. Marcy lui avait tout raconté, dans les détails. Ce dont il se souvenait en tout cas. Il t'a sauvé la vie ? Oui, on peut le dire comme ça. Alors Melissa avait insisté pour l'inviter à dîner. Pour remercier le héros. Le major n'était pas emballé par l'idée, il avait cherché à la dissuader. Non pas pour minimiser l'acte du capitaine, il lui était mille fois reconnaissant, lui avait déjà dit même. Juste parce qu'il ne le sentait pas. On est trop différents, il prétendait. Mais quand Melissa décidait quelque chose, Marcy finissait toujours par s'incliner. À table, l'ambiance était flottante. Les deux gendarmes y mettaient du leur, ils cherchaient les points d'accroche dans le vide qui les séparait. Mais le chemin à parcourir était encore long. On aurait dit deux frères sans contact depuis des années, tentant de retisser un lien perdu.

Melissa emporta le gratin dans la cuisine. Ils se regardèrent dans le blanc des yeux.

— Capitaine ?

— Oui ?

— Vous lui avez parlé ?

Hochement de tête, la bouche rectiligne.

— C'est elle qui m'a rappelé. Juste avant le repas.

Inutile de prononcer son nom, ils se comprenaient : Jessica Vakansie. Terrassée par la nouvelle. Après deux jours de recherches, de rotation de bateaux et d'hélicoptères, de plongée dans le fleuve autour du pont, on avait finalement retrouvé le corps de son frère. Le jeune Clifton flottait au large, les membres écartés, emporté par le courant qui remontait la côte. La dépouille avait dérivé jusqu'à l'embouchure du Kourou. Si l'accident avait eu lieu en journée, on aurait eu plus de chance de le trouver vivant. Mais la nuit était tombée si vite. Anato avait raconté à la Ndjuka comment son frère jumeau s'était débattu sur le pont, comment lui et le major avaient basculé. Il avait écouté les sanglots étouffés à l'autre bout du fil, dans l'hiver hexagonal. On n'a rien pu faire, il lui avait assuré, comme pour se persuader lui-même. Des paroles convenues, auxquelles il ne croyait qu'à moitié. Parce qu'il n'avait pas oublié la promesse faite à la jeune femme. Et surtout, parce qu'au fond de lui, il se disait que la mort de Clifton aurait pu être évitée. Que ça ne devait pas se passer comme ça. Bien sûr, c'était un accident, Marcy n'avait pas commis d'erreur, l'interpellation était très délicate. Mais il avait foncé tête baissée, il en avait fait une question d'honneur personnel, ce qui n'avait rien arrangé. Et qui avait tout précipité. Le capitaine s'en voulait, il aurait préféré s'y prendre autrement. Il gardait en mémoire l'image de ce corps chutant vers le fleuve, comme suspendu dans l'air, agitant désespérément les bras à la recherche d'une branche imaginaire. Puis disparaissant sous l'eau turbide. Personne ne l'avait revu vivant après ça.

Marcy fit un petit bruit de bouche, pas fier.

— Capitaine, je comprends ce que vous ressentez. Mais n'oubliez pas de qui on parle. Vakansie était un trafiquant de cocaïne et un assassin.

— Je sais…

Ce qu'il savait surtout, c'est que l'enquête était interrompue. Ils avaient tout misé sur le témoignage de Vakansie, tout devait s'éclaircir lorsqu'il donnerait sa version des faits. Mais à présent, avec sa mort, c'était l'impasse. Plus de piste à remonter, plus d'idée, tous les témoins potentiels avaient déjà été interrogés, tous les voisins entendus. Tout accusait Vakansie : il avait été vu tout près des deux scènes de crime, il était même dans la maison avec Willy Nicolas. Sans doute était-ce lui l'assassin, le trafic de cocaïne avait mal tourné, voilà tout. Mais aucune certitude. Pas de quoi clore le dossier qui, faute d'éléments probants, allait rester ouvert dans les tiroirs du bureau du juge d'instruction. D'autres affaires attendaient, tout aussi graves. Il était temps de passer à autre chose. Anato doutait, il n'aimait pas cette conclusion, il pensait à la famille Vakansie qui allait devoir vivre avec le poids de tout ça. Mais il n'avait rien de mieux à proposer. À moins que de nouveaux éléments n'apparaissent dans les prochains jours, l'affaire était mise en sommeil. Et d'expérience, le capitaine savait qu'elle pouvait le rester pendant des années.

Melissa revint, dessert en main. Tarte à la mangue.

— Vous en faites une tête, vous deux.

Elle lisait les regards comme on lit un livre, comme si tout y était écrit, limpide. Sourde, mais presque extralucide. Elle servit de grandes parts dans les assiettes.

— On sait peu de chose sur vous, capitaine.

Il se massa la nuque.

— C'est qu'il y a peu à savoir.

— Ou que vous faites tout pour entretenir le mystère. (Elle esquissa un sourire entre ses lèvres fines.) Vous êtes originaire du Maroni ?

Il fit oui de la tête.

— De quelle partie ? Les Ndjukas, c'est plus vers Grand-Santi, non ?

— Par là, oui. Ma grand-mère vit dans un village en aval.

— Providence ?

— Un peu plus haut.

Elle bougea son menton pointu pour dire : je connais le coin.

— C'est là que vous passez tous vos congés ?

Anato tourna la tête, sourcils crispés, déconcerté. Le major venait de s'introduire dans l'échange, cuillère en main.

— Ne le prenez pas mal, capitaine. C'est une question que tout le monde se pose dans la compagnie. Les agents vous voient circuler à Saint-Laurent, prendre la pirogue, revenir. Vous savez, les rumeurs vont vite et souvent il vaut mieux éteindre le feu avant qu'il ne devienne incontrôlable.

Silence. Les deux hommes se fixèrent un instant. Anato hésita.

— Vous avez raison, il dit finalement. En fait, je ne sais presque rien sur ma famille paternelle. C'est pour ça que je me rends là-bas régulièrement.

— Vous y faites quoi ? s'intéressa Melissa, légère. Vous cherchez vos racines ?

— Quelque chose comme ça, oui. Je pose des questions, je rencontre les anciens. (Il baissa la tête, les yeux et la cuillère dans sa tarte.) Mais pour le moment, ce n'est pas concluant.

Parler de lui, se livrer face à un collègue gendarme, Anato n'aimait pas ça, d'habitude il gardait les cloisons étanches. Après tout, Marcy l'avait invité à dîner, pas étonnant que le sujet soit mis sur la table. Ils ne pouvaient pas discuter dossiers toute la soirée, surtout avec Melissa.

— Et la mère Koosman ? fit Marcy, la bouche pleine. L'autre jour, toutes ces questions que vous lui avez posées. C'était pour ça ? Ça a un rapport avec votre famille ?

Hésitation. Puis hochement de tête.

— Oui… Enfin, peut-être.

Il piqua une dernière bouchée, un quartier de mangue orange vif.

24

Deux années déjà. Cela faisait deux ans qu'Anato était arrivé en Guyane, qu'il avait commencé à renouer avec son pays d'origine. Avec ce département français dont il ne connaissait rien sinon ce que ses parents avaient bien voulu lui raconter. Un territoire gigantesque couvert par la forêt, un fleuve immense, le Maroni. Et un peuple : les Ndjukas. Ce qu'il en savait se résumait à ça, en fin de compte. En deux ans il avait appris plus qu'en trente, réalisé l'ampleur de son ignorance. Et compris surtout une chose : riche de son histoire, de ses populations, de ses langues, la Guyane est complexe. On ne l'apprivoise pas, aucune description ne peut l'enfermer. À son arrivée, il avait pris la tête de la Section de recherches, unité spécialisée dans les enquêtes difficiles, longues. Homicides, démantèlement de réseaux, trafics internationaux, c'était le quotidien de la quinzaine d'agents placés sous son autorité. La nomination d'Anato avait fait son effet, jusque dans les médias. Pour la première fois, un originaire promu à un poste aussi important, il y avait de quoi alimenter les rumeurs. Jalousie, fierté, inquiétude, respect, défiance, le capitaine avait dû faire face à toutes sortes de sentiments contradictoires. Dans la Section, certains prédisaient un chef trop proche des politiques locaux, d'autres plus sommaires un incapable choisi pour ses origines. Un Guyanais dans les têtes pensantes de la gendarmerie, pour faire bonne figure.

Pour contrer les discours qui traînaient sur le manque d'ancrage territorial de l'institution. Une fois en poste, le capitaine réalisa vite : sa couleur de peau se révélait un fardeau, pas un atout. Rien n'était acquis, chaque jour il devait démontrer qu'il méritait le poste autant qu'un autre. Autant qu'un Blanc en fait, c'est ce que les gendarmes pensaient sans se l'avouer.

En tête de liste de ces agents inquiets et médisants, il y avait Vacaresse. Lieutenant Pierre Vacaresse à l'époque, en poste depuis plusieurs années, un des piliers de la Section. Entre eux, les débuts avaient été difficiles : d'un côté, un chef pétri de doutes qui découvrait seulement sa Guyane natale ; de l'autre un officier buté, impliqué dans ses enquêtes jusqu'à l'obsession, mal à l'aise dans ses relations avec la population guyanaise. Et scrutant son nouveau supérieur avec la méfiance d'une proie. Un fossé culturel les séparait. Incompréhension, explications vaines, prise de recul, ils passèrent par tous les états. Avec le temps pourtant, quelque chose finit par unir les deux hommes. Pas d'amitié, de complicité ou de relation personnelle, rien de tout ça. Mais une collaboration solide, faite de confiance et de respect distant, qui fonctionnait tant bien que mal. Avec des résultats. Aux yeux du capitaine, le lieutenant n'était rien de moins que le meilleur enquêteur de Guyane. Quand on le chargeait d'une affaire, il ne la lâchait plus, rongeait la chair jusqu'à l'os, jusqu'à ce que l'évidence affleure. Le tatou, c'est ainsi qu'Anato le surnommait. Les deux hommes ne s'étaient pas vus depuis plusieurs mois. Depuis la fin de la procédure de radiation, en fait. Devant les gradés de l'IGGN, Anato avait témoigné en faveur du lieutenant, mis en avant la qualité de son travail. Son implication zélée, son rôle central dans l'équipe et le risque de déstabilisation. Il avait monté un dossier soulignant les succès de Vacaresse, rapports d'enquête et témoignages à l'appui. Autant parler à un mur : les inspecteurs balayèrent ses arguments. Car Vacaresse avait commis une faute trop grave, il avait mis en danger un civil. Un homme était mort, à cause de lui. Et ç'aurait pu aller plus loin encore, si l'affaire avait fini au pénal.

La rencontre eut lieu à Cayenne, dans un bar du centre-ville, terrasse en teck avec vue sur la circulation. Peu de monde autour des tables, des rendez-vous professionnels, des métropolitains en chemisette, lunettes sur le front en sueur et tablette tactile entre les doigts, occupés à loucher sur les passantes. Ça défilait sur le trottoir défoncé, entre la pharmacie, l'opticien et le marchand d'or de Guyane. À l'intérieur du bar, sous les grincements des brasseurs d'air, un téléviseur branché sur une chaîne nationale : revue de la campagne municipale dans toutes les régions de France. Une bière sur la table, Vacaresse attendait depuis dix minutes quand le capitaine arriva. Un autre homme, pensa Anato en découvrant sa silhouette. Il avait encore pris du poids, son ventre butait sur le rebord de la table. On pouvait facilement lui donner dix ans de plus. L'ex-officier offrit un sourire bancal révélant ses dents trop grandes. Bonjour, politesses, il demanda des nouvelles de la Section, des collègues. Il n'avait plus de contact avec personne, sauf avec le lieutenant Girbal, son seul ami, l'adjoint du capitaine. Sa voix était moins assurée que par le passé, on y devinait le poids d'un quotidien trop pesant.

— Et vous ? interrogea Anato avec prudence, un ti-punch sur la table. On m'a dit que vous aviez obtenu votre agrément.

— C'est encore récent. À peine trois contrats.

— Agent de recherches privées, c'est ça ?

— Exact.

Anato chercha ses mots, mais ne trouva que :

— C'est bien.

Vacaresse confirma. Oui, c'était bien, on pouvait le dire comme ça. Mieux que rien en tout cas. La discussion se mit en pause, les regards tournés vers la rue, Vacaresse avala une gorgée de bière, Anato touilla son rhum. Un 4 × 4 noir haut sur roues passa, Capleton à fond dans les enceintes surdimensionnées. Sur le trottoir d'en face, un homme marchait en treillis camouflage, torse nu et fusil de chasse à l'épaule. En pleine ville.

— Vous… Vous vouliez me parler ?

Le capitaine retourna ses mots avant de les prononcer.

— Oui. J'ai été contacté par la compagnie de Saint-Laurent. Luc Fanchard s'est présenté à la brigade. Il dit que vous l'avez agressé, dans la rue, sans raison.

Vacaresse se renfrogna, but sa bière.

— Qu'est-ce qui s'est passé ?

— …

— Écoutez, soupira Anato. Je sais que cette affaire vous tenait à cœur, mais il faut les laisser tranquilles.

— Tranquilles ? Vous pensez que la petite est tranquille avec lui ?

Sa voix s'était chargée d'émotion.

— Je ne sais pas. Mais le juge d'application des peines a autorisé son retour auprès de sa femme et de sa fille. À leur demande. En prison, il a suivi une cure de sevrage pour son alcoolisme. Il a démontré son envie de changer, d'assumer son rôle de père.

— Et vous y croyez ?

— Ce n'est pas à moi d'y croire. La famille est suivie de près par deux travailleurs sociaux. Et pour le moment ça se passe bien.

Vacaresse souffla bruyamment. Pas convaincu. Certain que l'homme pouvait recommencer. Rien que d'imaginer la gamine à nouveau sous les coups, ça lui faisait mal.

— Il a porté plainte contre moi ?

— Non. Il a juste signalé l'agression, et demandé que vous vous teniez à carreau. Les gars de la brigade ont rédigé un PV de renseignement judiciaire, ça n'ira pas plus loin. Et j'ai préféré vous entendre moi-même, en accord avec le général.

L'ancien lieutenant se racla la gorge, tourna la tête à droite, à gauche, fixa la télévision. Inondations à l'île Maurice, dix morts. Des images de rues transformées en torrents.

— Vacaresse ?

— O.K. J'ai fait une erreur. Quand je les ai vus ensemble, comme ça, comme une famille normale, comme si rien n'était jamais arrivé, j'ai craqué. Ça me paraissait tellement impossible, tellement irréel. J'ai craqué, oui. Il n'y a rien à dire de plus.

— Vous étiez à Saint-Laurent pour un contrat ?

— C'est ça.

— D'accord. Vous avez craqué. Mais vous avez compris le message ? Tenez-vous loin d'eux, O.K. ?

Vacaresse observa un silence pour ne pas dire oui. Mais il avait saisi, devina Anato.

— Merci, il conclut. Fin de l'histoire, on n'en parle plus.

Le détective laissa passer un moment, puis, conscient du geste de son ancien patron, il se fendit d'un :

— Merci à vous.

Les deux hommes burent leur boisson dans la chaleur poisseuse de la rue.

— Votre contrat à Saint-Laurent, il est terminé ?

Vacaresse hocha le menton. L'espace d'un instant, il hésita à raconter ce qui était arrivé. Surtout, à révéler au capitaine l'identité de sa cliente. Monique Hanke, sa nièce. Il voulut lui parler de la filature, de son compagnon qu'elle croyait infidèle, de son frère et de sa soirée à la Charbonnière, de l'attitude étrange de Monique lors de leur dernier entretien. Mais il se ravisa. À l'évidence Anato n'était au courant de rien, alors il préserva le secret de son affaire. D'ailleurs à quoi bon, le contrat était rompu, il n'y avait plus rien à dire.

— Et vous, capitaine ? Vous êtes sur cette histoire de mules, le double meurtre ?

— Oui. Enfin, j'étais.

— Avec le major Marcy ?

Hochement de tête.

— C'est terminé ?

— Quasiment.

— La version de *France-Guyane*, c'est la bonne ?

Le capitaine soupira, écrasa le citron dans le fond de son verre. Il n'avait pas à parler du dossier devant Vacaresse, mais il avait perçu une lueur dans son regard. La curiosité de l'enquêteur. L'envie de savoir, de mettre un doigt dans l'affaire. Refaire partie du système, juste un instant. Il lui devait bien ça. Au moins quelques miettes.

— Pas tout à fait.

Vacaresse se redressa sur sa chaise, l'œil réveillé.

Anato regarda sa montre, hésita. Puis finit par tout raconter, en version accélérée. Willy Nicolas, sa famille obèse sous le choc, les conditions de sa découverte à Saint-Laurent. Bradley Koosman sur la route de Mana, ce Surinamien sur lequel ils ne savaient presque rien, sa mère seule, pas de témoins. Les résultats de l'autopsie, les ovules de drogue, le *bugru* dans le pénis de Koosman. La traque de Vakansie, l'unique piste. Et sa chute avec le major dans la rivière de Cayenne. Le détective ne perdit pas un mot du récit. Et lorsque le capitaine s'interrompit, il resta silencieux un moment. Avec, sur le visage, une expression figée, songeuse. Le sourcil relevé, un tic que tous les collègues connaissaient. Qui traduisait un étonnement soudain, de la perplexité. Mais peut-être était-il juste nostalgique de l'époque où lui aussi était en première ligne.

— À quoi pensez-vous, lieutenant ? le questionna Anato, intrigué.

Vacaresse secoua la tête.

— À rien.

Monique se gara le long du trottoir.

— Maman…

Thélia émergeait, un œil ouvert, l'autre encore endormi, une grimace lui tordait le nez et la bouche. On aurait dit un bébé pian au réveil, il ne lui manquait plus que les moustaches.

— Allez debout, on est arrivées.

Une heure de voiture, elle l'avait eue sa sieste. Sac en bandoulière, Monique la détacha du siège enfant et souleva les dix kilos qu'elle porta dans les escaliers, jusqu'à son appartement. Elle la déposa dans sa chambre, au milieu des jouets usés qui envahissaient le carrelage. La petite resta là, hébétée, mal réveillée. Elle bâilla de toute sa bouche. Dans le salon, la jeune maman avisa la vaisselle entassée dans l'évier. Ces derniers jours, elle se laissait aller. Ça n'allait pas, il fallait qu'elle se reprenne. Mais avant de se lancer dans son ménage, elle s'empara de son Smartphone et composa le numéro de son oncle.

— *Fa a e go ?*

— *Mi de*, répondit Anato, sachant combien Monique aimait l'entendre parler en ndjuka.

Un minuscule sourire se dessina sur les lèvres de la jeune femme.

— J'ai quelque chose pour toi, elle annonça.

— Ah oui ? Tu vas enfin me présenter ton futur mari ?

Silence embarrassé. Plus marqué que le capitaine ne le souhaitait, comme s'il avait abordé un sujet interdit.

— Monique, je plaisante.

— Hmm… Non, c'est autre chose.

Elle parlait d'une petite voix triste, sans son enthousiasme habituel.

— Je t'écoute.

— J'ai fait mon enquête. *Pinalanti.* C'est de ça que tu m'avais parlé, non ?

— Oui.

— Je reviens juste de Kourou, là-bas j'ai questionné mon grand-père. D'après lui, c'est le nom d'un village ndjuka.

— Sur le Maroni ?

— Non. Au Suriname, vers Moengo, mais il n'en sait pas plus. En tout cas il n'a rien dit d'autre. Il était…

— Quoi ?

— Je ne sais pas. Il m'a dit ça, mais j'ai senti qu'il n'avait pas envie d'en parler.

— Pourquoi ?

— Pour rien. C'est juste une impression qu'il m'a laissée.

— Je vois. Un village près de Moengo donc. Merci, c'est noté.

— Oui, je me disais que ça allait t'intéresser.

— Ça va, toi ?

— Oui, oui, ça va…

C'était un petit oui, ça, se dit Anato à l'autre bout de la ligne. Ça lui rappelait la Monique d'il y a quelques mois, avant qu'elle ne rencontre son prince charmant. Il savait qu'elle avait traversé une période difficile. Elle avait maigri, perdu son sourire pourtant si tenace, paraissait au bord de la dépression. Et elle avait gardé tout ça pour elle. Aucune explication, pendant un moment elle avait même évité de voir son oncle pour ne pas affronter ses questions. Décidée à se sortir seule de l'ornière. Ce qu'elle avait réussi, visiblement : à présent tout semblait rentré dans l'ordre. Mais au moindre signe, il ne pouvait s'empêcher de se faire du souci pour elle.

Quand elle eut raccroché, Monique fixa longuement le mur de son salon, perdue dans ses pensées. Son regard s'attarda sur les objets sculptés posés çà et là sur les étagères, sur le tableau traditionnel peint par son grand frère et accroché de travers sur la paroi blanche. Elle écouta les miaulements de Thélia qui ne parvenait pas à remettre en place la tête de la poupée qu'elle venait de décapiter.

Et, pour la cinquième fois, elle relut le SMS envoyé par Francis quelques heures plus tôt. Quelques mots qui, après la filature ratée du détective, n'étaient pas pour la rassurer.

Peux pas te parler pour le moment. On se contacte plus tard.

Retour à la maison. À l'appartement plutôt, dans ces deux pièces étriquées. Entre l'absence criante de Jérémy et la présence sinistre de Mathilde dans la chambre à côté. Rester ici avait quelque chose d'oppressant. Lorsque Vacaresse s'affala dans son canapé, il avait déjà envie de repartir. En bas, un scooter pétaradait sur le parking, fonçait dressé sur la roue arrière. Une belle séance de frime. La jeunesse, libre et désespérante. Mais valait-il vraiment mieux que ça ? Plus de contrat, il avait rendu son argent à Monique Hanke. À nouveau condamné à attendre un client. Sa messagerie était vide, sa boîte mail aussi. Et au courrier, rien que des prospectus sous Cellophane pour vanter des produits hors de prix. *Comme en métropole !* jurait la couverture d'un livret.

Revoir le capitaine lui avait laissé une impression étrange. Le goût d'une époque révolue. Il avait repensé à ses anciens collègues, aux affaires passées entre ses mains, visualisé les bureaux de la Section de recherches où étaient sans doute encore rangés tous ses dossiers. Il avait été pris d'une nostalgie intime.

Mais il y avait autre chose, une idée vague qui lui traînait en tête depuis la fin de leur échange, qu'il n'arrivait pas à saisir. C'était dans les paroles d'Anato. Dans l'histoire de Luc Fanchard, peut-être, dans son désir de repentance auquel Vacaresse ne croyait pas. Non, c'était dans le récit de l'enquête qu'avait fait le capitaine. Cette affaire sordide de mules, avec trois jeunes morts en quelques jours. Des jeunes qui avaient juste quelques années de plus que Jérémy. Anato avait prononcé un mot qui s'attardait dans le cerveau du détective. Un mot qu'il avait déjà vu quelque part. Un nom, peut-être. Quelque chose que *France-Guyane* ne disait pas. C'était flou, une sensation de déjà-vu qui le titillait. Et l'excitait, agréable en fin de compte, ravivait son esprit encombré. Lui rappelait le passé.

Mais quoi ?

Il chercha longtemps, immobile, son corps lourd enfoncé dans les coussins humides. Fouilla sa mémoire, explora ses souvenirs récents et plus lointains. La pièce était chaude, moite, sa peau collée au faux cuir transpirait. Il regarda le réveil posé sur la table basse encombrée. Treize heures trente : Jérémy finissait son déjeuner en cellule, l'heure de la promenade commençait. Et toujours le bruit de ce deux-roues par la fenêtre. Un nom, oui c'est ça, c'était un nom. Le détective se leva, alluma son ordinateur. Ouvrit plusieurs dossiers récents. Des photos, des coupures de presse scannées. Les horaires du parloir au centre pénitentiaire, enregistrés avant qu'il ne les connaisse par cœur.

Voilà. Il avait trouvé. Agité comme un enfant.

Sur l'écran s'affichait la copie de l'agenda de Francis Adogoe, remis par Monique lors de la signature du contrat. Avec ce nom, écrit à la main, à plusieurs reprises.

Koosman.

25

Dès qu'on quittait la nationale, qu'on s'engageait sur la route de Mana, le bitume changeait de couleur. Il devenait plus clair, gris. Rapiécé par endroits, craquelé ailleurs. À sa surface brûlante affleuraient des flaques d'eau imaginaires, mirages éphémères où le ciel se noyait. Et la chaleur déformait le paysage. Comme si les arbres dansaient sous le soleil blanc, les troncs mous. À partir de là, la Guyane changeait de visage. Des bouts de village sur des clairières fraîchement ouvertes, des maisons en bois noir, des carbets branlants presque sur la chaussée, des boutiques d'artisanat. Pas de doute, on était dans l'Ouest, presque au Suriname déjà. Et ceux qui vivaient là, en grande majorité, étaient des Noirs-Marrons. Anato conduisait vitres fermées, sous air conditionné, isolé du monde extérieur. Seul avec ses pensées. Et impatient. Enfin. Enfin était venu le moment de revoir Melita Koosman, la vieille Ndjuka. Pas pour l'interroger sur son fils cette fois, mais pour parler du passé, de leur passé, de ce qui les reliait. Un ancêtre. Car il y avait quelque chose, il en était certain. Devant lui, elle avait perdu ses moyens, dans ses yeux elle avait reconnu un homme. Un autre homme, sorti de sa mémoire. Le chaînon manquant, oui, c'était peut-être lui, celui qu'Anato cherchait depuis des mois. La famille d'Antonis, son père. Le vrai, le géniteur. La lignée oubliée par tous les habitants du fleuve. La branche disparue. Il allait falloir l'aborder avec prudence. C'était une femme âgée, au discours confus d'après Marcy qui avait recueilli son témoignage. Sans doute encore sous le choc de la perte d'un fils. Peser chaque mot, prendre le temps, parler peu, écouter surtout. Anato connaissait, il faisait ça tous les jours. Mais là, c'était différent, l'enjeu n'était pas le même. C'est de lui qu'on allait parler. À l'impatience se mêlait une forme d'appréhension. La crainte de l'échec. Peut-être ne parviendrait-il pas à percer la cuirasse. Melita Koosman serait trop perturbée, prendrait peur, se fermerait. Et elle ne dirait plus rien. Un coffre à jamais clos. Des souvenirs inaccessibles, perdus.

Quelques kilomètres avant d'arriver, il leva le pied, machinalement. La voiture décéléra puis s'immobilisa en pleine route. Il baissa la vitre. À gauche, à quelques dizaines de mètres de l'asphalte, un arbre géant. Un fromager au tronc massif, les branches noueuses barrant le bleu du ciel. Couvertes de nids de caciques en gouttes d'eau habilement tissées. Les oiseaux volaient partout, emplissaient l'espace de leurs ailes noires et de leurs cris aigus. Anato ne pouvait passer ici sans s'arrêter. Cet arbre, c'était le tombeau de ses parents. Du moins de sa mère et de celui qui s'était dit son père durant trente ans. C'est ici que leur voiture s'était fracassée, trois ans plus tôt. Un accident, d'après les gendarmes. Mais pas seulement. Pour les Ndjukas, la mort n'est jamais vraiment naturelle. Il y a toujours une autre cause, plus profonde. La volonté d'une divinité, d'un ancêtre, d'un sorcier. Les traditions animistes. Et le temps passant, Anato se prenait à y croire. Non, ce n'était pas qu'un accident. C'était l'œuvre d'Antonis, de son esprit vengeur qui jamais n'avait trouvé le repos. Son *Yooka*, furieux contre l'homme qui avait causé sa perte, contre la femme qui l'avait trahi. C'est lui, depuis le monde d'après, qui avait provoqué la mort des deux époux. Tout trouvait son sens ainsi. Et depuis qu'il avait compris, le capitaine ne descendait plus de voiture, n'allait plus se recueillir au pied de l'arbre. Il s'arrêtait et le regardait, de loin, telle une sculpture abstraite et froide, sans humanité. Ce passé n'était plus vraiment le sien, fait de mensonges et de honte enfouie. Il avait franchi le cap, son esprit volait ailleurs aujourd'hui.

Avec cette présence à ses côtés, qu'il voulait croire bienveillante. Mais sur laquelle il savait si peu.

Antonis.

Il remit le contact, accéléra sur la chaussée. Les caciques effrayés jacassèrent de plus belle, puis le son s'atténua alors qu'il s'éloignait et remontait sa vitre. Il passa devant un groupe de maisons peintes en bleu sur un sol blanc sable. Au-dessus des toits, un câble électrique pendait entre des bouts de bâtons tordus. Plus loin, quelques bovins anémiques broutaient entre les souches d'une parcelle défrichée.

Il repéra bientôt la demeure Koosman, loin des autres habitations, cachée derrière un massif d'arbres. C'était un cube : murs en bois noir, des planches mal alignées, et toit en tôle brune, rouillée. Un grand volume, mais sans relief, pas d'extension, de terrasse ou d'étage. Il se gara en bord de route, emprunta le pont bricolé au-dessus des fossés. Avisa une boîte aux lettres en ruine. Et marcha jusqu'à la bâtisse. Une des façades était barrée d'une coulée verte, la mousse avait surgi à même le bois. Sur la dalle de béton, à l'entrée, il y avait un petit banc. Sans doute Melita Koosman s'asseyait-elle ici parfois, à l'abri de la pluie sous le faîte du toit, pour éplucher des légumes, râper du manioc ou plier son linge. Toute seule. Des vêtements séchaient sur un fil de fer, des tee-shirts sans forme ni couleur. Personne aux alentours, un silence de forêt, quelques cris d'oiseaux lointains. Et une chaleur piégée par la verdure. Les arbustes recolonisaient la petite parcelle mal entretenue. Un jour la nature aurait repris ses droits, avalé la maison, il ne resterait plus rien. Aucune trace du passage éphémère des humains.

— Hé ho !

Pas de réponse. Anato s'avança sur le terrain, vérifia derrière la construction. Rien.

— Madame Koosman. *U de ya?* Vous êtes là?

Absente. Partie retrouver sa famille, chercher du soutien dans sa douleur. Il s'approcha de la porte, hésita. Puis poussa le bois. Aucune résistance : ouverte. Il jeta un œil à l'intérieur.

— Madame Koosman?

Toujours rien. Le bruit d'une mouche dans l'air lourd. Une chaleur à peine supportable. C'était assez grand, de quoi faire trois pièces. À droite, ce qui devait être la cuisine. Des étagères, des assiettes exposées les unes à côté des autres, à même le mur, des couverts suspendus. Une toile cirée agrafée sur une planche en guise de plan de travail. Un morceau de miroir brisé cloué au bois. Des parois gondolées séparaient l'espace. Au-dessus de l'une d'elles reposait un matelas plié en deux. Anato fit quelques pas sur le lino à moitié décomposé. La vieille femme vivait dans le dénuement le plus total, la bicoque avait tout d'une ruine. Le plus flagrant était cette ouverture, ce trou énorme sur une des parois en aggloméré. Sûrement l'effet de l'humidité dans les copeaux de bois, avec le temps la matière avait dû se déliter et se détacher par plaques. On voyait à travers, en se penchant on aurait même pu passer dedans. Ce n'était plus un mur, c'était une crevasse. Le capitaine s'approcha, changea d'angle pour apercevoir la pièce du fond, se baissa.

Mais dans ce trou aux contours incertains, ce qu'il vit le fit reculer. La main sur la bouche, les sourcils froncés.

Non pas une fenêtre ou des rideaux.

Mais deux pieds noirs et nus. Qui se balançaient dans le vide.

Saint-Laurent-du-Maroni. Encore une fois. La même avenue, les mêmes panneaux, le même rond-point. Un vendeur de sinobol traînait sa carriole multicolore sur la piste cyclable. Mais qu'est-ce que tu fais ? Durant tout le trajet, Vacaresse s'était posé la question. Ton contrat est terminé, oublie cette histoire. Oublie Monique Hanke et ses problèmes de cœur, tout ça n'a aucun sens. Rentre chez toi et attends le client suivant. Les débuts sont toujours difficiles, c'est ce qu'avait dit un autre gendarme reconverti lorsqu'il avait commencé à s'intéresser au métier. Tu essuieras peut-être des échecs, c'est normal tout le monde passe par là. Mais si son contrat raté ne lui sortait plus de l'esprit depuis ce matin, s'il retournait tous les éléments sans cesse, ce n'était pas pour sa cliente. Il n'essayait pas de rattraper le coup, il ne revenait pas dans l'Ouest pour poursuivre le travail entamé. Non, cette fois il le faisait pour lui, égoïstement. Ce qui le poussait, c'était une sensation familière qu'il pensait avoir perdue. L'impression d'avoir mis le doigt sur quelque chose. L'excitation de l'enquêteur, lorsqu'une affaire qui traîne depuis des mois se débloque enfin, qu'un mot dans un témoignage anodin prend soudain tout son sens. Lorsqu'on sent qu'on s'approche de la vérité.

Le capitaine Anato ne disait pas ce qu'il pensait, il fallait deviner, lire dans les expressions discrètes de son visage, dans ses yeux si troublants. Et ça, avec le temps, Vacaresse avait appris le faire. Anato ne l'aurait jamais avoué, encore moins devant son ex-lieutenant, mais il n'était pas satisfait par le dénouement de l'enquête sur la mort des deux mules. Il avait des doutes, ça se voyait. Si Vacaresse n'avait pas été radié de l'équipe, il lui aurait sans doute demandé de poursuivre, d'explorer d'autres pistes, de trouver ce qui avait été négligé. Misant sur son acharnement hors du commun.

Koosman, c'était le nom qu'il avait lu dans l'agenda. Plusieurs fois, les jours précédant sa mort, Bradley Koosman avait rencontré Francis Adogoe. Peut-être juste une coïncidence, relevée seulement parce que Vacaresse mourait d'envie de se remettre à la tâche. Parce que le récit du capitaine l'avait captivé, qu'il avait bu ses paroles comme un alcoolique replonge dans le rhum. Mais rien à faire, l'idée était là, s'accrochait. Une nouvelle obsession.

Et ça faisait du bien, un bien fou.

Le sentiment d'exister à nouveau. De faire partie du système.

Sauf qu'il ne faisait partie de rien. Agent de recherches privé, il n'était rien d'autre que ça. Aucun mandat, aucun rôle dans l'enquête, même plus de contrat avec sa cliente pour justifier la moindre investigation. Prévenir Anato, voilà ce qu'il devait faire, contacter les services compétents. Comme n'importe quel quidam. Se présenter à la gendarmerie, témoigner, rentrer chez lui et passer à autre chose. Au lieu de ça, il tourna le volant, se dirigea vers le quartier du Lac Bleu. Là où tout avait commencé. Reprendre à zéro. Non plus pour déterminer si le compagnon de Monique était fidèle, mais pour savoir ce qu'il voulait à la mule morte sur la route de Mana. Il n'alla pas se ranger au loin, mais se gara juste devant la maison de la famille Adogoe, deux roues sur le trottoir rapiécé.

La porte était entrouverte, seul un fin rideau à fleurs cachait l'intérieur. À travers, on devinait le salon, jusqu'aux jalousies du fond fermées sur un petit jardin. On entendait le son trop fort d'un téléviseur. Il sonna. Une gamine se précipita pour soulever le tissu, le regard curieux, des perles un peu partout sur la tête. Son sourire d'ingénue s'évanouit quand elle leva les yeux vers le détective. Déçue. Elle attendait quelqu'un d'autre visiblement. Elle souffla, afficha une grimace exagérément triste, laissa tomber ses bras et fit demi-tour vers le salon avec un Oh ! dépité. Sans un mot, ni bonjour ni qui êtes-vous ni entrez. Et personne ne prit le relais pour venir l'accueillir. Il resta un instant là, hésitant. Puis il s'avança doucement dans le couloir. C'était propre et bien rangé, le carrelage brillait. Au-dessus d'une armoire surdimensionnée trônaient trois tabourets sculptés. À droite un escalier montait à l'étage. À gauche la cuisine, avec au sol un seau en métal rempli d'eau brune et de feuilles mortes. Sur un canapé se vautraient la gamine et un autre enfant, un peu plus grand. Et la mère Adogoe, assise elle sur un fauteuil à l'écart, le dos droit, les mains croisées sur les genoux, vêtue d'un pagne rose et d'un haut tout en sobriété, l'air fier. Tout ce petit monde braquait les yeux vers le téléviseur, décidément trop fort. Une série américaine, un truc romantique.

Alors qu'il approchait, la femme tourna la tête vers lui, fronça les sourcils, étonnée de cette intrusion. Elle ouvrit sa bouche sèche, chercha ses mots. Vacaresse prit les devants.

— Excusez-moi. Comme personne ne répondait, je me suis permis d'entrer. (Pas de réaction.) Je cherche Francis.

Regard de méfiance, les deux gamins ne décrochèrent pas de l'écran. Puis elle tendit le visage vers l'étage.

— Steven ! elle cria enfin. *Wan sama de ya fu Francis. Yu sabi ope a de ?*

— Oui, je t'ai dit, il est toujours au Surina…

La voix stoppa net. Le frère venait de passer la tête et d'apercevoir Vacaresse. Il resta interdit, debout dans son jean ajusté, dans sa chemise repassée, la mine contrariée. Puis il descendit les marches, se planta entre sa mère et le détective, ficha ses yeux dans les siens avec un peu de hauteur, quelques centimètres de plus. De la colère sur les traits fins de son visage.

— Qui êtes-vous ?

Hésitation.

— Mon nom est Pierre Vacaresse.

— Vous êtes quoi ? Un flic, un gendarme ?

— Rien de tout ça. J'ai juste quelques questions à poser à votre frère. À Francis.

Pas clair, ça ne voulait rien dire. L'autre le toisa. Peut-être reconnaissait-il le visage qu'il avait aperçu lors de cette soirée à la Charbonnière. Ce visage qui l'avait fait fuir.

— Il n'est pas là. Et ça m'étonnerait qu'il ait envie de vous parler.

— C'est important. Ça concerne Monique. Dites-lui ça si vous le voyez.

Mauvaise idée, pensa Vacaresse quand le nom s'échappa de ses lèvres. Le Ndjuka parut surpris. Ou encore plus méfiant.

— C'est ça, j'y penserai. Maintenant, sortez d'ici.

Vacaresse obéit. Il n'aurait sans doute aucune nouvelle des frères Adogoe, mais il ne repartait pas bredouille. Il avait une info.

Francis Adogoe était au Suriname.

— Suicide ?

— Suicide. C'est mon avis en tout cas.

La médecine légale aurait le dernier mot, mais le technicien avait peu de doutes. Sous la corde à hamac en matière synthétique, on voyait bien le sillon de pendaison autour du cou, oblique ascendant, passant au-dessus du cartilage thyroïde jusque derrière les oreilles, estompé sur la nuque, là où se trouvait le nœud. À première vue, aucune autre marque sur le corps, ni plaie ni ecchymose. C'était cohérent. Melita Koosman pendait du toit, droite et sèche comme une branche, la tête penchée à gauche, un masque triste sur le visage. Elle portait les mêmes vêtements que lors de sa rencontre avec les gendarmes, jupe noire et haut marron, les manches trouées. Les pieds nus, terminés par des orteils couverts de corne, anguleux. Ses seins trop lourds lui faisaient deux bosses au niveau du ventre. Elle avait dû monter sur cette chaise en bois qui gisait à terre, à peine assez solide pour soutenir le poids d'un adulte. Si elle avait cédé, la femme serait peut-être encore vivante.

Le technicien fit un pas sur le côté, se déplaça devant le corps, prit une nouvelle photo. Les flashs éclairaient la pièce sombre, en révélaient furtivement les détails. Seul le lit en bois, sans matelas, quelques lattes en moins et une moustiquaire déchirée, permettait de déduire qu'il s'agissait de la chambre. En dehors de ça, il n'y avait rien ici. Pas de meuble, pas de lampe de chevet. Au sol, on voyait plus de béton que de linoléum. Le long des poutres rampait une poussière épaisse agglomérée dans les coins. Et toujours ce mur éventré, indécent. Pareil à un œil géant qui guettait les mouvements des trois gendarmes. Le technicien affairé autour du cadavre, son matériel en main. Et Anato et Marcy, postés au bord de la pièce, muets face au spectacle de la mort dans ce lieu de misère. La vieille femme n'avait presque jamais de visite, c'est ce que les voisins avaient raconté à Marcy quelques jours plus tôt. Sans la venue d'Anato, on n'aurait sans doute pas découvert le corps avant un bon moment. Les charognards l'auraient trouvé en premier, le vol des vautours aurait fini par attirer l'attention. C'était malheureusement ce qui arrivait parfois dans ces secteurs isolés, la nature précédait les humains.

Marcy sortit de la baraque, suivi par Anato. Il s'assit au bord de la dalle de béton, alluma un cigarillo, regarda le ciel. Un orage se préparait dans les nuages en mouvement, le noir et le gris se disputaient les hauteurs.

— C'est moche, fit le major.

Anato acquiesça.

— Elle n'a pas supporté la mort de son fils. (Il tira une grande bouffée.) Et quand on voit comment elle vivait, on se demande si elle n'est pas mieux là où elle est maintenant.

On entendait les pas du technicien derrière la paroi en bois, le bruit de l'appareil photo qui immortalisait chaque détail.

— Non, répondit le capitaine d'une voix basse, les yeux vides.

— Pardon ?

— Vous vous trompez. Melita Koosman n'est pas mieux maintenant.

— Quoi ? Non, mais je disais ça juste comme ça.

Anato fixa Marcy, l'air grave et hautain. Touché personnellement par les mots maladroits du major.

— Le culte des ancêtres, vous connaissez ?

— Euh… Oui, enfin, non, un peu.

— Retenez au moins ça : chez les Noirs-Marrons, on meurt avec un objectif. Rejoindre le cercle des ancêtres. Devenir un de ces morts respectables que les vivants honoreront depuis le monde réel, qu'ils consulteront lors des cérémonies.

— Comme quand ils versent du rhum par terre.

— Par exemple. Mais voilà, pour devenir un ancêtre, il faut être un bon mort, mourir dans de bonnes conditions. Et le suicide ne fait pas partie de la liste.

— Ce qui veut dire…

— Que Melita Koosman, selon ce en quoi elle croyait sûrement, n'est nulle part à présent. Elle n'existe plus. Elle n'est rien.

Marcy ne répondit pas, refroidi.

Anato songeait à l'âme perdue de la Ndjuka. Pour se donner ainsi la mort, elle devait être vraiment désespérée. Il se sentait atteint par ce suicide, peut-être parce qu'elle lui rappelait quelques-unes des anciennes interrogées lors de ses voyages sur le Maroni. Ou simplement parce qu'il partageait la même culture, qu'à présent il savait ce que mourir signifiait pour un Noir-Marron, l'importance que la mort revêtait. Qui allait la pleurer ? Elle n'avait pas d'homme à ses côtés, personne pour porter le deuil. Un décès solitaire, sans cérémonie. Y aurait-il seulement quelqu'un pour venir réclamer son corps à la morgue, après l'autopsie ?

Marcy tira sur son cigarillo, souffla la fumée, l'observa s'échapper en volutes blanches puis se dissoudre dans l'air. Le technicien terminait, il rangeait son matériel dans sa mallette. Le cri d'un kikiwi fendit le silence. Une disparition de plus dans l'Ouest guyanais. La brigade de recherches de Saint-Laurent y était confrontée si souvent.

— Capitaine ?

— Oui ?

Le major cherchait ses mots. Mal à l'aise.

— Rassurez-moi. Votre présence ici, avant tout le monde, c'était personnel. Rien à voir avec l'enquête sur la mort de Bradley Koosman ?

Échange de regards. Anato ne décela aucune agressivité dans la question, pas de défiance. Juste de l'inquiétude. La crainte de perdre la main sur une enquête dont il avait la direction et que, en accord avec le juge d'instruction, ils avaient mise en sommeil.

— Non, bien sûr, ça n'a rien à voir, il répondit.

Les premières gouttes tombèrent du ciel alors que le technicien sortait de la bicoque.

26

— Rody, tu es là ?

Aboussa Dijoe retira ses savates trempées, secoua son tee-shirt. Puis il poussa la porte pour s'introduire dans la maison en bois de son ami. Dans la cour, sous le toit martelé par la pluie, il avait rencontré sa femme qui lui avait juste confirmé qu'il était à l'intérieur, d'un coup de menton. Il connaissait l'état déplorable de leur relation, surtout depuis que Rody buvait. C'était à peine s'ils se parlaient. Le plus souvent, elle passait entre lui et la télévision en tchipant, les bras chargés de linge, de vaisselle, de toutes ces choses qui occupaient son quotidien. Consternée par ce qu'il était devenu. L'homme qu'elle avait aimé, rebelle et fougueux, ne semblait plus qu'un lointain souvenir. Aboussa se demandait dans quel état il allait le trouver. Dévasté par la mort de Melita, sa grande sœur. Ivre mort, peut-être, il fallait s'attendre à tout. Pourtant Rody n'était pas dans ce canapé où il végétait habituellement. Aboussa traversa le salon désert, avisa la bouteille de rhum à moitié vide posée sur la table basse, contourna le fauteuil. Et marcha jusqu'à la remise, à l'arrière de la maison.

Rody était là, torse nu. Assis sur un tabouret dans le vacarme de l'averse sur la tôle, en tête à tête avec un moteur de pirogue qu'il bricolait, concentré sur sa tâche.

— Rody ?

— …

— Rody ?! finit par crier le visiteur.

Il sursauta, tourna la tête. Et de ses yeux rougis, il fixa la silhouette encadrée dans le chambranle. Aboussa Dijoe, reconnaissable entre tous. Gros ventre, grosses cuisses, gros bras, il remplissait tout l'espace. Ça dépassait sous son tee-shirt, ça débordait du short. Mais aucune gêne, il assumait son surpoids comme une preuve qu'il était bien nourri. En bonne santé. Il en riait même souvent. Et il déplaçait tout ce barda avec une aisance étonnante. Il s'avança lentement, s'assit à côté de son ami.

— J'ai appris pour Melita. Je suis désolé.

Rody hocha doucement la tête, le visage ravagé par les années.

— Merci d'être venu, il dit, la voix éraillée.

Les deux hommes se fixèrent longuement, immobiles dans la petite pièce mal rangée, encombrée d'outils, de matériel de récupération. Le contraste entre eux était frappant. Il rappelait ce qu'ils étaient autrefois, ce qu'ils étaient devenus. L'effet du temps sur les individus, sur les corps. Aboussa posa une main sur l'épaule de Rody, lui assura son soutien dans l'épreuve qu'il traversait. Tous deux repensaient au passé, à cette période trouble durant laquelle ils s'étaient rencontrés pour la première fois.

Dans les rangs des rebelles.

Du Jungle Commando.

Quand la guerre civile avait éclaté au Suriname, quand Ronnie Brunswijk et ses lieutenants avaient lancé les premiers assauts, Rody avait vite choisi son camp. Il ne se voyait pas du côté des fuyards, il voulait lutter, faire partie de cette résistance, de ces Noirs-Marrons qui enfin prenaient leur destin en main. Parce que depuis des années, l'armée de Bouterse mettait tout le monde sous pression. Entre Albina et Paramaribo, il y avait cinq barrages à franchir. Avec des hommes en uniforme qui se prenaient pour des grands chefs. Si tu avais deux sacs de riz, ils t'en volaient un. Parfois ils demandaient de l'argent. Et si tu t'opposais, c'étaient les coups, tout de suite. Ou la prison. Sur le Maroni, il fallait remplir toutes sortes de formulaires, les militaires voulaient tout contrôler, tout le temps, ils confisquaient ce qui n'avait pas été déclaré. Dans la capitale, ils avaient instauré un couvre-feu. Ça devenait invivable, humiliant. Surtout pour les Noirs-Marrons. C'est pour ça, au début, que Rody avait décidé de rejoindre Brunswijk. Il avait alors vingt et un ans, pas de femme, pas d'enfant, rien à faire. Se battre, c'était donner un but à sa vie. Il était allé voir les Jungle dès qu'il avait appris leur existence. En Guyane c'était facile de les trouver, ils avaient un bureau à Saint-Laurent dans une maison sur pilotis, au bord du fleuve. Et ils se réunissaient à l'hôtel Star, tout le monde le savait.

Rody avait rejoint les soldats, les jeunes sans rôle stratégique, tout en bas de l'échelle. Il travaillait un peu à côté, quand il trouvait un job, revenait de temps en temps au village pour les cultures. Comme beaucoup, c'était une sorte de guérillero à mi-temps. Il y en avait qui venaient juste pour une opération, qui repartaient ensuite pour le travail, la famille ou la religion. La guerre, aucun d'entre eux ne l'avait jamais faite. Des amateurs, il réalisait aujourd'hui, on était vraiment des amateurs. Avec nos fusils de chasse contre les blindés, avec nos entraînements express à Langatabiki, l'île où Ronnie avait installé une base arrière. On ne savait rien. Il se souvenait de l'allure de Ronnie quand il l'avait accueilli la première fois. Béret rouge, baskets blanches toutes neuves, treillis, Kalachnikov en main. Le chef des Jungle Commando, celui qui tenait tête à la junte. Certains l'appelaient Bevel, d'autres commandant Kadhafi, d'autres encore Roméo Bravo, le surnom qu'il préférait. Il se prenait pour un général. Il y avait son garde du corps à côté, un jeune avec un marcel bleu et pour seule arme une petite arbalète. En ville, sur les routes, les militaires étaient chez eux, ils avaient l'avantage. Mais la forêt, les fleuves, c'était le domaine des Noirs-Marrons. C'est là qu'ils pouvaient gagner. Et qu'on les craignait.

Aboussa, lui, n'était pas soldat. Il aurait pu s'il avait voulu, à l'époque il commençait seulement à prendre du poids. Mais il faisait partie des cadres, des têtes pensantes du Jungle Commando, aux côtés de Ronnie et de ses plus proches lieutenants. Ils avaient tous des surnoms : Reagan, Castro, Bob. Mais pas Aboussa. Parce que Bouterse et son armée ignoraient jusqu'à son existence. Il avait toujours vécu côté guyanais, à Saint-Laurent, il y connaissait du monde. Alors il se chargeait des questions logistiques, du renseignement, du lien avec les Français. Le point d'entrée de la rébellion en Guyane.

Après la guerre, Aboussa était rentré dans le rang. C'était un malin, il avait monté ses petites affaires. Il avait commencé par créer une société dans le bâtiment qui avait bien tourné pendant quelques années. Puis il avait ouvert un restaurant au bord du Maroni dont les plats surinamiens et les brochettes attiraient Noirs-Marrons autant que métropolitains ou Créoles. On y croisait des officiels, des directeurs d'administration avec lesquels il entretenait de bonnes relations. Il faisait un peu dans le tourisme aussi, dans sa pirogue il emmenait des Blancs découvrir les villages du Bas-Maroni. Il connaissait très bien le fleuve, pouvait en parler pendant des heures, jamais à court d'anecdotes. Pour tout Saint-Laurent, Aboussa c'était un personnage. Un citoyen français, un homme public. Un modèle de réussite, tellement éloigné du destin pitoyable de Rody.

Depuis toujours Rody n'avait fait qu'échouer, voilà le bilan qu'il tirait des quarante-sept années déjà derrière lui. Et ça recommençait. Melita, morte. Son mari, Johny, mort. Bradley, mort. Il comptait les défunts du foyer de sa grande sœur. Avec elle, c'était son lignage qui venait de s'éteindre. Plus personne pour prendre la suite. Et lui, son frère, inutile. Encore une fois, il n'avait pas été là pour elle. Elle s'était donné la mort, toute seule dans sa petite maison. Parce que jamais elle n'avait voulu quitter cet endroit. Cette baraque qu'autrefois Johny avait bâtie de ses mains. C'est là qu'elle devait rester, elle disait, même sans ressource. Il y a deux jours seulement elle se trouvait en face de Rody, chez lui. Assise sur le tabouret sculpté, avec sa face grise et ses cheveux tout cassés. Vivante. Elle avait parlé, d'elle, de Bradley, avait cherché un soutien, des mots, des paroles. En vain. Rody n'avait rien trouvé, muet comme à son habitude. Avait-elle déjà pris sa décision, ou attendait-elle qu'on la dissuade de commettre l'irréparable ? Il ne le saurait jamais. Il imaginait le corps de sa sœur pendu dans la baraque. Et songeait : Non. Non, tu ne peux pas rester là à ne rien faire, tu ne peux plus.

Dehors, la pluie inondait les rues, on entendait l'eau ruisseler dans les rigoles. Aboussa était venu apporter du réconfort à son ami. Il pensait le trouver saoul sur son canapé, sa bouteille à la main, ruminant son chagrin. Mais à cet instant, ce qu'il lisait dans le regard de Rody, ce n'était ni du désespoir, ni de l'abattement, ni du renoncement. Non, il y voyait la même flamme qu'autrefois, ravivée, brûlante. Au-dessus des cernes creusés par l'alcool, sous les paupières molles, entre les vaisseaux éclatés, on décelait une détermination infinie. De la volonté, un sentiment qu'Aboussa pensait à jamais perdu chez l'ancien soldat. Mais qui l'inquiétait. Parce qu'il redoutait ce que Rody avait en tête. Parce que la guerre était terminée, qu'il fallait tourner la page.

Parce que ce qui venait de réanimer Rody, c'était l'envie de venger Melita.

Le corps avait été emmené par les agents des pompes funèbres. Le journaliste de Guyane 1re avait fait quelques interviews dans les baraques autour de celles de Melita

Koosman, puis était parti aussitôt pour boucler son sujet. Un suicide, un de plus, pas de quoi faire la une. Il y en avait tellement, plus dramatiques, sur le Haut-Maroni. Des Amérindiens, jeunes, parfois très jeunes, quatorze-quinze ans, se donnaient la mort. C'est là qu'il était le sujet suicide en Guyane. Terrible, désolant, il renvoyait au déclin culturel des peuples autochtones, à l'inaction de l'État, à l'inadéquation de la Constitution française. Mais une Ndjuka quinquagénaire pendue sur la route de Mana, ça intéressait qui ? Marcy aussi avait fini par partir, mobilisé sur une autre enquête. Anato resta le dernier sur les lieux, à l'abri dans l'habitacle de sa voiture, sous la pluie installée pour de bon. Les trombes d'eau lavaient le terrain, gorgeaient la terre, remplissaient les rigoles, les fossés, pliaient les herbes. Les essuie-glaces marchaient mal, le pare-brise pleurait, l'averse frappait la tôle en un bruit sourd. Le ciel n'était plus qu'une masse sombre au-dessus de la route. Un moment le capitaine se demanda ce qui se passerait si le légiste trouvait quelque chose sur le corps de la défunte. Un détail, une blessure, qui viendrait remettre en cause la thèse du suicide. Et si Melita Koosman avait été assassinée ? Marcy y avait forcément pensé lui aussi. Ça changerait tout. L'enquête serait relancée, prendrait une autre dimension. Vakansie était mort à présent, on ne pouvait plus l'accuser. Alors qui ? Les commanditaires ? Ceux qui l'avaient recruté, qui l'avaient sacrifié quand ils avaient compris qu'il ne s'en sortirait pas. Anato savait pourtant qu'il y avait peu de doutes. Que pour tout le monde, pour le juge d'instruction, pour le général, pour Marcy, l'enquête était interrompue. Une mère qui se suicide après la mort de son fils, c'est terrible, mais ça ne rentre pas dans le champ judiciaire.

Il desserra le frein à main et retourna finalement vers Saint-Laurent en suivant la route noyée, au pas. On voyait à peine les panneaux. Des enfants couraient, la tête abritée sous un seau. Sur l'avenue qui menait au centre-ville, une femme coiffée d'un sac plastique marchait presque normalement, ignorant la pluie, sa jupe lissée par l'eau. À gauche, dans le cimetière, les carreaux qui ornaient les tombes ruisselaient. Des flaques géantes grossissaient sur les parkings. Toujours plus nombreuses, les affiches électorales gondolaient. Plus que quelques semaines avant le scrutin.

Il se gara devant l'hôtel Star, courut à son tour se mettre à l'abri, récupéra ses clés à l'accueil.

— Il y a quelqu'un qui vous attend, monsieur Anato.

Il s'étonna, les sourcils en flèche.

— Une jeune femme, précisa le réceptionniste. Là-bas, près du bar.

Anato tourna la tête. Une jeune femme ? il pensa. Il dépassa les escaliers, chercha du regard un visage connu parmi les clients massés sous le toit, déçus face à la piscine prête à déborder. Et il la vit. Chemisier gris, jean taille basse, ceinture large, habillée pour le travail. À peine humide, sans doute était-elle arrivée avant la pluie. Melissa Marcy. Elle lisait un livre calé contre le coussin et fumait une cigarette. Plongée dans sa lecture, comme enveloppée dans une bulle, coupée du monde. Le capitaine se surprit à sourire.

Elle ne le vit pas s'approcher.

— Vous m'attendez depuis longtemps ?

Pas de réponse. Évidemment, elle ne l'entendait pas. Il toucha son épaule. Elle leva la tête, le fixa de ses grands iris noirs. Du pouce et de l'index, elle fit un geste autour de son œil droit, les deux doigts longeant l'orbite pour finir en pointe en dehors du visage. Un mouvement fin, précis. Comme si elle dessinait un œil.

Le capitaine l'interrogea du regard.

— C'est toi, elle expliqua, le tutoyant spontanément. Les beaux yeux, c'est comme ça que je t'appelle.

Jamais on ne l'avait nommé en langage des signes. Le choix de Melissa était flatteur. Et donnait le ton de la discussion. Soudain sa présence ici parut naturelle à Anato. Comme la prolongation logique de ce dîner chez le major. La traduction de ce qui s'était passé, de ce lien invisible qui s'était tissé entre eux, de ce qu'Anato avait ressenti. Un trouble, une gêne. Parce qu'il émanait de Melissa une aura qui l'avait touché, quelque chose qu'il ne parvenait pas à s'expliquer. Et qui le bousculait. Anato plaisait aux femmes, il le savait, l'avait constaté cent fois. Leurs regards, leurs allusions discrètes, leurs expressions intimidées, il les connaissait par cœur. Des années durant il avait usé de ses charmes, enchaîné les conquêtes. Il consommait, c'est l'impression qu'il en gardait aujourd'hui. Il faisait son choix, il séduisait, il invitait, il couchait, il restait un peu. Puis il quittait, sourd aux protestations, aux déclarations enflammées. Aux je t'aime, aux je suis différente, aux dis-moi ce que tu veux je le ferai. Un mur froid, insensible. Argumenter, parler de lui, de ce qu'il était vraiment, au-delà de la stature, de ces traits parfaits, de ce regard brûlant, c'était hors de ses moyens. Jamais il n'avait réussi à composer ce que tous appelaient un couple. Dans sa vie, les femmes n'étaient qu'en transit. L'amour ? À bien y réfléchir, il ne savait pas ce que c'était. Alors depuis plusieurs mois, il avait simplement arrêté. Par lassitude, par manque d'intérêt. Peut-être aussi à cause d'Ana-Laura, une Dominicaine qui après la rupture avait tenté de se suicider. À quoi bon répandre ainsi la tristesse ? Pour en tirer quoi ? Des plaisirs éphémères dont il ne gardait rien. Alors oui, ce qu'il ressentait face à Melissa l'étonnait. Et lui faisait du bien.

— Je sors juste du bureau, elle s'expliqua. Je me suis dit… que j'allais passer te rendre visite.

C'était autant une explication qu'une question, comme si elle lui demandait si elle avait bien fait. Elle aussi paraissait un peu mal à l'aise, il devinait qu'elle avait dû hésiter longuement avant de se décider à venir.

— C'est gentil, il dit, pour la rassurer.

Et il s'assit face à elle. Un petit sourire apaisé fendit le visage pointu de la Créole.

— Qu'est-ce que tu lis ?

— Taubira. Son dernier essai. (*Mes météores*, c'était le titre du livre de la garde des Sceaux guyanaise qu'elle dressa devant lui.) C'est une grande dame, j'ai beaucoup d'admiration pour elle. Pour la femme en tout cas, pour ce qu'elle a réussi à faire de sa vie. Elle reste un modèle pour moi. Et… elle me fait penser à ma maman.

Elle avait signé le mot maman en même temps qu'elle l'avait prononcé, sa main paume ouverte tapant doucement sa hanche. Elle avala une bouffée de tabac, puis planta ses grands yeux dans ceux d'Anato. La mine soudain grave. Elle sautait d'une émotion à l'autre, on lisait des tas de choses dans ses mimiques maîtrisées, exagérées. Le capitaine n'avait jamais vu un visage aussi expressif. Sa surdité semblait avoir façonné sa personnalité, exacerbé sa sensibilité. Comme son père, Melissa s'ouvrait facilement, sans pudeur ni retenue. Juste un peu de timidité, plus de réserve et un débit plus lent. Elle évoqua le souvenir de sa mère, de l'émotion dans la voix, raconta sa jeunesse à Paris. Déracinée par la force des choses, parce que suivre une scolarité en Guyane, c'était impossible à l'époque.

— Mais j'ai toujours voulu revenir, elle ajouta en tirant à nouveau sur sa cigarette. Pour moi c'était une évidence, même en sachant que j'allais avoir du mal à trouver du travail. J'ai aimé ma vie en métropole, j'y ai gardé des amis, mais je cumulais trop de handicaps à la fois : femme, noire, sourde, ça faisait beaucoup. Et j'en ai souffert.

Le capitaine écoutait le son étrange de sa voix monocorde, observait les mouvements de ses mains. Il la relançait, s'intéressait. Il réalisa tout ce qu'ils avaient en commun. Tous deux avaient grandi loin de leur terre natale, ne l'avaient retrouvée qu'à l'âge adulte. Ils avaient vécu coupés de leur culture. Anato imaginait ce qu'elle avait sans doute éprouvé durant toutes ces années. Et il se sentit encore plus proche d'elle. Intime. Il lui sembla qu'à ses côtés, sa solitude s'estompait, devenait moins pesante. Comme si Melissa parvenait, au moins pour un instant, à combler une partie du vide qui l'habitait. Il se laissa emporter par ses histoires. Avec la sensation singulière que cette fois, ce n'était pas lui qui menait la danse. Que paradoxalement, Melissa était plus forte, animée par une puissance intérieure inépuisable. Qu'elle le prenait par la main pour l'emmener dans son monde à elle. Un monde fait de silences, de regards plus explicites que n'importe quelle parole, de gestes évocateurs pour habiller l'espace qui les entourait.

Melissa faisait l'amour avec sérieux, sans dérision, toute abandonnée à ses quatre sens. Ses appareils auditifs retirés, posés sur la table de la chambre d'hôtel. Pas un bruit, pas un mot, juste une respiration ample et régulière qui venait gonfler son buste plat, soulever sa poitrine minuscule et assumée. Ses dreadlocks libérées volaient autour de son crâne comme autant de serpents dociles. Anato aima être en elle, tenir son corps sec entre ses bras, planter ses yeux dans les siens grands ouverts, l'univers tout entier au fond de ses pupilles sombres. Il goûta à l'instant sans penser à l'après, entièrement consacré à ce présent si tangible, isolé du cours normal du temps. Ils se laissèrent glisser parmi les draps humides, leurs sueurs mêlées dans les nœuds des tissus. Avec une impression de première fois. Troublante et tellement évidente à la fois.

Après, ils restèrent longtemps à se regarder, allongés sur le lit, la bouche close. Reliés par autre chose que les mots. Anato réalisant l'ampleur de l'attirance que Melissa exerçait sur lui. En silence, elle leva ses bras au-dessus d'eux, se mit à bouger les mains dans l'air, à tracer des formes imaginaires qui parurent prendre vie et s'envoler dans la pièce tels des oiseaux mystiques. Il suivit ses mouvements, se laissa prendre à deviner la signification de ses gestes lents, à partager avec elle cette langue inconnue. Ses pensées partirent dans toutes les directions, suivirent mille routes opposées. Il songea à toutes les femmes qui avaient croisé son chemin au cours des dernières années, à ces tentatives ratées. Il chercha un sens à ce qui venait d'arriver. Il se dit qu'il n'y en avait pas. Et que c'était peut-être cela qui lui plaisait, qui rendait ce moment unique. Essentiel.

— Il vaut mieux que mon père ne sache rien de tout ça, tu ne crois pas ? elle dit finalement.

— Oui. Il a déjà assez de mal à me supporter comme ça…

Elle passa une main sur le visage du capitaine.

— Tu peux faire une chose pour moi ? Essaye d'être un peu indulgent. Il est comme il est, à son âge il ne changera pas. Mais au fond de lui, je t'assure il n'y a que de belles choses. C'est juste qu'il a du mal à les montrer.

— Je te crois.

Dehors la pluie avait cessé, les gouttières finissaient d'évacuer le trop-plein d'eau. Les passants réinvestissaient doucement les rues. La vie urbaine reprenait.

— Melissa, ajouta Anato. Je vais devoir m'absenter quelques jours.

27

Keep the Faith nº 2. La pirogue échouée entre les piquets devait donc avoir sa jumelle quelque part sur l'eau. Les majuscules s'étalaient en jaune sur la coque. Sous son bonnet rouge façon général de l'armée et ses lunettes d'aviateur, le pilote appliquait sa devise à la lettre, prêt à forcer le destin par tous les moyens. Il se jeta sur Anato pour lui proposer un prix plus bas que ses concurrents.

— Viens, viens, viens ! il cria.

Le bateau est déjà rempli, on part tout de suite, le moteur est plus puissant, bonnet rouge avait tous les arguments. Anato fit comprendre aux autres qu'il était convaincu. Les piroguiers lui lancèrent un regard sombre et firent un geste d'insulte en direction du faux général. Fin de la partie. Le capitaine s'installa entre les Surinamiens sous le toit de tissu. Face à lui, une vieille femme ratatinée sur elle-même, soutenue par une jeune fille à peine majeure, iPhone et écouteurs rivés aux oreilles. À l'avant, calés contre la proue bariolée, cartons de marchandises et packs de bouteilles d'eau. Malgré les promesses de bonnet rouge, il fallut attendre quinze bonnes minutes avant le départ. D'autres clients, d'autres colis. Histoire que le trajet soit rentable. Mille rides hérissaient le fleuve que les bateaux sillonnaient dans les deux sens. Une frontière entre deux nations ? Non, le Bas-Maroni c'était un territoire, un pays, celui des Noirs-Marrons : Alukus, Ndjukas, Paramakas. Des Amérindiens aussi. On avait de la famille des deux côtés, on habitait sur une rive on cultivait sur l'autre, on achetait là où c'était le moins cher, on possédait deux téléphones portables, un surinamien et un français. On parlait la même langue, la langue du fleuve, qu'on l'appelle ndjuka, *nenge* ou *taki-taki*. Et pour les papiers, on faisait comme on pouvait, on se débrouillait.

Enfin le piroguier tira sur la corde. Le moteur recouvert d'un tee-shirt vrombit et lança l'esquif à la surface de l'eau. Direction l'autre rive. Albina, porte d'entrée du Suriname. C'est donc là-bas que ça se passe, pensa Anato. En face. Melita Koosman morte, il ne lui restait que cette piste : Pinalanti, un village de la région de Moengo, selon Monique. Il sentit un courant chaud le traverser, qu'il interpréta comme une manifestation de la présence d'Antonis à ses côtés. À bâbord s'étalait l'amont du fleuve, immense et gris comme le ciel. Le tapis d'arbres s'enfonçait vers l'intérieur des terres. Vers ces villages qu'il avait tant de fois arpentés ces derniers mois. Il regarda la ville frontière venir à lui, grouillante et rafistolée, les pirogues alignées par dizaines, les murs de parpaings peints en vert, en bleu, en jaune, les panneaux publicitaires géants, les constructions aux fondations plongées dans l'eau, les minibus agglutinés un peu partout. La vie, quoi, côté Suriname. En bout de course, la pirogue vint se ficher entre les autres, le bois creusa le sable jusqu'à l'arrêt complet. Anato paya la traversée, enjamba les marchandises entassées du moteur à la proue, et mit pied à terre. Une plage étroite couverte de détritus multicolores. Il monta le talus. Ça circulait dans tous les sens, voitures mal garées le long de l'asphalte défoncé, hommes et femmes passant des épiciers aux véhicules. Des Noirs, des Blancs, des Indiens, des Asiatiques.

— Parbo ? Parbo ?

Les chauffeurs de bus harcelaient les visiteurs venus de France. Surtout ceux qui avaient l'air de touristes, faciles à identifier. Avec pour seule destination, la capitale.

Paramaribo, la ville, la vraie. Mais Anato n'allait pas aussi loin. Pas encore, du moins. Il repéra un homme debout à côté de son taxi. Sacoche en bandoulière, ventre en avant, le chauffeur tenait en main son oiseau en cage, épiait le fleuve comme on surveille un enfant trop turbulent. Sur la vitre arrière de sa voiture, un autocollant : *Jesus on board*.

Il fallait au moins ça.

En Guyane néerlandaise il y a trois siècles, la chasse aux esclaves évadés fut d'une violence inégalée dans l'hémisphère. Une véritable guerre, qui dura près de cent ans. Les Noirs-Marrons, réfugiés en bandes dans la forêt, furent traqués lors d'expéditions de grande ampleur regroupant citoyens et jusqu'à deux cents esclaves. Et quand les fugitifs étaient capturés, on leur réservait les punitions les plus brutales. On pendait les coupables par un crochet inséré entre les côtes, on empalait les têtes tranchées sur des piquets, on jetait à l'eau les corps mutilés attachés à des poutres. Tout cela au bord du fleuve, bien visible. Pour l'exemple, pour dissuader les autres. Mais cette chasse à l'homme avait un coût : les villages des Noirs-Marrons étaient retranchés, difficiles d'accès, les frais d'une seule expédition dépassaient les cent mille florins. Le plus souvent, on revenait bredouille. Plus, il se disait que ces opérations amplifiaient le marronnage en révélant aux esclaves le chemin de la liberté. Au milieu du XVIIIe siècle, les colons se rendirent à l'évidence. Il n'y aurait pas de victoire, pas de retour en arrière. Un seul dénouement possible : la paix avec les anciens esclaves. Les Ndjukas furent les premiers Noirs-Marrons reconnus libres, par traité de paix avec le pouvoir colonial en 1760. Ils s'établirent loin. Loin des côtes, loin des Néerlandais qui firent tout pour limiter leurs contacts avec les esclaves restants. Dans la gigantesque forêt, hostile autant qu'accueillante, ils apprivoisèrent le fleuve, apprirent à déchiffrer le sous-bois, imitèrent les Amérindiens. Et s'installèrent pour de bon sur le Tapanahoni. Le pays ndjuka émergea, la région historique, originelle.

Le retour des Noirs-Marrons vers les zones habitées par les colons se fit plus tard, et nourrit d'intenses débats parmi les autorités néerlandaises, entre partisans de l'isolement et soutiens du développement des relations commerciales avec les anciens esclaves. Début XIXe, une population de Ndjukas s'établit autour de la rivière Cottica, au nord-est du pays. Une installation illégale aux yeux de l'administration coloniale, mais dans laquelle beaucoup trouvaient leur compte. Les hommes travaillaient le bois, ils participaient de fait à l'économie de la colonie. En plus de ceux qu'on embauchait pour traquer les esclaves en fuite dans le secteur. C'est ainsi que commença le peuplement de la zone par les Ndjukas, ceux qu'on appela bientôt les *Cotticanenge*. Presque une nouvelle ethnie, avec un dialecte légèrement différent, des rituels menés indépendamment du *Granman* du Tapanahoni. À Moengo, la ville principale, ils devinrent majoritaires.

Jamais Anato n'était venu dans cette région de l'est surinamien. Ses recherches familiales, il les avait concentrées sur le Maroni et le Tapanahoni. Ça semblait tellement évident, c'était là le pays ndjuka. À aucun moment il n'avait pensé à fouiller de ce côté, aucun des témoignages recueillis ne l'avait orienté vers Moengo. Alors oui, peut-être y avait-il un espoir. Une piste négligée, inexplorée. Un vent d'impatience le poussait vers l'avant.

Antonis… Je me rapproche…

Le long de la route qui menait à la ville se dressaient les œuvres contemporaines d'un artiste local. Un Mickey géant en bois, debout sur le bas-côté, faisait face à un assemblage de publicités peintes à la main. Bigi poku à fond dans le poste aux touches en chinois, le taxi passa le panneau d'entrée et pénétra dans le bourg. Une ville calme, à première vue, des artères larges, des maisons basses. Ils longèrent les poteaux de bois coiffés de fils électriques enchevêtrés, dépassèrent une citerne d'eau dressée en haut d'une tour métallique. Des gamines marchaient sur le bitume, sacs à dos roses aux épaules et cheveux perlés.

— C'est là, fit enfin le chauffeur. Ici, on pourra peut-être vous renseigner, c'est un des seuls restaurants de la ville.

Anato descendit, tendit les billets promis.

Le nom de l'établissement s'étalait sur un panneau en lettres vert-rouge-jaune, couleurs rasta. Le capitaine transpirait, le polo collait à sa peau. Il plissa les yeux, puis souleva sa touque pour entrer dans l'échoppe. Derrière un bar en bois, une Javanaise astiquait des verres avec un chiffon sale. Elle ne leva pas la tête, comme si elle ne l'avait pas entendu. On ne voyait que le haut de son crâne, les cheveux noirs et blancs, et de chaque côté les boucles en or qui lui tombaient des oreilles. Elle ne montra son visage que lorsqu'il prit la parole. Une face bouffie, deux joues grasses et une bouche de travers, tordue par un repli sous la lèvre. Impossible de déchiffrer son expression, on aurait dit que ça souriait à gauche et que ça râlait à droite.

— *Pi-na-lan-ti ?* elle répéta.

Il opina.

— Jamais entendu ce nom. C'est un village, dans la région, vous dites ?

— Je crois.

Perplexe. Oui, c'est ça, la barmaid avait l'air perplexe. La grimace qu'elle arbora ne changea pas grand-chose sur sa face déjà déformée.

— Il y en a beaucoup des villages dans le coin. Enfin, moins qu'avant, mais quand même. Ce serait où ? Sur la rivière ou sur la route ?

— Je n'en sais pas plus.

— O.K., vous ne savez rien, quoi…

Elle se tut un instant, essuya encore trois verres, les rangea sur des tiges qui sortaient du mur. Puis, sans un mot, sans un attendez-moi là, sans la moindre explication, elle quitta la pièce par la porte de côté, laissant Anato seul, debout sur le carrelage impeccable. Hésitant presque à repartir. Face aux bouteilles de rhum Borgoe qui s'alignaient derrière le bar. À gauche était punaisé un calendrier avec une photo du président du Suriname, les insignes du pays autour du cou. Des petites pagaies sculptées. Une peinture de mauvais goût figurant un village traditionnel.

— Il arrive, elle dit seulement à son retour.

— Il ?

— Vous pouvez vous asseoir pour l'attendre.

Pour la comprendre, il fallait s'accrocher. Anato n'insista pas et attendit donc ce *il* sous le brasseur d'air. Les pales oscillaient dangereusement, comme si elles allaient se détacher de l'axe. La pendule ne fonctionnait pas, il mit un moment avant de s'en rendre compte.

Un quart d'heure : il commanda une bière. Parbo, production surinamienne.

Une demi-heure : il termina son verre.

Quarante minutes : il s'impatientait pour de bon.

Il s'endormait presque quand grinça la porte et que l'homme se planta devant lui.

Entre cinquante et soixante ans, voire plus, la charpente encore solide, les pectoraux vers l'avant. Maillot de football trop grand, usé aux épaules, casquette Rio de Janeiro. Et une incisive en moins, un trou dans son damier. Il tendit la main en se tenant le coude de l'autre, plein de respect. Une poigne de travailleur, la peau rêche.

— *Sama na yu ?* Qui êtes-vous ?

Il ne décrochait pas le regard de celui du capitaine, fasciné par ses yeux si clairs. Y lisait-il quelque chose, y reconnaissait-il quelqu'un ? Comme Melita Koosman ?

— Mon nom est André Anato.

Pas de réaction, le nom ne lui disait rien.

— Ndjuka ?

— Oui.

Le footballeur hocha la tête. Il gratta une croûte sous sa casquette. Ses ongles étaient noirs et plats.

— Pourquoi cherchez-vous Pinalanti ?

Anato pesa ses mots.

— Parce que j'y ai peut-être de la famille. Et que je n'y suis jamais allé.

Regard inquiet. Il ferma les paupières, plus longtemps que pour les cligner.

— Non, vous n'avez aucune famille là-bas. Croyez-moi.

— Pardon ?

L'homme prit une grande inspiration, souffla. Il réajusta sa casquette.

— Je vais vous montrer. Suivez-moi.

Francis Adogoe. Ndjuka, vingt-neuf ans, beau garçon, a étudié en métropole, se dit fidèle. Bien sous tous rapports. Un portrait idéal qui avait forcément son revers. Monique Hanke craignait qu'il la trompe, c'est pour ça qu'elle l'avait fait suivre. Mais Vacaresse, lui, assis sur un banc face au Maroni, redoutait quelque chose de plus grave. Une autre vie, cachée, inavouable, clandestine. Car voilà ce qu'il savait à présent : un, Francis avait rencontré plusieurs fois Bradley Koosman, Surinamien sans papiers français, passeur de cocaïne récemment assassiné ; deux, il était lui-même au Suriname depuis quelques jours, un voyage improvisé ni prévu dans son agenda ni annoncé à sa compagne. Assez pour fissurer le tableau. Alors quoi ? rumina le détective. Qu'est-ce que tu caches sous tes apparences exemplaires ? Pourquoi ce départ précipité ? Tu es impliqué dans le trafic de cocaïne, c'est toi qui as fourni les ovules à Koosman ? Pire, tu as quelque chose à voir dans sa mort ? Vacaresse réfléchissait vite, trop vite, s'emballait, spéculait, imaginait tout. Marcy et Anato n'avaient pas eu accès à ces informations, ne pouvaient faire aucun lien avec Francis Adogoe. Alors oui, ça pouvait bien être une piste, toute fraîche, insoupçonnée. Connue de lui seul.

Son retour aux affaires.

Mais aller rechercher le jeune Ndjuka au Suriname, ça non. Pour rien au monde Vacaresse ne voulait mettre le pied dans ce pays de fous. Une fois seulement il avait franchi la frontière, quelques heures à Albina avec la police locale. Un autre monde, il était revenu sans traîner. Saint-Laurent, en pire. Plus sale, plus bruyant, il avait failli se sentir mal. L'impression poisseuse de tous ces regards collés à lui, lui le Blanc indésirable, même pas touriste. Gendarme, la pire espèce. Il se souvenait d'un homme en treillis, la barbe taillée en bouc et les lunettes opaques, qui l'avait toisé des pieds à la tête, glaçant. Non, là-bas ce n'était pas pour lui, il avait fini par se faire à l'idée. Chacun à sa place, le mélange culturel avait des limites qu'il se refusait à repousser. Et d'ailleurs où chercher ? À Paramaribo, très probablement, c'est en ville que Francis devait se trouver en ce moment même. Dans cette capitale de trois cent mille âmes, presque autant que dans toute la Guyane. Aucune chance de le retrouver. Depuis son banc, le détective se contenta donc d'observer Albina, d'imaginer cette autre rive sur laquelle il ne se rendrait pas. Il se remémora le récit d'Anato. L'affaire des mules. Trois jeunes, ils étaient trois. Koosman n'était que la seconde victime, il y avait aussi Willy Nicolas, le Créole, tué en premier. Et Clifton Vakansie, l'assassin présumé. Finalement mort par accident. Ces trois-là étaient reliés par la cocaïne, ils devaient prendre l'avion ensemble.

Si Francis avait quelque chose à voir là-dedans, il devait les connaître. Tous les trois.

Vacaresse se leva, et prit la route des Cultures.

La maison de la famille Nicolas, son mur bas, ses lions en plâtre, les yeux peints en rouge. Là où tout avait commencé. Il ne put se garer devant : il y avait des voitures partout le long des fossés de la petite ruelle. Les parents avaient finalement récupéré la dépouille du jeune homme, et la veillée mortuaire débutait, comme le voulait la tradition catholique. À l'intérieur, au milieu du salon, le corps était exposé, allongé dans son cercueil ouvert. À côté de lui, sa mère obèse était assise sur une chaise, en larmes. Et les proches défilaient en continu, venaient murmurer leurs paroles de soutien, se recueillir devant le défunt alors que le groupe de prière chantait et louait le Seigneur. Dans les autres pièces, on jouait à la belote, on buvait, on se donnait des nouvelles, on parlait de Willy. Ce n'était que le début, ça allait durer toute la nuit, jusqu'au lendemain, jusqu'à la levée du corps et la cérémonie à l'église. Les prières allaient ensuite se poursuivre pendant une semaine complète, clôturées par la messe de huitaine.

Vacaresse savait ce qu'était une famille dépossédée d'un fils, les premiers jours après le drame. Le processus de deuil n'avait même pas commencé. Plus rien n'avait de sens, la mère vivait sans doute de petits riens, des préparatifs des obsèques qui meublent le temps comme on bourre un carton de chiffons : pour remplir le vide. Ne pas penser au trou béant. La mort d'un enfant peut dévaster un couple, l'ancien lieutenant le savait mieux que personne. Il avait vu tellement de parents glisser dans la dépression. Même ceux qui semblaient les plus solides. Il les recroisait parfois, un an, deux ans après les faits, et reconnaissait à peine ceux qu'il avait interrogés dans leur salon, à quelques mètres de là où leur fils avait perdu la vie. Les collègues disaient que Vacaresse était bon pour ça. Qu'il savait doser empathie et retenue. Mais lui en tirait une souffrance profonde, à chaque fois. Il ne s'était pas habitué. Parce que dans ces mères effondrées, il voyait Mathilde. Sa femme, jamais remise de la mort de son bébé, il y a pourtant vingt ans. Parce qu'il savait que ces premiers jours n'étaient que le début, la partie la plus facile. Que le pire restait à venir, lorsque prêtres, proches, frères ou sœurs auraient quitté les lieux. Laissant le noyau familial seul avec son malheur. Comme l'était sa femme, avant de le rencontrer. Et pour toujours, il avait fini par comprendre.

Il rangea son véhicule en bout de file, s'approcha du portail à pied. Il hésita longuement avant de le tirer pour s'introduire à l'intérieur. Tu n'as rien à faire là, il se répétait. Mais il ne pouvait plus faire marche arrière, la mécanique était enclenchée. Et quand il mit le pied sur les graviers, personne ne remarqua sa présence. Sur la minuscule terrasse, deux hommes jouaient aux dominos, on entendait claquer les pièces blanches sur le métal de la table. De la maison parvenaient les chants des fidèles. Et assis sur les marches, un mégot de cigarette sous sa moustache taillée pour l'occasion, un homme au ventre énorme, engoncé dans son costume. Le père, devina le détective. Le père qui s'accordait une pause, goûtant chaque bouffée comme un répit. Tout le monde attendait de lui qu'il soit fort, qu'il soutienne sa femme effondrée et ses crises d'hystérie, qu'il ne montre pas sa douleur. Et il commençait à fatiguer, à guetter la fin de tous ces rituels. À cet instant il avait une envie : se plonger dans les entrailles d'une des carcasses de voiture qui pourrissaient au fond du jardin. Faire un peu de mécanique, voilà ce qui lui ferait du bien.

Vacaresse vint s'asseoir à côté de lui. Il se présenta, juste le nom, lui posa des questions sur son fils. Il s'attendait à des qui êtes-vous ?, à des pour qui vous bossez ? À se faire sortir sous les insultes. Mais rien de tel. Le Créole était calme, presque accueillant. Même pas étonné. Disposé à parler, comme s'il trouvait là une excuse pour ne pas retourner à l'intérieur. Le détective lui inspirait confiance. L'effet du surpoids, peut-être, une solidarité entre gros. Ou entre pères.

— Je ne comprends pas pourquoi Willy s'est lancé dans cette histoire. On n'a jamais eu beaucoup d'argent ici, mais on a essayé de faire au mieux. On se contentait de ce qu'on avait. Son frère, lui, il a toujours réussi, il a fait des études pour ça. (On lisait de la fierté dans ses yeux noirs.) Mais Willy… Willy voulait tout à la fois. L'argent, la liberté, la tranquillité. Je ne sais pas d'où il tirait tout ça. Les jeunes, ils sont…

Il laissa Vacaresse deviner la suite de la phrase tandis qu'il grattait la peau sous sa moustache. Son discours était empreint de tristesse contenue.

— Les gendarmes sont venus nous voir l'autre jour. Il paraît que c'est fini, que celui qui l'a tué est mort, par accident. C'est ce Noir-Marron, celui que les voisins ont vu dans la rue en arrivant ici. Il avait vingt-six ans, vous vous rendez compte ? Juste trois ans de plus que Willy… Ils connaissent leur boulot, les gars, j'en suis sûr. Mais je ne comprends toujours pas ce qui… Enfin pourquoi…

Sa voix déclina puis s'éteignit. Il sourit nerveusement, comme pour s'excuser. Malgré tout ce qui les opposait, Vacaresse se sentit soudain infiniment proche de ce père qui se débattait maladroitement avec son chagrin. Touché en plein cœur. Son fils à lui avait presque l'âge de Willy, et il partageait sa cellule avec une mule, il côtoyait cet univers d'apprentis trafiquants. Une image glaçante traversa l'esprit du détective : il visualisa le corps de Jérémy, allongé dans ce cercueil grand ouvert. À la place de Willy.

— Monsieur Nicolas, il reprit doucement. Est-ce que le nom de Francis Adogoe vous dit quelque chose ?

Les sourcils broussailleux du Créole se froissèrent.

— Adogoe ? C'est un Noir-Marron, lui aussi ?

— Oui, un Ndjuka.

L'homme fouilla sa mémoire, le regard vide.

— Adogoe… Oui. Oui j'ai entendu ce nom. Enfin, je crois. Dans la bouche de Willy.

— Quand ?

— C'était… C'était il y a un moment déjà. Peut-être deux ou trois mois. Willy était au téléphone, dans sa chambre. Et il a prononcé ce nom. Adogoe. (Il renifla.) Il l'a même répété plusieurs fois, comme si… comme s'il voulait être certain de ne pas l'oublier.

Au Suriname, au nord de la jonction est-ouest qui reliait Albina à la capitale, la rivière Cottica déroulait ses méandres noirs entre forêt et marécages. Une eau sombre et calme, dépourvue de rapides, loin des caprices des sauts du Maroni, un géant à côté d'elle. Elle sinuait sur des dizaines de kilomètres, avant de se fondre dans la Commewijne puis, plus loin encore, dans la rivière Suriname. Et enfin dans l'océan. Fleuves et rivières façonnaient ainsi l'espace amazonien, découpaient la jungle en fragments, conditionnaient les déplacements de la faune et des hommes. Prêtaient leurs teintes aux mers qui les accueillaient aux estuaires.

Au dégrad de Moengo, rive droite de la Cottica, une famille entière attendait la pirogue pour rejoindre son village, femmes assises sur des glacières, hommes torse nu, cabas remplis de provisions, sacs de riz. En bord de rivière, on avait aménagé tables et bancs en béton pour les pique-niques. Un endroit presque propre, avec des bidons pour poubelles. Sur l'un des bancs se déplaçait un perroquet bleu apprivoisé. Deux vieilles embarcations sans moteur reposaient dans un repli du cours d'eau.

Anato suivit son guide déguisé en footballeur en longeant la rive sur quelques mètres. Il avait l'air de bien connaître le coin, l'avait mené dans les rues de la ville d'un pas décidé, saluant çà et là les habitants. Mais il parlait peu. Quand le capitaine lui posait des questions sur

Pinalanti, il se contentait de hausser les sourcils. Vous verrez sur place, il disait. Comme s'il entourait ce lieu d'un mystère, qu'il entretenait le suspense. Comme si un village ne se racontait pas. Des non-dits qui ne plaisaient pas à Anato, il commençait à redouter ce qu'il allait découvrir.

— Montez, annonça enfin l'homme.

Sur une berge vaseuse entre canettes et bouteilles jetées à l'eau, la pirogue était courte. Le bois brut, sans peinture ni fioriture d'aucune sorte. Un petit moteur sans prétention. Anato prit place au milieu, sur un banc minuscule, les genoux à hauteur des yeux. Une lame d'eau stagnait dans le fond du bateau, le footballeur écopa avant de tirer sur la corde.

Et la ville disparut bientôt dans un méandre.

La Cottica était étroite et lisse. La végétation basse sur les rives. Des moukou-moukous. Des buissons géants qui ployaient et goûtaient la rivière du bout de leurs branches tordues. Des troncs dressés cachés sous une gaine de feuillage. Le ciel chargé se reflétait sur le miroir d'eau, soudain froissé par la coque de l'esquif. Ils passèrent devant un village dont le ponton s'avançait dans la Cottica. Anato scruta les maisons traditionnelles, les toits pentus, les murs de bois colorés. Des hommes construisaient un carbet, le toit en feuilles. Une femme lavait sa vaisselle, pliée en deux sur la berge, un pagne aux teintes vieillies noué au-dessus des seins. Le capitaine observait chaque détail, s'imprégnait de ces lieux nouveaux. Et imaginait ses origines, ses ancêtres, convoquant la mémoire d'Antonis. Le cœur serré à l'idée d'arriver à Pinalanti, partagé entre espoir et inquiétude. Il eut une pensée pour Melissa, pour cette soirée passée avec elle. Tout ça n'avait pas de sens, c'était la fille du major Marcy, et elle était beaucoup plus jeune que lui. Il se demanda s'ils allaient se revoir, si cette envie qu'il ressentait était bien réelle ou juste transitoire. Ils naviguèrent ainsi plus d'une heure, le pilote imperturbable, la main sur le manche et le pied sur la nourrice. Plus loin ils croisèrent un bateau sans moteur, deux rameurs fusil à l'épaule partis à la chasse.

Puis la pirogue ralentit d'un coup, une vague vint noyer l'arrière.

Silence. Le bruit des insectes volants. Celui d'un toucan, au loin. Et un trou dans la végétation, à quelques dizaines de mètres, au pied d'un arbre massif aux branches noueuses. L'entrée du village, devina Anato. Son pouls s'accéléra. Le trac, l'impatience, l'envie. Il imagina un vieil homme, un oncle, un parent, assis devant sa demeure, sur un petit banc sous un manguier. Un homme qui le reconnaîtrait au premier regard. Qui pourrait lui traduire les mots flous de Melita Koosman. Lui parler du Ndjuka aux yeux jaunes. *Des* Ndjukas, qui sait, il y en avait peut-être d'autres. Allait-il enfin trouver des réponses, reconstruire son passé en miettes ?

Il se redressa sur sa planche de bois.

— On y est, c'est juste là, fit le footballeur.

Il s'éclaircit la voix, puis, tout bas, ajouta :

— Enfin, c'était.

C'était ? Anato se leva dans le bateau, fixa la berge qui s'approchait, la pirogue au pas sur la rivière étale. Non, il pensa, cherchant des yeux les constructions parmi les branches couchées. Le visage sombre. Il avala sa salive comme une boule d'épines. La proue vint s'encastrer entre deux troncs, buter contre la terre noire dans un petit renfoncement.

— Descendez.

Le capitaine hésita. Descendre ? Il n'en avait soudain plus l'envie. La gorge sèche. Il leva pourtant le pied, le posa sur un sol humide et mou. Enjamba les racines déformées, poussa les tiges qui colonisaient les lieux, fit quelques pas vers cette zone ouverte qu'on distinguait derrière les arbres. Il s'avança doucement en espérant avoir raté quelque chose. Regards à droite, à gauche, incrédules. Des maisons, il devait forcément y avoir des maisons. Un carbet, au moins.

Mais non.

Rien.

Il n'y avait strictement rien.

Après les grands arbres des berges, Anato se tenait debout face aux herbes hautes. À l'entrée d'une sorte de clairière vaguement identifiable au milieu de la forêt. Ni maison ni carbet. Pas même la trace d'une ancienne maison, un morceau de bois, une rigole dans le sol. Tout autour, les cris de la faune, le clapot de la Cottica. Aucun son d'origine humaine. Le capitaine passa une main sur sa nuque moite.

Une friche.

Pinalanti n'était plus qu'une friche.

28

Fin 1986, Suriname. Le moment du basculement. À Paramaribo, le conseil militaire national ne supporte plus les affronts du Jungle Commando. Ronnie Brunswijk et sa bande de malfaiteurs vont trop loin, il faut frapper fort, affirmer la supériorité de l'armée. La répression est lancée, violente, radicale. Mais ce qui va arriver dépasse les prédictions des observateurs internationaux. Car il ne s'agit plus seulement de mater une rébellion, mais véritablement d'écraser un peuple et tout ce qu'il représente : le peuple noir-marron. À la tête de la junte, Desi Bouterse se fait entendre sur les ondes. Il menace tous les Noirs-Marrons, parle de les tuer, de trouver leurs abattis, de les bombarder. Les autels religieux sont pris pour cible, à Mungo Tapu, celui dédié au Gaan Gadu, l'un des dieux majeurs des Ndjukas, est détruit.

Le 29 novembre, soixante-dix militaires sont envoyés dans l'est avec un ordre : raser un bastion du chef des rebelles. Un village bien identifié : Moiwana. Les soldats débarquent en camions et par les airs, lourdement armés. Pistolets automatiques, grenades à main, dynamite. Ils s'acquittent de leur tâche avec méthode. Et avec un zèle effrayant. Plus qu'un bourg, Moiwana est un chapelet de petits hameaux courant sur deux kilomètres. Les militaires s'organisent. Ils commencent par condamner toutes les issues. Puis, pendant quatre heures, ils se lancent dans un véritable massacre. Ils abattent froidement tous les villageois, sans distinction. Femmes, enfants, nourrissons, vieillards. Les hommes sont battus. Plusieurs femmes enceintes montrant leur ventre, suppliantes, à genoux, sont tuées de sang-froid. Certains sont tranchés à la machette, d'autres blessés, des grenades sont jetées dans les habitations encore occupées. Beaucoup parviennent à fuir par la forêt. Les maisons sont brûlées, pillées, tout ce qui renvoie à la culture noire-marron, autels, monuments religieux, est détruit. Au total, trente-neuf civils perdent la vie ce jour-là. Aucun d'entre eux n'était armé. Et pas un Jungle Commando.

Quelques jours plus tard, la presse officielle donne sa version de l'attaque : il s'agit d'une tentative du gouvernement pour mettre fin au terrorisme. Des années après, lorsqu'un inspecteur de police commence à enquêter sur ce massacre, il termine abattu d'une balle dans la tête, à trente mètres du bureau du commandant Bouterse. Et, en 1992, une loi d'amnistie est votée, lavant les forces armées de toutes les exactions commises durant cette période. L'affaire finit portée par une ONG devant la Cour interaméricaine des droits de l'homme, qui juge enfin en 2005 que l'État surinamien a bel et bien violé les droits humains des Noirs-Marrons de Moiwana. Et qui ordonne des réparations. Notamment l'aide au retour sur leurs terres des survivants. Des maisons modernes sont construites pour accueillir les candidats, en face du tout nouveau mémorial. Mais la plupart restent vides.

Personne ne veut habiter dans un cimetière.

Avec ses photos de corps mutilés entassés à l'arrière d'un pick-up, prises au lendemain du drame, Moiwana demeurera le symbole de la violence de l'armée en cette fin d'année 1986. Mais au final, ce sont des dizaines de villages noirs-marrons qui sont pris d'assaut, détruits. Et désertés. Rayés de la carte. Wanhati est pris par surprise, mitraillé, incendié, alors qu'un hélicoptère survole le hameau pour tirer sur les habitants. Pinatjaimi est attaqué depuis la rivière, par bateau, saccagé à la mitraillette. Lantiwei, juste en face, est pillé par les militaires. Java, Pinika, Godo Daai, Moisi, Mampana, sont détruits, les maisons pulvérisées. Les villages d'Akale Kondee, Mora Kondee, Langa Uka, Pikin Santi, Mungo Tapu, Munja Bon, Abaadu Kondee, Kaabu Olo, Savana sont tous abandonnés par les Noirs-Marrons. Certains rasés au bulldozer.

Rien qu'en décembre, deux cent quarante-quatre Noirs-Marrons sont abattus par l'armée.

Dans certains hameaux, les habitants avaient fini par revenir, au moins en partie, les survivants. On avait reconstruit, pansé les plaies, redonné un visage aux maisons, réinvesti les terres agricoles, repris possession des lieux. C'était le cas des *konde*, les vrais villages, ceux qui possédaient un *faaka tiki*, monument aux ancêtres que les chefs coutumiers n'avaient pas le droit d'abandonner. Mais d'autres villages demeurèrent déserts et, les années passant, finirent par disparaître totalement. À quoi bon revenir ? Ces terres portaient la mort. Ceux qui avaient choisi la Guyane y étaient restés. Ou étaient revenus puis repartis pour raisons économiques : après la guerre, le Suriname connut une inflation record. Et puis en France, si on se débrouillait pour les papiers, on pouvait espérer RMI, allocations familiales. C'était plus facile.

— Ils n'étaient pas nombreux à Pinalanti, expliqua le vieux piroguier, la langue déliée. Jamais personne n'est retourné y vivre. Parfois, il y avait cet homme qui venait pour une journée avec sa débroussailleuse. Il nettoyait le terrain, quand je passais devant, je voyais que c'était propre. Mais après, il repartait.

Pinalanti n'existait plus, un village fantôme. Seuls quelques-uns se souvenaient.

— Ici il y avait trois maisons, par là un carbet.

Mais il n'en restait plus rien. Anato arpenta la parcelle, réduit à imaginer les édifices là où l'homme au maillot de foot les lui désignait. Des cases en bois, des peintures sur les façades. Des hamacs sous les carbets. Des hommes, des femmes. Les siens ? Longtemps il avait cherché cette branche de famille oubliée, sur laquelle personne n'avait rien à dire, pas plus sa grand-mère maternelle que ses oncles. La famille d'Antonis. Où se trouvaient ses frères, sœurs, cousins ? Je ne sais pas, c'est la seule réponse qu'il récoltait. L'explication était peut-être devant lui : ils n'étaient pas oubliés, ils avaient disparu. Pendant la guerre civile, dix ans après la mort accidentelle d'Antonis dans le fleuve Maroni. Certains tués, d'autres partis. Oui, c'est ça, se dit le capitaine. Une partie de ma famille a vécu ici, le long de cette rivière, loin du Tapanahoni. Dans ce village. Des Cotticanenge.

Mais qu'en restait-il aujourd'hui ?

— Plusieurs sont allés vers la Guyane, comme la plupart des gens à l'époque. Il y avait aussi une femme qui est partie vers Paramaribo, avec ses enfants. Mais je n'ai plus de nouvelles. Les gens vivent ailleurs.

— Et vous savez ce qui s'est réellement passé ici ?

— On raconte tellement de choses sur cette guerre. Difficile de trier le vrai du faux. Ici, je ne sais pas. Moi, je suis de la ville, à l'époque je venais d'arriver à Moengo, j'étais piroguier pour la commune. Tout était confus, les gens parlaient, racontaient. Mais vous dire comment ça s'est passé ici…

Le footballeur semblait mal à l'aise, gêné de parler de la guerre civile. Parfois des curieux comme Anato débarquaient, posaient des questions, s'intéressaient au passé. Ils trouvaient des gens comme lui pour y répondre par bribes incertaines. Mais les habitants de Moengo essayaient d'oublier, on allait de l'avant aujourd'hui. Les jeunes n'avaient aucun souvenir, leurs parents n'en parlaient pas. À quoi bon ? Le capitaine continuait de balayer l'endroit du regard, imaginait ce que l'homme ne pouvait raconter. Des villageois tués par les militaires. Des maisons brûlées. Combien avaient perdu la vie ici ? Deux, cinq, dix ? Combien avaient fui ? Combien étaient encore vivants aujourd'hui ? Il pensa à Melita Koosman. La dernière, peut-être. Morte à son tour. La clairière déserte lui parut soudain oppressante. Il se tourna vers son guide.

— Vous vous souvenez des habitants ?

— Oui. Enfin, de certains en tout cas.

— Est-ce que… (Il hésita.) Est-ce qu'il y avait un homme avec des yeux comme les miens ?

Le vieux plissa les paupières. Ce regard jaune, il l'avait remarqué bien sûr, et observé avec attention. Intrigué. C'était presque irréel.

— Non, il fit, tout bas.

Jamais il n'avait connu un Ndjuka avec de tels iris. Jamais vu en tout cas. Il y avait bien cette rumeur, qui avait couru un moment. Cet homme qui avait des yeux clairs, on disait. Mais non, ça n'avait rien à voir, juste des racontars. Des trucs que les gens inventent. Il n'en dit pas un mot. Anato marcha jusqu'au bout du terrain, là où la forêt reprenait. La frontière était floue, des bois-canons poussaient à la lumière, premiers colons qui tiraient la jungle derrière eux. Pour un jour engloutir la clairière. Et ne plus rien laisser de Pinalanti. Aucune trace, pas même un souvenir. Le capitaine revint sur ses pas, l'expression fermée.

Il était au centre du terrain lorsque sa vue se brouilla. Un écran noir dans son champ de vision. Quelque chose de fugace. Il cligna des paupières, se frotta les yeux. Posa une main sur son front : chaud, tout à coup. Comme tout son corps. Une vague brûlante le parcourut, se pressa dans ses membres. Un coup de fièvre soudain, comme si on venait de le plonger dans l'eau bouillante. Les pensées se mélangèrent, les arbres autour se mirent à tourner, les bruits devinrent sourds.

— Ça va ? s'inquiéta le footballeur.

— Je…

Il fit quelques pas, vacillant, chercha de la main un support. Puis s'assit lourdement sur un tronc mort couché en travers de la parcelle. Les paumes sur les genoux, les yeux fermés, bien calé. Attendre, ça va passer. Ça tourne, ça tourne, il pensait. Il secoua la tête, serra les paupières. Les paroles du piroguier lui parvenaient déformées. Qu'est-ce qui se passe ? Vous voulez un peu d'eau ? Non, il ne voulait rien. Il voulait que ça s'arrête, c'est tout. Il leva la tête vers le ciel, regarda tournoyer les nuages gris. Les tempes brûlantes. Se concentrer, ça ne va pas durer. Il attendit ainsi deux longues minutes, immobile, guettant l'accalmie. Ça tourne. Ça tourne.

Non, ça tourne moins. Ça y est. Oui : ça se calme. La chaleur se dissipa. Le monde autour redevint stable. Il fixa un point sur un arbre, en face. Il inspira, souffla profondément. Oui, ça passe. Il s'essuya le visage de la main : trempé de sueur. Il avait pris un gros coup de chaud. Il regarda le maillot de foot qui l'observait, sa dent en moins entre ses lèvres interdites, bras ballants, ne sachant comment réagir.

— Ça va mieux, il lui dit. Ne vous inquiétez pas.

La forêt, immobile à nouveau. Tout semblait rentré dans l'ordre. Un vertige, provoqué par l'émotion, par la vision de ce village fantôme, l'évocation de sa famille disparue. Rien de grave.

— Allons-y. Rentrons à Moengo.

La mère de Clifton Vakansie suivit des yeux la silhouette empâtée qui s'éloignait sur l'allée de terre, le long des murs de parpaings. Ce Blanc sans aucune allure, au visage repoussant. Puis elle tira la paroi en contreplaqué qui servait de porte à son taudis, enclencha le verrou cloué de travers. Et elle resta un instant immobile dans la pièce sombre, seulement éclairée par les rais entre la tôle et le ciment. Assis sur le béton dans son slip trop grand, un de ses fils tordait du fil de fer.

— Maman, je peux aller…

— Tais-toi !

Coupé net. Le gamin la boucla. Il savait ce qui l'attendait quand sa mère faisait cette tête tout énervée. La dernière fois, il avait pris une belle rouste. Il n'imaginait pas qu'on puisse faire aussi mal avec une simple cuillère en bois. La mère marcha d'une pièce à l'autre, enjamba le carton à chaussures qui traînait à terre. La main sur la bouche, paniquée. Une décision, prendre une décision. Elle pensait que tout était réglé, les gendarmes avaient dit que l'enquête était interrompue. Mais pourquoi cet homme venait-il encore l'interroger ?

Clifton, elle songea. Mon garçon, je suis tellement triste. Oui, elle était triste. Elle l'aimait ce vaurien dont le prénom s'étalait sur son épaule. Comme n'importe quelle mère aime son enfant. Il aurait pu vivre encore longtemps, s'occuper de sa fille, même si cette Clarice ne le méritait pas, il aurait fait avec. Et elle, elle aurait gardé Djayzie, elle s'en serait chargée comme une grand-mère, elle aurait changé ses couches. Elle se serait rattrapée, quoi. Parce qu'à l'école de Clifton et de Jessica, plusieurs fois, l'institutrice lui avait dit qu'elle n'était pas une bonne mère, qu'elle devrait avoir honte. Mais cette fille ne savait rien de la vie qu'elle menait, des conditions dans lesquelles elle devait élever ses enfants, toute seule. Sans père pour rapporter de l'argent.

Clifton, pardonne-moi. Tout est de ma faute. C'est vrai, j'ai été une mauvaise mère. L'argent, tout vient de là, j'en avais tellement besoin. Elle se trouvait des excuses, s'apitoyait sur son sort. Elle repensait à tous ces coups qu'elle avait donnés aux jumeaux quand ils étaient petits. À tout ce qu'elle avait fait de travers, sans cesse partagée entre culpabilité et inconscience. Et surtout, à cette histoire de cocaïne.

Ça paraissait tellement simple. Elle avait une sœur qui avait déjà fait la mule, une fois, pendant qu'elle était enceinte. Elle avait caché les paquets dans son vagin. Elle racontait que c'était l'idéal, que les médecins n'avaient pas le droit de te faire une radio quand tu avais un fœtus dans le ventre, que du coup elle ne risquait rien. Tout s'était bien passé, la sœur avait gagné trois mille euros en deux jours. Rien de plus simple. Alors pourquoi avait-il fallu que tout dérape pour Clifton ? Tout ça ne finirait donc jamais, ça la poursuivait encore et encore. Le gars avait pourtant dit que tout était prévu, il avait l'air de savoir ce qu'il faisait, il était sérieux. Elle arpentait la pièce dans tous les sens, sous les regards du gamin, inquiet de ce qu'elle pouvait faire. Elle but un verre d'eau glacée, un autre. Souffla, passa les doigts dans ses cheveux défrisés. Et s'arrêta enfin devant le canapé, fixa son téléphone portable jeté sur les coussins. Pensa : Jessica. Elle, elle saurait quoi faire, elle était intelligente. Cette fois, il fallait tout lui raconter.

— Maman ?! Il est deux heures du matin, là. Il y a quatre heures de décalage, tu sais !

— Oui, je sais, je dois te…

— Pour une fois, je dormais. Pour la première fois depuis la mort de Clifton.

Elle avait la voix toute cassée.

— Jessica. J'ai quelque chose à te dire.

Silence. La fille reprenait ses esprits à l'autre bout de la France plongée dans la nuit. Elle soupira, désespérée par cette mère qui jamais n'avait été à la hauteur, qu'elle avait quittée en même temps que sa Guyane natale. Soulagée. Suivant un homme qui lui promettait un futur. Avec un seul regret : l'impression d'abandonner son frère. Clifton n'existait plus, elle réalisa comme après chaque sommeil. Une nouvelle vie commençait, sans jumeau. Amputée d'une partie d'elle-même.

— Jessica ? Tu m'entends ?

— Oui.

— Je… Je ne sais pas quoi faire.

— Quoi ?

— Il y a un homme qui est venu ici. Il dit qu'il est détective, il m'a posé des tas de questions. Il m'a parlé de ce type…

— De qui ? Maman, dépêche-toi, là !

La mère prit une grande inspiration.

— Jessica, je ne t'ai pas tout dit.

29

Le détective Vacaresse, les mains collées au volant poisseux, sur la route de Mana. Le bitume parsemé de bosses. Sur le bas-côté, une femme à pied sous le soleil, un gamin emballé sur son dos par un tissu noué. Il roulait doucement, comme à chaque fois que son attention dérivait. Il était ailleurs : il pensait à l'enquête. Obsédé, comme avant. Sauf que cette fois il était tout seul, avec ses maigres outils de détective. Pas d'accès aux moyens de la Section de recherches, plus d'informateur à faire parler, plus d'équipe à mobiliser. Et un seul moteur : son envie de vérité. Aller au bout d'une affaire abandonnée par les gendarmes. Leur prouver, se prouver, prouver à tout le monde qu'il n'avait pas perdu la main. Touché, mais pas coulé.

La mère de Bradley Koosman s'était suicidée, il avait lu ça dans la presse. Trop tard pour l'interroger donc. Il tenait pourtant à se rendre sur place. Pour reconnaître les lieux, voir où la jeune mule s'était fait assassiner, où la femme s'était pendue. La maison, l'environnement. Il ne connaissait pas ce secteur : quand il était lieutenant, les missions dans l'Ouest il les évitait, repassait le dossier aux collègues. Et en matière de criminalité, la zone était assez calme, surtout comparée à Saint-Laurent.

C'est là, il devina en écrasant le frein : les rubans des gendarmes, étirés dans tous les sens entre les arbres. Le jaune jurait dans la végétation, délimitant un espace autour d'une maison délabrée en partie cachée par les feuillages.

La scène de crime, de suicide en fait, encore matérialisée pour quelques jours, au cas où des vérifications seraient nécessaires. Mais pas un agent sur place, l'équipe avait plié bagage. Vacaresse regarda à droite, à gauche. Et se glissa sous le plastique. Il visita les lieux à pas de loup, contournant les chemins piétinés où les enquêteurs officiels pourraient rechercher des empreintes. Ne pas détruire d'indice, il connaissait les règles comme personne. Il entra dans la baraque, dépassa le carton de scellés apposés sur la porte, s'imprégna de l'atmosphère lourde qui régnait entre les murs gondolés. Tu cherches quoi au juste ? il pensa. Un indice négligé ? Non, les gars savaient faire, ils n'avaient sûrement rien laissé passer. Il ne cherchait pas en fait. Il regardait, c'est tout. Se faisait son idée, sentait. Imaginait la femme vivre ici, toute seule, sans son fils resté au pays. Et il n'y parvenait pas. Comment peut-on habiter là-dedans ? Ce n'était pas une maison, c'était un vrai clapier. Il avisa les plots jaunes du technicien au sol, la poutre en hauteur. Celle à laquelle la Ndjuka s'était pendue. Le silence ambiant avait quelque chose de pesant.

Lorsque soudain, un bruit. Dehors.

Sursaut, retournement. D'un coup chancelant. Vacaresse recula d'un pas, son mollet cogna sur le lit. Et il bascula en arrière. Son dos heurta les lattes nues. Craquement : une des lames de bois se brisa sous le poids. Douleur sous l'omoplate. Il étouffa un gémissement, plissa les yeux. Puis se releva, reprit ses esprits.

Silence, à nouveau. Juste les cris des kikiwis.

C'était quoi, ce bruit ? Un craquement d'arbre, une branche tombée à terre. Sûrement rien. Il remonta son pantalon et avança vers le chambranle de la porte, mur de lumière qui dessinait un grand rectangle blanc sur le sol. Il sortit, debout sur la dalle de béton, main en visière.

Et il l'aperçut.

Là, devant, à dix mètres. Un garçon. Moins de vingt ans, vieil ado ou jeune adulte. Jean et tee-shirt, coupé court, l'air propre sur lui. Il tenait à deux mains un appareil photo braqué vers la maison. Quand il vit Vacaresse, il se figea sur place, comme démasqué. Le détective hésita. Aucun des deux n'avait le droit d'être ici. Mais le photographe le prenait probablement pour un agent.

— Hé ! il lui cria, la voix sûre. Qu'est-ce que tu fais là ?

Pas de réponse. Le jeune recula de deux pas, la mine inquiète, appareil en main droite. Puis se retourna pour prendre la fuite d'une enjambée sèche.

— Non, attends !

Vacaresse se lança derrière lui en grognant. Un pied dans la boue, l'autre dans les herbes. Il glissa, se releva. Courut sur le sentier, traversa le pont de bois, sauta au-dessus d'un fossé. Grimpa sur l'asphalte. Trop tard : le jeune avait enfourché un vélo, pédalait vers le nord, des coups d'œil dans son dos. À ce jeu tu n'as aucune chance, pensa le détective alors qu'il se jetait au volant. Contact : le moteur rugit. Il écrasa l'accélérateur, les pneus crissèrent sur les gravillons.

Le fuyard donnait tout ce qu'il avait, les pédales en feu, il fonçait sur le bitume, son attirail en bandoulière. Il dépassa un panneau touristique, un carbet branlant, l'entrée d'une piste de terre rouge. Mais en quelques centaines de mètres, la voiture vint lui couper la route en un dérapage maladroit. Coup de frein. Sans effet : la roue du vélo percuta l'aile, raya la carrosserie. Le jeune s'étala sur le capot, puis roula à terre. Il geignit. Merde ! pesta Vacaresse. Il ne voulait pas ça, il y avait assez de distance pour qu'il s'arrête. Il sortit du véhicule en panique, accourut, s'accroupit devant le blessé.

— Ça va, tu n'as rien ?

Rien de grave en tout cas. Il se releva de lui-même, tout raide, les sourcils froncés, la bouche à l'envers. Haletant et choqué. Il plia le coude pour mesurer l'ampleur des dégâts. Une belle éraflure le long de l'avant-bras. Et une grosse frayeur. Mais sinon, ça avait l'air d'aller. Il tourna la tête à droite, à gauche, cherchant quelque chose. Son appareil photo, visiblement précieux. Il le retrouva dans l'herbe, le ramassa, souffla dessus, l'alluma. La poignée était griffée, mais il n'avait pas l'air cassé. Un réflex, sans doute cher à l'achat. Il paraissait soulagé.

— Ça va ? répéta Vacaresse.

— Oui. Oui, je crois.

— Pourquoi tu n'as pas freiné ?

— …

Le photographe redressa son vélo, grimaça devant la roue voilée. Quand Vacaresse constata l'état des freins, les câbles tout rouillés, il comprit : l'accident était inévitable. Il se gratta la nuque, un peu désolé.

— Qu'est-ce que tu faisais ?

— Quoi ?

Un peu sonné quand même.

— Là-bas, tu faisais quoi ?

Le jeune renifla.

— Des photos.

— Ça, j'avais compris. Mais pourquoi ici ?

— Pourquoi pas ? Je cherche des endroits… particuliers.

Il parlait sans regarder le détective, les yeux dans le fossé, vaguement fébrile.

— Et pourquoi tu t'es enfui ?

— Parce que… Je ne sais pas, parce que je suis passé sous les trucs jaunes.

Évidemment. Il avait pris peur, voilà tout.

— Tu ne connaissais pas cette femme qui est morte ?

Il secoua la tête.

— Pas plus que son fils, celui qui s'est fait tuer ?

Idem. Il avait l'air sincère.

— C'est pour qui, ces photos ? Tu travailles pour un journal ?

— Non, c'est pour moi. Je fais juste de la photo, quoi.

— Pour rien, pour le plaisir.

— C'est ça. Enfin pour le moment.

Il continuait de vérifier le fonctionnement de son appareil, inquiet pour son outil de travail. Un photographe amateur intéressé par le lieu du drame. Tout ça pour ça. Vacaresse soupira. Il observa la route. Personne en vue.

— Bon. Je suis désolé, O.K. Je peux te déposer quelque part ?

Le jeune renifla à nouveau.

— Vous êtes gendarme ?

— Détective. Je travaille avec eux sur l'enquête.

Moue incrédule, mais rassurée. Il avait un visage fin, l'air jeune et sérieux à la fois, quelques poils sur le menton. Il regarda enfin Vacaresse dans les yeux. Et parut n'y voir aucune menace. Ce gros métropolitain ressemblait à un ours égaré, son sourire dévoilait des dents mal alignées. S'il avait joué dans une série télévisée, il aurait eu le rôle du gentil père de famille. Inoffensif.

— Je veux bien.

— Tu veux bien ?

— Monter avec vous.

Le blessé semblait avoir retrouvé ses esprits, il respirait normalement à présent. Le vélo mutilé fut chargé dans le coffre. Sur le siège passager, le jeune observa encore sa plaie, retira quelques graviers.

— Tu t'appelles comment ?

— William.

— Moi c'est Pierre. Tu photographies quoi ?

— Un peu tout. Les gens, les paysages. Parfois j'arrive à en vendre, on me fait venir sur des événements, des fêtes, des mariages.

— Et tu t'intéresses à la famille Koosman.

— Comme tout le monde. On en parle partout, au journal. Alors moi, je fais des photos des lieux. Un jour ça intéressera peut-être.

— Tu viens souvent ?

Il hésita.

— Presque tous les jours. Ici et aussi vers le sentier. Là où… Enfin, vous voyez…

Encore un reniflement. Un tic nerveux, devina le détective.

— C'est par là.

Virage à droite au carrefour de Charvein. Par ici, il y avait plus de monde. Des maisons de toutes sortes, des cases bricolées comme des villas imposantes à balcon. Même sans eau courante, certains avaient réussi à prospérer. À l'entrée des voies d'accès, près des boîtes à lettres clouées sur des piquets, des panneaux faits main listaient les résidents, des noms parfois illisibles avec des lettres rajoutées après coup. À gauche, une petite épicerie, une pile de vieux cartons entassés au pied des marches. Suivant les indications de William, Vacaresse freina devant une minuscule cabane blanche juste au bord de la route, à côté d'un immense carbet qui devait servir de salle des fêtes.

— Tu habites là-dedans ?

— Plus ou moins, sourit William. C'est mon labo.

Vacaresse leva un sourcil, détailla la cahute. Pas plus trois mètres sur trois.

— Ton labo, ça ?

Ils déchargèrent le vélo que le photographe cala contre un mur avant d'ouvrir le gros cadenas qui fermait la porte de son laboratoire. Il invita le détective à l'intérieur. Drôle d'endroit. Une pièce minuscule aux parois en contreplaqué souillées par l'humidité. Deux autres appareils photo suspendus par la lanière à des clous. Et un bureau qui occupait toute la place, en fait une planche posée sur tréteaux, avec du matériel informatique. Écran plat, imprimante, scanneur, unité centrale, le plastique de protection toujours en place. Multiprises et rallonges rampaient dans tous les sens, aux murs, au sol, fixés par des vis, des branchements précaires. Toutes sortes d'affiches décoraient la pièce : photomontages de la famille de William, campagne électorale, groupes de musique surinamiens. Et un pictogramme dessiné à la main sur une feuille cartonnée : nourriture et boisson interdites. Le matériel était trop précieux.

Plié en deux derrière la porte, il y avait un matelas.

— Tu dors là ?

— Quand l'ordinateur y est, oui, pour pas qu'on me le vole. Je déplie le matelas sous la table. Et quand je rentre chez moi pour plusieurs jours, je débranche et j'emporte tout là-bas.

Vacaresse était impressionné. Ça ressemblait à un vrai labo, il y avait tout ce qu'il fallait ici. William avait bien organisé l'endroit, bricolé, mais réfléchi. Il devait avoir des dizaines de photos du secteur. Une mine d'informations en fait. Il avait réussi à piquer la curiosité du détective.

— Je peux voir ce que tu fais ?

Bien sûr, le photographe était d'accord. Faire connaître son travail, il ne demandait que ça. Qui sait, un jour il pourrait peut-être en vivre. Pour acheter tout ça, il avait eu droit à une subvention de la commune. Mais il fallait bien que ça finisse par rapporter quelque chose. Il invita Vacaresse à s'asseoir sur le tabouret bancal, alluma sa machine.

Il ouvrit un dossier choisi par lui, un travail dont il était fier.

— C'est au Suriname, il expliqua. Pour ça j'ai été payé. C'était une messe évangéliste.

À l'écran, on voyait un pasteur debout sur une scène, micro en main. Et sur d'autres clichés, des fidèles passionnés. En transe même, les paumes levées vers le ciel. Une femme en larmes, les doigts dans la tignasse. Vacaresse n'avait jamais rien vu de tel. Les cadrages étaient bons, les photos réussies. Le jeune savait manier son appareil.

— Et celles dont tu me parlais, sur les lieux de l'affaire Koosman ?

William hésita.

— Je ne suis pas gendarme, précisa Vacaresse. Tu ne risques rien.

— O.K.

Il fit défiler des photos de la maison de Melita Koosman, prises sous tous les angles, après le départ des enquêteurs. Des images sombres, qui rendaient bien compte de la tristesse des lieux désertés. L'ombre des feuillages sur la tôle du toit. L'intérieur, les rais de lumière où volait la poussière, le lino en miettes. Définitivement, il avait du talent.

— Et là, c'est l'entrée du sentier où ils ont trouvé le jeune du Suriname.

Une voûte végétale barrée de rubans jaunes. Les voitures des gendarmes, de la presse, l'agitation sur la scène de crime, les agents postés en bord de route. Le même endroit, presque désert, le lendemain. Puis le layon, quand William s'était décidé à franchir les rubans. Le sous-bois clairsemé, la lumière en taches sur les feuilles séchées. Puis encore depuis la route. Il passait d'une image à l'autre lorsque :

— Attends ! Tu peux revenir en arrière ?

Le photographe jeta un regard au détective, puis s'exécuta. Il afficha à nouveau les clichés précédents, remonta le fil du temps. Vacaresse ne quittait pas l'écran des yeux. Quelque chose, oui, il avait vu quelque chose.

— Là. Sur celle-là. Cette voiture. Reviens encore. (Trois photos plus loin.) Regarde.

Encore le même véhicule. Une vieille auto de couleur grise, impossible de dire le modèle et encore moins de lire la plaque. L'aile gauche enfoncée. Garée en bord de route, visible seulement sur le côté de l'image.

— Tu sais qui c'est, tu as vu le conducteur ?

— Non. En fait, je n'avais pas fait attention. Et sur le sentier, je n'ai jamais vu personne.

La voiture était pourtant bien là. Le jour du crime, mêlée aux autres. Mais aussi les jours suivants. Comme si William n'était pas le seul à revenir sur les lieux du meurtre. Un curieux, comme lui, le détail n'avait peut-être aucune importance. Ou un témoin. Voire un suspect, il aurait pensé s'il avait été en charge de l'enquête.

Paramaribo, la capitale. Couchée au bord du fleuve Suriname, la ville étalait son architecture coloniale et ses édifices administratifs, reconstruite au fil des décennies après les incendies qui l'avaient ravagée. Le bois, matière principale, des façades blanches, des colonnes et des balcons pour dominer les rues. Ailleurs, des briques rouges, arrivées sur le continent avec les navires néerlandais : les briques servaient de lest, remplacées au retour par les produits de la colonie. Les bâtiments récents avaient moins d'allure, constructions massives et fils électriques dans tous les sens. Magasins de vêtements, de lunettes, de tissus, beaucoup de contrefaçons, quelques enseignes de luxe. Ça grouillait de monde dans les rues, voitures et bus se frayaient un passage dans la circulation et au milieu des piétons les mains pleines de sacs.

Les élections présidentielles approchaient, plus qu'un an. Et la campagne semblait déjà lancée : les drapeaux des partis pendaient aux maisons, les habitants affichaient ostensiblement leur préférence. Avec une dominante : les pavillons violets du NDP. Le parti de l'actuel président : Desi Bouterse. Le temps avait passé depuis la guerre civile, depuis le régime militaire de l'ancien sergent. Après plusieurs défaites, Bouterse avait réintégré la vie politique du pays, démocratiquement cette fois, élu par l'Assemblée nationale avec le soutien du peuple. Il jouissait d'une grande popularité, particulièrement chez les jeunes, Noirs-Marrons y compris. Pour eux la guerre, c'était si loin. Une loi d'amnistie avait été votée, mettant le nouveau président à l'abri des poursuites, notamment des vingt ans de prison qu'il risquait pour les assassinats de décembre 1982.

Sur la route entre Moengo et Paramaribo, c'étaient les drapeaux jaunes qu'on remarquait, flottant au-dessus du bitume au bout de longues tiges de bois. ABOP, le parti noir-marron de Ronnie Brunswijk. Car l'ancien chef des Jungle Commando s'était lui aussi fait une place sur la scène politique. Son parti tenait six ministères, lui-même siégeait à l'Assemblée nationale. Brunswijk au gouvernement, aux côtés de Bouterse, son ennemi d'autrefois. Les choses avaient bien changé. Pour beaucoup, c'était une victoire sur l'Histoire : à présent, les Noirs-Marrons étaient représentés. Grâce à Brunswijk, ils participaient à l'exercice du pouvoir. Dans les rues de la capitale, et plus encore dans son fief à Moengo, l'ancien rebelle était acclamé. Très populaire. Et généreux : on racontait comment il savait résoudre les problèmes des citoyens grâce à l'argent qu'il distribuait en liquide. Voire qu'il lançait à la foule dans certains rassemblements, ajouta même le chauffeur de taxi à Anato.

Et peu importait que Bouterse et Brunswijk aient tous deux été condamnés par un tribunal des Pays-Bas pour trafic de stupéfiants, et que l'un comme l'autre soient visés par un mandat international.

— Pour moi il n'y a pas de doute, conclut le chauffeur alors qu'il se garait devant la gare routière. Bouterse est un bon président, il sera réélu. Et Brunswijk restera dans le gouvernement. C'est ce qui peut arriver de mieux.

Anato paya la course, descendit sur le bitume, sac à l'épaule au milieu des coups de klaxon. Vue sur l'entrée d'un casino. Il traversa une avenue, pénétra dans une échoppe, commanda puis mangea un plat en sauce. *Roti* : poulet, curry et galette de pois cassés. Les clients dévoraient leur repas sous un ventilateur à l'arrêt, une chaleur à peine supportable. Dans un coin, un minuscule téléviseur diffusait un match de foot. Le vert du terrain grésillait. À côté de l'assiette, le portable se mit à vibrer sur la table.

— Anato ? (La voix du général, raide et directe.) Où êtes-vous ? Je n'entends rien.

— Au Suriname, mon général. Il y a un peu de bruit.

Il sortit du restaurant.

— En mission ?

— En congé. J'ai dû partir rapidement, je régulariserai à mon retour.

— Hmmm. Vous rentrez quand ?

Le patron était contrarié, ça se sentait même au bout du fil. Le capitaine l'imaginait d'ici, le visage tout serré dans son grand bureau, face à la photo du président de la République.

— Demain j'espère. Il me reste juste une ou deux personnes à rencontrer.

— Toujours vos recherches, c'est ça ?

— Oui, mon général.

— Bon, bon… O.K., alors finissez et rappliquez. On a besoin de vous ici.

— Vous pouvez compter sur moi.

— Hmm. (Il allait raccrocher, mais ajouta :) J'ai appris que vous étiez le premier sur les lieux après le suicide de la mère Koosman. Rassurez-moi : vous n'êtes pas en train de continuer l'enquête ?

— Non, mon général. Absolument pas.

— Je l'espère. Vous savez aussi bien que moi que pour engager des investigations au Suriname, il vous faut l'accord du juge d'instruction, celui des autorités locales, et le déclenchement de l'entraide judiciaire internationale. Si vous trouvez quoi que ce soit là-bas, on ne pourra rien en faire.

— Je sais, bien entendu.

Clic. Le grand chef avait raccroché sans plus de manières.

Anato regarda le numéro de la gendarmerie disparaître de l'écran. Marcy n'avait pas pu se retenir, il avait vendu la mèche. Il fallait s'y attendre, le major tenait à ses prérogatives. Relancer les investigations, c'était remettre en cause son travail. Anato était-il en train de poursuivre l'enquête ? Non, il ne s'intéressait qu'à ce qu'avait dit Melita Koosman à propos de ses yeux. C'était personnel, strictement personnel. Pourtant par moments il se posait la question. Et si tout ça était lié ? Et si la mort de Bradley Koosman sur la route de Mana avait quelque chose à voir avec son passé ? Avec le drame de Pinalanti ? Avec la guerre civile, en fait. Dans ce cas oui, on pourrait dire qu'il continuait l'enquête. Mais rien n'indiquait quoi que ce soit de cet ordre.

Il alla finir son *roti* et revint chercher un taxi sur la place.

— Pontbuiten, il demanda.

L'Hindoustani le regarda avec des yeux gros comme des calots.

— Vous êtes certain ?

— Oui. Quartier des réfugiés.

La voiture l'éloigna bientôt de l'agitation du centre-ville, roula vers Pontbuiten, une des banlieues les plus reculées, au sud-ouest de la capitale. Sous le rétroviseur pendait une petite figurine en forme d'éléphant. Les vitres étaient sales, zébrées de coulées grises. Plus de bâtisses coloniales : des maisons basses, modestes. Les avenues devinrent des rues, les rues devinrent des ruelles, les ruelles devinrent des pistes. Terreuses et gondolées, des grandes flaques d'eau au fond des creux. Des herbes géantes se dressaient à la place des trottoirs. Les pieds nus, moins de six ans, deux gamines se déhanchaient sur le toit d'une voiture en ruine, sans roues, sans pare-brise, sans portières. Juste un podium pour ces futures starlettes du dancehall. Le chauffeur ralentit tandis que son châssis râpait la terre brune au sommet d'une bosse.

— C'est là, il fit en serrant le frein à main. Le quartier commence au coin.

— Merci. Ne m'attendez pas, je me débrouillerai pour le retour.

— O.K.

Une allée poussiéreuse. De la tôle rafistolée en continu sur des dizaines de mètres pour délimiter les parcelles. De l'eau stagnante dans les fossés où flottaient toutes sortes de détritus. Le capitaine avança sous les regards des enfants, les plus nombreux. C'était donc là que s'étaient installés les réfugiés pendant la guerre civile. Une partie en tout cas : ceux qui n'avaient pas choisi la Guyane pour terre d'accueil, partis vers l'ouest quand d'autres allaient à l'est. Ceux qui craignaient que les Français ne les rejettent. Ou ceux qui n'avaient pas eu le choix, que la panique, le mouvement ou le hasard avaient menés jusqu'ici. À une femme assise en bord de route, il répéta le nom que lui avait donné son guide à Moengo. La Ndjuka tendit le bras vers la gauche et marmonna quelques indications floues qu'il suivit. Il dut demander son chemin une deuxième fois pour atteindre son objectif.

Koosman. Le nom était peint en blanc sur une boîte en métal aplatie. Anato enjamba la flaque qui bouchait l'entrée, cogna du poing sur la porte. Des gloussements de poules en guise de réponse. Il poussa le métal qui s'ouvrit en griffant le sol. Une cour devant une maison aux murs gris. Un coq et sa cour. Trois enfants. Non, quatre. Deux d'entre eux entretenaient un feu de bois sous un carbet miniature, y faisaient brûler des barquettes en plastique. On fit à peine attention à lui.

— *Fa a e go?* il dit à haute voix, pour se faire remarquer.

Un gamin leva la tête, le détailla des chaussures au crâne, la bouche tordue, l'air de dire qui c'est celui-là ?

— Maman ! il cria.

Puis il replongea les yeux dans les flammes, souffla sur le plastique qui se déformait en dégageant une odeur sucrée et piquante. Rien d'autre ne se passa.

— Maman ! il répéta plus fort sans lever le regard.

— Quoi ?!

La mère venait de sortir la tête de la baraque, furieuse. Dès qu'elle remarqua Anato, elle changea d'expression. Les sourcils toujours froncés, mais plus d'inquiétude que de colère. Elle ne devait pas avoir plus de vingt-cinq ans, les cheveux défrisés. Un chiffon sale en main, elle s'essuya les doigts en regardant s'approcher son visiteur, des questions dans les yeux.

— *Mi dé kaï André Anato*. Je viens de Guyane.

Elle resta plantée devant lui, droite comme le piquet de son fil à linge. Elle attendait la suite.

— Je cherche…

Sa voix se brouilla. Un éclair noir sur la rétine.

— Je cherche…

La phrase s'arrêta là, suspendue quelque part entre lui et elle. Un nouveau vertige, ça recommençait. Pas un mot de plus, impossible. Le cerveau retourné, les pensées emmêlées. Un pas à droite, Anato s'appuya contre le bois du mur, noir et humide. La jeune femme suivit ses gestes flous, surprise, ne sachant comment réagir. Il sentit à nouveau la chaleur monter en lui, gonfler ses tempes, tremper son front, sa nuque. La sueur, évacuée d'un coup. Il secoua la tête. Ça va passer. Ouvrit grands les yeux pour s'accrocher au réel. La cour dansait autour de lui, la tôle molle, la terre mouvante. Les enfants avaient abandonné leur feu, observaient ce Français bien habillé chanceler sur leur minuscule terrain. Ça va passer, il se répéta. Mais ça empirait. Le coup de fièvre grimpa, lui martela le crâne, soudain douloureux. Il se tenait voûté, comme écrasé par le poids du ciel au-dessus de lui. Il entendait des Monsieur ? des Asseyez-vous ? des Ça ne va pas ? Des questions décomposées en syllabes libres qui se perdaient dans l'air moite. Ça tournait. Il redressa la tête, croisa une dernière fois les grands yeux noirs de la jeune mère. Comme si elle en avait des dizaines.

Et il s'effondra sur les marches en parpaing.

30

— Il se réveille, va chercher maman !

Le gamin sauta de son tabouret, se jeta dans la cour, manqua de s'étaler dans la terre molle.

— *A weki ! A weki !* Il est réveillé !

Whitney fixa son fils tout excité dans son short trop grand, décrocha le dernier tee-shirt du fil à linge, le plia dans le panier et rentra dans la maison. Savates retirées sur le seuil. Elle chassa les enfants qui filèrent en rechignant. Le Français avait bien ouvert les paupières. Il détaillait la chambre, étendu de tout son long sur le matelas dans la pièce sombre. Elle retrouvait ces yeux si brillants, on aurait dit qu'un feu brûlait dedans. C'était beau, et étrange aussi. Surtout pour un Ndjuka. Il avait dormi douze heures d'affilée. Fiévreux, mais calme, ses pectoraux bombés montant et descendant au rythme de sa respiration. Un corps parfait, massif et gracieux à la fois. S'était-il rendu compte qu'elle avait passé la nuit là, allongée à côté de lui ? Qu'elle avait parcouru la courbe de son torse avec ses doigts ? Qu'elle avait posé la main sur son sexe, dur au milieu de la nuit ? Un Français : parfois elle se disait qu'elle aimerait bien épouser un Ndjuka français. Un homme sérieux, même beaucoup plus vieux qu'elle, même infidèle (ils le sont tous) elle aurait été d'accord. Ce serait bien, sans doute mieux que tous ces gars minables avec lesquels elle avait couché. Y compris les pères de ses enfants. Ce matin, elle avait tout annulé pour rester auprès de son inconnu.

Elle rougit lorsqu'il la regarda.

— Je suis où, là ?

— Chez moi. Vous vous êtes évanoui, on vous a porté jusqu'au lit.

La petite pièce était cernée de murs en contreplaqué et d'un faux plafond cabossé. Une odeur de moisi flottait au-dessus du matelas. Anato se redressa sur le coussin rose bonbon. On lui avait retiré son pantalon. Il se souvint : le vertige. Il ne sentait plus rien, c'était passé. Plus de fièvre, plus de douleurs.

— Vous avez dormi toute la nuit, elle ajouta, la voix timide.

Toute la nuit. Mais qu'est-ce qui s'est passé ? il se demanda. Il frotta les mains sur ses yeux, refit surface. La réalité après les rêves qui l'avaient hanté douze heures durant. Il s'en souvenait vaguement : flous, fous, surréalistes, rien de tangible. Sauf cette image, imprimée. Le visage d'un homme, un Noir avec du maquillage blanc, comme dans les cérémonies ndjukas. Une tête de démon, effrayante. Un esprit ? Antonis, il songea. Et si c'était lui ? L'idée soudain vint s'immiscer parmi ses pensées chahutées. Peut-être s'approchait-il de la vérité. Oui, c'était ça, il se rapprochait de son père. Et Antonis se manifestait. La fièvre, la confusion, hier, deux fois dans la journée. C'était lui le responsable, son esprit en tout cas. Il s'exprimait à travers lui. Lui parlait. Lui disait… quoi au juste ? Que je suis près du but ?

Il regarda la jeune femme, plantée sur son lino, toute gênée.

— Jocoba…

Elle leva ses sourcils dessinés au crayon, deux petits croissants noirs. Des dizaines de tresses courtes volaient autour de son crâne, ça la rendait encore plus jeune qu'elle ne l'était.

— Jocoba Koosman. Je cherche Jocoba Koosman. Vous la connaissez ?

— Bien sûr. C'est… ma mère.

Il n'était donc pas là par hasard, pensa Whitney. Pas de prince charmant, pas de miracle tombé du ciel. Il avait l'air remis de sa fièvre, ne lui en parla même pas. Hier soir, elle s'était longtemps demandé comment réagir. Appeler un médecin ? Prévenir les voisins ? Avant de décider de s'en occuper elle-même. Un linge froid sur le front. De la pommade Vicks massée sur les tempes. Ça avait suffi à le remettre sur pied. Un instant elle se dit qu'elle aurait préféré qu'il reste malade, et s'en voulut de penser ça. Il pivota, s'assit sur le lit. Il y avait deux matelas empilés : ses pieds touchaient à peine le sol. En haut de ses cuisses épaisses, elle devinait la forme de son sexe dans le caleçon.

— Je voudrais lui parler.

— Quoi ?

— Votre mère. Je peux la voir ?

Elle s'avança, s'installa sur la chaise face à lui. À l'évidence il ne savait pas.

— C'est impossible. Elle est… morte.

Whitney vit l'assurance s'évanouir du visage du Français. Un masque de déception.

— Morte ?

— Oui. Il y a deux ans. Elle était vieille.

Il ferma les yeux. Morte, il se répéta le mot comme une fatalité. Elle aussi. Comme Melita, comme son fils Bradley, comme tous ceux qui avaient vécu à Pinalanti autrefois. Tués sur place ou décédés les années passant. Après tout, ça faisait presque trente ans.

— Je suis désolé, il glissa pour elle autant que pour lui.

Une nouvelle impasse.

Whitney songea à sa vieille mère. Elle aurait aimé la garder auprès d'elle encore quelques années, tout était allé si vite. Une infection pulmonaire, c'est ce qu'avaient dit les médecins. Ça ou autre chose. Elle gardait en mémoire la forme toute ronde de son corps sous le drap blanc de l'hôpital. Cet homme la mettait mal à l'aise. Alors qu'elle avait envie de lui, il lui parlait de sa mère avec cet air faussement mystérieux.

— Pourquoi vouliez-vous la voir ?

Il passa une main sur sa nuque, examina un instant les affiches décolorées sur les murs.

— Je voulais qu'elle me parle de son village. De Pinalanti.

— Pinalanti ?

On aurait dit qu'elle n'avait pas prononcé ce mot depuis des décennies.

— C'est de là que vous venez, non ? De ce village, sur la Cottica.

— Oui. Enfin, c'est ce qu'elle m'a toujours dit. Mais je n'y suis jamais allée. Qu'est-ce que vous voulez savoir ?

— Je crois que… que moi aussi j'avais de la famille là-bas. Pas mes parents, mais peut-être des cousins, des oncles.

Il ne manquait plus que ça, elle se dit. Ce serait donc un parent à moi. Le désir se muait en amertume. Le rêve retombait.

— J'étais là-bas hier, il ajouta. J'ai vu ce qu'il en restait.

— Ah.

Elle ne semblait pas plus intéressée que ça par ce village disparu où se trouvaient ses racines.

— J'y ai rencontré un homme qui m'a parlé de votre mère. Il m'a dit qu'elle pourrait peut-être m'aider.

— Eh bien non. Je suis désolée.

Ils restèrent un moment muets. Anato finit par se lever pour remettre son pantalon. Elle le regarda passer ses jambes musclées dans le tissu, attirée et déçue. Il enfila ses chaussures. Un instant elle crut qu'il allait déguerpir sans même la remercier.

— Elle ne vous a jamais parlé d'un Ndjuka aux yeux clairs, qui aurait vécu à Pinalanti ?

— Clairs ? Comme les vôtres vous voulez dire ?

— Oui.

Clair. Elle-même n'aurait pas employé ce terme. Trop réducteur. Ces yeux, c'était… Un ciel, un brasier.

— Non. Jamais. Mais vous savez, elle ne me racontait rien sur sa vie d'avant.

— Je comprends, ça devait être difficile. Alors vous ne savez pas ce qui s'est passé là-bas. Pourquoi elle est partie.

— C'était la guerre. C'est pour ça qu'elle est partie.

— C'est tout ?

— Oui. Il n'y a rien d'autre à dire.

Whitney devinait sur quel terrain le Français essayait de l'emmener. Il voulait parler de la guerre civile, qu'elle lui raconte combien c'était dur, combien les Noirs-Marrons avaient souffert. Mais elle n'en savait rien, et n'avait pas envie de savoir. Dans une guerre, il se passe toujours des choses horribles, c'est comme ça. La Ndjuka avait déjà des idées politiques : elle faisait partie du conseil des jeunes du NDP dans le quartier. À ses yeux, Desi Bouterse était un bon dirigeant, il tirait le pays vers le haut. Elle l'avait rencontré une fois, il était venu à Pontbuiten, accessible et souriant. Grâce à lui, les soins médicaux étaient devenus gratuits pour les jeunes et les vieux. Grâce à lui, le festival des Arts de la Caraïbe s'était tenu pour la première fois à Paramaribo, une réussite, quelque chose d'énorme pour l'image du pays. Et ce pays, elle en était fière. Les ennemis de Bouterse racontaient des choses terribles sur lui. Qu'il avait fait tuer des hommes et des femmes autrefois, qu'il avait été un dictateur. Qu'il était impliqué dans un trafic de cocaïne. C'était peut-être vrai. Peut-être pas. Sans doute n'était-il pas totalement responsable, jugeait Whitney. En fait elle s'en fichait. Tout ça, c'était si loin. Bouterse avait été élu, et il le serait encore l'année prochaine, elle en était certaine. Après tout, s'il était coupable de toutes ces horreurs, pourquoi n'était-il pas en prison aujourd'hui ? Et pourquoi n'en parlait-on pas dans les manuels d'histoire ? L'avenir, c'est tout ce qui intéressait la jeune maman. Se bâtir une vie en centre-ville, loin de ce quartier et de ses baraques délabrées. Trouver un homme qui la méritait. Mais cette fois, c'était raté, elle réalisait à mesure que le Français précisait ce qu'il était venu chercher ici.

— Je crois que j'ai un oncle éloigné à Saint-Laurent, elle finit par annoncer. Il s'appelle Rody, je l'ai vu quelques années avant la mort de maman.

— Rody ?

— Oui. Je me rappelle juste de ce nom. Peut-être que lui il pourra vous aider. Il vit à la Charbonnière.

— Rody… répéta Anato.

Il observa son reflet dans un miroir fixé au mur : barbe naissante, crâne piquant. Pas beau à voir.

— Merci, il dit enfin. Merci de vous être occupée de moi.

Elle lui offrit un petit sourire timide, presque enfantin.

— Vous voulez manger quelque chose ?

— Non, c'est gentil. Je veux bien un endroit pour me laver. Puis je vais vous laisser.

Vous laisser, les mots résonnèrent dans l'esprit de Whitney. Et voilà, il s'en va. Elle hésita à le retenir, à lui dire de se reposer encore, de rester là une nuit de plus. Mais elle n'y croyait plus. En fait, il était déjà parti. Elle observa encore un peu la flamme qui se consumait dans ses yeux, goûta une dernière fois à ces charmes interdits. Puis elle alla dans la cour remplir un seau d'eau au pied du tuff-tank.

— C'est par là.

Une petite pièce aux murs couverts de carreaux mal assemblés. Anato remercia, retira ses vêtements. Et s'aspergea d'eau froide à l'aide du bol en plastique qui traînait là. Il essaya d'imaginer la vie que la mère de Whitney avait menée ici, loin de son village. Sans eau, sans électricité, sans la rivière. Une vie urbaine, une vie de Noire-Marron exilée. Et il se répéta le nouveau nom : Rody. Encore quelqu'un à chercher. En espérant qu'il soit toujours vivant.

Mais pour découvrir quoi ?

La dernière fois que Rody Koosman était venu au Suriname, c'était quand ? Il y avait deux ans, peut-être trois, pour des funérailles. La ville de Moengo lui parut changée. Elle se repeuplait, reprenait vie peu à peu. Rody marcha dans la cité, tête et casquette baissées, il salua çà et là des visages familiers, des bouts de famille éloignée, des noms qu'il avait oubliés. Il retrouvait les rues, les bâtiments, en découvrait de nouveaux, tout neufs, des banques, des commerces. Mais ce qu'il ne reconnaissait pas, c'était les habitants. Ils avaient tous l'air si jeunes. Des gamins, partout dans les allées, mal fagotés, débordants d'énergie. Les maîtres des lieux. L'avenir du pays. Il songea : un jour les gens comme moi ne seront plus que des vieillards, des reliques d'un passé dont tout le monde cherche à se débarrasser. Il avait la langue sèche. Le goût du rhum, lointain, l'envie de sentir cette chaleur lui couler dans la gorge. Il n'avait rien emporté avec lui, pas une bouteille, pas une goutte d'alcool. Ambitieux. Il savait que ça allait être difficile.

Au cul de la pirogue, il tira sur la corde. Le moteur hoqueta. Deuxième coup, troisième : la machine rugit enfin, un bruit de mécanique rauque et un nuage noir à la surface de l'eau. Marche arrière pour s'éloigner de la berge, virage. Et il tourna la poignée sèchement. L'avant du bateau s'éleva, l'arrière creusa un sillon d'écume. En route sur la rivière Cottica. Sur ce lit sombre et étroit, couché entre les buissons avachis. Seul, pilote et passager à la fois. Il suivit les méandres, guetta les obstacles, les troncs charriés par le flot. Il contempla les nuages qui se déchiraient dans le ciel en dessinant des formes folles. Un urubu planait là-haut, deux ailes brunes au-dessus de la forêt. Les vibrations dans la main lui engourdissaient le poignet. Il navigua ainsi près de deux heures.

Jusqu'à ce qui était autrefois son village.

La pirogue fichée entre les arbres, à l'abri du courant, Rody déchargea son matériel. Sabre, débroussailleuse, tronçonneuse. Il porta le tout à l'entrée de la clairière. Par endroits il remarqua que les herbes étaient couchées, la terre piétinée. Quelqu'un était venu ici il y a peu. Une personne, ou deux. L'homme aux yeux jaunes, peut-être. Celui dont lui avait parlé Melita. Ou n'importe qui d'autre. Un de ces curieux qui s'intéressaient à la guerre civile. Il balaya l'endroit du regard. La végétation avait poussé, on ne voyait presque plus le sol. Avant de se mettre à boire pour de bon, il venait régulièrement nettoyer le terrain. Le garder ouvert, couper les tiges, les bois-canons, chasser la forêt prête à le dévorer. Et là, on voyait qu'il l'avait négligé. Il s'en voulut : même ça, il n'y arrivait pas. Il resta là un moment, debout au seuil de la parcelle, les yeux dans les tiges pointées vers la lumière. Immobile, muet. Un instant de recueillement. Au fond il y avait autrefois la maison de sa sœur. Là-bas, la sienne. À droite, celle de Glen et de sa femme, paix à leur âme. Ici un petit carbet sous lequel on faisait griller le couac. Ou un peu plus loin, il ne se rappelait plus. Ce qui s'était passé ici, il le savait par les récits de Melita. Il avait fait siens ses souvenirs, à défaut d'images. Parce que quand Pinalanti avait été attaqué, Rody était loin.

Parce que c'est lui que les militaires cherchaient.

Ou plutôt eux : les Jungle Commando.

Ce jour-là, ils étaient partis faire sauter un pont. Couper les routes, bloquer l'armée de Bouterse. Rody s'en souvenait avec précision. La veille, un guérisseur avait consulté le dieu Sweli et préparé un *obia*, une journée entière de rituel pour garantir le succès de l'opération.

Tout devait bien se passer. Ils avaient quitté la base à cinq heures du matin. Une vingtaine d'hommes. Plus Karl, un mercenaire anglais embauché par Brunswijk pour former les jeunes et manier les explosifs. Ils avaient marché longtemps dans la jungle, longé les routes, baissé la tête tandis que les bimoteurs survolaient la zone. Plusieurs soldats avaient tenu à emporter leur picolette, leur oiseau porte-chance. Les cages bringuebalaient, accrochées aux sacs. Rody avait parlé avec un autre Ndjuka, un ancien garde de Bouterse, qui lui raconta comment il avait déserté l'armée après avoir vu les militaires brûler la maison de sa mère. Deux hommes se firent tuer en cours de route, abattus depuis le ciel, repérés par les avions alors qu'ils traversaient une zone dégagée. À l'approche du pont, Karl avait installé ses charges dans la terre, juste sous la piste, et bricolé un détonateur avec une pince à linge et du papier aluminium. Ça avait l'air bien parti.

Mais tout avait dérapé.

Un des oiseaux s'était réveillé dans sa cage. Des cris stridents, effrayés. C'est ça qui avait attiré l'attention des militaires. Karl avait réussi à faire exploser le pont, mais ça avait fini en fusillade. Un déluge de feu, le chaos, des tirs dans tous les sens. Comme tout le monde, Rody s'était jeté dans le sous-bois, les mains sur la tête, écrasé contre un tronc. Il avait attendu que ça se tasse, sourd aux cris des autres rebelles touchés par les balles. Ça avait duré, un long quart d'heure de furie, plus personne ne savait qui tirait sur qui. Voilà à quoi elle ressemblait cette guerre : des apprentis soldats pas fichus de faire taire leurs oiseaux. Le soir, de retour à la base, même avec trois morts dans leurs rangs, ils en avaient ri. Trahis par un volatile, il y avait de quoi se marrer. Pourtant Rody, lui, ne riait qu'à moitié. Au fond de lui, une voix lui parlait.

Un pressentiment, quelque chose de grave.

Le lendemain, il apprenait la nouvelle. Pendant que les Jungle Commando menaient leur lamentable opération, l'armée s'était attaquée à plusieurs villages de la Cottica. Pinalanti ? il avait demandé. Aussi, oui. On rapportait que tout le monde avait fui, qu'à présent la région était déserte. Des survivants ? Sans doute, mais combien ? Personne ne savait, les informations étaient éparses, se contredisaient. Untel avait été vu ici vivant, ici mort. Untel était parti vers Paramaribo, on l'avait aperçu dans une remorque. Untel avait rejoint les camps en Guyane. Les rebelles organisaient les transports des exilés vers la Guyane, en voiture, en camion, en tracteur, en pirogue. Pendant toute une semaine, Rody crut sa famille entièrement décimée.

Il n'avait pas été là. C'est ce qu'il se répétait.

Il n'avait pas été là pour eux. Pas plus que pour Melita qui venait de se donner la mort. Et trente ans plus tard, il oubliait même de venir entretenir la parcelle.

Mais les regrets laissaient place à la colère. Il agrippa sa tronçonneuse par la poignée, s'avança vers le front forestier et enfonça avec rage la lame dans le tronc d'un bois-canon. La chaîne attaqua le bois dans un bruit puissant qui fit fuir une colonie d'oiseaux. L'arbre encaissa l'assaut durant trente secondes, le houppier tremblant. Puis il vint se fracasser à terre.

31

— Faut que je te laisse, il y a la queue.

— O.K. Merci d'avoir appelé.

Enfin Jérémy téléphonait depuis la prison, ça voulait dire qu'il allait mieux, qu'il prenait de l'assurance. Avant il se trouvait des excuses, comme quoi il n'y avait rien à raconter, qu'il préférait les visites. Mais son père n'était pas dupe : il avait peur, voilà tout. Les premières semaines, il sortait à peine de sa cellule, évitait les contacts avec les autres détenus. Et pour accéder au téléphone fixé au mur, il fallait attendre son tour, défendre sa place. Alors oui, un tel appel constituait une bonne nouvelle. Rassurante : il restait moins de trois mois à présent, il allait tenir le coup. Bientôt on pourrait oublier, se concentrer sur la suite. Mathilde sortirait peut-être de sa dépression. La famille se reconstruirait. Il y avait de quoi être optimiste, finalement. Les Vacaresse traversaient une période difficile, mais le bout du tunnel se profilait. Un nouveau départ, sur des bases saines. Derrière ses vitres teintées, mal installé contre le volant, le détective sourit de sa bouche trop étroite.

La voiture stationnait sur un replat en bord de route, camouflée derrière le tronc d'un fromager. À travers la moitié gauche du pare-brise, Vacaresse guettait l'entrée du sentier où on avait retrouvé le corps de Bradley Koosman. Les arbres se rejoignaient pour former une voûte sombre, comme une porte dans le sous-bois. Déserte : pas le moindre visiteur en six heures d'attente. Quelques véhicules circulaient sur la départementale, touristes en route vers Mana et Awala-Yalimapo, agriculteurs hmongs chargés de caisses de légumes. Mais aucune trace de la voiture grise aperçue sur les clichés du jeune photographe. En fin de journée, Vacaresse doutait. C'était juste un badaud, revenu traîner ici après le crime faute d'occupation. À supposer qu'on le retrouve, il n'aurait sans doute rien à lui apprendre. Il attendit là une heure de plus, dans la moiteur de l'habitacle. Il sortit un instant déplier ses jambes engourdies, observa les nids tissés qui pendaient des branches. Ramassa au sol une graine sèche qui avait la forme d'une pièce de monnaie, la fit tourner entre ses doigts. Elle cassa aussitôt. Il remonta en voiture. Puis mit le contact.

Rideau.

Retour à Saint-Laurent : cimetière, rond-point, aire de skate-board, stade de foot. Et hôtel. Il se rangea juste devant, pénétra dans le hall. Le polo humide, le pantalon collé aux cuisses, la nuque poisseuse. Impatient de retrouver sa chambre climatisée et de prendre une douche. Il récupéra ses clés, gravit les marches jusqu'à l'étage. Dans le couloir, une femme de ménage tirait son chariot encombré de poubelles et de produits désinfectants. Elle le dévisagca, un regard perçant au-dessus de ses pommettes pointues.

Dès qu'il poussa la porte, il leva un sourcil. Le lit fait de travers, des plis en trop. Le placard béant, les vêtements en bouchon. Le tiroir entrouvert. Une chambre mal rangée. Ou plutôt volontairement dérangée et réajustée à la hâte. Quelqu'un était venu ici. Avait fouillé la pièce. Il se jeta dans le couloir. Coup d'œil à droite, à gauche. Personne sur le carrelage luisant. Sauf la femme de ménage, presque à la même place, un balai en main. Trop facile. Il resta là, un instant, planté sur le seuil de sa chambre, la clé entre les doigts. Pensif.

La sonnerie le fit sursauter.

Retour dans la pièce. Le téléphone de l'hôtel, c'est lui qui sonnait, le combiné fixé au mur à gauche du lit. Le fil tout entortillé. Il décrocha.

— Monsieur Vacaresse. La réception. Un appel pour vous.

Tonalité. Bip… Bip… Le détective attendit, plus impatient qu'inquiet.

— Monsieur Vacaresse ?

— Hmm.

— Je vous appelle de la part de Francis.

— Francis ?

Prendre l'air étonné. De celui qui ne voit pas de qui on parle. Mais l'interlocuteur ne releva même pas.

— Vous vous intéressez trop à lui. Il vous demande de vous arrêter là.

— Qui êtes-vous ?

— Faites ce qu'il dit. C'est mieux, je vous assure.

— Qui…

Bip… Bip…

Le détective rappela aussitôt la réception. Numéro inconnu, évidemment.

Il resta interdit une longue minute, les fesses sur le matelas trop mou, la bouche serrée, le combiné en main. Des questions plein la tête. Vous vous intéressez trop à lui. Il vous demande de vous arrêter là. C'est quoi, cette histoire ?

— Francis Adogoe… il dit à voix haute.

Mais qui es-tu ? Qu'est-ce que tu caches derrière ta vie bien rangée avec Monique à Cayenne ? Qui es-tu pour menacer ceux qui posent trop de questions ? Des menaces. Vacaresse connaissait la leçon, il en avait tellement vu. Le plus souvent c'était du bluff, il n'y avait rien derrière. Une tentative désespérée de le détourner de cette enquête sans enquêteur. Et d'ailleurs, qui pouvait l'atteindre ? Il avait perdu son travail, son fils était sous les verrous, sa femme au fond de son lit. Il était déjà tombé si bas, il n'avait plus rien à perdre, il n'imaginait rien qui puisse le faire souffrir davantage. À force de coups durs, d'acharnement du destin, il était devenu intouchable. Non, vraiment, il en fallait plus pour l'impressionner, la tentative d'intimidation le laissait de marbre. Au contraire, cet appel lui apportait une bonne nouvelle : il était sur la voie. Il approchait. De quoi, il n'en savait rien. Mais de quelque chose qui tournait autour de Francis Adogoe. Et qui, visiblement, allait déranger.

Il se releva, ouvrit en grand placard et tiroirs, fit mentalement l'inventaire de ses effets. Il n'avait laissé aucun objet de valeur dans la chambre. Tout semblait à sa place, ou pas loin. Ses papiers, ses notes. Ses vêtements, pas si nombreux. Tout.

Non.

Il s'étonna d'y penser en dernier. Du dessus du placard, il tira la sacoche rembourrée, la posa sur le lit, ouvrit les deux attaches.

Vide.

Le visiteur avait volé son appareil photo.

L'après-midi était déjà bien avancée lorsqu'Anato foula à nouveau le sol guyanais. Les pieds sur le bitume, sur une de ces avenues piquées de palmiers qui découpaient Saint-Laurent en petits carrés. Un quadrillage parfait, hérité de l'urbanisme colonial, jusqu'aux quartiers en briques rouges de l'ancienne administration pénitentiaire. Plus de vertige depuis le matin. Pas d'évanouissement, en tout cas. Et plus de fièvre. Mais une fatigue latente, une sensation d'épuisement dans tous ses membres. Comme si son corps était devenu trop lourd à porter. Il se sentait faible, abattu par ces quarante-huit heures passées au Suriname. Un voyage inutile, il se dit. Un de plus. Il n'avait qu'une envie : se coucher. Faire le vide. Oublier cette histoire de guerre civile, de village détruit, de massacre, de famille décimée. Oublier Antonis, se persuader que ces vertiges n'avaient rien à voir avec lui. Une fois dans sa chambre d'hôtel, il s'allongea, riva son regard sur les lames blanches du faux plafond. Les doigts croisés sur le sternum. Au calme, isolé de l'agitation de la ville. Les cris des footballeurs sur le terrain voisin lui parvenaient étouffés, à peine humains. Il n'entendit bientôt même plus les moteurs des bolides tunés qui pétaradaient en contrebas.

Endormi.

Un sommeil court, une heure maximum, sans rêve. Un vaste tableau noir, vierge de tout message. Juste le repos comme un besoin vital.

Il fut réveillé par le portable qui se déplaçait en vibrant sur la table de nuit. Il consulta l'écran : le major Marcy. Non, pas lui, pas maintenant. Les pensées embrumées, il ne décrocha pas, l'appareil tomba sur le carrelage, la batterie éjectée. Anato émergea, se redressa. Il demeura ainsi immobile un long moment, les coudes sur les genoux au milieu du drap blanc, entre deux mondes. Avec toujours cette lassitude écrasante. Il ramassa le téléphone, réassembla boîtier et batterie, le ralluma. Trois appels en absence, trois fois la gendarmerie, incapable de se passer du capitaine érigé en modèle. Mais pour le moment, l'officier exemplaire était fatigué. À bout, inapte. Hors service. Demain, il décida. Demain je reprends, mais pas ce soir. Non, ce soir il n'avait qu'une envie. Du réconfort, une présence apaisante à ses côtés. Melissa.

Bureau du commandant de la compagnie de Saint-Laurent, à la lumière du néon. La nuit tombante sur les bâtiments peu à peu désertés. À travers la fenêtre, on devinait à peine les lettres métalliques au-dessus du portail : Caserne Joffre. Les briques rouges viraient au brun, les murs blancs fonçaient. Le climatiseur glaçait la pièce.

— Il ne répond pas, vous êtes certain ?

— Je vous le répète, soupira Marcy, à la limite de l'insubordination, son téléphone est coupé. J'ai appelé plusieurs fois.

Le commandant gratta son menton râpeux, incrédule. Le général avait été clair depuis le début : sur l'affaire des mules, Marcy devait travailler en binôme avec Anato. Qu'il le veuille ou non, c'était la condition pour qu'il reste directeur d'enquête, calée en accord avec le procureur. S'il y avait du nouveau, il fallait associer le capitaine sans délai. Et le commandant soupçonnait le major de tout faire pour l'éviter. Pour garder la main sans la pression d'un plus gradé. Il l'observa un instant, silencieux. Le front tout plissé sous ses cheveux gris.

— Vous voulez essayer ? fit finalement Marcy, cellulaire au bout de son bras tendu.

— Non. Allez-y. Recevez-la seul.

Dans son regard, un avertissement : mais ne vous foutez pas de moi, major.

La mère de Clifton Vakansie attendait sur une chaise dans le couloir de la brigade de recherches, à l'étage. Ficelée dans une combinaison marron, façon gigot, les seins compressés. Maquillée comme si elle sortait en boîte. Une grappe de boucles d'oreilles dorées lui courait tout autour du lobe. Mais cette fois, elle ne faisait pas la fière. Pas de manière, pas de sourire vulgaire. Sa façon de tenir son petit sac blanc sur ses genoux serrés trahissait la raison de sa visite. Le major lisait en elle : une mère venue se confesser sur le tard. Il la fit entrer dans son bureau, alluma un cigarillo, cracha la fumée vers le plafond. La fenêtre mansardée n'était plus qu'un grand triangle noir où s'étaient fondues les cimes des arbres.

— Alors, madame Vakansie ?

Elle le regarda, les yeux implorants. On aurait dit une gamine. Marcy n'oubliait pas qu'elle venait de perdre un fils, mais il avait du mal à la plaindre. Depuis cette histoire d'enfant ébouillanté, il s'était fait son idée sur le personnage.

— Vous vouliez me parler ?

— Non. Je voulais parler à l'autre. Le Ndju…

— Le capitaine Anato ?

— C'est ça.

— Il n'est pas là. Mais moi oui. Ne vous inquiétez pas, je lui raconterai tout notre entretien.

— Ah…

Jessica avait dit de s'adresser au Ndjuka, elle pensa. Mais en même temps, s'il n'était pas là… Des mimiques vinrent déformer son petit visage luisant de crème hydratante. Impatience, hésitation, crainte, tout ça à la fois. Le major l'avait connue plus bavarde.

— Je vous écoute.

— …

— Madame Vakansie, il est tard là. Si vous voulez parler, c'est maintenant.

— Oui, oui.

Il souffla, pensa : tu vas le cracher ton morceau ?

— C'est à propos de Clifton ?

Elle hocha la tête, l'air coupable.

— C'est quoi ? Vous nous avez caché des choses ?

Elle déglutit au lieu de dire oui.

— Bon eh bien allez-y !

Silence.

— Vous savez ce qu'on dit ? *Baton pilon pa ka séré anba matoutou.* On ne peut pas cacher un pilon sous une marmite.

— …

— Mais allez-y, nom de Dieu !

Il avait haussé la voix, les paroles sortirent dans un jet de fumée. Elle se tassa sur sa chaise.

— Voilà, je… (Elle ferma les yeux un instant, les cils trop chargés de mascara.) Je sais qui a recruté Clifton pour transporter la drogue.

Marcy se rapprocha. Soudain intéressé.

— Tiens donc. Et depuis quand ?

— Depuis le début. Voilà… Clifton m'en avait parlé, quoi. Je savais qu'il avait des problèmes d'argent, alors… Il m'avait tout raconté. C'était pour sa fille, il voulait la gâter, être un bon père, quoi. Vous savez, son père à lui ne s'en est jamais occupé, alors il voulait pas faire pareil.

— Continuez…

— Je lui ai dit de ne pas faire ça, j'ai essayé de lui interdire. Mais Clifton… quand il avait décidé quelque chose. Il m'avait promis de faire attention, de pas…

Elle étouffa un sanglot qui laissa le major de marbre.

— Et après, comme ça, il vous a donné le nom de son contact.

— Oui.

C'était un petit oui, ça.

— Donc il vous raconte son projet, et quand il a fini, il dit : au fait maman, le gars il s'appelle machin truc. C'est ça ? C'est comme ça que ça s'est passé ? Et par contre, vous n'avez jamais jugé utile de nous en informer. Même si ça aurait pu nous aider à sauver votre fils.

— …

Elle paraissait minuscule, écrasée face à la carrure colossale du major. Il tira une nouvelle bouffée, la goûta un long instant. Souffla la fumée par le côté de la bouche. Il n'avait pas l'intention de ménager la mère Vakansie.

— Vous voulez que je vous dise ? Votre histoire, là, comme ça, je n'y crois pas. C'est des bobards.

Elle serra les dents.

— Non ? Je n'ai pas raison ?

Pas de réponse.

— Je vous donne ma version. Si vous connaissez le nom de ce type, c'est pour une raison très simple : c'est vous qui l'avez contacté. (Il la laissa digérer les mots.) Pourquoi, madame Vakansie ? Vous vouliez aider votre fils ? Vous aussi vous aviez besoin d'argent, vous aviez prévu de partager avec lui ? C'était quoi le deal : cinquante-cinquante ?

Cette fois, la maman pleurait pour de bon. Elle essuya son maquillage qui lui fardait les joues. Marcy attendit le temps nécessaire pour qu'elle livre toute l'histoire. Elle esquiva, chercha une issue. Puis finit par craquer. Elle raconta, à sa manière, les mots hachés, maladroits, sans cesse corrigés par d'autres. Pour dire quoi ? Qu'elle connaissait des gens. Enfin, des gens… Comme tout le monde en fait. C'était tellement facile. Il y en avait des dizaines autour d'elle. Des hommes, des femmes, des jeunes, des vieux qui avaient fait le voyage. Qui rapportaient leurs aventures dans l'avion, à Paris, aux Pays-Bas. Qui étaient revenus les poches pleines. C'était l'unique moyen de gagner sa vie à Saint-Laurent, elle assura. Le seul accessible à tous en tout cas. Parce que les vrais emplois, maintenant, il fallait des diplômes, vous comprenez.

Elle ne trouva pas l'approbation qu'elle cherchait auprès de Marcy.

— Le gars est venu chez moi. Clifton était assis à côté de moi. Là, comme ça, vous voyez. Le gars a posé un paquet de billets sur la table. Mille euros, d'un coup, avec des cent et des cinquante, tout neufs. C'était juste pour nous montrer, pour donner envie. Après… Après il a sorti un sac plastique rempli de grains de raisin. Des gros, énormes. Il les a trempés dans un bol d'huile et il a demandé à Clifton de les avaler. Pour essayer. C'était juste du raisin, vous voyez, mais il voulait savoir s'il allait y arriver. C'était pas facile, j'ai cru qu'il allait vomir.

Elle observa l'espace vide à sa droite, comme si son fils était encore assis là. C'est pire que ce que je croyais, pensa Marcy. Elle a tout suivi du début à la fin, c'est elle qui l'a poussé là-dedans. Les larmes noires de mascara lui rayaient les joues.

— Ça devait bien se passer, le gars avait promis. Après j'ai rien compris. Je sais pas ce qu'il a fait. Je sais pas si c'est lui qui a tué les deux autres. Non, c'est pas possible, ça peut pas être lui. Pas Clifton, il est pas comme ça. (Elle secouait la tête pour se persuader.) Mais je vous jure : l'argent c'était pour lui, seulement pour lui. J'allais rien lui prendre. Je vous le jure.

Il opina. À quoi bon la cuisiner là-dessus ? De toute façon, cet argent n'existait plus, il avait coulé en même temps que Clifton dans l'estuaire de la rivière de Cayenne. Était-ce cela le rôle d'une mère ? Précipiter son fils dans le trafic de cocaïne. Elles sont où les valeurs ? Le respect, le devoir, l'autorité. La religion, l'amour de son prochain, ça n'existe plus ? Bordel, tout part en vrille, se dit Marcy. Cette ville, cette jeunesse. Même leurs parents. Autrefois, tout était tellement différent.

— Comment il s'appelle ?

— … ?

— Le gars, le recruteur, c'est qui ?

Elle prit une grande inspiration, colla son regard dans ses sandales.

— Adogoe.

Le nom résonna dans la tête du major.

— Steven Adogoe.

32

Les rayons du jour percèrent l'ouverture entre les rideaux étrangement dorés de la chambre d'hôtel. Une ligne blanche prit naissance sur les draps froissés, sur le carrelage froid, sur la porte du placard. Verticale et lumineuse. Melissa termina son maquillage et sortit de la salle de bains, les dreadlocks en pagaille. Elle jeta un œil au-dehors. Jour de marché : les voitures filaient vers le centre-ville, passaient sous les feuillages du flamboyant planté sur le terre-plein. Des jeunes en amazone sur leur scooter slalomaient entre les véhicules, un nuage noir autour du pot. Une agitation seulement visible. Le silence, toujours le silence, elle pensa avant de remettre ses appareils, d'enfiler l'embout dans son conduit auditif. De quoi faire surgir des sons minuscules, des vibrations discrètes qu'elle avait appris à interpréter. Avec ça, elle pouvait distinguer un O.K. dans le téléphone, si son interlocuteur parlait très fort. C'était mieux que rien, utile pour caler des rendez-vous. Parfois elle se demandait comment faisaient les sourds avant l'arrivée des portables et des SMS. La génération d'avant. Elle passa son jean, un chemisier bleu clair qu'elle boutonna sur son buste, qu'elle rentra sous sa ceinture tressée. Elle secoua sa tignasse.

Lorsqu'Anato émergea, elle en était déjà à nouer son foulard autour de la tête.

Pas trop tôt ! elle signa en agitant les mains devant elle, une expression moqueuse sur le visage.

— Hmm…

À cet instant, il avait perdu de sa superbe. Les sourcils froncés, comme revenu d'un lointain voyage. On aurait dit un ours en fin d'hibernation. Massif et maladroit. Il releva la tête pour qu'elle puisse lire sur ses lèvres.

— Il est quelle…

— Neuf heures, elle prononça tout en montrant neuf doigts. Je suppose que tu es en retard. (Elle le fixa avec douceur.) Comment tu te sens ?

Il réfléchit.

— Bien. Reposé.

Elle montra son front, le visage interrogateur.

— Non. Ça va, plus de fièvre. Ça va mieux, vraiment. Merci Melissa.

Elle lui offrit un petit sourire en signant : de rien.

— Au lieu de me remercier, tu devrais aller voir un médecin. Tu as attrapé un virus, je te dis.

Il se redressa, sortit des draps. Fila dans la salle de bains.

Elle observa sa démarche endormie. C'était la première nuit qu'elle passait avec lui. Il l'avait contactée la veille autour de huit heures, lui avait demandé de le rejoindre. Elle avait débarqué sans poser de questions, et compris aussitôt qu'il avait besoin d'aide. De présence, de contact humain. Ils n'avaient pas fait l'amour, juste discuté, longtemps, de lui, d'elle, dans l'humidité de la chambre, leurs visages à quelques centimètres l'un de l'autre, elle lisant sur ses lèvres, lui écoutant le son traînant de sa voix. Elle avait parlé de sa surdité, expliqué tout le retard que la Guyane avait en matière de prise en charge des handicaps. Ils avaient refait le monde, elle avait invoqué ses grands mentors. Décortiqué les idées d'Aimé Césaire sur le colonialisme et ce qu'il en restait, critiqué ces politiques qui se réclamaient de lui et faisaient tout le contraire. C'était, comment dire ? Riche. Mais au-delà de la fatigue du capitaine, ce qui l'avait frappée, c'était son attitude embarrassée.

À l'évidence, il était troublé par la tournure que prenait leur relation. Par cette intimité spontanée. Ce type a un problème avec les femmes, elle s'était dit. Peut-être traumatisé par d'anciennes histoires. Ils avaient dormi l'un à côté de l'autre, lui d'un sommeil lourd, elle se réveillant plusieurs fois. Comme un vrai couple, le sexe en moins.

— André ! elle cria alors qu'il coupait le jet de la douche. Ton portable.

La machine s'excitait sur la table. Melissa lut le nom qui s'affichait : Marcy.

— Tu ne lui dis pas que je suis ici, hein ! Il serait furieux, elle dit en fermant le poing devant son visage.

Anato haussa les épaules et décrocha. Elle le vit acquiescer plusieurs fois, dire qu'il arrivait dès qu'il pouvait. Puis raccrocher.

— Qu'est-ce qu'il voulait ?

— Rien. Le boulot. On a quelqu'un à interroger, il faut que j'y aille.

— Moi aussi.

Il regagna la salle de bains, une serviette blanche autour de la taille. Melissa rassembla ses dernières affaires, remplit son sac à main. Chercha son paquet de mouchoirs. Elle se souvenait de l'avoir sorti hier soir, enrhumée par la climatisation, mais impossible de mettre la main dessus. Elle fouilla la pièce, revint près du lavabo où Anato se rasait. Non, il devait être dans la chambre. Elle se planta devant le lit, main sur la bouche, songeuse. Tira sur les draps entortillés. Rien. Regarda sous le sommier. Rien. Ça l'énervait, elle avait l'impression de passer son temps à tout perdre.

Elle finit par soulever le matelas, en désespoir de cause. Et resta un instant interdite.

Là, bien au milieu du sommier en tissu, un objet de petite taille, de forme allongée. Une dizaine de centimètres. Elle tourna le regard vers la salle de bains, se demanda si cette chose appartenait à Anato, s'il l'avait volontairement placée ici. Non, sans doute pas. Elle hésita, puis le prit entre ses doigts. Un bout de tissu sale, rougi, peut-être de sang, enroulé sur lui-même et fermé par un petit lien. Elle commença à deviner de quoi il s'agissait.

Rien de bon.

Anato revint dans la pièce, la trouva de dos, lui toucha l'épaule. Elle se retourna, l'objet posé sur sa paume tendue. Ses grands yeux noirs on ne peut plus sérieux.

— C'est quoi ce truc ? il demanda.

— C'était sous ton lit.

— …

— Tu l'ouvres ?

Il ne dit rien. S'empara à son tour du petit tube de toile, le fit rouler entre pouce et index. Et tira sur le fil qui craqua aussitôt. Il en étala le contenu sur la table, inspira profondément.

Emballée dans le tissu, il y avait une grosse touffe de poils d'animaux.

Des tiges de plantes séchées.

Des plumes chiffonnées.

Des os sales, pas très longs, de rongeur peut-être.

Et ce qui ressemblait à des griffes de chat mal arrachées, avec un peu de chair morte.

Anato passa une main sur son crâne nu, la gorge aride.

— Merde, c'est un piaye… fit Melissa.

— …

— En créole on dit que tu t'es fait piayer. Tu sais comment on dit en ndjuka ?

— Oui. (Il inspira, souffla.) *Wisi*…

Wan wisi.

Un sortilège.

— Je ne crois pas du tout à ces trucs, ajouta Melissa. Mais une autre que moi te dirait que ta fièvre d'hier, c'est ça qui l'a causée.

Monsieur le président du conseil régional.

William buta sur ces premiers mots. Fallait-il mettre des majuscules ? Il hésita, puis en ajouta à président, à conseil et à régional. Ça ne pouvait pas faire de mal, il se dit. Derrière son écran dans son laboratoire bricolé, sur son traitement de texte piraté, il se lança dans les premières lignes de sa demande de subvention. Il avait déjà eu droit à un petit soutien de la commune de Mana pour acquérir son matériel, mais pour espérer vivre un jour de sa photographie, il voulait aller plus loin. Acheter une série d'objectifs, élargir sa gamme. Il avait de l'ambition, il imaginait un bureau plus grand, dans un bâtiment au milieu du bourg, quelque chose d'adapté. Il deviendrait le photographe officiel pour tous les événements locaux, on ferait appel à lui chaque semaine, il aurait accès à tout, il vendrait ses images aux médias. Il en rêvait. La photo, c'était son truc, il savait qu'il avait du talent, c'est comme ça qu'il allait se distinguer, sortir du lot. Parce que du travail ici, à Charvein, il n'y en avait pas. Pour personne. Il essuya son front trempé de sueur. Si déjà il pouvait acheter un ventilateur pour rafraîchir la pièce, ce serait un début, il pensa. Il observa les images punaisées sur le mur en bois, les montages qu'il avait réalisés sous Photoshop pour offrir à ses sœurs. Dehors d'autres jeunes jouaient au foot sur le terrain poussiéreux, ils poussaient des cris de victoire à chaque ballon tiré entre les troncs. Par la fenêtre, il regarda la route, l'épicerie en face qui venait de se faire livrer des sacs de riz importés du Suriname. Une voiture roulait au pas, s'arrêta, le conducteur en sortit, rentra dans la boutique. Il fallut quelques instants à William pour réaliser.

La voiture !

Il attrapa aussitôt son portable, chercha le numéro du métropolitain qu'il avait noté sur un bout de papier.

— Monsieur Vacaresse ? C'est William.

Le détective eut l'air de fouiller sa mémoire.

— Oui, oui. William. Ça va mieux ? Ton vélo ?

— Ça va, ça va.

Il avait la voix tout excitée.

— Tu as du nouveau ?

— Plutôt, oui. La voiture grise est là, juste en face de moi.

Bingo ! pensa le détective.

— Tu es près du sentier ?

— Non. À Charvein. Le gars vient d'arriver, mais je ne sais pas combien de temps il va rester.

— Tu l'as vu ?

— Oui. C'est un vieux. Vous voulez que je le…

— Contente-toi de noter la plaque d'immatriculation. Et ne bouge pas. J'arrive tout de suite.

Poussée d'adrénaline. Le détective se jeta hors de la chambre d'hôtel, descendit les marches trois par trois, sauta derrière son volant. Ça y est, une piste solide à suivre. Les enquêteurs de la gendarmerie avaient donc bien raté quelque chose, le capitaine Anato y compris. La pédale écrasée contre le tapis, il se lança sur la route, dépassa le panneau Saint-Laurent-du-Maroni, piqua à gauche au premier carrefour, s'engagea sur le CD9. Longea les baraques et hameaux dispersés dans le paysage, ralentissant seulement à l'approche des ponts et nids-de-poule sur l'asphalte. Le ciel était d'un blanc presque uniforme. À vitesse normale il fallait quoi, vingt-cinq minutes ? Vacaresse atteignit le carrefour de Charvein en quinze, dérapa devant la cahute-laboratoire de William.

— Il vient de partir ! Il a tourné à droite, vers Mana. Il ne roule pas très vite.

— Tu as sa plaque ?

— Oui, oui.

— Bon, je vais essayer de le rattraper.

Alors qu'il détalait, William lança :

— Je peux monter avec vous ?

Le détective toisa le jeune Ndjuka, debout sur le seuil de son labo, trépignant à l'idée de participer à une enquête, son appareil photo en main. Il hésita, il préférait travailler seul. D'un autre côté…

— O.K. Mais tu mets ta ceinture.

Retour au volant, en route vers le nord. Les yeux rivés sur le bitume, guettant l'apparition d'une voiture grise dans le champ de vision. Ils avalaient les kilomètres. Coup de frein pour enjamber la rivière Loulette. Avant de relancer le moteur à fond. Ils dépassèrent une camionnette mal garée sur le bas-côté, traversèrent une zone de savane. Toujours rien en vue.

— Il ne roulait pas si lentement que ça, apparemment, lâcha Vacaresse.

William fit oui de la tête, la bouche pincée, les yeux sérieux, pris dans l'action. Il fouillait les bas-côtés du regard, des fois que le gars se serait engagé sur une piste transversale. Plus loin, ils longèrent les parcelles en eau des rizières de Mana où les nuages se miraient entre les pousses. Des oiseaux de mer volaient autour des digues ou fouinaient dans le sol vaseux.

Au rond-point, Vacaresse stoppa. Gauche ? Droite ? Vers le bourg, ou plus loin sur la route ?

— Je crois qu'il a pris à gauche, estima William.

Le détective le dévisagea.

— Il est de Mana, il ajouta comme pour se justifier. Enfin, c'est ce que je pense.

Il est de Mana, se répéta Vacaresse. Qu'est-ce qu'il en savait ? Mais à ce stade, tout avis était bon à prendre, car lui-même n'avait aucune idée et connaissait mal le secteur. Au pire, on finirait par le retrouver via son numéro d'immatriculation. Mais ça voulait dire associer les gendarmes, contacter le capitaine. Et donc les laisser reprendre les rênes de l'enquête. Chacun à sa place. Une perspective qui ne le réjouissait pas vraiment.

Il braqua à gauche.

Et pénétra dans le bourg de Mana, le cœur historique de la commune. Une petite ville couchée au bord de la rivière du même nom : la Mana, le fleuve aux cent sauts. Un des plus longs du département. Un des plus sauvages aussi, du moins avant qu'il ne soit colonisé par les orpailleurs clandestins qui en ravageaient le lit amont. Il régnait dans les rues du hameau un calme rural. Une église centrale aux murs tout bleus. Des maisons créoles, quelques-unes récemment rénovées, beaucoup en ruines. Une épicerie chinoise, comme partout, avec sa petite assemblée à l'entrée. Vacaresse sillonna les rues à angle droit, méthodiquement. Il roula au pied d'une grande baraque coloniale, toute délabrée, un étroit toit rouillé courant entre le rez-de-chaussée et l'étage, les portes condamnées. Au fond, il prit à droite, au ralenti.

— C'est celle-là ? interrogea-t-il devant une Clio.

— Non. Elle était plus vieille que ça.

Ils poursuivirent. Jusqu'à la rue qui longeait le fleuve.

Et enfin ils l'aperçurent.

La voiture était là, garée contre le trottoir à côté d'un petit carbet. Avec son aile enfoncée. Les vitres ouvertes, peut-être à jamais grippées. De la rouille cassante autour de chaque orifice. Le capot décoloré par le climat équatorial. Vacaresse coupa le contact, descendit, fit le tour de l'antique véhicule au moteur encore chaud. La Mana coulait juste en dessous, au bas d'un talus de roche et de béton. Quelques pirogues stationnaient là, attachées à la rive entre des bâtons plantés dans la vase. Au bord du fleuve se dressait un manguier aux branches colonisées par un groupe d'urubus, des silhouettes noires, immobiles. L'eau avait une couleur sombre, chargée de sédiments.

Le détective et le photographe cherchèrent le conducteur du regard, sur les bancs publics, dans les rues voisines.

— C'est lui, fit enfin William.

— Où ?

— Là, regardez.

Il tendit le doigt vers l'intérieur d'un restaurant qui donnait sur le fleuve. Une bâtisse imposante à deux étages, un toit en bardeaux sur lequel poussaient de mauvaises herbes. Sur le côté, il y avait une grosse enseigne Heineken. À travers une fenêtre, entre le chambranle et le bord d'un rideau brodé, on distinguait une silhouette voûtée, assise à une table. Vacaresse jeta un œil satisfait à son assistant impromptu, puis s'avança vers l'échoppe, le sourcil crispé. Il monta trois marches, mit le pied sur le parquet vétuste, à l'orée de la vaste pièce aux murs de bois. Pensant : nous y voilà. William le suivait à moins d'un mètre. Au plafond, deux brasseurs d'air gigantesques tournoyaient autour de leur axe.

Seul client, ses yeux gris plongés dans l'eau de la Mana, l'homme buvait un ti-punch matinal, cuillère et citron au fond du verre. Chaque gorgée, il la dégustait les lèvres pincées, plus ridées encore qu'au repos. Un vieux Créole au visage plissé, paupières et joues tombantes, le tout encadré par une barbe et des cheveux d'un blanc vif qui soulignaient le noir de sa peau. Il portait une chemise élimée à moitié ouverte sur son torse plat piqué de poils clairsemés. On aurait pu lui donner soixante-dix ans, mais peut-être était-il plus jeune. Il ne manifesta aucune réaction à l'arrivée des deux visiteurs, comme absorbé par un rituel sacré. Silencieux. La scène de cet ancien buvant son rhum au bas de la bâtisse créole semblait sortie du passé.

Le détective s'avança, hésita, chercha la bonne approche. Il dit bonjour : le vieux lui rendit la politesse d'une voix minuscule, sans tourner la tête. Il demanda si lui et William pouvaient s'asseoir : un hochement de menton à peine perceptible. Ils prirent place sur le côté, pour ne pas lui couper la vue sur l'extérieur. L'homme fit comme s'ils n'étaient pas là, comme s'ils vivaient dans une autre réalité que la sienne.

Vacaresse toussa, s'éclaircit la voix. Par quel bout attaquer ?

— Mon nom est Pierre Vacaresse. (Une gorgée de punch pour seule réaction.) Vous êtes ?

L'homme prit un long moment avant de décoller ses lèvres molles.

— En quoi cela vous intéresse ?

Une voix juste audible, rocailleuse. Et une molaire en moins.

— J'enquête sur la mort de ce jeune homme, Bradley Koosman. (Peut-être venait-il de serrer les dents, mais c'était discret.) Ça vous dit quelque chose ?

— Hmm…

Le regard toujours droit devant, un air pensif.

— À plusieurs reprises depuis le drame, on vous a vu traîner autour de la scène de crime.

— Ouais. Mais je n'ai pas dépassé les trucs jaunes. C'est interdit ?

— Non. C'est suspect.

Il fit oui de la tête, trois petits hochements. Touilla son mélange, renifla.

— C'est noté. Je ne le referai plus alors.

— Ce n'est pas ce que je vous demande. Ce que je veux, c'est savoir pourquoi vous étiez là.

— C'est quoi, la gendarmerie ?

Il y avait comme un défi dans la question.

— Non.

— La police ?

— Non plus. Je travaille seul. Je suis à mon compte.

L'homme opina.

— C'est bien. Enfin, c'est déjà mieux. Je ne raconte rien à ces gens-là.

— Écoutez, je ne vous accuse de rien…

— J'espère bien.

— … Mais je veux savoir ce que vous faisiez là.

L'ancêtre prit l'air d'un vieux sage philosophe.

— Savoir… La vérité… Ça n'intéresse plus personne, vous savez.

— Moi, si.

Mimique dubitative.

— Et lui, c'est qui ?

— C'est William. Il m'a aidé à vous retrouver.

Le vieux bougea enfin : il se tourna vers le photographe.

— *Ofa ?*

— *Mi de*, répondit William, les sourcils froncés.

Un Créole parlant ndjuka, c'était suffisamment rare pour l'étonner. L'ambiance sembla soudain moins tendue. L'homme se réinstalla sur sa chaise, leva ses yeux vitreux vers les poutres qui remplissaient le toit, marmonna quelques mots incompréhensibles. But encore.

— Vous voulez savoir pourquoi j'étais là-bas ? C'est très simple : c'est chez moi.

— Chez vous ?

— C'est ça. Ces gens vivaient sur un terrain qui m'appartient.

Il avait dit ça sans aucune inimitié. Juste une information.

— Comment ça ? Madame Koosman était une squatteuse ?

— Pas vraiment, non. C'est plus compliqué que ça. Et un peu long à raconter.

— On a tout notre temps.

Le vieux soupira.

— Ça fait longtemps que tout le monde se fiche de mes histoires. (Il sembla fouiller sa mémoire.) Ça remonte à quoi ? Vingt ans. C'est ça, oui, vingt ou vingt-cinq ans…

33

Jules Erneste. C'était le nom du vieil homme. Représentant d'une famille installée à Mana depuis plusieurs générations. Il gardait de bons souvenirs de son enfance ici dans les années 1945-1950. Petit, il travaillait pour les collègues de son pêcheur de père. Pour gagner un franc, deux francs, il retirait les appâts des hameçons, enroulait les fils autour des paniers au bord du fleuve. L'école, il avait arrêté tôt, après le collège. Parce que le lycée, c'était seulement à Cayenne. Pour y aller, pour y vivre il fallait de l'argent ou de la famille sur place. Alors à Mana, il avait travaillé dès ses seize ans. Pourtant son père espérait mieux pour lui. Tu ne seras pas pêcheur toute ta vie ! il répétait ça sans cesse. Passe donc les concours. Le concours : agent technique de l'équipement. Réussi au deuxième coup. Affectation en métropole, en Seine-et-Marne, au moment de la création des premières DDE. L'exil, une période difficile de sa vie. Il passa onze années là-bas, à piloter des engins sur les routes en travaux, été comme hiver. Avec le mal du pays, l'envie de rentrer, de retrouver sa commune natale. Ses demandes de mutation furent plusieurs fois refusées, il faillit démissionner. Tout ça jusqu'en 1981, l'année où la gauche remporta les élections. C'est grâce à Mitterrand qu'il avait fini par être affecté chez lui, il en était certain. Il y avait de moins en moins de postes en métropole, et de plus en plus en Guyane où il fallait tout bâtir.

— J'ai travaillé à Cayenne pendant deux ans. C'était le moment où on construisait le pont du Larivot sur la rivière de Cayenne, il y avait de quoi s'occuper. Je conduisais les camions qui apportaient les matériaux. Mais après, j'ai fini par démissionner. J'ai fait d'autres boulots, ici, vers Régina aussi. Un peu dans l'orpaillage, un peu dans la pêche. On ne peut pas dire que je sois devenu riche, mais bon, j'ai vu du pays…

Il racontait à son rythme, le détective et le photographe pendus à ses lèvres, impatients d'entendre la suite une fois passés les préliminaires. Le serveur du restaurant était venu, il avait demandé si les deux nouveaux comptaient consommer quelque chose. Vacaresse n'avait pas soif, William pas un euro en poche. Le garçon avait posé un autre verre de ti-punch devant le Créole, puis il était reparti sans plus de manières, laissant les trois hommes seuls au milieu de la grande salle. Dans cet air lourd que les pales des ventilateurs peinaient à soulever. Et dans l'odeur du bois, puissante.

Jules Erneste toussa. Et d'un coup, il se tourna vers William. Pour changer de sujet.

— Tes parents, c'étaient des réfugiés ?

Le jeune Ndjuka fit oui de la tête.

— Mais tu étais tout gamin à l'époque des camps, non ?

— Oui. Je ne m'en souviens pas du tout. On m'a juste raconté, enfin un petit peu.

Le Créole gratta les poils de sa barbe. Un sourire mou se dessina sur sa bouche, découvrant ses incisives jaunies.

— Les réfugiés… il murmura. 1986… C'était une drôle de période, vous savez. Personne n'était préparé à ce qui s'est passé. Pas plus nous à Mana que ceux de Saint-Laurent. Quand les premiers Surinamiens ont débarqué dans leurs pirogues sur le Maroni, les gens ont tout de suite voulu les aider parce qu'ils n'étaient pas nombreux. Et puis on savait qu'il y avait la guerre là-bas, de l'autre côté du fleuve on voyait les bâtiments en feu, on entendait les tirs même. C'était terrible ce qu'ils avaient vécu, dans les bateaux il y avait des familles entières, des enfants, des blessés avec des plaies infectées. Mais après… On ne pensait pas qu'ils continueraient d'arriver. Même le sous-préfet, il ne s'attendait pas à ça. Ils étaient des centaines, puis des milliers. Au début, l'armée avait construit un premier camp, sur l'aérodrome de Saint-Laurent. Mais avant même de l'avoir terminé, il était déjà plein. Alors ils l'ont agrandi, et ils en ont créé d'autres, surtout ici, sur la commune de Mana. (Il décolla son bras, pointa ses ongles plats dans des directions floues.) Il y avait celui de l'Acarouany, dans l'ancienne léproserie. Celui de Charvein. Et un autre sur la route, au niveau du PK 9. C'étaient les militaires qui s'occupaient de tout, qui montaient les tentes, les carbets, qui géraient le ravitaillement. Je me rappelle, on passait devant en voiture. On voyait les grillages, les barbelés. Ils avaient installé des panneaux en métal avec des grosses têtes de mort pour empêcher les gens d'entrer. Nous, on essayait de voir un peu comment c'était dedans, à quoi ça ressemblait. À Charvein, il y avait trois mille personnes, vous imaginez ça ? (Il leva son index rugueux vers le ciel pour souligner l'importance du chiffre.) Et les militaires ont tout monté en neuf jours ! Les réfugiés dormaient dans des hamacs, ou par terre quand il n'y avait pas assez de place. Ils avaient le droit de vendre de l'artisanat au bord de la route, parfois on leur achetait des objets en bois. Enfin, je dis les réfugiés… (Il jeta un œil à William.) Ce n'est pas comme ça qu'il fallait les appeler.

Car l'hospitalité française, brandie par beaucoup au nom d'une tradition humanitaire dans le pays, vient contredire la politique défendue par le nouveau gouvernement de droite de Jacques Chirac. Quelques mois plus tôt, face à une opinion publique inquiétée par l'insécurité, la France adoptait la loi Pasqua, un texte fort pour lutter contre l'immigration clandestine sur son territoire. Plus de pouvoirs pour la police, conditions d'entrée plus strictes, possibilité d'expulsion en cas de trouble de l'ordre public, remise en cause des droits des enfants nés d'étrangers sur le sol français. Un contexte qui pousse les élus locaux à reprocher à l'État de mener une politique d'immigration à deux vitesses entre la Guyane et la métropole. Alors pour Paris, bien que toutes les conditions prévues par la Convention de Genève soient remplies, pas question d'accorder le statut de réfugiés à ces migrants si nombreux. Ce serait leur donner quasiment les mêmes droits qu'aux Français, le droit au travail, le droit aux allocations. Accepter l'idée qu'ils restent pour toujours. Et susciter des vocations, attirer encore plus de monde. La France refuse donc l'intervention du Haut Commissariat des Nations unies pour les réfugiés sinon pour organiser leur retour. Elle prend en charge la totalité de l'accueil, cinquante millions de francs en une année.

Et elle donne un nom aux exilés.

PPDS : Personnes provisoirement déplacées du Suriname.

Condamnées au non-droit.

— Sauf que leur *provisoire*, il a duré pas mal d'années, soupira le vieux Créole, son verre à la main. C'était à prévoir, mais bon…

Alors qu'on prédisait un conflit de courte durée, au Suriname la guerre civile s'enlise. Malgré une nouvelle constitution, l'intervention de la France en médiateur, la rencontre organisée sur l'île Portal entre les rebelles et le gouvernement, malgré les accords signés à Kourou, les affrontements se poursuivent tandis que passent les mois. Puis les années : 1987, 1988, 1989, 1990, 1991. En Guyane, les PPDS sont toujours là, les camps avec eux. Le quotidien s'y organise dans la durée, des règlements sont établis, des *chefs de village* désignés parmi les réfugiés. On finit par leur accorder des droits de circulation, restreints. Ils font entendre des revendications sur les conditions de vie dans les camps, deviennent de plus en plus exigeants. Ce n'est qu'en 1992 que le calme revient au Suriname. Le nouveau président démocratiquement élu, Ronald Venetiaan, s'oppose fermement à l'armée et pousse Bouterse à la démission. Le Jungle Commando cesse ses activités. Et la France, enfin, organise le retour des *réfugiés*. Les camps sont démantelés.

— Pour que les gens rentrent chez eux, l'État aurait fait n'importe quoi. D'abord ils leur ont juste demandé, gentiment. Mais les réfugiés voulaient rester là. Alors ils leur ont proposé de l'argent pour partir. C'était… (Il se concentra pour retrouver le montant.) quatre mille francs pour un adulte, et deux mille pour un enfant. Là ça a commencé à marcher, sauf que certains prenaient l'argent, partaient là-bas et revenaient après… Et c'est là que ça s'est gâté pour ceux qui ne voulaient pas se décider. Les autorités leur ont mis la pression.

Il fixa un instant le jeune photographe. Fouilla à nouveau de ses doigts secs dans sa barbe grise. Dans son regard, sous ses paupières tombantes, il y avait une expression désolée.

— Ils ont diminué les rations alimentaires, interdit la commercialisation d'artisanat. Ils ont brûlé les abris où les gars vendaient leurs objets. Et ils ont détruit leurs abattis, tout ce qu'ils cultivaient. Je m'en souviens, j'étais sur place ce jour-là. Il y avait l'armée qui empêchait les gens d'avancer. Et les militaires sont carrément passés au bulldozer sur les terrains, en écrasant les plantations, les tiges de manioc. C'était dur comme moment : les réfugiés regardaient en protestant, il y avait des femmes qui pleuraient, qui suppliaient. C'était leur nourriture, parce que ce qu'on leur distribuait à manger ils le revendaient souvent, ils n'y étaient pas habitués, vous comprenez… C'est à ce moment-là que j'ai commencé à m'impliquer. Chez les gens d'ici, depuis le temps que ça durait, tout le monde avait son avis. Il y en avait beaucoup qui voulaient voir les PPDS rentrer chez eux. À cause de l'insécurité surtout.

C'est vrai qu'il y avait eu plus de problèmes depuis qu'ils étaient là. Mais moi je n'ai jamais vu les choses comme ça. (Il fit un geste de la main vers le fleuve qui coulait au-delà de la porte ouverte, de la rue, du quai.) Vous ne connaissez peut-être pas l'histoire de Mana. Cette ville a été prospère autrefois. Grâce à l'orpaillage surtout. Les gens travaillaient en haut du fleuve, sur les placers, et ils créaient de l'activité dans le bourg, du commerce, quoi. Il y avait des magasins partout, c'était vivant, les jeunes pouvaient gagner leur vie. Et puis quand l'or n'a plus marché, tout le monde est parti. Les scieries ont fermé. La commune s'est vidée, en cinquante ans on a perdu plus de la moitié des habitants. La moitié ! (Il insista de son doigt-bâton.) Mana, dans les années 1970, c'était le désert. Il ne se passait rien. Ça me désolait de voir ma commune comme ça. Alors les réfugiés, moi, j'ai vu ça comme une chance. Comme l'arrivée des Hmongs à Javouhey. C'était un moyen de repeupler Mana, de la faire revivre. Il y avait plusieurs politiques ici qui pensaient comme moi, vous savez. Le maire par exemple : lui, il était pour l'intégration.

— Et la famille Koosman dans tout ça ? intervint Vacaresse.

— J'y viens, j'y viens. Comme je vous l'expliquais, à cette époque j'ai commencé à m'intéresser à ces gens. Je me disais : ce n'est pas possible, pendant des siècles on a poursuivi les Noirs, et là on continue chez nous. Ces Ndjukas s'étaient fait chasser de leur pays, et nous, on les chassait du nôtre. Il fallait voir ça. Les gendarmes les recherchaient le long de la route pour les renvoyer chez eux. Vous vous rendez compte ? Il y en a certains qui ont réussi à la fin à avoir un titre de séjour, c'est comme ça que Charvein a commencé à exister et à grossir. Mais les autres, ils sont restés clandestins. Comme les Koosman… Vous savez où je les ai rencontrés ? Dans la forêt, un jour que j'allais à la chasse. Ils vivaient là, au bord de la rivière, ils dormaient par terre. Ils se cachaient sous les arbres pour que les hélicos ne les voient pas, vous comprenez ? Ils n'avaient rien. Rien du tout. Franchement, c'était misérable. Alors j'ai décidé de les aider.

Gorgée de punch. Hésitation. Il joua quelques secondes avec sa cuillère, observa le bout de citron écrasé dans le fond du verre.

— J'avais un terrain le long de la route, il finit par lâcher. Un truc de famille que je n'utilisais pas vraiment. J'avais juste ouvert une clairière au début de la parcelle, même pas un hectare, je ne m'en occupais plus. Alors je leur ai dit de s'installer là, au fond de mon terrain, en limite de forêt. Comme ça, on ne pouvait pas les voir.

Vacaresse ne perdait pas un mot de ce que racontait le Créole. Il avait déjà entendu parler de cette histoire de réfugiés dans l'Ouest, son ancien collègue Girbal s'était documenté là-dessus, lui qui s'intéressait un peu à tout. Rapporté par les autorités, tout était plus lisse, plus logique. Les décisions de la France dans ce dossier épineux paraissaient relever du bon sens. Mais ce que racontait cet homme dépassait ce qu'il avait imaginé. Jules Erneste avait caché une famille de réfugiés sur son terrain, pour leur permettre de rester en Guyane. Ça paraissait à peine croyable. Tout ça était tellement proche. 1992 : vingt ans seulement.

William, lui, écoutait le récit d'une autre oreille. Ce passé, c'était le sien, celui de ses parents, il ne le connaissait que par bribes. Et la version du vieil homme apportait un éclairage inquiétant.

— C'est avec les Koosman que j'ai un peu appris à parler leur langue. Il y avait Melita, la femme. Et Johny, l'homme. Je crois qu'ils étaient déjà ensemble dans leur village avant de fuir.

— Et leur fils ?

— Bradley habitait chez une grand-tante, au Suriname. Johny y allait parfois. Mais pas Melita. Elle, elle était traumatisée par ce qu'elle avait vécu là-bas. Je ne comprenais pas tout ce qu'elle racontait. Mais elle disait que si on la ramenait, elle préférerait se jeter de la pirogue que de mettre le pied à Albina.

Encore l'index dressé, la peau toute dure. Pour souligner l'importance de ses mots. Les ventilateurs grinçaient au-dessus des trois hommes.

— Johny a coupé du bois dans la forêt à côté, et il a construit la maison, celle où Melita était encore la semaine dernière. Il s'est fait aider par d'autres réfugiés, je les laissais faire. Ils allaient chercher leur eau à la rivière, en passant par le sentier. Ils s'étaient bien organisés, quoi. Ça aurait pu durer longtemps comme ça. Si seulement il n'y avait pas eu…

Gorgée de ti-punch. Jules Erneste reposa son verre, soudain plus calme. Grave.

— C'était un soir. Il faisait presque nuit. Melita est arrivée chez moi, toute seule. Elle était paniquée, elle pleurait. Elle m'a demandé de venir, elle voulait de l'aide. On a pris ma voiture, puis je l'ai suivie à pied jusqu'à la maison. Je me souviens, il y avait du sang par terre, sur les planches. (Vacaresse leva un sourcil, jeta un regard à William.) Johny était allongé sur leur lit. Il saignait du visage, son œil était gonflé, on avait du mal à le reconnaître. Il avait des bleus un peu partout sur le corps. Et une vilaine plaie à la jambe.

— Qu'est-ce qui s'était passé ?

— On l'avait frappé. Ils étaient trois d'après ce que Johny racontait. Ils l'avaient pris par surprise, pendant qu'il revenait de la rivière.

Le vieil homme se racla la gorge. Les yeux dans le vide, ou plutôt dans ses souvenirs. On lisait de la tristesse entre ses traits ridés.

— Bien sûr, il ne voulait pas qu'on prévienne les gendarmes, il était clandestin. Ni que je l'emmène à l'hôpital d'ailleurs. Je savais que Melita connaissait une infirmière, une Blanche qu'elle avait rencontrée à l'époque des camps et qu'elle aimait bien, mais même elle, ils n'ont pas voulu qu'on la fasse venir. C'était moche, pourtant, croyez-moi. Il avait pris des coups de poing, de pied, de bâton aussi, je crois. Alors je l'ai soigné comme je pouvais, je lui ai fait des pansements avec ce que j'avais dans ma pharmacie personnelle. Je pense qu'il s'était cassé le tibia, j'ai bricolé une attelle avec du bois. Je n'ai parlé de ça à personne et personne ne m'en a jamais parlé. Il est resté allongé quelques semaines à cause de sa fracture. Ensuite il a pu remarcher, avec des béquilles. On pensait que c'était réglé, il était plus faible qu'avant, mais remis sur pied. Sauf que huit mois après… il est mort.

— Comment ça ? À cause de ses blessures ?

Jules Erneste gratta sa barbe blanche.

— On ne saura jamais vraiment ce qui s'est passé, aucun médecin ne l'avait examiné. Mais c'est ce que je pense, oui. Pendant plusieurs mois, il boitait. Il faisait un peu de fièvre de temps en temps, mais rien de méchant, je ne me suis pas inquiété. Et d'un coup, comme ça, ça s'est aggravé. Sa jambe a commencé à gonfler, à rougir, sa température est montée d'un coup. Il s'est mis à délirer.

— Septicémie, murmura Vacaresse.

— Quelque chose comme ça, oui. En trois jours il y est passé… À ce moment, Melita a commencé à vivre toute seule. Je venais de moins en moins, je n'avais rien à faire sur ce terrain. Elle est partie pendant un moment, allée voir son fils au Suriname. Parfois des gens lui rendaient visite. Mais elle s'est laissée aller, on peut le dire. D'année en année, elle a décliné, elle s'est refermée sur elle-même.

— Mais attendez. Ces hommes, les trois dont vous parliez. C'était qui ?

— Aucune idée. Enfin, si : des gens d'ici, des Guyanais, je suppose. Johny racontait qu'ils l'avaient insulté. Et qu'ils lui avaient dit de rentrer chez lui, au Suriname.

Qu'il n'avait rien à faire ici. Sûrement des gens qui ne supportaient plus la présence des réfugiés. Vous savez, moi, les problèmes je m'en tiens le plus loin possible, alors je n'ai pas cherché à savoir.

— Pas le moindre indice ?

— Si, deux. D'abord, dans leurs insultes, il y avait un homme qui disait : c'est de ta faute, c'est toi. Comme s'il voulait lui faire payer quelque chose. Mais je ne sais pas de quoi il parlait.

— Et ?

— Et la seule description que Johny a pu me donner, c'était que dans les trois, il y avait un Blanc.

— Un métropolitain ?

— Oui, c'est ça. Un métro, comme vous. Plutôt jeune d'après lui.

Vacaresse évalua l'intérêt des deux informations. Faible, à première vue. Un métro, encore jeune à l'époque des faits. Peu de chances de le retrouver aujourd'hui. Il resta un moment silencieux, perdu dans ses pensées, balaya la salle du regard. Sa chemise collait au dossier de la chaise, le plateau de la table était moite. Au fond, sur le bar, des bouteilles de punch étaient alignées, orange, marron, jaune. Jules Erneste s'absorbait dans la contemplation du fleuve qui coulait plus loin.

Le détective regarda William, interrogatif. Puis demanda enfin :

— Vous pensez qu'il y a un lien entre ce qui est arrivé à cet homme et le meurtre de son fils, vingt ans plus tard ?

— J'en suis presque sûr, fit Jules Erneste, la voix mystérieuse.

— Parce que… ?

— Parce que l'endroit où les gendarmes ont retrouvé le corps du jeune Koosman, au milieu du sentier qui va de la maison à la rivière, c'est exactement là que Johny s'est fait taper dessus.

34

— Pourquoi il est trempé ?

— On l'a interpellé en plein développé-couché, dans sa salle de musculation. Ça a facilité les choses : essayez de vous enfuir avec quatre-vingts kilos au bout des bras…

D'ailleurs, Steven Adogoe n'avait opposé aucune résistance. Quand les gendarmes avaient débarqué, il les avait repérés de loin, les avait regardés venir jusqu'à lui. Il avait reposé ses haltères sur leur socle, empoigné sa serviette-éponge, essuyé ses mains, son cou, le haut de son buste, fermé les yeux quelques secondes. Puis il s'était levé et avait marché entre les machines à muscles, la tête haute devant ses collègues apprentis-culturistes, serrant même la main d'un colosse avant de sortir. Comme si tout ça n'était qu'une routine, comme s'il ne partait que pour une heure ou deux.

Marcy venait de le placer en garde à vue, vingt-quatre heures pour commencer. Il attendait maintenant qu'on s'occupe de lui, dans le bureau du major.

— On dirait que vous le connaissez, fit Anato.

— Un peu, oui. Vous savez Saint-Laurent c'est petit. Steven, c'est un de ces jeunes qui a réussi, qui gagne sa vie, ils ne sont pas si nombreux. Ça m'est arrivé de le croiser. Il a monté sa petite entreprise avec la salle de sport, la vente de produits, ça marche plutôt bien pour lui. Du coup il intéresse les politiques, il a même dû passer une fois à la télé.

— Je vois. Sauf qu'apparemment, il ne gagne pas sa vie qu'avec la musculation.

— C'est ça. Pour lui, c'est la fin de la gloire.

Marcy écrasa son mégot sur le béton du grand hall qui servait de salle des fêtes pour les agents de la compagnie. Sur le mur s'étalaient des cartes de Guyane en bois gravé portant le nom de villes hexagonales, souvenirs des différents escadrons de gendarmes mobiles passés ici. Et une sculpture bienveillante : Sainte-Geneviève, la patronne de la gendarmerie.

— Bon, on va le faire parler ?

— Je vous suis.

Ils montèrent les escaliers l'un derrière l'autre.

— Capitaine, je me suis fait cuisiner par mon chef hier soir. Vous étiez où ?

— À l'hôtel. Mais je n'ai pas pu décrocher.

— Un problème ?

— Non, aucun.

Aucun problème, se répéta le capitaine mentalement. À part deux ou trois détails. Cette histoire de sorcellerie notamment, incompréhensible. Qui cherchait donc à l'atteindre ainsi ? Pourquoi ? Est-ce que cela avait un lien avec une de ses enquêtes en cours ? Avec ses recherches sur sa famille ? Tout ça n'avait pas de sens. Mais le plus inquiétant, c'étaient les symptômes. La fièvre, la fatigue, la vue qui se brouille, il les avait ressentis, il avait été atteint physiquement. Ça dépassait la notion de croyance, de spiritualité, de religion. C'était au-delà des impressions, de la présence discrète d'Antonis qu'il sentait parfois à ses côtés. Non, cette fois c'était là, en lui. Et terriblement concret. Il avait questionné le personnel de l'hôtel : seule la femme de ménage avait eu accès à sa chambre ces derniers jours, et bien sûr, elle ne savait rien, n'avait rien vu d'anormal. Alors qu'il rejoignait la caserne, il avait aussi téléphoné à Monique qui avait plus d'expérience que lui en la matière. Mais ce qu'elle lui avait conseillé de faire, il ne pouvait s'y résoudre. Aller voir un *obiaman*. Un guérisseur pour chasser le mauvais esprit, pour rétablir l'ordre naturel des éléments. Le capitaine de gendarmerie qui s'en remet à un sorcier. Si ça se savait, la presse se jetterait dessus, sa réputation en prendrait un sacré coup. Et cette réputation, il y tenait comme à sa vie. Non, pour le moment, il préférait ne pas y penser. D'ailleurs depuis le matin, il ne sentait plus rien. Reposé, en forme. C'est dans ta tête, tout ça, il se persuada. Tu n'as rien, d'ici un jour ou deux ce sera oublié.

Marcy poussa la porte du bureau. Le suspect était assis sur la chaise, menotté à un plot en béton. Chaque fois que le major l'avait rencontré, il était impeccable, chemise repassée et jean de marque. Là, c'était différent. Il portait encore sa tenue de sport, un short, un débardeur. Les biceps à l'air, luisants de transpiration. Et pas bien gonflés du reste, des muscles raides et fins. Sur son épaule, un tatouage ressortait en relief, un serpent enroulé autour d'un bâton. Lorsque les deux enquêteurs lui firent face, il se racla la gorge.

Marcy prit les devants.

— Bon, Steven. Tu sais pourquoi tu es là ?

Pas de réponse. Le regard rivé au mur, la tête droite, les dents serrées.

— Steven ?

Depuis le temps qu'il gambergeait ici, le sportif avait pu évaluer la situation, sa crédibilité face aux témoignages dont disposaient sûrement les gendarmes. Il hésitait, ça se voyait.

— Écoute, je te connais un peu, tu es quelqu'un d'intelligent. Alors on s'y prend comment ? Tu as l'intention de nier ou tu vas nous faciliter la vie ?

Silence.

Anato contourna la table, fit face au suspect.

— Monsieur Adogoe. Je vais vous résumer la situation. Trois jeunes sont morts, deux assassinés, un par accident. Trois mules qui devaient faire passer de la cocaïne vers l'Europe. Et d'après nos informations, c'est vous qui les avez recrutés.

— …

— Alors voilà le tableau : vous êtes en garde à vue pour trafic de stupéfiants. Mais aussi parce qu'on vous soupçonne d'être impliqué dans un double homicide. Et ça… ça peut chercher très loin.

Il laissa volontairement traîner la dernière phrase qui jeta un froid. Le poignet tiré par la menotte, Steven se raidit. Dans les mimiques nerveuses de son visage, on devina soudain une panique mal dissimulée. Il déglutit, leva les yeux vers le plafond comme pour consulter le Seigneur. Puis, doucement, il hocha la tête.

— Je vais parler, il annonça.

Il planta ses yeux dans ceux de Marcy.

— De la drogue en tout cas. Parce que cette histoire de meurtres… Je n'ai rien à voir là-dedans.

Dans le bureau des collègues de la brigade de recherches, les murs étaient toujours recouverts de cartes de Guyane, de plans de la ville et de ses nombreux quartiers. Mais celui de Marcy, c'était autre chose. Saint-Laurent, il connaissait comme sa poche. Ses parures à lui, c'étaient des affiches, des images qui lui tenaient à cœur. Des petits cadres avec des photos des anciens agents de la brigade. Une photo de sa femme, posée sur un meuble bas. Et deux portraits de Melissa qu'Anato remarqua, pris par un professionnel, superbes, accrochés au mur derrière le fauteuil. Alignés sur le plateau d'une étagère, il y avait également une dizaine de douilles de fusil de chasse, calibre 12, souvenirs de ses sorties en forêt, de ses plus belles prises.

L'interrogatoire était lancé. Derrière la table, Anato et Marcy, l'enquête en tête. Mais aussi intéressés par ce que le trafiquant pouvait leur apprendre sur son réseau. Arrêter un recruteur, c'était rare, ces gars-là étaient plutôt discrets d'habitude. Ils s'occupaient de trouver les candidats côté français pour le compte des Surinamiens, ils les maternaient, allaient parfois avec eux acheter des vêtements adaptés pour le voyage, organisaient le transport jusqu'à l'aéroport, veillaient sur eux. Des sortes de nounous pour mules. Mais le plus souvent, il n'y avait pas de recruteur identifié, tout se faisait par le bouche à oreille, les contacts étaient rapides, furtivement noués dans une soirée à la Charbonnière, à Albina. Parfois il n'y avait même pas d'échange d'argent, les types faisaient ça juste pour rendre service.

— Tu gagnais combien pour chaque mule ? commença le major.

— Ça dépend de la quantité. Mais pas tant que ça. Deux mille euros en général.

— Vous étiez plusieurs à faire ça ?

— Oui. Je travaillais avec deux autres gars.

— Et tu vas nous donner leurs noms ?

Steven passa sa main libre sur son visage, pressa pouce et index sur ses paupières.

— Oui.

Il avait dit ça avec sérieux, conscient des enjeux. De ce qu'il risquait. Parmi les options qui s'offraient à lui, il avait choisi : coopérer pour sauver sa peau. Tout faire pour réduire la peine. La prison, il allait y aller, c'était inévitable, il risquait cinq à dix ans. Mais il savait qu'au procès, le juge tiendrait compte de son comportement face aux gendarmes. Alors il donna les noms des autres. Ceux qui, comme lui, enrôlaient les mules. Ses amis, en fait, avec qui il sortait le soir, à la Charbonnière.

Il renifla, enrhumé par l'air conditionné.

— Souvent les jeunes venaient directement me trouver, parce que d'autres leur avaient raconté. Au premier contact en général je voyais s'ils avaient vraiment l'intention de faire le voyage. Et parfois… (Hésitation.) Parfois j'allais rencontrer les familles. Je parlais aux parents, je leur expliquais comment ça allait se passer.

— Qu'il n'y avait aucun risque, intervint Marcy. Tu leur disais que tout allait bien se dérouler, que c'était facile, que vous aviez l'habitude… C'est ça ?

Silence. Échange de regards. Anato observa comment le major tenait tête au dealer, un peu agacé, et comment le dealer gardait son sang-froid. Ces deux-là se connaissaient de réputation, ça se voyait, chacun défendait la sienne à sa manière. Steven sembla réévaluer sa stratégie. N'en disait-il pas trop ? Il leva le menton, un instant pensif.

— Je ne suis qu'une pièce, il reprit. Un intermédiaire. Ce n'est pas moi qui ai monté ce trafic, il y a du monde au-dessus.

— Et ceux-là, bien sûr, tu ne les connais pas.

— Juste un ou deux noms. Ils ne sont pas ici. C'est au Suriname que tout se passe une fois qu'on a trouvé les clients.

Moulé dans son débardeur humide, le dealer avait l'air sincère. À première vue son témoignage se tenait. Il raconta comment il était passé de la gestion d'une salle de musculation et de vente de produits protéinés à la cocaïne. Les deux gendarmes écoutaient, relançaient, notaient.

Pourtant Anato espérait plus. Il était temps d'en venir aux choses sérieuses.

— Et Vakansie ? Et les deux autres ? Qu'est-ce qui s'est passé ?

Marcy fixa le capitaine, opina du menton. Dans son regard, de l'impatience.

— Je vous l'ai dit : je n'en sais rien.

— Eh bien ce rien, j'aimerais quand même l'entendre.

Le jeune homme fit une pause. Le terrain était miné. On parlait de meurtre cette fois.

— Je… Je n'ai toujours pas compris. Tout se passait bien jusqu'à l'arrivée à Saint-Laurent. À Paramaribo, ils étaient restés trois jours, sans problème, sans panique…

— Tu veux dire qu'ils avaient bien avalé leurs ovules, c'est ça ? le coupa Marcy en haussant la voix.

— Oui.

— O.K. Continue.

— Ils devaient prendre l'avion à Cayenne, le soir de leur départ du Suriname. Entre Parbo et Albina, ils ont fait le trajet en bus, avec quelqu'un de chez nous. Après, ils ont pris la pirogue pour traverser le Maroni.

— À ce moment, ils étaient encore trois ?

— Oui. C'est là qu'ils se sont séparés, au niveau du dégrad où accostent les bateaux. Le chauffeur avait un peu de retard, peut-être un quart d'heure. Quand il est arrivé, Clifton et Willy n'étaient pas là.

— Quoi ? Ils avaient filé ?

— Apparemment. On n'avait aucune idée de l'endroit où ils se trouvaient. Il y avait juste un gars qui disait les avoir vus partir à pied vers le nord de Saint-Laurent.

— Ensemble ?

— D'après lui. Pendant deux heures, on est restés dans le flou, sans information. C'était incompréhensible, on leur avait expliqué plusieurs fois comment ça devait se passer. (Il massa son poignet menotté de sa main droite.) Finalement j'ai eu des nouvelles. Clifton m'a téléphoné. C'était forcément grave : je lui avais donné le numéro, mais il avait interdiction de m'appeler, sauf cas de force majeure. Il était complètement paniqué, il parlait à toute allure. Je lui ai demandé où ils étaient, ce qu'ils faisaient. Et c'est là qu'il m'a dit…

— Que Willy était mort.

— C'est ça.

Un court silence vint ponctuer le récit. Dans la salle café, à côté, les collègues de Marcy racontaient leurs derniers exploits, partageaient leurs souvenirs de mission.

— C'est tout ? demanda Anato. Il a juste dit qu'il était mort, sans explication ?

— Oui. J'ai essayé de comprendre, je lui ai posé des questions, tout ça. Mais il disait : il est mort, il n'y a rien à dire de plus ! Il a répété ça plusieurs fois.

Steven insistait, pesait ses mots. Il n'avait pas l'air de mentir. Dans son récit tout était maîtrisé. Avec un seul objectif : sauver sa peau. Limiter les dégâts. La mort des mules, ça ne le concernait pas, et ne semblait pas l'émouvoir plus que ça. Marcy l'observa longuement, les dents serrées. Sur le point de s'énerver.

— Mais il n'appelait pas pour rien ?

— Non. Il disait qu'il avait encore la cocaïne avec lui. Et qu'il voulait son argent. Ce qu'il demandait, c'était…

Il chercha le bon mot.

— Des instructions.

— Putain ! lâcha Marcy, apparemment écœuré par les révélations de Steven. Vous êtes vraiment des ordures !

Il ne tenait plus en place, il se mit debout, piétina le sol. Anato le fixa, les yeux perçants, comme pour l'inciter à se contenir. Et il continua, à sa façon, calme et réfléchi. Pour aller jusqu'au bout.

— Vous saviez que Clifton allait être recherché pour meurtre, non ? Qu'il n'avait aucune chance de réussir à prendre l'avion. Que si on ne l'attrapait pas sur la route, on le coincerait de toute façon aux contrôles à l'aéroport.

— Pas quand il m'a appelé. À ce moment-là je ne savais rien.

— Mais dès le midi, on en parlait au journal.

— …

— Pourtant vous lui avez quand même dit d'aller vers l'est. En lui faisant croire qu'il y arriverait. En profitant de son ignorance.

Pas de réponse. Bouche close, yeux fuyants.

— C'était pour focaliser l'attention sur lui, c'est ça ?

— …

— Vous l'avez sacrifié.

— Non.

Bien sûr, pensa le capitaine. Jamais il n'avouerait ça. Et Clifton n'était plus là pour le contredire. Silencieux, Steven fixait à présent un coin de la pièce, le dessus d'une table où le technicien avait entassé du matériel d'analyse, stockant dans le bureau de Marcy ce qui ne tenait plus dans le sien surchargé. Un gros projecteur. Des boîtes de gants de chirurgien.

Le major fulminait, debout à côté de la fenêtre.

— C'est bon, on a compris, il cracha finalement, la voix dégoûtée.

Il pointa un doigt menaçant vers le trafiquant.

— Tu vas payer, toi ! Tu sais ce qu'on dit ? *Chak kochon gen so sanmdi*, il articula, appuyant chaque mot.

Chaque cochon a son samedi : jour d'abattage.

Et il se dirigea vers la porte, pour signifier qu'il en avait assez entendu.

— Attendez, intervint Anato, toujours assis au bureau. Et Bradley Koosman ?

— Koosman ? répéta Steven.

— L'autre jeune assassiné sur la route de Mana. Qu'est-ce que vous savez ?

Le dealer tchipa. Il fatiguait.

— Je vous ai déjà dit, je ne sais rien. Je n'ai rien à voir là-dedans. (Il changea de position sur sa chaise, la main tirée par la menotte.) Koosman… Je ne sais même pas qui c'est…

Le capitaine fronça les sourcils. Marcy revint au centre la pièce.

— Pardon ?

— Quoi ?

— Qu'est-ce que vous venez de dire ?

— … ?

— Vous avez dit : je ne sais même pas qui c'est.

— C'est ça. Jamais entendu ce nom.

Les deux enquêteurs se fixèrent, de l'étonnement dans les yeux. Steven ne semblait pas comprendre la portée de ses paroles, son regard sautant d'un gendarme à l'autre. Marcy resta muet, interdit.

— Votre troisième mule, insista Anato, ce n'était pas lui ?

— Non. C'était un Saramaka.

— Qui a réussi à passer ?

Hochement de tête.

— Vous voulez dire que Bradley Koosman ne faisait pas la mule ?

— Je n'ai pas dit ça. Il y a plusieurs réseaux, il travaillait sûrement avec quelqu'un d'autre que moi. La seule chose que je sais, c'est qu'il ne faisait pas partie des trois ce jour-là, qu'il n'était pas avec Clifton et Willy.

Anato se tourna vers Marcy.

— Et donc que sa mort n'a peut-être rien à voir avec Clifton…

35

Vacaresse avait gardé un contact à *France-Guyane*. Un journaliste métropolitain en place depuis une bonne quinzaine d'années, réputé pour être sévère avec gendarmes, policiers ou tout ce qui portait un uniforme. Mais quand il avait couvert l'affaire de la radiation du lieutenant, l'homme avait fait preuve d'une étonnante empathie, enrobant ses articles d'une pudeur respectueuse à laquelle Vacaresse avait été sensible. Lorsque le détective l'avait contacté, lui avait demandé ce qu'il existait dans les archives du quotidien sur la période de la guerre civile du Suriname, le journaliste avait répondu présent. Non sans poser quelques questions sur la raison de ce soudain intérêt pour l'histoire, que Vacaresse avait éludées.

Dans le bureau climatisé, au premier étage des locaux cayennais de *France-Guyane*, il venait de parcourir la revue de presse qui courait de 1986 à 1992. Un pavé, plusieurs centaines de feuilles mal assemblées, cornées, jaunies. Localement au moins, les médias avaient été bavards sur l'affaire des réfugiés. Les articles retraçaient l'arrivée progressive des exilés, chaque mois plus nombreux. Les discours officiels de l'État français, la visite en Guyane de hauts fonctionnaires du Quai d'Orsay. De Jacques Chirac aussi, premier ministre à l'époque, qu'on voyait sourire à un gamin dans les camps.

Tous ces papiers venaient compléter le récit de Jules Erneste à Mana. Lorsqu'il avait aperçu le vieil homme, seul à boire son rhum matinal au bas de la maison créole, Vacaresse était loin de se douter de tout ce qu'il allait apprendre. On ne sait jamais ce qu'il y a dans la cervelle d'une personne âgée, il songea. Combien de souvenirs accumulés les années passant, qui le plus souvent s'éteignent avec lui. On les sous-estime toujours. Car l'histoire que le Créole avait racontée pendant plus de deux heures avait marqué le détective. 1992, c'était il y a vingt ans. Jérémy n'était même pas né, Vacaresse venait de rencontrer Mathilde. Il débutait à peine dans la gendarmerie, premier poste en brigade de recherches. À l'époque, personne en métropole ne parlait de cette guerre civile au Suriname, ou alors il ne s'en souvenait pas. Dix mille réfugiés en territoire français, ce n'était pourtant pas rien. La même affaire dans l'Hexagone, les médias en auraient fait leur Une pendant des mois. Tout le monde s'en fichait, il se dit, comme de tout ce qui se passe en Guyane en fait. Ça paraît tellement loin quand on vit là-bas. Lui-même, avant d'être muté ici, savait à peine placer le département sur une carte. La fusée, le bagne, l'enfer vert et les bestioles, voilà à quoi se résumait l'Amazonie française vue de Paris. Et un peu d'orpaillage depuis quelques années, pour faire sensation. Mais ce que vivaient les gens ici, ce qu'ils avaient enduré dans le passé, personne n'en savait rien.

En revanche, à aucun moment la presse locale n'évoquait l'agression de Johny Koosman racontée par le vieil homme. Preuve que l'affaire ne s'était pas ébruitée. Une fois remis de ses blessures, le Ndjuka avait choisi de se taire, ni gendarmes, ni hôpital, ni médias. Parce qu'il était clandestin, qu'il n'avait rien à faire ici. Ou pour d'autres raisons peut-être. C'est de ta faute, c'est toi, avaient dit ses agresseurs. Ils faisaient référence à un événement passé. Johny Koosman avait-il quelque chose à se reprocher ?

Un homme battu par trois autres. Et son fils, tué vingt ans plus tard, sur le même sentier. Une étonnante coïncidence. Vacaresse partageait l'impression de Jules

Erneste : difficile de croire qu'il n'y avait pas de lien entre les deux affaires. Mais lequel ? Quelqu'un en voulait-il assez aux Koosman pour ainsi s'attaquer aux deux générations, à vingt ans d'intervalle ? Non, ça ne tenait pas. Autre hypothèse : Bradley Koosman découvre l'identité des bourreaux de son père, il cherche à se venger et les criminels se retournent contre lui. Ou encore : ils le tuent pour l'empêcher de révéler l'affaire, pour se protéger ? Mais se protéger de quoi ? Vingt ans : pour la justice, il y avait prescription. Et en 1992, il n'y avait pas eu mort d'homme, juste des coups, rien ne prouvait que le décès de Johny était lié à tout ça. Être accusé d'avoir frappé un réfugié il y a vingt ans, est-ce qu'on assassine quelqu'un pour ça ? Et dans ce cas pourquoi exactement au même endroit ? Ça n'avait pas de sens. Un métropolitain. D'après Jules Erneste il y avait un métropolitain dans les agresseurs. Comme signalement, c'était bien maigre. Quel âge pouvait avoir cet homme aujourd'hui ? Soixante ans ? Comment le retrouver puisque le fait divers avait été gardé secret ?

Le détective pensa au capitaine Anato. Le commandant de la Section de recherches ne savait sans doute rien de cette histoire : si le Créole avait déjà témoigné dans le cadre de l'enquête officielle, il l'aurait mentionné. Sans compter que l'homme ne semblait pas porter les gendarmes dans son cœur. Non, Anato n'était sûrement pas au courant. Ce témoignage, édifiant, il était à coup sûr le seul à le détenir à ce stade. Et il allait le garder pour lui. Encore un peu. Il sentait qu'il pouvait aller plus loin. Comme avant. Il n'associerait ses anciens collègues qu'en fin de parcours. Lorsqu'il aurait trouvé réponse aux mille questions qui l'assaillaient.

Et à celle-là aussi : Francis Adogoe ? Avec tout ça, il l'avait presque oublié. Quel rôle jouait le jeune homme dans cette histoire ? Pourquoi avait-il rencontré Koosman plusieurs fois les jours précédant le meurtre ? Et filé au

Suriname juste après ? Les menaces par téléphone dans la chambre d'hôtel, c'est de lui qu'elles venaient. C'est bien qu'il avait quelque chose à cacher.

Ça faisait beaucoup d'inconnues. Pourtant, lorsqu'il quitta l'immeuble de *France-Guyane*, remercia le journaliste en emportant la revue de presse avec lui, remonta en voiture pour prendre la route de Saint-Laurent, il avait l'intuition d'être tout proche. Que ce qu'il cherchait était là, entre ses mains, enfoui quelque part dans les éléments qu'il avait réussi à collecter.

Le serveur déposa une assiette devant Marcy, fricassée d'agouti, une autre devant Anato, acoupa grillé. Pause déjeuner, dans un restaurant du centre-ville de Saint-Laurent, le long d'une rue coupée en deux par un terre-plein où poussaient des palmiers anorexiques. Quatorze heures passé, les deux gendarmes étaient les seuls clients, assis sur leur banc de part et d'autre d'une table en bois verni, noire et massive. Le patron les observait depuis le bar, pépite d'or au cou et impatience aux yeux. Pressé de fermer boutique. Marcy remonta ses Ray-Ban, dépiauta un piment rouge au couteau et dispersa tous les morceaux dans son plat. Y compris les graines, la partie la plus forte. Le capitaine le regarda faire en coupant son poisson. Le major semblait affamé, l'interrogatoire de Steven Adogoe l'avait mis sur les nerfs. Anato se remémora les paroles de Melissa sur son père. Essaye d'être un peu indulgent. Au fond de lui, je t'assure il n'y a que de belles choses. Et à cet instant, il crut comprendre ce qu'elle voulait dire. Il y avait chez cet homme quelque chose d'attachant. De touchant même. De l'arrogance, de l'orgueil, du mépris parfois. Mais derrière ses discours catégoriques, le major était plein d'humanité. C'est ce qui ressortait de ses réactions impulsives face au dealer. Tendu, toujours dans l'excès, dans l'instant, il démarrait au quart de tour. Il lui manquait cette réserve si chère à la gendarmerie, celle qu'Anato arborait tel un accessoire obligatoire. C'est pour cela, sans doute, qu'il n'avait jamais bénéficié de la promotion qu'il briguait, qu'il plafonnait dans le corps des sous-officiers. Tout opposait les deux enquêteurs, mais le capitaine réalisa soudain que, malgré tout, la collaboration ne fonctionnait pas si mal. Que dans la durée, ça pourrait donner quelque chose.

Le procureur de la République, contacté juste après l'audition, venait d'ouvrir une information judiciaire dans l'espoir de remonter la filière du trafiquant. Mis en examen, il allait être incarcéré au centre pénitentiaire le temps de la procédure. Les deux gendarmes le savaient, le réseau du trafic de cocaïne était cloisonné. En Guyane, les recruteurs comme Steven et les mules. Au Suriname, ceux qui réceptionnaient la marchandise venue des pays producteurs, la conditionnaient et la remettaient aux passeurs. Et à Paris ceux qui les attendaient à l'aéroport pour récupérer la poudre puis la revendre. Ça faisait du monde. En croisant les informations et les noms fournis par Steven avec d'autres sources, on pouvait espérer identifier quelques têtes. Ça prendrait du temps, il faudrait être prudent. Mais au final, ça finirait par payer. Bien sûr, si les types étaient côté Suriname, ça serait plus compliqué, on envisagerait un mandat international. Avec de la chance, on pourrait espérer en interpeller un lors d'une de ses venues en France. Parce que les trafiquants, ceux qui s'enrichissaient vraiment, ils avaient besoin de sortir du pays, le Suriname, ça devenait vite petit pour eux.

Mais le témoignage de Steven venait surtout de relancer l'affaire des mules assassinées qui apparaissait sous un jour nouveau, plus complexe encore. Mis en sommeil, le dossier allait devoir être rouvert, le juge d'instruction serait bientôt averti.

Marcy dévora un morceau d'agouti couvert de graines de piment.

— O.K., c'est vrai que ça change la donne, il concéda. Mais au final, ce qu'il nous a raconté ne nous avance pas tant que ça. Sur nos deux homicides, qu'est-ce qu'on sait de plus en fait ? (Il se massa le menton, l'air réfléchi, s'essayant à une synthèse.) Que Vakansie a téléphoné à Steven un peu après le meurtre de Willy Nicolas, et qu'il était paniqué. Ça confirme plutôt ce qu'on imaginait, que c'est bien lui l'assassin. Sauf qu'il n'a rien avoué. On ne sait toujours pas pourquoi il a fait ça.

Anato écoutait, un bout d'acoupa fondant en bouche, silencieux.

— Et pour Bradley Koosman ? continua le major. On sait maintenant qu'il ne faisait pas partie des trois passeurs recrutés par Steven pour prendre l'avion ce soir-là. O.K. Mais c'était bien une mule pourtant : il avait deux cent cinquante grammes de poudre dans le rectum. C'est bien qu'il y a un lien entre les deux affaires, même si ce n'est pas celui qu'on croyait, non ?

Pas de réponse.

— Toujours est-il que pour le moment on n'a rien d'autre : aucune piste, pas le moindre témoin dans le voisinage, sa mère s'est suicidée.

Marcy piqua dans sa portion de riz blanc. Et il réalisa combien Anato était songeur, l'air vaguement mystérieux au-dessus de son assiette de poisson.

— Capitaine, qu'est-ce que vous en pensez ?

— …

— Vous voyez les choses autrement ? Vous avez une piste, vous ?

— Non, glissa finalement Anato. Non, vous avez raison, on est toujours coincés.

Mais tout dans son attitude disait le contraire, le major n'était pas dupe.

Depuis le récit du trafiquant, Anato était resté sur une idée. Une idée qui changeait tout. Et si la mort de Bradley Koosman n'avait rien à voir avec Clifton Vakansie ? Et si, en fait, ils avaient affaire à deux homicides distincts, indépendants ? Il songeait au Suriname, aux personnes rencontrées là-bas, à Melita Koosman, à Pinalanti, aux victimes de la guerre civile. Et il commençait à envisager sérieusement que la mort du jeune Ndjuka puisse trouver son origine dans ce passé douloureux. Car pour lui, une chose était sûre à présent : contrairement à ce qu'il venait de dire au major, il n'était pas coincé. Quelqu'un avait placé cette chose sous son matelas, quelqu'un essayait de lui faire du mal. Il devait bien y avoir une raison.

C'est parce que je me rapproche de la vérité, il pensa. D'une vérité que certains préféreraient garder secrète.

36

Anato gara son véhicule au niveau du débarcadère, au bord de l'asphalte déchiré. À droite, les pirogues colorées se remplissaient de passagers et de marchandises avant de s'élancer sur le Maroni. Sous un toit en toile, quatre gamins malmenaient les manettes d'un baby-foot bancal. Cris de victoire, insultes. Un petit perroquet vert marchait dans le sable en oscillant de la queue. À gauche, les stands des vendeuses de couac et de wasaï sous leurs parasols multicolores. Et derrière, les toits noirs et pointus de la Charbonnière. Le capitaine s'engagea dans la rue principale, à pied, il longea les murs de parpaings qui séparaient les petites parcelles. Un gaillard bricolait son scooter désossé, outils et pièces de moteur étalés dans la terre. Deux enfants couraient sur le bitume en faisant tournoyer des tuyaux mous qui sifflaient au-dessus de leurs têtes. Du linge séchait un peu partout, sur les portails, sur les antennes paraboliques et parfois sur les fils tendus. Anato passa devant une adolescente occupée à coudre des extensions de cheveux à une autre. Il bifurqua dans une allée étroite entre les baraques, marcha sur une palette pour franchir une flaque d'eau.

Koosman. Un nom écrit de travers sur une boîte à lettres encastrée entre les moellons gris. Une maison aux murs en bois, avec une sorte d'extension, un toit en tôle branlant qui s'avançait jusqu'au portail. Qui s'effondrait aussi, un des poteaux rongé par les termites. De la mousse et des tiges poussaient directement sur les bardeaux noirs du toit principal. Sur le côté de la baraque s'alignait une dizaine de bidons métalliques cabossés. L'endroit manquait d'entretien. Le capitaine s'avança en laissant ses traces sur le sol meuble. Pas d'enfants, pour une fois.

— Il y a quelqu'un ?

— *Eeye…*

La voix venait de derrière. Une femme balayait sable et feuilles mortes sur une dalle de béton, à côté d'une antenne parabolique noircie d'humidité. La cinquantaine, cheveux mi-longs, coiffure minimaliste : une tresse de chaque côté, à l'ancienne. Une robe à fleurs aux couleurs ternes, les pieds nus. Elle se déplaçait sur le sol gris en boitant légèrement, une jambe trop courte peut-être.

— *Fa a e go ?* elle dit sans s'arrêter.

Anato lui renvoya la politesse.

— Rody Koosman, c'est ici ?

La femme tchipa de manière appuyée, l'air de dire qui peut encore s'intéresser à ce gars-là ? Avec son balai, elle poussa une canette de bière vide jusqu'à une rigole où elle avait déjà regroupé une belle quantité de déchets.

— Il n'est pas là.

— Et…

— Et je ne sais pas où il est.

Elle tapa les poils de son balai sur le mur, un nuage de poussière s'envola.

— Qui le demande ?

Bonne question. À quel titre était-il ici en fin de compte ? De quoi voulait-il parler ? De lui-même, de son passé ? Ou de Bradley Koosman ? Il hésita. Puis :

— La gendarmerie. Capitaine André Anato, Section de recherches.

Elle arrêta enfin son ménage, se redressa, prit appui sur le balai pour soulager sa jambe malade. Elle fixa Anato, le front barré de rides angoissées.

— Qu'est-ce qu'il a fait ?

— Rien. Pas que je sache en tout cas.

— C'est pour sa sœur alors ? Pour Melita, c'est ça ?

Rody Koosman est donc le frère de la vieille Ndjuka, réalisa Anato.

— Oui, il confirma.

Un peu rassurée, la femme soupira, tourna la tête, regarda la ruelle. Son visage passa de l'exaspération à la tristesse.

— Rody ne vous dira rien, elle dit tout bas. Même à moi il ne parle plus… Et encore moins depuis la mort de Melita.

— Ça l'a beaucoup affecté ?

— Oui. Oui on peut dire ça. Mais je dirais surtout que ça l'a… (Elle chercha le bon mot.) changé.

Le capitaine eut un regain d'intérêt.

— Changé ? Qu'est-ce que vous voulez dire ?

Elle le dévisagea un instant. Hésitante. Se demandant sans doute si elle pouvait faire confiance à ce gendarme, tout noir-marron qu'il était. Mais à l'évidence, elle avait aussi envie de partager ses inquiétudes.

— Je ne sais pas. C'est comme si ça l'avait réveillé. D'habitude Rody ne fait pas grand-chose, il reste le plus souvent à la maison, il regarde la télévision. Mais depuis qu'elle est… Enfin, depuis que sa sœur est décédée, il est déjà parti trois fois. Il est allé deux jours au Suriname, je crois. Là il vient de repartir pour je ne sais où. L'autre jour il bricolait son moteur de pirogue, il n'avait pas fait ça depuis des mois. Et tout ça, je sais que ce n'est pas juste pour l'enterrement de Melita. Je ne comprends pas à quoi il joue. Mais j'ai l'impression qu'il s'est mis un truc en tête. Qu'il prépare quelque chose.

Le capitaine l'interrogea du regard, pour lui demander de préciser sa pensée.

— Attendez ici une minute, elle dit.

Elle posa son balai, se dirigea vers la porte de la baraque, la jambe traînante. Elle en revint aussitôt, des papiers dans les mains qu'elle tendit.

— Il a ressorti ces vieilles photos. Je vous avoue que je ne les avais jamais vues. Il est resté un moment à les regarder, comme s'il voulait se replonger dans le passé.

Anato prit les images entre ses doigts, les observa attentivement. Des clichés anciens, jaunis. Des hommes qui posaient, en groupe, au bord du fleuve. Des foulards rouges noués dans les cheveux, autour des biceps. Et entre leurs mains : des armes à feu.

— Regardez, c'est Rody, ici, informa la femme, le doigt pointé sur une des photographies.

Il avait l'air tout jeune, le visage souriant au milieu de ses copains, la coupe afro, une petite barbe. Un fusil-mitrailleur en travers du torse.

— Il a fait la guerre ?

— Oui. C'est ce qu'il m'a toujours dit, on s'est rencontrés après. Rody faisait partie des Jungle Commando.

Les rebelles noirs-marrons, pensa Anato. La guerre civile du Suriname, encore une fois. Tout semblait le ramener à ça. Il rendit les clichés à la femme, la remercia.

— Je vais vous laisser mon numéro de portable. Quand il reviendra, vous pourrez lui dire de me contacter ? Dites-lui que c'est important, que ça concerne Melita.

Elle hocha la tête. Encore plus inquiète qu'avant l'arrivée du capitaine.

La pirogue longeait la rive surinamienne du Maroni, soixante chevaux dans le moteur. Le pilote tassé à l'arrière, maigre comme une branche, un foulard gris autour du cou, un mégot aux lèvres. Sur son banc, Rody observait la végétation qui s'épanchait au-dessus de l'eau. Les fruits de wapa pareils à des lames de sabre pendues au bout de lianes géantes. Les racines noueuses qui dessinaient des formes étranges sur la berge. Les troncs horizontaux qui surplombaient le courant. Difficile de dire où commençait la forêt, où finissait le fleuve. À gauche on voyait l'autre rive. La France. Rody avait entendu dire que la frontière était exactement au milieu du Maroni. Ça l'avait toujours laissé perplexe. L'exact milieu du fleuve, comme si ça signifiait quelque chose.

Côté français, il y avait plus de villages, des petits hameaux de quelques maisons. Plusieurs dataient de la guerre civile, il s'en souvenait. Plutôt que de fuir vers Saint-Laurent, certains s'étaient contentés de traverser et de reconstruire en face. Rody pensa : la guerre, ceux-là en avaient bien profité au final. S'installer en France, obtenir un titre de séjour, tout le monde n'avait pas perdu autant que lui. Ailleurs les villages noirs-marrons avaient disparu, il ne restait qu'un bouquet de palmiers pinots, témoins du passé, de l'exode vers l'aval. Vers les villes, là où tout le monde voulait vivre à présent. Même entassés, même sans travail, même sans rien.

Le son du moteur, celui d'autres embarcations, les cris de la faune. Et pourtant tout lui paraissait silencieux. Calme, reposé. Ici, il pouvait oublier ce poids qui l'écrasait chaque jour un peu plus. Sa sœur, son neveu, sa femme. Ce qu'il était devenu. Sa pitoyable condition. Les autres lui renvoyaient cette image avec tellement de force, il ne le supportait plus. Il agrippa la bouteille de rhum, dévissa le bouchon. Et but, trois gorgées qui lui enflammèrent le gosier. Ça faisait un bien fou.

On siffla à l'arrière, un son perçant. Rody se retourna, le maigrichon lui fit un signe de menton vers l'avant qui voulait dire : on arrive. Derrière le feuillage d'un arbre gigantesque, la pirogue tourna.

Et apparut le domaine de Paul Boba.

Ça a encore évolué, songea Rody. Plus grand, plus beau. Un terrain défriché, tout propre, même les souches avaient été retirées. Des vaches broutaient une herbe d'un vert vif. Une petite colline entourée par la forêt, la lisière bien nette, comme une clôture parfaitement entretenue. De chaque côté, des carbets où discutaient des hommes en treillis. Et en haut, la bâtisse, d'un blanc éclatant, avec son balcon filant autour de l'étage. Un vrai palace vu d'ici. Le bateau vint accoster le long du ponton flottant, le pilote coupa le moteur. Rody descendit, marcha jusqu'aux deux gorilles qui fumaient un joint à l'entrée de la parcelle. Tenue militaire, rangers aux pieds.

— Tu es ?

— Rody Koosman. Je suis un ami de Paul. Il m'attend.

Les yeux dans les yeux. Alcool d'un côté, cannabis de l'autre. Le vigile scruta le visiteur des tongs aux cheveux. Puis il fit signe de le suivre. Un escalier, creusé dans la latérite rouge, stabilisé par des piquets, des planches de bois. Une rigole sur le côté, ravinée par les pluies malgré l'entretien permanent. Ça avait vraiment changé. Prospéré. À l'entrée de la villa, il monta les marches en béton carrelé, impeccables. Deux lions blancs en plâtre moulé se dressaient en haut, de part et d'autre de la porte. Fiers, majestueux. Tout de suite on savait qu'on n'était pas chez n'importe qui. Il emboîta le pas à un autre homme, qui le mena à son ami.

Enfin, son ami…

Paul Boba l'attendait, assis dans son canapé en cuir humide, les bras étendus sur le dossier. La même allure qu'autrefois. Débardeur noir, lunettes noires, béret militaire, bouc taillé à la perfection, dent en or étincelante au milieu de son sourire satisfait. Un cigare entre les doigts. Accueillant, mais aussi soucieux de rappeler sa supériorité.

Un ancien Jungle Commando qui avait su rebondir, construire quelque chose après la rébellion. Un empire, jugeait Rody en redécouvrant son palais, envieux. Pendant la guerre, il ne connaissait que son prénom. Comme d'autres, Paul cachait le reste de son identité, pour protéger sa famille il disait. Il venait de la ville, de Paramaribo. Il vivait là-bas quand les affrontements avaient commencé. Il gérait plusieurs affaires, il avait l'esprit d'entreprise, et pas forcément l'envie d'y renoncer pour se battre aux côtés de Ronnie Brunswijk. Au départ, il se sentait juste sympathisant, comme tous les Noirs-Marrons. Il suivait les événements, se tenait au courant, pensait à l'avenir de son business. S'il avait finalement rejoint les guérilleros, c'était sous la contrainte. À cause d'une femme. Beaucoup plus jeune que lui, très belle. Mais pas assez amoureuse. Résultat : elle avait pris un amant, un Créole. Un sergent de l'armée nationale. Paul ne l'avait pas supporté, il la voulait juste pour lui, il lui avait demandé de le quitter, lui avait tout promis, une vie faite de richesses et de bijoux. Mais elle avait refusé, dit que c'était fini, piqué une colère mémorable, jeté ses affaires dehors. Et finalement, pour se débarrasser de lui pour de bon, elle avait déclaré à son militaire d'amant que Paul était un Jungle Commando.

La garce.

Pour ça, Paul risquait la prison, voire la mort. Alors il s'était enfui, en pleine nuit, direction l'est du pays. Et il était entré en contact avec les rebelles. Ronnie l'avait enrôlé sans problème. Il avait repéré le potentiel de cette nouvelle recrue, lui avait confié toutes sortes d'affaires relatives au financement du mouvement. Rody ne savait pas tout et préférait ne pas savoir, il n'était qu'un soldat. Il s'en tenait au discours officiel : l'argent pour payer tout ça venait des Pays-Bas, de dons des opposants à Bouterse. Et ce qu'il voyait, il n'en parlait pas. Comme cette mallette que Paul avait tendue à Ronnie un jour en descendant de pirogue. Il avait vu ce qu'elle contenait quand ils l'avaient ouverte dans l'infirmerie. De la cocaïne, de gros sachets remplis de cocaïne. C'était peu de temps avant la fin de la guerre, la rumeur disait que Ronnie, pour financer la guérilla, s'était mis à taxer les trafiquants de drogue qui faisaient escale sur son territoire.

— Rody ! fit Paul, toutes dents dehors.

Le visiteur tendit la main, Paul se leva et le serra contre lui, son gros biceps collé sur son cou. Trop démonstratif, comme s'ils étaient frères. Il l'invita à s'asseoir, proposa un verre. La pièce était vaste, un salon au rez-de-chaussée. Du carrelage au sol, des photos aux murs, des tableaux. Une carte de la région. Une grande table en bois massif. Le luxe, dans la mesure de ce qui était possible en construisant le long du fleuve.

— J'ai appris pour ta sœur.

— Oui… Et son fils…

— Je suis désolé.

Il avait l'air sincère, ne souriait plus. Il tira sur son cigare, recracha une fumée blanche qui vint noyer son visage.

— Ça fait longtemps, il fit. Combien, trois, quatre ans ?

— À peu près.

— Déjà… J'ai eu cinq enfants, tu sais ça ?

— On m'a dit, oui. Félicitations.

— Que des garçons. Des futurs guerriers. Ils vivent avec la mère, à Cayenne. C'est mieux comme ça.

À côté de Paul, Rody se sentait petit. Négligeable, anecdotique. Pourtant physiquement il n'y avait pas tant de différence, les muscles étaient toujours là, chez l'un comme chez l'autre. Tous deux avaient juste subi le poids des années. Mais alors que Paul humait son cigare, transpirait la réussite, Rody puait le rhum.

Paul devina sa gêne.

— Bon. Qu'est-ce que tu veux ?

La mine sérieuse, celle d'un homme habitué à parler affaires. Rody hésita avant de répondre.

— Des armes.

Silence. Sourcils froncés au-dessus des verres noirs de Paul.

— Rody… De quoi tu parles ?

— Tu m'as bien compris. J'ai besoin d'armes.

— Non, je n'ai pas compris. Écoute, je sais ce que tu deviens, je suis au courant de tout. Je sais que c'est difficile. Mais ce n'est pas d'une arme que tu as besoin. C'est d'arrêter de boire, Rody.

Le ton paternaliste, donneur de leçons. Comme avant.

— Je sais que tu as ce que je cherche. Je ne suis pas venu te demander des conseils ni de l'aide.

Paul souffla. Bien sûr qu'il en avait des armes. Fin 1992, le matériel des Jungle Commando avait été remis au gouvernement pour marquer la fin des hostilités. Mais comme souvent dans ce genre de cessez-le-feu, les rebelles n'avaient pas donné tout ce qu'ils avaient amassé en six ans de combat. Ronnie en avait gardé beaucoup, ce n'était un secret pour personne. Et Paul, au passage, s'était servi. C'était son butin de fin de guerre, celui qui l'avait aidé à se lancer. Aujourd'hui il vivait surtout de l'orpaillage, il chapeautait une dizaine de chantiers, en Guyane et au Suriname. Tous illégaux. Côté français, il avait eu affaire à la justice, on le soupçonnait d'avoir trempé dans le meurtre de plusieurs ouvriers brésiliens. Raison pour laquelle il avait bâti son domaine sur la rive surinamienne, de là les Français il les narguait bien. Il avait toujours nié être mêlé à la mort des garimpeiros. Mais des armes, oui, il en avait. Parce que travailler dans l'or, c'était avant tout une question d'ordre, de discipline. Il fallait savoir se faire respecter, au besoin par la force.

— Pourquoi ?

À travers ses lunettes noires, l'orpailleur tentait de percer les intentions de son ancien camarade de combat.

— Qu'est-ce que tu mijotes Rody ? Dans quoi es-tu en train de t'embarquer ? Tu veux venger ta sœur ? Tu es devenu fou ou quoi ?

Rody gardait le silence, campé sur sa requête, les coudes sur les genoux, les yeux fixant un point imaginaire sur le mur.

— C'est fini. C'est terminé, tout ça. La guerre, les attaques, c'était il y a trente ans. Tout le monde est passé à autre chose. Regarde Ronnie, regarde Aboussa qui s'est rangé, regarde-moi. On aurait pu faire des choses tous les deux. Faire de l'argent. On dirait que tu es resté bloqué.

— …

Paul retira enfin ses lunettes. Le regard rempli de pitié.

Lorsque Ronnie avait rendu les armes, le gouvernement avait promis des postes pour les anciens guérilleros, ça faisait partie des négociations. Il était question de les intégrer dans les rangs de la police, ils devaient avoir un salaire, une vie meilleure. Mais au final, rien n'avait été fait, on les avait laissés se débrouiller, dérouler leur existence sans l'aide du pays. Les ex-rebelles s'étaient reconvertis. Dans l'or, dans la politique. Dans la musique même, Kenneth Bron était devenu une star du reggae, ses tubes tournaient jusqu'aux Pays-Bas et beaucoup ignoraient qu'il avait fait partie des Jungle Commando. Mais d'autres n'avaient pas réussi. Comme Rody.

— Tu as de l'argent ?

— Oui.

— Alors viens.

Il le mena dehors, sur un sentier qui serpentait vers un petit bâtiment. De là, on surplombait l'autre versant du domaine. Et derrière s'étalait le tapis forestier, vert et grumeleux, s'effaçant au loin en un horizon noir. L'Amazonie surinamienne, infinie. Rody devinait une trouée rectiligne non loin de la lisière : une piste d'aviation. Par laquelle transitaient marchandises et machines, avant d'être expédiées par pirogue vers l'amont, vers les chantiers aurifères de Paul Boba. L'artillerie était rangée dans deux énormes coffres cadenassés, cachés sous plusieurs bâches au fond d'un local aux murs en béton.

— Tu veux quoi, au juste ?

Il y avait là de quoi tenir un siège de plusieurs jours. Fusils à pompe, pistolets automatiques, AK-47, FAMAS, FN FAL. Une mitrailleuse légère aussi : FN Minimi, Rody reconnaissait le modèle, ils en avaient une comme ça à Langatabiki. Toutes ces armes à feu le renvoyaient dans le passé, il n'avait pas vu de tels engins depuis la dernière attaque avec les Jungle Commando. Il détailla les crosses usées, les canons noirs. Il souleva le métal froid, soupesa. Se choisit un fusil à pompe, un Remington, celui qu'il utilisait lorsqu'il montait la garde sur les petites îles du Maroni.

— Tu as quoi comme munitions ?

L'orpailleur sortit plusieurs cartons de cartouches calibre 12.

— Chevrotine ?

— Aussi, oui.

Rody prit deux boîtes.

Il continua à balayer du regard le contenu des caisses. Il déplaça plusieurs fusils d'assaut, fouillant au hasard.

Et là, en dessous, il le découvrit.

C'était à lui ça, autrefois, jamais il ne le quittait. C'est Ronnie lui-même qui le lui avait donné, il racontait qu'il l'avait volé dans un musée à Paramaribo. Une pièce unique, un truc vieux de plus d'un siècle. Une de ces armes pittoresques sorties d'on-ne-savait-où qui venaient compléter l'arsenal de la guérilla, comme cette arbalète avec laquelle ils avaient réussi à abattre un hélicoptère.

Rody saisit l'arme blanche, passa la main sur le fourreau poussiéreux, dégagea la lame argentée sur quelques centimètres. Envahi par la nostalgie.

— Je prends ça aussi, il dit.

Paul hocha doucement la tête.

— J'espère que tu sais ce que tu fais.

Deux heures du matin.

Insomnie.

Peut-être pour Jérémy aussi, songea Vacaresse. Moi ici, tout seul sur le lit dans ma chambre d'hôtel, la lumière des lampadaires entre les rideaux, le climatiseur qui ne veut pas se taire. Lui là-bas, sur son matelas humide, au-dessus de son codétenu. Derrière les murs de sa cellule, ceux de la maison d'arrêt, ceux du centre pénitentiaire.

Enfermé. À quoi pouvait-il bien penser à cette heure tardive ? À l'extérieur, sans doute. À ce monde du dehors auquel il n'avait plus accès. De la patience, c'est ce qu'il lui fallait.

Les yeux fermés cherchant vainement le sommeil, le détective réfléchissait sans maîtriser les directions que prenait son esprit encombré. Les titres de sa revue de presse défilaient en vrac, sans chronologie. Le récit de Jules Erneste. Le témoignage du père de Willy Nicolas, bouleversant. Celui de la mère de Clifton Vakansie, stérile. L'exploration de la cahute où vivait Melita Koosman avant de se suicider. Tous ces décès en si peu de temps, ces destins entremêlés, reliés par des fils aux nœuds invisibles dans lesquels le détective fouillait au hasard. Dans la soirée, il avait appris autre chose. Aux informations locales, ils avaient parlé d'un homme arrêté par les gendarmes de Saint-Laurent, un trafiquant de cocaïne, quelqu'un qui s'occupait du recrutement des mules. Un jeune entrepreneur, c'est comme ça qu'ils l'avaient qualifié en filmant la devanture d'une salle de musculation. Ils n'avaient pas donné de nom, mais Vacaresse avait tout de suite compris. Steven Adogoe. Voilà pourquoi le père de Nicolas avait entendu son fils prononcer ce nom au téléphone. Une pièce de plus, qui venait renforcer ce que le détective commençait à entrevoir de manière floue. Francis, qui rencontre Bradley Koosman, puis qui disparaît au Suriname après le meurtre. Son frère qui recrute Clifton Vakansie et Willy Nicolas. Les trois mules, mortes. L'ensemble formait un tout presque cohérent. Une affaire familiale, comme souvent. Mais qui n'expliquait toujours pas le meurtre de Koosman. Ni l'agression de son père, vingt ans plus tôt, sur le même sentier. Les trois hommes, une vengeance ? Les réfugiés, les camps où ils avaient vécu, la stratégie de l'État français pour les faire rentrer chez eux. Non, ça ne collait pas, Vacaresse ne voyait pas le lien entre tous ces éléments. Francis Adogoe. Steven Adogoe. C'est autour de ces deux-là que ça tournait, d'une manière ou d'une autre, il le sentait.

Était-il possible que Francis soit l'assassin de Bradley Koosman ? C'est ce que laissait penser sa disparition de l'autre côté du Maroni, là-bas les gendarmes n'avaient aucune chance de le retrouver. Ça pourrait aussi expliquer les menaces proférées quelques jours plus tôt en son nom : le jeune assassin avait sûrement été informé par son frère qu'un métropolitain nommé Vacaresse s'intéressait à lui, il espérait peut-être le pousser à abandonner ses recherches pour se protéger. Mais pourquoi aurait-il fait ça ? C'était quoi, le problème avec Koosman ? À moins que Francis n'ait commis ce crime pour le compte d'un autre. Un commanditaire. Quelqu'un qui ne veut pas se salir les mains. Ou qui ne veut *plus*, trop vieux pour ce genre de besogne.

Un des agresseurs de 1992.

Oui, ça devait être quelque chose comme ça, se dit le détective. Un homme embarrassé par ce passé, qui veut faire disparaître le fils Koosman. Parce que le jeune Surinamien a découvert qui s'est attaqué à son père autrefois, qui est responsable de sa mort. Mais de quoi l'homme avait-il peur ? De la justice ? Non, il y avait prescription, il ne risquait plus rien. Qui aurait à perdre si cette vieille histoire refaisait surface ?

Autre chose : l'appareil photo. C'est ce qu'on avait dérobé à Vacaresse dans sa chambre d'hôtel le jour des menaces. La seule chose qu'on avait prise, en fait. Il devait y avoir une raison. Il pensa aux jours précédents, à ce que contenait sa carte mémoire, aux clichés qu'il avait pris alors qu'il suivait par erreur Steven Adogoe. Il passa en revue les visages croisés, immortalisés sur ses photos pendant sa filature, caché derrière les vitres teintées de son véhicule. Il évalua l'âge de tous ces individus qui composaient l'entourage du trafiquant de drogue, essaya d'imaginer leur lien possible avec les réfugiés, vingt ans plus tôt.

Et d'un coup, il ouvrit les yeux en grand, braqués sur les lames blanches du faux plafond.

Avec, en mémoire, le visage qu'il cherchait. Un homme en relation avec les frères Adogoe. Un homme ayant sans doute le bras assez long pour menacer celui qui s'intéresse de trop près à ses affaires. Mais surtout un homme qui aurait beaucoup à perdre si son rôle dans l'agression d'un réfugié était révélé. La réputation. L'image.

Une image à laquelle il tenait sans doute plus encore qu'à sa liberté.

37

Un quartier récent de Saint-Laurent. Premier étage d'un immeuble tout neuf, un petit lotissement entourant un parking au bitume fumant dans la nuit tombante. Au bas des escaliers, rivée au mur de béton, une enseigne : *Cabinet médical*. Reclus sur le siège conducteur de sa voiture, invisible au milieu des 4 × 4, Vacaresse attendait l'heure de fermeture. Il avait vu défiler les derniers clients de la journée. Enfin le généraliste apparut sur le balcon filant, verrouilla la porte derrière lui, descendit les marches pour regagner son véhicule. Puis il quitta les lieux, reprit la route principale en direction du centre-ville.

Laissant la voie libre, les bureaux désertés.

Le détective jeta un œil aux voitures, vérifia que personne n'arrivait. Puis il ouvrit la portière, se dirigea vers le bâtiment, monta à l'étage. Une petite plaque était apposée à droite de la porte, avec le nom de l'homme. Regard à droite, à gauche. Personne. Pas d'appartement habité, à côté les locaux étaient occupés par une entreprise de reprographie, elle aussi fermée à cette heure. Vacaresse sortit son arme de sous son polo : un grand tournevis, c'est tout ce qu'il avait réussi à se procurer, mais ça ferait bien l'affaire. La fenêtre se composait de persiennes en PVC, il introduisit la tige de métal entre les lames blanches, s'attaqua aux attaches en faisant pivoter son manche. Et il força pour faire sauter chaque jalousie, l'une après autre. Jusqu'à obtenir une ouverture assez grande pour glisser son gros ventre à l'intérieur. Une technique volontairement grossière, l'objectif était de faire croire à un cambriolage comme il y en avait tant dans le département.

À l'intérieur, un petit couloir. À droite la salle d'attente pour les patients, une dizaine de chaises collées aux murs blancs, une table basse encombrée de revues guyanaises et nationales. Rien à signaler, la pièce était trop publique. Plus loin, les toilettes. Et une porte à gauche : le cabinet proprement dit, le bureau du médecin. Vacaresse entra dans la petite salle. Très classique, divan d'examen, guéridon sur roulettes. Étagères de livres, de dossiers. Et ce qu'il cherchait en priorité : posé sur le bureau, un ordinateur portable. Un PC. Il l'ouvrit, l'alluma. Le logo Windows s'afficha sur l'écran. Bien sûr, il fallait un mot de passe, il s'y attendait. Il débrancha la machine, la replia pour l'emporter. Puis il fouilla dans les tiroirs, les ouvrant un à un. Des papiers médicaux, des feuilles d'ordonnance, des fiches incompréhensibles. Celui du bas, plus grand, était fermé à clé. Nous y voilà, il pensa. Imaginant déjà son appareil photo enfermé là-dedans. Il prit à nouveau son tournevis, plaça la pointe entre les morceaux de bois.

Et s'interrompit.

Des bruits, sur la coursive. Quelqu'un venait.

Une clé dans la serrure de la porte principale. Le médecin qui revenait.

Vacaresse se jeta hors de la pièce, ordinateur sous le bras, se planqua derrière le battant au moment où la porte s'ouvrit.

— Qui est là ?

La voix était inquiète : l'homme avait découvert la fenêtre forcée. Il n'avait pas vu se cacher le détective. Il s'avança avec prudence dans le couloir. Et alors que Vacaresse contournait le battant de la porte, il se retourna d'un coup, sursauta.

— Hé ! Qu'est-ce que…

Le détective fila sur le balcon, dévala les escaliers, courut sur le parking jusqu'à sa voiture.

Mais avant de monter à bord, il jeta un œil vers l'étage. Et se figea. Le médecin était là, les mains sur la rambarde, il l'observait s'enfuir. Leurs regards se croisèrent. Et ce que Vacaresse lut, ce n'était plus la peur de se faire agresser par un voleur. Non, c'était de la colère. Une colère froide, contenue, réfléchie. À cet instant, il sut qu'il ne s'était pas trompé. Qu'il avait tapé dans le mille.

Alors, comment tu te sens ? Tes fièvres ?

Anato lut le SMS de Melissa alors qu'il franchissait le portail de la gendarmerie de Saint-Laurent. Et encore une fois, il s'étonna : lire les mots de la Créole lui piquait le cœur. Cette fille lui avait vraiment fait quelque chose qu'il ne s'expliquait pas. De l'ordre de l'irrationnel. Elle le faisait se sentir un peu moins seul. Elle était tellement différente, diminuée par sa surdité et en même temps pleine d'une force qui brûlait au fond d'elle-même.

Bien, il répondit, immobile sur les marches de la caserne. Depuis la nuit avec toi, je vais beaucoup mieux.

Hmmm… Je peux venir ce soir ?

Non, je serai sans doute à Cayenne.

Dommage pour toi.

Le capitaine resta un instant les yeux rivés sur le dernier message, un vague sourire aux lèvres. Gêné, en fait, par ce qui ressemblait à une relation naissante, tout à la fois tentante et déroutante.

Il rangea le téléphone, alla rejoindre le père de Melissa dans les locaux de la brigade de recherches.

Dans son bureau, téléphone calé par l'épaule, Marcy démêlait les fils que Steven Adogoe avait tendus en témoignant. Il contactait ses indics, listait les noms, recoupait ses informations avec celles des autres services.

Quelque chose commençait à apparaître, le major y croyait. Démanteler une filière, ce n'était pas ça qui allait mettre fin au trafic de cocaïne dans le département, mais ce serait toujours mieux que rien. La veille, en collaboration avec les douanes françaises, la police du Royaume-Uni avait interpellé un homme destinataire d'un colis envoyé par la poste depuis la Guyane : poisson séché, épices et cocaïne. Il se disait que les paquets en provenance du territoire étaient à présent surveillés par les autorités antidrogue du monde entier. De quoi confirmer le rôle de plaque tournante de cette Amazonie française.

Le portable d'Anato retentit alors qu'il venait d'entrer dans la pièce.

— Capitaine ? (Il reconnut la voix aussitôt : le médecin légiste.) Je peux vous parler ?

— Bien sûr. Attendez, je sors.

Il fit un signe de la main à Marcy, revint sur la plateforme extérieure.

— Je suis à vous.

— Il faudrait que je vous voie.

— À propos ?

— Du rapport d'autopsie final, je voudrais vous le remettre en mains propres. Je suis en train de le boucler, j'ai reçu les derniers résultats. Avez-vous prévu de venir à Cayenne ?

— Oui, je pensais justement rentrer ce soir. On peut se voir demain ?

— Ce serait parfait.

Dans ses intonations, on devinait que quelque chose le perturbait.

— Il y a un problème, docteur ?

— Oui. Enfin, une chose étonnante en tout cas : les analyses toxicologiques. Elles sont positives. Cocaïne, à forte dose.

— Quoi ? Melita Koosman aurait fait une overdose ?

— Non. Pas elle.

38

Gaufrette chocolat 200 g : 1
Thon à l'huile : 3
Lait poudre 300 g : 1
Lait concentré : 2
Unité : MA3 Droite
Cellule : 27
Nom : Vacaresse

Jérémy émargea sous la mention *Signature du détenu*, ajouta son numéro d'écrou. Il plia le bulletin de cantine, repoussa la chaise qui glissa sur le lino, se releva. Et attendit l'ouverture de la cellule, adossé contre le mur humide. Franklin, avachi sur son matelas, regardait la télévision en continu, les séries, les informations, les téléréalités, les téléachats. Tout. Comme un bruit de fond, une troisième personne. Mais parfois, le son trop fort insupportait Jérémy. Ils s'étaient accrochés là-dessus hier soir, le nouveau codétenu ne comprenait pas, disait qu'il avait l'oreille trop sensible, que lui, sinon, il n'entendait rien. Rien de grave. Globalement la cohabitation fonctionnait. Les deux jeunes s'entraidaient, ils se sentaient plus en sécurité ici ensemble que dehors avec tous les autres.

Bruit de métal. Discret d'abord : l'œilleton, le surveillant qui scrute l'intérieur. Puis plus fort : le loquet qui glisse pour libérer le verrou. Jérémy décolla son dos du mur.

— Tu viens ?

— Non, je reste là.

Jérémy hocha la tête. Il remit l'imprimé rempli au gardien. Et sortit de la cellule, serviette de bain en main. Maison d'arrêt trois, côté droit, c'était ça son foyer pour encore trois mois. Cinquante prisonniers : ceux à éviter, ceux plus accessibles, à qui il parlait à présent. Les Surinamiens, souvent violents, les Brésiliens, les plus organisés, les Guyanais, les métropolitains, moins nombreux. Sur les rambardes, au sol, un peu partout séchait le linge des détenus. Face à la cellule de Jérémy, les vitres de la cabine des surveillants. Ils étaient deux là-dedans, un pour guetter l'unité de droite, un pour celle de gauche. Le détenu fit la queue à l'entrée du portique de sécurité. Procédure obligatoire. Avant lui passa un Haïtien, pas tout jeune, la face ridée, un type que tout le monde ignorait. Comme un meuble, en quelque sorte. Puis Jérémy se dirigea vers la cour de promenade, la tête basse, fuyant les regards. La cour, c'était le seul contact avec le ciel. Une dalle bitumée, barrée de traits de peinture à moitié effacés pour matérialiser les différents terrains de jeu. Autour, trois murs de béton où s'élargissaient de grandes taches noires causées par l'humidité. Des coulées verticales aussi. En haut, pris dans les grillages et dans les barbelés qui ceinturaient la cour, il y avait des tissus, des vêtements déchirés, des chaussures en miettes, des ballons. Ça avait toujours été là, on lui avait dit, des détenus avaient lancé ces trucs dans l'espoir d'en décrocher d'autres, et avec le temps ça s'était accumulé. D'après le surveillant, c'était impossible à retirer, pour nettoyer l'administration envisageait d'acheter un genre de lance-flammes. Jérémy espérait voir ça, ça devait être quelque chose. Il leva les yeux. Le ciel, un peu gris un peu blanc, des nuages en mouvement. Il suivit le vol des hirondelles, leurs petites ailes noires qui fendaient les airs dans des cris aigus. Deux gars entamèrent une partie de basket.

Au début Jérémy prenait ses douches dans la salle d'eau intérieure, trop pudique, trop mal à l'aise, effrayé à l'idée d'exposer sa nudité devant les autres. Mais dedans, il n'avait droit qu'à dix minutes, le surveillant attendait derrière la porte. Alors il avait fini par faire comme tout le monde. Les douches extérieures, directement dans la cour, contre le mur de droite. Des compartiments étroits, seulement séparés par une plaque d'aluminium trop basse, un peu plus haute que le nombril. Jérémy se déchaussa, retira ses vêtements, les posa sur le métal. Il n'aimait pas ce corps trop gros, cette enveloppe encombrante qu'il se traînait depuis des années. Dans vingt ans, il s'imaginait avec le physique de son père, triste perspective. Il enleva son slip. Regarda les détenus qui tournaient dans la cour, l'œil inquiet et honteux. Comme si son ventre intéressait un autre que lui.

Il avança vers le mur, posa la paume sur le bouton-poussoir. S'apprêta à appuyer.

Mais fut stoppé net.

— Bouge pas.

Un type venait de sauter dans son box. Et d'une main géante, il lui écrasait le poignet contre la paroi métallique. C'était un Brésilien, un de ceux que Jérémy évitait par principe. Une vraie masse. Cheveux tirés en arrière retenus par un bandeau, les joues grumeleuses et les iris complètement noirs, un anneau à l'oreille. Ce qui se disait sur lui : il avait fait la sécurité sur des sites d'orpaillage, un milieu dur, violent, où tout le monde le craignait. Parce qu'il faisait partie d'une sorte de réseau organisé. Une mafia.

Décharge d'adrénaline.

Le cœur de Jérémy faillit exploser dans sa poitrine. Il fixa le Brésilien, fouilla ses mains du regard. Pas d'arme, rien de visible en tout cas. Les piques, c'est ce qui lui faisait le plus peur, les gars façonnaient des pointes dans tout ce qui pouvait être cassé, poncé, affûté. Dans des bouts de clôture, dans des manches de brosse à dents. Une des raisons pour lesquelles il n'y avait pas de lunette aux cuvettes des toilettes. Coup d'œil vers le surveillant. C'était une femme aujourd'hui, comme toujours elle ne regardait pas vers les douches, refroidie par le comportement exhibitionniste de certains détenus. L'agresseur avait bien choisi son moment.

— Écoute-moi. J'appuierai pas plus fort.

Jérémy releva les yeux, tenta d'y cacher la terreur qui venait de le saisir. Garder son sang-froid, c'est ce qu'on lui avait appris. La tête haute, même si tu te retrouves à genoux.

— Qu'est-ce que… ?

— Écoute, je te dis. J'en ai pas pour longtemps.

Jérémy la boucla.

— Regarde par là-bas. Tu vois le type en rouge, celui avec le crâne rasé ? Hein ? (Oui de la tête.) Il s'appelle Ricardo, tu le connais ?

— Non.

— Et lui, là. Le Guyanais avec les dreadlocks ?

— Non.

— Et le métro, le gros avec les cheveux bouclés. Olivier.

L'angoisse monta. Aucun des hommes qu'il désignait n'inspirait confiance. Ce type avait une idée en tête, bien précise.

— Tu sais ce qu'ils ont en commun tous ces détenus ?

— … ?

— Hein, tu le sais ?

Jérémy secoua la tête. Le Brésilien sourit, les dents jaunes.

— Ton père.

La pomme d'Adam fit un aller-retour.

— C'est ton père qui les a mis là. Pour le moment, personne ne le sait, tu as bien gardé ton petit secret. Mais si ça changeait, peut-être que tu te sentirais moins bien ici, non ?

— Ainsi, frappe le sol… Appelle l'esprit… La réponse est sous ta peau.

Un grand village, côté Suriname, alimenté en énergie solaire. Une cabane au fond du hameau. Quelques mètres carrés, juste une pièce. Un toit, des murs en planches ajourées. Le lieu du culte. Au milieu se dressait un poteau en béton d'un mètre de haut, un grand récipient en terre au sommet. Sur le sol, sur des petits socles, des bouteilles par dizaines, recouvertes de coulées de cire, des pots en métal remplis d'ustensiles, de feuilles séchées. Des tissus pendaient du plafond, noirs, rouges, blancs. Et au fond, sur une table, une poupée. Représentation féminine du *kunu*, la malédiction primaire.

— Ainsi, frappe le sol… Appelle l'esprit… La réponse est sous ta peau.

Pagne serré au-dessus des seins, un bonnet de tissu pour couvrir ses tresses plaquées sur le crâne, la vieille femme chantait, secouant en rythme sa calebasse remplie de graines. Sur son visage, tout tombait : les joues molles, les lèvres humides, les lobes, les paupières, le cou. Ses yeux étaient rayés de veines rouges. Elle ressassait son refrain, encore et encore, le corps agité de tremblements, dans une transe retenue. Elle faisait ça depuis tant d'années. Elle était guérisseuse, une *obiaoeman* très spéciale, la meilleure dans son domaine. Un esprit puissant vivait en elle, son rituel était connu partout sur le fleuve. Une autre femme, serviette enroulée autour de la tête, préparait les plantes en murmurant les mêmes paroles, cassait les feuilles dans une demi-calebasse, nouait tiges et brindilles. Les mains blanches d'une argile qu'elle répandait dans son mélange. Au fond un homme rythmait le rituel, des petits coups de sabre contre un bloc métallique.

— Ainsi, frappe le sol… Appelle l'esprit… La réponse est sous ta peau.

Rody Koosman s'agenouilla, attentif, le regard digne. Immobile, pour l'instant en tout cas, seuls quelques mouvements de visage pour suivre le tempo. Pas d'alcool, pas aujourd'hui, pas pour ce moment. La tête lourde, douloureuse, des coups de marteau depuis le matin. Mais presque lucide. On posa devant lui un pot au couvercle cabossé, un fil de fer en guise d'anse. Il le regarda longuement. Il connaissait le contenu. Ce rite, il l'avait déjà vécu, trente ans plus tôt. Avec tous les autres Jungle Commando, un passage obligé pour les guerriers avant d'aller au combat. Il souleva le couvercle avec solennité. Et fixa les bracelets métalliques entassés. Une dizaine environ. Des objets anciens, des antiquités magico-religieuses.

Des *buuis*.

Hérités de ce que les Noirs-Marrons appelaient les Premiers Temps. Du marronnage. De cette époque lointaine où leurs peuples avaient émergé. Quand les esclaves avaient fui les plantations, quand ils s'étaient dressés contre leurs maîtres, quand ils avaient fait la guerre aux colons, les *buuis* les avaient protégés. C'est grâce à eux, grâce aux esprits qu'ils invoquaient, que les Noirs-Marrons avaient pu conquérir leur liberté. Les bracelets tiraient leur force des bains de plantes dans lesquels ils avaient trempé, des semaines entières. Ils reliaient les hommes aux esprits, servaient de passerelle. La paix obtenue, la liberté reconnue, ils n'avaient plus été utilisés pendant plus de deux siècles, seulement transmis de génération en génération. Jusqu'à la guerre civile du Suriname. Cette guerre qui avait fait renaître la violence du passé, brisé les équilibres. Et réhabilité les *buuis*. Car ce rituel se distinguait de tous les autres. Le plus puissant. Un rite *kromanti*, dont les racines remontaient jusqu'aux terres de l'Ouest africain. Jusqu'au Ghana où on en trouvait encore des variantes. Ce rite, il avait un nom : *Man nenge obia*. Celui qui préparait les hommes à la guerre. Qui détournait les balles comme les couteaux.

Le culte d'invulnérabilité.

— Ainsi, frappe le sol… Appelle l'esprit… La réponse est sous ta peau.

Alors que la guérisseuse poursuivait son refrain, la tête en arrière, les yeux fermés, Rody prit un bracelet, y glissa la main gauche, le poignet, l'avant-bras, le coude. Et le métal vint lui étrangler le biceps, froid et dur. Une sensation particulière, un peu douloureuse, mais puissante. Il sentit la force de l'*obia* monter en lui, se répandre, l'envahir. Le posséder. Les esprits, l'énergie des ancêtres, celle qui avait mené les Noirs-Marrons jusqu'ici à travers les décennies. Les victoires du passé, les souffrances des Premiers Temps. Toute l'histoire d'un peuple dans un bracelet glacé. Une impression qui le ramenait trente ans en arrière. Quand lui et ses frères d'armes faisaient la queue pour être adoubés. Nourris par les récits des autres combattants.

Rody lui-même avait vu l'*obia* à l'œuvre, plusieurs fois. Lors de l'attaque d'Awarakonde, il était présent, témoin plus qu'acteur, il venait juste de rejoindre la rébellion. Ronnie et ses hommes devaient frapper un bivouac de l'armée régulière, par surprise, en pleine nuit. Dès le début de l'assaut, ils avaient abattu un sergent. La riposte s'était vite organisée en face, les militaires s'étaient mis à tirer depuis les baraquements du bureau de recherches minières où ils dormaient. Sauf qu'un projectile avait fait exploser une bouteille de gaz, puis des munitions stockées là. Ça avait éclaté de tous les côtés, un bruit assourdissant. Le bâtiment avait fini en cendres. Quatre morts et deux disparus du côté de l'armée. Une opération réussie, qui avait choqué le Suriname par sa violence. Et contribué à mettre le Jungle Commando sur le devant de la scène. Mais ce qu'avait retenu Rody, ce n'était pas l'attaque en elle-même, il allait en voir d'autres. Non. C'était une image. Forte, inoubliable, gravée dans sa mémoire jusqu'à aujourd'hui. Lors de la riposte de l'armée, un des lieutenants de Ronnie s'était retrouvé pris dans la fusillade. Il aurait dû y rester, les tirs fusaient de partout. Mais au lieu de s'effondrer, il s'était mis debout. AK-47 en main, hurlant, les yeux exorbités, comme enragé. Et repoussant les balles. Oui, Rody l'avait vu : les balles ne parvenaient pas à le toucher, elles tombaient devant lui, jonchaient le sol à ses pieds. Stoppées par un mur invisible. *Man nenge obia*, avait pensé le jeune soldat face à ce miracle. Invulnérable. La preuve que ça marchait.

Mais Rody savait aussi que si la force de cet *obia* était immense, il ne fonctionnait qu'à une condition : ne pas avoir peur. C'est ainsi qu'un de ses amis avait perdu la vie, plus tard, alors qu'ils étaient en mission pour détruire les câbles à haute tension de Moengo. Tout s'était bien passé, une détonation avait plongé la ville dans la nuit. Mais au retour, l'armée les attendait, en embuscade près de Ricanau, prévenue par un traître. Et là, l'ami de Rody avait fait une erreur : partir en courant. Le dos tourné, paniqué, effrayé. Quatre balles lui criblèrent la peau. À cause de la peur. Parce qu'il n'avait pas pu faire face au danger, l'*obia* l'avait abandonné.

— Ainsi, frappe le sol… Appelle l'esprit… La réponse est sous ta peau.

Rody se mit debout dans la maison où rentrait le jour. Et il commença à danser. Des petits pas, au rythme des graines que secouait la guérisseuse, des métaux entrechoqués. Au milieu de la pièce, devant la demi-calebasse remplie de feuilles et de tiges nouées. Il murmura à son tour les paroles chargées de sens, les fit siennes.

— Frappe le sol… Appelle l'esprit… La réponse est sous ta peau… Frappe le sol… Appelle l'esprit… La réponse est sous ta peau…

La femme à la serviette, pagne jaune autour de la taille, dansait elle aussi à présent, devant lui, baissée en avant. Elle s'empara des végétaux, les écrasa entre ses doigts, effrita les feuilles. Et, par poignées, les jeta sur Rody dans un nuage d'argile, puis dans le reste de la pièce. Répandant l'esprit dans la petite cabane, les paupières closes, passionnée. Rody ouvrit les yeux en grand, pleinement conscient de ce qu'il recevait là.

La phase finale de la cérémonie.

Le rituel achevé, il remercia solennellement la vieille guérisseuse, serra les mains des autres. Puis il s'éloigna, marcha dans l'allée principale du village, droit devant lui, le dos fier, respectueux des lieux. Il avisa un carbet au toit encombré de matériel, salua de la main une femme qui décrochait son linge d'un fil, pliait les vêtements en carrés qu'elle plaçait sur le haut de son crâne. Plus loin une gamine et un bébé dormaient dans un hamac de toile sale, un biberon posé sur le béton. Des adolescents fumaient des joints à la porte de leurs maisons. Il arriva enfin au rivage où l'attendait la pirogue. Entre les racines biscornues rouillaient une vieille bombonne de gaz et deux bidons métalliques.

Invulnérable, il pensa.

Comme autrefois. Durant cette guerre que tous semblaient avoir oubliée mais que lui revivait si souvent, la nuit, dans ses rêves. Quand Ronnie avait rendu les armes, sonné la fin des hostilités, Rody faisait partie des déçus. Qui avait gagné ? Personne. Si : ceux qui avaient réussi à se faire une place dans le pays. Ronnie le premier. Qui avait perdu ? Le peuple surinamien. À l'époque Rody avait voulu continuer à se battre, il ne savait rien faire d'autre. Il avait participé à d'autres actions armées, avec ceux qui comme lui n'avaient pas compris. Puis, plus tard, lorsque tout fut terminé, l'alcool avait servi de refuge. Parce que pour lui, cette guerre, elle ne s'était jamais arrêtée. Il posa un pied dans l'embarcation, inspira un grand coup. Il se sentait prêt. La vengeance.

Et son *buui*, il allait en avoir besoin. Car l'ennemi auquel il comptait s'attaquer promettait d'être redoutable.

Les résultats des analyses toxicologiques retardent toujours le rapport final d'autopsie, plus encore en Guyane que dans l'Hexagone. Souvent c'est une formalité : quand ils arrivent, ils ne changent pas les conclusions, le légiste boucle son texte, le remet aux enquêteurs qui ont déjà terminé leurs investigations et arrêté un suspect. C'est juste une pièce du dossier, une confirmation. Soit parce qu'aucun produit toxique n'a été trouvé dans le corps de la victime. Soit parce que d'autres éléments visibles sur la découverte de cadavre avaient permis de prédire l'intoxication : une pipe à crack, une seringue, des hématomes aux bras. Et que le syndrome asphyxique avec œdème pulmonaire constaté lors de l'autopsie avait déjà été attribué à une overdose.

Mais plus rarement, le retour du labo bouleverse le cours de l'enquête.

Ce que le légiste venait d'apprendre à Anato, personne ne l'avait vu venir. Lors de l'autopsie, le médecin avait inspecté rapidement les ovules ingérés, et aucun ne paraissait avoir éclaté. Ça arrivait tellement rarement, le conditionnement était solide, réalisé de manière quasi industrielle. Et surtout, toutes les observations semblaient confirmer une mort par asphyxie due à la strangulation. Congestion des organes, ecchymoses cervicales, infiltration hémorragique, fracture des cartilages du larynx, ça paraissait clair : l'assassin avait étranglé sa victime à mains nues. Pourtant les analyses étaient formelles. Willy Nicolas, la première mule retrouvée morte, avait de la cocaïne dans le sang. Un des paquets de poudre s'était ouvert dans son estomac. Une brèche réduite, à côté de laquelle le légiste était passé. 1 200 ng de cocaïne par litre de sang, c'est ce qu'ils avaient trouvé. Une dose critique, potentiellement mortelle, mais pas obligatoirement. À tel point que le légiste était mis en difficulté : impossible de savoir ce qui, au final, avait tué le jeune homme. Son agresseur ou la drogue.

Le capitaine avait aussitôt associé Marcy à la nouvelle. Les deux enquêteurs, dans le bureau du major, avaient longuement digéré l'information. L'un, cigarillo entre pouce et index, l'autre se massant la nuque. Willy Nicolas. Le jeune Créole, celui par qui tout avait commencé, mort dans sa chambre, chez ses parents bondieusards.

— Vous m'aviez bien parlé d'un piroguier interrogé au tout début de l'enquête ? questionna Anato, une lueur dans le regard. Celui qui avait décrit les trois jeunes débarqués d'Albina.

— Oui. Avant même qu'on sache qu'il s'agissait de mules.

— Il n'avait pas dit qu'un des trois avait glissé en descendant à Saint-Laurent ?

Marcy opina. Il avait compris.

— C'est là, continua le capitaine. En trébuchant, il a dû prendre un choc au ventre, même léger. Ça a compressé un des ovules qui s'est ouvert. Pas en grand, sinon il y serait passé en quelques minutes. Non, la drogue a commencé à se répandre, lentement, progressivement.

Ils se regardèrent, sans voix, le sang glacé. Tous deux imaginant la scène, ce matin-là à Saint-Laurent-du-Maroni. Le jeune trafiquant, assis sur le rebord d'une des pirogues à l'arrêt, sur un bidon métallique, sur un parpaing, avec ses deux collègues. Attendant le véhicule qui doit les conduire jusqu'à l'aéroport. Pensant au vol, à Paris, aux Pays-Bas, à ses cinq mille euros. Rêvant scooter, voiture, flambe, frime, fric, femmes. Et minute après minute, ressentant les premiers effets de la cocaïne. D'abord discrets, juste des douleurs abdominales. On ne saurait sans doute jamais ce qui s'était réellement passé dans la chambre de la victime. Les deux mules y étaient seules. Aucun témoin, sauf la grand-mère, inapte au moindre récit. Pourtant, enrichi des conclusions du légiste, Anato se risqua à inventer une trame, même incomplète. Celle qui paraissait la plus crédible, la plus conforme à tout ce qu'ils savaient. Et elle était terrifiante.

Marcy tirait sur son cigarillo quand le capitaine reprit la parole.

— Au début, il doit se dire que ce n'est rien, qu'il se fait des idées, que la peur lui fait tourner la tête. Les deux autres sont avec lui, il veut sans doute faire le fier, garder la tête haute. Mais le minibus a du retard, et les symptômes commencent à s'amplifier. Ça peut être n'importe quoi, il ne se sent pas bien, il a juste mal au ventre, c'est tout. Mais au bout de quelques minutes il transpire de partout, il n'a plus les idées claires. Il est tellement effrayé qu'il n'a plus qu'une envie : rentrer chez lui. Retrouver le confort familial, sa chambre, son lit pour s'allonger, prendre des cachets, du paracétamol dans la pharmacie de ses parents. Il y pense, se dit que ce n'est pas loin, qu'il perdra juste une heure dans le planning.

— Et Vakansie décide de l'accompagner.

— C'est ça. Quand Nicolas finit par s'expliquer. Vakansie essaye de le raisonner, il lui rappelle que le bus va bientôt arriver, mais quand il le voit finalement s'éloigner, il hésite, et le suit pour ne pas le laisser seul. Le dernier, le Saramaka, les laisse partir et continue d'attendre. Ils partent à pied, ils marchent jusqu'aux Cultures, jusqu'à la maison de la famille Nicolas. C'est de pire en pire, la drogue agit sur son mental, Nicolas commence à être certain que les ovules ont craqué, il panique. Dans la maison, les parents ne sont pas là, la vieille ne peut rien pour lui. Quand il s'allonge sur le lit, rien ne s'arrange. Au contraire, il approche de l'overdose.

— Mon Dieu, lâcha Marcy. Et c'est ça qui le fait crier.

Anato et Marcy se fixèrent, un instant muets. Des récits d'overdose de cocaïne, ils en avaient entendu plusieurs. Terrifiants. Ceux qui avaient connu ça ne le souhaitaient à personne. Ils parlaient d'hallucinations effrayantes, de visions de passage vers la mort, de cœur qui s'emballe comme jamais, de paralysie des membres, de suffocation.

— Oui, reprit le capitaine. Au moins au début. Ils paniquent, tous les deux. Nicolas hurle, terrorisé sur son lit, il ne se contrôle plus. Il supplie l'autre de l'aider, de le sortir de là. Mais Vakansie réalise que ce qui arrive à Nicolas peut lui arriver d'une minute à l'autre, parce qu'il a la même substance dans l'estomac. Et c'est là qu'il perd les pédales. Qu'il se jette sur Nicolas, l'étrangle, le frappe. Un peu par pitié, pour mettre fin à son agonie. Mais surtout par peur, pour le faire taire. Et ça le tue.

— Alors qu'il aurait peut-être survécu à l'overdose…

Silence dans le bureau. Dehors, les chants des oiseaux dans les arbres, les moteurs des voitures dans la rue. Des mots dans la pièce d'à côté, où un collègue recueillait le témoignage d'une mère de famille. Anato fut parcouru par un frisson, effaré par son propre récit. Oui, il pensa, c'est sûrement comme ça que ça s'est passé. Ça expliquait beaucoup de choses. Le départ des deux mules alors qu'ils attendaient le minibus. Les cris de Nicolas entendus par les voisins. Les paroles de Vakansie, moins de deux heures après, lorsqu'il avait téléphoné à Steven Adogoe, annonçant la mort du Créole, mais refusant de l'expliquer.

Et surtout ce qui perturbait le capitaine depuis le début de l'enquête, après les portraits du jeune Ndjuka dressés par sa copine, par sa mère, par sa sœur.

Qu'est-ce qui avait transformé un simple délinquant en assassin ?

Réponse : la peur.

Anato songea à la suite de son périple le long du littoral guyanais. À la poursuite dans les allées de la cité Carton, à sa fuite en scooter, aux kilomètres parcourus à pied, à sa traversée à la nage du fleuve Iracoubo sous le nez des gendarmes, aux instants passés dans le canoë-kayak des amis du procureur. Puis à la chute dans la rivière de Cayenne. Point final. Une cavale désespérée, durant laquelle la scène ne l'avait sûrement jamais quitté. La mort de son collègue, entre ses mains. Les cris, les appels au secours.

Et le calme enfin. Plus terrifiant encore.

Le retour à la réalité.

Clifton Vakansie. Mule et meurtrier. C'est ce qu'il avait sans doute réalisé à cet instant.

— Alors c'était peut-être bien lui… fit Anato, comme pour lui-même. Au moins pour le premier homicide.

— C'est ça. Et c'est là que tout est parti en vrille.

Le capitaine se leva. Personne ne viendrait confirmer ou infirmer ses hypothèses, ça ne resterait qu'un scénario plausible. De toute façon, décédé, Vakansie ne pouvait plus être jugé, il n'y aurait jamais de procès. Extinction de l'action publique, comme on disait, justice avait déjà été rendue en quelque sorte. Deux victimes collatérales du trafic de cocaïne. La drogue transitait en Guyane, voyageait des producteurs aux consommateurs. Mais les deux mules, elles, n'avaient pas quitté le sol amazonien, sacrifiées ici quand d'autres s'enrichissaient ailleurs. Laissant frères, sœurs, parents derrière eux.

— Je prends la route, informa Anato. Il faut que j'aille à Cayenne, j'en profiterai pour récupérer le rapport du légiste.

Marcy fit oui de la tête, perdu dans ses pensées, l'air préoccupé. Sans doute affecté lui aussi. Anato allait quitter la pièce lorsqu'on frappa.

— Entrez !

La porte s'ouvrit avant qu'il ait terminé sa phrase. Le commandant de compagnie, les yeux minuscules derrière ses lunettes. Gainé dans son uniforme de gradé.

— Devinez qui vient de m'appeler ? il dit.

— … ?

— Fortuné Jean-François, le candidat aux municipales, l'adversaire de Bertrand. Gros gibier…

— Il y a un problème ? interrogea Marcy.

— Peut-être, on va voir ça. Vous savez qu'il est médecin ? Il s'est fait cambrioler à son cabinet, il dit qu'on lui a volé son ordinateur portable.

Les élus locaux, rien de tel pour faire peur à la hiérarchie. Dès qu'un dossier touchait de près ou de loin un politique, on ouvrait les parapluies, on marchait sur des œufs. Le préfet s'y intéressait tout en insistant sur l'indépendance de la justice, les cabinets parisiens paniquaient. Ça valait pour les affaires de Léon Bertrand, encore en cours, comme pour d'autres poursuivis par le passé.

— Il y a des témoins, il sait qui a fait ça ?

— Aucun. L'homme s'est enfui avant que Jean-François n'arrive sur les lieux, il n'a rien vu.

39

Jour de parloir. La procédure prenait des allures de routine. L'attente, sur les bancs à l'extérieur. Le surveillant qui vient chercher le groupe. La vérification des papiers, des permis de visite. Les visages autour de lui, fermés, oppressés par la seule idée de pénétrer en milieu carcéral. Vacaresse en reconnaissait certains à présent, les habitués comme lui, ceux qui ne rataient pas une semaine. Parfois ils échangeaient un sourire discret, comme un soutien tacite. Une solidarité. Faire partie de ces familles de détenus lui faisait froid dans le dos. Il passa les portiques de sécurité, au ralenti : à vingt, tout prenait plus de temps. Car si les consignes étaient répétées à chaque fois, il y avait toujours des oublis, des clés au fond des poches, des portables, de la monnaie pour faire sonner l'alarme. Alors on fouillait à nouveau, on posait tout sur la table, on vérifiait encore, et on repassait entre les détecteurs. Le surveillant les guida le long des murs carrelés, des grillages, des barbelés. Jusqu'à la salle d'attente. Une porte avec un panneau : *Parloir famille*. Attendre, encore, assis sur un autre banc. Au sol, le carrelage gris était humide. En face, une femme âgée discutait avec une petite fille en espagnol. Des Dominicaines, devina Vacaresse, la mère et la fille d'un détenu. Trois générations réunies au centre pénitentiaire. Le rituel se parait d'un pessimisme contagieux, comme si chacun tentait d'apparaître plus triste que le voisin.

Cette fois pourtant, Vacaresse rendait visite à Jérémy le cœur plus léger. Poussé par l'espoir d'une discussion plus facile, plus fluide. De voir son fils sourire, reprendre vie devant lui. C'est bien ce qu'il lui avait dit au téléphone, et la semaine dernière au parloir. Ça allait mieux, il commençait à s'y faire, à apercevoir le bout du tunnel. Le détective avait imaginé les sujets qu'ils allaient pouvoir aborder. Peut-être enfin allait-il évoquer l'après, la reprise des études, la réinsertion. Il y avait pensé, il avait son idée sur la question.

— C'est bon, annonça finalement un autre surveillant.

Tout le monde se leva d'un coup. Puis s'engagea dans le couloir qui menait aux parloirs proprement dits. Vacaresse, comme à chaque fois, ressentit un pincement dans sa poitrine. Le trac.

Mais dès qu'il aperçut Jérémy, il comprit qu'ils n'allaient pas causer météo. Le jeune détenu se tenait voûté sur sa chaise, les mains serrées entre ses cuisses, le visage pâle. Dans ses yeux, une expression unique, sans équivoque. La peur. Le père leva un sourcil raide, partageant aussitôt la détresse de son fils.

— Qu'est-ce que tu as ?

— C'est à toi de me le dire, répliqua Jérémy, les dents serrées.

— Comment ça ?

Regard noir. Terreur et colère à la fois.

— Qu'est-ce que tu fous, papa ? Tu travailles sur quoi ?

— Mais je…

— Je suis foutu, putain. Foutu, tu comprends. Ils vont me massacrer les gars.

— Attends, de quoi tu parles, là ?

Vacaresse comprit que quelque chose de grave venait d'arriver. Plus grave que la seule condition carcérale. Jérémy avait basculé. Il jetait autour de lui des coups d'œil paniqués.

— On m'a menacé. À cause de toi.

Non ! pensa le détective. Pas ça. Pas lui. Il se ferma, l'air sombre, une barre noire à la place des sourcils.

— Qui ?

— Un Brésilien. Il dit qu'il va prévenir tous les types que tu as arrêtés que je suis ton fils.

Vacaresse posa la paume sur sa bouche, ferma les yeux.

Nom de Dieu !

Il avait passé six ans à la Section de recherches. Un poste d'officier plus dense qu'aucune de ses affectations précédentes. Près de cinquante enquêtes par an, certaines en tant que directeur, d'autres auxquelles il avait juste contribué. Et pourtant il se souvenait de chaque affaire, de chaque profil, victime, suspects, témoins. Pour la plupart il ne s'était pas trouvé exposé personnellement. L'interpellation, les aveux, tout s'était passé de manière simple, sans rancune particulière envers les gendarmes. Mais pour d'autres, au moins pour les quatre ou cinq qu'il avait en tête, c'était une autre histoire. Le lieutenant les avait traitées à sa manière. Il y avait mis tout son poids, tout son être, avait pesé sur l'issue plus qu'il ne le devait, avec l'obstination qui le caractérisait. Vacaresse l'obsessionnel, que rien n'arrêtait quand la machine était lancée. Et tout particulièrement lorsque le crime impliquait des mineurs. Parce que porter le deuil d'un gamin, Mathilde n'avait fait que ça, toute sa vie. Parce que l'idée même qu'on puisse toucher à un enfant le mettait hors de lui. Alors oui, là-dedans il y en avait quelques-uns qui auraient sûrement apprécié de régler quelques comptes avec le lieutenant Pierre Vacaresse. Même radié de la gendarmerie.

— Qu'est-ce qu'il t'a dit ?

— Mais putain, pourquoi…

— Dis-moi ce qu'il a dit.

Jérémy renifla, avala sa salive.

— Il a dit que tu devais arrêter…

— Arrêter de quoi ?
— De t'intéresser aux affaires de son ami.
— … ?
Jérémy fixa son père, du rouge dans les yeux.
— Il a dit son nom. Francis Adogoe.
Silence.
— Papa, c'est qui ce gars ? Hein, dis-moi, c'est qui ?
— …
— Tu lui as fait quoi, putain ?

Vacaresse regarda à son tour autour d'eux, aperçut le surveillant derrière la vitre, revint à son fils. Francis Adogoe, encore lui, comme lors de la première menace. Sauf que cette fois, il avait atteint le détective en plein cœur. Il fallait être bien renseigné, avoir un sacré réseau pour ça. Vacaresse se tut. Quelque chose montait en lui. De l'inquiétude pour Jérémy. Mais aussi de la colère. Une colère qu'il connaissait. Et qu'il savait difficile à contenir.

— Tu en as parlé aux surveillants ?
Jérémy secoua la tête.
— J'attendais de te voir.
— Écoute-moi bien, fils. Je vais régler tout ça. Pour le moment tu te tais. Et s'il revient vers toi, tu lui dis que c'est bon, que je vais laisser son ami tranquille.
— Mais tu…
— Tu fais ce que je te dis, O.K. ?

La voiture d'Anato dépassa la scierie du dégrad Saramaka, à l'entrée de Kourou. À quelques mètres du bitume s'entassaient les grumes noires et humides, posées sur un sol couvert de sciure et de copeaux qui lui donnaient un aspect de neige sombre. Derrière on devinait les installations : un toit géant, des machines à couper, des planches débitées. Les bruits du métal s'enfonçant dans le bois parvenaient jusqu'à la route. Rond-point. Anato rétrograda, prit à droite, s'engagea sur le pont au-dessus du fleuve Kourou. Un bateau militaire stationnait le long du débarcadère. C'est ici qu'arrivaient par la mer les plus grosses pièces d'Ariane, avant d'être assemblées sur le site du centre spatial, puis propulsées vers les hautes atmosphères, à grand renfort de moyens et de médias. Une technologie de pointe, parfaitement rodée, sur un des départements les plus pauvres de France. Comment pouvons-nous continuer à lancer des fusées sur fond de bidonvilles ? C'est ce qu'avait dit Mitterrand dans les années 1980. Un constat qui sonnait encore comme un aveu d'échec. Macouria. Il freina, traversa le bourg au pas, avisa l'église massive, le 8 à Huit et ses caddies encastrés. Reprit de la vitesse après le panneau. Ça construisait par ici, depuis son arrivée en Guyane les lotissements poussaient à vue d'œil. Les paysages se transformaient. Il traversa la rivière de Cayenne, repensa à la chute de Marcy et de Vakansie dans l'eau marron, observa un instant les crevettiers à quai.

Sonnerie de portable. Il décrocha en ralentissant.

— Capitaine, c'est Vacaresse.

La voix sèche, irritée.

— J'ai besoin de votre aide. Tout de suite. Il se passe quelque chose de grave.

Anato fronça les sourcils.

— Je… D'accord. Mais pourquoi ?

— Ça concerne le meurtre de Bradley Koosman. Et mon fils aussi.

— Quoi ?! Mais qu'est-ce que vous avez à voir avec…

— Je peux venir vous voir ?

— Eh bien… oui. J'arrive à Cayenne. Venez dans les bureaux de la Section de recherches.

— Non. Chez vous.

— Chez moi… Entendu. Laissez-moi trente minutes et j'y serai.

Il allait couper la communication quand le détective ajouta :

— Capitaine ? Nous aurons besoin d'une autre personne.

— Qui ça ? Girbal ?

— Non. Monique Hanke. Votre nièce.

— Mais ?!

— Je vous expliquerai. À tout de suite.

Sur quoi il raccrocha.

Anato resta interdit, portable en main, l'autre main sur le volant. Le meurtre de Bradley Koosman ? Il ne comprenait pas. Vacaresse trempait là-dedans, lui aussi ? Depuis quand, pourquoi ? Ça ne le concernait pas du tout. Ils en avaient juste parlé ensemble, quelques jours plus tôt, lors de leur rencontre à Cayenne au sujet de Luc Fanchard. Se pouvait-il que le détective ait mené son enquête, de son côté, hors de tout cadre ? Et Monique ? Pourquoi elle ? Lorsqu'il lui avait parlé pour la dernière fois, elle n'avait rien évoqué de particulier. Quelque chose échappait au capitaine, visiblement. Sa nièce, la personne à laquelle il tenait le plus en Guyane, impliquée dans tout ça. Il ne pouvait pas y croire. Ou ne voulait pas, trop inquiet qu'il lui arrive quelque chose. Elle avait déjà traversé tant d'épreuves ces dernières années. Il accéléra en bifurquant vers Cayenne, s'engagea sur la 2 × 2 voies, la seule du département, longea la zone commerciale de Collery.

Et c'est là, en ligne droite, à pleine vitesse, que ça recommença.

Flash noir.

Un voile opaque devant les yeux. La vue brouillée. Vertige. La chaleur se remit à monter, une vague brûlante partout dans les membres. Anato sentit la transpiration lui mouiller le visage, la nuque, le cou. La fièvre, soudaine, comme les fois précédentes. Il secoua la tête, ouvrit les paupières en grand. *Wisi*, il pensa, le piaye, le sortilège, quel que soit le nom de ce truc. Ce n'était pas passé en fait. C'était en lui, ça s'emparait de sa conscience, la retournait, la secouait. Tout autour les voitures lancées semblèrent se mélanger en un trafic confus, plus loin les enseignes des magasins s'aggloméraient. Les Canal +, les Digicel, les Peugeot, les Propadis, les Orange, les Hertz, les Bureau Vallée. Un magma commercial, un tout indistinct. Plus aucun repère. Perdu, il se crut tout à coup complètement perdu aux commandes de son véhicule. Un instant il lâcha le volant, les roues l'emmenèrent à droite, il redressa la direction en clignant des yeux. Entendit des coups de klaxon, violents comme des marteaux dans son crâne. Il relâcha l'accélérateur, juste un peu. Ça va passer. Un point fixe, s'accrocher à un point fixe, garder le cap. Tout droit, tout droit. Il lui sembla apercevoir les visages des automobilistes tournés vers lui, des yeux inquiets, d'autres accusateurs. Dans les siens, ils lisaient sans doute de l'impuissance. Parce que le vertige ne passait pas. Le dos ruisselant, le front trempé, les paupières douloureuses. Le monde à l'envers, chamboulé. Il chercha un endroit où se ranger. Rien. Une bande d'arrêt d'urgence inaccessible, des garde-corps métalliques en continu.

Et droit devant, à moins de vingt mètres, le rond-point.

Tourner, il faut tourner. Mais il ne fit qu'y penser.

La voiture fila tout droit. Grilla la priorité. Lorsqu'un pick-up percuta l'aile arrière, fit exploser les feux, elle pivota sur elle-même. La gomme râpa l'asphalte en cercles croisés. Bruit de tôle froissée, de verre brisé, coups de frein, de klaxon. Anato buta contre le trottoir, la roue éclata alors que le châssis frappait le sol sur le rond-point. Sensation de brûlure au niveau du cou, la ceinture contre la peau. La portière gauche vint s'écraser contre un poteau de béton, le rétroviseur vola en éclats.

Dernière sensation : le choc de l'airbag contre l'arcade sourcilière.

Puis plus rien.

40

La douleur était montée progressivement, alors que l'ambulance fonçait vers les urgences de l'hôpital de la Madeleine. Le cou gainé par la minerve, sonné, Anato avait réalisé doucement ce qui venait d'arriver. Les souvenirs en rafale. Des images désordonnées. Le blanc de l'airbag, le noir dans le champ de vision. Les voitures dans tous les sens autour du rond-point, dispersées sur l'asphalte comme des pions sur un plateau de jeu. Les cris, les klaxons en continu. L'attente, à demi-consciente derrière le volant, le souffle coupé. Les hommes massés devant le véhicule, les discussions enflammées. Les phrases paniquées. Merde, il ne bouge plus. Il ne faut pas le déplacer. J'appelle les pompiers. L'attente, encore, interminable. Les sirènes, enfin, au loin.

Et à présent, il fixait le plafond de la chambre trop climatisée. Il reposait sur un matelas mou sous des draps froids. Le plafonnier jetait une lumière trop blanche dans la pièce, sur les murs jaunes, sur le lino gris. Et cette fois, la douleur, il la sentait pour de bon. Mal au niveau des côtes, une était fêlée, mal au sternum, contusion pulmonaire, mal aux cuisses, au dos. Et l'arcade sourcilière recousue. Rien d'insupportable, la morphine agissait, mais l'impression d'être passé tout près du drame. Le médecin disait qu'il avait eu de la chance, il s'était montré rassurant. Vingt-quatre heures en observation et il pourrait sortir. De temps en temps, une infirmière entrait dans la pièce, vérifiait qu'il était encore conscient, changeait sa perfusion.

On frappa à la porte, il tourna la tête.

Un instant il souhaita voir arriver Melissa, imagina sa silhouette gracile. Il se rendit compte qu'il avait envie d'elle, de sa présence rassurante à ses côtés. Comme l'autre jour dans la chambre d'hôtel quand elle avait veillé sur lui. Mais c'est Monique qui apparut dans l'entrebâillement. Des extensions violettes tressées dans les cheveux, Smartphone en main. Évidemment, toujours là quand il le fallait. Elle vint s'asseoir à côté de lui, lui offrit un petit sourire de soutien.

— Tu es une mère pour moi, il dit.

— Qu'est-ce qui s'est passé ? Ils disent que tu as foncé droit sur le rond-point, sans freiner, sans tourner le volant.

Il fronça les sourcils.

— Oui, je… je ne sais pas vraiment. J'ai perdu le contrôle.

— André, je ne suis pas idiote. C'est encore un de ces vertiges dont tu m'as parlé.

Il observa ses grands yeux noirs surlignés de bleu. Monique connaissait son oncle, il ne pouvait rien lui cacher. Elle prit un air angoissé.

— Je n'aime pas ça. Ça commence à faire beaucoup, tu ne trouves pas ?

— …

— Tu sais, mon père, il connaît un *obiaman*. Quelqu'un de bien. Tu veux que je lui en parle ?

Le capitaine secoua la tête.

— Surtout pas. Et tu gardes tout ça pour toi, d'accord.

— Mais…

— S'il te plaît.

Silence.

Monique se ferma, surprise par le ton d'Anato. Et contrariée. Des histoires d'envoûtement, elle en avait entendu. Souvent les gens se montaient la tête, imaginaient des choses au moindre pépin, se mettaient à soupçonner tout le monde sous prétexte qu'un moustique leur avait inoculé la dengue. Mais là, ça devenait vraiment inquiétant. Et dangereux : il aurait pu y rester. Bien sûr, ça pouvait être n'importe quoi, il était peut-être juste un peu malade. Mais Monique avait un mauvais pressentiment, comme si quelque chose de grave allait lui arriver. Que cet accident n'était qu'un début.

— Excuse-moi, il dit enfin.

Anato observa les traits crispés de sa nièce. Il n'avait pas l'intention de la blesser. Elle se faisait du souci pour lui, c'est tout. Il s'était irrité trop facilement. L'effet de la fatigue, des contusions. Mais il y avait plus grave que ses blessures bénignes. Il réalisa qu'au fond de lui, un nœud se serrait. Ce qui s'était passé dans la voiture, c'était... angoissant. La peur. Voilà ce qu'il ressentait sans oser se l'avouer. Pour la première fois. Car il n'avait jamais rencontré une telle menace. On ne parlait pas d'un ennemi, d'un criminel qui lui courait après, d'un danger identifié, d'un risque mesuré. Non, cette fois le péril était diffus, invisible, aveugle. Il n'avait aucune prise sur lui, peut-être même n'existait-il que dans son esprit trop crédule.

Jamais il ne s'était senti aussi exposé.

Vulnérable.

Aller voir un *obiaman* ? Il ne pouvait s'y résoudre. Et il n'avait pas le temps pour ça. Non, il n'y avait qu'une seule chose à faire à ce stade : terminer l'enquête. Et identifier l'auteur du sortilège. Car maintenant il était certain que tout cela était lié d'une manière ou d'une autre. Celui ou celle qui essayait de l'atteindre avait quelque chose à voir avec la mort de Bradley Koosman.

On frappa à nouveau à la porte, il regarda Monique.

— Entrez !

Dans le chambranle apparut la carrure maladroite de Vacaresse qui s'imposa dans la chambre, ventre en avant.

— Capitaine. Je vous ai attendu longtemps devant chez vous. Je viens d'apprendre que vous… enfin pour l'accident.

Le détective avait les traits tirés, les yeux minuscules, de la sueur dans les cheveux, le visage figé par une expression indéchiffrable. Anato se souvint de son appel, quelques minutes avant le vertige, de sa voix paniquée. Vacaresse balaya la pièce du regard, salua Monique d'un hochement de tête. L'air un peu mal à l'aise, mais aussi déterminé. Il resta debout, se planta à côté du lit. Hésita un court instant.

— Capitaine, le moment est mal choisi, mais il faut qu'on parle.

Anato le scruta. Ça avait l'air très sérieux, peut-être plus que son accident. Il mit l'oreiller à la verticale, s'assit complètement, sentit une douleur dans le bas du dos, grimaça. Monique l'observa, compatissante.

— Tu veux que je vous laisse ? demanda Monique.

Vacaresse répondit à la place d'Anato :

— Non. Vous restez là.

C'était presque un ordre. La jeune femme fronça les sourcils, interrogea son oncle du regard. Puis elle se tut. Le détective serra les dents.

— Fortuné Jean-François, il attaqua sans détour. C'est lui qui est derrière le meurtre de Bradley Koosman.

— Quoi ?! Le candidat ?

— Lui-même.

— Attendez, le cambriolage à son cabinet… C'était vous ?

Le détective opina.

— Et il le sait d'ailleurs : il m'a vu. Alors il ferait n'importe quoi pour m'arrêter. Y compris en menaçant mon fils. Mon fils, vous comprenez ? Dans sa cellule !

Silence. Anato observa son ancien collaborateur qui bouillait de colère.

— Désolé, mais là vous allez trop vite pour moi. Vous avez enquêté sur la mort de Koosman ?

— Oui. Ça a commencé quand on s'est rencontrés, quand vous m'avez raconté où vous en étiez dans le dossier.

Il n'a pas pu s'en empêcher, devina le capitaine. Et au fond, ça ne l'étonnait pas. Il observa un silence, puis :

— Je crois que vous avez beaucoup de choses à me raconter.

— Oui… (Il tenta de se calmer.) Je vais faire court.

Il refusa de s'asseoir, se racla la gorge.

— C'est une histoire ancienne. Ça commence à la fin des années 1980, à l'époque de la guerre civile au Suriname. (Anato redoubla d'attention.) Et des réfugiés en Guyane. Les PPDS comme on les appelle à ce moment-là. Ils sont nombreux, très nombreux, presque dix mille. L'insécurité à Saint-Laurent augmente, si bien que les habitants, les commerçants, excédés, commencent à manifester. Il y a des pétitions, des défilés dans les rues, avec le soutien du maire d'ailleurs. À ce moment, Fortuné Jean-François n'est pas encore entré en politique, mais il est plutôt proche des idées de Léon Bertrand. J'imagine qu'il fait partie de ces militants qui veulent voir les réfugiés retourner dans leur pays. Il n'est pas le seul, les élus de Guyane sont partagés sur la question, entre les partisans de l'intégration, de plus en plus nombreux, et ceux de l'expulsion. Sauf que lui, il n'en reste pas là. En 1992, lorsque l'État organise enfin le retour des PPDS, il comprend que beaucoup vont s'installer. Ou qu'ils vont empocher la prime, partir et revenir. Il ne le supporte pas. Et dans le lot, il y a un certain Johny Koosman, le mari de Melita Koosman, le père de Bradley. Et ce Johny a causé du tort à Fortuné Jean-François, à lui ou un de ses proches, je ne sais pas. Alors avec deux de ses amis, il va beaucoup plus loin que signer une simple pétition. Un soir, ils réussissent à le retrouver. Et ils le passent à tabac. Pour lui faire peur, le forcer à rentrer chez lui. Mais les Koosman ne partent pas. Et quelques mois après, Johny meurt de septicémie.

Monique et Anato écoutaient, silencieux. Le capitaine se demandait où Vacaresse avait déniché toute cette histoire. Il ne pouvait pas avoir inventé. La guerre du Suriname, il pensa, mais côté Guyane cette fois, un pan entier qui lui avait échappé. Le détective remonta son pantalon avant de poursuivre de sa bouche tordue.

— Pourtant, personne ne sait rien de cette histoire, on n'en parle nulle part, pas un mot dans la presse. Les années passent, et quand Fortuné Jean-François se lance en politique, bien plus tard, il pense que tout est oublié. Sauf que récemment, en pleine campagne des municipales, ça refait surface. Grâce au fils de Johny Koosman, Bradley, qui a grandi. Et qui d'une manière ou d'une autre menace de révéler l'affaire. Pour n'importe qui, voir cette histoire étalée sur la place publique serait désagréable, mais sans conséquence. Des dérapages à l'époque, il y en a eu d'autres, c'était une période difficile pour tout le monde. Et au plan pénal, il y a prescription. Mais pour le candidat aux municipales, c'est différent. Si j'ai bien compris, les réfugiés étaient essentiellement des Noirs-Marrons. C'étaient des immigrés, souvent clandestins. Et en vingt ans, tout a changé. À présent, beaucoup de Noirs-Marrons sont français, ils sont plus nombreux encore à Saint-Laurent. Et politiquement, ils sont surtout abstentionnistes. Alors ils représentent un potentiel électoral important.

Il s'arrêta quelques secondes.

— Hier indésirables, aujourd'hui courtisés… murmura le capitaine.

— Exactement.

Anato digéra la masse d'informations que contenaient ces paroles. À peine croyable. L'histoire se tenait, elle était convaincante.

— Il aurait tué Bradley Koosman pour le faire taire ? C'est impossible, pendant sa campagne électorale, il est suivi de près.

— C'est bien ce que je me suis dit. Et j'ai vérifié dans son agenda : le soir du meurtre, il avait un meeting en centre-ville.

— Vous pensez à quoi ? Un des deux autres hommes ?

— Peut-être. Tout ce que je sais c'est qu'il y avait un métropolitain parmi eux. Mais à mon avis, Fortuné Jean-François a fait appel à quelqu'un de plus jeune et sans doute expérimenté. Francis Adogoe.

Anato ne remarqua pas la réaction de surprise de Monique.

— Adogoe ? il répéta. Comme le trafiquant qu'on vient d'arrêter ?

— Son frère, confirma Vacaresse. Qui a rencontré plusieurs fois Bradley Koosman avant le meurtre, sûrement pour le convaincre de se taire. Qui a filé au Suriname le lendemain, comme s'il voulait se cacher. Et qui me menace directement. Moi et mon fils.

Des menaces, le mot résonna dans l'esprit d'Anato. Vacaresse aussi était donc visé. Lui à travers Jérémy, moi en tentant de m'ensorceler. Peut-être pour les mêmes raisons. La coïncidence semblait trop grosse.

— Que savez-vous sur lui ?

— Moi pas grand-chose, ça tient en quelques mots. Mais votre nièce, elle, elle en sait beaucoup plus. Et j'aimerais qu'elle dise la vérité cette fois.

Les regards des deux hommes pivotèrent vers Monique, pétrifiée sur son fauteuil depuis que le nom de Francis avait surgi dans la conversation. Les lèvres tremblantes, de l'incompréhension dans les yeux. Et au coin des paupières, des larmes naissantes.

— Parce que si vous m'aviez demandé de le suivre, ce n'est pas seulement pour vous assurer qu'il était fidèle, n'est-ce pas ?

Anato se figea à son tour.

Monique raconta, tête baissée, d'une voix hésitante, le dos droit collé au fauteuil, les tresses dispersées sur son front. Elle pesait ses mots, mesurait la portée de chaque parole en jetant des coups d'œil à son oncle alité. Elle lui avait tout caché, le nom de son compagnon, le recrutement du détective. Et le plus grave.

— Avant de rencontrer Francis, j'ai traversé une période difficile. Je venais de me séparer de mon copain.

— L'ingénieur ? demanda Anato.

— C'est ça. (Elle tchipa.) Il disait qu'il était amoureux, il m'avait tout promis, on avait même parlé d'aller s'installer ensemble en métropole. Mais en fait ça a duré juste quelques mois, il m'a baladée. Il est bien reparti, mais sans moi, du jour au lendemain. Soi-disant que sa fille lui manquait trop, il est retourné avec son ex-femme. Alors j'ai pris un appartement toute seule avec Thélia. J'étais dégoûtée, franchement il m'avait dégoûtée.

Dégoûtée des hommes, elle pensa sans le dire. Et surtout de ces métros qui arrivaient avec leurs gros salaires, qui promettaient la lune à la première venue, avant de réaliser qu'ils voulaient autre chose. De parler de différence culturelle trop importante, de crise de la quarantaine, de tous ces trucs de Blancs qu'ils étaient les seuls à comprendre. Elle connaissait tout ça trop bien, depuis le lycée elle n'était plus sortie avec un seul Guyanais. Et elle en avait assez.

— Je n'allais vraiment pas bien, j'étais déprimée. Tu te souviens ?

Anato opina. Bien sûr qu'il se souvenait. Elle ne parlait presque plus, ils se voyaient moins. Il avait l'impression qu'elle l'évitait.

— J'avais l'air d'une sorcière, j'ai commencé à perdre mes cheveux. Un moment, j'ai même cru qu'on m'avait jeté un sort.

— C'était juste à cause de la séparation ?

Elle regarda le sol, gênée.

— Non, pas seulement. (Hésitation.) J'ai eu des problèmes d'argent. Avec le loyer, les trucs pour Thélia, ça devenait difficile.

— Pourquoi tu ne m'as rien dit ? l'interrompit Anato.

Elle hocha les épaules. Elle n'avait pas osé, il devina. Pour elle, l'argent se gérait en couple, entre une femme et un homme, pas avec son oncle. Elle s'était persuadée qu'elle finirait par s'en sortir seule.

— Francis, je l'ai rencontré par Internet, sur Facebook. Il terminait ses études à Lille. Ça m'allait bien, je ne voulais pas repartir tout de suite dans une histoire sérieuse, alors on a juste parlé. On tchatait sur MSN, en français ou en ndjuka, on se racontait nos vies, c'était sympa, ça me faisait du bien. Il avait l'air différent des autres, il savait beaucoup de choses. Il disait qu'il allait revenir vivre en Guyane bientôt alors j'ai commencé à y croire. Je me suis dit que c'était peut-être le bon, que lui au moins il n'allait pas repartir. J'ai pensé que vivre avec un Ndjuka, ça pouvait être bien finalement, que ça ferait plaisir à mon père. Même toi tu te demandais pourquoi je ne sortais qu'avec des Blancs.

Elle jeta un regard furtif à Vacaresse qui s'impatientait.

— Sur Internet, j'ai fini par lui parler de mes histoires d'argent, je lui ai dit que c'était difficile. Seulement pour partager ça avec lui, quoi. Comme je ne le voyais pas, c'était plus facile, je pense. Et là, tout de suite, il m'a proposé de m'aider, de me faire un virement.

— Et tu as accepté ? Alors que tu ne le connaissais pas ?

— Oui. Il m'a viré deux mille euros, comme ça, d'un coup. Sans rien demander en retour.

Elle ne chercha pas à se justifier. Jamais elle n'avait parlé argent avec Anato.

— Ça m'a mis en confiance, j'ai compris qu'il était sérieux. Qu'il s'intéressait vraiment à moi, même si on ne s'était jamais rencontrés. Alors quand il est rentré en Guyane, on s'est vus et il est venu habiter avec moi, c'est allé très vite. Il participait au loyer, d'un seul coup c'était plus facile pour moi, on se disait qu'on déménagerait plus tard. Ça se passait super bien, je l'aimais. Oui, vraiment je l'ai aimé tout de suite. C'est d'ailleurs pour ça que je ne te l'ai pas présenté. Parce que c'était sérieux, j'attendais le bon moment. Il s'occupait un peu de Thélia. Il travaillait à la maison, parfois il allait à Saint-Laurent ou au Suriname. J'étais heureuse.

— Mais ?

Elle se retourna sur Vacaresse. Il serrait les dents, voulait la suite. Et ne pensait qu'à une chose : Jérémy.

— Après, qu'est-ce qui s'est passé ?

Elle avala sa salive, consulta Anato qui l'encouragea d'un signe de tête.

— Après… j'ai commencé à me poser des questions. On était bien ensemble, ça marchait, mais je me demandais d'où venait l'argent. Francis, c'est quelqu'un d'assez secret, il ne me dit pas tout, quand il part je ne sais pas très bien ce qu'il fait. Et un jour… Un jour il m'a dit qu'une fille allait dormir à la maison pour une nuit. (Elle s'éclaircit la voix.) J'ai trouvé ça bizarre, je lui ai posé des questions, mais il m'a expliqué que c'était un service qu'il rendait à son frère. La fille est arrivée à l'appartement. C'était une Aluku, avec son bébé de trois mois. Elle n'a rien voulu manger de toute la soirée, elle est restée dans la chambre, sans parler. Elle avait l'air malade, elle faisait une drôle de tête. Et le lendemain, comme ça, elle est repartie, toujours sans rien avaler. C'est le soir que j'ai compris. J'ai surpris Francis au téléphone, il parlait avec son frère et il s'énervait. Il lui disait : ne me refais jamais un coup comme ça ! Et après, il n'a rien voulu m'expliquer. Mais je suis presque sûre que cette fille, c'était une mule. Elle avait raté son avion et devait passer la nuit à Cayenne.

Anato et Vacaresse échangèrent un regard. Adossé sur son coussin, la poitrine douloureuse, le capitaine tombait des nues. Monique, en couple avec un trafiquant, il pensa. À aucun moment il n'avait soupçonné cela.

— Pourquoi tu ne m'en as pas parlé ?

— André… Tu es gendarme ! elle soupira. Tu crois que j'allais livrer mon mec aux gendarmes ? J'étais amoureuse de lui, j'avais envie que ça marche. Et je n'étais pas sûre de moi, peut-être que je me faisais des idées. S'il avait été innocent, hein ? Il ne me l'aurait jamais pardonné. Non, à ce moment-là je n'avais qu'une chose en tête : savoir la vérité. Si effectivement il trempait dans la drogue, alors je l'aurais quitté. Mais sinon… Sinon j'aurais oublié tout ça… (Elle inspira.) Et je lui aurais demandé de me faire un enfant.

Silence. Dans ces derniers mots, on devinait les traces d'un espoir déçu. Oui, comprit Anato, elle était vraiment amoureuse. Et ce qu'elle était en train de découvrir lui fendait le cœur.

— Alors vous avez décidé de le faire suivre, conclut Vacaresse. En prétextant une infidélité. Vous espériez qu'en lui cherchant une maîtresse, j'aurais aussi pu confirmer vos doutes.

Elle fit oui de la tête, essuya ses yeux.

— Sauf qu'apparemment, vous étiez loin du compte, ajouta le détective. Parce que là on ne parle plus seulement de trafic de cocaïne. On parle d'homicide. Vous réalisez ce que ça signifie ?

Monique dévisagea son oncle, l'air désolé. Désolée pour elle, pour son couple. Désolée pour lui, pour l'accident, pour le piaye. Et tout autant pour Vacaresse et son fils incarcéré. Elle réalisait l'ampleur du désastre. Elle revoyait Francis, avec elle dans l'appartement. Jouant par terre avec Thélia. Travaillant dans la chambre, concentré sur son bureau. Lui faisant l'amour sur le canapé du salon. Tout ça n'était qu'une façade, elle songea. Les secrets de son compagnon lui explosaient au visage. Francis, un meurtrier ? Elle n'arrivait pas à se faire à l'idée. Pourtant les faits étaient là. Cette fois les larmes se mirent à couler sur ses joues noires. Des larmes de chagrin, de dégoût, de colère, de rancœur. Envers un homme que pourtant, au fond d'elle-même, elle continuait d'aimer.

Vacaresse ne parvenait pas à s'apitoyer sur le sort de la jeune Ndjuka. Son empathie avait atteint une limite. Monique avait fait une erreur : tout ça ne serait pas arrivé si elle s'était adressée aux gendarmes dès qu'elle avait compris. Les deux frères Adogoe seraient peut-être déjà sous les verrous, depuis longtemps. Il détourna le regard.

— Capitaine. Je ne peux plus continuer tout seul… J'ai besoin de votre aide.

Anato opina. Il remonta les genoux sous le drap, serra les paupières. Ça faisait mal, les articulations étaient raides. Il réfléchit un instant. Vacaresse avait éclairé l'affaire des mules assassinées d'un jour nouveau, ils venaient de faire un bond en avant gigantesque. Pourtant :

— Il y a quelque chose qui ne colle pas, il dit.

— Quoi ?

— Je ne sais pas vraiment. Francis est jeune, il a fait des études, il vit avec Monique. Qu'il trafique avec son frère, je veux bien le croire. Qu'il ait tué Bradley Koosman, c'est possible (Monique tressaillit.), même si j'ai du mal à imaginer qu'il ait fait ça seulement pour contenter un politicien. Mais qu'il ait un réseau assez développé pour organiser des menaces derrière les murs du centre pénitentiaire… ça, je n'arrive pas à le croire.

Vacaresse considéra les arguments. Il n'avait pas tort. Surtout vu le profil du détenu qui avait agressé Jérémy. Un Brésilien, du monde de l'orpaillage, c'était un tout autre univers. Mais à ce stade, le scénario du détective était le plus crédible. Et surtout le seul disponible.

— Vous parliez d'un métropolitain, dans les trois agresseurs. Vous avez cherché de ce côté ?

— Non. Et je ne vois pas comment le retrouver.

— Vous êtes toujours en possession de l'ordinateur de Fortuné Jean-François ?

— Oui. Et avec de l'aide, j'ai fini par pénétrer à l'intérieur. Où j'ai bien retrouvé les photos que j'avais prises de lui.

— Il faudrait le faire parler. Mais ça, pour le moment…

Interroger un candidat pendant sa campagne, sur une affaire de meurtre. Ce ne serait pas simple, prédit le capitaine. Il ne pourrait rien faire sans l'accord du général qui allait freiner des quatre fers. Sans compter que le dossier restait mince, il ne reposait que sur des spéculations. Pour les photos dans son PC, Jean-François aurait à coup sûr une explication toute prête, liée à son image, à son statut d'homme public. À des kilomètres de l'affaire qui les intéressait. Avant de s'attaquer à lui, il fallait trouver quelque chose de plus solide.

— Monique. Francis est encore au Suriname en ce moment ?

— Oui. Enfin, je crois.

— C'est quand la dernière fois que tu as eu de ses nouvelles ?

— Avant-hier. Il m'a envoyé un SMS. Je lui demandais quand il rentrait. Il m'a juste dit bientôt.

— C'est tout, tu n'en sais pas plus ?

— Non. Depuis quelques jours il est bizarre.

Elle avait répondu un peu sèchement. Outrée que son oncle puisse mettre en doute sa parole. Et pourtant partagée. D'un côté le souhait que justice soit faite, de l'autre ce qui lui restait d'affection pour Francis. L'envie, même enfouie, même incertaine, de le protéger.

— Tu vas me donner son numéro. On va essayer de le repérer. S'il n'est pas au Suriname, c'est faisable.

— Vous pensez à quoi, capitaine ?

— Je pense que s'il continue d'agir, de vous menacer, c'est peut-être qu'il est revenu. Qu'il est en Guyane, plus près de nous qu'on le croit.

Ils se turent. Essayant tous d'imaginer où pouvait se trouver le jeune Ndjuka. À Saint-Laurent dans l'ombre du politicien, il y avait tant de quartiers où se cacher. À Cayenne, en contact avec l'intérieur de la prison. Ou ailleurs, n'importe où. Invisible. Tirant des ficelles improbables pour les empêcher de le dénicher.

Anato dérouilla ses jambes, s'assit au bord du lit, posa les pieds sur les plaques de lino.

— André ! protesta Monique.

— Ça va, ne t'inquiète pas.

Il se mit debout. Au milieu de la cuisse s'étalait une tache bleuâtre, un bel hématome. Mais il pouvait marcher. Il récupéra son téléphone portable, posé avec ses affaires dans un sac plastique sous le lit. Il semblait en bon état. Il l'alluma, observa l'écran s'éclairer. Puis chercha dans son répertoire.

Marcy répondit à la première sonnerie.

— Capitaine ? On m'a dit que vous aviez eu un accident !

— Je vais m'en remettre, merci. (Derrière le major on entendait les bruits du couloir.) J'ai du nouveau. Sur l'affaire Koosman.

— Je vous écoute.

— C'est un peu long à expliquer. J'espère revenir à Saint-Laurent d'ici demain, je vous raconterai. En attendant, Steven Adogoe est toujours dans vos locaux ?

— Oui, dans la cellule de la brigade territoriale. Les gars vont bientôt le conduire vers le centre pénitentiaire.

— Parfait. Vous pouvez l'interroger ?

— Je pense qu'il a tout dit. On n'en saura pas plus.

— Peut-être que si. Il faut qu'il nous parle de son frère. De Francis. Je veux tout savoir sur ce type.

41

Une série d'étagères noires entourait la petite table de réunion, des boîtes en carton et des ouvrages de droit partout sur les planches. Aux murs, deux tableaux : la photo officielle du président Hollande, et une vue aérienne des vingt-cinq hectares qu'occupaient les bâtiments de la prison. Un immense losange de béton cerné par la forêt amazonienne, à l'intérieur duquel on pouvait identifier les différentes unités : les six blocs des maisons d'arrêt, le quartier mineurs, le terrain de foot au milieu. Chemisette à carreaux, pomme d'Adam saillante, traits anguleux, le directeur du centre pénitentiaire était un homme droit et pragmatique. Un ancien militaire à la carrière exemplaire, autoritaire selon ses agents, mais animé par un sens du service public devenu trop rare. Nommé et choisi personnellement par la garde des Sceaux pour remettre de l'ordre dans l'établissement après les travaux d'extension. L'enjeu était de taille, il s'inscrivait dans le cadre plus général des conditions de détention dans les prisons des outremers français. Vétusté, surpopulation, violence, telle était la situation. Et l'image que l'administration pénitentiaire tentait de gommer à coup de projets immobiliers.

Pour le directeur, la réunion était particulière. Face à lui se tenait le capitaine de la Section de recherches, accompagné du père d'un détenu. D'ordinaire, les familles n'obtenaient que rarement un rendez-vous direct avec la direction, et uniquement après demande écrite. Sans l'implication d'Anato, Vacaresse ne serait pas assis à cette table, il le savait. Il tâcha de dissimuler son angoisse, laissa le capitaine exposer les faits. Clair, concis, comme à son habitude. Dans son discours, on devinait que le sort de Jérémy le préoccupait sincèrement. Les points de suture sur le front fendaient l'armure, le rendaient plus humain. Par moments, quand il bougeait sur sa chaise, une mimique crispée se dessinait sur son visage. Le médecin l'avait laissé sortir moyennant antalgiques et anti-inflammatoires, mais il faudrait quelque temps avant un rétablissement complet.

Le juge d'instruction avait été mis dans la boucle par Anato. Il savait tout ce qu'il y avait à savoir sur l'affaire Koosman, à un détail près, de taille : Fortuné Jean-François. Le capitaine s'était abstenu d'évoquer le sujet. Trop sensible, trop politique, trop prématuré. Il fallait plus d'éléments, du concret. Officiellement les enquêteurs suivaient deux pistes : celle de Francis Adogoe, et celle des menaces sur le fils Vacaresse. Le magistrat avait donné son feu vert au capitaine pour poursuivre, et appelé lui-même le directeur de la prison. Une intervention qui avait grandement facilité le contact.

Les informations assimilées, ponctuées de signes d'approbation, le directeur prit son temps avant d'ouvrir la bouche. Il se frotta l'arête du nez entre pouce et index.

— Pourquoi votre fils n'a-t-il rien dit aux surveillants ?

— Je lui ai conseillé d'attendre. Je voulais en parler au capitaine avant tout.

L'ancien militaire pinça les lèvres.

— Je vois. Sachez que pour le moment il va bien : tout est calme dans la maison d'arrêt trois. Si votre fils a effectivement été menacé, c'est resté à l'état de paroles. Par conséquent, à ce stade, nous avons quatre solutions. (Il montra le poing et sortit le pouce.) Un : ne rien faire, renforcer la surveillance autour de lui. (Il libéra l'index.) Deux : le transférer dans un autre bâtiment. Mais attention, ça va éveiller les soupçons sur lui, il risque de passer pour une balance. Ou alors il faut le faire en décalant dans le temps, en trouvant un prétexte. (Majeur.) Trois : le mettre en isolement, à sa demande. Là, ça devient beaucoup plus dur.

Vacaresse ferma les yeux. Son fils, en isolement. Bien sûr, il ne risquerait plus rien. Mais est-ce qu'il tiendrait le coup ? Complètement seul, nuit et jour. Des cellules réduites au strict minimum. Une cour de promenade minuscule. De quoi plonger en dépression.

Le directeur décolla son annulaire.

— Quatre : le transférer dans un autre établissement. Ce qui veut dire hors de Guyane. Et ça, pour une peine aussi courte que la sienne, c'est exclu.

Anato jeta un regard à Vacaresse dont le visage se fermait.

— Dans tous les cas, la décision me revient, prévint le directeur. Et en première analyse, je choisis l'option un : surveillance renforcée. C'est le plus simple, le moins suspect. Je dirai personnellement au chef de ne pas le lâcher des yeux. C'est un agent solide, j'ai confiance en lui.

Le détective prit une grande inspiration, souffla. Pouvait-il croire Jérémy en sécurité avec tous les criminels détenus derrière ces remparts ? Dans cet établissement où on recensait une agression par jour, un mort par an. Il revoyait son fils, la dernière fois au parloir, tremblant, paniqué dans son survêtement sans forme. Merde, il pensa, c'est encore un gamin, s'ils s'y mettent ils peuvent le tuer. Et je ne peux rien faire pour lui, tout est entre les mains de cet homme et de ses équipes.

— D'accord, il glissa. Faites au mieux.

Pourtant il doutait. La proposition ne le rassurait qu'à moitié. C'était plus fort que lui : il n'avait pas confiance. Pas après ce qui venait d'arriver. Il serra les poings. Hors de lui, mais impuissant. Tendu de partout. Anato laissa passer quelques secondes, guetta les expressions sur le visage de Vacaresse. Pour s'assurer que le cas de Jérémy avait été traité comme son père l'espérait. Puis il en vint à l'enquête.

— Que pouvez-vous nous dire sur cet homme, celui qui a menacé Jérémy ?

Le directeur haussa les sourcils.

— Joao Silva. Condamné pour double homicide. Ça s'est passé sur un chantier d'orpaillage, sur le Haut-Maroni, un règlement de comptes d'après ce que j'ai compris. On n'a jamais eu d'histoire avec lui, rien qu'on ne sache en tout cas. Il fait peur, il impressionne les autres détenus, mais il se tient à carreau. C'est quelqu'un d'intelligent.

— Comment a-t-il pu être contacté, quels sont ses liens avec l'extérieur ?

— Officiellement, il n'y en a que deux. Le téléphone, tous les jours s'il le veut, mais les conversations sont enregistrées. Je peux vous transmettre les fichiers dans le cadre de l'enquête, mais le connaissant, je doute que vous trouviez quoi que ce soit de ce côté. Sinon il y a le parloir, une fois par semaine. J'ai vérifié : trois de ses proches ont un permis de visite. Et dans les quinze derniers jours, seule une femme est venue le voir. Sa compagne. Mais à mon avis, il s'est procuré un téléphone mobile, un de ceux que les détenus ont réussi à faire entrer illégalement, qu'ils se louent en cachette les uns les autres. Il a sûrement payé pour en avoir un une nuit en cellule. Pour faire ça tranquillement entre deux rondes des surveillants.

— Je vois. Vous avez les coordonnées de sa compagne ?

— Oui, une adresse un peu floue, je vais vous fournir ça. Un élément intéressant peut-être : elle habite à Saint-Laurent-du-Maroni.

Intéressant, en effet, pensa Anato.

— Savez-vous si elle a des problèmes d'argent ? De papiers ? Un point sensible que notre homme a pu exploiter.

— Aucune idée. Mais vous savez mieux que moi dans quelle situation elle vit sûrement là-bas.

Bien sûr, il pouvait imaginer en tout cas. En passant par elle, en promettant finance ou aide matérielle, il n'avait sans doute pas été difficile de la convaincre de transmettre un message à son amant incarcéré. Et de le convaincre, lui, de passer à l'action. À condition de connaître le milieu, d'avoir de bonnes relations.

Anato regarda Vacaresse, muet, puis le directeur.

— Merci. Merci pour votre aide en tout cas.

L'ancien militaire hocha la tête, la bouche rectiligne, l'air de dire je ne fais que mon boulot.

Sur le parking inondé de soleil du centre pénitentiaire, ils marchèrent jusqu'à la voiture. Face à eux s'étiraient les locaux du Service pénitentiaire d'insertion et de probation, avec tous ces gens qui se préoccupaient du bien-être des détenus, de leur avenir à la sortie, de leur environnement social. Mais qui ne pouvaient rien pour assurer la sécurité de Jérémy. Un panneau se dressait au-dessus du bitume, une silhouette de Marianne et un slogan : *Pour vous, la justice se modernise.*

— On ne peut rien faire de plus, dit Anato. Ça va bien se passer, ne vous inquiétez pas.

Vacaresse opina doucement, la bouche close, les yeux rivés sur les constructions carcérales. Une boule d'angoisse au ventre.

— Je vais prendre la suite. Vous devriez vous mettre en retrait. Vous ne croyez pas ?

— …

— Vacaresse ?

— Non, il grogna. Je veux continuer, aller jusqu'au bout.

— Mauvaise idée. Si vous avez envie d'aider votre fils, vous devriez vous faire oublier un moment. C'est la meilleure des décisions.

Se faire oublier, pour protéger Jérémy. Exécuter les volontés de Francis Adogoe, de ses commanditaires, ou de tous ceux que le détective avait dérangés en fouillant dans leurs affaires. Trop indiscret, trop opiniâtre. Trop près de la vérité. Vacaresse serra les dents.

— O.K. Vous avez raison. Vous pouvez me déposer chez moi ?

— Bien sûr. Allons-y.

Ils regagnèrent la route principale, la Matourienne comme on l'appelait, prirent à droite en direction de Cayenne. Se turent un bon moment. Anato avait mal quand il respirait, conséquence de sa côte fêlée.

— Votre femme, ça va ? il questionna enfin pour rompre le silence.

— Pas vraiment. Elle vit tout ça très mal. Je ne sais même pas si je vais lui parler de l'agression, ce serait trop pour elle.

Le capitaine jeta un œil à Vacaresse. Parfois le sort s'acharne vraiment, il pensa. Et dire qu'il y a un an il était encore lieutenant, dans son équipe, qu'il ne vivait que pour la Section de recherches.

— Je suis désolé.

— Merci, dit le détective sans quitter la route du regard.

À chaque rond-point, Anato repensait à son accident. Il manœuvrait au ralenti. Ils longèrent les villas cossues de Rémire, les enseignes commerciales sans cesse renouvelées au gré des faillites et des reprises.

— C'est là, informa bientôt Vacaresse au pied de son immeuble, face au Leader Price. (Anato rangea la voiture le long du trottoir cabossé.) Vous pouvez m'attendre un instant ? Il faut que je vous donne quelque chose.

— Quelque chose ?

— J'en ai pour une minute.

Il fila en claquant la portière, entra dans le hall de l'immeuble, composa le digicode pour déverrouiller la grille. Le capitaine attendit, suivant des yeux la partie de basket que trois jeunes improvisaient sur la place en face.

— Tenez, fit le détective une fois de retour.

Il tendait à bout de bras une liasse de papiers désordonnée. Des feuilles dépassaient de tous les côtés, en diagonale.

— C'est ce que j'ai utilisé pour l'enquête. Prenez tout, sinon je ne vais pas pouvoir m'empêcher de continuer. Il y a la revue de presse, mais je n'y ai rien trouvé d'intéressant.

Anato fronça les sourcils, puis s'empara du paquet qu'il posa sur le siège passager.

— Ça va aller ? il questionna avant de redémarrer.

— Il faudra bien.

Jérémy versa le lait dans le cacao en poudre, mélangea, puis but à petites gorgées, debout devant la table de la cellule. Le téléviseur diffusait un documentaire animalier, la vie d'une bande de lions face à la sécheresse quelque part au Botswana, un pays d'Afrique impossible à situer. Depuis l'incident il ne faisait que ça, regarder la télé, il ne quittait plus sa cellule. Franklin lui racontait ce qui se passait dans la prison, ce qui se disait, les rumeurs. Il parlait avec lui, le matin, le midi, le soir, c'était son seul espace social. Comme au début, lors de ses premières semaines de détention. Retour à la case départ. Avec cette fois, une peur fondée. Réelle. Quand les surveillants venaient ouvrir la porte, il glissait un œil vers l'intérieur de la maison d'arrêt, en se baissant il apercevait la coursive à l'étage. Il voyait les détenus sortir de leur cellule, se diriger vers la cour de promenade, jeter des regards dans sa direction. Des regards qui lui glaçaient le sang. Il se demandait ce que celui-là savait, qui il était, ce qu'il avait fait. Et surtout s'il était passé entre les mains de son gendarme de père. Il avait l'impression d'être frappé par une malédiction. Le fils du babylone, c'est comme ça qu'on allait le surnommer bientôt.

Quand tout le monde saurait. Et alors, même au-delà de ceux qui lui feraient payer leur arrestation, il deviendrait le souffre-douleur, un pestiféré.

Dans l'entrebâillement de la porte, alors que Franklin se rendait en salle de sport, il aperçut le Brésilien qui passait au fond. L'homme s'arrêta, le fixa un instant, de loin. Juste pour l'intimider, lui rappeler qu'il était dans les parages, qu'il veillait sur ses agissements. Et que son avertissement était toujours d'actualité. Jérémy déglutit, la gorge sèche. Il détourna la tête, grimpa sur son lit, se cala sur l'oreiller et replongea dans les mœurs des félins africains. Les lions dévoraient la carcasse ouverte d'une sorte d'antilope, du sang partout sur le museau. Il s'imagina à la place de la proie.

Qui était ce Francis Adogoe ? Dans quelle histoire son père s'était-il embarqué ? Jérémy se sentait comme le pion d'un jeu d'échecs qui le dépassait, sur lequel il n'avait aucune maîtrise. Selon ce que son père allait faire, là-bas, dehors, il pouvait continuer sa peine normalement. Ou basculer dans un enfer qu'il se figurait sans difficulté. Un moyen de pression, il n'était plus que cela.

À la merci des décisions des autres.

42

Retour à Saint-Laurent. Arrivé à bon port, sans encombre, sans vertige, sans accident. Trois heures trente de route dans le strict respect des limites de vitesse. Anato n'avait jamais été aussi prudent au volant. Il avait guetté chacun de ses mouvements, la moindre sensation de malaise, scruté le comportement des bolides qui le dépassaient. Mais cette fois rien ne s'était passé, juste la monotonie habituelle de ce trajet interminable. Ça tournait à la paranoïa, il se dit. Il avait l'impression que le pire pouvait lui arriver, à tout moment, sans prévenir. Il était aux aguets, regardait sans cesse autour de lui. Agité, tendu. Il sortit de voiture et, comme il l'avait promis, il envoya un SMS à Monique : Rien de cassé. Elle répondit dans la minute. *J sui rasuré fé atension a toi.* Il sourit.

Lorsqu'il franchit la grille de la caserne Joffre, qu'il piqua à gauche en longeant la pirogue posée sur pieds, il croisa une silhouette trapue qu'il ne reconnut qu'après réflexion. Fortuné Jean-François. Le visage contrarié autour de sa petite moustache, le pas décidé. Le capitaine se retourna, l'observa quitter la gendarmerie, dépasser le portail, traverser la rue puis le terre-plein fleuri.

— Comme si on avait besoin de ça !

Anato pivota. C'était le commandant de compagnie, debout sur le seuil du bâtiment, en train de s'allumer une cigarette. Évidemment, la plainte du politicien avait été directement recueillie par la hiérarchie.

— Cette histoire, on va en entendre parler pendant plusieurs jours, reprit le gradé. Jean-François prétend que c'est un des autres candidats qui lui a volé son ordinateur portable. Que c'est une manœuvre politique pour le disqualifier parce que les sondages lui sont favorables. Il a prévenu la presse évidemment, il ne raterait pas une si belle occasion de faire parler de lui.

Anato plissa les yeux. Si Vacaresse avait vu juste, ce type était vraiment habile. Plutôt que d'étouffer l'affaire, il la détournait à son profit. Se poser en victime, rien de tel pour s'attirer la sympathie des électeurs. Le fait divers viendrait s'ajouter aux surprises qui émaillaient cette campagne. L'avant-veille, la liste d'un autre candidat avait été refusée par la préfecture au motif qu'un des colistiers figurait déjà sur la liste de Léon Bertrand, enregistrée quelques jours plus tôt. Alors un cambriolage pour déstabiliser un concurrent encombrant, oui, beaucoup y croiraient sûrement.

— On a une piste pour l'auteur de l'infraction ? demanda innocemment le capitaine.

— Aucune. Et à mon avis, ça l'arrange bien. (Il soupira.) Bon, je vais appeler le sous-préfet : il a beau répéter qu'il ne veut pas interférer avec la justice, avec les élections qui arrivent, il suit tout ça de très près.

Sur quoi il tourna les talons pour regagner son bureau. Anato imagina la tête que ferait le sous-préfet s'il apprenait tout ce qui semblait se tramer derrière ce simple vol d'ordinateur. Il monta bientôt les escaliers, poussa la porte vitrée de la brigade de recherches, longea le couloir sous les regards des personnes recherchées dont les visages s'étalaient aux murs, photos ou portraits-robots en noir et blanc. Alla frapper au bureau du major Marcy. Pas de réponse. Porte ouverte, pièce vide. Le portable, pensa Anato. Il le sortit de sa poche : deux appels en absence. Il composa le numéro de la messagerie.

— Premier nouveau message. Reçu aujourd'hui, à onze heures trente-huit. Anato, c'est Marcy. Vous aviez raison. J'ai interrogé Steven, son frère n'est pas clair. Mais il confirme qu'il est bien parti au Suriname. Je vous rappelle tout à l'heure.

Machinalement, le capitaine hocha la tête. Avant de prendre la route, il avait lancé une réquisition judiciaire auprès de l'opérateur téléphonique de Francis Adogoe, pour obtenir le relevé de déclenchement des relais, vérifier qu'il n'était pas revenu en Guyane. Mais il n'aurait les données que le lendemain.

Il allait raccrocher lorsqu'il se rendit compte qu'il y avait une suite. Un autre message, moins explicite, une voix d'homme, hachée.

— Bonjour... C'est Koosman Rody... Je... Vous avez laissé votre numéro à ma femme... Je voudrais vous rencontrer... Des choses à vous dire...

La phrase s'arrêtait net. Comme si l'homme avait coupé la communication en pressant un bouton par inadvertance. Anato resta un instant interloqué, portable en main. Des choses à vous dire, il se répéta. Sur quoi ? Sur Pinalanti, sur ses origines ? Ou sur la mort de Bradley ? Il hésita, un moment. Puis décida de retourner vers lui plus tard. Il n'avait pas le temps. Et une piste à suivre de manière prioritaire.

Rody regarda son cellulaire muet depuis plusieurs heures. Il ne rappellera pas, il songea. Le gendarme ndjuka, l'homme aux yeux jaunes, je peux toujours attendre. Il ne se sent pas concerné par tout ça, il ne se rend pas compte. Pour lui la mort de Melita, c'est déjà une affaire enterrée, il imagina. Comme toujours, comme autrefois. L'histoire se répète. Il rangea la petite machine dans la poche de son bermuda. Et, assis à l'arrière de sa pirogue immobile sur la rive du Maroni, il empoigna la bouteille de rhum de sa main tremblante et but au goulot. Une douleur vint lui frapper le crâne, cette migraine qui le lançait. L'alcool c'était ça aussi. On n'a rien sans rien. Il plissa les paupières en attendant que ça passe, se massa les tempes du bout des doigts. De la plage de la Charbonnière lui parvenaient les cris des enfants qui accostaient les touristes, incessants, assommants. L'insouciance. Ceux-là ne savaient rien, ne souffraient d'aucun passé, ne craignaient aucun futur. Un petit soupir s'échappa de sa bouche, une vapeur alcoolisée.

Puis il reprit sa tâche.

Il replaça le couvercle en plastique sur le moteur harnaché au bateau, et tira sur la corde. Le moteur hoqueta. Il tira à nouveau, plus fort. Recommença plusieurs fois, sèchement. Et enfin l'appareil se mit en route, crachant une fumée grise qui embruma la surface de l'eau, faisant vibrer le bois de la pirogue à l'arrêt. Ça marche, pensa Rody. Ce moteur, il ne l'avait pas testé depuis des mois, un moment même il l'avait cru bon pour la casse. Mais non, il avait réussi à le ressusciter. Une bonne chose de faite. Il coupa le contact, s'essuya le front du poignet. Puis il revint sur la terre ferme, laissant là son esquif à nouveau opérationnel, sur cette petite plage isolée au bord du fleuve.

En marchant vers sa maison, il aperçut au loin la silhouette corpulente d'Aboussa, sur le seuil de son restaurant. Son ami le regardait, suivait ses allées et venues, l'air inquiet. Mais rien de tout ça ne le concernait. Rody n'avait pas envie de l'entendre à nouveau lui faire la morale, il connaissait la rengaine par cœur. D'ailleurs, Aboussa, pendant la guerre, il avait eu le beau rôle, il ne s'était jamais battu. Il faisait partie des cadres, il s'occupait seulement de questions logistiques, du renseignement. Il s'était notamment chargé de l'achat et de l'acheminement des armes. Parce que celles que les rebelles s'étaient procurées à Cayenne, ça ne suffisait pas. Aboussa était allé en chercher jusqu'au Liban, une fois. C'est un des mercenaires anglais qui lui avait donné l'idée : là-bas la guerre se terminait, il y avait des stocks à revendre. Il s'était rendu lui-même sur place, il avait tout organisé depuis Saint-Laurent, sous couvert de besoins alimentaires. Il avait fallu aller à Saint-Domingue aussi, parce que l'argent transitait par une association cubaine. Il gérait également l'arrivée des rebelles sur le territoire guyanais : il les faisait passer pour des réfugiés auprès des autorités, leur permettait d'intégrer les camps et de se faire soigner quand ils étaient blessés. Voilà ce qu'Aboussa faisait pendant que les autres se battaient. De la paperasse et des voyages. Alors non, il ne pouvait pas comprendre ce qui animait Rody aujourd'hui. Pourquoi la guerre ne l'avait jamais quitté. Lors de la dernière présidentielle au Suriname, il se disait même qu'il avait soutenu le candidat Bouterse.

Rody détourna les yeux, poursuivit sa route, s'enfonça dans les ruelles de la Charbonnière. Il tira le portail de sa baraque, retira ses tongs, traversa le salon jusqu'à la remise. Et là, sur le sol bétonné, il fit une dernière fois l'inventaire de son matériel. Les armes, enveloppées dans une bâche. Les boîtes de munitions. Les conserves de cassoulet et le sachet de riz empaquetés dans un carton fermé à l'adhésif. La corde.

Il fixa un instant le bracelet métallique autour de son biceps.

Et se dit que cette fois, il était prêt.

À l'autre bout de la Guyane, là où le fleuve Oyapock séparait le territoire français du géant voisin, où un pont en attente d'inauguration reliait les deux berges, dans la ville de Saint-Georges, la communauté brésilienne était apparente, omniprésente, à terre comme sur l'eau. Elle témoignait des flux quotidiens entre la commune française et sa voisine d'en face, Oiapoque, lieu de passage obligé pour les migrants. Et point de départ vers les chantiers d'orpaillage sauvage de Guyane. Mais à Saint-Laurent, le Brésil était moins visible. Une communauté minoritaire, discrète, noyée par l'immigration surinamienne. Elle se rappelait seulement au souvenir des habitants les soirs de match de football. À chaque victoire les rues se transformaient en nuées de drapeaux jaune-vert-bleu, les voitures défilaient au rythme de la brega et des cornes de brume. Et alors, le temps d'une soirée, la jeunesse de Saint-Laurent se sentait elle aussi brésilienne et se joignait à la fête.

Si beaucoup vivaient dans les différents quartiers de la ville, à Vampires, aux Cultures, à Baka Lycée, l'adresse singulière fournie par le directeur de la prison mena Anato à l'entrée de la piste des Brésiliens. Cupuaçu, comme les habitants l'appelaient. Une piste qui prenait naissance sur la route nationale, à l'écart de l'agglomération. Plusieurs kilomètres de latérite, des maisons et des carbets dispersés parmi les abattis et les reliques forestières. Tout au bout se dressait une église en construction, murs en bois, toit en tôle, monumentale. Le capitaine passa devant l'amas de boîtes à lettres à l'entrée, puis il roula au pas sur le terrain veiné de ravines, suivant les courbes de niveau.

Il s'arrêta au pied d'une allée qui se hissait en haut d'une butte. Trop raide, trop glissant, il jugea en descendant de voiture. La main sur sa côte fêlée, le souffle court, il grimpa à pied. Un terrain grossièrement ouvert, il restait de nombreuses souches, des verrues noires au milieu des herbes trop hautes. À droite, un carbet miniature, quatre piquets et quelques tôles. Il continua son ascension. Au sommet se dressait la baraque de Gina Marinho, la compagne du détenu qui avait menacé le fils Vacaresse. La construction était sommaire, les murs composés de planches assemblées verticalement. Un petit balcon s'ouvrait à l'étage, où le capitaine devinait les cordes d'un hamac tendu entre les poutres. À quelques mètres, deux antennes paraboliques sortaient de terre, maintenues par des rondins de bois. Personne en vue, pas un bruit humain. Anato s'approcha de la porte, à côté d'une chaise d'école rouillée. Fermée par un cadenas solide. Il fit le tour. Derrière, la forêt reprenait ses droits, les bois-canons poussaient en éclaireurs. Le capitaine glissa ses doigts entre les jalousies en bois, les fit pivoter sur leur axe, tenta de jeter un œil à l'intérieur. Rien de visible, une pièce sombre, on ne devinait que la poussière en suspension dans l'air. Le lieu semblait abandonné.

Il balaya du regard les alentours, la lisière forestière qui longeait la route au gré des défrichements, une frontière irrégulière. Plus bas, il y avait un toit, une autre habitation, avec du monde autour cette fois. Il s'y rendit en marchant à petits pas, suivant le sentier bosselé qui coupait la parcelle. Il évita les flaques de boue. Il y avait bien deux cents mètres à parcourir. À mesure qu'il s'approchait, il distingua la maison. Un carbet en fait, entièrement ouvert sur l'extérieur, sans aucun mur, mais à deux étages. En bas on voyait un coin-cuisine parfaitement aménagé, sur le toit deux rangées de panneaux solaires. Une Clio était garée en diagonale sur le côté. Le propriétaire repéra rapidement le capitaine, l'observa venir, debout sur les marches de sa demeure sans pièce. Un métropolitain, mal coiffé mal rasé, short sale et torse nu. Pieds nus aussi. Il tenait en main une machette et une pierre à aiguiser.

— Vous cherchez quelque chose ?

Pas d'agressivité dans le ton, juste de la curiosité. Ils ne devaient pas voir passer beaucoup de visiteurs.

— Oui. Capitaine Anato, Section de recherches. Je voulais parler à Gina Marinho.

Le Blanc haussa les sourcils, faussement impressionné, posa son aiguisoir.

— Elle n'est pas là-haut ?

— Il n'y a personne.

— Ça fait plusieurs jours que je ne l'ai pas vue. Depuis… (Il se gratta la nuque, grimaça.) vendredi je dirais.

Vendredi. Le lendemain du vol chez Fortuné Jean-François.

— Ça lui arrive parfois. Elle disparaît un moment, elle emmène toute la famille.

— Au Brésil ?

— Ouais. Enfin, sûrement. Elle ne nous dit pas tout.

Anato jeta un œil à l'intérieur du carbet. Sur le plancher, trois enfants jouaient aux cartes, complètement nus, y compris le plus grand qui avait bien douze ans. Ils se croient dans le *Livre de la jungle*, ici, songea le capitaine. Une vie à l'écart de la ville, loin des regards.

— Vous la connaissez ?

— Un peu. C'est une femme gentille. Elle est née à Belém, elle nous avait donné des tuyaux quand on y est allés avec les petits. Elle fait des coiffures, je crois qu'elle a travaillé plusieurs années au Suriname avant de revenir s'installer ici. Bon, on ne sait pas trop de quoi elle vit, je me demande parfois si elle ne fait pas des passes à droite à gauche. Je crois que le père de ses enfants est en prison. Ou son frère. Elle va à Cayenne pour ça de temps en temps.

Il passa la paume sur la lame du sabre, souffla dessus. Puis il s'assit sur une marche, les jambes écartées. Il avait des yeux bleus, très clairs, soulignés par sa peau bronzée et les poils noirs de sa barbe naissante.

— Vous savez pourquoi elle est partie cette fois ? Il s'est passé quelque chose de particulier ces derniers jours ?

Le métro secoua la tête.

— Pas que je sache.

— Est-ce que quelqu'un lui a rendu visite ? Un visage inconnu ?

— Non. Vraiment ça ne me dit rien. Tout ce que je peux vous dire, c'est qu'elle a filé rapidement.

— Pourquoi ?

— C'est idiot : elle a oublié du linge sur le fil. Ce n'est pas dans ses habitudes. Là il fait beau, mais il pleut presque toutes les nuits. Heureusement, ma femme l'a récupéré pour elle.

Il posa la pointe de sa machette sur le bois d'une marche, joua à la faire tourner sur elle-même entre ses jambes écartées.

— Pourquoi vous la cherchez ? Elle a fait quelque chose ?

Des questions de curieux, encore, sans inquiétude, sans autre intention.

— Pas elle, non. Je veux juste lui parler.

— O.K.

— Je vous laisse mes coordonnées. Vous pouvez m'appeler si vous avez la moindre nouvelle, ou si quelque chose vous revient ?

— Pas de souci…

La Brésilienne avait disparu, sans doute dans son pays. Avec plusieurs jours d'avance, il y avait peu de chance qu'on la retrouve. Ce n'est donc pas elle qui allait témoigner, dénoncer celui qui tirait les ficelles. De l'argent, on lui avait sûrement versé une belle somme d'argent, assez pour qu'elle accepte de faire passer un message à son homme en prison. Francis Adogoe avait-il les ressources suffisantes pour piloter un tel acte ? Possible, avec l'argent de la cocaïne que lui et son frère avaient sans doute mis de côté. Mais Anato n'y croyait pas. Steven Adogoe avait pu minimiser son rôle dans le trafic pour sauver sa peau, mais une chose était sûre : il n'était qu'un intermédiaire, il y avait du monde au-dessus. En Guyane, au Suriname, en France. Tout ça était trop simple, il y avait forcément autre chose. Quelqu'un d'autre, de plus haut. Un proche de Fortuné Jean-François peut-être. Le politicien était-il impliqué dans le réseau des frères Adogoe ? Touchait-il des rentes issues du trafic de drogue ? Difficile à croire.

Anato coupa le contact de sa voiture, rangée en épi face au stade de football. Il pensa à Vacaresse, à tout ce travail que le détective avait réalisé de son côté, à l'ombre de l'enquête officielle. Ce qu'il avait trouvé posait des questions sur l'efficacité des méthodes des gendarmes. Il y avait tellement de règles à respecter, de procédures, de rapports. Était-ce à cause de cela qu'ils avaient autant piétiné ? Les témoins parlaient-ils plus facilement à un civil qu'à un gendarme ? Peut-être. Pourtant, si Vacaresse avait mis au jour toute une facette de l'affaire, ses conclusions restaient incomplètes. Il manquait une pièce du puzzle. Le capitaine regarda le siège passager du véhicule. La liasse de papiers remise par le détective s'était dispersée, des feuilles avaient même volé vers l'arrière. Il attrapa le tout, souleva les premières pages. Vacaresse avait tout lu, le connaissant il n'avait sans doute rien laissé passer. Dans la revue de presse, il tomba sur divers articles relatant le climat tendu qui régnait à Saint-Laurent-du-Maroni à l'époque des camps de réfugiés. Une pétition avait été adressée aux ministres concernés, aux élus du territoire, par un groupe d'habitants de la ville. Le texte était repris en intégralité, Anato retint quelques extraits marquants :

Les honnêtes citoyens sont moins bien considérés en droit que les malfrats ou que les étrangers sans identité reconnue. Nous accusons la justice française en créant des INJUSTICES *à l'égard des honnêtes citoyens de faire naître à l'égard des étrangers un* RACISME *primaire que nous ne voulons à aucun prix. Nous refusons l'idée d'*AUTODÉFENSE*, seule issue possible dans un avenir proche si rien n'est décidé.*

D'autres articles relataient des faits divers, manifestation de l'insécurité croissante. Un braquage qui tourne mal. Un voleur en fuite tué par son poursuivant. Il lut les textes, en diagonale, rapidement, sans y prêter plus d'attention que ça. Il avisa un article court, vingt lignes tout au plus.

Mais…

Il s'arrêta. Net.

Relut.

Relut encore.

Il aurait pu passer à côté. Mais non, c'était là. Devant ses yeux, comme une évidence. Vacaresse avait tout examiné, sûrement en détail. Mais ça, il ne pouvait pas le détecter. Dans l'article, une phrase, presque anodine vingt-cinq ans plus tard. Mais qui résonna douloureusement dans l'esprit d'Anato.

Un coup de poignard.

Il sortit son téléphone, composa un numéro, colla son oreille. Une sonnerie. Une autre. Il réfléchit un instant, réalisa que ce qu'il faisait n'avait aucun sens, raccrocha. Et rédigea un SMS.

43

Il faut que je te voie, tout de suite. À l'hôtel. Très urgent.

Quand elle lut le message d'Anato, Melissa déchanta. Pas de mot doux, pas de sous-entendu. Non, il s'était passé quelque chose, elle comprit aussitôt. En rapport avec le piaye, il ne va pas bien. Elle ne croyait pas à tous ces trucs magico-religieux. Mais maintes fois elle avait entendu des histoires, alors comme tout le monde, il lui arrivait de douter. Malgré elle, elle commença à s'inquiéter, à imaginer des choses. Des complications à la suite de son accident, des blessures plus graves qu'il n'avait bien voulu le dire dans ses précédents SMS. Elle l'imagina alité, infirme même. Et cette vision lui troua le cœur. Handicapé, lui aussi, elle pensa un instant. Soudain angoissée, elle s'approcha du professeur qu'elle assistait, prétexta un problème grave, et se hâta hors du collège, son sac en bandoulière.

Lorsqu'elle frappa à la chambre, la porte s'ouvrit sur la haute carrure du capitaine. Il était debout, c'était déjà ça. Une méchante cicatrice au sourcil, barrée de points de suture. Mais surtout une mine grave, les dents serrées. Ni geste d'affection ni le moindre signe de séduction. Un bloc. Elle entra, observa l'intérieur de la pièce. Sur le lit étaient étalées des coupures de presse, en vrac.

— J'ai fait aussi vite que j'ai pu, elle fit, les mains dans tous les sens. Qu'est-ce qu'il y a ?

La question qu'elle lut sur les lèvres d'Anato la prit de court.

— Plusieurs fois je me suis retenu de te le demander. Comment es-tu devenue sourde ?

Elle le fixa sans comprendre. Perturbée.

— Je… Ça ne te…

— Dis-le-moi. Tu es sourde de naissance ?

Melissa se raidit. Elle n'aimait pas ce visage accusateur.

— Non, c'était un accident, elle rétorqua en cognant ses deux poings.

— Un coup de fusil ?

— Oui. J'avais deux ans. Avec mon père, à la chasse.

— Tu en es sûre ?

Elle planta un regard noir dans celui d'Anato. Et au lieu de répondre, elle tchipa, un peu bizarrement. Il fouillait en elle, testait sa sincérité. Il la prenait pour une menteuse. Ils restèrent ainsi quelques secondes, face à face. Puis le capitaine se tourna vers le lit, tira une feuille parmi les papiers éparpillés.

— Lis ça.

Du pouce et de l'index, elle se saisit du document, le lut en silence. Un article de presse, ancien, qui relatait un fait divers comme on en voyait tous les jours dans *France-Guyane*. Un braquage à Saint-Laurent, un délinquant surinamien. Une victime qui se défend, un coup de fusil qui part. Et…

Elle buta sur la dernière phrase :

Aussitôt hospitalisée, la petite âgée de deux ans pourrait ne plus jamais entendre.

Melissa resta longtemps à fixer le papier jauni, détaillant les lettres, les mots, la phrase. Elle se laissa tomber sur le lit, le dos soudain courbé par le poids de la nouvelle. Puis elle leva deux yeux chargés d'incompréhension.

— C'est… C'est peut-être une autre ?

— Peut-être, oui.

Mais elle-même n'y croyait pas. Saint-Laurent était un petit monde, elles se connaîtraient forcément.

— C'est… C'est ma mère qui m'a raconté cette histoire. Il y a longtemps, à l'époque où je faisais mes études en France. Mon père n'arrivait pas à en parler, il s'en voulait trop. Maman racontait que le coup était parti tout seul, qu'il n'était pas responsable.

Foulard vert noué autour des cheveux, boucles africaines oscillant au bout de ses lobes, elle resta interdite. Elle laissa traîner ses yeux sur les autres coupures de presse.

— C'est quoi tout ça, André ? À quoi on joue, là ?

— Ce sont les pièces d'une enquête. Celle sur le meurtre d'un Ndjuka qui s'appelait Bradley Koosman. Il avait juste deux ans de plus que toi. (Il hésita, scruta les expressions sur le visage de la jeune femme, avala sa salive.) Et j'ai peur que ton père ait quelque chose à voir là-dedans.

Le front de Melissa se froissa de rides incrédules. Elle se ferma, serra les dents.

— Tu dis n'importe quoi !

Elle ne reconnaissait pas l'homme qu'elle avait en face d'elle. Il n'y avait plus d'attirance, plus de complicité. Anato cherchait à leur faire du mal, elle pensa, à elle et à son père.

— Melissa. Je voudrais que tu répondes à quelques questions.

— Quoi ?! Tu veux me faire dire que mon père est un assassin, c'est ça ?

— Non, j'ai juste…

— Tais-toi !

Il obéit. La laissa tranquille un instant, le temps de reprendre ses esprits. Puis :

— Melissa, est-ce que ton père est ami avec Fortuné Jean-François ?

— …

— Melissa ?

Le visage crispé, les lèvres tremblantes, elle était agitée, animée de sentiments contraires qui la tiraillaient.

— Melissa ?

Elle tenta de se calmer. De se reprendre. Elle souffla. Parce qu'au-delà de sa colère, elle voulait savoir. Comprendre ce qu'Anato avait en tête.

— Non, elle dit enfin en secouant l'index devant lui. Mais… ils l'étaient autrefois. Avant la mort de maman. À l'époque où papa s'intéressait encore à la politique, où il croyait en quelque chose.

— En la nécessité de fermer les frontières à l'immigration du Suriname, par exemple ?

Silence. Papa, elle pensa. Qu'est-ce que tu m'as caché ? À la colère se substituait une tristesse profonde, qu'elle ressentit physiquement, dans tout son corps. Comme si ses forces l'abandonnaient.

— Melissa. Tu te souviens du premier soir où on s'est rencontrés ? Dans le bureau de ton père, tu étais venue le chercher.

Elle hocha la tête.

— Il disait que vous alliez dîner ensemble. C'est ce qui s'est passé ?

Elle plongea dans ses souvenirs.

— Oui… Enfin non. On a juste bu un verre, il avait des affaires à régler.

— …

— Pourquoi ?

Deux coups d'index sur le crâne.

— Parce que c'est ce soir-là que le jeune Koosman a été tué sur la route de Mana.

Elle prit une mine chargée de désespoir, mélancolique. Elle revécut la scène en pensée. C'était au Mambari, un restaurant du centre-ville. Son père avait bu un ti-punch, elle un planteur, les verres dessinaient des cercles mouillés sur le bois. Elle avait raconté sa journée au collège, il l'avait écoutée, sans l'interrompre une seule fois. Elle avait trouvé ça bizarre, d'habitude il intervenait sans cesse, toujours un mot à placer, un avis à donner. Et il était parti, tout seul, avant le dîner, l'air préoccupé. Une enquête difficile, elle s'était dit, vivement qu'il soit à la retraite pour enfin s'occuper de lui. Elle n'avait pas cherché plus loin, il avait sa vie, ses secrets.

Anato, lui, pensa : pas d'alibi. Fortuné Jean-François était en meeting ce soir-là, tous ses supporteurs pourraient en témoigner. Mais Marcy n'avait rien. Il avait quitté sa fille assez tôt pour se rendre là-bas. Et tuer Koosman. Ça commençait à faire beaucoup de coïncidences.

— Tu sais où il est actuellement ?

— Au bureau, non ?

— J'ai vérifié : il n'est pas venu de la journée. Son portable est éteint. Personne ne sait où il se trouve.

En arrivant devant la maison de Franck Marcy, Anato fit coulisser le portail métallique qui grinça avant de buter au bout de son rail.

— Sa voiture est ici, remarqua Melissa.

Mal garée dans la cour, en diagonale, des traces de pneus dans les graviers. Le capitaine et la jeune femme marchèrent sur l'allée de béton, le long des balisiers rouges et jaunes plantés par le major. La villa créole se dressait derrière les fleurs, volets fermés. Anato ne l'avait jamais vue de jour, il remarqua la couleur ocre des murs en plein soleil, celle des toits en tôle, grenat. Une belle bâtisse, bien entretenue. Ils traversèrent le salon extérieur aménagé sur la terrasse, table basse en bois amazonien, chaises et hamac, ils s'approchèrent de la porte. Verrouillée.

— Marcy ! cria Anato.

Pas de réponse, le bruit des insectes volant dans l'air moite. Il fixa Melissa, hésita. Si le major se cachait à l'intérieur, il était probablement sur ses gardes. Alors Anato prit son pistolet automatique, le tint à deux mains, le dos collé au mur extérieur. Melissa lui lança un regard mauvais, des plis autour de ses lèvres pincées. Choquée.

— Tu peux ouvrir ? il demanda à voix basse.

Elle opina, le visage en colère. Sortit une clé qu'elle glissa dans la serrure. La porte en bois s'ouvrit sur la salle à manger. Déserte. Une poussière fine flottait dans la lumière. Mais dans les coins, tout était sombre, immobile. Anato pointa son Sig Sauer à droite, à gauche.

— Marcy !

Silence.

— Il n'est pas là. Je le saurais.

Je le sentirais, en fait, c'est ce que Melissa voulait dire. La présence de son père dans la maison, une impression silencieuse qu'elle connaissait si bien, qu'elle détectait par mille détails inexplicables. Elle observa les objets du quotidien disposés sur les meubles, les bibelots, les tableaux aux murs. La vie de la famille Marcy, de sa famille. Avec ces secrets qu'elle découvrait seulement, tout ce qu'on lui avait caché. Papa, où es-tu ? Dis-moi, je vais t'aider. Comme à la mort de maman, tu te souviens ?

Anato fouilla les pièces, une à une, pistolet au bout des bras. Personne, nulle part. À travers les persiennes, les rayons du jour traçaient des lignes parallèles au sol et aux murs. Il grimpa les marches vers l'étage, trouva la chambre. Un lit double, défait, sous une immense moustiquaire qui englobait jusqu'à la table de nuit. Un bureau, un ordinateur posé sur le bois. Derrière, il y avait un téléphone cellulaire éteint. Un Smartphone, rien à voir avec les modèles fournis par la gendarmerie. Le capitaine le prit en main, le retourna. Il ne savait pas que le major possédait un téléphone personnel. Un petit cadre trônait à droite du bureau : un portrait de femme. La mère de Melissa, il devina. Elle avait moins de trente ans quand la photo avait été prise, on réalisait combien sa fille lui ressemblait aujourd'hui. La même énergie dans le regard, le même air rebelle, les mêmes pommettes saillantes. Anato ouvrit les placards : des chemises sur cintres, plusieurs polos bleu clair, ceux de la gendarmerie. Il régnait dans la pièce une atmosphère pesante, due à la chaleur, à l'humidité. Et au poids des années passées là par Marcy. Tout ici semblait chargé de l'histoire saint-laurentaise de la famille. Une propriété détenue depuis trois générations.

Anato sursauta lorsque son portable sonna.

— Mon capitaine, lieutenant Girbal.

Il ferma les yeux. La Section de recherches, pas de quoi paniquer.

— J'ai trouvé l'info que vous m'avez demandée, dans les archives. L'affaire des meurtres d'ouvriers sur ce chantier d'orpaillage. Joao Silva.

— Je vous écoute.

— Vous aviez raison. C'était il y a six ans, sur le Haut-Maroni. Le dossier avait été traité par la brigade de recherches de Saint-Laurent. Et le directeur d'enquête, c'était bien Franck Marcy.

On y est. Voilà comment le major est entré en contact avec le détenu : en l'arrêtant, tout simplement. Qui a un réseau assez développé dans la délinquance guyanaise pour agir jusque derrière les murs du centre pénitentiaire ? Un gendarme, et pas n'importe lequel : un originaire, qui côtoie les criminels du département depuis près de vingt ans. Qui a des informateurs partout, dans tous les milieux, plus de relations que n'importe lequel de ses collègues ? Et qui a toujours protégé ses sources, surtout vis-à-vis de sa hiérarchie ?

Franck Marcy.

— Capitaine, qu'est-ce qui se passe avec le major ?

— Rien, je voulais juste savoir. Merci.

Fin de la communication.

Les pièces de l'affaire s'assemblaient enfin, les obstacles tombaient un à un.

Anato pénétra dans la salle de douche, avisa les produits de toilette, une boîte de maquillage, sans doute à Melissa. Écarta le rideau de la pointe de son Sig Sauer. Ressortit. Marcha jusqu'au balcon qui surplombait le jardin. Melissa avait raison, son père n'était pas là. Il avait compris que l'étau se resserrait, que ses manœuvres ne prenaient plus. Alors il avait filé, il se cachait, quelque part. Dans un endroit que lui seul connaissait sans doute. Saint-Laurent comportait tellement de quartiers clandestins, des lieux insoupçonnés.

Des bruits de pas dans l'escalier, le capitaine se retourna.

Melissa montait au pas de course, essoufflée.

— Derrière la maison. Son pick-up, il n'est plus là.

Le capitaine fronça le regard.

— Tu ne comprends pas ? Il est en forêt. Là où il va chasser.

44

Vacaresse tournait en rond dans l'appartement. Il ne tenait pas en place, de son bureau au petit balcon. Rester à l'écart. Passer les rênes à la gendarmerie. Évidemment, ça devait finir comme ça à un moment ou un autre. Même sans les menaces sur son fils, il n'avait ni le droit ni les moyens de mener une enquête à son terme. Pendant ces quelques jours d'investigation, il y avait cru, il avait ressenti cette petite adrénaline familière, comme autrefois, quand d'autres comptaient sur lui. Et puis plus rien, stoppé dans son élan. Le capitaine Anato finirait sûrement par aboutir, par terminer le travail tout seul, à sa manière rigoureuse et méthodique. Peut-être le tiendrait-il au courant en fin de course. Pourtant le détective était tout près, il en était certain. Fortuné Jean-François et Francis Adogoe, c'est autour de ces deux-là que tout tournait. Un mobile, un bon réseau de relations pour le politicien, sans doute des moyens, il y avait tout ce qui fallait. Et le discours de Monique avait confirmé ses soupçons. Se remettre à la tâche, retourner fouiller dans les secrets de ces types, ça le démangeait.

Mathilde regardait la télévision, une série romantique en pleine journée. Rien de violent, elle ne supportait pas ça, tout devait être lissé, idéalisé. Assise sur le canapé clic-clac dans un tee-shirt sans forme, elle buvait de l'eau, à la bouteille. Évian, bien sûr, jamais elle ne s'était faite à l'eau produite en Guyane. Elle vivait ici, mais s'était construit un univers hexagonal, à l'écart des préoccupations locales. Sur l'écran, une femme et un homme s'embrassaient avec passion. Les acteurs eux-mêmes ne semblaient pas convaincus. L'amour, il y avait longtemps que Vacaresse ne savait plus ce que c'était. Qu'il avait renoncé à toucher son épouse, à la prendre dans ses bras, à poser ses lèvres sur les siennes. Leur couple ne tenait que par des sentiments annexes. La pitié, l'amour d'un fils en difficulté. Parfois il se remémorait le passé, leur rencontre, il essayait d'imaginer ce que serait sa vie s'il n'avait pas croisé la route de Mathilde alors qu'elle venait de perdre sa fille en bas âge, qu'elle rentrait en dépression. Il l'avait pris sous son aile, avait changé d'existence pour faciliter la sienne. Il y avait vingt ans de ça. Vingt ans pour en arriver là.

Lorsque son téléphone sonna, il espéra un instant un nouveau contrat. N'importe quoi pour le relancer, le tirer de force de cette morose inactivité.

Mais c'était le centre pénitentiaire. La voix d'une femme, désolée.

Jérémy s'était pris un coup de couteau.

Vacaresse gravit les marches par paquets de trois, sillonna les couloirs de l'hôpital de la Madeleine, en nage. Jérémy, putain, Jérémy ! il se répétait. Troisième étage. À l'entrée de la chambre carcérale, deux policiers montaient la garde. Visiblement ils s'attendaient à le voir arriver. On leur avait expliqué la situation particulière du détenu Vacaresse. Fils d'un ancien lieutenant de la Section de recherches, rien que ça.

— Les gars, vous savez qui je suis, laissez-moi entrer.

Les flics se regardèrent. Le détective savait comment ça se passait : les visites des proches dans la chambre sécurisée, ça avait beau être un droit, la police refusait systématiquement, trouvait des excuses pour expliquer que ce n'était pas possible, que les conditions de sécurité ne le permettaient pas. Mais il savait aussi que ces deux-là avaient la clé, qu'avec un peu de bonne volonté, ils pouvaient lui ouvrir.

— Il sort juste du bloc, informa le plus âgé, il est inconscient, là.

— Comment ça s'est passé ?

— Apparemment c'était pendant la promenade. Un gars lui est tombé dessus avec une pique.

— Et le médecin, il dit quoi ?

Embarras sur le visage du policier. Il n'avait pas à parler de ça avec le père du patient-détenu.

— Allez, putain, il dit quoi ? Vous savez qu'il ne me dira rien à moi, que tout doit passer par la prison.

Coup d'œil au collègue.

— Il dit qu'il va s'en sortir, que l'opération s'est bien déroulée. D'après ce que j'ai compris, la pointe a touché le foie et le poumon. Il a perdu beaucoup de sang, mais ça va, enfin ça va aller, quoi. Ils vont le garder ici pendant quinze jours.

Vacaresse jeta un œil entre les grilles scellées aux fenêtres. On ne voyait rien.

— Je vous en supplie, laissez-moi entrer. Juste quelques minutes. C'est mon gosse.

Le policier soupira. Il scruta à droite, à gauche. Et glissa finalement la clé dans la serrure du sas grillagé.

— Cinq minutes, il dit. Pas plus.

Deux lits trônaient dans la pièce à l'ameublement minimaliste. Dans celui du fond était allongée une mule en garde à vue, interpellée par la douane à l'aéroport. Jérémy, lui, reposait sur son matelas, les draps blancs épousant les formes de son corps potelé. Après l'opération, les médecins avaient décidé de le maintenir endormi pour passer la nuit. Il y avait des écrans partout autour de lui, ça bipait de tous les côtés. Des tuyaux aussi. Une poche de sang reliée à son cou, une perfusion dans le bras pour l'anesthésiant, une sonde dans le nez. Un tube lui sortait du thorax, collé par un large pansement. Son visage semblait apaisé mais le voir comme ça, ça faisait mal. Vacaresse s'approcha du lit. Les mains serrées l'une contre l'autre, silencieux. Mon fils, il pensa. Mon fils.

Il resta debout, religieusement, le policier posté derrière lui. Il se souvint de Jérémy, enfant, jouant avec lui sur les pelouses de la caserne en région parisienne. Rieur, plein de vie. Insouciant, ignorant tout de ce que l'avenir allait lui réserver. À l'époque il se plaisait en fils de gendarme, tous ses amis à portée de main. La caserne pour famille, pour terrain de jeu. Une mère à la maison, le goûter à heure fixe. Une existence bien encadrée, sans accroc. Il était fier de voir son papa porter l'uniforme, rêvait d'avoir le même, lui chipait son képi pour Mardi gras. À présent, tout ça paraissait tellement loin. Le père n'était plus gendarme, le regrettait chaque jour. Et Jérémy en faisait encore les frais. Pour lui, ce n'était pas une chance, mais un fardeau. C'est pour cela qu'on s'était attaqué à lui. L'homme avait failli le tuer. Tu joues avec sa vie, tu te rends compte de ça ? s'accusa le détective, le cœur au bord de l'éclatement, la bouche aride. Ce n'est pas toi qui es en prison ! Son fils, malmené, à cause de lui. Les larmes montaient, lui remplissaient doucement les paupières. Comment en étaient-ils arrivés là ? Jérémy ne méritait pas ça. Le détective se sentait coupable et tellement impuissant à la fois. Il lui avait promis de faire ce qu'il fallait, lui avait dit de lui faire confiance. Il avait espéré que les surveillants le protègent, que l'administration pénitentiaire soit à la hauteur. Et voilà le résultat.

— Je suis désolé, il dit à voix haute. Pardonne-moi…

Et plus que jamais il pensa : on ne peut compter que sur soi.

— Putain ! il jura en frappant du poing sur son volant. Putain !!

Moteur éteint, la voiture immobile sur le parking de l'hôpital, la tristesse avait laissé place à la rage. Vacaresse bouillait, l'image de son fils alité ne le quittait pas. Ils avaient réussi leur coup. Ils voulaient lui faire du mal, s'attaquer à lui à cause de l'enquête, et ils avaient trouvé son point le plus sensible. Arraché son cœur de père. Francis Adogoe, il pensa. C'est toi. Il imaginait le jeune homme, caché quelque part, en Guyane, au Suriname. Content de lui. Il visualisa les traits de son visage sur les clichés remis par Monique. Innocent, une gueule d'ange. Tu parles ! Un meurtrier, plus dangereux que son frère encore. Jérémy était en sécurité à présent, plus personne ne pouvait lui faire de mal, les deux policiers veillaient sur lui nuit et jour. Vacaresse serra les dents, déterminé. Je vais le retrouver, il décida. Et cette fois j'irai jusqu'au bout.

Mais pour ça, il lui fallait des informations. Il se souvint d'Anato, de son appel au major Marcy. Il lui avait demandé de réinterroger Steven Adogoe, d'en tirer le maximum. C'est de ce côté que se trouvait la solution. Il dégaina son portable. Le téléphone sonna dans le vide. Messagerie. Il raccrocha, rappela. Trois sonneries. Puis :

— Vacaresse ? Je suis au volant, je ne peux pas vous parler.

Voix tendue, agitée. Un moteur en bruit de fond.

— Capitaine. Ils ont recommencé. Jérémy, il s'est pris un coup de couteau.

Anato prit son temps avant de répondre.

— Comment va-t-il ?

— Mal. Mais il s'en sortira, d'après les médecins.

Un soupir au bout du fil, étouffé par le vacarme. À l'évidence le capitaine était mal à l'aise : désolé pour lui, mais pas en situation de compatir. Occupé par d'autres pensées, plus urgentes.

— Vacaresse… (Il sembla hésiter.) C'est Marcy.

— Quoi ?!

— Franck Marcy. Il nous manipule, depuis le début.

Vacaresse resta coi. C'était tellement soudain, tellement loin de ce qu'il imaginait, il ne pouvait pas y croire.

— Vous… il balbutia.

— C'est lui, j'en suis certain ! Marcy connaît le Brésilien, celui qui a menacé votre fils. Depuis son arrestation. Il a tout monté lui-même. Il faisait sûrement partie des trois hommes lors de l'agression, il y a vingt ans.

Ça faisait trop d'un coup, le détective se sentit perdu.

— Mais… C'est impossible ! Et Francis Adogoe ? C'est lui qui s'en est pris à Jérémy !

— Non, Marcy voulait juste lui faire porter le chapeau. Un trafiquant de drogue, c'était le suspect idéal.

Silence. Le ronronnement de la voiture du capitaine meubla seul les secondes qui s'écoulèrent.

— Je suis à sa recherche, dit enfin Anato. Je vous rappelle.

Il coupa aussitôt la communication. Laissant Vacaresse interdit, téléphone en main. Bouleversé dans ses certitudes. Franck Marcy, il se répéta. Le major Franck Marcy. La forte tête de la brigade de recherches, celui qu'on disait arrogant, mais indispensable, par qui passait tous les dossiers. Un meurtrier. Manipulateur, machiavélique même. Anato paraissait sûr de lui. Et pour ça, connaissant le personnage, il devait avoir trouvé quelque chose de solide. D'irréfutable. Pourtant Vacaresse ne parvenait pas à se faire à l'idée. La colère ne retombait pas, il ne maîtrisait aucune de ses émotions. Jérémy, Jérémy, Jérémy. Quelqu'un devait payer pour ce qui lui était arrivé. Et malgré ce qu'il venait d'apprendre, le visage qu'il voyait, celui dont il voulait se venger, qu'il pensait responsable de tous ses maux, c'était celui de Francis Adogoe. Le Ndjuka était impliqué, le détective en avait la conviction. D'une manière ou d'une autre, il avait participé à tout ça. Sinon, pourquoi ces rencontres avec Bradley Koosman ? Il fallait le retrouver. Et le faire parler.

Vacaresse mit le contact et quitta le parking.

45

La route de Paul Isnard prenait naissance derrière le quartier du Lac Bleu. D'abord bitumée, traversant des zones résidentielles où pullulaient les maisons sans permis de construire. Puis elle devenait piste, le sol rouge de latérite, elle s'enfonçait vers le sud au milieu de la forêt. Des dizaines de kilomètres, jusqu'au camp Voltaire, point de départ vers les chutes du même nom, à pied cette fois. Anato conduisait les yeux collés à la route, louvoyait d'un côté à l'autre pour éviter les flaques, les ornières, les trous géants dans la terre. Le châssis était trop bas, il râpait sans cesse le sol. À droite, à gauche, une sorte de forêt dégradée, mitée par des abattis mal entretenus. Des parcelles de canne à sucre, aussi, pour alimenter la seule rhumerie du département. Puis, plus loin, la forêt dense, la vraie. Les arbres géants, alignés comme autant de soldats pour défendre un territoire en péril. Les lianes pendaient entre les branches, des plantes touffues poussaient à même les troncs. Par endroits se détachait un houppier gigantesque, surplombant ses voisins. Des toucans volaient entre les deux fragments forestiers, à coups d'aile irréguliers, sinueux. La voiture dépassa une place de dépôt de bois, des grumes noires par dizaines empilées en bord de piste.

Melissa se tenait à la poignée, ballottée par les manœuvres incertaines du capitaine. Muette depuis qu'ils avaient quitté la maison familiale. Furieuse et inquiète à la fois. Incapable d'imaginer son père en assassin. Retors, oui, agressif, violent peut-être même parfois. Mais tuer quelqu'un ? Et pourquoi ? L'idée la torturait. Elle revivait le passé, son enfance à Saint-Laurent puis en métropole, les sacrifices consentis par ses parents pour lui offrir cette vie. Elle savait combien ils avaient donné, ce à quoi ils avaient renoncé. À avoir un autre bébé. Elle imagina le futur, aussi. Si tout cela était vrai, si son père était arrêté, plus rien ne serait comme avant. Cet équilibre qu'ils avaient réussi à reconstruire après la mort de sa mère, tout volerait en éclats. Il n'y survivrait pas.

Elle avait toujours connu son père chasseur. Le weekend il allait en forêt avec son chien, parfois accompagné d'amis, plus souvent seul. Il y passait la journée, ou dormait sur place. Il rapportait la viande que sa mère cuisinait en ragoût. Il faisait partie des derniers Créoles à venir encore chasser par ici, les traditions se perdaient. Aujourd'hui, c'étaient surtout les Hmongs qui débarquaient avec tout leur matériel, leurs glacières géantes. Ils tuaient tout, ils vidaient la forêt, prétendait Marcy. Il avait emmené Melissa avec lui quelques fois, après l'adolescence. Parce qu'avant, ça lui rappelait trop l'accident qui l'avait rendue sourde, il disait. Elle était d'ailleurs la seule à savoir où il chassait. À connaître ses coins, ceux qu'il avait repérés, aménagés à sa guise, loin des regards. Ceux qu'il n'aurait révélés à aucun autre chasseur ni à aucun collègue de la gendarmerie, de peur qu'il aille lui voler son gibier. Tu peux me demander mon âge, mais pas où je chasse, c'était une de ses expressions favorites. Mais sa fille, c'était différent. Il savait que jamais elle ne prendrait le fusil. Sans elle, Anato n'aurait eu aucune chance de retrouver le major par ici.

Ils franchirent plusieurs ponts en bois au-dessus de rivières ocre qui coulaient vers le nord, vers le Maroni, vers l'océan. Et après l'un d'eux, dès que les roues touchèrent à nouveau la latérite, Melissa leva le bras sans un mot, montra la gauche. Une piste, presque invisible, piquait entre les troncs. Le capitaine suivit l'indication, tourna le volant. Mais la voiture ne passait pas. Il la gara au bord de la route.

— On va continuer à pied.

Elle hocha la tête.

Et ils s'enfoncèrent dans le sous-bois, le long des ornières creusées par les 4 × 4, seuls capables de s'aventurer sur un terrain pareil. Aucun des deux n'avait prévu une telle excursion. Melissa avait juste eu le temps d'échanger ses talons contre une paire de tongs, plus adaptée. Mais elle portait encore son jean moulant, son chemisier blanc ajusté qui jurait dans l'obscurité forestière, son foulard savamment entouré autour de ses dreadlocks.

Ils trouvèrent le pick-up garé deux cents mètres plus loin, ses roues démesurées plantées dans la boue. Rien sur la plate-forme. Au-delà, la piste devenait sentier, l'entrée marquée par un tas de cartons éventrés. Des boîtes de cartouches pour fusil de chasse. Avant d'aller plus loin, Melissa jeta un regard froid au capitaine.

— C'est mon père. Ne l'oublie pas.

Un avertissement qu'Anato ne sut comment interpréter. D'abord il comprit : prends soin de lui, ne lui fais pas de mal. Puis il envisagea ces mots sous un autre angle, plus inquiétant. Fais attention à toi. Parce qu'à présent, tu entres sur son terrain de chasse. Sa forêt. Son territoire. C'est ici qu'il abat tapirs, pacs, biches ou hoccos.

— Allons-y.

Anato marcha devant, suivant le layon seulement signifié par les tiges coupées et les feuilles piétinées à terre. Sig Sauer en main, les bras raides, aux aguets. Il tournait sans cesse la tête, balayant des yeux le sous-bois, attentif au moindre mouvement. Les douleurs étaient toujours là, au thorax surtout, chaque respiration lui faisait mal. Cette forêt avait quelque chose d'angoissant, il faisait sombre. Le capitaine repensa au sortilège, à cette impression diffuse qu'il avait ressentie juste après son accident. La menace invisible, omniprésente. Comme ici : Marcy était là, quelque part dans ce morceau de jungle qu'il connaissait par cœur. Caché. Peut-être les observait-il déjà, tapi derrière un arbre en tenue de camouflage. Avaient-ils une chance de le retrouver dans ces conditions ? À mesure qu'ils avançaient, la végétation se faisait plus dense. L'air était lourd, ils transpiraient tous deux dans leurs vêtements citadins. La peau moite, collante, le front ruisselant bientôt. Par moments, Anato se retournait, croisait le regard vif de Melissa. Elle n'entendait pas, ni le son continu des insectes ni les cris des oiseaux-sentinelles qui alertaient leurs congénères de l'arrivée des intrus. Mais elle voyait. Mieux que personne, elle détectait les défauts dans l'alignement des troncs, les couleurs incongrues des déchets laissés par les hommes. Par un homme, surtout. Ici des douilles de calibre 12, là des morceaux de papier aluminium abandonnés.

Le layon serpentait, longeait les cours d'eau, s'en éloignait pour grimper sur une butte, suivait les lignes de crêtes, puis redescendait vers la rivière. Ils durent patauger dans le lit pendant un moment, marcher sur des troncs pour franchir certaines criques. Anato imagina les journées passées ici par le major, fusil en main, fouillant des yeux entre les arbres. Cherchant le mouvement des perdrix courant à terre. Les traces des pakiras au milieu des feuilles mortes. L'odeur caractéristique des cochons-bois.

Anato ralentit, la main tendue. Devant eux, à une trentaine de mètres, il y avait quelque chose. Une zone aménagée. Il s'approcha, les sens en alerte.

— C'est son campement, dit Melissa. C'est ici qu'il passe la nuit.

Le capitaine avança à pas prudents. Puis il scruta l'endroit. Un campement ? Un dépotoir, oui. Au centre se dressait un carbet, tout ce qu'il y avait de plus sommaire : une armature en troncs fins, une faîtière, et une bâche noire en guise de toit. À l'extrémité gisait un vieux fût métallique au corps cabossé, l'intérieur carbonisé : un boucan, pour fumer la viande. Contre un arbre reposait une grille toute rouillée, maculée de noir. Et au sol, des déchets, partout. Des cartouches usagées, éparpillées entre les feuilles, enfoncées dans la boue. Des canettes vides, des boîtes de café soluble. Des morceaux de bâche en décomposition. Résidus des nombreuses nuits passées ici au fil des mois.

Mais aucune trace du major. Ni de présence ni de venue récente.

Anato interrogea Melissa du regard. Mais n'y lut rien de signifiant. Elle-même ignorait les intentions de son père. Son visage, d'habitude si expressif, n'était plus qu'un masque d'inquiétude. Les yeux rouges, les traits secs. La bouche vide.

Ils s'engagèrent sur le layon qui reprenait derrière le campement. Marchèrent encore, la boue collée sous les semelles, le pantalon terreux, le haut trempé. Anato commençait à douter. Peut-être n'aurait-il pas dû venir seul avec Melissa. Sans soutien, sans organisation, sans même prévenir sa hiérarchie. Qu'avait prévu Marcy, que cherchait-il ? Pouvait-il leur avoir tendu un piège ? Les chicots coupés à la machette se dressaient sur le tapis de feuilles mortes, pointus comme des flèches. Le capitaine les suivait, progressait vers l'intérieur du massif forestier, attentif aux mouvements, aux bruits, s'attendant à une mauvaise surprise passé chaque arbre. Mais il ne voyait rien d'autre que cette jungle épaisse. Et finalement, vide. Dix minutes s'écoulèrent, silencieuses. Ils dépassèrent une zone où affleuraient des blocs de pierre noirs, des rochers mal assemblés au-dessus d'un minuscule cours d'eau. Anato franchit les obstacles, tendit une main à Melissa qui la refusa. Poursuivit sa route sur le sentier qui remontait.

Mais arrivé au sommet du morne, lorsqu'il se retourna, il ne la vit plus. La jeune Créole avait décroché, quelque part.

Il revint sur ses pas.

Et la trouva. À cinq mètres de lui, elle se tenait, debout, immobile. Figée. Comme si quelque chose avait attiré son attention, le regard planté dans la végétation. Anato la rejoignit, balaya des yeux le paysage. Il ne voyait rien, des arbres, des feuilles, un horizon bouché, des couleurs mélangées. Du vert, du marron, du jaune, du noir. En silence, Melissa fit un pas hors du sentier, puis un autre. Elle avança sur quelques mètres, la tête droite, fixant un point connu d'elle seule. Anato la suivit, les sourcils froncés, scrutant chaque recoin du sous-bois. Pendant de longues secondes, il resta impuissant.

Puis enfin il le vit.

Deux arbres côte à côte. Des morceaux de bois, cloués entre eux à l'horizontale pour former une sorte d'échelle. Un affût de chasseur. Et assis sur le dernier barreau, à moins de trois mètres du sol, fusil posé sur les genoux, il y avait Marcy. Short kaki, chemise noire. Camouflé. Depuis le sentier, vingt mètres plus bas, il était invisible, jamais Anato ne l'aurait repéré. Il les regarda s'avancer. L'air mauvais, les yeux plissés, la bouche crispée sous son gros nez. Les mains serrées autour de son arme. Il fixa Anato, puis Melissa, longuement, puis à nouveau Anato.

— Pourquoi vous l'avez amenée ?

La voix chargée d'aigreur.

— C'est fini, Marcy. Descendez de là.

Mais le major ne semblait pas décidé à quitter son belvédère. Il détourna le regard, comme s'il se désintéressait tout à coup de la présence du capitaine, se concentra sur Melissa. Ses traits se détendirent un peu. Derrière la colère on devina une profonde tristesse. Des regrets. Et un amour sincère, même malmené. Anato observa le père et la fille, attendit qu'ils se parlent, qu'ils rompent enfin ce silence oppressant. Qu'ils s'expliquent, que la vérité éclate. Mais lorsqu'ils le firent, ce fut sans bruit. Dans cette langue qu'eux seuls pouvaient comprendre.

Le visage grave, Melissa leva les mains devant sa poitrine.

Et elle se mit à signer.

Papa. Dis-moi que c'est faux. Dis-moi qu'il se trompe. Que tu n'as pas tué ce garçon, que c'est quelqu'un d'autre. Parle-moi, raconte-moi. Dis-moi pourquoi.

Les mains de la sourde fendaient l'air, volaient devant elle tels deux oiseaux paniqués pour dessiner les mots, les questions, les phrases qu'elle lançait à son père. Son visage accompagnait chaque signe d'expressions visibles. Même sans paroles, on y lisait toute l'incompréhension qui l'animait. Parce qu'au-delà du crime dont il était suspecté, ce dont Melissa l'accusait, c'était de trahison. Une trahison familiale.

Marcy, les fesses calées sur son rondin, décolla les mains de la crosse de son fusil. Et à sa manière à lui, il répondit. Anato ne l'avait jamais vu signer, pensait même inconsciemment qu'il ne connaissait pas la langue de sa fille. Le major semblait pourtant savoir s'y prendre. Ses gestes traçaient dans l'espace des formes molles, plus brouillonnes, plus maladroites que celles de Melissa. Mais tout aussi éloquentes. On devinait ses hésitations, ses doutes. On lisait sur ses traits grossiers une douleur intime.

Pourquoi ? il signa en tapotant l'index à droite de son front. Mais pour toi, Melissa.

Quoi ?!

Oui. Uniquement pour toi. Parce que jamais tu n'aurais compris. Parce que jamais tu ne m'aurais pardonné.

Mais…

Il allait tout raconter, tout le monde aurait su. Et toi, avec toutes tes idées…

Maman, reprit la jeune femme, la main butant sur sa hanche. Elle m'a menti.

Ils se turent un instant. S'immobilisèrent, en fait. Les yeux dans les yeux, Marcy cherchant ses signes, les gestes hésitants. Anato s'interdit d'intervenir, il les laissa s'expliquer dans ce langage auquel il n'avait pas accès.

Tu vois tout ça avec tes yeux d'aujourd'hui, traça enfin le major devant lui. Mais tu n'as aucune idée de ce que nous avons enduré. De ce qu'était cette ville autrefois.

Papa… Arrête de vivre dans le passé.

Melissa s'énervait, ses gestes devenaient plus durs, plus marqués, plus vifs. Et lorsqu'il se lança dans son récit signé, ceux de Marcy étaient chargés d'amertume.

Tu vois, tu ne comprends pas. Dans les années 1980, à Saint-Laurent, on était cinq mille. C'était une petite ville, calme. On ne fermait pas les portes, les maisons étaient toujours ouvertes, les voitures aussi. La délinquance, on ne savait pas ce que c'était. On allait parfois au Suriname pour le week-end, c'est eux qui nous alimentaient en produits agricoles, avant les Hmongs. Avec ta mère on vivait tranquillement, on se préparait à avoir un enfant. (Il la regarda d'un air désolé.) Et cette guerre, elle a tout foutu en l'air. Dix mille réfugiés. Dix mille ! il signa à nouveau, lentement, en grimaçant. Tu imagines ? C'est à ce moment-là que tout a basculé, que la commune a changé de visage, que les gens ont commencé à dire qu'ici c'était le Far West. Il y a eu des braquages, avec des armes de guerre, des blessés, des attaques de voitures. Même le sous-préfet il y a eu droit, sur la route de Cayenne. Les réfugiés avaient des autorisations pour circuler en ville. Alors pour eux c'était facile : ils nous braquaient ici, puis ils filaient dans les camps où ils étaient protégés par l'armée. On restait à la maison. On ne pouvait même plus faire sécher notre linge dans la cour, ils le volaient sur les fils. Je n'étais pas encore entré dans la gendarmerie, mais je me souviens des gars, ils étaient complètement dépassés. La préfecture niait la situation, leurs statistiques étaient faussées parce que beaucoup de victimes ne portaient pas plainte. Mais pour tous les habitants de Saint-Laurent, c'était une évidence : ce sont les Surinamiens, les Noirs-Marrons, qui nous ont apporté l'insécurité ! Et aujourd'hui ça continue.

Papa ! Ils fuyaient la guerre ! (Mouvements secs des deux index, telles deux armes à feu.) Comment tu peux dire ça ? C'est du racisme !

Marcy soupira devant la colère de sa fille, de moins en moins contenue. Il jeta un regard à Anato qui se sentit concerné sans bien savoir pourquoi.

Du racisme ? il signa en collant son poing sous sa lèvre. Je t'avais dit que tu ne comprendrais pas. Les gens ont manifesté, ils ont créé cette association, Avenir de Saint-Laurent. Mais moi j'ai fait comme d'autres : je me suis préparé à me défendre par moi-même. (Melissa secoua la tête, furieuse et choquée.) Je gardais toujours une arme dans ma voiture, sous le siège. Fortuné habitait à côté. Avec lui, avec d'autres voisins, on a monté une sorte de milice de sécurité. On surveillait les maisons du quartier, à tour de rôle.

Et c'est là que tu m'as tiré dans l'oreille…, elle devina, le pavillon de la sienne entre pouce et index.

Il s'arrêta un instant. Posa doucement une paume sur sa bouche, revivant la scène comme un moment terrible de son passé. Puis, de ses gestes pataudsa, il raconta à sa fille comment il l'avait rendue sourde :

Ça ne devait pas arriver. Ce type a débarqué pendant qu'on dormait, il est entré directement dans la maison, par la fenêtre, ça a fait un bordel pas possible. Je me suis levé, j'ai pris mon fusil de chasse que je gardais toujours sous mon lit, je suis descendu dans le salon. Je ne le voyais pas, il faisait noir, il s'était caché dans un coin, je le cherchais avec mon canon pointé. Dans la cuisine, derrière les portes. Et d'un coup il a surgi pour foncer vers la sortie et prendre la fuite.

Et bien sûr, tu lui as tiré dessus, elle mima, dégoûtée.

J'ai tiré deux fois. En l'air, quand il était déjà dehors. Et il a disparu. Mais lorsque je me suis retourné, ta mère était là, presque collée à moi. Tu étais dans ses bras, tu hurlais. Les cartouches avaient explosé à quelques centimètres de ton visage.

Les mains de Marcy retombèrent sur ses cuisses, comme si elles venaient de perdre toute leur énergie. Il paraissait désespéré, conscient que plus rien ne serait pareil après ces aveux.

On t'a amenée aux urgences. Tu avais deux ans, tu pleurais, tu pleurais sans t'arrêter, ta peau était brûlée autour de l'oreille. Ils ont dit que l'explosion t'avait perforé les tympans, que ça allait cicatriser, que tu retrouverais peut-être l'audition après. Mais ça n'est jamais revenu, tout ton appareil auditif avait été atteint. Jamais je ne me suis senti aussi mal de toute ma vie, je ne parlais presque plus à ta mère. Alors quand Fortuné est venu me voir, qu'il m'a annoncé qu'il savait où se trouvait le cambrioleur, j'ai craqué. On y est allé à trois, avec lui et Gérard, un métropolitain. On voulait lui donner une leçon, lui faire peur. Et moi, je voulais une chose : qu'il rentre chez lui, dans son pays. On était en 1992, les camps avaient été démantelés, l'État leur offrait même de l'argent pour qu'ils partent, tu te rends compte ?

Melissa n'en croyait pas ses yeux, pétrifiée. Ce qu'avait deviné Anato, cette histoire terrible qu'elle chassait de son esprit depuis qu'ils avaient quitté la maison, elle était vraie. Impossible de l'ignorer à présent, il allait falloir vivre avec. Avec ce père qui lui apparaissait sous un autre jour. Et que pourtant elle aimait tant. Les larmes montaient en elle.

Vous étiez certains, au moins ?

De quoi ?

Tu dis qu'il faisait noir dans la maison. Vous étiez sûrs que c'était lui ?

Pas de réponse, les mains suspendues, stoppées dans leur élan. Non, elle devina, ils n'en savaient rien. Son père avait besoin d'un coupable, et son ami Fortuné le lui avait fourni. Voilà tout. Peut-être était-ce bien lui, peut-être pas.

Tu pensais que cette histoire ne ressortirait jamais ?

Je l'espérais en tout cas. C'était il y a trente ans. Je ne voulais pas que tu saches.

Alors ce jeune, tu l'as tué, elle conclut, un trait du doigt en travers de son cou. Tu l'as vraiment fait. De tes propres mains, papa ?

Marcy n'avait pas besoin de répondre, elle avait déjà compris. Le capitaine crut qu'il allait se mettre à pleurer lui aussi. Il tremblait des lèvres et des paupières, pétri de regrets. Mais rien ne sortit, ses yeux restèrent secs. Melissa, elle, essuya ses joues barrées de larmes verticales. Le silence dura longtemps, Anato hésitait à y mettre fin, touché par le drame qui unissait le père et la fille.

Pour finir, Marcy la fixa, puis frotta les doigts de sa main droite sur sa paume gauche.

Pardon.

— Descendez maintenant.

Anato se tenait au pied des deux arbres, la main sur son automatique, prêt à dégainer en cas de problème. Marcy resta immobile, la bouche toute droite. Il resserra ses doigts autour de son fusil, juché en haut de son affût, pareil à un roi déchu accroché son trône.

— Allez, descendez d'ici.

— Anato… Franchement, vous m'imaginez en prison ?

Et sur ces mots, le regard mauvais, il baissa son canon, le tourna vers le capitaine qui changea d'expression. Inquiet. Melissa suivit la scène, ne sachant comment réagir.

— Marcy, ne faites pas de connerie.

— Écartez-vous.

Anato sortit son Sig Sauer, le pointa à son tour, puis recula de deux pas. Le major se leva doucement, sans quitter sa cible du bout de son arme, glissa un pied sur le barreau inférieur. Et commença à descendre, marche par marche, le capitaine en joue.

— Marcy, arrêtez ça, vous n'avez aucune chance.

— Taisez-vous.

Il toucha le sol, une basket boueuse sur les feuilles mortes.

— Papa… dit Melissa. Qu'est-ce que tu fais ?

Debout dans son short, la chemise à moitié ouverte, il lui jeta un œil déterminé. Puis revint au capitaine. Fusil de chasse d'un côté, automatique de l'autre, ils se jaugèrent, firent quelques pas de travers. Anato se rapprocha.

— Posez cette arme. C'est fini…

Mais le major ne semblait pas aussi convaincu. Il cherchait une issue. Regard furtif à droite, à gauche, derrière, le fusil toujours à l'horizontale. Anato guettait chaque mouvement. Qu'est-ce qu'il préparait ? Il ne le voyait pas tirer sur un gendarme, il n'était pas fou. De longues secondes s'évanouirent, happées par l'humidité du sous-bois.

Et d'un coup, le major se retourna.

Pour prendre la fuite en s'enfonçant dans la forêt.

— Marcy !!! hurla Anato, pris de court.

L'arme au bout de son bras, il visa le dos, serra le poing, hésita. Mais Melissa réagit aussitôt à cette vision, un cri étrange sortit de sa bouche. Elle se jeta sur lui, le bouscula. Le coup de feu partit en l'air, vers la canopée, le pistolet vola à terre. Le capitaine posa un genou, lui darda deux yeux furieux, tourna à nouveau la tête vers la forêt. Le major disparaissait, on ne voyait plus qu'une forme sombre qui agitait les tiges. Il n'eut pas le temps de réfléchir. Il se redressa, grimaça sous la douleur.

Et s'élança à sa poursuite, laissant la jeune femme seule avec ses cris vains.

Cinquante mètres les séparaient. Les deux gendarmes foulaient les feuilles en décomposition, glissaient sur le sol boueux. Marcy, le souffle court, usé par l'âge, par le tabac. Anato, la poitrine en feu, un élancement brûlant à chaque respiration, des aiguilles dans la cuisse. Chacun son handicap. Le capitaine repoussait des mains les branches qui lui fouettaient le visage, il évitait les troncs des palmiers couverts d'épines. L'œil rivé sur la silhouette incertaine du major lançant des regards en arrière. Son fusil en bandoulière lui barrait le dos en diagonale. Toujours chargé.

— Marcy !!!

Où courait-il ainsi ? Cherchait-il à regagner un autre campement, un lieu particulier où il aurait pu avoir l'avantage ? Ils fonçaient, épousaient le terrain, slalomaient entre les plus gros troncs, écrasaient les pousses, contournaient les obstacles, trous, rochers. Ils avaient déjà parcouru quoi ? Huit cents mètres peut-être. Soudain, devant, le major s'arrêta net, agita le regard dans tous les sens. Un chablis : un arbre en travers de sa course qui dans sa chute en avait entraîné cinq autres. Une trouée dans la forêt, un chaos végétal et ligneux sur un demi-hectare, infranchissable. Marcy n'essaya pas de le contourner, il piqua à droite, continua son sprint. Sautant tant bien que mal au-dessus des feuillages écrasés à terre. Anato le repéra, coupa en diagonale pour lui barrer la route, comblant l'écart qui le séparait.

— Nom de Dieu, Marcy !

Moins de dix mètres entre eux. Cette fois le major était visible. Là, juste devant, sa carrure colossale lancée au milieu de la jungle. Il jouait des coudes avec les troncs. Le fusil, pensa le capitaine, c'est le fusil qui le ralentit. L'arme se prenait dans les feuilles, la crosse butait contre les arbres. Ils arrivèrent dans un bout de forêt clairsemé, en descente. Le moment propice.

Oubliant la douleur, Anato se jeta en avant.

Il percuta le fuyard. Déséquilibre, les pieds dans le vide. Puis chute. Étalés, tous les deux dans le tapis de feuilles mortes. Marcy grogna alors que le capitaine lui grimpait dessus pour l'immobiliser. Il se débattit, lança le bras, frappa au hasard pour l'obliger à lâcher prise. Ils roulèrent dans la pente avant de buter sur une souche. Le major ouvrit la bouche, gémit : un chicot dans le dos. Anato en profita pour se redresser sur lui, lui tirer la main en arrière. L'autre chercha à se dégager, mais le capitaine força. Et poussa le poignet dans le dos en une clé douloureuse. Le visage de Marcy se tordit. Il tenta de se libérer, agité comme un animal pris au piège. En vain. Alors il serra les dents, puis son poing libre. Et cette fois, il visa le visage, les phalanges comprimées vinrent percuter le menton d'Anato. Recul, le capitaine s'étala à son tour, le dos à terre. Il secoua la tête, sonné. Mais se releva aussitôt. Et il agrippa le fusil à pleines mains, l'amena à lui de toutes ses forces. Marcy ne le vit pas venir, son crâne bascula vers l'arrière, étranglé par la sangle. Anato se cala au sol. Le major sentit le cuir lui déchirer le cou, la trachée écrasée, les yeux hors des orbites. Il agita les bras dans le vide, essaya de glisser les doigts pour réduire la tension. Mais Anato tirait, tirait encore.

— C'est bon ?! il hurla. On arrête là ?

Marcy se débattit autant qu'il le pouvait, des gestes confus, convulsifs, désespérés. Il chercha une prise derrière lui, quelque chose à saisir. Sans succès. Bientôt il n'eut plus de souffle, plus de force, plus rien. Il tapa la boue de sa paume.

Forfait. Abandon.

Anato lui donna du mou, puis dégagea totalement la sangle pour s'emparer du fusil et le pointer sur lui. Marcy toussa, la face rouge, plié en deux au milieu des feuilles. Réalisant seulement, la vue troublée, l'esprit secoué. Il leva les yeux vers le capitaine, le fixa, essoufflé. Il passa une paume sur sa bouche, remarqua qu'elle saignait, cracha à terre. Et il redressa son dos, calé contre un arbre. Anato fit de même, à trois mètres de lui, fusil en main, des hématomes en plus, les muscles en feu. Au front, les points de suture avaient lâché, la plaie ouverte, il la toucha du doigt, pesta.

Ils restèrent un long moment ainsi. Sans voix, les yeux dans les yeux. Ils récupéraient, peu à peu, des respirations amples et profondes. Des mimiques de douleur. Les vêtements couverts de boue, de feuilles mortes, de morceaux de bois, de racines. De la terre glissée dans le cou, mêlée à la sueur sur le torse, une sensation désagréable. Des insectes aussi. Le capitaine inspecta le fusil : un Baikal à deux coups. Une cartouche dans chaque canon. Son automatique, il l'avait perdu avant la course.

Il inspira, souffla. Se releva.

— Allez. On y va, il fit, le major en joue.

Marcy secoua la tête.

— On y va… il répéta. Où voulez-vous aller ?

— On rentre à Saint-Laurent. C'est vous le guide.

— Le guide…

Anato détailla le corps avachi contre le tronc, épuisé. Il leva le regard, observa le sous-bois, tourna sur lui-même, à 360 degrés. Et ne vit que des arbres. Partout, autour d'eux, des arbres identiques, pas le moindre sentier, pas la moindre marque. Ils arrivaient du haut de la pente, c'était tout ce qu'il savait. Aucune trace de leur passage. Non, pensa Anato, il n'a pas pu faire ça ! C'était pourtant clair : le major n'avait aucune direction, aucun but dans sa fuite. Franchement, vous m'imaginez en prison ? C'est ce qu'il avait dit du haut de son affût. Il voulait juste s'éloigner, ne pas se faire prendre.

Et se perdre. Volontairement.

Une fuite désespérée.

Une vague brûlante parcourut les membres du capitaine. Un instant il crut que ses vertiges reprenaient. Mais non, c'était une sensation plus simple. L'angoisse.

Se perdre en forêt, le principal danger. Ils avaient parcouru plus d'un kilomètre. Beaucoup auraient tout de même essayé de chercher leur chemin, de retracer l'itinéraire emprunté à l'aller. Ils auraient guetté chaque détail, chaque branche cassée, chaque feuille pliée comme autant de signes encourageants. Mais tous deux savaient que c'était prendre un risque plus grand : celui de s'éloigner davantage. Et de compliquer les recherches lorsqu'elles seraient lancées. Parce que Melissa savait sans doute que partir seule à leur recherche était inutile. Elle n'allait pas tarder à rebrousser chemin, puis à donner l'alerte. Le capitaine leva la tête. Les feuilles de la canopée formaient un plafond opaque, cachaient le ciel. Et la lumière déclinante annonçait la venue de la nuit.

Une seule chose à faire : attendre.

Et s'apprêter à dormir ici.

46

Monique planta l'index dans le bain, vérifia la température, rajouta un peu d'eau froide. Puis souleva Thélia pour l'asseoir dans la baignoire, cinq canards jaunes flottant autour d'elle. La petite métisse gloussa, un sourire béat en travers du visage, elle frappa la surface de ses mains pour éclabousser sa mère. Monique recula. Et se cala sur une chaise, hors de portée. Un autre jour elle aurait joué, ri avec sa fille et sa joie de vivre contagieuse. Mais pas cette fois. Pas depuis son échange avec son oncle et le détective, à l'hôpital. La déprime totale. Elle voyait tout en gris. Elle avait raté sa vie, elle estimait. Jamais elle ne trouverait l'homme qu'elle cherchait, celui qui lui offrirait stabilité et sécurité, qui ferait d'elle une femme heureuse. Pourtant elle se savait belle, séduisante, attirante. Des dragueurs pour la siffler, pour lui faire des propositions charnelles, elle en croisait tous les jours. Mais lorsqu'elle regardait derrière elle, qu'elle faisait le bilan de son passé, elle réalisait combien elle s'était fourvoyée. Ses amours : une série d'échecs. Le père de Thélia, trois ans de sa vie, une tragédie qu'elle essayait encore d'oublier. Tous les autres ensuite, des menteurs, des incapables.

Et maintenant Francis. Celui qu'elle avait pris pour son prince charmant. Lui aussi l'avait trahie. Plus que tout autre. Elle l'avait soupçonné de trafiquer de la cocaïne avec son frère. Mais c'était encore plus grave. Un meurtre. Voilà qui expliquait pourquoi il était si discret depuis quelques jours, pourquoi ses messages étaient si secs, ses je t'aime si timides. Plus d'envolée amoureuse, de déclaration enflammée. Il se cachait. À présent, elle ne touchait plus à son portable, avait elle-même coupé le contact. Francis avait l'air si sérieux au début de leur relation. Attentif, bienveillant, l'homme modèle. Trop beau pour être vrai.

Pourtant, lorsque retentit la sonnerie de la porte, elle ressentit un pincement au cœur. Un espoir, fugace. Et si c'était lui ? Peut-être qu'il va tout m'expliquer, que tout le monde s'est trompé à son sujet, qu'il n'a rien à voir dans toute cette histoire. La fin du cauchemar.

— J'arrive ! elle cria.

Elle sortit Thélia du bain, la sécha grossièrement, la cala dans ses bras et passa dans l'entrée. Elle ouvrit la porte.

Et tomba sur la silhouette imposante de Vacaresse.

Jamais elle n'avait vu le détective dans cet état. Le regard résolu, les lèvres serrées sur ses dents trop longues. De la haine dans les yeux. À sa vue, Thélia prit peur et se mit à pleurer. Monique lui colla le visage sur son épaule. Il ouvrit la bouche, juste pour quelques mots :

— Mon fils est à l'hôpital.

Une voix glaciale.

La jeune mère le fixa. À l'hôpital. À cause de Francis, elle devina. Mon Dieu ! Elle chercha ses mots. Compatissante, mais désemparée. Que pouvait-elle y faire ? La petite gémit à nouveau.

— Il est où ? questionna Vacaresse, criant presque pour couvrir les pleurs.

— Je…

— Francis, il est où ?

— Mais je n'en sais rien !

Le détective la poussa de la main, doucement, mais fermement, s'imposa dans le petit appartement, scruta l'endroit. C'est donc ici qu'avait vécu celui qui détruisait la vie de Jérémy. Avec elle, tranquillement, plusieurs mois durant. Jamais inquiété. Fomentant déjà ses crimes. Il se retourna sur elle.

— Je veux le voir. Appelez-le, harcelez-le, mais trouvez-le-moi.

Elle fronça les sourcils. Il faisait presque peur, un père enragé par les malheurs de son fils. Il bouillait sur place, jetait des regards nerveux dans tous les coins de la pièce, sur les livres, sur les bibelots, sur les jouets de Thélia. Elle embrassa la joue de sa fille en signe de réconfort, caressa ses cheveux tressés.

— Mais mon oncle devait le localiser…

— Il ne l'a pas fait. Alors débrouillez-vous.

Sur quoi il passa dans la salle de bains, regarda l'eau qui se vidait dans la baignoire en un petit siphon.

Anato avait trouvé une roche nue, presque plate, s'était assis dessus. Il préférait cela au sol forestier où rampaient les insectes, même minuscules. Marcy, lui, n'avait pas bougé, calé le dos contre son tronc, les jambes écartées parmi les feuilles. Il paraissait insensible, le regard dans le vague. L'air abattu, de fatigue, de chagrin, de désespoir. On reconnaissait à peine le gendarme fier et arrogant qu'il avait été, comme s'il venait de basculer d'un monde à un autre. Impossible d'imaginer ce qui se passait dans sa tête. Avait-il abandonné ? Préparait-il encore quelque chose ? Attendait-il un moment d'inattention de la part du capitaine ?

Les bruits de la forêt changèrent. Les oiseaux du jour se turent. Les sifflements perçants des tinamous creusèrent le silence. Puis les grenouilles prirent le relais, se mirent à célébrer le crépuscule naissant. C'est le signal, se dit Anato. Nous allons passer la nuit en forêt. Sans hamac, sans vivres. Juste deux gendarmes, un Créole et un Ndjuka, un fusil de chasse et deux cartouches.

Deux cartouches. En tirant en l'air, il pouvait attirer l'attention des secours, les guider vers eux. À condition de faire feu au bon moment, quand les recherches seraient vraiment engagées. Et donc pas ce soir : les gendarmes allaient peut-être essayer, profiter des dernières lumières du jour, mais ils renonceraient vite. Trop risqué, trop incertain. Ils reprendraient demain matin, dès l'aurore. Et là, seulement à ce moment-là, il tirerait. Être patient, c'était la clé. Ils nous retrouveront, il se persuada, nous ne sommes pas si loin. Mais rien n'était certain. En lui, quelque chose s'était noué depuis qu'il avait réalisé. Une angoisse, diffuse, discrète. La peur de finir ici. Il changea le fusil de côté, se réinstalla sur son caillou, dur et rugueux. Puis chassa ces pensées délétères. Se concentrer sur autre chose, du concret, se rattacher au monde. L'enquête. Il lista mentalement ce qu'il savait, ce qu'il commençait seulement à comprendre. Et ce qu'il ignorait encore. Ce que l'homme en face de lui n'avait pas dit.

— Marcy ? il fit enfin.

Le major leva la tête, un mouvement presque imperceptible. Mais ne répondit pas.

— Francis Adogoe, ajouta Anato.

— …

— Pourquoi lui ? Juste pour nous détourner ? Un leurre ?

Le regard qu'il eut en retour était incrédule. Comme si Marcy ne saisissait pas ce qu'il voulait dire. Comme s'il cherchait le piège dans la question. Avant de réaliser :

— Alors vous n'avez pas compris…

Vacaresse pénétra dans la chambre, laissa courir son regard sur le lit double, les draps en vrac. Une des attaches de la moustiquaire avait lâché, elle s'affaissait au-dessus du matelas. Au mur, des photos collées avec de la pâte à fixer, la mère et la fille en visite au zoo, en pleine forme à l'époque. La lumière dans la chambre grésillait légèrement, une simple ampoule au bout de fils électriques tordus. Un ventilateur mural coupait l'air en tranches, les lames noires de poussière. Monique suivait le détective dans chaque pièce, mal à l'aise, Thélia agrippée dans ses bras. Elle n'aimait pas cette intrusion dans son appartement.

— Vous n'avez rien à faire ici.

Pas de réponse, pas même un mouvement de tête. Il devenait franchement effrayant. Elle avait envie de le voir partir, il l'inquiétait, lui rappelait tellement ce dont Francis était soupçonné. Mais à son air déterminé, elle devinait qu'il resterait. Elle songea un instant à appeler la police, son oncle. Mais se ravisa, sans bien savoir pourquoi. Retenue par quelque chose. L'envie de comprendre, elle aussi.

Une autre pièce, une sorte de bureau sans fenêtre. Des étagères en mélaminé aux planches tordues, gorgées d'humidité. Une table à plateau coulissant, imitation bois, avec un ordinateur, écran-clavier-unité centrale, le tout un peu poussiéreux. Partout où ses yeux se posaient, Vacaresse essayait de se mettre dans la peau du trafiquant de drogue. Il l'imaginait évoluer dans le salon, dormir ici, manger là. La jeune femme se tenait contre la porte, le regardait faire.

— C'est ici qu'il travaille ? Dans cette pièce ?

Sa voix était toujours aussi sèche. Elle hocha la tête. Il continua son inspection.

Sur une étagère, il y avait un dossier avec une inscription manuscrite : Mémoire. Mémoire de quoi ? Vacaresse l'ouvrit, en tira une pochette à élastiques. À l'intérieur, des feuilles noircies de notes prises à la main, une écriture horrible, illisible. Un article de presse, *France-Guyane*, récent. Les élections municipales à Saint-Laurent, la candidature de Fortuné Jean-François officialisée. Une confirmation de plus du lien entre le jeune Ndjuka et l'homme politique. Rien de nouveau. Juste un objet, scotché sur le carton intérieur de la pochette. Une clé USB. Toute simple, presque neuve.

— Vous savez ce que c'est ?

— Aucune idée. C'est à lui, je ne fouille pas dans ses affaires.

Pas dans celles-là, en tout cas, compléta le détective pour lui-même. Parce que le faire suivre, ça ne vous a pas posé de problème. Il décolla la clé, la fit tourner entre ses doigts, retira le bouchon. Et, sans demander l'accord de Monique, il alluma l'ordinateur. L'unité centrale se mit à vrombir, la jeune femme fronça les sourcils. Contrariée. Mais aussi curieuse, le visage de Francis à l'esprit. C'était une vieille version de Windows, il fallut près de trois minutes pour obtenir l'écran d'accueil. Vacaresse bougea la souris. Puis il inséra la clé.

Des fichiers audio, avec des noms de famille. Inconnus pour la plupart. Sauf deux d'entre eux, qui ressortaient.

Jean-François. Le politicien.

Et Koosman.

Bradley Koosman, déduit Vacaresse. Il l'a enregistré lors de leurs différentes rencontres. Un moyen de pression ? Le détective comprit aussitôt qu'il avait là quelque chose d'important. Une pièce essentielle. Il jeta un regard à Monique qui s'était rapprochée de lui, muette, attentive. Et il ouvrit le fichier. Il positionna le curseur au milieu de l'enregistrement.

Des paroles, en ndjuka, incompréhensibles pour Vacaresse qui écouta, le visage étonné. Il y avait un problème, quelque chose ne collait pas. Ce n'était pas une voix de jeune homme. Râpeuse, sèche, hésitante. Celle d'une femme. Âgée.

— Qu'est-ce qu'elle dit ?

Monique réinstalla sa fille dans ses bras, tendit l'oreille. Et commença à traduire.

— Johny… Johny n'avait rien fait… Ils l'ont frappé… pour rien…

— Melita Koosman… dit Vacaresse à voix basse.

C'étaient les paroles de Melita Koosman, avant son suicide. Et avant la mort de son fils. Le détective se redressa alors que la voix de la vieille Ndjuka continuait de couler hors de la machine. Des phrases hachées, parfois étouffées, chargées de chagrin en évoquant le souvenir lointain de son défunt mari. Vacaresse resta interdit. Il regarda les papiers, un sourcil levé. Il posa la main sur la souris, déplaça le curseur.

— Et là, elle dit quoi ?

— Je… Je ne voulais pas repartir au Suriname… Jamais. Parce que Bradley… Là-bas, ils ne voulaient plus de nous… À l'hôpital de Paramaribo, quand les femmes ndjukas ne pouvaient pas payer, ils vendaient leurs bébés à des étrangers…

Elle racontait toute l'histoire, comme l'avait fait Jules Erneste à Mana, mais à sa manière. Avec d'autres mots, d'autres anecdotes, plus de détails. Derrière elle on entendait chanter les grenouilles : l'entretien avait eu lieu en soirée. Sûrement chez elle, dans sa cahute délabrée à l'écart de la route. Koosman, se répéta Vacaresse, perturbé, ses certitudes mises à mal. Melita Koosman. Pourquoi elle ? Dans l'agenda remis par Monique, le nom revenait plusieurs fois. Mais seulement le nom de famille. Le détective en avait déduit que Francis rencontrait Bradley Koosman. Erreur. C'était sa mère. Plus loin sur l'enregistrement, vers la fin, il y avait une autre voix.

— C'est lui, dit Monique, tendue. C'est Francis… Merci, il la remercie pour son témoignage. Et… il dit qu'il reviendra la voir mardi prochain.

Il parlait d'un ton calme, posé, imprégné de respect pour la vieille dame. Le détective resta un long instant silencieux, les traits crispés. Il tenta de visualiser la scène. Melita Koosman, assise sur un de ses bancs en bois, le dos voûté, le regard perdu dans ses souvenirs. Et Francis, face à elle, Dictaphone en main, recueillant son témoignage avec application, l'encourageant même. Sans la moindre menace, sans parole mal placée. Comme un ethnologue, un historien. Ou un journaliste. Oui, Francis Adogoe, l'étudiant en journalisme, comme l'avait présenté Monique lors de leur première rencontre. Le jeune premier, bien sous tous rapports, irréprochable. Une image tellement éloignée de celle que Vacaresse s'était faite, du trafiquant de cocaïne, capable de tuer pour le compte du politicien, avec des relations tentaculaires, jusque dans la prison de Rémire-Montjoly. Deux mondes qui semblaient inconciliables.

Ça changeait tout. Ils avaient tout faux.

Francis n'avait pas rencontré Bradley Koosman pour l'empêcher d'étaler cette histoire sur la place publique. Au contraire : il poussait Melita à témoigner. Il était de l'autre côté de la barrière. Vacaresse ouvrit cette fois deux yeux géants, posa une main sur sa bouche. Reprenant toutes ses conclusions, à l'envers. Il coupa l'enregistrement, le cerveau à plein régime, cherchant de nouvelles hypothèses. Une certitude s'imposait soudain, évidente : Francis n'a pas tué Bradley Koosman. Il n'avait aucune raison de le faire. Peut-être étaient-ils en contact, travaillaient-ils ensemble. Avec un même objectif : raconter l'histoire de la famille après la fermeture des camps.

Marcy. Franck Marcy. Anato avait sans doute raison, c'était lui l'assassin de Bradley Koosman, un des agresseurs de son père. Et dans ce cas…

Mardi prochain. Il avait dit à Melita Koosman qu'il revenait mardi prochain. Le meurtre avait eu lieu un mardi. Nom de Dieu, devina Vacaresse. Il était là. Il est allé rendre visite à la vieille femme, encore en soirée, puis il est allé sur le sentier, avec son fils. Il a assisté au meurtre, il sait, il a tout vu. Voilà pourquoi il se cache. Pourquoi il est parti au Suriname. Pas pour fuir la justice. Mais le major. Pour ne pas subir le même sort que le Surinamien.

Vacaresse se tourna vers Monique, une expression nouvelle sur le visage. Imaginant le couple de Ndjukas sous un autre angle, Francis Adogoe en étudiant modèle, en compagnon idéal, amoureux.

— Monique. Vous pouvez me montrer les messages que Francis vous a envoyés dans les derniers jours ? Vous disiez que vous les trouviez bizarres…

— Pourquoi ? Qu'est-ce qu'il y a ?

— Passez-moi votre téléphone.

La jeune femme avait un regard inquiet. Elle tentait de déchiffrer les idées embrouillées du détective. Elle n'hésita pas longtemps, alla chercher le portable. Vacaresse fit défiler les messages. Des Je t'aime, des Je pense à toi, des Je ne peux pas te parler pour le moment.

— Je ne peux pas te parler, il lut à nouveau. Et pas d'appel ? Que des SMS ?

— C'est ça. C'est comme s'il avait peur de quelque chose.

— Oui. Ou alors…

Il s'arrêta, net. Incapable de formuler l'idée qui germait. Terrible et pourtant évidente. Non, il pensa. Francis ne pouvait pas parler, vraiment pas. Parce que ce n'était pas lui qui envoyait les messages que Monique trouvait bizarres. Et si Marcy était parvenu à le faire taire, comme Bradley Koosman ? S'il avait réussi son coup ? Si Francis n'était jamais parti au Suriname ? Vacaresse sentit un nœud se serrer en lui, réalisant combien ils s'étaient fourvoyés. Il imaginait cette soirée sur le sentier. Bradley, Francis. Et Marcy pour mettre fin à leurs projets. Rien à craindre de la mère, une vieille femme, elle n'irait pas publier ses souvenirs ou les raconter aux médias. Mais les deux jeunes, eux ils étaient dangereux. Les avait-il tués tous les deux, ce même jour ? Fait disparaître un des deux corps, celui du Français, plus facile à relier à lui ? Et pourquoi pas l'autre ? Avait-il été surpris par un autre témoin ?

Non, impossible.

Vacaresse tentait de recoller toutes ces pièces éparses, réévaluait ses théories, ses jugements hâtifs sur Francis, poussés par la rage que lui inspirait l'état de Jérémy sur son lit d'hôpital. Il revécut en pensée toutes les étapes de son enquête. La filature de Steven Adogoe. Puis le moment où il avait réellement commencé à s'intéresser à cette affaire. C'était après sa discussion avec Anato, dans ce bar à Cayenne. Le capitaine lui avait tout raconté, où ils en étaient, ce qu'ils savaient, les questions qu'ils se posaient encore. Il avait dit quelque chose d'important, passé inaperçu sur le moment. Mais qui d'un coup prit un sens nouveau.

Quelque chose d'impensable.

À peine croyable.

Anato avait parlé de Bradley Koosman. Et dit ces mots : c'est un Surinamien, on ne sait rien sur lui, en fait.

Rien sur lui.

Le détective pressa pouce et index sur ses paupières, puis se tourna vers la jeune femme qui épiait à présent le moindre de ses gestes.

— Je vais vous poser une question indiscrète.

Elle fronça les sourcils.

— Francis a-t-il un signe particulier ? Quelque chose d'intime, sur son corps, que personne ne connaît.

Elle ne comprit pas ce qu'il voulait dire, de quoi il lui parlait, ce que ce nouveau visage exprimait. Ça lui faisait peur, une vague d'angoisse l'envahit. Francis, elle pensa. Elle se remémora ses premiers moments avec lui. Après la rencontre sur Internet, quand pour la première fois ils s'étaient vus, s'étaient aimés, s'étaient embrassés, s'étaient touchés. Il était doux, il avait des gestes réfléchis, bienveillants, sans brutalité. Elle avait tout de suite adoré sa manière de la caresser, de laisser monter le désir, lentement, pas à pas. Il avait collé son buste contre le sien, posé ses mains sur ses hanches, sur ses seins, parcouru des doigts la ligne de son corps. Il s'était glissé entre ses jambes, une paume dans son dos, le regard dans le sien, un sourire aux lèvres. Puis il l'avait pénétrée. Et c'est là qu'elle avait senti.

Une forme rugueuse, comme une excroissance le long du sexe de Francis, qui allait et venait en elle. C'était un peu douloureux, mais elle l'avait laissé faire. Devinant :

Un *bugru.*

47

— Je ne le connaissais pas avant tout ça. Juste de nom, comme Steven. Deux frères qui ont réussi, originaires de Saint-Laurent, il n'y en a pas tant que ça. Il venait de finir ses études en métropole, des études de journalisme dans une bonne école. Et il s'était mis en tête, pour son mémoire, de monter un dossier sur la guerre civile. Enfin, surtout sur ses conséquences en Guyane. Lui-même était ndjuka, il se sentait concerné, il trouvait qu'on n'en parlait pas assez. Il avait récolté des témoignages à droite à gauche. Je ne sais pas comment il est finalement tombé sur notre histoire.

Marcy s'exprimait avec une voix monocorde, résignée. Anato observait sa silhouette imposante qui peu à peu disparaissait dans la nuit. On voyait de moins en moins loin, comme si la forêt se contractait autour d'eux, devenait un lieu intime. Un confessionnal.

— C'est Fortuné qui m'a averti, on ne s'était pas parlé depuis des années. Lui, il était inquiet pour sa campagne, si ça sortait ça allait nuire à son image. Et moi… Moi j'avais Melissa. Je savais comment elle allait prendre tout ça. Jamais je n'aurais pensé que ça finirait ainsi, je ne voulais pas. J'ai suivi Francis, plusieurs fois. Jusqu'à ce soir-là, où il est retourné sur le sentier. Il faisait presque nuit, il était tout seul, exactement à l'endroit où… Enfin là où tout s'était passé vingt ans plus tôt. J'ai compris qu'il savait presque tout. Alors je lui ai fait peur. Je voulais juste le convaincre de se taire. Il pouvait parler de tellement d'autres choses dans son mémoire. Mais pas ça. Pas ça. La pierre est partie toute seule…

Le capitaine se tut un moment, se répéta les mots, réalisant tout ce qu'il n'avait même pas envisagé. Il était loin du compte. Les éléments s'assemblaient, progressivement. Composaient un tableau dramatique. Francis Adogoe n'était pas le meurtrier comme le pensait Vacaresse. Mais la victime. Il n'avait rien d'un criminel, juste un étudiant trop curieux, peut-être n'était-il même pas impliqué dans le trafic monté par son frère.

— Et les ovules de cocaïne qu'il avait en lui ?

Le major serra les lèvres. Inutile de répondre, c'était évident : c'est lui qui les avait insérés, par l'anus. Post-mortem. Des paquets de poudre qu'il avait réussi à se procurer via ses réseaux obscurs. Pour faire diversion. Car ce jour-là, au matin, il avait découvert le cadavre de Willy Nicolas aux Cultures, il avait poursuivi Clifton Vakansie dans les rues de la cité Carton. Et un piroguier avait témoigné : ils n'étaient pas deux, mais trois en débarquant à Saint-Laurent.

Marcy avait déjà deviné : trois mules.

Alors il avait fait de Francis Adogoe la troisième.

— Et Bradley Koosman ?

— Jamais vu. Le nom est sorti de la bouche de cette femme qui avait découvert le corps, le lendemain matin. Elle a confondu. Je ne m'y attendais pas du tout.

— Mais ça vous a bien arrangé. Et vous avez entretenu l'idée que Francis était vivant, au Suriname.

Plus il y pensait plus le scénario se précisait. Les SMS à Monique, c'était Marcy. Un moyen de prolonger virtuellement la vie de son compagnon. Un jour on aurait décidé qu'il avait disparu dans le pays voisin, personne ne l'aurait retrouvé. Et jamais on n'aurait fait le lien avec ce qui s'était passé en Guyane.

La mort d'une mule, tuée par une autre mule. Une histoire de jeunes en difficulté financière, rien de plus.

Un meurtre tragique rappelant le triste quotidien d'une partie de la jeunesse guyanaise. De cette jeunesse si nombreuse qui se cherchait un avenir en dehors du système.

Cette fois il faisait nuit. Un noir presque complet, opaque, la canopée barrait la route aux rayons lunaires, aux étoiles. On devinait seulement les troncs verticaux, des colonnes sombres dressées vers les cieux. Les grenouilles hurlaient, partout autour d'eux, invisibles, mais tellement présentes. Les kinkajous sifflaient par moments. Aucun des deux hommes ne parlait. Une ambiance forestière, silencieuse et bruyante à la fois, familière pour le major. Combien de nuits avait-il passées dans ce bout de jungle, sous son carbet ? Avec d'autres chasseurs. Seul, parfois. C'était son coin, là où il se retranchait pour fuir son quotidien. Pour oublier tout ce qui dans cette ville le révoltait. Toutes ces pensées inavouables, que jamais Melissa n'aurait acceptées.

C'était pourtant la vérité. Le Saint-Laurent qu'il avait connu n'existait plus que dans le souvenir des gens comme lui, de ceux qui avaient vécu ici avant le basculement. Une communauté de cinq mille habitants, essentiellement créole. Les Noirs-Marrons étaient peu nombreux, à la Roche Bleue, à la Charbonnière qu'on venait de construire, ça se passait bien. L'arrivée des réfugiés n'avait pas seulement été un afflux de population, elle avait détruit l'âme de sa ville. Beaucoup d'élus avaient finalement pris parti pour l'intégration. Même Fortuné à présent avait changé de discours, parlait d'unité, tentait de gagner des voix dans toutes les couches sociales et toutes les communautés. Tout le monde faisait comme si c'était normal. Mais Marcy, lui, il n'y arrivait pas. Oui, comme disait Melissa, il vivait dans le passé. Il ne reconnaissait plus rien. Et l'avenir, il l'imaginait, sombre.

Il se souvenait d'une discussion avec un Ndjuka, bien avant tout ça, quand il était encore adolescent. Des mots dont il n'avait pas perçu la portée à l'époque, mais qui aujourd'hui résonnaient amèrement. Le Ndjuka était un peu plus âgé, peut-être dix-huit ans. Il avait dit : Nous allons prendre Saint-Laurent. Marcy avait ri, s'était moqué de lui. Mais l'autre avait ajouté : Parce que nous sommes de plus en plus nombreux.

Presque une prophétie. Qui bientôt serait accomplie.

Il secoua la tête dans la nuit.

Pour lui c'était évident, visible, incontestable maintenant : les Noirs-Marrons, qu'ils soient français ou surinamiens, ils envahissaient la ville. Et un jour, ils en prendraient la tête. Pas encore, ils manquaient d'intellectuels, mais dans quelques années, quand les jeunes comme Francis Adogoe auraient grandi, ils éliraient un maire, un Aluku ou un Ndjuka. Et alors ils auraient gagné. Il avait presque hâte de voir ça, de voir ce qu'ils feraient de Saint-Laurent, comment ils allaient diriger. S'ils feraient mieux. C'était comme s'ils avaient quelque chose à prouver, une revanche à prendre sur les Créoles. Une fois il avait entendu un vieux Ndjuka lui dire comme ça : Vous savez bien que les seuls vrais Africains ici, c'est nous. Il avait osé, avec tout le passé qu'il y avait derrière eux. Marcy ne comprenait pas, ne supportait plus cette oppression. Et Melissa qui voyait tout ça en bonne humaniste, pleine de ses utopies, de ses idéaux, aussi aveugle que sourde à ce changement de fond. D'ailleurs, depuis quelques années, la plupart de ses amis à elle étaient des Noirs-Marrons. Les *gens du fleuve*, comme ils s'appelaient eux-mêmes parfois. Un moyen de ne pas choisir, un pied en France, l'autre au Suriname. De profiter du système, de ce que chaque rive du Maroni pouvait leur rapporter. Venir en France pour les allocations, pour se faire soigner, pour prendre l'argent du contribuable. Pour faire passer de la cocaïne vers l'Europe. Et repartir en face pour dépenser, pour fuir les gendarmes au moindre problème. À ses yeux, voilà comment ils fonctionnaient.

Et face à lui, invisible dans l'obscurité, perché sur son rocher comme un seigneur, il y avait André Anato et ses galons de capitaine. Un Ndjuka. Celui qui voulait le mettre sous les verrous. Si ce n'était pas un signe qu'ils avaient déjà gagné, ça. Non, il pensa, Anato n'y arrivera pas. Je ne me laisserai pas faire, je ne suis pas encore vaincu. Je suis chez moi ici, au moins il me reste cette forêt, c'est mon dernier territoire, personne ne m'obligera à la quitter. D'ici quelques heures, le capitaine finira bien par s'endormir, il ne pourra pas me surveiller toute la nuit. Il ne me verra pas arriver. Marcy leva la tête vers le haut de son arbre, pour chercher la lumière. Il sentait des insectes grouiller autour de lui, les repoussait de la main quand ils lui grimpaient dessus. Il avait mal dans le dos, là où le chicot s'était enfoncé, avait percé la peau d'une plaie superficielle. Mais il n'avait pas peur. Il savait qu'il ne risquait rien. Que la forêt en fin de compte, était plus accueillante que la ville. Qu'aucun félin ne s'aventurerait à attaquer un homme adulte. Que les serpents, mygales et autres scolopendres étaient rares, ne faisaient plus fuir que les Blancs. Le mythe de l'enfer vert qu'ils adoraient entretenir.

Il repensa à Melissa. Que faisait-elle en ce moment ? Sans doute à la maison, à attendre, à s'inquiéter, à revivre toute cette journée. Quelle image avait-elle de son père maintenant ? Une image réelle, tout simplement. La vérité. Plus seulement cette façade qu'il avait construite pour répondre à ses désirs. Des sacrifices, des concessions. Il n'était sans doute pas le père idéal qu'elle aurait souhaité avoir. Il gardait en mémoire son dernier regard, quelques heures plus tôt, lorsqu'il lui avait demandé pardon du haut de l'affût. Son visage fermé, déçu. Non, elle ne voulait pas lui pardonner, c'est ce qu'il avait compris. Une envie de pleurer monta en lui. De pleurer cette vie faite de désillusions et de déshonneurs. De pleurer sur son sort. De pleurer Melissa, sa femme partie trop tôt, cette ville. Mais aucune larme ne sortit. Il ne savait pas faire. Il se souvint de son enfance, de son père. Un mécanicien, réparateur de bicyclettes. Il l'avait élevé avec sévérité, lui avait inculqué des valeurs qui se perdaient. Il était né au temps du bagne, lui, il avait côtoyé ces Blancs envoyés ici pour purger leur peine, comme si la Guyane était le dépotoir de la France. Il lui avait parlé de cette époque si lointaine et pourtant si proche. Saint-Laurent avait connu tellement de transformations en un siècle. Dans quinze ans, on disait que la population allait encore tripler. Tripler ! il se répéta. C'est impossible. Il y a un moment où il faut dire stop. Mettre un terme à tout ça. Cesser de concilier l'inconciliable.

Comme disait sa mère : on ne peut pas faire sortir le sang de la roche.

Mal assis sur la pierre rugueuse, Anato fixait l'obscurité, les yeux pointés vers le major. Vers la place qu'il occupait avant la nuit en tout cas. Il serrait contre lui le fusil de chasse, son seul avantage. Si Marcy parvenait à le lui prendre, il pouvait retourner la situation. Et réussir à fuir. Mais pour aller où ? Le capitaine ne le comprenait pas, il semblait avoir agi sans réfléchir. Comme si lui-même ne maîtrisait plus rien. Raison de plus pour garder la main.

Il songea aux jours passés avec lui, depuis le début de l'enquête. Depuis la mort de Willy Nicolas et l'appel du général pour les obliger à travailler en binôme. Comment avait-il pu se laisser ainsi manipuler ? Il revoyait chaque événement, chaque étape, chaque réaction du major, les envisageait sous un autre angle, à l'aune de sa culpabilité. Lorsque le corps avait été découvert sur le sentier, Marcy s'était précipité. Pour tout verrouiller dès l'origine des investigations. L'enquête de voisinage, c'est lui qui l'avait réalisée, voilà pourquoi elle n'avait rien donné. Il avait orienté les recherches vers Vakansie, repoussant toutes les autres pistes qui auraient pu mener jusqu'à lui. Et sur le pont, alors qu'ils avaient encore une chance de l'interpeller, il avait sans doute volontairement précipité leur chute pour l'empêcher de parler. Au péril de sa propre vie. Prêt à tout pour cacher la vérité, pour se protéger. Il avait failli y parvenir d'ailleurs, le juge d'instruction avait mis l'affaire en sommeil. Tout aurait pu s'arrêter là, il n'aurait jamais été inquiété, ni lui ni Fortuné Jean-François. C'est à cause de Vacaresse qu'il avait été contraint d'abattre ses autres cartes. De le menacer, à son hôtel, de s'en prendre à son fils. Jusqu'où aurait-il été ? Et pour le piaye, se demanda Anato, à qui avait-il fait appel ? Et Bradley Koosman ? il songea. Où était-il si le corps était celui de Francis ? Des questions qui restaient sans réponse. Il allait falloir annoncer tout cela à Monique. Que Francis était innocent, mais aussi qu'il était mort. Elle allait sans doute s'effondrer. Elle aurait besoin de soutien, Anato se jura de l'aider à surmonter cette épreuve. Comme elle l'aurait sûrement fait à sa place.

Il devait être tard à présent, pas loin de minuit peut-être. Anato commençait à sentir la fatigue dans ses membres, dans ses paupières trop lourdes. L'air de la forêt s'était rafraîchi. Les bruits de la faune évoluaient à mesure que passaient les heures. Et bientôt un cri vint couvrir tous les autres. Violent, puissant, un son uniforme envahissant le sous-bois : le chant rauque des singes hurleurs. Ou d'un seul individu peut-être. Il semblait tout près. Pour un non-initié, c'était effrayant : dans le noir on pouvait imaginer un fauve à deux mètres de soi. Anato avait mal aux cuisses, il se sentait raide. Le polo humide, collé à la peau. Il voulut s'allonger, se détendre les membres, mais son rocher était étroit, impossible de s'installer confortablement. Alors il se leva, se résolut à changer de place, à s'asseoir dans la terre, malgré les insectes. Demain, il serait couvert de tiques, de poux d'agoutis, il souffrirait de démangeaisons autour des coutures de son pantalon. Le lot de tous ceux qui passaient trop de temps en forêt. À la fatigue se mêla la faim, il n'avait pas mangé depuis le midi. Il fallait attendre. Et ne pas dormir, du moins pas encore. Autour de lui, dans le sous-bois, des sons discrets. Des feuilles froissées, piétinées, des bruits de pas, de fouille dans la terre, des bruissements d'ailes, il n'aurait su dire. De quoi nourrir l'imaginaire. La faune nocturne était là, invisible, mais active, perturbée par la présence de ces humains à mêmc le sol. Plus tard il devina un mouvement en face de lui, dans la direction de Marcy. Il plissa les yeux, chercha la silhouette du major, l'imagina en train de marcher vers lui. Mais se ravisa. En pleine nuit, c'était de la folie. Il devait s'agir d'un animal. N'importe lequel, mieux valait ne pas savoir.

Les heures s'écoulaient lentement, comme étirées par l'obscurité. Le capitaine rentra un bras à l'intérieur de son polo, pour le tenir au chaud. Il sentait ses yeux se fermer sous la fatigue, le sommeil s'emparer de son corps épuisé. Il en avait envie, tant pour se reposer que pour fuir cette nuit qui l'oppressait. Mais il ne fallait pas. Garder la maîtrise de la situation, ne pas lâcher le fusil. Par moments son esprit basculait, s'endormait quelques secondes. Mais à chaque fois quelque chose le réveillait. Le terrain inconfortable, une pierre, une branche dans le dos. Ou un nouveau bruit pour le faire sursauter.

Et il recommençait à attendre.

Attendre.

Attendre.

En milieu de nuit, alors qu'il se résignait, que le sommeil était sur le point de l'achever, les houppiers se mirent à trembler. Tout là-haut, les feuilles, les branches bougeaient ensemble. Le vent, devina Anato en fermant les yeux. Ce vent si particulier qui annonce la pluie. Non, pas ça. Il entendit les gouttes s'abattre sur la canopée, d'abord lointaines, un grondement sourd. Puis plus proches. Juste au-dessus. Un vacarme qui vint se répandre dans le sous-bois. Les grenouilles redoublèrent d'ardeur, comme si d'un coup on avait monté le volume de leurs chants aigus. L'eau tombait du ciel, gorgeait les plantes installées sur les cimes, glissait sur les feuilles, remplissait les cavités dans les troncs. Puis, enfin, vint s'écraser au sol. Des gouttes lourdes, des paquets de pluie qui firent crépiter la terre autour des deux hommes égarés. Rien pour se couvrir, Anato était à la merci de l'ondée. Il se recroquevilla, la tête entre les genoux. Le crâne nu offert à l'averse, la nuque ruisselante, le polo imbibé. L'eau s'infiltra dans tous les tissus, l'enveloppa complètement. Le froid, tout à coup, violent. Il commença à grelotter, resserrant encore contre lui ses cuisses, ses bras, remparts dérisoires. La main droite crispée autour du fusil. Il resta ainsi, complètement réveillé et pourtant rompu de fatigue, les yeux fermés, les dents serrées, le corps tremblant. Combien de temps ? Peut-être un quart d'heure, pas plus. Une éternité.

Puis l'averse cessa, s'éloigna pour aller rincer d'autres hectares de forêt. Les gouttes continuèrent à tomber des branches, prolongeant longtemps le calvaire. Anato demeura immobile, transi, détrempé du col aux chaussures. Exténué. Incapable de bouger le moindre membre. Il attendit encore, des heures entières il eut l'impression.

Le sommeil le cueillit en fin de nuit, par surprise.

48

Les croassements des caracaras déchirèrent le silence. Violents, rocailleux.

Anato ouvrit un œil, la tête calée entre les genoux. Premières sensations : le froid dans le dos, le pantalon mouillé. Il se redressa. Raide. Les antalgiques ne faisaient plus effet : mal au cou, mal aux articulations, mal à la poitrine, mal partout. La forêt, il se souvint. La nuit, les bruits, la pluie. Il faisait jour. Il tourna le regard, redécouvrit ce sous-bois enfin visible. Les gros arbres à sa droite, les palmiers plus bas. Combien de temps avait-il dormi ? Une heure ? Deux ? Il n'avait rien vu venir. Il frissonna, la peau glacée, les poils hérissés. Se frotta les paupières. Une migraine, des coups de marteau dans le crâne. La fatigue, la faim, un peu de tout ça. Il secoua la tête, baissa les yeux. Et…

Le fusil !

Il n'avait plus le fusil.

Il scruta les feuilles autour de lui : rien. L'arme n'avait pas glissé. Il leva le regard. En face, personne au pied du tronc.

Marcy était parti.

Anato se mit aussitôt debout, marcha jusqu'aux racines de l'arbre qui couraient dans tous les sens. On voyait l'empreinte du corps du major, les végétaux écrasés à terre. Il chercha à droite, à gauche, entre chaque tige. Aucune trace.

— Marcy !!! il hurla.

Pas de réponse. Les caracaras, tout à leurs braillements là-haut, indifférents. Il s'est enfui, imagina le capitaine. Avec son fusil, pour chasser. Il l'avait laissé ici, tout seul, sans rien. De sorte que personne ne puisse le retrouver. L'angoisse remonta, Anato frissonna à nouveau à cette pensée. Ne pas paniquer. Il fit quelques pas dans le sous-bois, chercha derrière les troncs poisseux. Rien.

Puis il tendit l'oreille.

Un son, pas loin. Une voix humaine, minuscule. Un chuchotement.

Ça venait de tout près. Il se laissa guider, avança discrètement sur le tapis de feuilles brunes en décomposition. Dépassa un arbre étouffé par un ficus étrangleur, un buisson de lianes enchevêtrées. Et au détour d'un palmier, il reconnut la chemise noire du major, maculée de boue. À genoux dans la terre, de dos, la tête basse, il parlait tout seul, de cette voix presque inaudible. Impossible de déchiffrer les mots, les phrases qu'il composait. Anato s'approcha, tendit le bras.

— Mar…

— BANG !!!

La détonation le coupa.

Violente, d'une puissance qui résonna entre les troncs, qui fit se taire toute la faune. Anato sursauta, trébucha, tomba à terre. Il eut le temps de voir la tête du major exploser, transpercée par les plombs. Une vision irréelle, une image furtive qui s'imprima dans sa mémoire telle une marque au fer rouge. La forme du corps géant de Marcy pivota sur le côté, soudain molle. Et s'affala à terre, les bras dans tous les sens, le crâne mutilé.

La main sur la bouche, assis dans les feuilles, le capitaine demeura figé plusieurs secondes, le temps de réaliser ce qui venait d'arriver. Les yeux doutant de ce qu'ils avaient vu. Il marcha jusqu'à la masse inerte étalée dans la boue. Regarda, les sourcils crispés, le cœur battant. La tête à moitié ouverte. Le sang, rouge vif, en taches éparpillées. Sur les feuilles, sur les troncs, sur les vêtements. Les morceaux de chair, indifférenciés. Il tourna autour de la dépouille, à pas prudents. Un nœud dans la gorge, énorme. Cette mort en pleine nature avait quelque chose d'effrayant, d'obscène. Au-dessus d'eux, les oiseaux reprenaient déjà leurs chants, insensibles au drame.

Le choc passé, le capitaine pensa : Marcy. Le major Franck Marcy. Quarante-neuf ans. Gendarme, assassin, manipulateur. Et suicidaire. Pourtant il ne parvenait pas à le détester. Peut-être à cause de la détresse qu'il avait lue en lui quand il l'avait sorti du fleuve, peut-être parce qu'il réalisait que cette fois il était tout seul. Il n'aurait su dire. Mais ce qu'il ressentait, là, à cet instant, c'était de la culpabilité. L'impression d'un terrible gâchis, qu'il n'avait pas été en mesure d'empêcher. Parce que la fatigue avait eu raison de lui. Il repensait aux mots de Melissa. Au fond de lui, je t'assure il n'y a que de belles choses.

Il aurait pu rester longtemps sans bouger, les yeux rivés sur la mort, hypnotisé par la vue du cadavre au visage défiguré par les plombs. Mais au loin les bruits lui firent tourner la tête. Des coups, tapés sur les arbres. Des cris même. À moins d'un kilomètre, il devina.

Les recherches ! Les secours, ils arrivent. Le coup de feu les a attirés.

S'approcher ? Non : ils étaient encore trop loin. Ne pas bouger, rester là, les attendre. Il cria aussi fort qu'il put. Mais sa voix se perdit dans le sous-bois. Inutile. Il se concentra, ferma les yeux, chercha l'origine des sons. Et les rouvrit : il entendait moins bien. Comme s'ils s'éloignaient, marchaient dans la mauvaise direction. Oui, les voix s'éteignaient, les coups devenaient étouffés. Impossible de dire d'où ils venaient à présent. Une direction floue, s'il la suivait il risquait plus encore.

Il regarda le corps de Marcy, désolé. Le fusil de chasse dépassait, à moitié recouvert par le ventre du major. Le doigt passé dans la détente. Anato hésita. Pas d'autre choix, il fallait le faire. Il se baissa, une grimace de dégoût au visage. Saisit l'arme par le canon, la tira vers lui. Un coup sec. Un autre. Jusqu'à la dégager entièrement.

Il ouvrit le canon, vérifia que la deuxième cartouche était toujours en place.

Et il tira en l'air.

La détonation le fit reculer. Il resta debout, les yeux vers l'intérieur de la jungle, la crosse en main. L'oreille en alerte. Jusqu'à entendre à nouveau les humains. De plus en plus fort. De plus en plus près. Distinguer enfin des voix. Claires, identifiables.

— C'est par ici !... Oui, on va les trouver !

D'un coup ils étaient là, tout près, devant lui, bruyants. Agitant les végétaux sur leur passage. Une dizaine d'hommes, en uniforme, souriants, rassurés. Ils levèrent les bras en l'air en apercevant la silhouette du capitaine. Il fit de même. Le contact visuel était établi. La fin du calvaire. Bientôt le retour à la ville, le confort. En première ligne il y avait Melissa, les dreadlocks emmêlées, le pantalon noir de boue. Dès qu'elle le vit, elle accéléra, le visage marqué par l'inquiétude après une nuit sans fermer l'œil. Elle se mit à courir, laissant les branches lui fouetter les joues, insensible.

Elle ne repéra la dépouille de son père que dans les derniers mètres. Une vision qui lui coupa les jambes. Stoppée net, pétrifiée. Un mur infranchissable. Le regard figé sur l'horreur. Elle retint un haut-le-cœur, la paume écrasée sur la bouche. Les pupilles affolées. Le cri qu'elle poussa, elle fut la seule à ne pas l'entendre. Horrible, guttural, sans aucune maîtrise, il explosa d'un coup.

Et perça le cœur de tous les entendants.

TROISIÈME PARTIE

BRADLEY

49

Soleil au zénith, le tarmac brûlant. À la surface du bitume, la chaleur déformait les tiges des herbes géantes qui semblaient danser autour de la piste d'aviation. Le bimoteur d'Air Guyane manœuvra, se mit en position, les roues dans l'axe. Les hélices entamèrent leur rotation, l'une après l'autre, firent trembler la carcasse de l'appareil. Puis le lancèrent sur l'asphalte, droit devant. À pleine vitesse, le bruit des moteurs écrasant tout le reste. Jusqu'à ce que les pneus abandonnent le sol saint-laurentais. Décollage. Une quinzaine de voyageurs au-dessus de la jungle, le long du Maroni. Direction Grand-Santi, puis Maripasoula.

Sur la piste ainsi libérée, les visages apparurent aussitôt. Des enfants surtout, émergeant des herbes. Ils traversèrent le bitume, arrivant par le sentier que des milliers de passages avaient creusé entre les tiges au fil des années. Dans un sens, dans l'autre, cartables sur le dos, tee-shirts aux couleurs de leur établissement scolaire. Un ballet quotidien : en coupant par l'aérodrome, collégiens et lycéens économisaient sept kilomètres de marche. Les autorités avaient tout essayé pour les dissuader, pour éviter les accidents. Arrêté préfectoral, verbalisations, sensibilisation au danger au sein même des écoles. Rien n'y faisait, à chaque fois les piétons revenaient. Le Département avait édifié un long mur et des barbelés autour des installations. Sans succès : une ouverture avait très vite rétabli l'itinéraire interdit.

La réalité, c'était que l'aérodrome subissait l'étalement inexorable de la commune. Initialement construit au bord de la ville, dans un secteur peu fréquenté, il était à présent cerné par l'urbanisation. Des quartiers, de chaque côté, Balaté à l'ouest, Saint-Maurice à l'est. Et un chemin au milieu. Beaucoup réclamaient son déplacement, mais les coûts s'avéraient hors de portée. Il fallait donc composer avec cette piste d'aviation en pleine agglomération. Avec les risques de collision, chaque mois plus importants, entre le trafic qui s'intensifiait et la population qui croissait sans cesse.

Sarah de Lavergne resta un long moment adossée à une barrière, à l'intérieur de l'enceinte, cahier et crayon en main. Observant le cortège illicite des adolescents, dessinant sur sa page blanche les silhouettes en file indienne, le tarmac rectiligne, le mur éventré. Parfois dans les visages qu'elle captait elle identifiait des enfants dont elle connaissait l'histoire, la famille. Elle aimait venir ici le midi, capturer des instants de vie, tracer quelques esquisses qu'elle mettait ensuite en couleurs, chez elle. Ça lui faisait du bien, ça la calmait. Elle en avait besoin. Parce qu'à l'hôpital, infirmière au service psychiatrie, elle n'arrêtait pas. Peut-être n'avait-elle plus assez d'énergie, c'est ce qu'elle se disait en observant les nouvelles recrues, guyanaises ou métropolitaines, jeunes et motivées.

Mais si elle venait si souvent voir l'aérodrome, c'était surtout par nostalgie. Pour penser au passé. À son arrivée en Guyane, à cette période si particulière. 1987. Camp A, le tout premier camp d'accueil des PPDS du Suriname, installé directement sur la piste d'aviation. C'est là que tout avait commencé, comme prévu par le Plan Maroni : un terrain facilement utilisable, propriété de l'État, déjà équipé en eau et électricité. Puis très vite les quinze tentes n'avaient plus suffi. Il avait fallu agrandir, créer le camp B, juste à côté, immense village de toile abritant plus de deux mille personnes. Puis ils avaient ouvert le camp d'Apatou, celui de l'Acarouany en recyclant l'ancienne léproserie, celui de Charvein, du PK 9. Il y en eut même un cinquième, le camp PK 11, qui servit surtout à vider les camps A et B pour reloger les réfugiés du centre-ville de Saint-Laurent.

À l'époque, Sarah commençait tout juste sa carrière d'infirmière. Elle avait débarqué dans cette situation d'urgence, tellement éloignée de ce qu'elle avait appris dans ses stages hexagonaux. Il fallait faire avec les moyens du bord, tout mettre en place, prendre en charge les blessés, organiser les services de santé. La jeune infirmière avait connu les différents camps, était passée d'un site à l'autre. Elle se souvenait avec précision de ces lieux si singuliers, à mi-chemin entre campement militaire et village traditionnel, où les tentes kaki se mêlaient aux carbets construits par les exilés, alignés le long des allées. Au début, c'étaient surtout des femmes et des enfants, les hommes restaient au Suriname pour protéger leurs biens ou pour se battre dans les rangs du Jungle Commando. Après, ça s'était équilibré. Peu à peu la vie s'était organisée à l'intérieur de ces *centres d'accueil*, le nom officiel donné par l'administration. À côté des chefs de camps, des militaires gradés, on avait fait élire des *chefs de village* pour représenter les PPDS, avec plus ou moins de légitimité. Des équipes de sport, des groupes de danse, des associations culturelles s'étaient créés. Comme Paris refusait de leur accorder le statut de réfugiés, les enfants n'avaient pas accès à l'école en français, alors les rares instituteurs parmi les familles noires-marrons avaient commencé à prodiguer un enseignement surinamien rudimentaire, aidés par des organisations humanitaires néerlandaises.

Sarah avait été marquée par cette expérience. Et paradoxalement, malgré les difficultés, elle en gardait un souvenir ému, nostalgique. C'est là qu'elle avait appris la langue des habitants du fleuve, à connaître cette culture si particulière. Beaucoup d'images demeuraient en elle, gravées à jamais. Amusantes, tristes ou révoltantes, mais jamais anodines. Comme ces gamins réfugiés employés par les militaires pour aider au ramassage des ordures ou pour faire le service à table des officiers, auxquels on avait offert des uniformes retouchés qu'ils portaient fièrement dans les ruelles du camp.

Le camp A, doté d'un médecin permanent et proche de l'hôpital de Saint-Laurent, avait fini par devenir une sorte de poste de soins avancé. C'est là que Sarah avait passé le plus de temps. On y logeait les familles qui nécessitaient un suivi médical. Il fallait composer avec les guérisseurs noirs-marrons, combiner médecine occidentale et traditionnelle pour que les PPDS acceptent les traitements. D'abord les bains de feuilles puis les médicaments. À chaque unité médicale correspondait un carbet. Carbet femmes enceintes pour accueillir les grossesses, nombreuses, une naissance par jour en moyenne. Carbet renutrition pour la surveillance des enfants atteints de diarrhées aiguës ou de malnutrition.

Et carbet psychiatrique.

Celui où Sarah avait commencé sa spécialisation. Au départ, il avait été mis en place pour isoler les patients trop agités, dangereux pour eux ou pour la population de Saint-Laurent. On y accueillait enfants comme adultes. Des troubles mentaux, souvent passagers, des cas de décompensation psychotique. Beaucoup souffraient de cette vie dans les camps, de l'ennui, de l'exil, de la promiscuité. De l'éloignement des lieux de culte, de la déculturation qui s'accélérait. Les jeunes perdaient leurs repères, écartelés entre culture traditionnelle et société occidentale. Plus rares étaient les traumatismes directement liés à la guerre. Sarah n'oublierait jamais ce gamin, survivant des massacres de Moiwana quatre ans plus tôt, à qui on avait donné des feutres et demandé de dessiner ce qu'il avait en tête. Un dessin qui avait laissé le psychiatre sans voix : un hélicoptère de l'armée larguant des bombes sur trois femmes. Et sous terre, des enfants morts. Pour décorer son œuvre, le petit avait utilisé un tampon qu'il avait sous la main, celui du lieu où il avait vécu enfermé la moitié de sa courte vie : Camp de réfugiés – Saint-Laurent. Un moment difficile, bouleversant. Il y en avait eu d'autres comme lui, marqués par ce qu'ils avaient enduré là-bas, par la violence des attaques.

Et il y avait cette femme, souvent seule, attachante. Une jeune mère dans la confusion, très perturbée.

Melita Koosman.

50

Anato sortit de la route, se gara sur le bas-côté. Il se tourna vers Monique.

— Tu es sûre que tu veux y aller?

Elle fit oui de la tête, la bouche pincée, les yeux déterminés. Sur son crâne, elle avait tressé ses cheveux en lignes parallèles qui se terminaient en pointes effilochées dans la nuque. Une coiffure minimaliste, sans fioriture. Pas le cœur à ça. Ils descendirent de la voiture, soudain en pleine chaleur, marchèrent vers l'entrée du sentier. Un tapis de feuilles séchées se déployait au sol.

— Viens, il dit.

Monique le suivit entre les arbres fins de la forêt, ses petites baskets à la mode aux pieds. Par endroits, on voyait la roche affleurer. L'atmosphère était lourde, brûlante, ici le sous-bois trop clairsemé n'apportait aucune fraîcheur.

— C'est là qu'on l'a trouvé. Il était allongé en travers du chemin, sur le dos.

Anato désigna l'endroit de la main, passa sous silence les détails macabres, les dégâts causés par le choc de la pierre sur le visage. Monique fit courir son regard sur la terre, les bras croisés sous ses seins, les épaules serrées. Elle prit une grande inspiration, envahie par une émotion vive, sembla retenir un sanglot.

— Il n'y a plus aucun doute?

— Sur?

— Je veux dire… Maintenant vous êtes certains que c'était lui ?

— Monique… soupira Anato, la voix désolée. Sa mère est venue reconnaître le corps. C'était bien Francis.

Ils avaient commis une erreur majeure, en tout début d'enquête, au moment de l'identification de la victime. C'était rare, mais ça arrivait, et Marcy avait tout fait pour entretenir la confusion. Monique hocha la tête. Elle savait tout à présent. Mais au fond d'elle, elle ne pouvait s'empêcher d'espérer une nouvelle méprise. Que Francis soit encore en vie, quelque part. À son chagrin se mêlait une profonde culpabilité. Parce qu'elle aussi s'était trompée, elle avait douté de son compagnon, aveuglée par ses mauvaises expériences amoureuses. C'est donc ici qu'on l'avait tué. Dans ce bout de forêt, en début de nuit. Ici qu'il avait passé ses derniers instants, respiré pour la dernière fois. Peut-être en pensant à elle, à ce couple qu'ils formaient, qui aurait pu durer longtemps. Il disait qu'il l'aimait. Et c'était sans doute vrai. Pardonne-moi, elle pensa. Moi aussi je t'aimais. J'avais juste du mal à y croire. Elle se déplaça sur le sol craquant, la tête basse, imaginant la scène. La vérité, Francis voulait seulement révéler la vérité sur un fait divers oublié.

La Section de recherches avait finalement réinterrogé Steven Adogoe, incarcéré au centre pénitentiaire. Le trafiquant était tombé des nues, il commençait seulement à réaliser que son frère était mort. Il ne savait rien, le croyait sincèrement parti au Suriname. C'est lui qui avait parlé à Fortuné Jean-François du projet de mémoire de Francis, comme ça, un jour au détour d'une conversation. Il se disait que ça pourrait intéresser le politicien, qu'il pourrait aider le futur journaliste à valoriser son travail. Et dire qu'il signait là son arrêt de mort. Francis ! il avait répété maintes fois en secouant la tête dans le parloir de la prison. Le frère irréprochable, le modèle de réussite, la fierté de la famille Adogoe. À l'entendre, l'étudiant avait toujours refusé de s'impliquer dans les trafics de Steven. Depuis le début il essayait même de le persuader de se ranger, de se concentrer sur sa salle de musculation. Ça rapporte moins, peut-être, mais ça ne te conduira pas en prison. Des paroles presque prémonitoires, qui sonnaient amèrement aujourd'hui. Une fois seulement Francis avait accepté d'héberger à Cayenne cette jeune mère aluku qui faisait la mule et avait raté son avion. Mais pendant des semaines il l'avait regretté. Plus jamais tu ne me fais ce coup-là ! il avait martelé.

— Je suis désolé, Monique.

Elle regarda son oncle, tordit la bouche, puis esquissa un sourire reconnaissant. Comme pour le rassurer, lui dire qu'elle allait tenir bon. Elle en avait vu d'autres, malheureusement.

— La femme qui l'a trouvé, elle habitait où ?

— Un peu plus loin le long de la route. Elle passait par ici pour se rendre à la rivière.

— C'est sa voix qu'on entendait sur les enregistrements ?

— Oui. Melita Koosman.

Monique opina, silencieuse, observa le sous-bois. Elle détailla des yeux le lieu du crime, retournant ses pensées tristes. On percevait le bourdonnement des insectes, un kikiwi poussa son cri aigu.

— Et l'homme politique ?

— Quoi ?

— C'est de sa faute aussi, non ? Il va être jugé ?

Anato secoua la tête.

— Je ne pense pas. On n'a rien contre lui, aucune preuve qui le relie au meurtre. Franck Marcy a agi seul.

Monique tchipa, l'air de dire encore un privilégié qui va bien s'en sortir. Elle gratta le sol de la pointe de sa basket, poussa quelques feuilles mortes. Inspira à nouveau l'air forestier, les odeurs de terre, de sève, de végétaux pourrissants.

— Allons-y, elle dit enfin, ça ne sert à rien. Il faut que je sois à Cayenne avant dix-huit heures. Pour Thélia.

Ils revinrent sur leurs pas, foulèrent le sentier jusqu'au bitume craquelé.

— Et toi André ? Ça va ?

— À peu près. Je me remets, doucement.

— Tu vas reprendre tes recherches ? Je veux dire, sur ton père ?

— Oui. Je dois voir quelqu'un, à la Charbonnière. Quelqu'un qui pourra peut-être m'aider.

Assis sur un banc au bord du fleuve Mana, les sandales à plat sur le sol en béton, Jules Erneste fixait l'eau marron qui s'écoulait, luisante par endroits, tourbillonnante ailleurs. Qui filait vers son aval en longeant les mangroves, vers l'océan. Le vieil homme portait une chemise à carreaux et une casquette en toile à la visière élimée. Trop de soleil. Il savait pourtant qu'il fallait en profiter, le petit été de mars touchait à sa fin, bientôt le retour des pluies. Il pouvait rester ainsi des heures entières, hypnotisé par les remous. La Mana existait avant lui, il l'avait toujours connue, et après sa mort elle continuerait de couler. Une permanence qui imposait le respect. Par moments un homme passait, le saluait, discutait un instant, donnait des nouvelles des membres de sa famille, parlait météo. Puis poursuivait sa route. C'était ça, sa vie à présent. Et c'était très bien ainsi.

— Monsieur Erneste ?

Il se retourna, plissa les paupières. Le gros métropolitain, celui à qui il avait raconté l'histoire des réfugiés. Vacaresse, c'est comme ça qu'il s'appelait. Il se tenait debout au bord du trottoir cassé, le soleil dans le visage.

— Je peux m'asseoir ?

La barbe blanche approuva.

— Allez-y.

Le détective fit le tour du banc, prit place à côté de lui, le regard dans la même direction. Le Créole ne se souvenait pas qu'il était aussi imposant. Deux larges auréoles de sueur maculaient ses aisselles. Il bougea ses lèvres, comme s'il mastiquait ses paroles avant de les prononcer.

— Ça y est. On sait qui c'était.

— …?

— Les hommes qui ont agressé Johny Koosman. On les a retrouvés.

Jules Erneste resta muet. Comme s'il fallait un moment pour y croire.

— Vous ne voulez pas savoir?

Long soupir.

— Si. Bien sûr que je veux, il murmura en grattant sa barbe. Après vingt ans…

Vacaresse hocha la tête. Oui, après vingt ans.

Et il raconta. Étape par étape. Exposa tout ce qui s'était passé depuis leur dernière rencontre. Comment il avait compris pour le politicien, comment Anato avait déniché le major. Comment tout ça s'était terminé, de manière tragique, en forêt. Le vieil homme ponctuait le récit de mots d'approbation, comme si tout ce qu'il disait se transformait aussitôt en évidence. Comme si une lumière venait soudain mettre au jour ce qui était là, depuis si longtemps, dans l'ombre.

— Fortuné Jean-François… il répéta à la fin. En voilà un qui cachait bien son jeu.

— Plutôt, oui.

— Et le troisième homme? Le métropolitain?

— C'est celui qui nous manque. On ne saura sans doute jamais.

Marcy avait emporté le secret avec lui, et Fortuné Jean-François ne dirait rien. Ça resterait un mystère.

Pour le Créole, apprendre la vérité sur cette vieille histoire sonna comme un soulagement. Il n'avait jamais rien fait pour savoir, soucieux de se protéger, de protéger les Koosman. Mais au fond de lui, il en avait envie. Il se doutait bien que c'étaient des gens de Saint-Laurent, parce que c'est là-bas qu'il y avait eu le plus bruit, de manifestations de rejet autour des réfugiés. À Mana tout n'était pas simple. Il y avait même eu ce meurtre de deux Hmongs par les PPDS. Mais c'était différent. Le maire avait pris position pour leur intégration. C'est ainsi qu'était né Charvein. Et aujourd'hui c'était devenu un des pôles de la commune, on essayait de régulariser la situation de tous ces gens installés là depuis les années 1980.

— Merci, il dit. Merci d'être revenu pour me raconter tout ça.

Vacaresse le fixa, un sourcil levé.

— Je ne suis pas venu que pour ça. (Jules Erneste pinça ses lèvres sèches.) Il y a autre chose que vous devez savoir. Ce jeune homme qu'on a tué sur le sentier, ce n'était pas le fils de Melita. En fait, on ne sait pas ce qu'est devenu Bradley Koosman, ni où il se trouve à présent.

Les rides du vieux se creusèrent.

— Je voudrais que vous me parliez de lui, ajouta le détective.

Silence. Jules Erneste observa un instant la formation d'un tourbillon à la surface de l'eau.

— Vous savez, il dit enfin, chez les Noirs-Marrons il n'est pas rare que la mère n'élève pas elle-même son enfant. Parfois elle le donne à une de ses sœurs, ils ne voient pas ça comme un abandon. Plutôt comme une marque de générosité, comme si elle partageait sa descendance. C'est ce que Melita Koosman avait fait pour son fils, il est resté au Suriname quand elle est partie vers la Guyane. Parfois elle parlait de lui, on aurait dit qu'il lui manquait. Mais elle assumait sa décision.

— Je comprends. Mais… vous l'avez déjà vu ? Je veux dire, Bradley, il est venu ici ?

Il secoua la tête.

— Non. Enfin, oui, il a dû venir. Mais en fait, moi je ne l'ai jamais rencontré.

Jamais, pensa le détective. En vingt ans.

— Vous m'aviez parlé d'une infirmière métropolitaine que connaissait Melita, qu'elle aimait bien.

— Oui. C'était une Blanche, avec une drôle de voix.

— Vous savez si elle est encore en Guyane ? Vous connaissez son nom ?

L'homme prit une moue dubitative, fouillant dans ses lointains souvenirs.

— Elle s'appelait Sarah quelque chose. *De* quelque chose, je crois. Vous voulez la rencontrer ?

— Essayer en tout cas.

Votre fils est dans un état stable. Il est sorti d'affaire à présent, mais il va lui falloir du temps pour se remettre totalement sur pied. Vacaresse se répétait les paroles du fonctionnaire du centre pénitentiaire qui traduisait comme il pouvait les conclusions des médecins auxquels le détective n'avait pas accès. Jérémy s'était réveillé, mais il restait alité dans la chambre carcérale de l'hôpital, avec tous ces tuyaux dans le nez, dans le bras, dans le thorax, toutes ces machines autour de lui. Et son père ne pouvait plus lui rendre visite, la faveur accordée par le policier ne s'était pas renouvelée. Le directeur de la prison avait accepté de le recevoir. Ensemble, ils avaient évoqué le cas de Jérémy, les risques qu'il encourait à son retour en cellule. Parce qu'il restait un peu plus de deux mois en comptant la réduction de peine, et que rien ne pouvait l'en soustraire. Le détective avait plaidé pour une solution radicale : le transfert. Un autre établissement, en métropole, là où personne ne pouvait en vouloir à l'ancien lieutenant. Mais le directeur avait expliqué calmement que pour une peine aussi courte c'était exclu. Non, la seule solution, c'était l'isolement. Là, au moins, il serait totalement en sécurité, plus aucun contact avec les autres détenus. Avec la télévision, deux mois ça passe vite il disait.

Deux mois en isolement.

Attendre, il n'y avait plus que ça à faire. Une vraie torture pour le père. Il était resté des heures dans l'appartement à penser à Jérémy, allongé dans la chambre carcérale de l'hôpital, à côté de délinquants-patients en garde à vue. À revivre les jours passés, à se maudire, la tête baissée. Tout était de sa faute. Encore une fois. Il avait l'impression de traîner derrière lui le malheur, la poisse, de les répandre autour de lui, sur ses proches.

Et finalement, il n'avait pas tenu.

Au bout de vingt-quatre heures, il avait quitté le domicile, le cœur écrasé. Faire quelque chose, s'occuper. Il avait recommencé. Enquêter, aller au bout. La seule activité suffisamment prenante pour ne pas penser à Jérémy. Pour la gendarmerie, avec les confessions de Franck Marcy, le dossier était bouclé, le capitaine Anato avait tout ce que demandait le juge d'instruction. Mais pour Vacaresse une question demeurait.

Et Bradley Koosman alors ?

Il était donc de retour dans l'Ouest. À présent sur la trace d'une infirmière.

Anato sortit son cellulaire, l'alluma, observa l'écran vierge. Toujours pas de message de Melissa. Après leur dernière discussion dans les locaux de la gendarmerie, la jeune Créole s'était réfugiée dans un silence insondable.

— Qu'est-ce que tu lui as dit ? elle avait demandé. Qu'est-ce que tu as fait là-bas ?

Son visage était compact, resserré autour de ses yeux grands ouverts, remplis de colère. On y lisait une force immense, une rage contenue. Ses mains signaient des mots vifs accompagnant ses paroles.

— Rien, Melissa. Je te l'ai déjà dit : j'avais le fusil, je le tenais hier soir. Il me l'a pris pendant la nuit et…

— Je ne te crois pas. Vous étiez seuls, tous les deux, pendant plus de douze heures en pleine forêt. Et le lendemain on retrouve mon père mort. Et toi vivant, le fusil dans les mains.

— Melissa… Qu'est-ce que tu imagines ?

— Rien, elle avait rétorqué sèchement avec un mouvement du pouce sous le menton. J'essaie de comprendre, c'est tout. Pourquoi tu ne l'as pas empêché ? Tu devais l'en empêcher, André ! C'était à toi de le faire !

Pas de larmes, des joues sèches. Mais une douleur intense, visible. Elle avait perdu sa mère, quelques années plus tôt. À présent, c'était son père qui l'abandonnait. Seule, avec son silence.

Côté gendarmerie, les conditions de la mort du major Marcy avaient été clarifiées en quarante-huit heures. Anato avait été placé en garde à vue, interrogé par le général en personne. Certains avaient douté, les rumeurs avaient nourri les soupçons, plusieurs agents de la compagnie de Saint-Laurent avaient décrit les tensions qui existaient entre les deux enquêteurs depuis la constitution du binôme. Mais l'autopsie avait coupé court aux spéculations : l'angle de tir, la position du major, tout confirmait qu'il avait appuyé lui-même sur la détente ainsi que le capitaine l'avait expliqué. Qu'il s'agissait bien d'un suicide.

Pourtant Melissa refusait d'y croire. Elle voulait un responsable, de manière irraisonnée. Elle l'avait harcelé de questions, dix fois il avait dû raconter chacune des heures de cette nuit où Marcy avait perdu la vie. Elle avait cherché les failles, l'avait fait répéter, avait refusé de le croire. Pire que n'importe quel interrogatoire. Puis elle avait explosé. Elle avait frappé Anato de ses petits poings, de ses bras maigres, l'avait couvert de coups désespérés, les crocs dehors. Avec des C'est de ta faute, des Pourquoi ?, des insultes. Et toujours ces cris compulsifs qu'elle ne maîtrisait pas. Anato avait encaissé sans chercher à l'arrêter. Parce qu'elle en avait besoin. Il espérait qu'après ça, elle reprendrait pied. Ça avait duré, longtemps. Plus longtemps qu'il ne l'aurait cru. Il y avait tellement de peine en elle.

Et depuis, plus rien. Plus de nouvelles, elle s'était refermée. L'intimité qui les avait unis quelques jours durant s'était éteinte d'un coup. Comme si elle n'avait jamais existé, comme si tout ça n'avait été qu'une parenthèse irréelle. Avant de partir, Melissa lui avait jeté un regard glacial, méconnaissable. On aurait dit une autre femme. Révoltée, raide, soudain réfugiée dans ce monde silencieux auquel Anato n'avait plus accès. Et ça lui avait fait mal. Une douleur intérieure, profonde. Parce qu'il s'était attaché à elle, qu'elle avait réussi à provoquer en lui quelque chose de nouveau. De puissant. Et qui à présent lui manquait terriblement. Un grand vide. Il avait envie de la voir, de retrouver cette énergie, cette combativité. D'admirer encore une fois sa manière si singulière de remplir l'espace de gestes aériens. Il se sentait abandonné. À nouveau tout seul.

Et infiniment coupable. Il aurait pu éviter tout ça, il se disait. Protéger Marcy de lui-même, le ramener à sa fille sain et sauf, même menottes aux poignets. C'était son devoir, elle avait raison. Mais le cours du temps est irréversible. La banane jaune ne redevient pas verte, aurait dit le major. Anato doutait d'être capable de recoller les morceaux. C'était terminé, il allait falloir s'y faire. Il ne reverrait peut-être jamais Melissa. Parce que même passé le choc, d'une manière ou d'une autre, il serait pour toujours celui qui avait poussé son père vers le suicide.

Anato leva le regard.

Face à lui, la Charbonnière.

Les constructions imitant les maisons traditionnelles des villages noirs-marrons. De la musique, au fond, vers la salle des fêtes. Il marcha dans les allées, le long des murets, s'écarta pour laisser passer une bande d'enfants à vélo. Prit à droite, comme il l'avait fait la première fois. Jusqu'à la boîte à lettres qui dépassait entre les parpaings. Avec un nom : Koosman. Il franchit la grille, avisa les bidons métalliques cabossés, le toit à moitié effondré. Rien n'avait bougé, personne ne semblait s'occuper de cette baraque. À l'intérieur, il entendait la télévision, trop forte.

— *Sama de ya?* Il y a quelqu'un ?

Peut-être aurait-il dû téléphoner avant de venir. Répondre au message que lui avait laissé l'ancien rebelle. Il s'avança sur la dalle de béton. À l'entrée de la maison, un paillasson miteux et deux paires de tongs à la semelle râpée. Il se frotta les pieds, puis pénétra dans le salon par la porte ouverte. Téléviseur cathodique branché sur une chaîne d'informations en continu. Canapé en tissu, une sorte de velours usé qui s'effilochait un peu partout. Et au fond de la pièce, debout, le dos au mur brun, cachant un petit cadre, un homme qu'Anato reconnut immédiatement. Rody Koosman, le frère de Melita. La ressemblance était légère, mais évidente. Quelque chose dans la forme du visage, au niveau du nez. La cinquantaine, mais un corps encore robuste, râblé, tout en muscles secs. Il était vêtu d'une chemise mal boutonnée et d'un short en jean.

— *Fa a e go?* le salua Anato.

On aurait dit qu'il venait juste de se lever du canapé, en entendant arriver le capitaine. Il le dévisageait de ses yeux injectés de sang, les paupières tombantes, les lèvres collées. Comme s'il cherchait quelque chose dans le regard jaune d'Anato. Impossible de déchiffrer ce à quoi il pensait.

— Je suis le capitaine Anato. Vous m'avez appelé. Je peux entrer ?

L'homme ne dit rien, continua à le détailler, observa un instant le Sig Sauer dans son holster, à la ceinture. Pas bavard, songea le capitaine en s'approchant. Il contourna la petite table, remarqua un seau en métal posé dans un coin. Se baissa pour déplacer un tabouret.

Et tout bascula dès qu'il toucha le bois.

D'un coup.

Le salon fit un tour complet alors que la chaleur vint se répandre en lui tel un venin torride. Le canapé, la table, la télé, tout se mit à voler, à se mélanger, impossible d'y voir clair. Anato secoua la tête, comme à chaque fois. Pourquoi ? Pourquoi maintenant ? Il glissa sur le tabouret, posa un genou à terre, releva le regard. Le crâne lourd, écrasé dans un étau. Ça faisait mal. Il s'accrocha à l'accoudoir du fauteuil, sa main ripa.

— Je… Vous m'avez…

Impossible de parler, ni même de concevoir la moindre idée sensée. Il se tint à la table basse. Face à lui, ça bougeait. L'homme. Oui, Rody Koosman se déplaçait dans la pièce, à pas lents, calmes. Mais pas pour lui venir en aide. Non, réalisa Anato dans le chaos de ses idées. Ça paraissait soudain évident. Inexplicable, mais évident. C'est lui. Tout ça, c'est lui. Rody avança encore, comme si tout était normal. Il dépassa le gendarme en détresse à genoux sur le carrelage. Anato essaya de tourner la tête pour le suivre des yeux, de se saisir de son arme à la ceinture. Le cerveau complètement retourné par le vertige. Derrière, il est derrière moi. Invisible. Partout.

La seule chose qu'il vit, c'est une masse de bois qui s'abattait sur lui. Il ressentit le choc violent contre son crâne, un déchirement dans le cuir chevelu.

Et il s'étala. La joue sur les carreaux froids.

51

Mouvement de balancier. Le corps d'Anato roula sur le côté. Son épaule buta sur le bois, l'avant-bras racla contre un objet métallique. Réveil brutal. Ouvrir les yeux, essayer en tout cas. Les paupières jointives. Une douleur, intense, à la tête. À l'intérieur, mais aussi dehors. Une plaie, là-haut, du sang séché partout sur le front, les sourcils collés. Il voulut ramener une main pour s'essuyer le visage. Mais impossible de la dégager. Il tira, se tordit. Attaché. Ses poignets étaient noués derrière le dos, en bas. Il était allongé sur un fond dur et humide. La face écrasée contre des lattes de bois. En dessous, entre ses cils agglomérés, il voyait de l'eau, une flaque qui allait et venait sous lui sans le toucher. Au-dessus, un plastique bleu obstruait le ciel, opaque, froissé. Un bruit sourd lui parvenait, des vibrations partout dans les parois de bois. Un moteur. Et des ballottements, à droite, à gauche. Irréguliers. Qui faisaient mal, à chaque fois, aux bras, aux jambes. Une pirogue. Il était ligoté au fond d'une pirogue lancée sur l'eau. Sur le fleuve. Maroni sans doute. Ou Cottica ? Caché sous une bâche, invisible depuis l'extérieur, comme une vulgaire marchandise. Il entendait les clapotis derrière le bois, autour de l'embarcation. Les bancs avaient été retirés, il y avait trois cartons alignés à côté de lui. Et une touque, plus loin vers l'avant. Il essaya de forcer sur ses liens, mais ne réussit qu'à se râper la peau des poignets. Il imagina plusieurs nœuds dans son dos, mal faits mais solides, une corde en matière plastique.

— *Gadu, yepi mi !...*

Il tendit l'oreille. Ça venait de l'arrière. Le pilote chantait, d'une voix cassée, malaisée.

— *Gadu, yepi mi !...*

Rody Koosman. C'était lui le piroguier, devina Anato. La main sur le manche, il chantait en ndjuka, avec une ferveur presque religieuse.

— *Je rêve chaque nuit que quelque chose est arrivé... Je rêve chaque nuit que je meurs... Oh mon Dieu, aide-moi !...*

Le capitaine n'avait jamais entendu ces paroles.

— *Chaque fois si tu essaies de faire quelque chose de bien... Tu es rabaissé par les autres... Chaque fois que tu essaies d'aller un pas plus loin... Tu es retenu par les autres... Oh mon Dieu, aide-moi !... Peut-être ne savent-ils pas que nous sommes un... Peut-être ne savent-ils pas... Que nous sommes tous créés par Dieu...*

On aurait dit qu'il délirait, qu'il chantait au hasard, passionné. Anato se tourna sur le dos, une position plus confortable. Il ouvrit grand les yeux sur son ciel de plastique. Et tenta de mettre de l'ordre dans ses pensées chahutées. Il se souvint : la baraque à la Charbonnière, le vertige. Mais rien d'autre. Si : Rody Koosman, debout dans son salon spartiate, comme s'il attendait sa visite. Il l'avait pris par surprise, totalement. Le capitaine était juste venu parler. De lui, de Pinalanti. De Bradley peut-être. Tout ça n'avait aucun sens. Alors depuis le début, le sortilège c'était lui, pas Marcy. Depuis son voyage au Suriname, là où il avait ressenti les symptômes pour la première fois. Rody Koosman s'était introduit dans sa chambre d'hôtel, avait placé le piaye sous son matelas. Mais pourquoi ? Et à présent, où l'emmenait-il ? Que préparait-il ?

— *Les Noirs d'Afrique... Qui vivent en Guyane... Ces Noirs s'entre-tuent... Jungle Commando essaye de les délivrer... De leur douleur et de les emmener en Guyane...*

Jungle Commando. Un chant de guerre, réhabilité plus de vingt ans après la fin des combats. L'homme toussa. Il ne se contentait pas de fredonner, chaque parole semblait lui arracher le cœur, il la vivait. Habité par le passé, par cette guerre civile qui avait jeté les Noirs-Marrons du Suriname hors de leurs villages.

Aux roulis plus violents, au bruit des vaguelettes, Anato devina que Rody Koosman manœuvrait sa pirogue dans les remous d'un saut. La lame d'eau s'agita dans le fond de l'esquif, des gerbes vinrent mouiller le dessus de la bâche en un son étouffé. Le genou du capitaine cogna mollement contre un carton. Et s'ils chaviraient ? il pensa. Il finirait noyé, incapable de nager. Comme Antonis autrefois. Oui, il se souvint, c'est comme ça qu'était mort son père, dans un saut. On n'avait retrouvé son corps que le lendemain. Et ce n'était pas un simple accident : un maléfice, lui aussi. Jeté par celui qui allait élever le petit André, se dire son père pendant plus de trente ans. Le capitaine ferma les yeux. Antonis. Le défunt était-il ici, errant quelque part à ses côtés ? Bienveillant ou hostile. Aide-moi, père, fais quelque chose. Aide-moi à comprendre. Tout cela a-t-il un lien avec toi ? Avec cette famille oubliée. Mais l'ancêtre ne se manifesta pas. Pas le moindre signe que son fils aurait pu interpréter. Un fantôme muet. À jamais noyé dans les rapides.

Attendre, il n'y avait que ça à faire. Attendre qu'ils arrivent à destination. Un village, un campement, un lieu sacré peut-être. Quelque part en amont du fleuve. Et après, qu'avait prévu Rody Koosman ? Savait-il réellement ce qu'il faisait, d'ailleurs ? Par moments, le prisonnier percevait le bruit d'un autre moteur. De plus en plus fort, puis diminuant. Une pirogue qui les croisait. Sans doute le pilote saluait-il Koosman de la main, machinalement. Loin d'imaginer quelle cargaison il transportait sous sa bâche. Aucun secours à espérer de ce côté-là.

La voix rauque reprit de plus belle :

— *Frères, la vie que nous vivions... auparavant au Suriname... cette vie n'existe plus...*

— *Vous êtes bien sur le répondeur du capitaine Anato, mais je...*

Vacaresse coupa la communication sans laisser de message. Anato était sans doute occupé par le bouclage de l'enquête, la constitution du dossier final. Il le rappellerait plus tard pour partager ses découvertes. À supposer que ça l'intéresse d'ailleurs.

Sarah de Lavergne. Infirmière à l'hôpital de Saint-Laurent-du-Maroni. Le détective pensait qu'il serait plus difficile de la retrouver, mais en vingt ans, elle n'avait pas bougé. Rendez-vous avait été pris chez elle, une villa proche du centre-ville. Vacaresse arriva en avance, se rangea le long d'un petit fossé. Une maison basse, le toit rouge à moitié caché par un arbre du voyageur aux feuilles largement déployées. La baraque voisine n'avait rien à voir : un taudis à l'abandon, visiblement squatté, derrière un grillage aplati au sol. Le détective fit sonner une petite cloche à main suspendue au portail.

La métropolitaine vint lui ouvrir. Haute en couleur : pieds nus, pantalon africain bouffant, cheveux tressés à extensions rouges, créoles argentées aux oreilles. Tout ça avec une cinquantaine d'années bien accusées, le visage un peu gonflé. Souriante, presque trop, les dents grises. Elle fit entrer le détective sans poser de questions, sans méfiance. Naturellement accueillante. Il la suivit à travers la maison, jusqu'à la terrasse en bois qui donnait sur un véritable jardin botanique entourant une piscine en forme de haricot. Un colibri faisait du surplace autour d'un nourrisseur pendu au bord du toit. En contrebas de la piscine, derrière un massif de palmiers, on devinait un poulailler. Un vrai petit éden, en pleine ville.

Au téléphone, quand il avait prononcé le nom de Koosman, l'infirmière avait observé un silence ému, puis immédiatement accepté de le recevoir. Elle proposa un verre de jus frais qu'il refusa, le fit asseoir dans un fauteuil en osier. Elle-même s'installa dans un hamac-chaise. Et s'alluma une longue cigarette.

— Vous vouliez me parler de Melita ?

— Oui, confirma le détective. J'enquête sur son suicide. Et sur la mort de son fils… Enfin, non. En fait, j'essaye de comprendre ce qui lui est arrivé. On m'a dit que vous l'aviez bien connue.

— Si on veut, je n'avais plus de nouvelles depuis des années. J'ai appris qu'elle s'était suicidée, par hasard. Ça m'a fait de la peine.

Elle parlait d'une voix pincée, avec un accent pompeux qui évoquait la haute bourgeoisie parisienne. Comme pour rappeler des origines qu'elle avait reniées en s'installant dans l'Ouest guyanais. En s'inventant une vie, sans doute plus *authentique* à ses yeux. Aucun indice de présence d'enfants dans le foyer, ni même d'un homme. Ou alors très discret.

— Melita Koosman… Vous savez ce qui m'étonne le plus ? Ce n'est pas qu'elle se soit suicidée. (Elle tira sur sa cigarette, eut un sourire mélancolique.) C'est qu'elle ne l'ait fait que maintenant.

Vacaresse leva un sourcil. Et devina que l'infirmière avait des choses à révéler. Elle ferma les yeux, les rouvrit.

— Je l'ai rencontrée en 1987. Elle vivait dans le camp de Charvein depuis un peu moins d'un an, seule avec son mari qui venait de la rejoindre. C'était quelqu'un de solitaire, elle avait peu de contact avec les autres réfugiés qui occupaient les tentes ou les carbets en groupe, par familles, avec souvent beaucoup d'enfants. Quand j'ai commencé à parler avec elle, quand elle est venue pour la première fois au carbet psychiatrique mis en place sur l'aérodrome, j'ai tout de suite senti que…

— Que ?

Elle s'interrompit, cracha une bouffée blanche qui lui couvrit une moitié de visage.

— Vous savez, tous ces réfugiés avaient vécu la guerre. Certains avaient réchappé à des massacres atroces. On a mis plusieurs années à réaliser ce qu'ils avaient vraiment enduré, à force d'entendre leurs témoignages. Alors ça n'avait rien d'étonnant au fond : plusieurs d'entre eux souffraient de SSPT.

— De quoi ?

— Syndrome de stress post-traumatique. Une pathologie psychiatrique bien décrite, qui fait suite à un événement traumatisant particulièrement grave. Un accident violent, un viol, un attentat. Ou une guerre. En général, les troubles apparaissent après une période de latence de plusieurs mois. Avec plusieurs symptômes persistants. (Elle énuméra en dépliant ses doigts pointus.) Une hypervigilance, c'est-à-dire qu'ils ont peur de tout, ils imaginent que le danger est devenu permanent. Pour faire simple, on considère que leur seuil de tolérance a été abaissé par le choc. (Doigt suivant.) Une tendance à dissocier, à se soustraire de la réalité au moindre stress, comme si pendant quelques instants la personne n'était plus là, qu'elle ne ressentait plus rien. C'est un mécanisme d'évitement, pour ne pas se rappeler le traumatisme. On l'a observé sur plusieurs réfugiés. (Dernier doigt.) Et enfin, le plus visible : l'intrusion. La personne revit sans cesse le drame. Ce ne sont pas que des souvenirs, on parle de reviviscence : elle le revit vraiment, physiquement et émotionnellement, ça l'envahit.

Elle gratta son cuir chevelu en haut de la nuque, tiré par les tresses.

— Souvent il y a un déclencheur : une odeur, un bruit, un détail et le sujet replonge instantanément. C'est très impressionnant à voir. Vous savez, récemment le Suriname a commémoré les vingt-cinq ans du massacre de

Moiwana. Ils ont fait ça sur place, autour du monument qui a été édifié suite au jugement de la Cour interaméricaine des droits de l'homme. Beaucoup d'officiels sont venus, des personnalités. Et des survivants de l'attaque. Je n'y étais pas, mais on m'a raconté. Il y avait des discours, des chants, les Noirs-Marrons ont honoré leurs ancêtres. Mais à un moment, un politique est arrivé en hélicoptère. Et dès qu'ils ont entendu les bruits du moteur, les rescapés du massacre ont paniqué, ils ont été pris de convulsions sur leurs chaises, ils hurlaient. Comme si… Comme si leur tragédie se répétait. C'est ça, une reviviscence.

Silence. Elle ne souriait plus, la mine sérieuse, des petites rides autour des lèvres. Remplie de compassion pour ces victimes traumatisées. Vacaresse avait déjà entendu parler de ce type de pathologie, mais les explications de l'infirmière la rendaient palpable, réelle.

— Et Melita Koosman, elle souffrait de ça elle aussi ?

— Oui. Chez elle on retrouvait à peu près tous les symptômes. Avec une forte tendance à dissocier, à se couper du monde. Parfois elle semblait complètement détachée, sans émotions. À d'autres moments elle plongeait dans un état dépressif. C'était difficile de parler avec elle, elle était confuse. On l'a accueillie plusieurs fois au carbet psychiatrique. Je vous avoue que j'avais peur pour elle, pour son intégrité physique.

— Vous pensiez qu'elle pouvait mettre fin à ses jours ?

— Oui, franchement je l'en sentais capable. La différence avec les survivants de Moiwana, c'est que dans les camps, elle était la seule de son village, ou en tout cas la seule à avoir assisté à sa destruction. C'était un petit hameau d'après ce que j'ai compris, juste quelques maisons. Plusieurs fois, je lui ai fait raconter ce qui s'était passé. On était prudents, on savait qu'il ne fallait pas les forcer, mais parfois le fait de formuler le traumatisme pouvait contribuer à l'accepter. Melita racontait, avec beaucoup de détails. Les militaires ont débarqué dans le village, brûlé les maisons, volé les biens, tiré en l'air à la mitraillette. Ils ont tué un homme en l'accusant d'être un rebelle… À la machette. En lui ouvrant le ventre. (Elle fit un geste de l'index en travers de son abdomen, pour mimer le crime. Vacaresse serra les paupières.) Melita avait tout vu, en détail, elle s'était cachée derrière les arbres avec son fils. Après elle racontait sa fuite : elle avait pris l'enfant dans ses bras et l'avait porté en forêt, jusqu'à retrouver d'autres Noirs-Marrons et les Jungle Commando qui organisaient les trajets vers la Guyane.

— Mais le petit n'est pas venu avec elle dans les camps.

— Non. Elle l'a confié à une tante qui allait vers Paramaribo, elle ne voulait pas lui imposer le voyage, elle avait peur pour lui.

Le bout de sa cigarette rougit entre ses lèvres. Elle souffla la fumée. Puis, l'air pensif, ajouta :

— C'est en tout cas ce qu'elle a toujours dit.

Le détective fronça le regard. Nous y voilà. La métropolitaine le fixa, parut hésiter.

— Le SSPT de Melita Koosman comprenait beaucoup d'intrusions. Des cauchemars qui l'empêchaient de dormir, des images qui la hantaient et revenaient sans cesse. Elle revoyait les maisons qui brûlaient, les hélicoptères en survol au-dessus d'elle. Mais parmi ces intrusions, il y avait deux thèmes dominants, récurrents. Et le premier, c'était son fils. Elle était obsédée par lui, elle parlait toujours de sa fuite, de la santé du petit. Elle répétait qu'elle l'avait sauvé de la guerre, que maintenant il était en sécurité là-bas. Elle évoquait sa grossesse qui avait été difficile, m'expliquait combien Bradley était un enfant fragile. Parfois elle l'imaginait en train de brûler, et elle s'effondrait. C'était tellement présent que…

— Que ?

— Qu'on s'est demandé si cet enfant, il existait vraiment. S'il était bien né même, s'il avait survécu à l'accouchement. Comme elle n'avait pas d'autre petit, c'était une hypothèse qui se tenait. Pourtant le médecin avec qui je travaillais en avait une autre. Il évoquait une dissociation péritraumatique. (Vacaresse haussa un sourcil.) Au moment le plus traumatisant de l'attaque, Melita aurait pu se déconnecter de la réalité. Son esprit aurait pu se soustraire à la frayeur qui résulte de la confrontation avec la mort. Et avoir en quelque sorte occulté une étape. Ce qui se traduirait, en fait, par une amnésie partielle. Un trou dans son récit, si vous voulez.

— Comme la mort de son fils…

— On n'avait aucun élément pour savoir, on ne pouvait se baser que sur ce qu'elle disait. Son mari refusait de nous parler, ç'aurait été impossible d'évoquer le sujet avec lui. C'était une période tourmentée, les réfugiés étaient tous en quête de nouvelles de leurs proches, on ne savait pas qui était vivant, qui était mort, qui était parti vers Paramaribo… Tout était envisageable. Melita soutenait que Bradley grandissait au Suriname, qu'il allait bien, on n'a jamais essayé de la forcer. Et récemment, quand j'ai appris qu'il était décédé en Guyane, j'ai compris qu'on s'était trompés, qu'elle disait la vérité. Alors son suicide ne m'a pas étonnée…

— Sauf que ce n'était pas Bradley Koosman.

— Pardon ?

Vacaresse expliqua à Sarah de Lavergne les conclusions de l'enquête, l'erreur sur l'identité de la victime. La femme resta muette un moment, fit bouger ses boucles d'oreilles, tira de longues bouffées sur sa cigarette, la cendre grise en équilibre à l'extrémité. Repensant au passé, à cette époque de sa vie si particulière, à tous ces gens dans les camps, à ce sentiment d'impuissance qu'elle avait souvent ressenti face à eux. Au fond, on ne les connaissait pas, elle se dit. On ne savait rien, on ne pouvait qu'imaginer. On maniait nos théories psychiatriques alors qu'eux ne juraient que par leur médecine traditionnelle, n'écoutaient que les *obiamans*.

— Et l'autre ?

Elle revint au détective après un instant de latence.

— L'autre quoi ?

— L'autre thème. Vous disiez que dans ses intrusions, il y avait deux thèmes dominants, non ?

— Oui… Oui, c'est vrai, l'autre thème, elle répéta de sa voix maniérée. (Et tapota enfin sa cendre au-dessus d'une graine reconvertie en cendrier.) C'était moins précis. Une image récurrente qui l'effrayait, dont elle parlait seulement en chuchotant, avec discrétion. Comme si quelqu'un l'écoutait.

L'infirmière chercha ses mots avant de poursuivre, presque apeurée elle-même. Et elle expliqua enfin ce qui terrorisait tant la Ndjuka, la hantait de jour comme de nuit. Du moins ce qu'elle en avait compris, des détails fragmentés, presque irréels.

La représentation physique de sa peur.

Vacaresse écouta. Puis son visage se crispa. Refusant d'y croire.

Il saisit aussitôt son téléphone portable.

De retour à son hôtel, encore sous le coup de l'émotion, il composa à nouveau le numéro. Pour la quatrième fois de la journée.

— *Vous êtes bien sur le répondeur du capitaine Anato, merci de laisser un message après le bip sonore.*

Cette fois il attendit le bip.

— Anato, c'est Vacaresse. Vous pouvez me rappeler ? C'est urgent, je dois vous parler de quelque chose.

Le détective regarda le terrain de foot à travers la fenêtre, désert. Au-delà, il y avait un manège pour enfants, avec les lumières qui clignotaient de partout. Habituellement, le capitaine répondait à son portable, ou alors il rappelait rapidement. Et avec ce qu'il venait d'apprendre, Vacaresse s'interrogeait. Il se figurait Melita

Koosman, trente ans plus tôt dans les camps de réfugiés, racontant en tremblant ce qu'elle avait vécu dans son village. Ressuscitant ses fantômes devant l'infirmière. Il essaya de comprendre ce qui avait animé la Ndjuka durant toutes ces années si son fils était bien mort là-bas. Ce qui la poussait chaque matin à se lever, à continuer à vivre avec le poids de tout ça en elle. Il pensa à Mathilde, qui portait le deuil de son bébé depuis qu'il l'avait connue, et soudain il se souvint pourquoi il l'avait épousée. Par compassion. Parce qu'elle l'avait touché, parce qu'une mère qui perd un enfant, ça l'atteignait en plein cœur. Et il réalisa qu'en fait, à travers Mathilde, à travers les enquêtes qu'il avait menées, toute sa vie avait tourné autour de ça. Des enfants et de ce que le monde leur faisait subir. Peut-être qu'il était fait pour cela, il se dit alors.

Le capitaine Anato était-il au courant de toute cette histoire ? Lui qui depuis toujours essayait de retrouver ses origines, de renouer des liens avec les branches de sa famille, il avait bien dû en entendre parler. Parce qu'à l'évidence, il était concerné. Très concerné. Son absence avait-elle quelque chose à voir avec le terrifiant passé de Melita Koosman ? L'idée faisait son chemin dans la tête du détective. Et à l'envie de comprendre, de terminer cette enquête qui n'était pas la sienne, se mêlait peu à peu une autre impression, encore ténue, mais bien présente. Un sentiment familier, que chaque jour il ressentait pour son fils.

De l'inquiétude.

Il finit par se décider, composa le numéro de Monique Hanke. Elle, elle avait peut-être une idée de l'endroit où se trouvait son oncle.

52

La pirogue buta contre quelque chose, à l'avant. Un choc mou qu'Anato ressentit dans ses muscles engourdis. Combien de temps avaient-ils navigué ? Trois, quatre heures ? Il avait perdu la notion du temps. De la lumière traversait la bâche bleue, c'est qu'il faisait encore jour. La seule information valable. Attaché au fond du bateau, incapable de se redresser, des bouts de bois un peu partout dans le dos, il avait souffert. Se mettre debout, il n'avait que ça en tête. Le sang lui était monté au crâne, sa plaie le lançait. Le bruit du moteur s'arrêta, il entendit le pilote faire pivoter son hélice, puis marcher vers la proue en posant un pied entre lui et les cartons. Aux sons, il déduisit que l'homme était seul. L'eau du fleuve clapotait autour d'eux.

D'un coup, la bâche s'envola, tirée d'un geste sec sur le côté. La lumière du ciel, soudaine, violente. Du blanc, un tapis nuageux continu. Anato plissa les paupières, ébloui. Il lui fallut quelques instants avant de pouvoir regarder.

Au-dessus de lui, les jambes écartées de part et d'autre de son corps étendu, Rody Koosman. Le visage haineux, des vaisseaux dans le blanc des yeux. Vêtu de rien : un pagne autour de la taille, un collier de graines et d'os en bandoulière sur son torse nu, un bracelet métallique au biceps gauche, un foulard rouge noué au front. Une tenue de guerrier qui se voulait traditionnelle.

Et dans ses mains, un fusil à pompe. Le canon pointé sur son prisonnier.

— *Taanpu !* Debout !

D'une main il détacha un nœud pour le libérer du bateau, sans défaire celui qui lui maintenait les poignets dans le dos. Anato le regarda, hésita.

— Qu'est-ce que…

— Debout !

Le capitaine obéit, se leva sur les lattes de bois, chancelant. La pirogue était attachée à un arbre aux contreforts noueux, aux racines rampant du sol jusqu'à l'eau. Regard à droite, à gauche. Le Maroni, reconnaissable entre tous les fleuves. Large, majestueux, charriant dans son courant les boues amazoniennes. Un tronc noir flottait à dix mètres, emporté par les flots. En face, sur l'autre berge, il y avait des habitations, on distinguait une baraque blanche à étage, des lampadaires. Un immense pylône aussi, qui dépassait au-dessus de la jungle. Mais sur la rive où ils avaient accosté, rien. Juste la forêt.

Rody colla le canon froid sur le dos d'Anato, lui fit signe de descendre. Le capitaine enjamba les cartons, la touque, déséquilibré par ses bras ligotés. Il posa le pied sur la terre ferme. Un sol noir, boueux, couvert de tiges emmêlées entre des arbres avachis au-dessus de l'eau. Il avança sur quelques mètres, poussé par le fusil à pompe. Une zone forestière, piétinée. Mais derrière, au lieu d'un sous-bois sombre, la lumière reparaissait. Le fleuve aussi, miroitant. Entourés par le Maroni, songea Anato.

Une île.

— Assieds-toi.

À quoi pensait-il ? Pourquoi tout ça ? Anato le dévisagea, du sang craquelé sur les paupières. Et tandis qu'il traînait à obéir, Rody lui enfonça la crosse dans le ventre avec rage.

— Assis !!

Le capitaine s'affala contre un arbre, toussa, le côté droit dans la boue.

L'autre pesta, lança un juron incompréhensible. Puis, d'un pas nerveux, il retourna vers la pirogue, rapporta la touque qu'il cala à terre. Un autre aller-retour : les deux cartons. L'un d'eux était entrouvert, Anato aperçut des boîtes de conserve. Comme si le guerrier était parti pour plusieurs jours. Il posa ses fesses sur le bidon, face au capitaine, le fixa avec une grimace étrange. Du carton il tira une bouteille de rhum, la dévissa, avala une lampée. S'essuya de l'avant-bras. Il tourna la tête sur le côté, imitant la position semi-couchée d'Anato, le fusil sous l'épaule.

— Ça y est, il dit. On y est, hein ?

— Quoi ?

— Toi et moi, ici. Il n'y a plus que nous deux.

La voix éraillée, chargée d'alcool.

— Mais de quoi parlez-vous ? lança Anato.

La question l'irrita.

— De quoi… ? De quoi ?

Il se leva, colla son visage devant le sien. Postillonna.

— De quoi ?!

Il fila une dernière fois vers son bateau en marmonnant. En revint avec un objet mal emballé dans un sac-poubelle. Une forme allongée, légèrement courbe, qu'il posa avec soin contre la touque avant de reprendre son fusil. Anato mit un moment à comprendre ce que c'était. Le manche noir dépassait du plastique. La poignée dorée aussi. Un sabre. Mais pas une machette de forêt. Non, une arme blanche, rangée dans son fourreau. Ancienne. Une sorte de sabre d'infanterie, presque une antiquité, dont la présence dans ce bout de jungle sonnait faux. Anachronique, irréel. Et effrayant.

Vacaresse se gara à l'entrée de la Charbonnière, continua à pied. Il arpenta l'asphalte d'un pas décidé, sourd aux remarques qui fusaient sur son passage, qui lui rappelaient combien il était étranger dans ce quartier noir-marron. En bord de rue, trois femmes assises sur des chaises en plastique chantaient, les mains en l'air, des prières qui visiblement les habitaient totalement. Le détective s'adressa à une vendeuse de bami devant son portail, il lui demanda son chemin. Rody Koosman, le nom que Monique avait donné. La marchande ne connaissait pas, il dut trouver un autre informateur, choisit un quinquagénaire occupé à rehausser son muret par deux rangées de parpaings. L'homme finit par tendre le doigt, du ciment dans les cheveux, un sourire et une incisive en moins. Vacaresse suivit les indications.

Il passa bientôt le portail d'une baraque en mauvais état, affaissée de partout. Il appela : pas de réponse. Fit le tour : une dalle de béton gris, une antenne parabolique salie par les années, un lave-linge bas de gamme et des tee-shirts qui séchaient. Il appela à nouveau. Le silence, une maison vide. Monique avait dit qu'Anato devait venir ici. Était-il bien venu ? Déjà reparti ? Il revint à l'entrée, remarqua la porte entrouverte. Jeta un regard dans la ruelle, hésita. Puis il poussa de la main le battant de bois qui grinça sur ses gonds. Le salon, spartiate. Il laissa courir ses yeux, sans but, sans savoir ce qu'il cherchait vraiment. Quelque chose qui relierait cet endroit au capitaine ? Des parois en contreplaqué, un carrelage blanc. Presque pas de meubles. Un canapé face à un téléviseur. Un fauteuil, tourné à l'envers, vers le mur. Comme s'il avait été déplacé récemment. Il continua son exploration. Une autre pièce, une chambre. Un lit double en bois verni, recouvert d'un drap brillant en matière synthétique, des cales pour remplacer un pied manquant. Matelas en mousse. Il fit le tour, glissa un œil en dessous. Rien. Encore une porte, il actionna la poignée. En bas d'une marche, un débarras. Un amas sans nom, des objets hétéroclites : des touques, des grilles rouillées, un fusil de chasse, un lavabo démonté, des chutes de bois, des tôles empilées, des livres en train de moisir. Une grande cantine métallique posée contre le mur. Il s'approcha, défit les attaches.

Dehors, un bruit. Le portail qui crissait sur le sable. Quelqu'un venait.

Vacaresse se raidit, son regard fit un aller-retour entre le désordre de la pièce et l'extérieur. Se montrer tout de suite, ou chercher encore ? Il avait peut-être quelques secondes devant lui. Il revint à la cantine, agrippa le métal rouillé, dut forcer un peu pour soulever le couvercle. Grincement sonore. Le coffre contenait des tissus sales.

Mais pas seulement.

En découvrant l'objet, il haussa un sourcil. Inquiet cette fois, pour de bon.

Une ceinture avec un holster en polymère moulé. Et le pistolet allant avec, en place. Familier. Sig Sauer SP 2022, calibre 9 mm Parabellum, quinze coups. L'arme de poing semi-automatique de la gendarmerie. Il la sortit, la serra en main. La soupesa. Comme autrefois. Le chargeur était plein.

— Mais qu'est-ce que…

Il se retourna d'un coup, pointa le pistolet.

Une femme se tenait dans l'embrasure, qui sursauta en voyant le canon dirigé vers elle. La bouche entrouverte, les yeux pris de panique.

— Non… elle fit, ses mains tremblantes en l'air.

Vacaresse souffla, baissa l'arme, se releva.

— Vous habitez ici ?

— Oui… balbutia la Ndjuka. Qui… êtes-vous ? Que faites-vous ici ?

Il réalisa à quel point il l'avait effrayée, la laissa reprendre ses esprits. Elle devait avoir une cinquantaine d'années, un peu voûtée, les épaules tordues.

— Je cherche Rody Koosman.

— C'est… C'est mon mari. Je ne l'ai pas vu depuis hier, j'étais chez ma sœur à Saint-Maurice. Il a fait quelque chose ?

Elle le prenait visiblement pour un gendarme. Un Blanc de cet âge, avec une arme, chez elle, elle ne voyait sans doute pas d'autre explication. Elle avait l'air dépassée par la situation.

— Ce pistolet, fit Vacaresse, le Sig Sauer posé sur sa paume. Vous savez à qui il appartient ?

— Il n'est pas à vous ?

— Non. Mais je crois savoir à qui il est. Au capitaine André Anato.

Un océan d'incompréhension se dessina sur le visage de la femme.

— Le Ndjuka ?

— Vous le connaissez ?

— Il est venu il y a quelques jours, lui aussi il cherchait Rody. Mais qu'est-ce qui se passe ?

Le détective s'approcha d'elle, rangea le pistolet dans son étui, le garda avec lui.

— Écoutez, je n'ai pas le temps de vous expliquer. Mais je dois absolument trouver votre mari. Vous savez où il peut être ?

— Non, je… Je pensais qu'il serait ici. Il…

Elle balaya la pièce du regard, se déplaça sur le côté, s'arrêta sur une installation en bois. Et, dos à Vacaresse :

— Le moteur. Il a sorti son moteur.

— Quoi ?

Elle se retourna.

— Il est parti sur le fleuve, avec sa pirogue.

— Vous en êtes sûre ?

— Ça fait des mois que ce moteur traîne ici, qu'il ne l'utilise plus, qu'il essaye de le réparer. Alors s'il l'a pris, il doit avoir une bonne raison.

Son expression se chargea d'angoisse. Son mari, ça faisait longtemps qu'elle ne le comprenait plus, qu'il était plus proche de son rhum que d'elle, qu'elle dormait avec lui uniquement par devoir conjugal. Elle sentit pourtant son cœur s'écraser dans sa cage thoracique. Démunie, abandonnée. Livrée à elle-même. Elle bégaya, énonça quelques phrases pour elle seule. Le retrouver, elle pensa. Oui, il faut le retrouver. Parce qu'elle n'osait imaginer de quoi il était capable.

— Aboussa, elle déclara soudain. Son ami. Il le connaît, et il connaît le Maroni mieux que personne. Lui, il saura peut-être où il est parti.

L'alcool dans le gosier. Une chaleur familière, agréable. Rody posa la bouteille, secoua la tête, juché sur le couvercle de sa touque bancale, les pieds nus au contact du sol boueux. À la pointe de cette île, en ce lieu où il avait passé tant de temps autrefois. C'était un point de surveillance. Les soldats se relayaient, par équipe de trois, dormaient sous un bivouac sommaire, une bâche et un hamac. Avec pour équipement quelques armes et une paire de jumelles. Toute la journée ils scrutaient le Maroni, guettaient l'arrivée des pirogues, tâchaient d'identifier leurs occupants. Habitants du fleuve ou militaires français : pas de danger. Armée nationale du Suriname : danger. Mais le plus souvent, c'était l'ennui, des heures entières à attendre, à palabrer. Rody reconnaissait encore certains arbres, toujours en place, à peine plus gros. Il avait sorti son sabre d'infanterie du sac-poubelle, l'avait planté dans les racines, à la verticale. Au même endroit. Cette arme, elle était à lui. Elle n'avait jamais servi, mais pendant la guerre il la gardait à ses côtés, le plus souvent possible. Une sorte de porte-bonheur pour soldat.

Au bout du canon du fusil à pompe, le gendarme avait cessé de poser ses questions. Maintenant il se taisait, affalé en face de lui. Il le fixait de ses yeux enflammés, les mains dans le dos, le visage couvert par son sang coagulé. Épiant chacun de ses gestes. Inoffensif, il ne pouvait rien faire. Cette fois, Rody était maître de la situation, il parlerait quand il l'aurait décidé, c'est lui qui dictait les règles, c'était son combat, il allait le mener à sa manière. Fatigué de suivre, d'être un soldat, d'obéir, de subir, de mendier. Il avait l'impression de n'avoir fait que ça, toute sa vie. Ne jamais tenir tête, se coucher. Comme le faisaient les Noirs-Marrons du Suriname aujourd'hui, tous ces traîtres qui se pavanaient aux côtés de Bouterse. Des amnésiques, comme si cette guerre n'avait jamais existé, comme si leur président n'avait jamais ordonné ces massacres. Ils lui trouvaient des excuses, disaient qu'il n'était pas personnellement responsable. Les temps avaient changé, il fallait passer à autre chose. Ils prétendaient que maintenant, la place des Marrons dans le pays était acquise, que le racisme, tout ça, ça n'existait plus, que tous les Surinamiens portaient des pagnes et que ça, c'était un signe que les mentalités évoluaient. Quand il entendait cela, Rody rageait. On les avait toujours pris pour des primitifs. Lui, ce qu'il avait en tête, c'était cette blague que les citadins de Paramaribo se racontaient, qui les faisait rire. Tu connais celle des deux chasseurs qui n'ont rien attrapé de toute la journée ? Eh bien ils s'asseyent sous un arbre pour se reposer et un coup de fusil part accidentellement vers le ciel. Devine ce qui tombe de l'arbre ? Un Ndjuka.

Un Ndjuka.

Quand on lui disait que la guerre était terminée, c'est à ça qu'il pensait. À ça… et à Melita et Bradley. Non, pour lui rien n'était fini. Rien ne serait jamais fini. Il but à nouveau. Le cerveau noyé. Il attendit longtemps, avec la même patience qu'autrefois, imposa son silence au gendarme, ignorant ses interpellations. Et il ne commença à parler que lorsqu'il jugea le moment venu. Sans raison précise, juste parce qu'il en avait envie.

— Tu vas payer… Tu vas payer pour lui…

Anato redressa la tête, le corps ankylosé. Il se sentait faible, fiévreux. Incapable de faire le tri entre la douleur causée par sa plaie, la fatigue, la soif. Et peut-être l'effet du sortilège. Il ne comprenait pas ce qui se passait, ce que l'homme en face de lui lui voulait. Mais une chose était claire : il était armé et dangereux, alcool et folie à la fois. Pour lui échapper, il n'y avait qu'une option. Attendre l'instant propice, le relâchement. Et avant ça, écouter ce qu'il avait à dire. Pour enfin, peut-être, comprendre.

— Melita… Ma sœur. Son fils s'appelait Bradley. Il avait trois ans quand notre village a été attaqué… Trois ans.

Il parlait par phrases hachées, s'arrêtait souvent, penché sur le côté à cause de l'ivresse, pas loin de basculer, le fusil à pompe mal calé entre ses mains tremblantes.

— Et c'est moi… Oui, c'est moi que les militaires cherchaient ce jour-là. Un traître leur avait dit qu'il y avait un rebelle là-bas… Mais je n'y étais pas. Alors… Alors ils ont tout brûlé. Comme ça… (Sa main mima un coup de balai.) À cause de moi, tu vois ça… C'est Melita qui m'a raconté ce qui s'était passé, quand je l'ai retrouvée dans les camps en Guyane… Parce que pour nous, c'était facile de rentrer dans les camps… on faisait croire qu'on était des réfugiés, tu vois… (Il semblait s'adresser autant au capitaine qu'à lui-même.) Je n'avais jamais vu ma sœur comme ça, au début je ne l'ai pas reconnue. Elle ne dormait pas, elle avait peur, elle ne sortait presque pas de sa tente… Une tente militaire, c'est là-dedans qu'elle vivait, une tente militaire… Je me souviens de ce qu'elle disait. Il n'y a plus rien à Pinalanti, tout est détruit, c'est ça qu'elle disait. Ils avaient tué un homme malade en le prenant pour moi… Mais tout de suite j'ai remarqué que Bradley n'était pas avec elle… Et j'ai trouvé ça bizarre… Elle n'arrêtait pas de parler de lui, elle disait que ça avait été dur de le porter dans les bois, mais qu'il était sauvé. En sécurité avec sa tante… Elle répétait : c'est mieux comme ça, oui c'est mieux, il est en sécurité.

Il faillit tomber de son siège, se reprit.

— Mais elle se trompait. Ce n'était pas vrai. Notre tante, je l'ai vue, moi… Après… Et c'est là que j'ai compris… (Il se racla bruyamment la gorge.) Melita lui avait bien confié Bradley. Mais il était mort !… Mort, mort, mort. (Sa voix s'étrangla.) Tu comprends ça ? Pendant deux jours, en forêt, ma sœur a porté dans ses bras un petit cadavre ! Il… Bradley… Il n'avait pratiquement plus de tête !!!

Rody criait presque, ses mots tordus mêlés à un sanglot sec. Il reprit son fusil en main, but à la bouteille. Du rhum coula sur son torse nu, sur son collier d'os, tacha son pagne. Anato s'interdit de le couper, attendit la suite. La tête envahie par des visions de la scène. De la mère courant entre les arbres, les pieds dans la boue, le poids de son fils mort dans les bras.

— Melita n'a jamais vraiment raconté, mais j'ai fini par comprendre, par petits bouts… C'est… Voilà, quoi… Pendant l'attaque, elle était cachée avec Bradley, elle lui couvrait les yeux avec sa main pour qu'il ne voie pas ce que faisaient les militaires… Et à un moment, elle a cru qu'ils étaient partis… Alors elle a retiré sa main… Et le petit, en voyant son village tout brûlé, il a crié… Alors ils l'ont entendu, et ils sont revenus… Ils ont demandé à ma sœur où j'étais. Elle n'a rien dit, elle ne savait pas. Et pour essayer de la faire parler, il y en a un qui a mis son pistolet dans la bouche de Bradley… Et… (Il se mit debout, piétina le sol au hasard.) Et il a tiré !… Nom de Dieu, il a tiré dans la bouche d'un enfant de trois ans !!!… De trois ans !…

Il se ménagea une pause, pour reprendre ses esprits. Il haletait, comme après un effort, la face tordue par des mimiques agitées.

— Dans sa tête… Dans sa tête Melita a toujours cru que son fils allait bien, même si elle ne pouvait plus le voir. Elle s'inventait des trucs, elle parlait de lui, elle était sûre de l'avoir sauvé… Elle était devenue folle, c'est ce que les gens disaient, qu'elle était possédée, et ils l'évitaient… Alors elle est allée voir un guérisseur, sur le fleuve, il l'a soignée, ça a pris du temps. Au bout de quelques années, après les camps, après la mort de son mari, elle a arrêté de parler de son fils... D'un coup, comme ça. J'ai cru qu'elle avait oublié, que c'était réglé... Qu'elle était... guérie, quoi, que l'*obia* avait marché... Mais il y a quelques semaines, pour la première fois depuis longtemps, elle a recommencé. Elle disait que Bradley était venu la voir, qu'elle l'avait reconnu, qu'il était devenu un homme... Que vraiment, elle l'avait sauvé... (Francis, pensa Anato, c'était Francis Adogoe qui venait recueillir son témoignage.) Et quand il s'est fait tuer, ce jeune, là, quand elle l'a trouvé près de chez elle... Ça faisait trop... C'était comme si ça recommençait pour elle... Et que cette fois, elle réalisait qu'elle n'avait pas réussi à empêcher la mort de son fils... Elle mélangeait tout, les deux histoires, tout ça, je ne comprenais pas de quoi elle parlait.

Le fusil lui tombant sur le côté du corps, il était un peu de travers, le regard vers le fleuve, relâché. Anato hésita, se demanda si c'était le moment d'intervenir. Un flottement. Mais d'un coup Rody se retourna, à nouveau éveillé, les yeux roulants. Métamorphosé en un instant, il passait d'une émotion à l'autre, sans maîtrise. Il serra le fusil entre ses mains, les doigts crispés. Et articula chaque mot.

— Et elle s'est pen-due !

Il semblait prêt à tirer, ses pectoraux à nu inspirant et expirant par grandes bouffées. Le capitaine se redressa, serra les paupières. Rody arma le fusil, le pointa en direction de son prisonnier.

— Et toi... Toi !

Anato ferma les yeux, sentant venir la fin. Et Rody fit feu. En hauteur, vers les branches des arbres, au hasard. Un coup de feu qui résonna loin sur le Maroni. Suivi d'un silence plus profond que jamais, chargé de tension. Des feuilles tombèrent des houppiers. Le capitaine fixa l'ancien rebelle. Il avait changé d'avis en dernière minute, comme ça, pour rien. Mais il aurait pu lui tirer dessus. Anato réalisa à cet instant à qui il avait affaire. Un fou qui ne contrôlait plus rien, qui pouvait l'abattre n'importe quand, sur un coup de sang.

— *Kaba*, il lui dit dans cette langue qu'ils partageaient. Vous pouvez encore arrêter. (Rody grogna.) Je suis de votre côté, je n'ai rien à voir avec la mort de Melita. Je suis avec vous. *Mi na ndjuka sama.* Je suis ndjuka, moi aussi.

Le mot le mit hors de lui.

— Ndjuka ?! Toi ? Tais-toi. Non, pas toi… Toi, tu es… Tu es… Un monstre. Tu es comme lui.

Il gratta le sol de la pointe de son arme.

— Toi et les tiens… Tu vas payer pour eux. Tes yeux… Tu as vu tes yeux ? Tu as déjà vu un Ndjuka avec des yeux comme ça ? Moi, jamais. (Il cracha à terre.) Mais ma sœur, elle, elle avait vu ça. Et elle ne pouvait plus l'oublier. Des yeux jaunes, des yeux jaunes, elle en imaginait partout, ils l'empêchaient de dormir, ils la terrorisaient… Elle me décrivait ce visage, celui d'un monstre… À Pinalanti, c'est là qu'elle l'avait rencontré… L'homme qui l'avait regardée, avec ce feu au fond des yeux. C'était… C'était un militaire.

Anato retint son souffle.

— Celui qui avait tiré une balle dans la bouche de son enfant.

53

Le pick-up d'Aboussa Dijoe brûlait les kilomètres sur le bitume gris, un nuage de poussière ocre derrière les roues, la forêt de chaque côté. Et la latérite, découpée en escaliers, en talus verticaux, rouges. Le gros Ndjuka fixait la chaussée, les mains cramponnées au volant. À sa droite, Vacaresse se tenait à la poignée, silencieux. Il espérait ne pas s'être trompé. Avoir eu raison de faire confiance à cet homme sur lequel il ne savait rien. Il avait l'air sûr de lui, et sincère, mais peut-être faisait-il semblant. Quand le détective avait débarqué dans son restaurant, lui avait raconté son histoire, avait parlé de Melita Koosman, de son fils, de son frère, du capitaine Anato, Aboussa avait réagi sans délai. À peine étonné, comme s'il s'attendait à tout ça. Il avait observé un long silence, pensif, puis prononcé ce mot que jamais Vacaresse n'avait entendu.

— Langatabiki.

— Quoi ?

— C'est sûrement là qu'il l'a emmené. Je vous expliquerai sur le trajet. Il faut faire vite.

La route entre Saint-Laurent et Apatou, cinquante-quatre kilomètres ouverts à travers la forêt. Toute récente, elle avait profondément modifié les habitudes, ramenant à moins d'une heure de voiture le voyage que les pirogues faisaient en quatre. Un raccourci entre les deux villes du Bas-Maroni. De quoi, peut-être, rattraper un peu du retard qu'ils avaient sur Rody Koosman. Le retrouver, lui et Anato, avant que quelque chose de grave n'arrive. Aboussa, cellulaire calé contre l'épaule, donnait des instructions en ndjuka, le pied au plancher. Le 4 × 4 piqua à droite dès les premières constructions du bourg, roula jusqu'au dégrad, se gara le long du fleuve. Une pirogue les attendait au bas de la pente en béton, le pilote la main sur le manche du moteur. Aboussa se hâta.

— Montez ! On part tout de suite. Ce n'est pas loin, vous verrez.

Le détective le suivit en enjambant les bancs en bois, s'assit un rang devant lui. Et le bateau s'ébranla aussitôt, en marche arrière sur l'eau beige. La ville s'éloigna, les toits pointus, les pylônes, les enrochements sur la berge, les femmes affairées au bord du fleuve, pliées en deux dans leurs pagnes. Marche avant. Le moteur poussa les trois hommes vers l'amont du Maroni. Mal installé sur le bois, une main agrippée au rebord, Vacaresse plissa les yeux alors qu'ils approchaient du saut Hermina, le tout premier rapide. Le piroguier manœuvra, à droite, à gauche, évitant les obstacles cachés sous la lame d'eau. Tout était allé si vite, pensa Vacaresse. Le témoignage de l'infirmière, la visite chez Rody Koosman, chez le restaurateur. Et maintenant le Maroni, à pleine vitesse. Pour tenter d'empêcher un drame. Il n'avait même pas prévenu les gendarmes, il était seul avec cet homme qui prétendait être de son côté, sans renfort. Parce qu'inconsciemment, peut-être, il se disait que le gendarme, c'était lui. Qu'il n'avait besoin de personne, que lui seul avait compris, pouvait venir en aide à son ancien patron. Les officiels, les forces de l'ordre, il réalisa qu'il n'y croyait plus. Ils avaient promis de protéger Jérémy, et il avait vu ce que ça avait donné. Non, cette fois il ne pouvait compter que sur lui-même. La dernière chance du capitaine Anato. Il avait emporté avec lui le pistolet automatique trouvé chez Rody Koosman.

L'eau défilait sous l'esquif incliné, projetée en gerbes arrondies sur les côtés. Ils dépassèrent une barge d'orpaillage montée sur flotteurs, occupée à pomper sable et graviers à la recherche du précieux minerai. Une technique interdite en France, mais sur le fleuve, les garimpeiros jouaient habilement avec la frontière floue, un peu côté français, un peu côté surinamien. Une ambiguïté qui arrangeait bien.

— On arrive, dit enfin Aboussa, le doigt tendu. Langatabiki.

L'île longue. Moins de six kilomètres étirés au milieu du Maroni. Quand il avait appris que Rody était parti en pirogue, le Ndjuka avait aussitôt pensé à cet endroit, symbole de la rébellion d'autrefois. Base arrière pour le Jungle Commando, avec l'île Stoelmans, bien plus haut encore. C'est ici que Ronnie Brunswijk regroupait et entraînait ses troupes. Ici que, pour la première fois, Aboussa avait rencontré Rody. À l'époque, c'était un gamin, tout juste vingt ans, qui ne jurait que par la guerre civile, grisé par cette révolte qui enfin donnait un sens à sa vie. Ils longèrent Langatabiki, le moteur à fond. L'île était couverte de forêt sur toute sa longueur. Sauf à sa pointe sud, là où ils accostèrent. La pirogue se cala le long de la berge, au bas d'un escalier en béton. Ils montèrent les marches, la main sur la rambarde métallique à la peinture écaillée. Devant eux, les bâtiments administratifs de Langatabiki, certains occupés, d'autres abandonnés. Une bâtisse à deux étages en bois avec un panneau en néerlandais : Gemeenschapsradio. Une radio locale, récente. Derrière, des constructions allongées aux fenêtres grillagées, d'anciennes salles de classe. Aboussa venait rarement par ici, trop de souvenirs, des bons comme des mauvais. Ces baraques juste au bord du Maroni, c'étaient les locaux de la rébellion, là où ils se réunissaient. Ils dormaient à l'étage, dans des hamacs. Le village en lui-même commençait plus loin, les soldats avaient interdiction de s'y rendre, pour ne pas gêner les habitants. Du moins ceux qui n'avaient pas fui, l'île ayant été attaquée trois fois par l'armée. Aboussa revoyait encore la silhouette de Ronnie qui faisait le fier sous son béret rouge en regardant le fleuve. Là, sur ce mur, il écrivait des trucs à la craie. *Wanted!* il avait marqué : un million de florins pour la tête de Bauta, le surnom de Desi Bouterse. Et dire qu'aujourd'hui il faisait de la politique à ses côtés.

Rody était dans les parages, Aboussa en était certain. Il était venu revivre ce passé dont il ne pouvait se défaire. Et se venger de cet ennemi qui n'existait plus. Mais le village était grand, il pouvait se cacher n'importe où.

— *Opo yu mofu.* Ouvre la bouche.

Anato, allongé sur le côté, les yeux exorbités. Dans ses pupilles jaunes, la peur. Réelle cette fois, visible. Le cœur emballé, paniqué. À quelques centimètres de son visage, le canon du fusil décrivait des cercles déformés au gré de l'ivresse de l'ancien rebelle, titubant au-dessus de lui, son sabre à présent coincé sous l'aisselle.

— Arrêtez. Ce n'est pas moi. Je n'y suis pour…

— Ouvre la bouche, je te dis.

Et il appuya le métal froid sur sa chair, écrasant ses lèvres contre ses incisives. Anato se contracta, essaya de tourner la tête. Ne pas le laisser faire. Mais l'autre poussa, donna un coup sec. Et le rond noir lui pénétra la bouche, de force. Énorme, glacial, terrifiant. Claquant contre ses dents.

— Voilà ce qu'il a fait. Le militaire… Il a enfoncé son pistolet dans la bouche de Bradley.

Il renifla.

— Et il a tiré !

Rody resta plusieurs secondes ainsi dressé, les jambes écartées de part et d'autre du capitaine. Le visage animé de contractions, de mimiques rageuses. Anato voyait flou, cherchait à se dégager, les lèvres ouvertes autour du canon, tirant la tête vers l'arrière. Trouver une issue pour éviter ce qui se profilait. La fin. À tout moment l'homme pouvait appuyer sur la détente, il était comme fou. Inutile de lui parler, de lui dire qu'il se trompait, qu'il n'avait rien à voir avec ce militaire d'autrefois, que la couleur de ses iris ne voulait rien dire. Il n'écoutait pas, il était déjà au-delà de ces questions. La seule chose à laquelle Rody réfléchissait encore, c'était : et maintenant ? Qu'est-ce que je fais de lui ? Il hésita, l'index caressant longuement la détente du fusil à pompe, le regard rivé sur cette face affolée au bout de son arme, sur ces yeux maudits. Il le tenait, cette fois il le tenait. Melita, j'y suis, il pensa. J'y suis presque. Il cligna des paupières, resserra son étreinte autour de la crosse.

À cet instant, le capitaine lut en lui, dans ce visage dont l'expression devint soudain limpide. Déterminée. Il allait le faire. Il allait tirer, nom de Dieu ! Il fallait réagir, tout de suite, c'était le moment. Anato se raidit, tous les muscles bandés, les poignets noués dans le dos.

Et il balança tout son corps sur le côté, arrachant avec violence sa bouche du canon.

Son ventre énorme en avant, Aboussa marchait devant le détective, le pas pressé. Où es-tu, Rody ? il pensait. Où l'as-tu emmené ? Les anciens bâtiments du Jungle Commando étaient vides, aucune trace d'un passage récent. Le Ndjuka s'activait, jetait des regards inquiets derrière les maisons, fouillait partout, angoissé à l'idée de ce que son ami était capable de faire. Ils longèrent les habitations, firent le tour par le nord. Chaque construction lui rappelait le passé. Ils arrivèrent sur la piste d'aviation, une diagonale de bitume à travers la jungle de l'île. C'est ici que se déroulait l'entraînement des soldats, que les rebelles déserteurs de l'armée nationale enseignaient aux nouveaux le maniement des armes. Les instructeurs, ceux qui avaient adopté les surnoms les plus fameux. Les Castro, les Che. Cette piste, c'était aussi là que Ronnie avait failli tuer Aboussa. Ils étaient tous les deux dans le petit avion, le chef des Jungle Commando aux commandes, alors qu'il venait juste d'apprendre à piloter en quelques jours. L'atterrissage avait manqué de se terminer en crash. Souvent, comme ça, Ronnie mettait la vie des autres en péril, en jouant les durs, téméraire et inconscient. Comme cette fois où il venait d'acquérir une mitrailleuse lourde et qu'il avait voulu l'essayer tout de suite, en la posant sur un simple pied d'appareil photo. Les balles avaient fusé dans tous les sens quand le pied avait lâché, il y avait eu plusieurs blessés, des soldats avaient sauté à l'eau pour se protéger. Un vrai désastre, devant des journalistes en plus.

Aboussa se tourna vers Vacaresse.

— Ils ne sont pas ici. On va demander aux villageois. Eux, ils sauront peut-être.

Le détective opina. Ils se hâtèrent vers les maisons. Des cases en bois, des toits en tôle, des carbets-cuisine, des platines à couac, des tuff-tank sur pilotis. Au bord de l'eau, assis sur une chaise en plastique, un homme nettoyait son poisson, un amas de filets enchevêtrés à côté de lui. Il reconnut Aboussa, tenta un sourire qui s'évanouit aussitôt. Non, il n'avait vu personne arriver sur l'île. Surtout pas cet ivrogne de Rody Koosman. Ils continuèrent leur recherche, longèrent la rive par le sud. Une maison en ruine, le balcon effondré, des cocotiers penchés au-dessus de l'eau. À la pointe, Aboussa stoppa, passa une main sur ses cheveux ras. Pensif.

— Où a-t-il pu aller ? Je ne comprends pas.

Il se gratta la nuque, fouillant sa mémoire.

Lorsque retentit le coup de feu.

Les deux hommes tournèrent la tête, d'un coup. Aboussa leva le doigt, apprécia l'écho de la détonation qui glissait jusqu'à eux.

— C’est lui. Ils… Ils ne sont pas ici.

— Qu’est-ce que…

Le Ndjuka le coupa, la paume dressée.

— Nom de Dieu… Pikin Tabiki ! Bien sûr !

— Quoi ?

— Venez, vite, on retourne à la pirogue !

Pikin Tabiki. Une autre île, plus petite, à peine deux cents mètres de largeur, juste au sud de Langatabiki. Entièrement couverte de forêt. C’est là qu’il l’avait emmené. C’est sur cette île que Rody était le plus souvent à l’époque. Qu’il guettait le fleuve. Son repaire, un endroit où les cadres du Jungle Commando ne mettaient jamais le pied.

Anato releva la tête, se redressa, la bouche en sang. Une dent cassée, déchaussée peut-être. Il cracha. Le coup était parti sur le côté, les chevrotines s’étaient fichées dans le sol, dans la terre, avaient défoncé les racines. Mais aucune ne l’avait atteint. Il avait jeté ses genoux avec toute la force qui lui restait, et réussi à déséquilibrer Rody qui, en pressant la détente, s’était vu projeté en arrière. L’ancien rebelle gueulait, deux mètres plus loin, le fusil étalé à côté de lui, la peau lacérée par son collier d’os.

— Tu vas me…

Le capitaine ne perdit pas un instant. Il se leva d’un coup, les mains toujours dans le dos, fonça sur son agresseur, lui asséna un coup de pied qui le fit se tordre. Un autre coup, un troisième, violent, pour l’empêcher de se relever. Rody gémit, plié en deux. Mais finit par lui agripper le bas de la jambe, se recroqueviller autour pour le faire tomber. Choc, le dos contre une racine. Les deux hommes à terre. Rody grimpa sur Anato, serra les poings, lui frappa la figure, des coups maladroits, mal placés, rageurs, hurlants. Un combat inégal, joué d’avance. Le capitaine, sous les coups, se cambra. Il encaissa, un masque de douleur à la place du visage. Puis il poussa un cri, gaina tout ce qui répondait encore, bougea tout ce qu'il pouvait, gigotant comme un animal. Et parvint à se dégager. Rody glissa en arrière, les fesses dans la boue. Anato se mit debout, le fixa. Tant qu'il était ligoté, il ne pouvait faire plus, et Rody le savait, qui sauta sur son fusil, l'arma à nouveau, visa.

Fuir. La seule issue. N'importe où.

Le capitaine se retourna, détala à travers le sous-bois. Coup de feu, dans son dos. À sa droite, un tronc explosa, des gerbes de bois partout. Il se baissa, percuta une écorce rugueuse de l'épaule, continua sa course. Plein sud. Derrière lui, Rody tira plusieurs fois, presque au hasard, incapable d'ajuster quoi que ce soit. Réarmant après chaque détonation, criant des jurons insensés. Les arbres éclataient un à un, pulvérisés par les chevrotines, des branches tombaient des houppiers, s'écrasaient au sol. La tête en avant, Anato foula les feuilles mortes, glissant par endroits, mal équilibré. Puis les tirs prirent fin. Chargeur vide, il devina. Mais il restait le sabre. Rody hurla alors que le capitaine parvenait au bout de la forêt. À ses pieds, l'eau, le fleuve. L'extrémité sud de l'île. Il stoppa net, jeta un œil derrière. L'autre arrivait, bruyant, repoussant violemment les branches sur son passage.

Faire quelque chose, aller quelque part. Et se décider vite.

Être visible. Oui, c'est ça, se faire voir.

Devant lui, sur la gauche, un banc de sable émergeait du Maroni. Un de ces dépôts causés par les barges des orpailleurs, un îlot minuscule, entièrement nu. Il y avait quoi, cinquante mètres à parcourir ? Aurait-il pied jusque-là ? Pas d'autre choix en tout cas : talonné par Rody, il entra dans l'eau qui lui imbiba le pantalon jusqu'à la taille.

Aboussa avait pris les commandes de la pirogue. Il manœuvra entre les deux îles, contourna Pikin Tabiki par sa pointe nord. Plusieurs coups de feu avaient retenti à présent, ils venaient de l'intérieur, de la forêt. Puis plus rien. Peut-être était-il déjà trop tard ? Un mort ? Mais qui ? Aboussa accéléra.

— Voilà la pirogue de Rody !

Courte, sans couleur, cachée entre les arbres, ils ne l'avaient pas décelée lors de leur premier passage. Rody et Anato étaient donc bien ici, quelque part, sur cette île. Et d'une manière ou d'une autre, ils combattaient. Il fallait faire vite, prier pour arriver à temps. Le Ndjuka encastra son bateau entre l'autre et la berge, coupa le moteur. Vacaresse s'empara du Sig Sauer, se leva, courut vers l'avant, mit un pied à terre.

Mais il stoppa en entendant le cri.

Le hurlement plutôt. Effrayant, couvrant les bruits du fleuve. Anato ? Ou Rody Koosman ? Ça ne venait pas d'ici. Plus loin. De l'autre côté de l'île. Plusieurs centaines de mètres, sûrement.

Le détective fit demi-tour, sauta dans l'esquif, manqua de le faire chavirer.

— Redémarrez ! Faites le tour !

Aboussa était du même avis. Il tira à nouveau sur la corde, sèchement, enclencha la marche arrière. Puis fonça vers l'autre pointe en s'éloignant de la berge, à contre-courant, longeant les arbres aux pieds plongés dans la vase. L'eau tourbillonnait, il y avait toutes sortes de remous contraires en ces portions de fleuve parsemées d'îles. Vacaresse, à l'avant, automatique serré dans la main droite, regarda la forêt défiler, attentif au moindre signe, guettant l'apparition des deux hommes, le cœur battant.

Et lorsque la pirogue dépassa un massif de palmiers qui bouchait la vue, il l'aperçut enfin.

La silhouette du capitaine Anato, à trois cents mètres, de l'eau jusqu'à la ceinture. Il progressait avec peine, luttant contre le poids du fleuve sur ses cuisses. Visiblement mal en point, du rouge partout sur le visage. Mais il y avait autre chose. Il semblait comme handicapé, les bras collés le long du corps. Attachés ! Bordel, il avait les mains ligotées dans le dos !

— Accélérez ! intima Vacaresse.

Mais le moteur d'Aboussa, même à fond, avait ses limites.

Ils virent l'autre homme surgir du bois, juste derrière le capitaine. À peine quelques mètres. Une vision surréaliste, comme sortie d'une scène guerrière d'autrefois. Rody vociférait, chichement vêtu d'un pagne, d'un collier traditionnel en diagonale sur le torse. Les bras en l'air. Avec en main une arme blanche. Une sorte d'épée. Il poursuivait Anato, levait les genoux, essayait de courir dans la lame d'eau, glissait, se rattrapait.

Les deux hommes avançaient, le courant comme adversaire. Le capitaine forçait, grimaçait, jetait des coups d'œil dans son dos. Mais il s'enfonçait, l'eau devenait plus profonde, lui arriva bientôt sous la poitrine. Il continua, au ralenti, évaluant chaque nouveau pas. Sachant qu'à la moindre erreur il risquait de basculer. Et que sans les mains, il ne parviendrait pas à nager. Qu'il se noierait dans le torrent, incapable de garder la tête hors de l'eau. Derrière, Rody suivait, au même rythme, chaque mouvement décomposé, freiné. Vacaresse se dressa dans la pirogue. Ils allaient arriver trop tard, condamnés à regarder en témoins impuissants. Car bientôt Rody serait sur Anato. La course sembla durer une éternité, les deux silhouettes à moitié plongées dans le Maroni. Sur les derniers mètres qui le séparaient du banc de sable, Anato dut franchir un trou, l'eau au niveau des aisselles. Vacaresse crut un instant qu'il allait y passer. Mais non, il se hissa sur la pente, tout son corps émergea, trempé. Il s'écroula littéralement, le visage contre terre, à bout de forces. Puis se retourna, cracha de l'eau, du sable blanc collé à sa joue. Et il regarda arriver Rody, qui lui sauta dessus, le sabre en avant. Il roula pour l'éviter.

La pirogue était tout près, parallèle à l'îlot, mais avec les remous il fallait manœuvrer pour accoster. Pas le temps, pensa Vacaresse. Il se mit debout, les pieds carrés entre les bancs, cala l'automatique dans ses paumes, à deux mains, visa.

— Non ! lui cria Aboussa.

Mais Vacaresse avait déjà tiré une première balle, mal ajustée.

La détonation déchira l'air. Rody leva la tête vers le détective, lui darda un regard alcoolisé, fronça les paupières. Il revint à Anato, le retourna en lui écrasant le pied sur l'épaule, le plaqua au sol. Et hissa le sabre au-dessus de son torse, prêt à l'embrocher. Le capitaine bougeait à peine, plus d'énergie, plus de force, plus rien.

Vacaresse visa à nouveau depuis le bateau. Tira encore.

Et ce qui se passa alors, il ne put se l'expliquer.

Le tir était parfait, la cible dans l'axe. La balle devait atteindre Rody, il l'aurait juré. Mais elle le manqua, d'une manière étrange. Comme si en l'approchant, sa trajectoire avait été déviée. Ou qu'ellc avait été stoppée, figée dans l'air.

Les deux mains sur la poignée du sabre, Rody se figea. Stupéfait d'être en vie. Il releva le regard, croisa celui du détective debout au milieu de la pirogue à contre-courant. Puis il baissa les yeux sur son buste intact. Aucun impact. Il tourna alors la tête, fixa le bracelet métallique qui lui enserrait le biceps. Et réalisa : *Man nenge obia*. La force de l'*obia* était en lui, il la sentait, elle irriguait tous ses membres. Elle le protégeait, même des balles. Parce qu'il n'avait pas peur, qu'il faisait face au danger. Comme autrefois, pendant la guerre. Comme ses ancêtres des Premiers Temps qui s'étaient dressés contre les Blancs. On ne pouvait plus l'atteindre. Un guerrier noir-marron, invulnérable.

Il serra les doigts, plaça la pointe du sabre au milieu du buste du gendarme étalé sur le sable entre ses jambes. Fixa une dernière fois le feu mortel qui brûlait dans ses yeux. Ce regard inhumain que tant de fois Melita lui avait décrit, celui qui la hantait jour et nuit, qu'elle voyait partout. Ce regard qui, plus que tout, était le symbole de sa vie mutilée. Celui de l'homme qui avait tout fait basculer. Son pistolet dans la bouche de Bradley.

Le moment était venu.

Il hurla.

Puis appuya de toutes ses forces sur le manche.

Il eut juste le temps de voir la lame s'enfoncer, le monstre aux yeux jaunes se plier en deux sous lui, une tache rouge maculer son polo. Mais au même instant, une balle lui déchira l'épaule. Il sentit ses os exploser, sa chair déchiquetée par l'impact. Une autre balle, au milieu du torse, le jeta en arrière. Une troisième lui perça l'abdomen, ressortit en brisant les côtes. Deux billes d'effroi à la place des yeux, il resta une seconde pétrifié sur place, avec ses trois trous impossibles dans le corps, avec cette douleur immense, ce brasier partout en lui. Il leva les yeux vers le ciel, implorant l'aide de l'*obia*, d'un ancêtre, d'un Dieu, de n'importe qui. Envahi par une solitude infinie. Un instant il crut voir flotter le visage de sa sœur au milieu des nuages boursouflés. Du sang sortit de sa bouche béante, l'étouffa. Et doucement, pareille à deux mains qui depuis trop longtemps l'attendaient, la mort le tira à elle.

Abandonnant son corps inerte sur ce bout d'île au milieu du fleuve géant.

ÉPILOGUE

André Anato est enfant et il court dans les rues d'une ville. Il suit les trottoirs rectilignes. Il longe les immeubles gris, tellement hauts qu'ils cachent le ciel. Les conducteurs qui passent sur la route tournent la tête, leurs grands yeux braqués sur lui. Avec ses petites jambes, il court aussi vite qu'il peut. Il serre les poings pour se donner de la force. Mais il n'avance pas. Sous ses pieds le sol est poisseux, il glisse dessus. Des semelles de boue alourdissent ses baskets. Il se retourne et derrière, il voit l'homme à ses trousses. Immense. Il est sur le point de le rattraper. À droite, l'enfant distingue une silhouette debout sur le seuil d'un bâtiment. C'est Moïoeman, sa mère, il la reconnaît. Elle est coiffée de deux grosses tresses qui lui tombent sur les joues. Elle porte un pagne brodé. Elle l'observe, la main levée. Elle lui sourit. Il l'implore du regard, mais elle reste immobile, il comprend qu'elle ne va pas l'aider. Qu'il est tout seul à fuir le géant. Il accélère, mais plus il donne de lui moins il avance. Il recule même bientôt. L'homme est tout près, il fait des grimaces horribles. Il crie des mots insensés. Et d'un coup il le tient. D'une main. Il n'a pas besoin de serrer, le petit André ne peut plus bouger, il se débat dans le vide. Insignifiant. Il regarde le visage au-dessus de lui. Et à la place des yeux, il voit deux trous dans lesquels brûlent deux brasiers jaunes. Les flammes débordent des orbites, elles touchent presque André. Il a peur de ce feu qui essaye de l'atteindre, agressif et familier à la fois. Il tente de reculer, mais tous ses membres sont figés. La chaleur lui lèche le visage. Pourtant sa peau est intacte, elle est comme incombustible. Il s'en rend compte. Ça le rassure un peu, ça le terrorise aussi. Il ne sait pas. Et à présent autour de lui il n'y a plus d'immeubles. Plus de ville. Mais un village traditionnel. Des cases en bois, des toits en feuille de palmier. Des nuages filent dans le ciel. Il y a des gens aussi, mais ils sont tous allongés par terre, désarticulés. Ils jonchent les allées, dans tous les sens. L'un d'eux a le ventre ouvert, on voit juste un grand trou rouge et un sabre planté dedans. L'homme aux yeux de feu est toujours là, il est le seul debout. Et cette fois il tient un pistolet enfoncé entre les lèvres d'André qui pleure et tremble, minuscule face à lui. Il sent les larmes couler sur ses joues et le métal buter contre ses dents. Le visage de son bourreau a changé. Il ne le reconnaît pas, mais une voix répète un nom en boucle. Antonis. Antonis. Antonis. André secoue la tête, fixe l'homme au pistolet. Il est pétrifié. Mais il sait qu'il ne va pas tirer. Pas sur un enfant, non. Personne ne tire sur les enfants. Ça dure longtemps, André ne comprend pas ce que l'homme prépare, s'il doit bouger ou juste attendre. Et le visage a encore changé. Cette fois il sait qui c'est. Il est très familier en tout cas. Ces yeux jaunes, ce crâne rasé, ce polo bleu clair. C'est lui, c'est André lui-même. Beaucoup plus âgé. Et à présent cette bouche dans laquelle il enfonce le canon, c'est la sienne. Il tremble toujours, de partout. Les larmes continuent d'inonder ses traits d'adulte. Il est sur le point d'appuyer sur la détente, les doigts crispés. Et à quelques mètres, il y a une femme qui l'observe. Elle a des serpents sur la tête. Elle ne sourit pas, elle a les lèvres serrées. Ses mains bougent devant son buste, dessinent des formes abstraites dans l'espace. Des paroles muettes qui aussitôt formées disparaissent. Elle veut dire quelque chose à André, elle s'applique. Mais il ne comprend rien. On dirait qu'elle l'encourage, qu'elle a envie qu'il aille au bout de son geste. Mais peut-être essaye-t-elle au contraire de l'en empêcher. Et soudain un fleuve immense les sépare, chacun debout sur sa berge. La jeune femme est si lointaine, André distingue à peine ses mouvements de bras. Le pistolet est toujours planté entre ses lèvres. Il ne sait plus ce qu'il doit faire. Tirer dans cette tête pour mettre fin à tout ça. Ou renoncer. Il ferme les yeux.

— André.

Une voix bienveillante.

— André, on arrive bientôt. Réveille-toi.

Retour au réel. Le capitaine sursauta, les yeux grands ouverts. Un instant figé. Le rêve, encore. Toujours le même. Il se décoinça la nuque, reprit ses esprits. En voiture. Monique au volant, la coiffure sage, les dents blanches entre ses lèvres souriantes.

— Hé, ça va. Tout va bien, O.K. ?

La jeune femme savait que le sommeil de son oncle était difficile ces derniers temps. Elle essayait de l'aider, de le rassurer. Parce que depuis Langatabiki, il avait changé. Elle ne le reconnaissait plus. Il parlait très peu, constamment réfugié dans ses souvenirs, dans ses pensées. Ses gestes semblaient plus lents. Bien sûr il y avait les blessures, il lui faudrait du temps pour retrouver toutes ses forces. À l'hôpital, les infirmières l'appelaient le miraculé. La lame avait perforé l'estomac, s'était plantée dans les muscles du dos. Quelques millimètres à droite elle perçait l'aorte, juste à gauche elle trouait la rate. Et dans les deux cas, il y serait resté. Une chance inouïe, à en croire le médecin. Mais Monique savait que cette histoire sur le fleuve avait atteint autre chose, en profondeur. André avait l'air moins sûr de lui, ébranlé par ce qu'il avait vécu là-bas. Les faits, elle les connaissait, au moins elle parvenait à se les figurer. Mais elle devinait qu'il lui cachait le plus grave, la partie invisible, celle qui faisait le plus mal.

Saint-Laurent-du-Maroni. La voiture longea les premières maisons, dépassa des enseignes pleines de promesses : église néo-apostolique, église évangélique. Monique tourna à gauche au rond-point, se dirigea vers le dégrad. Dans les rues, les affiches électorales se décollaient des murs. La campagne avait pris fin dès le premier tour. Victoire éclatante de Léon Bertrand, réélu pour un nouveau mandat avec soixante-cinq pour cent des voix, loin devant ses concurrents. L'épisode Fortuné Jean-François avait tourné court, l'espoir était retombé aussi vite qu'il avait grossi. Citoyens et médias avaient fini par se détourner de cet arriviste après un discours maladroit lors d'un meeting en quartier amérindien. Quelques paroles malheureuses avaient suffi : en une semaine la campagne du candidat avait été reléguée au rang d'anecdote politique. Et l'opinion se fichait bien de ce qu'il avait pu être ou de ce qu'il avait pu faire autrefois. Elle était seulement revenue à la réalité, aux valeurs sûres que représentait leur édile en place depuis trente ans.

En silence, Anato observa l'agitation de la ville à travers la vitre. Cette jeunesse foisonnante, omniprésente, débordante. Ici slalomant en scooter, là écoutant chanter les picolettes en cages. Petits trafics au coin de la rue, drague sur les terrasses, séances de coiffure dans les ruelles de la Charbonnière, descente de bière devant le chinois. Il songea à Clifton Vakansie, le Ndjuka qui rêvait de gâter sa gamine grâce à la cocaïne. À Francis Adogoe, promis à un bel avenir, mais dont la carrière de journaliste avait été fauchée avant ses premiers écrits. À Willy Nicolas et sa famille en deuil aux Cultures. Et à Bradley Koosman, mort au seuil de sa vie, qui jamais n'avait été l'homme que sa mère avait continué de rêver. Quatre destins qui, pris isolément, dessinaient un bien triste tableau de la jeunesse de cette région du Bas-Maroni. Le capitaine se remémora le discours que tenait Marcy, ces paroles prononcées quelques semaines plus tôt alors qu'ils poursuivaient Vakansie.

— L'immigration, le chômage, l'économie, la population qui explose, vous n'avez pas l'impression qu'on va dans le mur ?

C'est comme ça que le major voyait les choses. Et à cet instant, Anato se prit à partager ses analyses catastrophistes. À se demander ce que tout ça allait devenir, ce que ces jeunes insouciants qui défilaient devant lui allaient pouvoir faire de leur existence dans quinze-vingt ans, quand Saint-Laurent dépasserait les cent cinquante mille habitants.

Pourtant dans cette ville en mutation perpétuelle, il y avait Melissa. Majestueuse, au-dessus de la mêlée. Anato pouvait presque sentir sa présence : elle était là, quelque part, accrochée à sa terre natale. Continuant de se battre avec la vie, faisant face à la mort de son père comme elle avait surmonté celle de sa mère. Jouant des coudes pour se faire une place dans cette foule toujours plus nombreuse. À chaque virage il espérait apercevoir sa silhouette aérienne, ses talons claquant sur le bitume, sa chevelure nouée dans un foulard. De même que chaque jour passé dans sa chambre d'hôpital il avait souhaité la voir pousser la porte, s'asseoir à son chevet. Lui transmettre un peu de sa force intérieure pour panser ses plaies invisibles. Mais Melissa était restée muette. Aucune nouvelle. Elle ne pouvait pas ignorer le drame de Langatabiki, les médias avaient largement couvert l'affaire. Mais ça n'avait pas suffi à la ramener. Elle était déjà trop loin, occupée à soigner ses propres blessures. Elle ne reviendrait plus à présent, c'était trop tard. Et sans elle, le silence dans lequel Anato évoluait semblait plus lourd, plus dur à assumer. Vide. Car le talent unique de Melissa, il le réalisait peu à peu, c'était cela : donner du sens au silence. Le rendre vivable.

— On y est, dit Monique doucement.

Elle se gara au bord du fleuve. Ils descendirent du véhicule, sortirent leurs touques, marchèrent jusqu'à la pirogue qui les attendait. Monique fit la bise à son cousin pilote, lui présenta Anato qui lui serra la main.

— Tu nous emmènes, mais c'est top secret, hein ! elle insista.

— Pas de souci, j'ai compris, confirma le cousin.

Bientôt le bateau quitta la berge en marche arrière. Et fila en direction de la rive surinamienne qu'il longea vers l'amont. Monique observait son oncle, assis sur le banc, le regard perdu dans le paysage fluvial. Elle ne l'avait jamais vu ainsi, et elle espérait que l'homme qu'ils allaient trouver réussirait à l'aider. Le bateau remonta le Maroni pendant moins d'une heure. Anato scruta les berges inhabitées. Il gardait en mémoire tous les villages noirs-marrons qu'il avait visités, plus haut sur le fleuve. Ces mois entiers passés à pister ses origines, à chercher la trace de sa famille paternelle. À Pinalanti, sur la Cottica, il s'était senti tout près du but. Il avait imaginé les siens décimés par cette guerre si meurtrière. Mais il était loin du compte. L'homme que Melita Koosman avait reconnu en lui, ce n'était pas une victime. Mais un bourreau. Anato s'était documenté depuis : aussi étonnant que ça puisse paraître, même au plus fort du conflit, l'armée nationale du Suriname comptait encore dans ses rangs un nombre non négligeable de soldats noirs-marrons. Et il était possible que certains aient participé aux attaques des villages ndjukas de l'est du pays. Qu'ils aient contribué à détruire leur propre peuple. Mais qui était ce militaire aux yeux jaunes, le capitaine n'en savait rien. À cette époque, Antonis était déjà mort depuis dix ans, noyé lors de son accident de pirogue. Il pouvait s'agir d'un de ses frères, d'un cousin, d'un oncle. Ou de n'importe qui : Melita Koosman avait aussi pu se tromper, la ressemblance entre Anato et l'assassin de son fils n'était peut-être que le fruit que son imagination de vieille femme traumatisée. Après tout, elle avait inventé une vie à Bradley pendant presque trente ans. Le capitaine ne connaîtrait sans doute jamais la vérité, il n'y avait plus de témoin de cette sanglante journée à présent. Et d'ailleurs, avait-il encore envie de savoir ? De mettre au jour de nouveaux mensonges, de nouvelles tragédies ?

La pirogue s'enfonça dans un petit affluent, une rivière étroite. Ils avancèrent lentement sous une voûte de feuillages, le pilote évitant les obstacles, suivant les méandres qui serpentaient à travers la forêt dense. Et enfin ils arrivèrent à destination.

— Ne t'inquiète pas, ça va bien se passer, dit Monique à Anato alors qu'ils se levaient.

L'homme les attendait sur la berge sableuse de son village, debout à côté d'un bidon rempli d'eau sale et de végétaux décomposés. C'était un vieux Ndjuka, avec une barbe grise en touffe sous le menton, un collier en métal tombant sur sa poitrine. Des feuilles de palmier posées sur ses épaules descendaient jusqu'au sol. Un *obiaman*. Un guérisseur très réputé, consulté par beaucoup de Noirs-Marrons. Y compris dans la famille de Monique. Dans son hôpital, avec ses plantes amazoniennes dont il connaissait chaque vertu, il soignait les maux du corps autant que ceux de l'âme. On racontait qu'il était habité par un esprit venu d'Afrique, que c'était de là qu'il tirait son savoir.

Bientôt Anato retira son polo, exhiba sa cicatrice encore sensible au milieu du torse. Là où le sabre de Rody Koosman l'avait transpercé. Le guérisseur ndjuka scruta la blessure, la toucha de son doigt sec comme s'il inspectait le travail du chirurgien. Puis il releva le regard vers le visage du capitaine, observa ses traits tirés, la couleur singulière de ses iris. Anato se laissa faire. Monique avait fini par le convaincre. En venant ici, en se remettant à la médecine traditionnelle noire-marron, il était conscient de franchir une étape. De faire un pas de plus dans l'acceptation de ce qu'il était réellement. Un nouveau monde semblait s'ouvrir à lui. Il avait failli mourir à Langatabiki, et ce qu'il vivait aujourd'hui ressemblait au début d'une seconde existence. Et lorsque l'*obiaman* secoua sa calebasse remplie de graines et entonna doucement ses refrains inspirés, lorsqu'Anato plongea le récipient métallique dans l'eau brune, qu'il se versa le liquide tiède sur le corps, il ressentit une impression nouvelle.

La sensation qu'avec cette eau, c'était tout son être que l'*obia* lavait.

REMERCIEMENTS

Je tiens à remercier très sincèrement toutes les personnes qui m'ont aidé dans la construction de ce roman. Sans elles, sans leur patience, sans leurs connaissances ou juste leur soutien, il n'aurait sans doute jamais vu le jour.

Merci donc à Clémence Léobal (mille fois, franchement sans toi…) ; au lieutenant-colonel Laurent Villieras (pour ton aide au long cours) ; à Daniel Willemot, directeur du centre pénitentiaire de Rémire-Montjoly et sa directrice adjointe Asmaa Laarraji-Raymond ; aux deux détenus qui ont accepté de témoigner anonymement de leurs expériences dans le trafic de cocaïne ; au général Lambert Lucas, commandant de la gendarmerie en Guyane, et au lieutenant Éric Cantet à Saint-Laurent-du-Maroni ; à Thierry Dejean, chef de la section criminelle de la police judiciaire de Guyane ; à l'agent de recherches privées Brice ; au docteur Jean-Michel Fontanella de l'unité médico-judiciaire du centre hospitalier de Cayenne ; au docteur Frédéric Grimopont du centre hospitalier régional universitaire de Lille ; à Mathieu Messager (c'est en médecine ou dans *Les Experts* que tu as appris tout ça ?) et Adrien Hertault ; à Patrick Amblard (expert en relecture médico-littéraire) ; à Claire Freriks *(dank u wel)*, Mayra Kago *(gaan tangi fi i ye)*, Lucienne Drayton, Stéphane Traissac et Sandra Luc *(grémési)* ; à Juliette Guirado de l'agence d'urbanisme et de développement de la Guyane ; à Vanessa Lepoutre du centre de documentation d'Amnesty International à Paris ; à Stéphane Deschamps de l'office national des forêts ; au Suriname, à Ine Apapoe, Klaas Burger, Marcel Pinas, Yayo et Tania Van Velthuizen ; à Frédéric Dumas de la librairie Lettres d'Amazonie à Cayenne ; à Pascale Mantovani ; à Patrick Lacaisse et Setti Mebkhout ; à Philippe Jacolot de la direction de l'agriculture et de la forêt ; à Sophie Bourgarel ; à Abollo Awasaï (mémorable visite à Langatabiki) ; à Eddy Pinas à Charvein ; à Adolphe Achille (passionnante histoire humaine de Mana) ; à Cédric Mistral (Saint-Laurent sous toutes ses coutures) ; à Clémence Ollivier de l'association des parents et amis des déficients auditifs de Guyane ; à Mary Lespinasse (le SSPT…) ; à Daniel Saint-Jean ; à Marie Fleury ; à Isabelle Boyer ; à Olivier Copin (pour le Copinstan) ; à Denis Girou ; à Didier et Eric Brunstein ; à Vincent Estival (à toi maintenant !) ; à Laure Debeir (pour Cayenne, pour le Suriname, pour tout) ; à Yuna Queinnec, Sophie Vermote et Aurore Soufflet (les colocataires de l'Ouest, irremplaçables) ; à Joub (la voiture et le reste) ; à Jérémie Niel (intraitable relecteur) ; à David Redon (c'est chez toi que l'idée a germé) ; à Pierre Joubert (mon cartographe préféré) et Valentine Alt.

Merci aux éditions du Rouergue et notamment à Nathalie Démoulin pour son appui précieux et continu.

Merci bien sûr à Hélène et à Alexis pour avoir supporté tout ça.

Merci enfin à la Guyane elle-même, humaine, complexe, riche, foisonnante, fascinante. Quoi que puisse en penser ce rabat-joie de Pierre Vacaresse.

POUR EN SAVOIR PLUS,
QUELQUES OUVRAGES SANS FICTION

Dominique Anouilh, *La France, la Guyane et la guérilla (1986-1992), Implications de la crise surinamienne en Guyane française,*

Groupe de recherche en histoire immédiate, Université de Toulouse II, 1995.

Patrick Chauvel, *Les Pompes de Ricardo Jesus*, Éditions Kero, 2012.

Edward M. Dew, *The Trouble in Suriname, 1975-1993*, Praeger, 1994.

Clémence Léobal, *Saint-Laurent-du-Maroni, une porte sur le fleuve*, Ibis Rouge Éditions, 2013.

Jean-Yves Parris, *Interroger les morts, Essai sur la dynamique politique des Noirs marrons ndjuka du Surinam et de la Guyane*, Ibis Rouge Éditions, 2011.

Richard Price et Sally Price, *Les Marrons*, Vents d'Ailleurs, 2003.

Richard Price, *Peuple saramaka contre État du Suriname, Combat pour la forêt et les droits de l'homme*, IRD, Karthala et CIRESC, 2012.

TABLE

Retrouvez les enquêtes du capitaine Anato
dans la collection Babel noir.

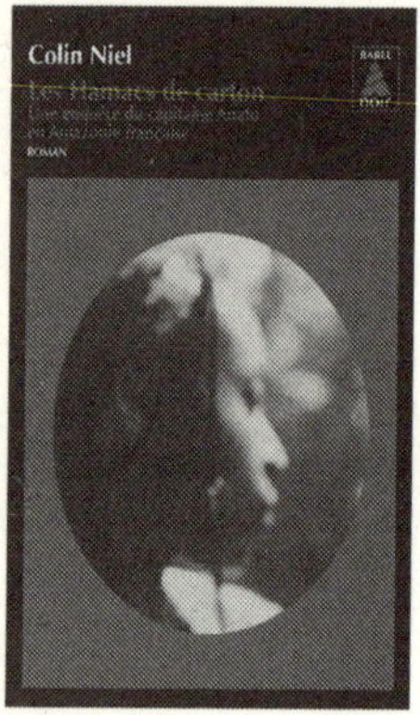

LES HAMACS DE CARTON

Sur le fleuve Maroni, en Amazonie française, le capitaine Anato enquête sur la mort mystérieuse d'une femme et de ses deux fils. Dans cette région où il n'a pas grandi, bien qu'il en soit originaire, Anato se découvre étranger à sa communauté, à sa famille, à lui-même. Car le secret de la mort de Thélia Apanga doit être cherché dans les croyances des Noirs-Marrons, ces descendants d'esclaves révoltés établis sur les rives du Maroni.

CE QUI RESTE EN FORÊT

Un homme a disparu en pleine forêt amazonienne, aux abords de la station scientifique qu'il a contribué à créer. Miraculeusement orientés grâce à un signal de détresse, les gendarmes ont la stupeur de découvrir un cadavre. Mystère supplémentaire, l'homme a les poumons remplis d'eau. Un noyé retrouvé en pleine forêt, des témoins retenus sur place par une météo capricieuse, l'enquête s'annonce difficile pour le capitaine Anato. D'autant que son lieutenant, Vacaresse, ne va pas tarder à provoquer une nouvelle tragédie...

OUVRAGE RÉALISÉ
PAR L'ATELIER GRAPHIQUE ACTES SUD
REPRODUIT ET ACHEVÉ D'IMPRIMER
EN DÉCEMBRE 2018
PAR NORMANDIE ROTO IMPRESSION S.A.S.
À LONRAI
POUR LE COMPTE DES ÉDITIONS
ACTES SUD
LE MÉJAN
PLACE NINA-BERBEROVA
13200 ARLES

DÉPÔT LÉGAL
1re ÉDITION : SEPTEMBRE 2017
N° impr. : 1805388
(Imprimé en France)